中國古典文學基本叢書

搜神記輯校

〔晉〕干寶 撰
李劍國 輯校

搜神後記輯校

〔宋〕陶潛 撰
李劍國 輯校

上册

中華書局

圖書在版編目(CIP)數據

搜神記輯校/(晋)干寶撰;李劍國輯校. 搜神後記輯校/(宋)陶潛撰;李劍國輯校. —北京:中華書局,2019.6(2023.4 重印)
(中國古典文學基本叢書)
ISBN 978-7-101-13888-7

Ⅰ.①搜…②搜… Ⅱ.①干…②陶…③李… Ⅲ.①筆記小説-中國-東晋時代②《搜神記》-注釋 Ⅳ.I242.1

中國版本圖書館 CIP 數據核字(2019)第 087234 號

責任編輯:許慶江
責任印製:陳麗娜

中國古典文學基本叢書
搜神記輯校　搜神後記輯校
(全二册)
〔晋〕干　寶　〔宋〕陶　潛 撰
李劍國 輯校
*
中 華 書 局 出 版 發 行
(北京市豐臺區太平橋西里 38 號　100073)
http://www.zhbc.com.cn
E-mail:zhbc@zhbc.com.cn
三河市宏盛印務有限公司印刷
*
850×1168 毫米 1/32 · 29¾印張 · 4 插頁 · 660 千字
2019 年 6 月第 1 版　2023 年 4 月第 2 次印刷
印數:4001-5000 册　定價:98.00 元

ISBN 978-7-101-13888-7

總目

上册

下册

本書的輯校原則與方法

古籍輯佚，需要廣泛從古書中搜集佚文，涉獵愈廣，所得愈豐。《搜神記》及《搜神後記》久佚，今傳《搜神記》二十卷、《搜神後記》十卷，係胡應麟輯録，刊行前可能又經胡震亨、姚士粦等增補。胡應麟等搜集《搜神記》與《後記》佚文，主要是從《北堂書鈔》、《藝文類聚》、《法苑珠林》、《太平御覽》、《太平廣記》等唐宋類書及《三國志》注、《後漢書》注等舊注中搜覓。而其佚文也主要存於這些書中，所以倒也能得其大部。但其搜覓範圍並不很廣泛，許多古籍未加利用，所以遺漏自然亦多。輯佚貴在完備，一部輯佚書倘若遺漏較多，那是不完善的。本書所輯《搜神記》較舊本新增四十六條，《後記》新增八條。這批佚文出自三十多種古書，其中有些出自《初學記》、《太平御覽》、《太平廣記》等，舊本輯録及修訂者翻檢粗疏而漏輯。此中絶大多數佚文所出，則爲輯録及修訂者未曾檢閲，如《高僧傳》、《水經注》、《文選》注、《辯正論》注、《元和姓纂》、《歷代名畫記》、《太平寰宇記》、《杜工部草堂詩箋》、《三洞羣仙録》、《紺珠集》、《説郛》等等。這些都不是僻書，輯録及修訂者檢書不多，未曾下大功夫。至於敦煌所出幾種類書殘卷，明人不可能看到，就怪不得他們了。

《搜神》二記散逸於宋，佚文主要存於南北朝到北宋的古籍中，這是搜尋的重點區域。

但是，這並不意味着元明清書可以置棄。事實上這時期的某些書中確也有佚文存在，而不見於前代其他書中。例如，明代陳耀文所編類書《天中記》，卷五七引有《搜神記》「木蠹生蟲，羽化爲蝶」二句，就不見於他書，爲《天中記》所獨引。今本卷一三輯入此條，汪紹楹校稱「本條未見南宋以前各書引作《搜神記》」，似乎懷疑非本書，係後人妄補。有了《天中記》的這條引文，即可袪疑。此條肯定是轉引自早出的他書，只是原書不存，找不到原始出處。由此來看，晚出的書對於輯佚也還是頗有用處的。清代吴任臣《山海經廣注》卷一所引《搜神記》「仲子隱於鵲山」，也屬於這種情況。

明清書轉引《搜神》二記很多，絶大多數已見前代書，但仍可用作校勘。不過有一點應當充分注意，就是今本《搜神》二記大約在萬曆三十年（一六〇二）後刊行問世，此後所出之書常據胡震亨刊本引用，如《古微書》、《廣博物志》、《繹史》、《淵鑒類函》等等，如果利用這些引文資料來考辨今本條目之真僞、文字之正誤，那就要出大問題。另外，明清書所引用的《搜神記》，還有八卷本《搜神記》以及道書類的《搜神記》、《搜神廣記》，如《天中記》、《玉芝堂談薈》、《廣博物志》等所引或即出此同名書，這些都非干寶書，因此也要謹慎從事才可，不得一見《搜神記》三字就當作佚文輯録。

古書引用，書名常有錯誤，因此需要仔細考辨，避免誤輯。本書附録的《〈搜神記〉〈搜神後記〉佚文辨正》十二條，就是辨析那些引作《搜神記》或《續搜神記》而並非二書内容的引文。例如，唐寫本《略出籯金》卷二《仁孝篇》引《搜神記》「孝王靈母死」條，汪紹楹輯入《搜神記佚文》。「孝王靈」即孝子王靈之，又作王虚之，事亦見《太平御覽》卷四一一、卷九六六引宋躬《孝子傳》及《藝文類聚》卷八六引宋躬《孝子傳》。《南史》卷七三《孝義傳上》亦載此事，作「王虚之」，事在齊永明中。王靈（虚）之既爲南齊人，其必不出干寶書，亦非陶書，很可能是句道興《搜神記》的佚文。又如，元楊士弘編《唐音》卷四王維《送祕書晁監歸日本》張震注引「碧海中有樹」一段，出自《搜神記》。《唐詩鼓吹》卷一柳宗元《送張源中丞充新羅册立使》郝天挺注亦引此，文句大同，然出《十洲記》。通過和《十洲記》原文比較，郝注乃引述大意，而張注實際上是删縮郝注而成。其稱《搜神記》，必是誤書。

還有一種引書錯誤，是將《搜神記》誤作《續搜神記》，或者相反。例如今本卷九「庾亮」條，只見於《世説新語·傷逝篇》注引，引作《搜神記》。其實此條提到庾亮亡，而據《晉書》本傳，庾亮卒於咸康六年（三四〇），比干寶晚卒四年。顯然此條當出《續搜神記》，《世説》注有誤。今本輯録者不察，將此條輯入《搜神記》卷九。

諸書所引《搜神》二記佚文，書名還常常出現不一致的情況，同一條故事往往此作《搜神記》而彼作《續搜神記》。甚至同書所引也常常自相矛盾，這主要是因爲《藝文類聚》、

《太平御覽》等類書大抵取材前代類書，材料來源出自多處的緣故。今本輯録者在處理這個問題時極爲粗率，或者歸屬失當，或者二書並輯。筆者的處理原則是，凡遇到這種情況，首先要確定故事發生的時代，凡在干寶之後者自然屬於陶書。有些條目從字面上看得很清楚，例如「武昌山毛人」條，《藝文類聚》、《茶經》、《太平御覽》、《太平寰宇記》、顧況《茶賦》注等等都引作《續搜神記》，而《藝文類聚》卷八六引作《搜神記》。此條明謂「晉孝武帝世」，自然應出《續記》。有時字面上没有明顯的時代痕迹，但提到著名人物，也可輕而易舉地確定時代。如「謝允」和「斛茗瘕」條都提到桓宣武。桓宣武即桓温，孝武帝寧康元年（三七三）卒，謚宣武侯。其人晚於干寶，因此此二條出《續記》無疑。但有的人物不爲人知，不容易引起注意，很容易被忽略。如「謝奉」條的謝奉就是。據《世説新語·雅量》及注，謝奉歷仕安南將軍、廣州刺史、吏部尚書，與桓温、謝安同時。又據《晉書·禮志中》，昇平五年（三六一）穆帝崩，哀帝立，時奉爲尚書，因此謝奉生活年代晚於干寶。此條今本輯爲干書，顯然是不知謝奉爲何時人。還有從地名也可確定時代，「馬勢婦」條文中提到「富陽」，據《宋書·州郡志一》，吴郡富陽本名富春，晉簡文鄭太后諱春，孝武帝改曰富陽。顯然今本輯録者忽略了這一點，所以也誤輯爲《搜神記》。以上兩條的時代確定，依賴的不是明確的紀時文字或重要人物的時代標識，而是從記事中發現蛛絲馬迹進行考辨。今本輯録者缺少這種考證功夫，所以歸屬失當。

但更多的情況是從時間因素上無法判定歸屬，這裏還有一條綫索是考察它的來源。例如「盧充」條，諸書所引或爲《續搜神記》或爲《搜神記》。此事又見孔約《孔氏志怪》，《世説新語·方正篇》注等有引。考察孔約《志怪》佚文，此書當出晉末，本條應當是取自《孔氏志怪》，所以筆者輯入《搜神後記》。

如果從以上幾方面都無法判定的話，筆者確定了三條原則，就是從早原則、從衆原則和干書優先原則。

所謂從早原則，就是以早出書爲準。如《法苑珠林》、《藝文類聚》等早出，則可能取爲歸屬依據。這樣考慮的緣故是早出的書可能更可靠一些。例如「郭璞活馬」條，《藝文類聚》卷九三、《太平廣記》卷四三五、《太平御覽》卷八九七、《古今事文類聚》後集卷三八、《古今合璧事類備要》別集卷八一等並引，《類聚》、《廣記》出《搜神記》，《御覽》、《事文類聚》、《事類備要》作《續搜神記》。《類聚》早出，且與《廣記》互證，所以斷爲干書。又如「虹丈夫」條，《初學記》卷二引作《續搜神記》，《太平御覽》卷一四作《搜神記》，《初學記》早出，也以之爲據。再如，「丁令威」條，《藝文類聚》卷七八、唐寫本伯二五二四號類書殘卷《神仙篇》、《三洞羣仙録》卷三等引作《搜神記》，《類聚》卷九〇、《事類賦注》卷一八等引作《續搜神記》，今本《後記》輯入。考慮《類聚》、唐寫本類書早出，《類聚》雖書名二歧而唐寫本類書作《搜神記》，所以斷爲干書條目。「虬塘」條，《輿地紀勝》卷八一引作《搜神記》，而《大明一統志》卷五九引作《續搜神記》，也以前者爲準。

所謂從衆原則，是説諸書或不同版本所引有歧，以多者爲準。例如，「徐泰」條《御覽》卷三九九引作《續搜神記》，《廣記》卷一六一、卷二七六皆引作《搜神記》，故從《廣記》。「虞國」條《廣記》卷三六〇引，談愷刻本、明鈔本、黄晟校刊本、《四庫全書》本等注出《搜神記》，孫潛校本、陳鱣校本作《續搜神記》，故輯爲干書。「章苟」條，《開元占經》卷一〇二、《太平御覽》卷一二三、卷七六四引作《續搜神記》，惟《太平廣記》卷四五六引作《搜神記》，所以輯入陶書。

所謂干書優先原則，是説在出處兩歧的情況下，凡時代早於干寶的，一般輯入《搜神記》。如，「高山君」條，《太平廣記》卷四三九引作《搜神記》，明鈔本作《續搜神記》，此爲漢事，故輯爲干書。「無鬼論」條，《太平廣記》卷三二三引作《搜神記》，《太平御覽》卷三九六、卷八八四作《續搜神記》。事出三國吴，故斷爲干書。時代不明的，通常也如此處理。如「胡博士」條，《太平御覽》卷九〇九引作《搜神記》，《御覽》卷三二一、《歲時廣記》卷三六作《續搜神記》，今從《御覽》卷九〇九，也斷爲干書。

這三條原則，在運用時須作綜合考慮，不可執於一端不知變通。實際上第三條原則顯得更重要一些，凡遇到出處兩歧，又不能有比較充分的理由證明出自《續記》，也就只好判歸干寶了。

說實在的，這三條原則未必合理，操作起來也不大好掌握。拿早出原則來說，《御覽》雖比《類聚》、《初學記》等爲晚，但《御覽》多取材於南北朝和唐初類書，就某條材料來說或許來歷很早呢。確立這三條原則，實在是出於無奈，不得已而爲之，没辦法的辦法，既要輯佚，你總得給這些有分歧的條目暫時定下個歸宿吧。

關於條目的輯校，前人往往採用最省事的辦法，即將佚文一一抄出。如果某個條目有多種引文，而文字詳略不同，或異文較多，也往往一併録出。魯迅輯録《古小說鉤沈》，大抵採用整合的辦法，就是在多種引文中選擇某種比較完整、訛誤較少的引文作爲基礎，以其他引文進行綴合補正，盡量使整合後的條目比較完備準確。這無疑是比較科學的輯佚法，較之羅列材料多了整理、校勘的工作。輯佚的終極目的畢竟是最大限度地復原原貌，而不僅僅是提供佚文資料。筆者所採用的輯校方法，基本上也是這樣。不過，筆者認爲，只就現存佚文資料校輯還不够，因爲這樣常常達不到復原目的。因爲類書古注等引文常不完整，大都經過删節，或者所引只是原文的片段。只將這些殘文斷片鉤稽出來顯然遠遠達不到復原目的。自然復原也只是近似的，就某條文字來說不可能與原書字字不差，但通過努力也還是有可能使殘缺過甚的文字比較完備些，與原文不至於相差過大。

一個基本事實是，古小説材料常陳陳相因。就《搜神記》來説，材料常常也是有案可查的，比如許多條目取自《列仙傳》、《孝子傳》、《漢書·五行志》、《風俗通義》、《列異傳》等，這就是干寶説的「承於前載」。而在干寶之後，比如《幽明録》、《録異傳》、《稽神異苑》、《後漢書》、《宋書·五行志》、《晉書·五行志》等也多從《搜神記》取材。這樣，《搜神記》前後書的相關材料，就可以用作校勘資料，不僅可以用來校正文字，更可以用來補綴闕文。但這首先需要確認二者之間的真實關係。一般來説這只限於後者照鈔前者，倘若後者對前者有所删改，或者只是撮述大意，就得謹慎從事，不能輕易用來校補。至於二者只是記事相同，並無文字上的因襲關係，那就更不能用他文來補綴本文。今本《搜神記》往往以他書文字取代本書佚文，或是隨便用他書補綴，就是違背了這一原則。而要弄清之間關係，主要是進行文字比較。

這裏舉幾個例子加以説明。

「王子喬」條，僅見唐寫本伯二五二四號類書殘卷《神仙篇》引，文字簡略，乃撮述大意。此條取自《列仙傳》，因此參酌《列仙傳》今本及《太平廣記》卷四所引《列仙傳》校補。

「慶都」條，僅見《太平御覽》卷一三五《春秋合誠圖》末注：「《漢書》云堯母十四月生堯，《帝王世紀》、《搜神記》同。」未有原文，姑據《尚書序正義》引《帝王世紀》輯録。《帝王世紀》晉初皇甫謐撰，干寶當取其書而成。

「陳節方」條，僅見《太平御覽》卷八一六引，《御覽》卷三四五、卷六九五引《列異傳》亦載，而卷六九五所引與此合，知採《列異傳》。引文皆片斷，今互校輯録成文。舊本只據《御覽》卷八一六輯録，不完整。

「丁蘭」條，見引於《太平御覽》卷四八二。《法苑珠林》卷四九引劉向《孝子傳》載此，文句與此大同，唯互有詳略，蓋引用各有删削所致。可見本條取自劉向《孝子傳》。另外《珠林》注又引鄭緝之（劉宋人）《孝子傳》，補劉書之所未備，文句與《搜神記》有相合者，疑據《搜神記》而記。三者有密切關係，故而以劉、鄭二書校補。《初學記》卷一七、《御覽》卷四一四引孫盛《逸人傳》以及句道興《搜神記》所載丁蘭事，與《搜神記》不同，乃不取校。

「葉令王喬」條，《水經注》卷二一《汝水》引其事，末稱：「是以干氏書之于《神化》。」可見《水經注》記事當據《搜神記》。《後漢書·方術列傳》有《王喬傳》，文字與《水經注》幾同，可見也是據《搜神記》而記。此事又載《風俗通義·正失篇》，但文句不同。《史通·雜説中》云：「案應劭《風俗通》載楚有葉君祠，即葉公諸梁廟也。而俗云孝明帝時有河東王喬爲葉令，嘗飛鳧入朝。及干寶《搜神記》，乃隱應氏所通，而收流俗怪説。」是則干寶所記不是取自《風俗通義》。舊本據《風俗通義》輯録是不妥當的，筆者則據《後漢書》校輯。

「董仲舒」條，其佚文見引於《分門集註杜工部詩》卷一一《五盤》泰伯（李覯）注，只「巢居知風」四字，《九家集註杜詩》卷六同。按通常輯佚方法鈔出這四字也就够了，但殘缺過多，總是個遺憾。《太平廣記》卷四四二、《太平御覽》卷九一二、《天中記》卷三又卷六〇引《幽明録》此條，則記事完備。我們有理由認爲《幽明録》鈔自《搜神記》，因爲《幽明録》本來就是大量取資前人書，如「焦湖廟祝」、「忠孝侯印」、「周南」、「葛祚」、「龐企遠祖」等條都取自《搜神記》。所以筆者依據《廣記》、《御覽》校輯此條，相信絶不是濫輯僞冒。

不過在佚文較爲完整的情況下，一般則不輕易補綴，需要多作斟酌。如「吴先主」條儘管也載於《幽明録》，但經對照，二者文句有些不同，因此不敢將《幽明録》多出的「呵叱初不顧，徑進入宫」二句補入，只是在校記中説明。

「徐登趙炳」條，《北堂書鈔》卷一四五、《藝文類聚》卷一九、《六帖》卷六二、《太平御覽》卷三九二、《古今事文類聚》後集卷二一所引以及《紺珠集》卷七、《類説》卷七所摘，只是兩個片斷。《後漢書·方術列傳》載此，文句多合而文詳，當採《搜神記》，故而據《後漢書》並參酌諸書校輯。

「徐光」條，《藝文類聚》卷八七、《太平御覽》卷三九一、卷九七八，《事類賦注》卷二七等所引有不完備處，孫綝斬徐光事《御覽》卷三九一僅陳梗概。《法苑珠林》卷三一引《冤魂志》此節完整，而《冤魂志》文字與《搜神記》大同，此條應當採自《搜神記》，所以以《冤魂志》校補。

「黄玉刻文」條，見引於《編珠》卷一，《初學記》卷二，《六帖》卷二，《太平御覽》卷一四、卷八〇五等，均不及《宋書·符瑞志》所載完備。《宋書》多採《搜神記》妖怪符瑞之事，此條當據《搜神記》，是故據《宋志》並參酌諸書校輯。

「三鱓魚」條，見《顔氏家訓·書證篇》：「《後漢書》云：『鸛雀銜三鱓魚。』多假借爲鱣鮪之鱣。……《續漢書》及《搜神記》亦説此事，皆作鱓字。」其事見《太平御覽》卷九二五引華嶠《後漢書》、卷九三七引謝承《後漢書》及范曄《後漢書》卷五四《楊震傳》，文大同。姑據范書，參酌華書、謝書校輯。

此外例子還很多，如「麟書」、「燕昭王墓斑狐」、「賀瑀」等等，正文中都有詳細的輯校説明，不再贅述。

《太平御覽》等所引佚文，間有注文。注文不是《御覽》編纂者所加，乃傳本所有。《廣韻》前所載陳州司法孫愐天寶十載《唐韻序》云：「案《搜神記》、《精怪圖》、《山海經》、《博物志》、《四夷傳》、《大荒經》、《南越志》、《西域記》、《西壑傳》、《漢纂藥論》、《證俗方言》、《御覽字府》及九經三史諸子中，遺漏要字，訓義解釋，多有不載，必具言之。」范寧舉而以爲知《搜神記》古有音注〔一〕，説是。然則《搜神記》音注作於天寶前。范寧引日本豐田穰《〈搜神記〉、〈搜神後記〉源流考》，以爲「其爲唐時所注」。不過，《太平御覽》的編纂實際是主要取材於南北朝唐初類書《修文殿御覽》、《藝文類聚》、《文思博要》〔二〕，因此《搜神記》注可能是南北朝人所作。由於注文是古注，所以在輯録時也一併輯入。

輯録古書，搜羅輯校資料是關鍵，其中也包括不同的版本資料。《搜神記》、《後記》的佚文主要保存在《北堂書鈔》、《藝文類聚》、《法苑珠林》、《初學記》、《太平御覽》、《太平

〔一〕見《關於〈搜神記〉》，《文學評論》一九六四年第一期。

〔二〕中華書局影印宋刻本《太平御覽》卷前引用《國朝會要》云：「先是帝閲前代類書，門目紛雜，失其倫次，遂詔修此書。以前代《修文御覽》、《藝文類聚》、《文思博要》及諸書，參詳條次，分定門目。」陳振孫《直齋書録解題》卷一四類書類亦云：「以前代《修文御覽》、《藝文類聚》、《文思博要》及諸書，參詳條次修纂。……或言國初古書多未亡，以《御覽》所引用書名故也。其實不然，特因前諸家類書之舊耳。以《三朝國史》考之，館閣及禁中書總三萬六千餘卷，而《御覽》所引書多不著録，蓋可見矣。」陳氏所論甚確。《修文殿御覽》，北齊後主高緯敕撰，見《北齊書·後主紀》，《舊唐書·經籍志》類事類著録三百六十卷。已佚。《藝文類聚》，唐高祖武德中歐陽詢等奉詔撰。《文思博要》，一千二百卷，唐太宗貞觀中高士廉、房玄齡、魏徵等十六人奉詔撰，見《新唐書·藝文志》類書類。亦佚。

廣記》等唐宋類書中，尤以《珠林》、《御覽》、《廣記》三書爲夥。而這些古籍又各自有不同的版本，因此不僅必須選擇善本，更需要利用多種版本對校，以便擇善而從。《藝文類聚》有上海古籍出版社版汪紹楹校本（以宋紹興刻本爲底本），較好，本書輯校主要利用這個校本。《太平廣記》中華書局版汪紹楹校本（以明談愷刻本爲底本），是重要校本，其中録有明沈與文野竹齋鈔本和清陳鱣校本的珍貴資料，因此也是本書輯校的主要依據。不過有憾於校勘不很細緻，所以我們還利用了《四庫全書》本、黄晟校刊本及《筆記小説大觀》本來覈校異文。此外還參考了臺灣嚴一萍《太平廣記校勘記》，嚴氏主要依據清康熙間人孫潛以鈔宋本所校的談刊本《廣記》。張國風近年出版的《太平廣記會校》，取校版本主要是沈、孫、陳三本，視汪、嚴爲備，因此尤爲重要。《太平御覽》最通行的版本是中華書局影印的商務印書館影宋本，是輯校主要依據。同時還使用《四庫全書》本和鮑崇城校宋刊本。事實證明鮑校本有優於中華書局影印本的地方，借助它糾正了後者一些錯誤。《法苑珠林》版本亦多，有百卷本、百二十卷本兩個系統，後者是後人重分卷帙〔一〕。筆者所利

〔一〕《法苑珠林校注》周紹良《校注記略》：「（《法苑珠林》）初著録於道宣《大唐内典録》卷五，至宋入藏。宋、元、明、清諸藏皆爲百卷，唯《嘉興藏》改爲百二十卷。《四庫》著録及《四部叢刊》影印皆據《嘉興藏》本。以與古本卷數不合，卷次錯亂，簡葉相違，章段崩離，檢索爲難。至清道光年間，常熟燕園蔣氏刻本回復爲百卷。」

用的，前者有《大正新脩大藏經》排印本、中國書店影印清宣統二年刻本，後者有《四部叢刊初編》影印徑山寺本、《四庫全書》本。中華書局出版的《法苑珠林校注》也用爲參考，此本底本是道光中常熟蔣因培妾董姝校刊本。筆者主要用的是中國書店影印本，其他版本用作參考。《大正新脩大藏經》本有詳細的校勘記，列出各本異文，也一一對校。在使用上述類書時發現，《四庫全書》本有濫改文字的現象，而所依據的恰正是今本《搜神記》，所以在使用《四庫全書》時格外謹慎。而且《四庫》收書多不是善本，例如所收《北堂書鈔》就是明人陳禹謨增補竄改的劣本〔一〕，筆者用的是光緒十四年孔廣陶校刊本。以上諸書本來還應當多參考些版本，不過限於條件也只能這樣了。至於其他用作校輯的古書，也儘量選用善本或好的校本。

前輩學者汪紹楹校注《搜神記》和《搜神後記》，做了很有價值的工作。值得稱道的主要有四點：一是對今本條目的引用情況及本事源流做出説明，如果未見於引用，也予以説明。二是對一些可疑條目作了些考辨。三是訂正文字脱誤。四是補輯佚文。汪紹楹

〔一〕《四庫全書總目》卷一三五子部類書類一：「此本爲明萬曆閒常熟陳禹謨所校刻。錢曾《讀書敏求記》云：『世行《北堂書鈔》，攙亂增改，無從訂正。……』朱彝尊《曝書亭集》亦稱：『……今世所行者出陳禹謨删補，至以貞觀後事及五代十五國之書雜入其中，盡失其舊。……』」

筆路藍縷的創造性勞作，無疑給《搜神》二記的使用者提供了重要參考，也給進一步的整理工作提供了比較牢靠的基礎。但無庸諱言，汪紹楹校注也有許多缺陷和不足，他的整理工作還是初步的。首先是，汪紹楹並没有很清醒地意識到今本是明人的輯録本，而且在刊行前經過胡震亨等人的修訂，其中塞進大量假貨，而只是認爲今本經過後人改竄。因此他對誤輯濫輯他書的僞目只是注明「本條未見各書引作《搜神記》」或「《續搜神記》」，大都没有探究其作僞的真實材料來源；對部分僞目雖有考辨，但常因不知作僞的材料來源及其手法，也就顯得有些不得要領。其次，資料搜集還不完備，影響到對某些問題的判斷和文字校勘；而文字校勘乃至標點斷句也還有不少粗疏錯誤之處。比如，從《初學記》輯出的所謂《進搜神記表》，其實據《文房四譜》所引的完備資料，應當是干寶撰寫過程中的「請紙表」。汪校本卷一二「刀勞鬼」條，前半云：「臨川間諸山，有妖物，來常因大風雨，有聲如嘯，能射人。其所著者，有頃便腫，大毒。有雌雄，雄急而雌緩。急者不過半日間，緩者經宿。其旁人常有以求之，救之之少遲則死。俗名曰刀勞鬼。」今本所輯依據《太平御覽》卷八八四引，其實《法苑珠林》卷六亦引。我們則據二書的各種版本互校輯作：「臨川閒諸山縣有妖魅，來常因大風雨，有聲如嘯，能射人。其所著者如蹄，有頃頭腫大。毒有雌雄，雄急雌緩，急者不過半日，緩者不延經宿。其方人，常有以求之，求之少晚則死。俗求之，名曰刀勞鬼。」顯然，今本所輯「其旁人常有以求之」云云有誤，汪氏未能校正，而且「有頃便腫，大毒。有雌雄」斷句亦誤，應當是「有頃便腫大，毒有雌雄」。順便説，《法苑珠林校注》斷作「其所著者如蹄頭腫，大毒。有雌雄」，也是錯的。最後一點是，所輯《搜神記》佚文有失於察辨而誤輯，輯録也不完備。

不管怎麽説，汪紹楹校注取得很大成績，是筆者重新輯校的最重要的參考書，本書採納了他許多校注成果。自然對其錯誤之處也作出糾正，或者對其看法提出商榷意見。

《搜神記》和《搜神後記》問世後影響巨大，在其失傳後明代胡震亨刊本的出現無疑起到使之繼續發揮其影響的重大作用，至今仍舊是閲讀研究的唯一依據。由於胡刊本的大部分條目還是可靠的，所以應當充分肯定其功績，但這兩部嚴重歪曲原貌的半真半假的輯本所帶來的負面作用也不能不有清醒的認識。筆者深感有必要整理出新的輯本取代胡刊本，所以在多年前開始重新校輯《搜神記》和《搜神後記》。完全復原原書是不可能的，但至少應當盡可能地接近原貌，比舊輯本更真實一些、可靠一些、準確一些、完備一些。同時也希望通過這兩部作品的校輯，也給古書輯佚整理提供一些經驗和方法。限於學識，在基本思路和方法上可能尚有可酌處，具體文字的輯校也可能有誤，條目有可能漏輯，敬請方家賜正爲盼。

最後要説明的是，本書有六個附録。《舊本〈搜神記〉僞目疑目辨證》和《舊本〈搜神後記〉僞目疑目辨證》，是對舊輯本濫輯的條目或可疑條目逐條進行辨證，考辨其資料來源。有些是由於古書所注出處有誤而誤輯，對此也作出考辨。《〈搜神記〉〈搜神後記〉佚文辨正》是對諸書誤引作《搜神記》和《續搜神記》的佚文進行辨析。《〈搜神記〉新舊本對照表》和《〈搜神後記〉新舊本對照表》是用列表形式對舊輯本和新輯本的條目進行對照，以便檢對。附録最後部分是篇長文，即《〈搜神記〉〈搜神後記〉綜考》，原爲本書《前言》前八部分，而本文是第九部分，今割開分置首尾。

輯校凡例

一、本書輯校原則方法，前已有詳述。兹將有關輯校體例及技術規範，敘列如左。

二、本書於明刊二十卷本《搜神記》、十卷本《搜神後記》稱作舊本，本書之新輯本稱作新本。

三、《搜神記》原著録爲三十卷，《搜神後記》十卷。今依原書卷帙，新本《搜神記》亦編爲三十卷，《搜神後記》編爲十卷。由於所存段目有限，新分各卷不免篇幅不足，實亦無奈之事，不得不爾。

四、《搜神記》原書體例分篇記事，可考者有《神化》、《感應》、《妖怪》、《變化》四篇。今亦按類編排，凡題材屬此四篇者因類相從，其餘題材亦區分爲若干類别依類輯録。《後記》亦仿此例。

五、《學津討原》本各條加有標目，《祕册彙函》、《津逮祕書》、《鹽邑志林》本無。今標目一概自擬，然與《學津》本相合者亦多。

六、諸書所引佚文大抵陳陳相因，今以南北朝唐宋爲主，元明次之。明後期及清，舊輯本已行，凡引舊本者概不取校；而轉引他書之佚文，或取爲校勘之用。

七、正文輯校，以某書所引爲本而以他書校補，出校記；凡參酌諸引互校綴合，擇善而從，除必要説明外，不再出校，以免繁瑣。

八、正文凡校改補遺之處，徑直改動，於校記中説明。校勘編碼一律置於句末。

九、《搜神記》原書條目，條末或繫論讚。論讚一概提行别爲一段，以與正文區别。論讚原當以「干寶曰」或「著作郎干寶曰」領起，惟文獻徵引多未引出，今未敢妄補。

一〇、《搜神記》及《後記》原有古注，夾於正文或條末。注文一律輯入，採用小字區别。

一一、正文及引文中之異體字，如「氷」、「劔」、「啓」之類，皆不改爲通行字體，爲存舊也。

一二、各篇正文之後，依次爲輯録説明與校勘記，不再冠以相關字樣。

一三、對於舊本之訛誤，校記中予以校正，較重要異文及誤輯濫輯情況亦予以説明。

一四、汪紹楹校注多有採納，對其疏誤亦有所辨正。

一五、輯録説明與校記中，凡引用文獻重複出現者，書名皆蒙上省略。如《漢書·五行志》、《地理志》省作《漢志》，《舊唐書·經籍志》、《新唐書·藝文志》省作《舊唐志》、《新唐志》，《法苑珠林》省作《珠林》，《太平御覽》省作《御覽》，《太平廣記》省作《廣記》等等，皆爲通行簡稱。

搜神記輯校

搜神記輯校目録

搜神記輯校卷三　神化篇之三

搜神記輯校卷四　感應篇之一

搜神記輯校卷五　感應篇之二

搜神記輯校卷六　感應篇之三

搜神記輯校卷七　感應篇之四

搜神記輯校卷八　感應篇之五

搜神記輯校卷九　感應篇之六

搜神記輯校卷一〇　妖怪篇之一

搜神記輯校卷一一　妖怪篇之二

搜神記輯校卷一二　妖怪篇之三

搜神記輯校卷一三　妖怪篇之四

搜神記輯校卷一四　妖怪篇之五

搜神記輯校卷一五　妖怪篇之六

搜神記輯校卷一六　變化篇之一

搜神記輯校卷一七　變化篇之二

搜神記輯校卷一八　變化篇之三

搜神記輯校卷一九　變化篇之四

搜神記輯校卷二〇　變化篇之五

搜神記輯校卷二一

搜神記輯校卷二二

搜神記輯校卷二三

搜神記輯校卷二四

搜神記輯校卷二五

搜神記輯校卷二六

搜神記輯校卷二七

搜神記輯校卷二八

搜神記輯校卷二九

搜神記輯校卷三〇

干寶撰搜神記請紙表

臣前聊欲撰記古今怪異非常之事〔一〕，會聚散逸，使自一貫〔二〕，博訪知古者〔三〕。片紙殘行〔四〕，事事各異〔五〕。又乏紙筆，或書故紙。（詔答云：「今賜紙二百枚。」）

據《文房四譜》卷四輯。原稱「干寶表曰」。《初學記》卷二一、《太平御覽》卷六〇一亦引，無「又乏紙筆，或書故紙」八字及「詔答」等九字。此表原無題，汪紹楹校注《搜神記》據《初學記》輯補，因不知有乏紙之請及詔答賜紙，故擬題《進搜神記表》，頗誤。今仿《初學記》卷二一引晉虞預《請祕府紙表》，擬題如右。

〔一〕臣前聊欲撰記古今怪異非常之事　《四庫全書》本《御覽》「聊欲撰」作「欲羅」。鮑崇城校宋刊本「撰」作「略」。

〔二〕使自一貫　《初學記》、《御覽》「自」作「同」。

〔三〕博訪知古者　《初學記》、《御覽》「知古」作「知之」（《四庫全書》本《御覽》作「之知」）。

〔四〕片紙殘行　《御覽》「行」作「缺」，當訛。

〔五〕事事各異　《御覽》「異」作「畢」，當訛。

干寶搜神記序

建武中，有所感起，是用發憤焉。

雖考先志於載籍，收遺逸於當時，蓋非一耳一目之所親聞覩也，亦安敢謂無失實者哉！衛朔失國，二傳互其所聞；吕望事周，子長存其兩説。若此比類〔一〕，往往有焉。從此觀之，聞見之難，由來尚矣〔二〕。夫書赴告之定辭，據國史之方策，猶尚若兹，況仰述千載之前，記殊俗之表，綴片言於殘闕，訪行事於故老，將使事不二迹，言無異塗，然後爲信者，固亦前史之所病。然而國家不廢注記之官，學士不絶誦覽之業，豈不以其所失者小，所存者大乎？今之所集，設有承於前載者，則非余之罪也；若使采訪近世之事，苟有虚錯，願與先賢前儒分其譏謗。及其著述，亦足以明神道之不誣也。羣言百家，不可勝覽，耳目所受，不可勝載。今粗取足以演八略之旨，成其微説而已。幸將來好事之士，録其根體，有以游心寓目而無尤焉。

《晉書》卷八二《干寶傳》載：「寶父先有所寵侍婢，母甚妬忌，及父亡，母乃生推婢于墓中。寶兄弟年小，不之審也。後十餘年，母喪，開墓而婢伏棺如生。載還，經日乃蘇。言其父常取飲食與之，恩情如生。在家中吉凶輒語之，考校悉驗。地中亦不覺爲惡。既而嫁之，生子。又寶兄嘗病氣絶，積日不冷。後遂悟，云見天地間鬼神事，如夢覺，不自知死。寶以此遂撰集古今神祇靈異人物變化，名爲《搜神記》，凡三十卷。」下録其序。案：《世説·排調篇》注引《孔氏志怪》：「寶父有嬖人，寶母至妬，葬寶父時，因推著藏中。經十年而母喪，開墓，其婢伏棺上。就視，猶煖，漸有氣息。輿還家，終日而蘇，説寶父常致飲食，與之接寢，恩情如生。家中吉凶輒語之，校之悉驗。平復數年後方卒。寶因作《搜神記》，中云『有所感起』是也。」唐無名氏《文選集注》卷六二江文通《擬郭弘農遊仙詩》注引《文選鈔》：「猛（吴猛），豫章建寧人。干慶爲豫章建寧令，死已三日。猛曰：『明府筭曆未應盡，似是誤耳。今爲参之。』乃沐浴衣裳，復死於慶側。經一宿，果相與俱生。慶云見猛天曹中論訴之。慶即干寶之兄。寶因之作《搜神記》。故其序云：『建武中，所有感起，是用發憤焉。』」據此，序文前部當叙寶父婢及兄復生之事，本傳所載即據其序，故於序文中削去。今據本傳、《文選集注》輯。

〔一〕若此比類　《册府元龜》卷五五五《國史部·採撰一》無「比」字。

〔二〕由來尚矣　《册府元龜》前有「一」。

搜神記輯校卷一

神化篇之一

案：《水經注》卷二一《汝水》云：「王喬之爲葉令也……或云即古仙人王喬也，是以干氏書之于《神化》。」知本書原有《神化篇》，蓋叙神仙道化之事。諸凡神仙、道術、卜筮等事繫此篇。

1 赤松子

赤松子者，神農時雨師也。服水玉〔一〕，以教神農。能入火自燒〔二〕。至崑崙山〔三〕，常入西王母石室。隨風雨上下，炎帝少女追之，亦得俱去〔四〕。至高辛時，復爲雨師〔五〕。今之雨師本之焉〔六〕。

本條《法苑珠林》卷六三引，出《搜神記》，據輯，校以《列仙傳》卷上。

〔一〕服水玉 《初學記》卷二三引劉向《列仙傳》作「服水玉散」。舊本訛作「服冰玉散」。

〔二〕自燒 舊本「自」作「不」。《四庫全書》本（卷七九）《珠林》據《搜神記》改作「不」（見《四庫全書考證》）。

〔三〕至崑崙山　《列仙傳》前有「往往」二字，王照圓《列仙傳校正》：「《文選・遊仙詩》注……《藝文類聚》靈異部……兩引俱無往往二字，此衍也。」謂爲衍字，説是，《太平御覽》卷三八、卷六六三引及《歷世真仙體道通鑑》卷三《赤松子》亦無此二字。

〔四〕亦得俱去　《列仙傳》、《真仙通鑑》作「亦得仙俱去」，舊本同。

〔五〕復爲雨師　舊本此句下妄增「遊人間」三字。

〔六〕今之雨師本之焉　《列仙傳》「本之」作「本是」，舊本同。

2 甯封子

甯封子，黄帝時人也，世傳爲黄帝陶正。有人過之〔一〕，爲其掌火，能出入五色煙〔二〕，久則以教封子。封子積火自燒，而隨煙上下，視其炭燼〔三〕，猶有其骨。時人共葬之甯北山中，故謂之甯封子焉。

本條《法苑珠林》卷九六引，出《搜神記》，據輯，校以《列仙傳》卷上。

〔一〕有人過之　舊本「人」作「異人」。

〔二〕能出入五色煙　《列仙傳》無「入」字，《初學記》卷二三、卷二五，《太平御覽》卷三七五、卷八七一引及《歷世真仙體道通鑑》卷三《甯封子》同。舊本亦作「出」。《藝文類聚》卷八〇「火」部引《列仙傳》「出入」作「作」，同卷「煙」部全句引作「能令火出五色煙」，《御覽》卷八三三乃作「出入」。

〔三〕視其炭燼 《列仙傳》、《真仙通鑑》「炭」作「灰」，舊本同。

3 赤將子轝

赤將子轝者，黄帝時人也。不食五穀而啗百草華。至堯時爲木工。能隨風雨上下。時時於市門中賣繳〔一〕，亦謂之繳父。

本條《法苑珠林》卷六三引，出《搜神記》，據輯，校以《列仙傳》卷上。

〔一〕於市門中賣繳 《列仙傳》無「門」字，《歷世真仙體道通鑑》卷三《赤將子輿》亦同。

4 偓佺

偓佺者，槐山採藥父也。好食松實，形體生毛〔一〕，長七寸〔二〕，兩目更方。能飛行逮走馬〔三〕。以松子遺堯，堯不服也〔四〕。時受服者，皆三百歲也。

本條《法苑珠林》卷六二引，出《搜神記》，據輯，校以《列仙傳》卷上。

〔一〕形體生毛　「生」字據《列仙傳》補。

〔二〕七寸　《列仙傳》作「數寸」，《歷世真仙體道通鑑》卷三《偓佺》亦同。

〔三〕逮走馬　《列仙傳》、《真仙通鑑》「逮」作「逐」，舊本同。《藝文類聚》卷八八、《文選》卷七揚雄《甘泉賦》注、《事類賦注》卷二四引《列仙傳》作「逮」。逮，及也。

〔四〕堯不服也　《列仙傳》、《真仙通鑑》「不」下有「暇」字，舊本同。《類聚》卷八八及《初學記》卷二八引劉向《神仙傳》「暇」作「能」。此句下《列仙傳》有「松者簡松也」五字，《真仙通鑑》同，《類聚》卷八八「簡」作「樠」，《初學記》作「松者横也」。王照圓《校正》：「此五字疑亦校書者所附記，《類聚》引無之。簡，大也。」案：《類聚》卷七八引《列仙傳》無此五字。

5 彭祖

彭祖者，殷時大夫也。陸終生六子，坼剖而産焉〔一〕。第三子曰籛鏗，封於彭，爲商伯〔二〕。歷夏而至商末，號七百歲〔三〕。常食桂芝〔四〕。歷陽有彭祖仙室，前世云，禱請風雨，莫不輒應〔五〕。常有兩虎在祠左右。今日祠之訖，地則有兩虎跡也。

干寶曰〔六〕：先儒學士多疑此事。譙允南通才達學，精核數理者也。作《古史考》，以爲作者妄記，廢而不論。余亦尤其生之異也。然按六子之世，子孫有國，升降六代，數千年間，迭至霸王，天將興之，必有尤物乎？若夫前志所傳，修己背坼而生禹，簡狄胷剖而生契，歷代久遠，莫足相證。近魏黄初五年，汝南屈雍妻王氏生男兒，從右胳下水腹上出，而平和自若，數月創合，母子無恙，斯蓋近事之信也。以今況古，固知注記者之不妄也。天地云爲，陰陽變化，安可守之一端，概以常理乎？《詩》云：「不拆不副，無災無害。」原詩人之旨，明古之婦人嘗有拆副而産者矣，又有因産而遇災害者，故美其無害也。

本條《法苑珠林》卷六二、《史記·秦始皇本紀》之《正義》、《山堂肆考》卷一八引，出《搜神記》。又《史記·楚世家》之《集解》引「干寶曰」云云，汪紹楹以其「語兼論詰」，「疑或出《干子》」。今案《搜神記》之體，凡篇前有序，事末或繫論讚，疑當出《搜神記》。今參酌《珠林》、《史記正義》輯録，補以《史記·楚世家》及《集解》，校以《列仙傳》卷上。

〔一〕陸終生六子坼剖而産焉　此二句《珠林》、《史記正義》無，而見於《史記·楚世家》。《集解》引「干寶曰」，首云「先儒學士多疑此事」，乃承「陸終生六子，坼剖而産焉」，故疑正文中有此語，姑據《楚世家》補此二句。

〔二〕第三子曰籛鏗封於彭爲商伯　案：舊本作「姓錢名鏗，帝顓頊之孫，陸終氏之中子」，此取自《列仙傳》，非本文。《列仙傳》姓作「籛」，《神仙傳》卷一《彭祖》及《太平廣記》卷二引《神仙傳》同，又《通志·氏族略五·籛氏》亦云：「音牋。《姓苑》云彭祖姓籛名鏗。」然後世訛作「錢」，《元和姓纂》卷五《二仙·錢》稱「顓頊曾孫陸終生彭祖」。舊本改作「錢」，誤。

〔三〕歷夏而至商末號七百歲　「歲」字據《列仙傳》補。《列仙傳》作「歷夏至殷末八百餘歲」，《歷世真仙體道通鑑》卷三《籛鏗》引同。《藝文類聚》卷六四、《太平御覽》卷一七四引《列仙傳》作「歷夏至商末號七百歲」，《文選》卷一四班固《幽通賦》注引作「歷夏至商末號年七百」。

〔四〕常食桂芝　《列仙傳》下有「善導引行氣」一句，《真仙通鑑》引同。

〔五〕禱請風雨莫不輒應　「雨」字《珠林》作「雲」，據《列仙傳》改。

〔六〕干寶曰　此節據《史記·楚世家》之《集解》。《路史·後紀》卷九下《高辛紀下》注：「干寶云前志所謂修己背坼而生禹，簡狄胸剖而生契。」節引二句，似爲本條議論之辭，姑繫事末。原《搜神記》之體，凡篇前有序，事末或繫論讚。

6　葛由

葛由〔一〕，蜀羌人也。周成王時，好刻木作羊賣之。一日，乘木羊入蜀中〔二〕。蜀中王侯貴人追之上綏山。綏山在峩眉西南，高無極也。隨之者不復還，皆得仙道〔三〕。山上有桃〔四〕，故里語曰〔五〕：「得綏山一桃，雖不能僊，亦足以豪。」山下立祠數十處。

本條《法苑珠林》卷六一引，出《搜神記》，據輯，校以《太平廣記》卷二二五引《法苑珠林》、《列仙傳》卷上。

〔一〕葛由　《法苑珠林》前有「前周」二字，舊本從之。案：道世《珠林》之《感應緣》引事皆冠以朝代，《列仙傳》無此二字，今删。

〔二〕一日乘木羊入蜀中　《珠林》《四庫全書》本（卷七六）「日」作「旦」，舊本同。《列仙傳》作「一旦騎羊而入西蜀」。

〔三〕仙道　《珠林》宣統本、徑山寺本「仙」作「神」，此從《大正新脩大藏經》本及《四庫全書》本。《列仙傳》作「仙」。

〔四〕山上有桃　《珠林》無此四字，今本《列仙傳》亦無，《藝文類聚》卷九四、《太平御覽》卷九〇二引《列仙傳》有此四字。案：據下文「得綏山一桃」，原文當有，王照圓《校正》以爲今本脱去。疑本書原當亦有此四字，據補。《事類賦注》卷二六作「綏山多桃」，舊本補於「上綏山」下。

〔五〕故里語曰　《珠林》「語」訛作「論」，《廣記》引作「語」，據改。《列仙傳》作「諺」，舊本據改。

7 王子喬

王子喬者，周靈王太子晉也。好吹笙，作鳳凰鳴。遊伊、洛之間，道士浮丘公接以上嵩高山，三十餘年。後求之於山上，見桓良曰〔一〕：「告我家，七月七日待我於緱氏山頭。」至時，果乘白鶴駐山頭，望之不得到。舉手謝時人，數日而去。後立祠於緱氏山下及嵩高首焉。

本條見唐寫本伯二五二四號類書殘卷（《鳴沙石室古籍叢殘》、《敦煌寶藏》）《神仙篇》，前條引《搜神記》丁令威事，接下以「又」字引出此條，知亦出《搜神記》。文曰：「王子晉得仙，乘白鶴，七月七日於緱城山頭遥别家人，舉手謝而去。」乃撮述大意。案：事取《列仙傳》卷上，《太平廣記》卷四亦引全文。今參酌類書殘卷、《列仙傳》今本及《廣記》校輯。舊本未輯。

〔一〕見桓良曰　《列仙傳》《道藏》本「桓」作「栢」，王照圓《校正》本作「桓」，校云：「桓，《藏經》本作栢，誤。」案：《藝文類聚》卷九〇、《文選》卷二一何劭《遊仙詩》注，《初學記》卷四、卷五，《太平御覽》卷三一、卷三九、卷九一六，《太平廣記》，《事類賦注》卷七，《姓氏急就篇》卷上，《樂府詩集》卷二九《王子喬》皆引作「桓」，《永樂琴書集成》卷一二引《琴書》亦作「桓」。

8 崔文子

有崔文子者〔一〕，學仙於子喬〔二〕。子喬化爲白蜺，而持藥與文子〔三〕。文子驚恠，引戈擊蜺，中之，因墮其藥。俯而視之，王子喬之尸也。置之室中，覆以弊筐，須臾而化爲大鳥。開而視之，飜飛而去〔四〕。

本條《太平御覽》卷三五一引，出干寶《搜神記》，據輯，校以《楚辭·天問》王逸注。

〔一〕有崔文子者　舊本下有「泰山人也」四字，乃據《列仙傳》卷上《崔文子》補，「泰」原作「太」。案：《列仙傳》所記事不同。

〔二〕學仙於子喬　《御覽》影印宋本「喬」訛作「高」，據鮑崇城校宋刊本改。下句同。案：《天問》

注載此事，作「王子僑」，《歷世真仙體道通鑑》卷三《王子喬》引《天問》注作「王子喬」。

〔三〕而持藥與文子　「與」字《御覽》影印宋本闕，據《四庫全書》本、鮑崇城校宋刊本及《天問》注補。

〔四〕飜飛而去　《四庫全書》本作「翻然飛而去」，舊本同，無「而」字。

9 尹喜

老子將西入關，關令尹喜，好道之士，覩真人當西，乃要之途也。

本條《水經注》卷一七《渭水》引，出干寶《搜神記》，據輯。案：當非全文，《列仙傳》卷上有《老子》與《關令尹》，文字與此皆不同。舊本未輯。汪紹楹輯入《搜神記佚文》。

10 冠先

冠先〔一〕，宋人也。以釣爲業，居睢水傍百餘年。得魚，或放或賣或自食之。常著冠帶〔二〕。好種茘〔三〕，食其葩實焉。宋景公問其道，不告，即殺之。後數十年，踞宋城門上鼓琴，數十日乃去。宋人家家奉祠之。

本條《法苑珠林》卷三一引，出《搜神異記》，據輯，校以《列仙傳》卷上。

〔一〕冠先　《列仙傳》今本作「寇先」，《歷世真仙體道通鑑》卷三、《永樂琴書集成》卷一五同。「寇」

同「寇」，又作「冦」，《水經注》卷二四《睢水》、《姓氏急就篇》卷上引《列仙傳》作「寇」。然《太平御覽》卷一〇〇〇引作「冠先生」，《廣韻》「换」韻亦作「冠」。《姓解》卷三作「犴」，云：「音貫，《列仙傳》有犴先。」又《元和姓纂》卷九灌姓：「《列仙傳》有灌光。」岑仲勉校：「先、光字肖，往往互訛，此實冠姓之文也，應移正。」《通志·氏族略·冠氏》：「《列仙傳》有冠玉（先字之訛）。」王照圓《校正》：「寇當作冠。」説是。案：姓書每舉冠先爲冠姓之例，冠者，非言其姓，言其以釣爲業而好著冠帶。先則先生之省。

〔二〕常著冠帶　「著」字據《列仙傳》補。

〔三〕好種荔　《列仙傳》今本「荔」作「荔枝」，《御覽》引作「荔」，《真仙通鑑》同。案：荔爲草名。《説文》「艸」部：「荔，艸也，佀蒲而小，根可作刷。」《廣雅·釋草》：「馬䪥，荔也。」王先謙《疏證》：「蘇頌《本草圖經》云：『蠡實，馬藺子也。北人音訛，呼爲馬楝子。葉似䪥而長厚，三月開紫碧花，五月結食作角，子如麻大而赤色有棱，根細長，通黄色，人取以爲㕞。』案：蠡、藺、荔一聲之轉，故張氏注《子虛賦》謂之馬荔，猶言馬藺也。荔葉似䪥而大，則馬䪥之所以名矣。」《列仙傳》今本作「荔枝」誤。

11 琴高

琴高，趙人也。以鼓琴爲宋康王舍人〔一〕。行涓、彭之術，浮遊冀州、碭郡閒二百餘年〔二〕。後復時入碭水中取龍子。與諸弟子期曰：「期日皆潔齋〔三〕，待於水傍，設屋祠〔四〕。」果乘赤鯉魚出，入坐祠中，碭中旦有萬人觀之〔五〕。留一月，復入水〔六〕。

本條《法苑珠林》卷三一引，出《搜神異記》，據輯，校以《列仙傳》卷上、《水經注》卷二三《獲水》。

〔一〕宋康王舍人　「宋康王」，《珠林》原引作「康王」，《水經注》同。案：趙國無康王，宋有康王。《列仙傳》今本及《太平廣記》卷四、《事類賦注》卷二九引《列仙傳》作「宋康王」，《歷世真仙體道通鑑》卷三《琴高》同，據補「宋」字。

〔二〕浮遊冀州碭郡閒二百餘年　《珠林》《四庫全書》本（卷四一）及《列仙傳》「碭」作「涿」，《列仙傳》校：「一作碭。」下文「碭水」作「涿水」。《廣記》、《太平御覽》卷九三六引及《真仙通鑑》同。舊本從之。《水經注》則作「碭郡」、「碭水」。《文選》卷六左思《魏都賦》注引《列仙傳》作「碣水」，胡克家《考異》卷一：「袁本、茶陵本碣作碭。案此亦尤（案：指尤袤）改也。」《四部叢刊初編》影印六臣注本作「碭」。案：據《漢書·地理志下》、《晉書·地理志上》，碭郡秦置，漢高帝五年改梁國，沿襲至西晉。涿郡高帝置，魏文帝更爲范陽郡。

〔三〕期日皆潔齋　舊本「期」訛作「明」。

〔四〕屋祠　《珠林》宣統本、徑山寺本均作「星祠」，《大正新脩大藏經》本作「屋祠」，《四庫全書》本作「祠屋」。案：《列仙傳》作「祠」，無「屋」亦無「星」字，然《魏都賦》注、《太平御覽》卷九三六引作「屋祠」，《廣記》、《事類賦注》作「祠屋」。屋祠者，祠祀之所，言祠琴高也。星祠者當是祠星之所。古有明星祀,《説文》「女」部「媊」字解引《甘氏星經》:「太白號上公,妻曰女媊,尻南斗,食厲。天下祭之,曰明星。」本書《何敞》言敞「駐明星屋中」作術消蝗,明星屋即指祭祀女媊之處。疑作「星祠」訛,據《大正藏》本改。舊本同《四庫全書》本。

〔五〕碭中旦有萬人觀之　《四庫全書》本「旦」作「且」,舊本同。案:《列仙傳》作「旦」。

〔六〕復入水　《四庫全書》本與《列仙傳》「水」下有「去」字,舊本同。

12 祝雞翁

祝雞翁者,雒陽人也〔一〕。居尸鄉北山下,養雞百年餘。雞至千餘頭,皆有名字,欲取,呼之名,則種別而至。後之吴山,莫知所去矣。

本條《水經注》卷一六《穀水》引,出《搜神記》,據輯。原出《列仙傳》卷上,視此較詳。案:舊本未輯。汪紹楹輯入《搜神記佚文》。

〔一〕雒陽人也　「雒」原作「洛」。案:「洛陽」漢作「雒陽」,至魏代漢改「洛」。《三國志·魏書·文帝紀》注引《魏略》:「詔以漢火行也,火忌水,故『洛』去『水』而加『隹』。魏於行次爲土,土,水之牡也,水得土而乃流,土得水而柔,故除『隹』加『水』,變『雒』爲『洛』。」今本《列仙傳》亦誤作「洛」,《藝文類聚》卷九一、《太平御覽》卷九一八、《事類賦注》卷一八引《列仙傳》皆作「雒」。

干寶之世雖作「洛陽」，然因襲漢事，宜仍其舊，今改。

13 陵陽子明

陵陽子明，上宣城陵陽山得仙〔一〕，其後因山爲氏。

本條《元和姓纂》卷五《十六蒸·陵陽》、《通志略·氏族略三·陵陽氏》、《萬姓統譜》卷一三一《十蒸》引，出《搜神記》。案：陵陽子明事迹載於《列仙傳》卷下，未言其後因山爲氏，然則干寶記其事非本《列仙》也。今據《元和姓纂》輯録。舊本未輯。

〔一〕上宣城陵陽山得仙　《通志略》、《萬姓統譜》作「止陵陽山得仙」。案：《宋書·州郡志一·宣城太守》云：「廣陽令，漢舊縣，曰陵陽，子明得仙於此縣山，故以爲名。晉成帝杜皇后諱『陵』，咸康四年更名。」又云：「宣城太守，晉武帝太康元年分丹陽立。」宣城郡自丹陽郡分出，陵陽原屬丹陽，故《後漢書·郡國志四·丹陽郡》有陵陽，梁劉昭注：「陵陽子明得仙於此縣山，故因爲名。」干寶之時，陵陽屬宣城郡，未改廣陽。《晉書·地理志下》「宣城郡」注：「太康二年置。」統縣有陵陽，注：「仙人陵陽子明所居。」

14 河伯

馮夷，弘農華陰潼鄉隄首里人也〔一〕。服八石，得水道仙〔二〕，爲河伯〔三〕。

本條《法苑珠林》卷七五引,下又接引《幽明録》曰「餘杭縣南有上湘」云云,而末注「右此一驗出《搜神記》」,錯簡如此。事與《淮南子·齊俗訓》注、《後漢書》卷五九《張衡傳》注引《聖賢冢墓記》同。今據《珠林》輯,校以《淮南子》注、《聖賢冢墓記》。

〔一〕馮夷弘農華陰潼鄉隄首里人也　《珠林》原無「馮夷」二字,「隄」作「陽」。案:《淮南子》注:「馮夷,河伯也,華陰潼鄉隄首里人也。服八石,得水仙。」《聖賢冢墓記》:「馮夷者,弘農華陰潼鄉隄首里人也。服八石,得水仙,爲河伯。」今據補正。《太平寰宇記》卷二八《同州·朝邑縣》引張揖云:「馮夷,河伯字也。華陰潼津鄉隄首陽里人也。水死,化爲河伯。」(據中華書局點校本)作潼津鄉。《博物志》卷七:「馮夷,華陰潼鄉人也。得仙道,化爲河伯。」當有脱文。又《珠林》首有「宋時」二字,乃爲所引《幽明録》自加釋時之詞,而誤錯於此,今删。舊本有此二字。又,舊本脱「里」字。

〔二〕得水道仙　《淮南子》注、《聖賢冢墓記》均無「道」字。

〔三〕案:《珠林》卷六三引《搜神記》「司中司命風伯雨師」下有案語:「案《抱朴子》曰:『河伯者,華陰人。以八月上庚日度河溺死,天帝署爲河伯。』又《五行書》曰:『河伯以庚辰日死,不可治船遠行,溺没不反。』」此當是道世爲本條所加案語而錯簡。舊本以之與《珠林》卷七五所引連綴成文,又遺落「服八石,得水道仙」,頗誤。

15 魯少千

魯少千，山陽人。漢文帝微服懷金過魯少千〔一〕，欲問其道。少千拄金杖，執象牙扇，出應門。

本條《北堂書鈔》卷一三三、卷一三四，《太平御覽》卷七〇二、卷七一〇、卷八一一，《事類賦注》卷一四，《天中記》卷四八，《山堂肆考》卷一八一並引，出《搜神記》，今參酌諸書校輯。

〔一〕漢文帝微服懷金過魯少千　《書鈔》兩處引用及《御覽》卷八一一、《天中記》均作「魯少年」。案：《太平廣記》卷四五六引《列異傳》（魏曹丕撰，晉張華補撰）載魯少千以仙人符治蛇魅事，作「年」誤。

16 淮南操

淮南王安設廚宰，以俟賓客。正月上辛〔一〕，有八老公詣門求見〔二〕。王曰：「群蛾子復來也〔三〕。」八公知不見，乃更形爲八童子〔四〕。王驚，見之，盛禮設樂，以享八公。援琴而絃歌曰：「月明上天，照四海兮〔五〕。知我好之〔六〕，公來下兮。公將與余，生毛羽兮。升騰青雲〔七〕，蹈梁甫兮。觀見三光〔八〕，過北斗兮。馳乘風雲，使玉女兮。含精吐氣，芝草鬱兮。悠悠將將，天相保兮〔九〕。」今所謂《淮南操》是也〔一〇〕。

本條《太平御覽》卷五七三、《永樂琴書集成》卷一二引，出《搜神記》，今據《御覽》，校以《永樂琴書集成》及《樂府詩集》卷五八《八公操》。

〔一〕正月上辛　「辛」字《御覽》訛作「午」，舊本沿其誤。案：《穀梁傳》哀公元年：「我以十二月下辛卜正月上辛。」《史記·樂書》：「漢家常以正月上辛祠太一甘泉。」上辛，農曆每月上旬辛日。據《永樂琴書集成》、《樂府詩集》改。

〔二〕有八老公詣門求見　《琴書集成》「公」作「翁」，下同。案：舊本此句下無「王曰群蛾子復來也」，而易爲：「門吏白王，王使吏自以意難之，曰：『吾王好長生，先生無駐衰之術，未敢以聞。』」此乃自《太平廣記》卷八引《神仙傳》删改而成。

〔三〕群蛾子復來也　《琴書集成》「蛾子」作「餓子」。案：「蛾」同「蟻」。《禮記·學記》：「蛾子時術之。」鄭玄注：「蛾，蚍蜉也。」孔穎達疏：「按《釋蟲》云：『蚍蜉，大螘。小者螘。』是蟻爲蚍蜉大者，又云蟻子。」疑作「餓子」誤。

〔四〕乃更形爲八童子　案：舊本此句下有「色如桃花」四字，乃據《廣記》引《神仙傳》所增。

〔五〕月明上天照四海兮　《琴書集成》作「皇皇上天，昭下土兮」，《樂府詩集》大略同，惟「皇」作「煌」，「昭」作「照」。

〔六〕之　《琴書集成》、《樂府詩集》作「道」。

〔七〕升騰青雲　《琴書集成》、《樂府詩集》「升」作「超」。

〔八〕三光　《琴書集成》、《樂府詩集》作「瑤光」。

〔九〕「含精吐氣」至「天相保兮」　據《琴書集成》補。《樂府詩集》亦有此四句，第三句作「嚼芝草兮」。

〔一〇〕今所謂淮南操是也　《琴書集成》作「故有《淮南王操》」。

17 鉤弋夫人

初，鉤弋夫人有罪，以譴死，殯屍不臰而香〔一〕。及昭帝即位，改葬之，棺空無屍，獨絲履存焉。

本條《法苑珠林》卷三六、《太平御覽》卷五四九、卷九八一並引，出《搜神記》。今據《御覽》卷五四九校輯。

〔一〕殯屍不臰而香　案：舊本作：「既殯，屍不臭，而香聞十餘里。因葬雲陵。上哀悼之，又疑其非常人，乃發冢開視。棺空無屍，惟雙履存。」實是據《太平御覽》卷一三六引《漢武故事》所輯，而以《御覽》所引本文以「一云」出之。

18 陰生

漢陰生者，長安渭橋下乞小兒也。常於市匄，市中厭之〔一〕，以糞灑之。旋復見里〔二〕，灑衣不汙如故。長吏知，試繫著桎梏〔三〕，而續在市匄。試欲殺之，乃去。灑之者家室屋自壞，殺十餘人。長安中謠言曰：「見乞兒，與美酒，以免壞屋之咎。」

本條《法苑珠林》卷五六引，出《搜神記》，據輯，校以《列仙傳》卷下。

〔一〕市中饜之　《四庫全書》本（卷七一）「饜之」作「厭苦」，舊本同。《列仙傳》作「市人厭苦」。

〔二〕旋復見里　「里」字《珠林》宣統本、徑山寺本、《大正新脩大藏經》本訛作「黑」，《列仙傳》作「旋復在里中」，據改。《珠林》《四庫全書》本作「旋復在市中」，舊本同，末增「乞」字。

〔三〕試繫著桎梏　《列仙傳》作「械收繫，著桎梏」。下文「試」亦作「械」。舊本同。

19 鄉卒常生

穀城鄉卒常生〔一〕，不知何所人也。數死而復生，時人爲不然。後大水出，所害非一，而卒輒在缺門山上大呼，言卒常生在此，云復雨水五日必止。止則上山求祠之，但見卒衣杖革帶。後數十年，復爲華陰市門卒。

本條《法苑珠林》卷三一引，出《搜神異記》，據輯，校以《列仙傳》卷上。

〔一〕穀城鄉卒常生　《珠林》《四庫全書》本（卷四一）及《列仙傳》「卒」作「平」，舊本同。案：《北堂書鈔》卷七七《卒篇》引《列仙傳》作「穀城鄉卒常生」，是應作「卒」。常生初爲鄉卒，其後復爲市門卒，皆爲卒也。元趙道一《歷世真仙體道通鑑》卷三亦訛作「平常生」。周叔迦、蘇晉仁《法苑珠林校注》據《搜神記》改「卒」爲「平」，誤。

20 丁令威

遼東城門有華表柱，忽有一白鶴集柱頭〔一〕。時有少年舉弓欲射之，鶴乃飛，徘徊空中而言曰：「有鳥有鳥丁令威，去家千歲今來歸〔二〕，城郭如故人民非〔三〕，何不學仙冢壘壘〔四〕？」遂高上冲天而去。後人於華表柱立二鶴，至此始矣。今遼東諸丁，云其先世有升仙者，不知名字。

本條《藝文類聚》卷七八、唐寫本類書殘卷伯二五二四號（《鳴沙石室古籍叢殘》、《敦煌寶藏》）《神仙篇》、《三洞羣仙録》卷三、《古文苑》卷九《遊仙詩》章樵注、《九家集註杜詩》卷二九《秋日夔州詠懷寄鄭監審李賓客之芳一百韻》注、《古今事文類聚》前集卷三四、《古今合璧事類備要》前集卷五〇、《羣書類編故事》卷一〇、《古詩紀》卷一四一、《古樂苑》卷五一、《琅邪代醉編》卷二一、《稗史彙編》卷一五九、《山堂肆考》卷一五〇引作《搜神記》，《類聚》卷九〇、《事類賦注》卷一八、《九家集註杜詩》卷三一《卜居》注、《山谷詩集註》卷一一《戲書秦少游壁》注、《山谷外集詩註》卷九《玉京軒》注、《后山詩註》卷二《從蘇公登後樓》注、《增廣箋註簡齋詩集》卷一七《與季申信道自光化復入鄧書事四首》其三注、《增修箋註妙選羣英草堂詩餘》前集下王介甫《千秋歲引》注、《雲谷雜紀》卷三、《野客叢書》卷一九、百卷本《記纂淵海》（《四庫全書》）卷九七、《唐詩鼓吹》卷一許渾《經故丁補闕山居》注、《天中記》卷五八引作《續搜神記》，《古今事文類聚》後集卷四二作《續神記》，脱「搜」字。《六帖》卷九四亦引，闕出處。案：舊本《搜神後記》輯入。《類聚》、唐寫本類書早出，《類聚》書名二歧而唐寫本類書作《搜神記》，其餘宋人類書詩注多承舊籍，殆非親見原書，不足爲據，今姑斷爲干書。《雲笈七籤》卷一一〇《洞仙傳·丁令威》、《歷世真仙體道通鑑》卷一一《丁令威》亦載其事。今據《類聚》卷七八，參酌諸書校輯。

〔一〕忽有一白鶴集柱頭　《三洞羣仙録》「白鶴」作「仙鶴」。案：舊本以上作：「丁令威，本遼東人，學道于靈虚山。後化鶴歸遼，集城門華表柱。」汪紹楹按云：「此二十四字，全同宋王象之《輿地紀勝》十八太平州《仙釋門》文。靈虚（《輿地紀勝》作『墟』）山在當塗，亦見同卷《景物門》。疑後人據之增入，非本書原有。應删正。」

〔二〕去家千歲今來歸　《記纂淵海》「歲」作「里」。

〔三〕城郭如故人民非　《草堂詩餘》「郭」作「中」；《三洞羣仙録》、《雲谷雜紀》「如故」作「猶是」，《古今合璧事類備要》、《野客叢書》、《山堂肆考》作「皆是」。

〔四〕何不學仙冢壘壘　《類聚》卷九〇作「何不學仙去，空伴冢纍纍」。《雲笈七籤》、《歷世真仙體道通鑑》作「何不學仙離塚纍」。

21 葉令王喬

王喬者，河東人也。顯宗世，爲葉令。喬有神術，每月朔望，常自縣詣臺朝。帝怪其來數，而不見車騎，密令太史伺望之。言其臨至，輒有雙鳧從東南飛來。於是候鳧至，舉羅張之，但得一隻舄焉。乃詔尚方診視，則四年中所賜尚書官屬履也〔一〕。每當朝時，葉門下鼓不擊自鳴，聞於京師。後天下玉棺於堂前，吏民推排〔二〕，終不摇動。喬曰：「天帝獨召我邪？」乃沐浴服飾寢其中，蓋便立覆。宿昔葬於城東，土自成墳。其夕，縣中牛皆流汗喘乏，而人無知者。百姓乃爲立廟，號葉君祠。牧守每班録，皆先謁拜之。吏民祈禱，無不如應。若有違犯，亦立能爲祟。帝乃迎取其鼓，置都亭下，略無復聲焉。或云此即古仙人王子喬也〔三〕。

本條《水經注》卷二一《汝水》引，末稱：「是以干氏書之于《神化》。」當據本書，而原屬《神化篇》也。《後漢書·方術列傳上》有《王喬傳》，文字與《水經注》幾同，蓋據本書。《史通·雜説中》：「案應劭《風俗通》載楚有葉君祠，即葉公諸梁廟也。而俗云孝明帝時有河東王喬爲葉令，嘗飛鳧入朝。及干寶《搜神記》，乃隱應氏所通，而收流俗怪説。」今據《後漢書》校輯。案：舊本據《風俗通義·正失篇》輯，未妥。

〔一〕則四年中所賜尚書官屬履也　《水經注》「中」作「前」。

〔二〕吏民推排　「民」原作「人」，《水經注》作「民」。案：唐人避太宗李世民諱改「民」作「人」，此當爲李賢注《後漢書》時所改。今據《水經注》改。下同。

〔三〕案：舊本此條輯作：「漢明帝時，尚書郎河東王喬爲鄴令。喬有神術，每月朔，嘗自縣詣臺。

帝怪其來數而不見車騎，密令太史候望之。言其臨至時，輒有雙鳧從東南飛來。因伏伺，見鳧，舉羅張之，但得一雙舄。使尚書識視，四年中所賜尚書官屬履也。」文句全同《風俗通義·正失篇·葉令祠》，「使尚書識視」中之「書」字，原作「方」。

22 薊子訓

薊子訓〔一〕，不知所來。到洛，見公卿數十處，皆持斗酒片脯候之，曰：「遠來無所有，示致微意。」坐上數百人，飲啖終日不盡。去後，數十處皆白雲起，從旦至暮。時有百歲公，說小兒時見訓賣藥會稽市，顏色如此。訓不樂住洛，遂遁去。正始中，長安東霸城中有見之者，與一老公摩挲銅人〔二〕，曰：「適見鑄此，已近五百歲〔三〕。」

本條《編珠》卷一，《藝文類聚》卷一、卷七八，《太平御覽》卷八，《事類賦注》卷二，《古今事文類聚》前集卷三四、卷四五，《古今合璧事類備要》前集卷五〇、卷四五、卷五八、後集卷一，《韻府羣玉》卷二〇，《羣書類編故事》卷一〇，《山堂肆考》卷一五〇並引，出《搜神記》。《古今合璧事類備要》前集卷五八、後集卷一無出處。今據《類聚》卷七八輯録。

〔一〕薊子訓　《羣書類編故事》「薊」訛作「蒯」。

〔二〕銅人　《古今合璧事類備要》前集卷五八、《韻府羣玉》作「銅狄人」，《古今合璧事類備要》後集卷一作「銅狄」。

〔三〕案：舊本末多數句：「見者呼之曰：『薊先生小住。』並行應之。視若遲徐，而走馬不及。」乃據《後漢書·方術列傳下·薊子訓傳》補輯，未妥。

23 白玉碁局

昔有人騎入南谷山中，見一小池，横石橋，遂驟馬過橋。見二少年，臨池弈碁，置白玉碁局。見騎馬者，拍手負局而走。

本條《杜工部草堂詩箋》卷二七《存殁口號二首》其二注引，又見《補註杜詩》卷二九王洙注，出《搜神記》，據輯。案：舊本未輯。

搜神記輯校卷二

神化篇之二

24 少翁

漢武帝幸李夫人，夫人後卒，帝哀思不已。方士少翁言能致其神〔一〕，乃施帷帳，明燈燭。帝遥望，見美女居帳中，如李夫人之狀，而不得就視之〔二〕。

本條《法苑珠林》卷九七引，出《搜神記言》（《大正新脩大藏經》本作《搜神異記》），據輯。

〔一〕方士少翁言能致其神　案：致李夫人神者諸書記載不一，《史記·封禪書》、《漢書·郊祀志上》及《外戚傳上·孝武李夫人傳》爲齊人少翁（《史記》李夫人作王夫人），《漢武故事》（《古小説鉤沈》輯本）及《北堂書鈔》卷一三二引桓譚《新論》作李少翁，然《文選》卷二三潘岳《悼亡詩》注、《太平御覽》卷六九九引《新論》則爲李少君，《拾遺記》卷五亦爲李少君。舊本據改作「齊人李少翁」。

〔二〕而不得就視之　《大正藏》本作「而不得就，乃遥視之」。案：此下舊本云：「帝愈益悲感，爲作詩曰：『是耶？非耶？立而望之，偏娜娜何冉冉其來遲！』令樂府知音家弦歌之。」乃據《漢書·外戚傳上》補輯而有訛誤。

25　徐登趙炳

徐登者，閩中人也。本女子，化爲丈夫，善爲巫術。又趙炳〔一〕，字公阿，東陽人，能爲越方。時遭兵亂，疾疫大起，二人遇於烏傷溪水之上。遂結言約，共以其術療病。各相謂曰：「今既同志，且各試所能。」登乃禁溪水，水爲不流。炳復次禁枯樹，樹即生荑。二人相視而笑，共行其道焉。登年長，炳師事之。貴尚清儉，禮神唯以東流水爲酌，削桑皮爲脯。但行禁架，所療皆除。後登物故，炳東入章安，百姓未之知也。炳乃故升茅屋，梧鼎而爨。主人見之驚懅，炳笑不應。既而爨孰，屋無損異〔二〕。又嘗臨水，從船人乞渡，船人不許〔三〕。炳乃張蓋坐其中〔四〕，長嘯呼風，亂流而濟。於是百姓神服，從者如歸。章安令惡其惑衆，收殺之。人爲立祠室於永康，至今蚊蚋不能入也〔五〕。

本條《北堂書鈔》卷一四五、《藝文類聚》卷一九、《六帖》卷六二、《太平御覽》卷三九二、《古今事文類聚》後集卷二一並引，出《搜神記》。又見《紺珠集》卷七干寶《搜神記》、《類説》卷七《搜神記》（明嘉靖伯玉翁舊鈔本題晉干寶撰），皆爲片斷。《後漢書·方術列傳下》載此，文句相合而文詳，知採本書。今據《後漢書》，參酌諸書校輯。案：舊本據《後漢書》及《書鈔》、《類聚》輯爲三條，未妥。

〔一〕趙炳　舊本「炳」訛作「昞」。《後漢書》注引《抱朴子》作「炳」。

〔二〕「徐登者」至「屋無損異」　據《後漢書》輯。

〔三〕船人不許　《後漢書》作「船人不和之」，注：「和猶許也。俗本作『知』者誤也。」此據《類聚》、《御覽》。

〔四〕坐其中　《紺珠集》及嘉靖伯玉翁舊鈔本《類説》作「坐水中」，《後漢書》、《類聚》、《六帖》、《御覽》、《類説》天啓刊本、《古今事文類聚》並作「坐其中」。

〔五〕「於是百姓神服」至「至今蚊蚋不能入也」　據《後漢書》輯。

26 壽光侯

壽光侯者，漢章帝時人也。能劾百鬼衆魅，令自縛見其形。其縣人有婦，爲魅所病，侯爲劾之。得大蛇數丈，死於門外。又有大樹，樹有精，人止者死，鳥過者墜。侯劾之，樹盛夏枯落，有大蛇，長七八丈，懸死其閒。章帝聞之，徵問，對曰：「有之。」帝曰：「殿下有怪，夜半後常有數人絳衣披髮，持火相隨，豈能劾之？」侯曰：「能，此小怪耳。」帝僞使三人爲之。侯劾三人，三人登時著地無氣。帝驚曰：「非魅也，朕相試爾。」即使解之〔一〕。

本條《法苑珠林》卷三一引，出《搜神記》。事採《列異傳》（《太平御覽》卷九三四引），後又載《後漢書》卷八二下《方術列傳下》。今據《珠林》，參酌《列異傳》、《後漢書》校輯。

〔一〕案：舊本下云：「或云：漢武帝時，殿下有怪，常見朱衣披髮相隨，持燭而走。帝謂劉憑曰：『卿可除此否？』憑曰：『可。』乃以青符擲之，見數鬼傾地。帝驚曰：『以相試耳！』解之而蘇。」此爲《神仙傳·劉憑》（《太平廣記》卷一一引，又見《廣漢魏叢書》本《神仙傳》卷五）中事，非本文，舊本輯入頗謬。

27 左慈

左慈，字元放，廬江人也。有神通。嘗在曹公坐，公曰：「今日高會，恨不得吴松江鱸魚爲膾。」放云：「可得也。」求銅盤貯水〔一〕，放以竹竿餌釣盤中，須臾引一鱸出。公大拊掌，會者皆驚。公曰：「一魚不周座席，得兩爲佳〔二〕。」放乃復餌釣之，須臾引出，皆長三尺餘〔三〕，生鮮可愛。公使目前膾之，周賜座席，皆洽會者。公曰：「今既得鱸，恨不得蜀生薑耳。」放曰：「可得也。」公恐其近道買，因曰：「吾昔使人至蜀買錦，可敕人告吾使，使增市二端。」人去，須臾還，得生薑，又云：「於錦肆下見公使，已敕增市二端。」後經歲餘，公使還，果增市二端錦。問之，云：「昔某月某日見人於肆下，以公敕敕之，增市二端錦。」

後公出近郊，士人從者百許人。放乃齎酒一甖，脯一片，手自傾甖，行酒百官，百官皆醉飽。公還驗之，酤賣家昨悉亡其酒脯矣。公惡之，陰欲殺元放。元放在公座，將收之，放卻入壁中，霍然不見。乃募取之，或見於市，乃捕之，而市人皆放同形。後或見放於陽城山頭，行人逐之，放入於羣羊。行人知放在羊中，告之曰：「曹公不復相殺，本成君術，既驗，但欲與相見。」羊中忽有一大老羝，屈前兩膝，人立而言曰：「遽如許。」人即云：「此羊是。」競往欲取，而羣羊數百，皆爲羝羊，並屈前膝人立云：「遽如許。」於是莫知所取焉。曹公執而煞之，乃見一束茅草〔四〕。

《老子》曰：「吾之所以爲大患者，以吾有身也。及吾無身，吾有何患哉！」若老子之儔，可謂能無身矣，豈不遠哉也〔五〕！

本條《北堂書鈔》卷一四五、《法苑珠林》卷三一、《太平御覽》卷八六二並引，出《搜神記》。《後漢書·方術列傳下·左慈傳》亦載，文句大同，當本本書。又敦煌寫本類書殘卷《方術》引《搜神記》：「左慈，字元放。魏初廬江人也。善有神術，變身爲羊。曹操執而煞之，乃見一束茅草。」（斯二〇七二，《敦煌寶藏》第十五册）今據《珠林》，參酌諸書校輯。

〔一〕求銅盤貯水　《御覽》「銅盤」作「銅藻盤」。

〔二〕得兩爲佳　《御覽》作「可更得不」，《後漢書》作「可更得乎」。

〔三〕三尺餘　《御覽》「三」作「二」。

〔四〕曹公執而煞之乃見一束茅草　此十二字據類書殘卷補，原作「曹操」，蒙上改。

〔五〕「老子曰」至「豈不遠哉也」　汪紹楹云：「按：『老子曰』以下，見《神仙傳》(《太平廣記》十一引)。又按：本書見《法苑珠林》引者，條末間附道家言論，疑爲引書時增附，非本書原有。」今案：本書條末間有干寶議論之辭，此當爲原書所有，非《珠林》增附也。又者，「老子曰」云云，未見《廣記》卷一一引《神仙傳》，汪氏誤記。

28 干吉

孫策欲渡江襲許，與干吉俱行〔一〕。時大旱，所在熇厲。策催諸將士，使速引船，或身自早出督切。見將吏多在吉許，策因此激怒，言：「我爲不如干吉邪，而先趨務之〔二〕？」便使收吉。至，呵問之曰：「天旱不雨，道塗艱澀，不時得過，故自早出。而卿不同憂戚，安坐船中，作鬼物態，敗吾部伍，今當相除。」令人縛置地上暴之，使請雨。若能感天，日中雨者，當原赦，不爾行誅。俄而雲氣上蒸，膚寸而合，比至日中，大雨總至，溪澗盈溢。將士喜悦，以爲吉必見原，並往慶慰，策遂殺之。將士哀惜，共藏其尸。天夜，忽更興雲覆之。明旦往視，不知所在。策既殺干吉，每獨坐，彷彿見吉在左右，意深惡之，頗有失常。

後出射獵，爲刺客所傷〔三〕。治創方差，而引鏡自照，見吉在鏡中，顧而弗見，如是再三。因撲鏡大叫，創皆崩裂，須臾而死。

本條《三國志·吳書·孫破虜討逆傳》注、《北堂書鈔》卷一三六、《太平御覽》卷七一七、《建康實録》卷一、《天中記》卷四九、《駢志》卷一〇並引，出《搜神記》。今據《吳書》注輯録。

〔一〕孫策欲渡江襲許與干吉俱行　《吳書》注原作「策」、「吉」，今補其姓。《吳書》注原作「于吉」，《駢志》作「干吉」。案：古書姓多作「干」。《後漢書》卷三〇下《襄楷傳》：「臣前上琅邪宫崇受干吉神書，不合明聽。」注：「干姓，吉名也。」唐林寶《元和姓纂》卷四干姓：「《左傳》，宋大夫干犨之後。……吳軍師干吉。……」《雲笈七籤》卷一一一《洞仙傳》有《干吉》。明凌迪知《萬姓統譜》卷二五：「干，干吉，瑯邪人，吳軍師。爲孫策所殺，俄失其屍。周旋人間又百餘年，仙去。」古書干姓、于姓常相混，干寶即多誤作于寶，當作「干吉」爲是，今改。

〔二〕而先趨務之　舊本及《駢志》「務」作「附」。案：《説文》力部：「務，趣也。」趣，同「趨」。

〔三〕出射獵爲刺客所傷　此八字《吳書》注無。案：下文云策「治創方差」，則應叙其受傷事。蓋《吳書》傳文已叙云：「先是，策殺貢（案：即吳郡太守徐貢），貢小子與客亡匿江邊。策單騎出，卒與客遇，客擊傷策。」故注引《搜神記》略去。《法苑珠林》卷六三引《冤魂志》載此事云：「後出射獵，爲刺客所傷。」姑據補。《洞仙傳·干吉》（《雲笈七籤》卷一一一）則曰：「策尋爲許貢伏客所傷。」

29 介琰

介琰者，不知何許人也。吴先主時從北來，云從其師白羊公入東海。琰與吴主相聞，吴主留琰，乃爲琰架宫廟。一日之中，數四遣人往問起居，或見琰如十六七童子，或如壯年。吴主欲學術，琰以帝常多内御，積月不教也〔一〕。

本條《初學記》卷一八引，出干寶《搜神記》，《姓氏急就篇》卷上引《搜神記》只「吴介琰」三字。今據《初學記》輯。

〔一〕案：舊本所輯頗異於《初學記》，其文曰：「介琰者，不知何許人也。住建安方山。從其師白羊公杜，受玄一無爲之道，能變化隱形。嘗往來東海，暫過秣陵，與吴主相聞。吴主留琰，乃爲琰架宫廟。一日之中，數遣人往問起居。琰或爲童子，或爲老翁，無所食啗，不受餉遺。吴主欲學其術，琰以吴主多内御，積月不教。吴主怒，敕縛琰，著甲士引弩射之。弩發，而繩縛猶存，不知琰之所之。」此實是據《洞仙傳》之《介琰》、《杜契》二傳（《雲笈七籤》卷一一〇、卷一一一）、《真誥》卷一三及《初學記》綴合而成，訛誤頗多，「杜」下脱「契」字，「玄一無爲之道」，《洞仙傳·介琰》原作「玄白之道」，「著甲士」原作「著車甲轅」。

30 焦湖廟巫

焦湖廟有一柏枕，或云玉枕〔一〕，枕有小坼。時單父縣人楊林爲賈客，至廟祈求。廟巫謂曰：「君欲好婚否？」林曰：「幸甚。」巫即遣林近枕邊，因入坼中，遂見朱門瓊室。有趙太尉在其中，即嫁女與林。生六子，皆爲祕書郎。歷數十年，竝無思鄉之志〔二〕。忽如夢覺，猶在枕傍，林愴然久之〔三〕。

本條《太平寰宇記》卷一二六《廬州·合肥縣》引，出《搜神記》、《幽明録》。又《北堂書鈔》卷一三四、《太平廣記》卷二八三引作《幽明録》，《廣記》文同《寰宇記》，《書鈔》乃頗異。《輿地紀勝》卷四五《廬州·景物上·栢枕》引《晏公類要》（案：晏殊所編類書）亦同《寰宇記》。敦煌寫本伯四六三六號古類書殘卷（《敦煌寶藏》）亦引《幽明録》，文字殘缺頗劇。今據《寰宇記》，參酌《廣記》校輯。案：舊本未輯。汪紹楹據《寰宇記》輯入《搜神記佚文》。

〔一〕焦湖廟有一柏枕或云玉枕　《寰宇記》光緒八年刊本「云」作「名」，此從嘉慶八年刊本。《廣記》、《輿地紀勝》亦作「云」。《書鈔》引作「焦湖廟祝有柏枕」，魯迅《古小説鉤沈》謂「云玉枕者，《搜神記》説也」。案：魯迅説非。《廣記》引《幽明録》亦云「焦湖廟有一柏枕，或云玉枕」，是知《搜神記》原文固如此，而爲《幽明録》所襲，《書鈔》所引删削不完，非但言柏枕也。此事得於傳聞，本有柏枕、玉枕二説，干寶兼取之，故先言「柏枕」，又稱「或云玉枕」。又，《廣記》所引前有「宋世」二字，此乃《廣記》編纂者所妄加。《廣記》引事皆加朝代，而此事初無年月可尋，遂據《幽明録》所出臆加「宋世」二字，不知事本載於《搜神記》，焉能事出宋世？即《幽明録》本文亦斷不可有此語。《廣記》妄加朝代如此者頗夥，讀者不可不辨。

〔二〕思鄉之志　《寰宇記》嘉慶本「鄉」作「歸」，《廣記》、《輿地紀勝》同。此據光緒刊本。

〔三〕案：《書鈔》所引文字頗異，録下備考：「焦湖廟祝有柏枕，三十餘年。枕後一小坼孔。縣民湯林行賈，經廟祈福。祝曰：『君婚姻未？可就枕坼邊。』令林入坼内，見朱門瓊宫瑶臺，勝於世。見趙太尉，爲林婚，育子六人，四男二女。選林祕書郎，俄遷黄門郎。林在枕中，永無思歸之懷，遂遭違忤之事。祝令林出外間，遂見向枕。謂枕内歷年載，而實俄忽之間矣。」

31　徐光

吴時有徐光，常行幻術於市里。從人乞瓜，其主勿與，便從索瓣，杖地而種之。俄而瓜生蔓延，生花成實，乃取食之，因賜觀者。鬻者反視所出賣，皆亡耗矣〔一〕。常過大將軍孫綝門〔二〕，褰裳而趨，左右唾濺〔三〕。或問其故，答曰：「流血覆道，臭腥不可耐〔四〕。」綝聞而怒殺之，斬其首無血〔五〕。後綝上蔣陵，有大風盪綝車，顧見光在松樹上，拊手笑之〔六〕。俄而綝誅〔七〕。

本條《藝文類聚》卷八七、《太平御覽》卷三九一、卷九七八、《事類賦注》卷二七、《天中記》卷五三、《駢志》卷一〇並引，出《搜神記》（《天中記》光緒刊本「搜」訛作「披」）。《全芳備祖》後集卷八引作《神仙傳》，誤。《法苑珠林》卷三一、《太平廣記》卷一一九引《冤魂志》（《廣記》作《還冤記》），亦載孫綝殺徐光事，然無種瓜事，但言：「徐光在吴市，常行幻術於市鄽閒。種棗橘栗，立得食之，而市肆賣者，皆已耗失。」（《珠林》）《珠林》卷七六引徐光種瓜事，脱出處，當亦出《冤魂志》（案：王國良《顔之推冤魂志研究》「徐光」條據百二十卷本《珠林》卷四一輯録，羅國威《〈冤魂志〉校注》據《廣記》輯録，均未輯種瓜事）。《冤魂志》文字與《搜神記》大同，然則《冤魂志》乃採《搜神記》也。今參酌《類聚》、《御覽》等書校輯，酌取《冤魂志》校補。

〔一〕「吴時有徐光」至「皆亡耗矣」　《珠林》卷七六作：「三國時吴有徐光者，不知何許人也。常行幻化之術於市里内。從人乞菰，其主弗與，便從索子，掘地而種。顧眄中閒菰生，俄而蔓莚生華，俄而成實，百姓咸矚目焉。子成，乃取而食之，因以賜觀者。向之鬻菰者反視所賫，皆耗矣。橘柚棗栗之屬，亦如其幻化，皆此類也。」

〔二〕常過大將軍孫綝門　「綝」《珠林》卷三一訛作「琳」，據《廣記》改。孫綝，《三國志》卷六四《吴書》有傳。

〔三〕左右唾濺　徑山寺本《珠林》（卷四一）「濺」訛作「淺」，《廣記》作「踐」，舊本亦作「踐」。

〔四〕臭腥不可耐　「耐」字《珠林》卷三一原無，據《廣記》補。

〔五〕「常過大將軍孫綝門」至「斬其首無血」　案：孫綝斬徐光事見《御覽》卷三九一引，首云「孫琳（綝）殺徐光而無血」，僅陳梗概。《珠林》、《廣記》引《冤魂志》載有詳情，姑據《珠林》補。

〔六〕拊手笑之　《御覽》卷三九一「拊」作「附」，據《珠林》改。

〔七〕「後綝上蔣陵」至「俄而綝誅」　案：孫綝斬徐光事舊本全據《廣記》輯録，又摻合《御覽》，此節作：「及綝廢幼帝，更立景帝，將拜陵，上車，有大風蕩綝車，車爲之傾。見光在松樹上，拊手指揮，嗤笑之。綝問侍從，皆無見者。俄而景帝誅綝。」

32 錢小小

吴先主殺武衛兵錢小小，形見大街〔一〕。顧借賃人吴永，使永送書與桁南廟〔二〕，借木馬二疋。以酒噀之，皆成好馬，鞍勒全耳。

本條《太平御覽》卷八九七引，出《搜神記》，據輯。

〔一〕形見大街　中華書局影印宋刊本「形」訛作「刑」，據《四庫全書》本及鮑崇城校刊本改。

〔二〕桁南廟　《四庫全書》本及鮑崇城校刊本「桁」作「街」，舊本同。案：《正字通》「木」部：「桁，與航同。朱雀桁，浮橋也。」

33 許懋

許懋，吴人，好黄白術。一日，遇一道人，將一畫扇簇挂於壁上，有藥爐、童子在上。

道人呼童子，而童子跪於爐前，畫扇頻動，爐火光炎，少頃藥成。道人曰：「黄白之術，役天地之數，非積功累行，不可求之。」遂告懋曰：「五十年後，當於茅山相尋。」遂不知所在。

本條《三洞羣仙録》卷一七引，出《搜神記》。案：舊本未輯。汪紹楹輯入《搜神記佚文》，按云：「本條文句，疑非本書。」然黄白之術漢代已有，畫扇之趣亦未必定出唐人幻設，今斷爲本書。

34 營陵道人

漢北海營陵有道人，能令人與已死人相見。其同郡人，婦死已數年，聞而往見之，曰：「願令我一見亡婦，死不恨矣。」道人曰：「可。卿往見之，若聞鼓聲，疾出勿留。」乃語其相見之術。俄而得見之，於是與婦言語悲喜，恩情如生。良久，聞鼓音，聲恨恨。恨，力尚反。不能得時出門〔一〕，閉户掩婿，婿乃徒出。當出户時，奄閉其衣裾户閒〔二〕，掣絶而去。至後歲餘，此人身亡，室家葬之。開塚，見婦棺蓋下有衣裾。

本條《法苑珠林》卷九七、《太平御覽》卷五五一、《太平廣記》卷二八四、《天中記》卷四〇並引。《御覽》、《廣記》出《搜神記》，《珠林》出《搜神記言》（《大正新脩大藏經》本作《搜神異記》），《天中記》出《列異傳》、《搜神記》。事原載《列異傳》（《古小説鉤沈》，《文選》卷三一江淹《雜體詩》效潘岳《悼亡》注、《御覽》卷八八四引）。今據《珠林》，參酌諸書校輯。

〔一〕聞鼓音聲恨恨不能得時出門　此據中華書局影印宋本《御覽》，《四庫全書》本作「聞鼓音，恨不能得住」，《珠林》作「聞鼓音聲，恨恨不能得住」，《廣記》作「聞鼓聲，恨恨不能得往（明鈔本作住）」。舊本同《廣記》，改「往」爲「住」。案：恨恨，象聲詞。《文選・雜體詩》注引《列異傳》：「乃聞鼓聲恨恨，不能出户。」作「恨恨」是。

〔二〕奄閉其衣裾户間　此據中華書局影印宋本《御覽》，鮑崇城校刊本及《珠林》無「奄」字，《四庫全書》本《御覽》作「忽掩其衣裾户間」。《廣記》作「奄忽其衣裾户間」，明鈔本、孫潛校本「忽」作「閉」。舊本同《四庫全書》本《御覽》。案：奄，同「掩」。

35 天竺胡人

永嘉年中，有天竺胡人來渡江南，言語譯道而後通。其人有數術，能斷舌續斷，吐火變化，所在士女聚共觀試。其將斷舌，先吐以示賓客，然後刀截，流血覆地。乃取置器中，傳以示人。視之，舌頭半舌，觀其口内，唯半舌在。既而還取含之，坐有頃，吐已示人，坐人見舌還如故，不知其實斷不也。其續斷，取絹布與人，各執一頭，對剪一斷之。已而取兩段，合持祝之，則復還連，絹與舊無異，故一體也。時人多疑以爲幻作，乃陰而試之，猶是所續故絹也。其吐火者，先有藥在器中，取一片，與黍餹含之〔一〕，再三吹吁，已而張口，火滿口中。因就爇處取以爨之，則便火熾也。又取書紙及繩縷之屬投火中，衆詳共視，見其燒然，消糜了盡。乃撥灰中，舉而出之，故是向物。如此幻術，作者非一。時天下方亂，云建安霍山可以避世，乃入東治，不知所在也。

本條《藝文類聚》卷一七，《太平御覽》卷三六七、卷七三七、卷八一七，《天中記》卷二二、卷四九並引，出《搜神記》，又見《法苑珠林》卷六一、卷七六，均脱出處，《太平廣記》卷二八四引《法苑珠林》。今據《珠林》卷七六，參酌諸書校輯。

〔一〕取一片與黍餹含之　舊本「取一片」誤作「取火一片」。《珠林》卷六一、《御覽》卷七三七「含」作「合」，舊本同。

搜神記輯校卷三

神化篇之三

36 許季山

右扶風臧仲英[一]，爲侍御史。家人作食，有塵垢在焉，炊熟，不知釜處。兵弩自行。火從篋中起，衣盡燒而篋簏如故。兒婦女婢使，一旦盡亡其鏡，數日後從堂下投庭中，言：「還汝鏡。」女孫年四歲，亡之，求之不知處。二三日，乃於圊中糞下啼。若此非一。許季山卜之曰：「家當有青狗，内中御者名蓋喜[二]，與共爲之。誠欲絶之，殺此狗，遣蓋喜歸鄉里。」仲英從之，遂絶。仲英遷太尉長史、魯相[三]。

本條《太平廣記》卷三五九引，出《搜神記》，亦見《類説》卷七《搜神記》。原載《風俗通義》卷九《怪神篇》。今據《廣記》，參酌《類説》、《風俗通義》校輯。

〔一〕右扶風臧仲英　「右扶風」原作「扶風」，據《風俗通義》改。漢有右扶風郡，魏改扶風郡。

〔二〕内中御者名蓋喜　《類説》作「内中御者名益喜」，《風俗通義》作「内中婉御者益喜」，婉，順從，親近。舊本改作「内中侍御者名益喜」，誤。

〔三〕案：舊本全取《風俗通義》，而又據《廣記》校改。其文曰：「右扶風臧仲英，爲侍御史。家人作食，設案，有不清塵土投汙之。炊臨熟，不知釜處。兵弩自行。火從篋簏中起，衣物盡燒，而篋簏故完。婦女婢使，一旦盡失其鏡，數日，從堂下擲庭中，有人聲言：『還汝鏡。』女孫年三四歲，亡之，求不知處。兩三日，乃于圊中糞下啼。若此非一。汝南許季山者，素善卜卦，卜之曰：『家當有老青狗物，内中侍御者名益喜，與共爲之。誠欲絶，殺此狗，遣益喜歸鄉里。』仲英從之，怪遂絶。後徙爲太尉長史，遷魯相。」

37　童彦興

橋玄，字公祖，梁國人也，初爲司徒長史。五月末夜卧，見東壁正白，如開門明〔一〕，呼左右，左右莫見。因起自往，手捫摸之，壁如故。還牀又見，心大恐。其旦，應劭往候之，玄告，劭曰：「鄉人有童彦興者〔二〕，許季山外孫也。其探賾索隱，窮神知化，雖眭孟、京房無以過也〔三〕。然天性褊狹，羞於卜筮者。」玄聞，往請之，須臾便與俱還〔四〕。公祖虚禮盛饌，下席行觴。彦興辭，公祖辭讓再三〔五〕，爾乃應之，曰：「府君怪見白光如門明者，然不爲害也。六月上旬雞鳴時，聞南家哭，即吉到。秋節遷北行郡，以金爲名，位至將軍、三公。」到六月九日，太尉楊秉薨。七月，拜鉅鹿太守，鉅邊有金焉。復爲度遼將軍，遂登三事〔六〕。

本條《太平御覽》卷七二八引，出《搜神記》，據輯，以《風俗通義·怪神篇》酌補。

〔一〕如開門明　原作「如門」，據《風俗通義》改。

〔二〕鄉人有童彦興者　《風俗通義》「童」作「董」。舊本作「董」。

〔三〕雖眭孟京房無以過也　此句據《風俗通義》補。

〔四〕須臾便與俱還　此句據《風俗通義》補。

〔五〕公祖辭讓再三　「辭」字原脱，據《風俗通義》補。

〔六〕案：舊本除開頭數語及文中依據《御覽》外，全取《風俗通義》。文曰：「大尉喬玄，字公祖，梁國人也。初爲司徒長史。五月末，於中門臥。夜半後，見東壁正白，如開門明。呼問左右，左右莫見。因起自往，手捫摸之，壁自如故。還床復見，心大怖恐。其友應劭適往候之，語次相告。劭曰：『鄉人有董彦興者，即許季山外孫也。其探賾索隱，窮神知化，雖眭孟、京房，無以過也。然天性褊狹，羞於卜筮者。間來候師王叔茂，請往迎之。』須臾便與俱來。公祖虛禮盛饌，下席行觴。彦興自陳：『下土諸生，無他異分，幣重言甘，誠有踧踖。頗能別者，願得從事。』公祖辭讓再三，爾乃聽之。曰：『府君當有怪，白光如門明者，然不爲害也。六月上旬雞鳴時，聞南家哭，即吉。到秋節，遷北行郡，以金爲名。位至將軍、三公。』公祖曰：『怪異如此，救族不暇，何能致望於所不圖？此相饒耳。』至六月九日未明，太尉楊秉暴薨。七月七日，拜鉅鹿太守，姓後世去「木」作「喬」。

『鉅』邊有『金』。後爲度遼將軍，歷登三事。」橋玄，《後漢書》卷五一有傳。舊本姓作「喬」，橋

38 管輅筮怪

安平太守王基，家數有怪，使管輅筮之。卦成，輅曰：「君之卦，當有一賤婦人生一男，墮地便走，入竈中死。又牀上當有一大蛇銜筆，大小共視，須臾便去。又烏來入室〔一〕，與燕鬬，燕死烏去。有此三卦。」王基大驚曰：「精義之致，乃至於此！幸爲處其吉凶。」輅曰：「非有他禍〔二〕，直以官舍久遠，魑魅魍魎共爲妖耳。兒生入竈，宋無忌之爲也。大蛇銜筆者，老書佐也。烏與燕鬬者，老鈴下也。夫神明之正者，非妖能亂也；萬物之變，非道所止也；久遠之浮精，必能之定數也。今卦中不見其凶，故知假託之類，非咎妖之徵。昔高宗之鼎，非雉所雊；太戊之階，非桑所生。然而妖孽並至，二年俱興，安知三事不爲吉祥？願府君安神養道，勿恐於神姦也。」後卒無他，遷爲安南將軍〔三〕。輅鄉里乃太原問輅：「君往者爲王府君論怪，云老書佐爲虵，老鈴下爲烏。此本皆人，何化之微賤乎？爲見於爻象，出君意乎？」輅言：「苟非性與天道，何由背爻象而任胸心者乎？夫萬物之化，無有常形；人之變異，無有常體。或大爲小，或小爲大，固無優劣。夫萬物之

化，一例之道也。是以夏鯀天子之父，趙王如意漢祖之子，而鯀爲黄能〔四〕，如意爲蒼狗。斯亦至尊之位，而爲黔喙之類也。況蚍者協辰巳之位，烏者棲太陽之精，此乃騰黑之明象，白日之流景。如書佐、鈴下，各以微軀化爲蚍烏，不亦過乎！」

本條《太平廣記》卷三五九引，出《搜神記》。又《法苑珠林》卷三二引《搜神記》：「夏鯀，天子之父，趙王如意，漢祖之子，而鯀爲黄能，意爲蒼狗。」《三國志》卷二九《魏書·管輅傳》注引《管輅别傳》「輅鄉里乃太原問輅」云云一節，中有此數語，是知本條尚有此事。今據《廣記》談本、明鈔本及《管輅别傳》校輯。案：舊本輯前事，多據《魏書·管輅傳》及《管輅别傳》校改，又據《魏書·王基傳》補王基字里；後事則全取《管輅别傳》。

〔一〕又烏來入室　《廣記》中華書局點校本「烏」作「鳥」，明鈔本、陳鱣校本、《四庫全書》本作「烏」，《管輅傳》同，據改。

〔二〕非有他禍　《廣記》明鈔本「他」作「大」。

〔三〕遷爲安南將軍　舊本作「安南督軍」，誤，魏無安南督軍之官。然王基亦未嘗爲安南將軍。《三國志》卷二七《魏書·王基傳》載，王基任安平太守之後，所任將軍歷爲討寇將軍、揚烈將軍、鎮南將軍、征東將軍、征南將軍。爲征南將軍在高貴鄉公甘露四年（二五九），此後未升遷，元帝景元二年（二六一）卒。然則安南將軍疑爲征南將軍之誤。

〔四〕黄能　《管輅别傳》作「黄熊」，《珠林》作「黄能」。案：《國語·晉語八》：「昔者鯀違帝命，殛之于羽山，化爲黄熊，以入于羽淵。」《四庫全書》本「熊」作「能」。《楚辭·天問》：「化爲黄熊，巫何以活？」王逸注稱「言鮌死後化爲黄熊，入于羽淵」。洪興祖補注：「《國語》作黄能。……能，三足鱉也。説者曰：獸非入水之物，故是鱉也。」《論衡・是應篇》：「鼈三足曰能。」今從《珠林》。

39 北斗南斗

管輅，字公明，善解諸術。至平原，見趙顔貌主夭亡而歎。顔奔告父，父乃求輅延命。輅曰：「子歸，覓清酒一榼，鹿脯一斤，吾卯日必至君家，且方便求請。」其父覓酒脯而候之，輅果至。語顔曰：「汝卯日刈麥地南大桑樹下〔一〕，有二人圍棊次，汝但一邊酌滿盞，置脯於前，飲盡更斟，以盡爲度。若問汝，但拜之，勿言，必合有人救汝。」顔依言而往，果見二人圍棊。顔置脯斟酒於前。其人貪戲，但飲酒食脯，不顧。飲數巡，北邊坐者忽見顔在，叱曰：「何故在此？」顔唯拜之。南面坐者人語曰：「適來飲他酒脯，寧無情乎〔二〕？」北邊坐者曰：「文書已定。」南邊坐人曰：「借文書看之。」見趙子壽可十九歲。乃取筆挑上，語顔曰：「救汝至九十年活。」顔拜而回。管語顔曰：「大助子喜，且得增壽。北邊坐人是北斗，南邊坐人是南斗。南斗注生，北斗注死。凡人受胎，皆從南斗，祈福皆向北斗〔三〕。」

本條《分類補註李太白詩》卷一〇《草創大還贈柳官迪》蕭士贇註引，出晉干寶《搜神記》。此事又見句道興

《搜神記》與八卷本《搜神記》，皆詳。句本末注事出《異勿志》，「勿」當爲「物」字之訛，不詳何人書。《天中記》卷二亦引，出《搜神記》，實是八卷本《搜神記》。舊本即據《天中記》輯録，惟趙顔訛作「顔超」（案：句本作「趙顔子」，八卷本作「趙顔」）。今據《分類補註李太白詩》註輯録，校以《天中記》及八卷本。

〔一〕汝卯日刈麥地南大桑樹下　「卯」原訛作「那」，「南」原訛作「甫」，據八卷本及《天中記》改。

〔二〕寧無情乎　「情」原訛作「請」，據《天中記》及八卷本改。

〔三〕皆從南斗祈福皆向北斗　「皆」原作「嘗」，據《天中記》改。《天中記》作「皆從南斗過至北斗，所有祈求，皆向北斗」。八卷本作「皆南斗過北斗，所有祈求，皆向北斗矣」。案：舊本全文據《天中記》輯録，録於下：「管輅至平原，見顔超貌主夭亡，顔父乃求輅延命。輅曰：『子歸，覓清酒一榼，鹿脯一斤，卯日，刈麥地南大桑樹下，有二人圍棋次。但酌酒置脯，飲盡更斟，以盡爲度。若問汝，汝但拜之，勿言。必合有人救汝。』顔依言而往，果見二人圍棋。顔置脯斟酒于前。其人貪戲，但飲酒食脯，不顧。數巡，北邊坐者忽見顔在，叱曰：『何故在此？』顔唯拜之。南邊坐者語曰：『適來飲他酒脯，寧無情乎？』北坐者曰：『文書已定。』南坐者曰：『借文書看之。』見超壽止可十九歲。乃取筆挑上，語曰：『救汝至九十年活。』顔拜而回。管語顔曰：『大助子，且喜得增壽。北邊坐人是北斗，南邊坐人是南斗。南斗注生，北斗注死。凡人受胎，皆從南斗過北斗。所有祈求，皆向北斗。』」文字有訛，「顔超」原作「趙顔」，「大助子，且喜得增壽」原作「大助子喜，且得增壽」。

40　淳于智筮鼠

淳于智字叔平，濟北人〔一〕。性深沉，有思義。少爲書生〔二〕，善《易》。高平劉柔夜卧，鼠齧其左手中指，意甚惡之。以問智，智爲筮之曰：「鼠本欲殺君而不能，當相爲，使之反死〔三〕。」乃以朱書其手腕横文後三寸爲田字，辟方一寸二分，使夜露手以卧。其明，有大鼠伏死手前。

本條《太平御覽》卷八八五、《太平廣記》卷四四〇引，出《搜神記》。事又載王隱《晉書》（《御覽》卷三七〇、卷七二七引）。今據《廣記》輯録，校以《御覽》、王隱《晉書》及《晉書》卷九五《淳于智傳》。案：舊本據《晉書·淳于智傳》增改。

〔一〕濟北人　舊本作「濟北盧人也」。案：此據《晉書·淳于智傳》增補，而訛「盧」爲「廬」。

〔二〕少爲書生　《御覽》卷七二七引王隱《晉書》「書生」作「諸生」。

〔三〕當相爲使之反死　《廣記》明鈔本「反」作「代」。《晉書·淳于智傳》作「當爲君使其反死」，舊本從之而脱「君」字。

41　淳于智卜狐

譙國夏侯藻母病困，將詣淳于智卜。有一狐當門，向之嘷唤。藻愁愕，遂馳詣智。智曰：「其禍甚急。君速歸，在嘷處拊心啼哭，令家人驚怪，大小畢出，一人不出，啼哭勿休，然後其禍僅可救也。」藻如之，母亦扶病而出。家人既集，堂屋五間，拉然而崩。

本條《太平御覽》卷八八五、《太平廣記》卷四四七、百卷本《記纂淵海》（《四庫全書》）卷九八、《稗史彙編》卷一五八引，出《搜神記》。事又載王隱《晉書》（《御覽》卷七二七引）及《晉書》卷九五《淳于智傳》。今據《御覽》輯録，校以《廣記》、王隱《晉書》及《晉書·淳于智傳》。

42 淳于智卜喪病

上黨鮑瑗，家多喪病，貧苦。或謂之曰：「淳于叔平，神人也。君何不試就卜，知禍所在？」瑗性質直，不信卜筮，曰：「人生有命，豈卜筮所移！」會智適來，應思遠謂之曰〔一〕：「君有通靈之思，而但爲貴人用。此君寒士，貧苦多屯蹇，可爲一卦。」智乃令詹作卦。卦成，謂瑗曰：「爲君安宅者女子工耶？」瑗曰：「是也。」又曰：「此人已死耶？」曰：「然。」智曰：「此人安宅失宜，既害其身，又令君不利。君舍東北有大桑樹，君徑至市，入市門數十步，當有一人持新馬鞭者，便就請買，還以懸此桑樹，三年當暴得財也。」瑗遂承其言詣市，果得馬鞭，懸之。正三年，浚井，得錢數十萬，銅鐵雜器，復可二十餘萬。於是家業用展，病者亦愈〔二〕。

本條《太平御覽》卷七二七引，出王隱《晉書》，末注：「《搜神記》同。」據輯，校以《御覽》卷一八〇、卷三五九及《事類賦注》卷八引王隱《晉書》，《御覽》卷四八四引《晉中興書》，《晉書》卷九五《淳于智傳》。案：舊本未據《御覽》輯録，似删改《晉書・淳于智傳》而成。

〔一〕應思遠謂之曰　「應思遠」，《晉書・淳于智傳》作「應詹」，下文「智乃令詹作卦」，詹即應詹，蓋思遠其字。「詹」通「瞻」，仰望。《晉書》云：「應詹少亦多病，智乃爲符，使詹佩之，誦其文，既而皆驗，莫能學也。」

〔二〕案：舊本作：「上黨鮑瑗，家多喪病，貧苦。淳于智卜之，曰：『君居宅不利，故令君困爾。君舍東北有大桑樹。君徑至市，入門數十步，當有一人賣新鞭者，便就買還，以懸此樹。三年，當暴得財。』瑗承言詣市，果得馬鞭。懸之三年，浚井，得錢數十萬，銅鐵器復二萬餘。於是業用既展，病者亦無恙。」

43　郭璞筮偃鼠

永嘉五年十一月〔一〕，有偃鼠出延陵〔二〕。郭璞筮之，遇《臨》之《益》，曰：「此郡東縣當有妖人，欲搆制者〔三〕，尋亦自死矣。」

本條《法苑珠林》卷六三引，出《搜神記》，據輯。案：舊本據《晉書・五行志中》改。

〔一〕永嘉五年十一月　前原有「晉」字，今删。

〔二〕有偃鼠出延陵　《晉書·五行志中》「偃」作「蝘」，《宋書·五行志二》作「偃」。舊本作「蝘」。

〔三〕欲搆制者　《宋志》、《晉志》「搆制」作「稱制」，案：「剬」同「制」。

44 郭璞筮病

楊州別駕顧球姊〔一〕，生十年便病。至年五十餘，令郭璞筮之，得《大過》之《升》，其辭曰：「大過卦者義不嘉，冢墓枯楊無英華。振動遊魂見龍車，身被重累嬰天邪〔二〕。法由斬樹殺靈蛇〔三〕，非己之咎先人瑕。案卦論之可奈何！」球乃訪迹其家事，先世曾伐大樹，得大蛇殺之，女便病。病後有群鳥數千，迴翔屋上，人皆怪之，不知何故。有縣農行過舍邊，仰視，見龍牽車，五色晃爛，甚大非常〔四〕，有頃遂滅。

本條《太平廣記》卷二一六引，出《搜神記》，據輯。

〔一〕姊　明鈔本、舊本作「姊」。

〔二〕天邪　舊本作「妖邪」。

〔三〕法由斬樹殺靈蛇　談本、黄晟校刊本、《四庫全書》本「樹」作「祀」，舊本同。明鈔本作「樹」。

〔四〕甚大非常　舊本「甚」作「其」。

45 郭璞活馬

趙固常乘一疋赤馬以征戰，甚所愛重，常繫所住齋前〔一〕。忽腹脹，少時死。郭璞從北過，因往詣之。門吏云：「將軍好馬今死〔二〕，甚愛惜，今盛懊惋。」景純便語門吏云〔三〕：「入通，道吾能活此馬，則必見我。」門吏聞，驚喜，即啓固。固踴躍，令門吏走迎之。始交寒温，便問：「卿能活我馬不？」璞曰：「馬可活耳。」固忻喜，即問：「須何方術？」璞云：「得卿同心健兒二三十人，皆令持長竹竿，於此東行三十里，當有丘陵林樹，狀若社廟。有此者，便以竿攪擾打拍之，當得一物，便急持歸。既得此物，馬便活矣。」於是命左右驍勇之士五十人使去，果如璞言，得大藂林，有一物似猴而非，走出。人共逐得，便抱持歸。入門，此物遥見死馬，便跳梁欲往。璞令放之，此物便自走往馬頭間，噓吸其鼻。良久，馬即起噴鼻，奮迅鳴唤，便不復見此物。固厚資給，璞得過江。

本條《藝文類聚》卷九三、《太平廣記》卷四三五、《太平御覽》卷八九七、《古今事文類聚》後集卷三八、《古今合璧事類備要》别集卷八一、《羣書類編故事》卷二四、《稗史彙編》卷五八並引，《類聚》、《廣記》、《稗史彙編》出《搜神記》，《御覽》、《古今事文類聚》、《古今合璧事類備要》、《羣書類編故事》作《續搜神記》。《御覽》文詳，而《類聚》、《廣記》等删削頗劇。舊本《搜神記》、《搜神後記》皆輯入，惟一簡一繁而已。今以《類聚》早出，且與《廣記》互證，姑斷爲干書。據《御覽》輯，校以諸書及《晉書》卷七二《郭璞傳》。

〔一〕常繫所住齋前　《御覽》影印宋本作「常所繫看齋前」，疑有脱訛，《四庫全書》本作「常繫於齋前」，據鮑崇城校刊本改。

〔二〕將軍好馬今死　《御覽》影印宋本「好」作「將」，疑涉上而訛，據《四庫全書》本、鮑校本改。《晉書》本傳作「良」。

〔三〕景純便語門吏云　《御覽》影印宋本「便」訛作「使」，據《四庫全書》本改。

搜神記輯校卷四

感應篇之一

案：《水經注》卷三九《廬江水》引張公直事，末云：「故干寶書之于《感應》焉。」是則原書有《感應篇》，記神靈感應之事。諸凡符瑞、神靈、孝感、夢徵、報應等事皆繫此篇。

46 附寶

黄帝有熊氏，少典之子，姬姓也。母曰附寶，其先即炎帝母家有蟜氏之女〔一〕，世與少典氏婚。及神農之末，少典氏又娶附寶。見大電光繞北斗樞星〔二〕，照郊野〔三〕，感附寶。孕二十五月〔四〕，而生黄帝於壽丘。

本條見《太平御覽》卷一三五引，出《帝王世紀》（皇甫謐撰，魏晉間人），末注：「干寶云『二十五月而生』，餘同。」又《本草綱目》卷五二：「《搜神記》云黄帝母名附寶，孕二十五月而生帝。」今據《御覽》卷一三五，參酌《御覽》卷一三、卷七九引《帝王世紀》校輯。案：舊本未輯。汪紹楹輯入《搜神記佚文》。

〔一〕有蟜氏之女　「蟜」，影印宋本《御覽》作「嶠」。案：《四庫全書》本、鮑崇城校刊本作「蟜」，《御覽》卷一三、卷七九，《國語・晉語四》並作「蟜」，疑作「蟜」是，據改。

〔二〕見大電光繞北斗樞星　「電」，影印宋本《御覽》作「霓」。案：《四庫全書》本、鮑崇城校刊本作「電」，《藝文類聚》卷一〇、《初學記》卷一、《尚書序正義》、《御覽》卷一三又卷七九引《帝王世紀》，《御覽》卷七九引《詩含神霧》，《史記・五帝本紀正義》皆作「電」，據改。

〔三〕郊野　《史記・五帝本紀正義》「郊」作「祁」。

〔四〕二十五月　《藝文類聚》卷一〇、《初學記》卷一引《帝王世紀》作「二十月」，《尚書序正義》引《帝王世紀》作「二十四月」，《史記・五帝本紀正義》亦作「二十四月」。

47　女樞

帝顓頊高陽氏，黄帝之孫，昌意之子，姬姓也。母曰景僕，蜀山氏女，爲昌意正妃，謂之女樞。金天氏之末，瑶光之星，貫月如虹〔一〕，感女樞幽房之宫，生顓頊於若水〔二〕。

本條見《太平御覽》卷一三五，出《帝王世紀》，末注：「《搜神記》同。」又《路史・後紀》卷八《高陽》：「昌意……取蜀山氏，曰景嬘。」注：「一作景樸，即《史》云昌樸，《大戴禮》爲昌濮，《搜神記》、《世紀》作景僕，云即女樞，又以爲昌意正妃，妄。」案：《藝文類聚》卷一一、《初學記》卷九、《尚書序正義》、《御覽》卷七九引《帝王世紀》文詳，據以校補。此條舊本未輯。汪紹楹輯入《搜神記佚文》，文簡。

〔一〕瑶光之星貫月如虹　《御覽》卷一四引《詩含神霧》作「瑶光如蜺貫月」。卷七九又卷一三五引

《河圖》作「瑶光之星，如蜺貫月，正白」。

〔二〕若水　《御覽》卷一三五作「弱水」，《類聚》、《初學記》、《御覽》卷七九作「若水」。案：《山海經·海内經》：「昌意降處若水。」《史記·五帝本紀》：「嫘祖爲黄帝正妃，生二子……其二曰昌意，降居若水。」《索隱》：「江水、若水皆在蜀。」據改。

48 慶都

堯母曰慶都，觀河，遇赤龍，晻然陰風，感而有孕，十四月而生堯。

本條見《太平御覽》卷一三五《春秋合誠圖》末注：「《漢書》云堯母十四月生堯，《帝王世紀》、《搜神記》同。」姑據《尚書序正義》引《帝王世紀》輯録。案：舊本未輯。汪紹楹據《尚書序正義》輯入《搜神記佚文》。

49 玉曆

虞舜耕於歷山，得玉曆於河際之巖。舜知天命在己，體道不倦〔一〕。

本條《初學記》卷九、《錦繡萬花谷》後集卷七、《玉海》卷一九五、《天中記》卷一二、《駢志》卷一、《山堂肆考》卷三二一、《駱丞集》卷四《又破設蒙儉露布》注並引，出《搜神記》（《初學記》有干寶撰名），據《初學記》輯。

〔一〕案：《初學記》同卷引《孝經援神契》「舜龍顔大口」云云，舊本亦輯入本條，頗謬。舊本所輯曰：「舜龍顏大口，手握褎。宋均註曰：握褎，手中有『褎』字。喻從勞苦，受褎飭，致大祚也。」

50 麟書

《孝經右契》曰〔一〕：魯哀公十四年，孔子夜夢三槐之間，豐、沛之邦，有赤烟氣起〔二〕，乃呼顏回、子夏侶往觀之。駈車到楚西北范氏之廟〔三〕，見芻兒捶麟，傷其前左足，束薪而覆之。孔子曰：「兒來，汝姓爲誰？」兒曰：「吾姓爲赤松，字時僑，名受紀〔四〕。」孔子曰：「汝豈有所見乎？」兒曰：「吾所見一獸〔五〕，如麕，羊頭〔六〕，頭上有角，其末有肉，方以是西走。」孔子曰：「天下已有主也，爲赤劉，陳、項爲輔，五星入井，從歲星。」兒發薪下麟示孔子，孔子趨而往〔七〕，麟蒙其耳，吐三卷書〔八〕，廣三寸，長八寸。每卷二十四字，其言赤劉當起，曰：「周亡，赤氣起，大燿興，玄丘制命，帝卯金〔九〕。」孔子精而讀之。

本條《初學記》卷二九、《六帖》卷九五、百卷本《記纂淵海》（《四庫全書》）卷四、《山堂肆考》卷二一七引，出《搜神記》。《太平御覽》卷八八九引有《孝經右契》此節，《古今合璧事類備要》別集卷六二亦引。事又載《宋書·符瑞志上》，事較《初學記》、《六帖》、《御覽》爲備。今據《初學記》，參酌諸書校輯。

〔一〕孝經右契曰　《初學記》「右」作「古」，《六帖》、《御覽》作「右」。案：《太平御覽經史圖書綱目》有《孝經左契》、《孝經右契》，《御覽》卷六一〇引有《孝經中契》，作「右」是，據改。

〔二〕有赤烟氣起　《六帖》「烟」作「氤」，舊本同。

〔三〕范氏之廟　《宋志》作「范氏街」，舊本同。《六帖》、《古今合璧事類備要》「范」訛作「苑」。

〔四〕兒來汝姓爲誰兒曰吾姓爲赤松字時僑名受紀　舊本名字作「名時喬，字受紀」，誤。《宋志》作「兒來，汝姓爲赤誦，名子喬，字受紀」。

〔五〕獸　《宋志》、《六帖》、《御覽》、《古今合璧事類備要》作「禽」，舊本同。案：古時獸亦稱禽，《説文》「内」部：「禽，走獸總名。」

〔六〕如麕羊頭　《宋志》作「巨如羔羊」。

〔七〕兒發薪下麟示孔子孔子趨而往　《御覽》作「孔子發薪下，麟視孔子」，《六帖》、《記纂淵海》、《古今合璧事類備要》作「孔子發薪下，麟視孔子，趨而往」，當有脱誤。

〔八〕書　《宋志》作「圖」，舊本同。

〔九〕「廣三寸」至「帝卯金」　諸引皆無，據《宋志》補。舊本亦輯，然「曰」訛作「日」，「大」訛作「火」。

51 黄玉刻文

孔子作《春秋》，制《孝經》，既成，使七十二弟子向北辰星磬折而立，使曾子抱《河》、《洛》事北向。孔子齋戒，向北辰而拜，告備于天，曰：「《孝經》四卷，《春秋》、《河》、《洛》凡八十一卷，謹已備。」天乃洪鬱起白霧，摩地，赤虹自上而下，化爲黄玉，長三尺〔一〕，上有刻文，孔子跪受而讀之曰：「寶文出，劉季握。卯金刀，在軫北。字禾子，天下服。」

本條隋杜公瞻《編珠》卷一，《初學記》卷二，《六帖》卷二，《太平御覽》卷一四、卷八〇五，《錦繡萬花谷》前集卷二〇、後集卷二，《古今合璧事類備要》前集卷四、卷四三、外集卷六一，百卷本《記纂淵海》（《四庫全書》）卷二，《新編古今奇聞類紀》卷二，《龍筋鳳髓判》卷三注，《天中記》卷三、卷五〇，《説略》卷二六，《山堂肆考》卷六、卷一八六並引，出《搜神記》（《初學記》、《山堂肆考》卷六作干寶《搜神記》，《山堂肆考》且冠晉字），《紺珠集》卷七干寶《搜神記》、《類説》卷七《搜神記》亦有摘録。又《宋書·符瑞志上》亦載，蓋本本書，文備。今據《宋志》，參酌諸書校輯。

〔一〕化爲黄玉長三尺　《御覽》卷一四「黄玉」作「玉璜」，《錦繡萬花谷》後集、《古今合璧事類備要》外集、《天中記》卷五〇、《説略》作「黄金」。《御覽》卷八〇五「三」作「二」。

52 陳寶

秦文公時〔一〕，陳倉人掘地得物，若羊非羊，若豬非豬，衆莫能名〔二〕，牽以獻文公。道逢二童子〔三〕，童子曰：「此名爲媦〔四〕，常在地中，食死人腦。若欲殺之，以柏捶其首〔五〕。」媦亦語曰：「彼二童子名陳寶〔六〕，得雄者王，得雌者霸。」於是陳倉人乃捨媦，逐二童子。二童子化爲雉，飛入於林。陳倉人以告文公，文公發徒大獵。雌上陳倉北阪，化爲石。置之汧渭之間，文公爲立祠，名「陳寶祠」。其雄者飛至南陽，今南陽雉縣，即其地也。秦欲表其符，故以名縣。每陳倉祠時，有赤光長十餘丈〔七〕，從雉縣來，入陳倉祠中，有聲如雄雉。其後光武起於南陽，皆如其言也。

本條《史記·秦本紀》之《正義》引《括地志》引，只片斷：「《搜神記》云其雄者飛至南陽，其後光武起於南陽，皆如其言也。」《文獻通考》卷九〇《郊社考》引《搜神記》同。《天中記》卷一二引《搜神記》亦據此轉引，惟删末五字。《括地志》前引《晉太康地志》叙其事，故略之。《古今合璧事類備要》前集卷六引《搜神記》，只一句：「陳倉童子化爲石。」《史記·封禪書》之《索隱》引《列異傳》亦載此事，又見引於《北堂書鈔》卷八九，《藝文類聚》卷九〇，《太平御覽》卷三七五、卷九一七、卷九五四，《太平廣記》卷四六一。後又載《宋書·符瑞志上》。各書所載要皆前後相襲，然頗多異文。《水經注》卷一七《渭水》、卷三一《淯水》所載則不同，另有所本。姑據《列異傳》及《括地志》所引本書，參酌《晉太康地志》（《文選》卷八《羽獵賦》注引作《太康記》）、《宋書·符瑞志》校輯。

〔一〕秦文公時　《列異傳》、《宋志》作「秦穆公」，下文又云文公立祠。《晉太康地志》、《水經注》作「秦文公」。案：據《史記·秦本紀》，文公後爲寧、出、武、德、宣、成、繆（穆）公，文、穆相距百餘年，穆公方獲雉，焉得文公立祠？世系淆亂如此。且《秦本紀》云：「（文公）十九年，得陳寶。」又《封禪書》：「文公獲若石云，于陳倉北阪城祠之。」獲寶立祠者皆文公甚明。疑後人以穆公稱霸，遂妄改文公爲穆公，而於文公立祠之事仍其舊。舊本卷八輯作「秦穆公時」，清人馬驌《繹史》卷二八辨云：「《搜神記》言穆公得之，至文公時立祠。文乃穆之遠祖，其說非也。」今從《晉太康地志》改。

〔二〕掘地得物若羊非羊若豬非豬衆莫能名　此據《宋志》，《晉太康地志》作「陳倉人獵得獸，若彘，不知名」，《文選》注所引《太康記》末句作「而不知其名」。

〔三〕道逢二童子　《水經注》卷三一：「昔秦文公之世，有伯陽者，逢二童，曰舀，曰被。」

〔四〕媦　諸書引《列異傳》名各異，《類聚》、《御覽》卷九五四、卷九一七作「媪」，舊本同。《御覽》卷三七五作「蝹述」，《史記索隱》作「媦」，《廣記》作「媪述」。《晉太康地志》作「媦」，而《文選》注引作「𥼞弗述」，《宋志》作「猥」。未詳孰是，今從《史記索隱》、《晉太康地志》。

〔五〕若欲殺之以柏捶其首　《類聚》、《廣記》、《御覽》卷九五四「捶」作「插」，舊本同。《御覽》卷三七五作「燒」，今從《御覽》卷九一七及《晉太康地志》。《宋志》作「以柏東南枝指之，則死矣」。

〔六〕陳寶　《廣記》作「雞寶」，明鈔本及《文選》注引《太康記》作「寶雞」，《宋志》作「寶」。

〔七〕有赤光長十餘丈　《史記索隱》引《列異傳》作「有光雷電之聲」。

53 邢史子臣

宋大夫邢史子臣〔一〕，明於天道。周敬王之三十七年〔二〕，景公問曰：「天道其何祥？」對曰：「後五年五月丁亥〔三〕，臣將死；死後五年五月丁卯，吳將亡；亡後五年，君將終，終後四百年，邾王天下。」俄而皆如其言。所云「邾王天下」者，謂魏之興也。邾，曹姓，魏亦曹姓，皆邾之後。其年數則錯，未知邢史失其數邪，將年代久遠，注記者傳而有謬也？

本條《三國志·魏書·文帝紀》注引，出干寶《搜神記》，據輯。《宋書·符瑞志上》亦載，蓋本本書。

〔一〕邢史子臣　《藝文類聚》卷八七、《太平御覽》卷九七八、《事類賦注》卷二七引《古文瑣語》「邢」作「刑」，《北堂書鈔》卷一六〇引《瑣語》作「形」。

〔二〕周敬王之三十七年　《宋志》作「四十七年」。案：《史記·周本紀》：「四十二年，敬王崩，子元王仁立。」《集解》：「徐廣曰：皇甫謐曰敬王四十四年，元己卯，崩壬戌也。」知「四十七年」誤。敬王三十七年，當宋景公三十四年（前四八三）。

〔三〕後五年五月丁亥　《三國志·文帝紀》注「五年」原作「五十年」，中華書局點校本删「十」字。舊本沿誤未改。

54 土德

魏推五德之運〔一〕，以土承漢。

本條《文選》卷二〇陸機《皇太子宴玄圃宣猷堂有令賦詩》注、卷二四陸機《答賈長淵》注引，出干寶《搜神記》。

據卷二〇校輯。案：此爲片斷，不知所屬，姑獨爲一條。舊本未輯。汪紹楹據《文選》卷二〇注輯入《搜神記佚文》。

〔一〕魏推五德之運　《文選》卷二四「推」作「惟」。

55 張掖開石

初，漢元、成之世，先識之士有言曰：「魏年有和，當有開石於西三千餘里，繫五馬，文曰『大討曹』。」及魏之初興也，張掖之柳谷有開石焉，始見於建安，形成於黄初，文備於太和。周圍七尋，中高一仞，蒼質素章，龍馬、麟鹿、鳳皇、仙人之象，粲然咸著。此一事者，魏晉代興之符也〔一〕。至晉泰始三年，張掖太守焦勝上言：「以留郡本國圖校今石文，文字多少不同，謹具圖上。」按其文有五馬象：其一有人平上幘，執戟而乘之；其一有若馬形而不成。其字有「金」，有「合」〔二〕，有「中」，有「大司馬」，有「王」，有「大吉」，有「正」，有「開壽」；其一成行，曰「金當取之」。程猗《説石圖》曰：「金者，晉之行也〔三〕。」

本條《三國志·魏書·明帝紀》注、《册府元龜》卷二一《帝王部·徵應》、《玉海》卷一九六引，出《搜神記》，據《三國志》注輯，以《册府元龜》校補。《宋書·符瑞志上》亦載，文字多有不同，當攙合他書。結末「程猗《説石圖》」一節，《文選》卷二〇陸機《皇太子宴玄圃玄猷堂有令賦詩》注、卷三〇謝朓《和王著作八公山》注、卷五四劉峻《辯命論》注並引，出干寶《搜神記》，今據卷二〇校輯。舊本未輯此節。汪紹楹輯入《搜神記佚文》。唐劉賡《稽瑞》云：「王隱《晉書·瑞異記》曰：『劉向《五行傳》云魏年有和，當有開石出於三千餘里（下略）。』《魏氏春秋》、《漢晉春秋》及張掖太守所上圖、《搜神記》及程猗瑞校此圖，大同而小異。諸圖故不徧書，書其篇目而已。」所言《搜神記》亦即此條。而所稱「程猗瑞校此圖」，即程猗《説石圖》，「瑞」字衍。

〔一〕魏晉代興之符也　《册府元龜》「代」作「大」。

〔二〕有合　據《册府元龜》補。案：《宋書·符瑞志上》所載石文爲「上上三天王述大會討大曹金但取之金立中大金馬一疋中正大吉關壽此馬甲寅述水」，凡三十五字。其中無「合」字。

〔三〕程猗説石圖曰金者晉之行也　案：《宋書·符瑞志上》：「既而晉以司馬氏受禪。太尉屬程猗説曰：『夫大者，盛之極也。金者，晉之行也。中者，物之會也。吉者，福之始也。此言司馬氏之王天下，感德而生，應正吉而王之符也。』猗又爲贊曰：『皇德遐通，實降嘉靈。乾生其象，坤育其形。玄石既表，素文以成。瑞虎合仁，白麟燿精。神馬自圖，金言其形。體正而王，中允克明。關壽無疆，於萬斯齡。』」

56 馬後牛

初，武帝太康三年，建鄴有寇。餘姚人伍振筮之，曰：「寇已滅矣。三十八年，揚州有天子。」至元帝即天位，果三十八年。先是，宣帝有寵將牛金，屢有功。宣帝作兩口榼，一口盛毒酒，一口盛善酒，自飲善酒，毒酒與金，金飲之即斃。景帝曰：「金名將，可大用，云何害之？」宣帝曰：「汝忘石瑞，馬後有牛乎？」元帝母夏侯妃與琅邪國小史姓牛私通，而生元帝。愍帝之立也，改毗陵爲晉陵。時元帝始霸江、揚，而戎翟稱制，西都微弱。晉將滅於西而興於東之符也。

本條見《宋書・符瑞志上》，「晉將滅於西而興於東之符也」前有「干寶以爲」四字，疑據本書，據輯。案：舊本未輯。

搜神記輯校卷五

感應篇之二

57 應嫗

後漢中興初，有應嫗者〔一〕，生四子而寡〔二〕。晝見神光照社〔三〕，試探之，乃得黄金。自是諸子宦學，並有才名，至瑒七世通顯。

本條《北堂書鈔》卷八七、《藝文類聚》卷三九、《初學記》卷一三、《太平御覽》卷五三二、《海録碎事》卷七下、《歲時廣記》卷一四、《古今合璧事類備要》外集卷五並引，出《搜神記》（《海録碎事》闕出處）。又《紺珠集》卷七干寶《搜神記》、《類説》卷七《搜神記》均有摘録。《後漢書》卷四八《應劭傳》亦載，蓋本本書。又見《太平廣記》卷一三七等引《孝子傳》。今參酌諸書所引及《後漢書·應劭傳》校輯。

〔一〕有應嫗者　舊本作「汝南有應樞者」。案：諸引及《後漢書·應劭傳》皆作「應嫗」，而《廣記》稱「後漢汝南應樞」，舊本此條主要據《廣記》輯録，承誤未改。又，《錦繡萬花谷》前集卷一八、《新編分門古今類事》卷一五、《天中記》卷三九引《孝子傳》均訛作「應樞」。

〔二〕寡　《類聚》訛作「盡」，舊本沿誤未改。《御覽》、《後漢書·應劭傳》作「寡」。

〔三〕晝見神光照社　《廣記》引《孝子傳》此下多出數句：「樞見光，以問卜人。卜人曰：『此天符也，子孫其興乎？』」《錦繡萬花谷》、《新編分門古今類事》、《天中記》引《孝子傳》略同。舊本據《廣記》補入，未妥。

58 竇氏蛇祥

漢定襄太守竇奉妻，生子武，并産一蛇，奉送蛇于林中。及武長大，有海内俊名。後母卒，及葬未窆，賓客聚集。有大蛇自榛草而出，徑至喪所，委地俯仰，以頭擊柩，涕血皆流，俯仰詰屈，若哀泣之容，有頃而去。時人知爲竇氏之祥。

本條《藝文類聚》卷九六、《法苑珠林》卷七〇、《六帖》卷九八、《太平御覽》卷九三四、《太平廣記》卷四五六、《古今合璧事類備要》別集卷八九、《山堂肆考》卷二二三並引，出《搜神記》。《後漢書》卷六九《竇武傳》亦載，蓋據本書。今參酌諸書校輯。

59 三鱓魚

楊震，字伯起。弘農華陰人也。常客居於湖，不答州郡禮命數十年，衆人謂之晚暮〔一〕，而震志愈篤。後有冠雀銜三鱓魚〔二〕，飛集講堂前。都講取魚進曰：「蛇鱓者，卿大夫服之象也。數三者，法三台也。先生自此升矣。」年五十〔三〕，乃始仕州郡。

本條見《顔氏家訓・書證篇》：「《後漢書》云：『鸛雀銜三鱓魚。』多假借爲鱣鮪之鱣。……《續漢書》及《搜神記》亦説此事，皆作鱓字。」其事見《太平御覽》卷九二五引華嶠《後漢書》、卷九三七引謝承《後漢書》及范曄《後漢書》卷五四《楊震傳》，文大同。原文不存，今姑據范書，參酌華書、謝書校輯。舊本未輯。汪紹楹輯入《搜神記佚文》，止於「先生自此升矣」。

〔一〕晚暮　謝書「暮」作「貴」。

〔二〕後有冠雀銜三鱓魚　「冠雀」，謝書、華書作「鸛雀」。范書注：「冠音貫，即鸛雀也。」「鱓魚」，《御覽》引華書、謝書及范書均作「鱣魚」，據《顔氏家訓》改，下同。《家訓》云：「《後漢書》云：『鸛雀銜三鱓（音善）魚。』多假借爲鱣鮪之鱣。俗之學士，因謂之爲鱣魚。案：《魏武四時食制》：『鱣魚大如五斗匳，長一丈。』郭璞注《爾雅》：『鱣長二三丈。』安有鸛雀能勝一者，況三乎？鱣又純灰色，無文章也。鱓魚長者不過三尺，大者不過三指，黃地黑文。故都講云：『蛇鱓，卿大夫服之象也。』《續漢書》及《搜神記》亦説此事，皆作『鱓』字。孫卿云：『魚鼈鰌鱣。』及《韓非》、《説苑》，皆曰：『鱣似蛇，蠶似蠋。』竝作『鱣』字。假『鱣』爲『鱓』，其來久矣。」而范書注（中華書局點校本）云：「鱣音善。《韓子》云：『鱣似蛇。』臣賢案：《續漢》及《謝承書》『鱣』字皆作『鱓』，然則『鱓』、『鱣』古字通也。鱣魚長者不過三尺，黄地黑文，故都講云：『虵鱓，卿大夫之服象也。』郭璞云：『鱣魚長二三丈。音知然反。』安有鸛雀能勝二三丈乎？此爲鱣明矣。」全據《家訓》爲説，而「鱣」、「鱓」二字相爲淆亂，致文義不明。「鱓」同「鱔」，即鱔魚；「鱣」今音沾，即鱘鰉魚。鸛雀所銜者乃鱔魚，顔之推辨之甚確。

〔三〕年五十　謝書作「時年過五十」。

60 忠孝侯印

常山張顥，爲梁國相〔一〕。時天新雨後，有鳥如山鵲，飛翔入市。近地，市人擿之，稍下墮地。民爭取，即化爲一圓石。顥命椎破之，得一金印，文曰「忠孝侯印」。顥以上聞，藏之祕府。顥後官至太尉。後議郎汝南樊行夷，校書東觀〔二〕，上表言：「堯舜之時，嘗有此官。今天降印，宜可復置。」

本條《藝文類聚》卷九〇，《後漢書·孝靈帝紀》注，敦煌寫本伯三六三六號類書殘卷（《敦煌寶藏》），《初學記》卷五、卷二六，《六帖》卷五，《太平御覽》卷五一、卷二〇一、卷九二一，《太平廣記》卷四六一，《事類賦注》卷七、卷一九，《海録碎事》卷五，《錦繡萬花谷》後集卷五，《古今事文類聚》後集卷四四，《古今合璧事類備要》前集卷六、別集卷七二，《玉海》卷八四，《唐詩鼓吹》卷二韓偓《鵲》注，《天中記》卷 八並引。除類書殘卷、《廣記》、《海録碎事》等皆作《搜神記》（《初學記》作干寶《搜神記》）。類書殘卷、《海録碎事》、《古今合璧事類備要》别集闕出處。《廣記》談愷刻本脱出處，《四庫全書》本作《酉陽雜俎》，案《酉陽雜俎》今本無，《廣記》前條鵲事出《酉陽雜俎》，疑庫本涉上而誤，應出《搜神記》也。事又載《博物志》卷七、《幽明録》(《古小説鉤沈》，《類聚》卷四六、《初學記》卷二七引)。諸書文字多合，信出一源。今據《廣記》，參酌諸書校輯。

〔一〕常山張顥爲梁國相　類書殘卷末云「前漢事」，誤，張顥爲後漢人。《御覽》卷五一引作「常山張顥爲梁州牧」，舊本從之，誤。後漢無梁州而有梁國。《後漢書·郡國志二》：「梁國，秦碭郡，高帝改。」

〔二〕後議郎汝南樊行夷校書東觀　「樊行夷」，《初學記》卷二六「行」作「衡」，《博物志》作「行」。《玉海》作「樊衡」。

61 張氏鉤

京兆長安有張氏者〔一〕，晝獨處室，有鳩自外入，止于對床〔二〕。張氏惡之〔三〕，披懷而祝曰〔四〕：「鳩爾來，爲我禍耶？飛上承塵；爲我福耶？來入我懷。」鳩翻飛入懷。以手探之，則不知鳩之所在，而得一金帶鉤焉，遂寶之。自是之後，子孫昌盛，資財萬倍。蜀客賈至長安中，聞之，乃厚賂内婢，婢竊鉤以與蜀客。張氏既失鉤，漸漸衰耗，而蜀客亦數罹窮厄，不爲己利。或告之曰：「天命也，不可以力求。」於是齎鉤以反張氏，張氏復昌。故關西稱「張氏傳鉤」云。

本條《北堂書鈔》卷一三二，《藝文類聚》卷九二，《法苑珠林》卷五六，《太平御覽》卷三五四、卷四七二、卷七〇一、卷七六七、卷九二一，《太平廣記》卷四六三，《古今事文類聚》後集卷四五，《古今合璧事類備要》別集卷七一，百卷本《記纂淵海》（《四庫全書》）卷九七，《羣書類編故事》卷二四，《天中記》卷五九並引，《珠林》、《古今事文類聚》脱出處，餘作《搜神記》（《御覽》卷四七二作干寶《搜神記》），又《廣記》卷一三七引《法苑珠林》。《紺珠集》卷七干寶《搜神記》、《類説》卷七《搜神記》亦有摘録。《幽明録》採入，見《初學記》卷二七、《御覽》卷八一一、《事類賦注》卷九、《海録碎事》卷八下引。今參酌諸書校輯。事又載《蒙求集註》卷上引《三輔決録》（東漢趙歧撰），事有不同。

〔一〕京兆長安有張氏者　《珠林》前有「晉」字，乃釋道世妄加，蓋以《搜神記》出晉時也。諸書皆無此字。

〔二〕對床　諸書多作「床」，《御覽》卷七六七作「前牀」，此從《御覽》卷四七二及《幽明録》。

〔三〕張氏惡之　《書鈔》「惡」作「疑」，《古今事文類聚》、《古今合璧事類備要》、《羣書類編故事》、《天中記》作「患」。

〔四〕披懷而祝曰　《廣記》引《珠林》「祝」作「呪」。

62 管弼

河間管弼，僑居臨水北岸，田作商賈，往往如意。嘗載兩舫米下都糴，垂行，忽於宅中見一物，形似鼃而長大，行還輒得大利。如此，一家遂巨富，二十年恒有萬斛米。

本條《太平御覽》卷四七二引，出干寶《搜神記》，據輯。案：舊本未輯。汪紹楹輯入《搜神記佚文》。

搜神記輯校卷六

感應篇之三

63 祀星

《周禮·春官宗伯》曰祀司中、司命、風伯、雨師，星也〔一〕。風伯〔二〕，箕星也。雨師，畢星也。鄭玄謂司中、司命，文昌第五、第四星也〔三〕。

本條《法苑珠林》卷六三引，出《搜神記》，據輯，校以《周禮》及鄭玄注。

〔一〕周禮春官宗伯曰祀司中司命風伯雨師星也　「曰祀」原訛作「日禮」。案：《周禮·春官宗伯·大宗伯》云：「大宗伯之職……以禋祀祀昊天上帝，以實柴祀日月星辰，以槱燎祀司中、司命、飌師、雨師。」「飌」同「風」。今改。

〔二〕風伯　原作「風師」，據《法苑珠林校注》本（以董氏闓閣百家道光刻本爲底本）改。舊本作「風伯」。

〔三〕鄭玄謂司中司命文昌第五第四星也　「鄭」字原無，今補。「第五第四」原誤作「第四第五」。

案：鄭玄注：「鄭司農云……司中，三能、三階也。司命，文昌宮星。風師，箕也。雨師，畢也。玄謂……司中、司命，文昌第五第四星，或曰中能、上能也。」據改。舊本沿誤未改。又案：《珠林》以下尚云：「案《抱朴子》曰：『河伯者，華陰人。以八月上庚日度河溺死，天帝署爲河伯。』又《五行書》曰：『河伯以庚辰日死，不可治船遠行，溺没不反。』」與前文無涉，汪紹楹以爲當是《珠林》九十二卷（案：此爲百二十卷本，百卷本爲第七十五卷）「馮夷」條下按語，説是，今不取。又，舊本下有「雨師一曰屏翳，一曰號屏，一曰玄冥」十四字，爲《珠林》所無。考《初學記》卷二引《纂要》：「雨師曰屏翳。」注：「亦曰屏號。……《風俗通》云：『玄冥爲雨師。』」《天中記》卷二云：「《廣雅》云：『雨師謂之屏翳。』《山海經》：『屏翳在海東，人謂之雨師。』《天問》：『屏號起雨，何以興之？』虞喜《志林》：『雨師屏翳。』《大象賦》：『太白降神于屏翳。』注云：『其精降爲雨師之神。』張景陽詩：『飛廉應南箕，豐隆迎號屏。……』《風俗通》云：『雨師玄冥。』」疑據《初學記》或《天中記》增補。

64 蒼水使者

秦時，有人夜渡河，見一人丈餘，手横刀而立，叱之，乃曰：「吾蒼水使者也〔一〕。」

本條《分門集註杜工部詩》卷一六、《杜工部草堂詩箋》卷三五、《補註杜詩》卷一三、《九家集註杜詩》卷一三、《集千家註杜工部詩集》卷一二《荆南兵馬使太常卿趙公大食刀歌》王洙注、《錦繡萬花谷》別集卷二二引，出

《搜神記》，據輯。案：舊本未輯。

〔一〕吾蒼水使者也 案：《吴越春秋》下卷第六《越王無余外傳》：「禹乃東巡，登衡嶽，血白馬以祭，不幸所求。禹乃登山，仰天而嘯，忽然而臥。因夢見赤繡衣男子，自稱玄夷蒼水使者。聞帝使文命于斯，故來候之。非厥歲月，將告以期，無爲戲吟。故倚歌覆釜之山，東顧謂禹曰：『欲得我山神書者，齋於黄帝之嶽巖之下。三月庚子，登山發石，金簡之書存矣。』禹退，又齋。三月庚子，登宛委山，發金簡之書，案金簡玉字，得通水之理。」所謂蒼水使者即玄夷蒼水使者。

65 戴文諶

沛國戴文諶〔一〕，隱居陽城山中〔二〕。曾於客堂食際，忽聞有呼曰：「我天帝使者，欲下憑君〔三〕，可乎？」文諶聞甚驚。又曰：「君疑我也？」文諶乃跪曰：「居貧，恐不足降下耳。」既而洒掃設位，朝夕進食甚謹。後諶於室内竊言之，其婦曰：「此恐是妖魅依憑耳。」文諶曰：「我亦疑之。」及祠饗之時，神已知之，乃言曰：「吾相從，方欲相利，不意有疑心異議。」文諶辭謝之際，忽堂上如數十人呼聲。出視之，遂見一大鳥，五色，白鳩數十隨之〔四〕，有雲覆之，東北入雲而去，遂不見。

本條《藝文類聚》卷九二、《太平廣記》卷二九四、《廣博物志》卷一四引，出《搜神記》。又《太平御覽》卷九二一引《廣州先賢傳》(案:《舊唐書·經籍志》雜傳類有陸胤《廣州先賢傳》七卷,《新唐書·藝文志》又有劉芳《廣州先賢傳》七卷)、《太平廣記》卷四六三引《窮神祕苑》(唐焦璐撰)亦載。《廣州先賢傳》文簡,與此幾同,皆經縮略;《窮神祕苑》事詳,情事相合,殆據本書,接近原文。今參酌諸書校輯。

〔一〕沛國戴文諶　《廣州先賢傳》、《窮神祕苑》「諶」作「謀」。舊本作「謀」。

〔二〕隱居陽城山中　汪紹楹校:「按《晉書·地理志》,廣州始安郡有陽山縣。本事亦見《廣州先賢傳》,疑當作『陽山』,『城』字衍。」案:陽城山在潁川郡許縣,東漢陳寔曾隱此(見《後漢書》卷六二本傳)。「陽城山」不當誤,或戴文諶先隱居陽城山後又寓居廣州,故入《廣州先賢傳》,亦未可知。

〔三〕欲下憑君　《廣記》卷四六三明鈔本「憑」作「降」。憑,依也。

〔四〕白鳩數十隨之　《廣記》卷四六三明鈔本「十」作「百」。

66 胡母班

胡母班〔一〕,曾至太山之側,忽於樹間逢一絳衣騶,呼班云:「太山府君召。」班驚愕〔二〕,逡巡未答。復有一騶出呼之,遂隨行。數十步,騶請班暫瞑目。少頃,便見宫室,威儀甚嚴。班乃入閤拜謁,主者爲設食,語班曰:「欲見君無他,欲附書與女婿耳。」班問:「女郎何在?」曰:「女爲河伯婦。」班曰:「輒當奉書,不知何緣得達?」答曰:「今適河中流，便扣舟呼青衣，當自有取書者。」班乃辭出。昔騶復令閉目，有頃，忽如故道。遂西行，如神言而呼青衣。須臾，果有一女僕出，取書而没。少頃復出，云：「河伯欲暫見君。」婢亦請瞑目，遂拜謁河伯。河伯乃大設酒食，詞旨慇懃。臨别，謂班曰：「感君遠爲致書，無物相奉。」於是命左右：「取吾青絲履來。」甚精巧也，以貽班。班出，瞑然忽得還舟。遂於長安經年而還，至太山側，不敢潛過，遂扣樹，自稱姓名：「從長安還，欲啓消息。」須臾，昔騶出，引班如向法而進，因致書焉。府君謂曰〔三〕：「當别遣報。」班語訖，如廁，忽見其父著械徒作，此輩數百人。班進拜，流涕問：「大人何因及此？」父云：「吾死，不幸見讁三年，今已二年矣，困苦不可處。知汝今爲明府所識，可爲吾陳之，乞免此役，便欲得社公耳。」班乃依教，叩頭陳乞。府君曰：「死生異路，不可相近，身無所惜。」班苦請，方許之，於是辭出，還家。歲餘，兒子死亡略盡。班惶懼，復詣太山，扣樹求見，昔騶遂迎之而見。班乃自説：「昔辭曠拙，及還家，兒死亡至盡。今恐禍故未已，輒來啓白，幸蒙哀救。」府君拊掌大笑曰：「昔語君『生死異路，不可相近』故也。」即敕外召班父，須臾至庭中。問之：「昔求還里社，當爲門户作福，而孫息死亡至盡，何也？」答云：「久别鄉里，自忻得還，又遇酒食充足，實念諸孫，召而食之耳。」於是代之，父涕泣而出，班遂還。後有兒，皆無恙。

本條《太平廣記》卷二九三、《天中記》卷八引，出《搜神記》。《三國志・魏書・袁紹傳》注引《漢末名士録》，末識云：「班嘗見太山府君及河伯，事在《搜神記》，語多不載。」《列異傳》已有載，見《太平御覽》卷六九七引，僅爲片斷。今據《廣記》（談本、明鈔本、孫潛校本），參酌《列異傳》校輯。

〔一〕胡母班　舊本「胡母班」下有「字季友，泰山人」六字，乃據《後漢書·袁紹傳》注引《漢末名士録》所增。《三國志·袁紹傳》注引《漢末名士録》作「季皮」，季者行三，「班」通「斑」，故字季皮。

〔二〕班驚愕　《廣記》「班」作「母班」，以下皆同。案：胡母乃複姓，今删「母」字。

〔三〕府君謂曰　「謂」原作「請」，明鈔本、孫校本作「謂」，據改。

67 趙公明參佐

散騎侍郎、汝南王祐〔一〕，疾困，與母辭訣。既而聞有通賓者，曰某郡某里某人，嘗爲别駕，祐亦雅聞其姓字。有頃，奄然來至，曰：「與卿士類，有自然之分，又州里，情便款然。今年國家有大事，出三將軍，分布徵發。吾等十餘人，爲趙公明府參佐。至此倉卒，見卿有高門大屋，故來投。與卿相得，大不可言。」祐知其鬼神，曰：「不幸篤疾，死在旦夕，遭卿，以性命相乞〔二〕。」答曰：「人生有死，此必然之事，死者不繫生時貴賤。吾今見領兵千人〔三〕，須卿，得度簿相付。如此地難得，不宜辭之。」祐曰：「老母年高，兄弟無有，一旦死亡，堂前無供養〔四〕。」遂歔欷，不能自勝。其人愴然曰：「卿位爲常伯，而家無餘財。向聞與尊夫人辭訣，言辭哀苦。然則卿國士也，如何可令死？吾當相爲。」因起去：「明日更來。」其明日又來，祐曰：「卿許活吾，當卒恩不〔五〕？」答曰：「大老子業已許卿，當復相欺耶？」見其從者數百人，皆長二尺許，烏衣軍服，赤油爲誌。祐家擊鼓禱祀，諸鬼聞鼓聲，皆應節起舞，振袖颯颯有聲。祐將爲設酒食，辭曰：「不須。」因復起〔六〕，謂祐曰：「病在人體中如火，當以水解之。」因取一盃水，發被灌之。又曰：「爲卿留赤筆十餘枝，在薦下。可與人使簪之，出入辟惡災，凡舉事者皆無恙。」因道曰：「王甲李乙，吾皆與之。」遂執祐手與辭。時祐得安眠。夜中忽覺，即呼左右〔七〕，令開被：「神以水灌我，將大沾濡。」開被而信有水，在上被之下，下被之上，不浸，如露之在荷。量之，得三升七合。於是疾三分愈二，數日大除。凡其所道當取者，皆死亡，唯王文英半年後乃亡。所道與赤筆人，雖經疾病及兵亂〔八〕，皆亦無恙。初有妖書云：「上帝以三將軍趙公明、鍾士季〔九〕，各督數萬鬼兵取人〔一〇〕，莫知所在。」祐病差見此書，與所道趙公明合焉。

本條《太平御覽》卷六〇五、《太平廣記》卷二九四、《事類賦注》卷一五、《文房四譜》卷一並引，出《搜神記》。《天中記》卷三八亦引片斷，無出處。今據《廣記》，參酌諸書校輯。

〔一〕散騎侍郎汝南王祐　《廣記》原作「散騎侍郎王祐」，《御覽》、《事類賦注》、《文房四譜》、《天中記》俱亦作「王祐」。汪紹楹校：「按：《晉書·汝南王司馬亮傳》：『亮子矩，矩子祐，永嘉（懷帝司馬熾年號）末，南渡江。元帝司馬睿命爲軍諮祭酒。太興末，領右軍將軍。太寧（明帝司馬紹年號）中，進號衛將軍，加散騎常侍。』此當作『汝南王祐』，脱『汝南』二字，以『王祐』爲姓名，與十六卷『新蔡王昭』同。」案：汪説甚是。文中祐云「老母年高，兄弟無有」，據《晉書·汝南王司馬亮傳》及《惠帝紀》，祐父汝南懷王矩與父亮於永平元年（二九一）爲楚王瑋所害，則無父矣，故獨言老母。《晉書》亦未載祐有兄弟。祐卒於咸和元年（三二六），在干寶前，時代亦相合。又下文有王文英，汪注：「《北堂書鈔》三四（案：爲卷一三四）引《洞林》：『丞相從事中郎王文英』，年代適合，疑即此人。」《洞林》即《易洞林》，三卷，郭璞撰，見《隋書·經籍志》五行類。據改。

〔二〕以性命相乞　「乞」原作「託」。汪紹楹校：「明鈔本《太平廣記》『託』作『乞』。當據正。」據改。孫潛校本亦作「乞」。

〔三〕千人　舊本作「三千」。

〔四〕堂前無供養　「堂」字據明鈔本、孫校本補。

〔五〕當卒恩不　明鈔本、孫校本「恩」作「念」。

〔六〕因復起　「起」下原有「去」字，據明鈔本、孫校本删。

〔七〕即呼左右　「即」原作「忽」，據明鈔本、孫校本改。

〔八〕雖經疾病及兵亂　「雖」原作「皆」，據明鈔本、孫校本改。

〔九〕上帝以三將軍趙公明鍾士季　疑脱一將軍姓名。

〔一〇〕各督數萬鬼兵取人　「兵」原作「下」，據明鈔本、孫校本改。

68 陳節方

陳節方謁諸神〔一〕，東海君以織成青襦一領遺之。有神王方平，降陳節方家，以刀二口，一長五尺〔二〕，一長五尺三寸，名泰山環，語節方曰：「此刀不能爲餘益，然獨卧可使無鬼，入軍不傷。勿以入厠溷，且不宜久服，三年後求者，急與。」果有戴卓以錢百萬請刀。

本條《太平御覽》卷八一六引，出《搜神記》。《御覽》卷三四五、卷六九五引《列異傳》亦載，而卷六九五所引，與此合，知本書採《列異傳》。引文皆片斷，今互校輯録。案：舊本只據《御覽》卷八一六輯録。

〔一〕陳節方謁諸神　「陳節方」，《御覽》卷八一六引作「陳節」，舊本同，此從《列異傳》。

〔二〕以刀二口一長五尺　《御覽》卷三四五原作「以刀一口，長五尺」，有脱訛，《古小説鉤沈》校改如上，今從之。

69 張璞

張璞，字公直，不知何許人也。爲吴郡太守，徵還，道由廬山。子女觀于祠室，婢使指像人以戲曰：「以此配汝。」其夜，璞妻夢廬君致聘曰：「鄙男不肖，感垂採擇，用致微意。」妻覺怪之，問故〔一〕，婢言其情。於是妻懼，催璞速發。明引中流，而舟不爲行，闔船震恐。乃皆投物於水，船猶不行。或曰：「投女則船爲進。」皆曰：「神意已可知也，以一女而滅一門，奈何？」璞曰：「吾不忍見之。」乃上飛廬臥，使妻沈女于水。妻因以璞亡兄孤女代之，置席水中，女坐其上，船乃得去。既璞見女之在也〔二〕，怒妻曰：「吾何面目於當世也？」乃復投己女于水中。及得渡，遥見二女在岸下〔三〕，有吏立于側〔四〕，曰：「吾廬君主簿也。廬君謝君，知鬼神非匹，又敬君之義，故悉還二女。」問女，言但見好屋吏卒，不覺在水中也。

本條《水經注》卷三九《廬江水》、《太平廣記》卷二九二、《廬山記》卷三、《后山詩註》卷二《出清口》任淵注、《永樂大典》卷六七〇〇引《江州志》、《稗史彙編》卷一三二引。《廣記》、《后山詩註》、《稗史彙編》引作《搜神記》；《江州志》引作干寶《搜神記》。《水經注》云「故干寶書之于《感應》焉」，知取自本書《感應篇》。《廬山記》引作干寶《搜神記》，而文同《水經注》。今據《廣記》，參酌《水經注》等校輯。

〔一〕問故　據《稗史彙編》補。

〔二〕既璞見女之在也　《廣記》談本「既」作「即」，據《四庫全書》本改。

〔三〕遥見二女在岸下　「岸」字據《廣記》明鈔本、孫潛校本補。

〔四〕有吏立于側　《廣記》「側」上有「岸」字，據明鈔本、孫校本删。《水經注》作「傍有一吏立」。

70　如願

昔有商人歐明〔一〕，乘船過青草湖〔二〕。忽遇風，晦暝，而逢青草湖君〔三〕。邀歸止家，堂宇甚麗。謂歐明曰：「惟君所須富貴金玉等物，吾當與卿。」明未知所答。傍有一人私語明曰：「君但求如願，不必餘物。」明依其人語，湖君默然。須臾，便許。及出，乃呼如願，是一少婢也。湖君語明曰：「君領取至家，如要物，但就如願，所須皆得。」明至家，數年遂大富。後至歲旦，如願起晏，明鞭之。如願以頭鑽糞帚中，漸没，失所在。明家漸貧。故今人歲旦，糞帚不出户者，恐如願在其中也〔四〕。

本條《歲華紀麗》卷一注引，出《搜神記》。案：《録異傳》亦載此事，《古小説鉤沈》輯本據《荆楚歲時記》注，《初學記》卷一八，《太平御覽》卷二九、卷四七二、卷五〇〇，《海録碎事》卷二，《增廣分門類林雜説》卷八引輯（案：明鈔本《太平廣記》卷二九二、《事物紀原》卷八、《山谷詩集註》卷六《常父答詩有煎點徑須煩緑珠之句復次韻戲答》任淵注、《山谷外集詩註》卷一三《宫亭湖》史容注、《山谷别集詩註》卷下《戲用題元上人此君軒詩韻奉答周彦起予之作病眼空花句不及律書不成字》史季温注、《輿地紀勝》卷二五亦引），文詳，然事有不同。今據《歲華紀麗》輯，舊本乃據《初學記》卷一八引《録異傳》輯録。

〔一〕歐明　《荆楚歲時記》注、《御覽》卷二九引《録異傳》「歐」作「區」。舊本作「歐」。

〔二〕青草湖　《録異傳》輯本作「彭澤湖」，舊本同，《海録碎事》引作「清明湖」。

〔三〕青草湖君　《録異傳》輯本作「青洪君」，舊本同，《荆楚歲時記》注引作「青湖君」，《海録碎事》作「清明君」。

〔四〕「後至歲旦」至「恐如願在其中也」　《録異傳》所記事異，輯本云：「歲朝，雞一鳴，呼如願，如願不起。明大怒，欲捶之，如願乃走。明逐之於糞上，糞上有昨日故歲掃除故薪，如願乃於此得去。明不知，謂逃在積薪糞中，乃以杖捶使出。久無出者，乃知不能。因曰：『汝但使我富，不復捶汝。』今世人歲朝雞鳴時，轉往捶糞，云使人富也。」《荆楚歲時記》注所引乃作：「後至正旦，如願起晚，商人以杖打之。如願以頭鑽入糞中，漸没失所。後商人家漸漸貧。今北人正旦夜，立於糞掃邊，令人執杖打糞堆，以答假痛；又以細繩繫偶人，投糞掃中，云令如願，意者亦爲如願故事耳。」舊本所輯文字較異，全文如下：「廬陵歐明，從賈客，道經彭澤湖。每以舟中所有，多少投湖中，云：『以爲禮。』積數年。後復過，忽見湖中有大道，上多風塵。有數吏，乘車馬來候明，云：『是青洪君使要。』須臾達，見有府舍，門下吏卒，明甚怖。吏曰：『無可怖。青洪君感君前後有禮，故要君。必有重遺君者，君勿取，獨求如願耳。』明既見青洪君，乃求如願。使逐明去。如願者，青洪君婢也。明將歸，所願輒得，數年大富。」

71 蔣子文

蔣子文者〔一〕，廣陵人也。嗜酒好色，挑撻無度。常自謂己青骨〔二〕，死當爲神。漢末爲秣陵尉，逐賊至鍾山下，爲賊擊傷額，因解綬縛之，有頃遂死。及吴先主之初，其故吏見文於道頭，乘白馬，執白羽扇〔三〕，侍從如平生。見者驚走，文進馬追之，謂吏曰：「我當爲此土地之神，以福爾下民耳。爾可宣告百姓，爲我立祠，當有瑞應也；不爾，將有大咎。」是歲夏大疫疾，百姓輒相恐動，頗有竊祠之者矣。未幾文又下巫祝曰〔四〕：「吾將大啓祐孫氏，官宜爲吾立祠。不爾，將使蟲入人耳爲災也〔五〕。」孫主以爲妖言〔六〕。俄而果有小蟲如鹿蝱〔七〕，入人耳皆死，醫巫不能治，百姓逾恐。孫主尚未之信也，既而又下巫祝曰：「若不祀我，將又以火吏爲災〔八〕。」是歲火災大發，一日數十處。火漸延及公宮，孫主患之。時議者以爲鬼有所歸，乃不爲厲，宜告饗，有以撫之〔九〕。於是使使者封子文爲中都侯，次弟子緒，爲長水校尉，皆加印綬，爲立廟堂。轉號鍾山爲蔣山，以表其靈，今建康東北蔣山是也。自是災沴止息〔一〇〕，百姓遂大事之。

本條《北堂書鈔》卷七七，《藝文類聚》卷七九，《法苑珠林》卷六二，《太平御覽》卷二六九、卷八八二，《太平廣記》卷二九三、卷四七三，《事始》（《説郛》卷一〇），《樂府詩集》卷四七，《景定建康志》卷四四《祠祀志一·諸廟》，《至正金陵新志》卷一一上《祠廟》，《古詩紀》卷五一、卷一四四，《稗史彙編》卷一三二，《古樂苑》卷二四又卷五二並引，出《搜神記》（《樂府詩集》、《古詩紀》、《古樂苑》有撰名）。《廣記》卷二九三注「出《搜神記》、《幽明録》、《志怪》等書」，屬《搜神記》者乃此事。《廣記》卷四七三所引，末云「《幽明録》亦載焉」（《古小説鉤沈》漏輯）。今據《珠林》，參酌諸書校輯。

〔一〕蔣子文者　《珠林》前有「漢」字，乃道世所加，諸引皆無。

〔二〕青骨　《法苑珠林校注》校：「《磧砂藏》本、《南藏》本、《嘉興藏》本作『精骨』。」《珠林》《四部叢刊》影印徑山寺本卷七八同；《類聚》作「骨清」，舊本同；《御覽》卷三七五引《列異傳》作「骨青」。

〔三〕執白羽扇　《珠林》、《廣記》卷二九三無「扇」字，舊本同。《書鈔》作「執白刃」。

〔四〕未幾文又下巫祝曰　「曰」字原無，《廣記》明鈔本、孫潛校本卷二九三有此字，據補。

〔五〕將使蟲入人耳爲災也　《廣記》孫校本卷二九三「蟲」作「䖟」。

〔六〕孫主以爲妖言　《類聚》、《御覽》卷八八二、《建康志》、《金陵新志》原作「吴主」，從下改。

〔七〕鹿蝱　《珠林》作「麤蝱」，《廣記》卷二九三作「鹿虻」，孫校本「鹿」作「麈」，卷四七三作「蟲蝱」。案：南宋羅願《爾雅翼》卷二六：「又一種小者名鹿䖟，大如蠅，齧牛馬亦猛。」又明朱橚《普濟方》卷四二六：「又一種小蝱名鹿蝱。」今從《廣記》卷二九三。虻、蝱、䖟，字同。舊本訛作「麈蝱」。

〔八〕將又以火吏爲災　《廣記》二引「火吏」俱作「大火」。

〔九〕撫之　《珠林》「撫」作「禁」，此從《廣記》卷二九三。舊本作「撫」。

〔一〇〕災沴止息　《珠林》《四部叢刊》本、《校注》本及《廣記》二引「沴」作「厲」，舊本同。

72 戴侯祠

豫章有高山峻石，仰之絶胒。有戴氏女〔一〕，久疾不瘥。出覓藥，見一小石，形像偶人〔二〕，女禮之曰：「爾有人形，豈神？能差我宿疾者，吾將事汝〔三〕。」其夜，夢有人告之曰：「吾將祐汝。」自後疾漸差。遂爲立祠山下，名「石侯祠〔四〕」。戴氏爲巫，故俗名「戴侯祠」。

本條《事始》（《説郛》卷一〇）、《太平廣記》卷二九四、《太平寰宇記》卷一〇六《洪州·分寧縣》並引，出《搜神記》。又《太平御覽》卷五一引《列異傳》、《北堂書鈔》卷一六〇引《列仙傳》（案：今本無，其事非仙，當爲《列異傳》之訛）亦載。今據《廣記》，參酌諸書校輯。

〔一〕有戴氏女　《寰宇記》引云「武寧縣有女戴氏」。案：魏晉豫章無武寧縣，而晉有豫寧，《宋書·州郡志三》載吴曰西安，晉武帝太康元年更名豫寧。隋廢。《新唐書·地理志五》載，長安四年析建昌置武寧，景雲元年曰豫寧，寶應元年復故名。貞元十五年析武寧置分寧。《寰宇記》繫此事於分寧縣，云分寧爲「武寧縣地」。故疑「武寧縣」三字乃樂史轉述之語，非原文。蓋石侯祠宋初猶存於分寧（詳下），樂史故加「武寧縣」三字以明地占。

〔二〕見一小石形像偶人　《寰宇記》作「見一石立，似人形」。

〔三〕吾將事汝　《廣記》「事」作「重」，據《書鈔》、《御覽》、《寰宇記》改。

〔四〕案：《書鈔》於「石侯祠」下接云：「後人取石投火，咸曰：『此神石，不宜犯之。』取者曰：『此石，何神？』乃投井中。神當出井中。明晨視之，出井，取者發疾死。」又案：《寰宇記》末云：「因立祠。今猶存焉。」「今猶存焉」當爲樂史語，今不取。

73 黄石公

益州之西、雲南之東有神祠，尅山石爲室，下有民奉祠之〔一〕。自稱「黄石公〔二〕」，因言此神張良所受黄石公之靈也。清淨不烹殺，請而不享。諸祈禱者，持一百紙〔三〕、一雙筆、一丸墨，置石室中，而前請乞。先聞石室中有聲，須臾問來人何欲。既言，便具語吉凶，不見其形。至今如此。

本條《北堂書鈔》卷九〇，《法苑珠林》卷六二，《初學記》卷二一，《北户録》卷二，《太平廣記》卷二九四，《文房四譜》卷一、卷四、卷五，《天中記》卷三八，《説略》卷一四、卷二三並引，出《搜神記》（《初學記》、《文房四譜》卷五作干寶《搜神記》）。又《太平御覽》卷四四引《九州要記》亦載。《海録碎事》卷一九引《搜神記》：「南朝呼筆四管爲一床。」案此句實鈔自《北户録》。《北户録》於「筆爲雙、爲床、爲枚」之下有注，注引《搜神記》以釋「雙」，以下繼釋「床」釋「枚」云：「南朝呼筆四管爲一床。梁簡文帝答徐璃（案：《天中記》『璃』作『摛』，《梁書》、《陳書》、《南史》有徐摛，而無徐璃。《藝文類聚》卷二六引有梁簡文帝《答徐摛書》，作『摛』是）書云：『時設書幌，下（案：《天中記》作『乍』）置筆床。』《梁令》云：『寫書，筆一枚一萬字。』」而《海録碎事》編者葉廷珪轉鈔時誤讀，以之與上文相連，誤爲《搜神記》語。《天中記》亦全鈔《北户録》語，以爲《搜神記》云，其誤尤甚。而今人或亦誤讀《北户録》，謬以此九字爲《搜神記》唐人注文（見范寧《關於〈搜神記〉》，《文學評論》一九六四年第四期），竟不知《搜神記》正文中本無「一床筆」之語，何得有此注？不審之甚！今據《廣記》，參酌諸書校輯。

〔一〕下有民奉祠之　舊本「民」作「神」，誤。

〔二〕黄石公　《廣記》作「黄公」，脱「石」字，舊本沿其誤。

〔三〕持一百紙　《書鈔》「百」作「白」。「紙」《廣記》作「錢」，誤，舊本沿其誤。

74 范丹

陳留外黄范丹〔一〕，字史雲。少爲尉從佐，使檄謁督郵〔二〕。丹有志節，自恚爲廝役小吏。一日〔三〕，於陳留大澤中，殺所乘馬，捐棄衣幘〔四〕，詐逢劫者。有神下其家曰：「我史雲也，爲劫人所殺，疾取我衣幘於陳留大澤中〔五〕。」家取得衣幘〔六〕。丹遂之南陽〔七〕，轉入三輔，從英賢游學。十三年乃歸，家人不復識焉。陳留人高其志行，及歿，號曰「貞節先生」。

本條《太平廣記》卷三一六引，出《搜神記》，據輯。

〔一〕范丹　《後漢書·獨行列傳》「丹」作「冉」，注：「『冉』或作『丹』。」《後漢書·爰延傳》：「范丹爲功曹。」《東觀漢記》卷二一有《范丹傳》。

〔二〕少爲尉從佐使檄謁督郵　汪紹楹校注本「使」字屬上讀，誤。《後漢書》卷五三《周燮傳》：「南陽馮良……少作縣吏，年三十，爲尉從佐，奉檄迎督郵。」注：「從佐，謂隨從而已，不主案牘也。」

〔三〕一日　原作「及」，據《永樂大典》卷八五七〇引《太平廣記》改。舊本作「乃」。

〔四〕捐棄衣幘　原作「捐棄官幘」，汪紹楹校：「明鈔本《太平廣記》『官』作『冠』，當據正。」孫潛校本亦作「冠」。《大典》此句作「棄衣幘」，與下文合，據改「官」爲「衣」。

〔五〕疾取我衣幘於陳留大澤中　「幘」字據《大典》補。

〔六〕家取得衣幘　「衣」原作「一」，汪紹楹校：「明鈔本《太平廣記》『一』作『衣』，當據正。」孫校本同，據改。舊本作「一」。

〔七〕南陽　原作「南郡」，舊本同。案：《後漢書》本傳：「到南陽，受業於樊英。」《後漢書·方術列傳》：「樊英字季齊，南陽魯陽人也。……隱於壺山之陽，受業者四方而至。」李賢注：「山在今鄧州新城縣北，即張衡《南都賦》云『天封大狐』是也。」唐鄧州新城正在漢南陽境。據《後漢書》改。

搜神記輯校卷七

感應篇之四

75 靈女廟

漢代十月十五日，宫中故事，以豚酒上靈女廟，吹塤擊筑，奏《上絃之曲》〔一〕，連臂踏地，歌《赤鳳來》之曲，乃巫俗也〔二〕。

本條《初學記》卷三、《太平御覽》卷二七、《歲時廣記》卷三七、百卷本《記纂淵海》（《四庫全書》）卷二、《古今合璧事類備要》前集卷一八、《山堂肆考》卷一三並引，出干寶《搜神記》（《記纂淵海》、《古今合璧事類備要》、《山堂肆考》無作者名）。又《天中記》卷五：「《搜神記》曰：『乃巫俗也。』」《玉燭寶典》卷一〇亦引此節，無出處。今據《歲時廣記》，參酌諸書校輯。案：此事原載《西京雜記》卷三，乃戚夫人侍兒賈佩蘭所説宫内風俗等事，末載戚夫人死後侍兒皆爲民妻。本條採自《西京雜記》，然佚文僅此一節，不知是否取全文，姑輯如右。舊本所輯爲全篇，而開頭至「歌《赤鳳皇來》」乃據《天中記》卷四三所引，視原文有所删節，又據《天中記》卷五補綴「乃巫俗也」四字；後半部則據原書，惟末删「戚夫人死，侍兒皆復爲民妻也」十二字。

〔一〕上絃之曲　《西京雜記》「絃」作「靈」。《初學記》卷一五、《御覽》卷五七二引《西京雜記》皆作

「雲」，《玉燭寶典》作「玄」。

〔二〕案：舊本所輯録下：「戚夫人侍兒賈佩蘭，後出爲扶風人段儒妻。説在宫内時，嘗以弦管歌舞相歡娱，競爲妖服，以趨良時。十月十五日，共入靈女廟，以豚黍樂神，吹笛擊筑，歌《上靈之曲》。既而相與連臂，踏地爲節，歌《赤鳳皇來》。乃巫俗也。至七月七日，臨百子池，作于闐樂。樂畢，以五色縷相羈，謂之相連綬。八月四日，出雕房北户，竹下圍棋，勝者終年有福，負者終年疾病。取絲縷，就北辰星求長命，乃免。九月，佩茱萸，食蓬餌，飲菊花酒，令人長命。菊花舒時，並採莖葉，雜黍米釀之，至來年九月九日始熟，就飲焉。故謂之菊花酒。正月上辰，出池邊盥濯，食蓬餌，以祓妖邪。三月上巳，張樂於流水。如此終歲焉。」

76 白水素女

謝端〔一〕，晉安侯官人也。少喪父母，無有親屬，爲隣人所養〔二〕。至年十七八，恭謹自守，不履非法，始出作居。未有妻，鄉人共愍念之，規爲娶婦，未得。端夜臥早起，躬耕力作，不捨晝夜。後於邑下得一大螺〔三〕，如三升壺〔四〕，以爲異物，取以歸，貯甕中畜之。十數日，端每早至野，還見其户中有飯飲湯火，盤饌甚豐，如有人爲者，端謂是隣人爲之惠也。數日如此，端便往謝隣人，隣人皆曰：「吾初不爲是，何見謝也？」端又以爲隣人不喻其意。然數爾不止，後更實問，隣人笑曰：「卿以自娶婦，密着室中炊爨，而言吾人爲炊耶〔五〕？」端默然心疑，不知其故。後方以雞初鳴出去，平早潛歸，於籬外竊窺其家，見一少女美麗，從甕中出，至竈下燃火。端便入門，徑造甕所視螺，但見殼〔六〕。仍到竈下問之曰：「新婦從何所來，而相爲炊？」女人惶惑〔七〕，欲還甕中，不能得，答曰：「我天漢中白水素女也。天帝哀卿少孤，恭慎自守，故使我來，權相爲守舍炊烹，十年之中使卿居富得婦〔八〕，自當還去。而卿今無故竊相伺掩，吾形已見，不宜復留，當相委去。雖爾，後自當少差，勤於田作，漁採治生。今留此殼去，以貯米穀，常可不乏。」端請留，終不肯。時天忽風雨〔九〕，翕然而去。端爲立神座，時節祭祀。居常饒足，不致大富耳。於是鄉人以女妻端。端後仕至令長云。今道中素女是也〔一〇〕。

本條見引於《藝文類聚》卷九七，《北户録》卷二，《太平廣記》卷六二，《太平御覽》卷八、卷九四一，《太平寰宇記》卷一〇〇《福州·侯官縣》，《元豐九域志》卷九《福建路·古跡》，《三洞羣仙録》卷一，《輿地紀勝》卷一二八《福州·景物上》，《方輿勝覽》卷一〇《福州·山川》，《淳熙三山志》卷六《螺女江》，百卷本《記纂淵海》（《四庫全書》）卷九九，《榕陰新檢》卷一三引《竹窗雜録》，《大明一統志》卷七四《福州府·山川》，《山堂肆考》卷二〇，並出《搜神記》，《竹窗雜録》云干寶《搜神記》。又《天中記》卷二引《搜神記》、《發蒙記》，卷五七引《述異記》，末云「《搜神記》稍同」。其屬干寶書無疑。舊本《搜神後記》輯入此條，首云「晉安帝時」，乃以晉安郡誤爲晉安帝，遂據而誤斷所屬。《榕陰新檢》卷一〇引《仙史類編》亦載此事。《廣記》所引文詳，今以爲據，參酌他書校輯。

〔一〕謝端　《寰宇記》引作「謝瑞」，宋本「瑞」作「端」。案：諸書俱引作「謝端」，又《初學記》卷八引《發蒙記》（西晉束晳撰）、梁任昉《述異記》卷上並同。「端」取端正自守之義，作「瑞」訛。

〔二〕爲隣人所養　《北户録》、《御覽》卷九四一「隣」作「鄉」。

〔三〕後於邑下得一大螺　《寰宇記》作「于此釣得一螺」，「此」指螺江，又稱釣螺江。江名乃後起，因謝端事而得名。疑釣螺乃樂史援入後世增飾之説，非原文。《元豐九域志》繫事於「螺江」下，云：「《搜神記》云閩人謝端釣得異螺，因名之。」疑「螺」乃「螺」之訛。《淳熙三山志》則作「江濱得大螺一」，江名「螺女江」，要皆宋人俗説。

〔四〕如三升壺　《類聚》、《天中記》作「如斗許」，《北户録》作「如三㪷盆」，《御覽》卷九四一作「如三升盆」，《寰宇記》、《竹窗雜録》、《山堂肆考》作「大如斗」，《輿地紀勝》、《方輿勝覽》、《大明一統志》作「如斗」。

〔五〕而言吾人爲炊耶　《廣記》原作「而言吾爲人炊耶」，汪紹楹校：「明鈔本《太平廣記》作『而言吾人爲炊耶』。」孫潛校本「爲人」亦作「人爲」。據改。

〔六〕殼　《廣記》談愷刻本訛作「女」，明鈔本作「殼」。舊本同談愷刻本。

〔七〕女人惶惑　舊本「人」作「大」。

〔八〕十年之中使卿居富得婦　《三洞羣仙録》「十」作「數」。

〔九〕風雨　《北户録》「雨」作「雷」。

〔一〇〕今道中素女是也　舊本於「素女」下增「祠」字。

77 麋竺

麋竺嘗從洛歸〔一〕，未達家數十里，路傍見一好新婦〔二〕，從竺求寄載。行可數里〔三〕，婦謝去，謂竺曰：「我天使也，當往燒東海麋竺家。感君見載，故以相語。」竺因私請之，婦曰：「不可得不燒。如此，君可馳去，我當緩行，日中火當發。」竺乃急行還家，遽出財物，日中而火大發〔四〕。

本條《三國志》卷三八《蜀書·麋竺傳》注，《藝文類聚》卷八〇，《古本蒙求註》卷下，《蒙求集註》卷下，《太平御覽》卷八六八、卷八八四，《事類賦注》卷八，《通志》卷一一八上《列傳·蜀》，百卷本《記纂淵海》（《四庫全書》）卷五，《古今事文類聚》續集卷一八，《古今合璧事類備要》外集卷五五，《分門類林雜説》卷七，《天中記》卷一〇並引，出《搜神記》。今據《蜀書》注，參酌諸書校輯。

〔一〕麋竺嘗從洛歸　「麋竺」，《事類賦注》、《古今事文類聚》、《記纂淵海》、《天中記》等引「麋」訛作「糜」。案：古籍中麋竺常誤作「糜竺」。《元和姓纂》卷二麋姓：「楚大夫受封南郡麋亭，因以爲姓。」麋姓望出東海朐山，《姓纂》云：「漢有麋敬。《蜀志》有麋竺，生芳（案：《蜀志》作『竺弟芳』）。宋有麋昺之。又麋信撰《説要》，注《穀梁》。」《萬姓統譜》卷四亦云：「楚大夫受封於南郡麋亭，因以爲氏。楚工尹麋之後。又望出東海、南陽。」《氏族博考》卷八云：「蜀將麋竺則鹿從米，與麻從米不同。今糜亦姓。」舊本「麋竺」下有「字子仲，東海朐人也。祖世貨殖，家貲巨萬」十六字，乃據《蜀書·麋竺傳》妄補。

〔二〕好新婦　原作「婦人」，《類聚》、《御覽》卷八六八、《古今事文類聚》、《記纂淵海》、《古今合璧事類備要》作「好新婦」，義勝，今從之。舊本作「好新婦」。新婦，漢魏六朝唐五代泛稱婦人爲新婦。《御覽》卷八八四、《事類賦注》作「新婦」。

〔三〕可數里　《類聚》、《御覽》卷八六八、《古今合璧事類備要》作「二十餘里」，舊本同；《御覽》卷八八四作「一十餘里」；《古今事文類聚》作「三十餘里」。

〔四〕案：《分門類林雜説》所引文字有異：「麋竺，字子貢，東海駒山人也。曾從母車路歸，去家數十里，路傍見一婦人，請竺寄載之，竺令上車。行十里，婦人辭竺曰：『我是人（案：當爲天字）使，遣我往燒東海麋家。感君見載，無以相報。』竺因愁請之，曰：『東海麋家者竺是也，願勿燒之。』婦人曰：『天命豈敢違之。然君但急行，我當緩來，明日日中火必發也。』竺於是疾達家，悉出資産。至日中火起，唯燒茅茨而已。漢末爲蜀丞相，世仕蜀郡。」所叙遇天使事蓋轉叙之語，非録原文；而其字里仕宦皆據史傳而叙，尤非原文所有，此《類林雜説》之體也。然所叙有訛誤。《三國志》本傳云：「麋竺字子仲，東海朐人也。」竺亦未嘗爲蜀相，爲安漢將軍。

78 孤石廟

宫亭湖孤石廟，嘗有一估客下都觀，經其下，見二女子云：「可爲妾買兩量絲履，自厚相報。」估客至都，市好絲履，並箱盛之。自市一書刀〔一〕，亦在箱中。既還，以箱及香置廟中而去，忘取書刀。湖中正泛〔二〕，忽有一鯉魚跳入船中，破魚腹，得書刀焉。

本條《北堂書鈔》卷一三七，《太平御覽》卷三四五、卷六九七、卷九三六並引（《御覽》卷九三六凡兩引），出《搜神記》，今參酌校輯。

〔一〕一書刀 《御覽》卷六九七作「一書一刀」，誤；卷九三六後引作「一刀」。此從《書鈔》、《御覽》卷三四五及卷九三六前引。《釋名》卷七：「書刀，給書簡札有所刊削之刀也。」

〔二〕湖中正泛 《御覽》卷九三六前引「泛」作「帆」，此從《書鈔》及《御覽》卷三四五。舊本改作「至河中流」。

79 黄祖

廬江龍舒陵亭〔一〕，有流水，邊有一大樹，高數十丈，常有黄鳥千數巢其上〔二〕。時久旱，長老共相謂曰：「彼樹常有黄氣，或謂有神靈，可以祈雨。」因以酒脯往祭。亭中有寡婦李憲者，夜起，室中或有光，忽見一婦人，着繡衣。婦人曰：「我樹神黄祖也，能興雲雨。以汝性潔，佐汝爲生。朝來父老皆欲祈雨，吾已求之于帝，明日日中當驗。」憲乃具告亭中衆人，大驚異。至日中，果大雨，遂爲立祠。神謂憲曰：「諸鄉老在此〔三〕，吾居近水，當少致鯉魚。」言訖，有鯉數十頭飛集堂下，坐者莫不驚悚。如此歲餘，神曰：「將有大兵，今辭汝去。」留一玉環曰：「持此可以避難。」後袁術、劉表相攻，龍舒之民皆流亡，唯憲里不被兵。

本條《太平廣記》卷二九二、《太平御覽》卷九五三、《太平寰宇記》卷一二六《廬州·廬江縣》並引，出《搜神記》。今據《寰宇記》，參酌諸書校輯。

〔一〕廬江龍舒陵亭　「龍舒」，《御覽》作「舒縣」。案：《後漢書·郡國志四》，廬江郡有龍舒侯國、舒縣。龍舒漢爲侯國，舊本作「龍舒縣」，誤加「縣」字。「陵亭」，《御覽》《四庫全書》本作「陸亭」，舊本同。案：《寰宇記》記此事在「陵山」下，作「陵亭」是。

〔二〕常有黄鳥千數巢其上　《廣記》「千」作「十」。《御覽》「千數」作「數千枚」，舊本同。

〔三〕諸鄉老在此　《廣記》「鄉老」作「卿」，舊本同。

80 丁姑

淮南全椒縣有丁新婦者，本丹陽丁氏女，年十六適全椒謝家〔一〕。其姑嚴酷，每使役，皆有程限，或違頃刻，仍便笞捶〔二〕。不可堪處〔三〕，以九月七日自經而死〔四〕。遂有靈響聞於民間，仍發言於巫祝曰：「念人家婦女，工作不已〔五〕，使避九月七日，勿用作。」吴平後，其女幽魂思鄉欲歸。永平元年九月七日，見形，著縹衣，戴青蓋，從一婢。至牛渚津求渡，有兩男子共乘船捕魚，仍呼求載。兩男子笑，共調弄之，言：「聽我爲婦，即當相渡也。」丁嫗曰〔六〕：「謂汝是佳人，而無所知。汝是人，當使汝入泥死；是鬼，使汝入水。」便却入草中。須臾，有一老翁乘船載葦又至，嫗從索渡，翁曰：「船上無裝，豈可露渡？恐不中載耳。」嫗言無苦。翁因出葦半許，安處著船中〔七〕，徑渡之，至南岸。臨去，語翁曰：「吾是鬼神，非人也，自能得過，然宜使民間粗相聞知。翁之厚意，出葦相渡，深有慙感，當有以相謝者。翁速還去，必有所見，亦當有所得也。」翁曰：「媿燥濕不至，何敢蒙謝！」翁還西岸，見兩少男子覆水中。進前數里，有魚千數〔八〕，跳躍水邊，風吹置岸上，翁遂棄葦載魚以歸。於是丁嫗遂還丹陽。今江南人皆呼爲「丁姑」，九月七日不用作事，咸以爲息日也。今所在祠之。

本條《太平廣記》卷二九二、《太平寰宇記》卷一二八《滁州·全椒縣·丁姑祠》、《輿地紀勝》卷四二《滁州·古跡·丁姑廟》引，出《搜神記》。又《元豐九域志》卷五《滁州》：「丁姑祠，事見《搜神記》。」今據《廣記》，參酌諸書校輯。

〔一〕謝家　《廣記》明鈔本、孫潛校本「謝」作「民」。

〔二〕仍便笞捶　《寰宇記》作「必加鞭笞」。

〔三〕不可堪處　「處」字據《廣記》孫校本及《寰宇記》補。

〔四〕以九月七日自經而死　舊本「七日」作「九日」，下文「七日」《輿地紀勝》亦作「九日」。案：九月九日乃重陽節，作「九日」當誤。《廣記》各本皆作「七日」。

〔五〕工作不已　此據《寰宇記》。《廣記》各本及《太平廣記鈔》卷五四作「作息不倦」，舊本同。

〔六〕丁嫗曰　明鈔本、孫校本「嫗」作「姬」，下同。《寰宇記》、《輿地紀勝》作「姑」。案：嫗、姑皆爲婦女通稱，姬則爲其美稱。

〔七〕安處著船中　《廣記》談愷刻本「處」下衍「不」字，明鈔本、孫校本無此字，舊本承其誤。

〔八〕有魚千數　《寰宇記》作「有魚數千頭」，《輿地紀勝》作「小魚數千頭」。

81 成公智瓊

魏濟北國從事掾弦超〔一〕，字義起。以嘉平中夜獨宿，夢有神女來從之。自稱天上玉女，東郡人，姓成公，字智瓊〔二〕。早失父母，天帝哀其孤苦〔三〕，遣令下嫁從夫。義起當其夢也，精爽感悟，嘉其美異，非常人之容。覺寤欽想，若存若亡。如此三四夕。一旦，顯然來遊，駕輜軿車，從八婢，服綾羅綺繡之衣，姿顔容體，狀若飛仙。自言年七十，視之如十五六女。車上有壺榼、清白琉璃五具〔四〕，飲啗奇異，饌具醴酒，與義起共飲食。謂義起曰：「我天上玉女，見遣下嫁，故來從君。不謂君德，蓋宿時感運，宜爲夫婦。不能有益，亦不能爲損。然行來常可得駕輕車乘肥馬，飲食常可得遠味異膳，繒素常可得充用不乏。然我神人，不能爲君生子，亦無妒忌之性，不害君婚姻之義。」遂爲夫婦。贈其詩一篇，其文曰：「飄颻浮勃逢〔五〕，敖曹雲石滋。芝英不須潤〔六〕，至德與時期。神仙豈虚降〔七〕，應運來相之。納我榮五族，逆我致禍災。」此其詩之大較。其文二百餘言，不能悉録。又注《易》七卷，有卦有象，以彖爲屬，故其文言既有義理，又可以占吉凶，猶揚子之《太玄》、薛氏之《中經》也。義起皆能通其旨意，用之占候。作夫婦經七八年。父母爲義起取婦之後，分日而燕，分夕而寢。夜來晨去，倏忽若飛，唯義起見之，他人不見也。雖居闇室，輒聞人聲，常見蹤跡，然不覩其形。每義起當有行來〔八〕，智瓊已嚴駕於門，百里不移兩時，千里不過半日。義起後爲濟北王門下掾，文欽作亂，景帝東征〔九〕，諸王見移于鄴宫，官屬亦隨監國西徙。鄴下狹窄，四吏共一小屋。義起獨臥，智瓊常得往來，同室之人，頗疑非常。智瓊止能隱其形，不能藏其聲，且芬香之氣，達于室宇，遂爲伴吏所疑。後義起嘗使至京師，空手入市，智瓊給其五匹弱綈、五端細紵〔一〇〕，采色光澤，非鄴市所有。同房吏問意狀，義起性疎辭拙，遂具言之。吏以白監國，委曲問之，亦恐天下有此妖幻，不咎責也。後夕歸，玉女已求去〔一一〕，曰：「我神仙人也〔一二〕，雖與君交，不願人知。而君性疏漏，我今本末已露，不復與君通接。積年交結，恩義不輕，一旦分別，豈不愴恨。勢不得不爾，各自努力矣。」呼侍御人下酒啗食。發簏，取織成裙衫兩襠遺義起〔一三〕，又贈詩一首。把臂告辭，涕零溜漓，肅然升車，去若飛流。義起憂感積日，殆至委頓。去後積五年，義起奉國使至洛，到濟北魚山下。陌上西行，遥望曲道頭，有一馬車〔一四〕，似智瓊。驅馳前至，視之，果是玉女也。遂披帷相見，悲喜交至。控左授綏〔一五〕，同乘至洛，遂爲室家，克復舊好。至太康中猶在，但不日日往來，每於三月三日、五月五日、七月七日、九月九日、月旦、十五，輒下往來，來輒經宿而去。張敏爲之賦神女，其序曰〔一六〕：「世之言神仙者多矣，然未之或驗也。至如弦氏之婦，則近信而有徵者。甘露中，河濟間往來京師者，頗説其事，聞之常以鬼魅之妖耳。及遊東土，論者洋洋，異人同辭，猶以流俗小人好傳浮僞之事，直謂訛謠，未遑考核。會見濟北劉長史，其人明察清信之士也。親見義起，受其所言，讀其文章，見其衣服贈遺之物，自非義起凡下陋才所能構合也。又推問左右知識之者，云當神女之來，咸聞香薰之氣，言語之聲，此即非義起淫惑夢想明矣。又人見義起强甚，雨行大澤中而不沾濡，益怪之。夫鬼魅之近人也，無不羸病損瘦，今義起平安無恙，而與神人飲燕寢處，縱情兼慾，豈不異哉！余覽其歌詩，辭旨清偉，故爲之作賦。」賦曰：「皇覽余之純德，步朱闕之崢嶸。靡飛除而入祕殿，侍太極之穆清。帝愍余之勤肅，將休余於中州。託玄靜以自處，寔應夫子之好仇。於是主人憮然而問之曰：『爾豈是周之褒姒、齊之文姜，孽婦淫鬼，來自藏乎？儻亦漢之遊女、江之娥皇，猒真僊〔一七〕、倦仙侍乎？』於是神女乃斂袂正襟而對曰：『我實貞淑，子何猜焉！且辯言知禮，恭爲令則；美姿天挺，盛飾表德。以此承歡，君有何惑？』爾乃敷茵席，垂組帳。嘉旨既設，同牢而饗。微聞芳澤，心盪意放。於是尋房中之至嬿，極長夜之懽情。心眇眇以忽忽，想北里之遺聲。既澹泊於幽默，揚覺寤而中驚〔一八〕。賦斯時之要妙，進偉服之紛敷。俛撫衽而告辭，仰長歎以欷吁。乘雲霧而變化，遥弃我其焉如。」

弦超爲神女所降，論者以爲神仙，或以爲鬼魅，不可得正也。著作郎干寶以《周易》筮之，遇《頤》之《益》，以示同寮郎，郭璞曰：「《頤》貞吉，正以養身，雷動山下，氣性唯新。變而之《益》，延壽永年，乘龍銜風，乃升於天：此仙人之卦也〔一九〕。」

本條《藝文類聚》卷七九、《法苑珠林》卷五、《太平御覽》卷六七七、《古詩紀》卷一四四、《西晉文紀》卷六並引，出《搜神記》。此作原出晉初張敏，《北堂書鈔》卷一二九引其《神女傳》，僅爲片斷。後又載入《列異傳》（殆張華所續撰者），見《太平御覽》卷七六一引，亦斷片耳。《太平廣記》卷六一《成公智瓊》，出《集仙録》，即五代前蜀杜光庭《墉城集仙録》（今本闕此條），文句與《珠林》所引《搜神記》大同而頗有詳於《珠林》處。《墉城集仙録》序稱「編記古今女仙得道事實」，「纂彼衆説，集爲一家」，自序提到十餘種書，中有《搜神記》，是知智瓊事採自《搜神記》。《御覽》卷三九九、卷七二八引《智瓊傳》，《太平寰宇記》卷一三《鄆州·東阿縣》、《樂府詩集》卷四七引《述征記》（郭緣生撰）亦載此事。又《海録碎事》卷一三上引，闕出處，文並簡。《藝文類聚》卷七九節引晉張敏《神女賦》，前有序。《集仙録》只録序，較《類聚》完整。《文選》卷三〇謝靈運《擬魏太子鄴中集詩·擬陳琳詩》注引張敏《神女賦》二句。《集仙録》與《珠林》所引《搜神記》均誤以《神女賦》張茂先（張華）作，《樂府詩集》卷四七亦引張茂先《神女賦序》，文簡，實是傳文。干寶此記，或轉録自《列異傳》，亦或徑據《神女傳》及《神女賦并序》而録，當亦録有賦。今據《集仙録》，參酌《類聚》、《珠林》等書校輯。賦亦輯入，舊本未輯。

〔一〕魏濟北國從事掾弦超　「濟北國」，《集仙録》、《珠林》、《古詩紀》均作「濟北郡」，舊本同。據《晉書·地理志上》、《宋書·州郡志一》，漢置濟北國，宋改郡，今改，下文「郡使」亦改「國使」。

〔二〕智瓊　《珠林》「智」作「知」，其餘諸書俱作「智」，「知」通「智」。

〔三〕天帝哀其孤苦　《搜神記》汪紹楹校注本（據《學津討原》本）「帝」訛作「地」，《津逮祕書》本不誤。

〔四〕清白琉璃五具　《列異傳》「清」作「青」，舊本同。

〔五〕飄飄浮勃逢　《類聚》、《珠林》、《古詩紀》「逢」作「述」。案：勃指勃海，《史記·封禪書》：「蓬萊、方丈、瀛洲，此三神山者，其傳在勃海中，去人遠……諸仙人及不死之藥皆在焉。」「逢」借作「蓬」，《墨子·耕柱》：「逢逢白雲。」孫詒讓《閒詁》：「逢、蓬通。」作「述」訛。舊本脱「飄」字。

〔六〕芝英不須潤　舊本「芝」下衍「一」字。

〔七〕降　舊本作「感」。

〔八〕每義起當有行來　《廣記》中華書局點校本校：「來原作永，據明鈔本改。」案：行來，來往也。前文亦云「行來常可得駕輕車乘肥馬」。吴康僧會譯《舊雜譬喻經》卷一八「梵志吐壺」條：「願大王赦宫中，自在行來。」然此處「行來」詞義有别，乃偏義複詞，偏指「行」，即出門。黄晟校刊本、《四庫全書》本作「求」，義亦通。

〔九〕文欽作亂景帝東征　《集仙録》「景帝」原作「魏明帝」。案：《三國志·高貴鄉公紀》：「（正元）二年春正月乙丑，鎮東將軍毌丘儉、揚州刺史文欽反。戊寅，大將軍司馬景王（案：即司馬師）征之。」又見《晉書·景帝紀》。今改。

〔一〇〕智瓊給其五匹弱緋五端細紵　「匹」，《廣紀》談本原作「匣」，據明鈔本、孫潛校本改。「細」，原作「絪」，據孫校本改。

〔一一〕玉女已求去　明鈔本「已」作「遂」。

〔一二〕我神仙人也　《珠林》無「仙」字，舊本同。

〔一三〕取織成裙衫兩襠遺義起　舊本「襠」訛作「副」。案：兩襠，又作裲襠。《釋名》卷五《釋衣服》：「裲襠，其一當胸，其一當背也。」王先謙引皮錫瑞曰：「裲襠字，古作兩當。」王先謙曰：「案：即唐宋時之半背，今俗謂之背心。當背當心，亦兩當之義也。」（王先謙《釋名疏證補》）

〔一四〕馬車　舊本誤乙爲「車馬」。

〔一五〕控左授綏　《珠林》「綏」訛作「接」。舊本「授」改作「援」，頗謬。案：《儀禮·士昏禮》：「壻御婦車授綏，姆辭不受。」鄭玄注：「壻御者親而下之。綏，所以引升車者。僕人之禮，必授人綏。」弦超坐於御者座位（在左）親自駕車，並將車綏授與智瓊，引其升車，行僕人之禮，以示對智瓊之敬愛。

〔一六〕張敏爲之賦神女其序曰　《珠林》作「張茂先爲作《神女賦》」，《集仙録》作「張茂先爲之賦神女，其序曰」。案：《神女賦》乃張敏作，而誤爲張茂先（即張華，華字茂先）者，疑敏之字（案：其字失考）與「茂先」二字形似而訛，亦或竟涉《列異傳》之撰人而致誤。《隋書·經籍志》以《列異傳》爲魏文帝（即曹丕）撰，《舊唐書·經籍志》以爲張華撰，考《列異傳》佚文多有出曹丕之後者，殆曹作而張續之。張敏《神女傳》及《神女賦序》被採入《列異傳》，則在張華所續者。抑或干寶蓋據《列異傳》取神女事，而非敏之原作，遂誤以《神女賦》出華手，亦未可知也。今改「茂先」爲「敏」。

〔一七〕真僛　「僛」字當訛，疑爲「伴」字。《説文·夫部》：「㚘，竝行也。从二夫。輦字从此。讀若伴侣之伴。」蓋後又加人旁爲「伕」，因訛作「僛」。「僛」，「㥍」之俗寫。真伴，仙人伴侣。唐釋貫休《禪月集》卷一五《偶作因懷大同道友》：「天童好真伴，何日更相親？」南宋王明清《玉照新志》卷五：「記得潛虚真伴侣，出門爭贈買山錢。」

〔一八〕既澹泊於幽默揚覺寐而中驚　此二句《類聚》無，據《文選》注補。

〔一九〕「弦超爲神女所降」至「此仙人之卦也」　此節據《御覽》卷七二八引《智瓊傳》輯補。案：《御覽》卷三九九引《智瓊傳》，文句與《珠林》、《集仙録》全合，當取《搜神記》，而又載有此節文字，頗疑亦屬本書，殆干寶論讚之辭，疑前當有「著作郎干寶曰」。而「著作郎干寶」之稱疑原當作「余」，《搜神記》中有「余」數處，皆寶自述之辭，是可證也。《智瓊傳》蓋從《搜神記》中鈔出，而改其稱謂。惟無從取證，姑仍其舊。

82　成夫人

永嘉中〔一〕，有神見兗州，自號樊道基。有嫗，號成夫人。夫人好音樂，能彈箜篌，聞人歌絃輒起舞〔二〕。

本條《藝文類聚》卷四四引，出《搜神記》，又《天中記》卷四三引，文同，當據《類聚》轉引。據輯。

〔一〕永嘉中　前原有「晉」字，今删。

〔二〕案：干寶《晉紀》（《太平御覽》卷三五九引）亦載，視此爲繁，然亦有未備者。録以備考：「晉永嘉初，有神見兗州甄城民家，免奴爲主簿，自號爲樊道基。有嫗，號成夫人。欲迎致，便載車行，當得此免奴主簿從行爲譯，以宣所宜。汝南梅蹟字仲真，去鄴，來經兗州。聞其然，因結羊世茂、阮士公諸賓往觀之。成夫人便遣主簿出，當與貴客語。主簿死不肯避，成夫人因大嗔，索士公馬鞭，脱主簿鞭之。」（案：梅蹟當作梅賾。《世説新語·方正》及注作梅頤，《世説新語箋疏》引程炎震語：「梅頤當作梅賾。《尚書·舜典》孔疏云：『東晉之初，豫章内史梅賾上孔氏《傳》。』……《隋書·經籍志》亦作梅賾。」）

搜神記輯校卷八

感應篇之五

83 曾子

曾子從仲尼，在楚而心動。辭歸，問母，曰：「思之齧指。」孔子聞之曰：「曾之至誠也，精感萬里〔一〕。」

本條《太平御覽》卷三七〇、南宋薛據《孔子集語》卷下《曾子》、《天中記》卷一七引，出《搜神記》，據《御覽》輯。

〔一〕案：舊本「思之」作「思爾」，「曾之至誠也」作「曾參之孝」，皆與《御覽》不同。

84 陰子方

宣帝時，陰子方者〔一〕，至孝，有仁恩〔二〕。嘗臘日晨炊，而竈神形見，子方再拜受慶。家有黄羊，因以祠之〔三〕。自是已後，暴至巨富。田有七百餘頃，輿馬僕隸，比於邦君〔四〕。子方常言：「我子孫必將强大。」至識三世，而遂繁昌〔五〕。故後常至臘日祠竈，而薦黄羊焉。

本條《玉燭寶典》卷一二，《北堂書鈔》卷一五五，《藝文類聚》卷五、卷九四，《初學記》卷四，《六帖》卷六九，《太平御覽》卷九〇二，《歲時廣記》卷三九，百卷本《記纂淵海》（《四庫全書》）卷二，《古今合璧事類備要》外集卷六，《龍筋鳳髓判》卷二注，《天中記》卷五，《山堂肆考》卷一四並引，出《搜神記》（《初學記》、《龍筋鳳髓判》注作干寶《搜神記》）。《後漢書》卷三二《陰識傳》、《荆楚歲時記》注採此。今據《類聚》，參酌諸書校録。

〔一〕陰子方者　舊本「陰子方」上有「南陽」二字，乃據《風俗通義·祀典》引《漢記》補。

〔二〕有仁恩　《類聚》卷九四作「有二息」，此從《初學記》、《御覽》及《後漢書》。舊本作「積恩好施，喜祀竈」，乃據《風俗通義》濫補。

〔三〕家有黄羊因以祠之　《荆楚歲時記》注作「家有黄犬，因以祭之，謂爲黄羊」。

〔四〕田有七百餘頃輿馬僕隸比於邦君　此數句諸引俱無，惟見《後漢書》。案：《後漢書》載此事，文句與本書合，知襲本書。此事原出《東觀漢記》，《風俗通義·祀典》、《類聚》卷八〇有引，與本書文字不同，惟《類聚》所引有「田至七百頃」一句，與《後漢書》合。疑本書原當有此，據《後漢書》補。舊本亦補入。

〔五〕至識三世而遂繁昌　舊本此下有「家凡四侯，牧守數十」八字，乃補自《風俗通義》，「四」原作「二」，據《後漢書》改。

85 丁蘭

丁蘭，河内野王人。年十五喪母，乃刻木作母事之，供養如生。蘭妻夜火灼母面，母面發瘡。經二日，妻頭髮自落，如刀鋸截，然後謝過。蘭移母大道，使妻從服，三年拜伏。一夜，忽如風雨，而母自還〔一〕。隣人有所借，木母顔和則與，不和不與。後隣人忿蘭，曰：「枯木何知。」遂用刀斫木母，應刀血出。蘭還號，乃殯殮，造服行喪。報讎，廷尉以木減死〔二〕。漢宣帝嘉之，拜太中大夫〔三〕。

本條《太平御覽》卷四八二引，出《搜神記》，據輯。案：《法苑珠林》卷四九引劉向《孝子傳》載此，文句與此大同，惟互有詳略，蓋引用删削所致，然則本條取自劉書。《珠林》注又引鄭緝之《孝子傳》，補劉書之所未備，然末云「宣帝嘉之，拜太中大夫者也」，與本書合。《隋書·經籍志》雜傳類著録宋員外郎鄭緝之《孝子傳》十卷，知鄭書出本書後，疑據本書而載。今姑以劉、鄭二書校補。《初學記》卷一七、《御覽》卷四一四引孫盛《逸人傳》、句道興《搜神記》載丁蘭木母事，與本書不同，今不取。舊本未輯。汪紹楹據《御覽》輯入《搜神記佚文》。

〔一〕「蘭妻夜火灼母面」至「而母自還」 原無此節，據劉向《孝子傳》補。

〔二〕「後隣人忿蘭」至「廷尉以木減死」 原作「後隣人忿蘭，盜斫木母，應刀血出，蘭乃殯殮，報讎」，據鄭緝之《孝子傳》補。

〔三〕太中大夫　原作「中大夫」，案：《漢書·百官公卿表上》：「大夫掌論議，有太中大夫、中大夫、諫大夫，皆無員，多至數十人。武帝……太初元年更名中大夫爲光禄大夫，秩比二千石，太中大夫秩比千石如故。」是則宣帝時已無中大夫之官。鄭緝之《孝子傳》作「太中大夫」，據改。

86 董永

董永父亡〔一〕，無以葬，乃自賣爲奴。主知其賢，與錢千萬遣之〔二〕。永行三年喪畢，欲還詣主，供其奴職。道逢一婦人曰：「願爲子妻。」遂與之俱。主謂永曰：「以錢丐君矣。」永曰：「蒙君之恩，父喪收藏。永雖小人，必欲服勤致力，以報厚德。」主曰：「婦人何能？」永曰：「能織。」主曰：「必爾者，但令君婦爲我織縑百匹。」於是永妻爲主人家織，十日而百匹具焉。主驚，遂放夫婦二人而去。行至本相逢處，乃謂永曰：「我是天之織女，感君至孝，天使我償之。今君事了，不得久停。」語訖，雲霧四垂，忽飛而去〔三〕。

本條《太平廣記》卷五九、《少室山房筆叢》卷四一《莊嶽委談下》、《稗史彙編》卷六四引，出《搜神記》。案：此事原載劉向《孝子傳》（一名《孝子圖》），見《法苑珠林》卷四九、《太平御覽》卷四一一、句道興《搜神記》引，又《御覽》卷八一七、唐寫本《孝子傳》（《敦煌變文集》）及唐寫本伯二五二四號類書殘卷《孝感篇》（《鳴沙石室古籍叢殘》、《敦煌寶藏》）亦引《孝子傳》，《古本蒙求註》卷中亦引，無出處（《蒙求集註》卷上引舊注，即古本注）。諸書文皆不同，本書所據不詳。今據《廣記》輯，姑據劉向《孝子傳》校補。

〔一〕董永父亡　舊本「董永」下有「千乘人。少偏孤，與父居。肆力田畝，鹿車載自隨」數句，乃據《珠林》引劉向《孝子傳》補。《珠林》注云：「鄭緝之《孝子傳》曰永是千乘人。」遂補「千乘人」三字。《太平御覽》卷四一一引劉向《孝子圖》亦稱「千乘人」。

〔二〕與錢千萬遣之　舊本「千」作「一」。

〔三〕「主驚」至「忽飛而去」　《廣記》、《少室山房筆叢》、《稗史彙編》所引止於「十日而百匹具焉」。姑據《御覽》卷四一一引劉向《孝子圖》補。舊本作：「女出門，謂永曰：『我天之織女也。緣君至孝，天帝令我助君償債耳。』語畢，凌空而去，不知所在。」主要據《珠林》輯補。案：明張鼎思《琅邪代醉編》卷三五：「《搜神記》：董永，東漢末人。性孝，貸主人萬錢葬父，許身爲奴。道遇一女，求爲妻。同造主人，織縑三百，一月而畢。辭永去曰：『我天之織女也。』生一子名仲，深于天文術數之學。」此蓋據後世傳聞而轉述，非本書原文。

87 郭巨

郭巨〔一〕，兄弟三人，早喪父。禮畢，二弟求分，以錢二千萬，二弟各取千萬。巨獨與母出居客舍，夫婦傭賃，以給供養〔二〕。居有頃，妻産男。巨念與兒妨事親，一也〔三〕；老人得食，喜分兒孫，減饌，二也。乃於野鑿地，欲埋兒。得石蓋，下有金一釜，中有丹書曰：「孝子郭巨，黄金一釜，以用賜汝。」於是名振天下。

本條《藝文類聚》卷八三、《駢志》卷一四引，出《搜神記》。《駢志》當轉引自《類聚》。今據《類聚》輯，校以《駢志》。

〔一〕郭巨　舊本下有「隆慮人，一云河内温人」九字。案：明凌迪知《萬姓統譜》卷一一九：「郭巨，隆慮人。」《法苑珠林》卷四九引劉向《孝子傳》，《太平御覽》卷四一一引劉向《孝子圖》及卷八一一引宋躬《孝子傳》均稱郭巨「河内温人」，蓋據此增補。

〔二〕以給供養　舊本「供」訛作「公」。

〔三〕巨念與兒妨事親一也　「與」字《駢志》作「育」。「一」字原無，《駢志》引有。《類聚》中華書局點校本汪紹楹校：「按親下疑脱一字。」《四庫全書》本有「一」字。據補。舊本有「一」字。

88 衡農

衡農〔一〕，字剽卿，東平人。少孤，事繼母至孝。常宿於他舍，值雷雨，頻夢虎嚙其足。農呼妻相出於庭，叩頭三下〔二〕，屋忽然而壞，壓死者几百餘人〔三〕，唯農夫妻獲免。

本條《太平御覽》卷五一一、《天中記》卷一七引，出《搜神記》。今據《御覽》，校以《天中記》。

〔一〕衡農　《御覽》卷五一一引皇甫謐《列女傳》作「衛農」，「衛」字訛。《藝文類聚》卷三三引《三輔決録》、《御覽》卷八四二引《列女後傳》皆作「衡農」。

〔二〕三下　此二字據《天中記》補。舊本亦有此二字。

〔三〕几百餘人　《天中記》「几」作「三」。皇甫謐《列女傳》作「數十人」。案：舊本據《天中記》輯，而改「百」爲「十」，蓋以舍中不足容三百人也。

89 周暢

周暢少孝〔一〕，獨與母居。每出入〔二〕，母欲呼之，常自齧其手，暢即應手痛而至〔三〕。治中從事未之信，候暢時在田，母齧手，而暢即歸〔四〕。爲河南尹，元初二年大旱，暢乃葬路旁露骸，爲立義塚，應時注雨〔五〕。

本條《六帖》卷三〇，《太平御覽》卷三五、卷三七〇引，出《搜神記》，據《御覽》輯，校以《六帖》。

〔一〕少孝　《六帖》作「至孝」。舊本作「性仁慈，少至孝」，「性仁慈」三字乃據《後漢書》卷八一《獨行列傳·周嘉傳》增補。

〔二〕出入　《六帖》作「出」。

〔三〕暢即應手痛而至　舊本「應」改作「覺」。《六帖》作「暢心痛即馳歸」。

〔四〕「周暢少孝」至「而暢即歸」　據《御覽》卷三七〇輯。

〔五〕「爲河南尹」至「應時注雨」　據《御覽》卷三五輯。「爲河南尹」前原有「周暢」二字，蒙上删。

「元初」，《後漢書·周嘉傳》作「永初」。案永初、元初均爲後漢安帝年號。舊本作「元初二年，爲河南尹，時夏旱，久禱無應。暢收葬洛陽城旁客死骸骨萬餘，爲立義塚，應時澍雨」，乃據《後漢書》，而年號則從《御覽》。

90 陽雍伯

後漢陽公字雍伯〔一〕，雒陽縣人。少以儈賣爲業〔二〕。至性篤孝，父母終殁，葬之於無終山，遂家焉。陽公以爲人生於世，當思入有思，故常爲人補履〔三〕，終不取價。山高八十餘里，而上無水。公以往返辛勤，乃行車汲水，作義漿於阪頭〔四〕，以給行路。行者皆飲之。居三年，有一人就飲之，飲訖，懷中出石子一升與公〔五〕，使至高平好地有石處種之，謂曰：「種此可生好玉。」公未娶，又語云：「汝後當得好婦。」言畢忽然不見。公乃種其石。數歲，時時往視，見玉子生石，人莫知之。時有徐氏者大富，爲右北平著姓〔六〕。有好女，甚有名行，時人多求之，不許。公有佚氣〔七〕，乃試求焉。徐氏笑之，以爲狂，然聞其好善，乃戲媒人曰：「雍伯能得白璧一雙來〔八〕，當聽爲婚。」媒者致命。公至所種石中，索得五雙白璧，以贄徐氏〔九〕。徐氏大驚，遂以女妻公。天子聞而異之，拜爲大夫。乃於種玉處，四角作大石柱，各一丈。中央一頃之地，名曰「玉田」。至今相傳云：玉田之揭〔一〇〕，起於此矣，而今不知所在。北平陽氏，即其後也〔二〕。

本條《水經注》卷一四《鮑丘水》，《藝文類聚》卷八三，《初學記》卷八，唐寫本伯二五二四號類書殘卷《報恩篇》（《鳴沙石室古籍叢殘》、《敦煌寶藏》），斯七八號及斯二五八八號（《敦煌寶藏》），《古本蒙求註》卷下，《蒙求集註》卷下，《太平寰宇記》卷七〇《薊州·漁陽縣》，《太平御覽》卷四五、卷四七九、卷五一九、卷八〇五、卷八二八，《事類賦注》卷九，《唐詩紀事》卷六九《羅虯》，《海録碎事》卷一五，《山谷詩集註》卷一《送劉季展從軍雁門二首》其二注，《增廣箋註簡齋詩集》卷一《玉延賦》注，《三體唐詩》卷三岑參《酬暢當嵩山尋麻道士見寄》注，《錦繡萬花谷》前集卷一八，《古今事文類聚》續集卷二六，《記纂淵海》卷一〇三、卷一〇七，百卷本《記纂淵海》（《四庫全書》）卷三九、卷四〇，《古今合璧事類備要》前集卷六一、續集卷五六、外集卷六二，《遼史》卷四〇《地理志四·薊州·玉田縣》，《歷世真仙體道通鑑》卷一五，《韻府羣玉》卷一九，《唐音》卷四王維《奉和聖製幸玉霄公主山莊因題石壁十韻之作應制》注，《羣書類編故事》卷二〇，《大明一統志》卷一《順天府·山川》，《山堂肆考》卷一六，日本慶安五年刊《遊仙窟》注並引，出《搜神記》（《古今合璧事類備要》續集無出處）。《紺珠集》卷七摘録干寶《搜神記》、《類説》卷七摘録《搜神記》、《説郛》卷四摘録干寶《搜神記》並有此條。又《路史·後紀》卷九下注：「《仙傳拾遺》：陽翁伯適北燕，葬父無終山。爲右北亭（案：當作平）人。祚玉田事，亦見干寶《記》。」《太平廣記》卷四《陽翁伯》，注「出《仙傳拾遺》」，文詳。《仙傳拾遺》，五代杜光庭撰。《分門類林雜説》卷七亦引，注「出《漢書》」，誤。今參酌諸書校輯。

〔二〕陽公字雍伯　「雍伯」，《水經注》作「翁伯」，云無終山有陽翁伯玉田。《仙傳拾遺》亦作「翁伯」。中華書局點校本《初學記》誤作「伯雍」（《四庫全書》本作「雍伯」），舊本亦誤。雍伯之姓，《水經注》，類書殘卷伯二五二四號及斯二五八八號，《御覽》卷四五、卷五一九，《寰宇記》，《山谷詩集註》，《箋註簡齋詩集》，《紺珠集》，《類説》，《海録碎事》，《記纂淵海》卷一〇七，百卷本卷四〇，《真仙通鑑》，《唐音》注，《大明一統志》作「陽」；《類聚》，類書殘卷斯七八號，《蒙求註》二本，《事類賦注》，《御覽》卷四七九、卷八〇五、卷八二八，《古今事文類聚》，《古今合璧事類備要》續集與外集，《羣書類編故事》，《山堂肆考》，《遊仙窟》注作「羊」；《初學記》、《唐詩紀事》、《錦繡萬花谷》、《古今合璧事類備要》前集、《分門類林雜説》、《説郛》作「楊」，舊本同。案：《水經注》引《陽氏譜叙》：「翁伯是周景王之孫，食采陽樊。春秋之末，爰宅無終，因陽樊而易氏焉。」是則以「陽」爲是。又《太平廣記》卷二九二引《孝德傳》稱「魏陽雍」（案：當脱「伯」字），以爲是三國曹魏時人。《三體唐詩》作「王雍伯」，姓氏誤。

〔二〕少以儈賣爲業　「儈賣」，《遊仙窟》注作「繒賣」。案：《史記》卷九五《樊酈滕灌列傳》太史公曰：「方其鼓刀屠狗賣繒之時，豈自知附驥之尾，垂名漢庭，德流子孫哉！」《搜神記·鵠奔亭》：「欲之傍縣賣繒。」然云「繒賣」似失當，疑「繒」乃「儈」之形訛。儈賣，買賣中間人，牙儈也。

〔三〕陽公以爲人生於世當思入有思故常爲人補履　此數句據《遊仙窟》注，「陽」原作「羊」。案：「有思」出《韓非子·詭使》：「閒靜安居，謂之有思。」

〔四〕作義漿於阪頭　「義漿」，《遊仙窟》注作「美漿」。

〔五〕懷中出石子一升與公　「一升」，《水經注》、《類聚》、《御覽》卷八〇五、《事類賦注》、《遼史》、《山堂肆考》、《遊仙窟》注作「一斗」，舊本同。此從類書殘卷三本，《古本蒙求註》，《御覽》卷四五、卷四七九、卷五一九，《寰宇記》，《紺珠集》，《類説》，《三體唐詩》，《古今事文類聚》，《古今合璧事類備要》，《韻府羣玉》，《真仙通鑑》，《説郛》，《唐音》注。《仙傳拾遺》作「白石一升」。

〔六〕爲右北平著姓　「右北平」，《類聚》，類書殘卷，《蒙求註》二本，《御覽》卷四五、卷五一九、卷八〇五，《古今事文類聚》作「北平」，《事類賦注》、《寰宇記》、《遊仙窟》注作「右北平」。案：《漢書・地理志下》、《後漢書・郡國志五》、《晉書・地理志上》載，秦置右北平郡，西晉改北平郡，轄土垠、無終等縣。作「右北平」是。《孝德傳》云：「今右北平諸陽，其後也。」亦作「右北平」。

〔七〕公有佚氣　《遊仙窟》注作「羊公有狡」。

〔八〕雍伯能得白璧一雙來　伯二五二四號及斯二五八八號類書殘卷作「得璧玉兩雙」，斯七八號作「得碧玉兩雙」。

〔九〕以贄徐氏　《遊仙窟》注「贄」作「至」。

〔一〇〕玉田之揭　《遊仙窟》注作「玉之碣」，誤。

〔一一〕北平陽氏即其後也　此句據類書殘卷姑補於此，「陽」原作「楊」，《孝德傳》作「陽」，據改。

91 羅威

羅威，字德行〔一〕。少喪父〔二〕，事母至孝。母年七十，天大寒，常以身自温席，而後授其處〔三〕。

本條《初學記》卷三、《太平御覽》卷七〇九、《歲時廣記》卷四、《天中記》卷四八並引，出《搜神記》（《初學記》作干寶《搜神記》），據《初學記》輯。

〔一〕德行　《初學記》卷一七引陸徹《廣州先賢傳》作「德仁」，《御覽》卷四〇三、卷九〇〇引《廣州先賢傳》同。《御覽》卷七〇九亦作「德行」，《四庫全書》本乙作「行德」。舊本作「德仁」。

〔二〕少喪父　舊本作「八歲喪父」，乃據《初學記》引《廣州先賢傳》。

〔三〕授其處　《歲時廣記》「處」作「母」。《初學記》卷一七引袁山松《後漢書》亦作「處」。

92 徐泰

嘉興徐泰〔一〕，幼喪父母，叔父隗養之〔二〕，甚於所生。隗病，泰營侍甚謹。是夜三更中，夢二人乘舡，持箱上泰床頭，發箱出簿書，示曰：「汝叔應合死也。」泰即於夢中下地，叩頭祈請哀愍。良久，二人曰：「汝縣有同姓名人不？」泰思得，語鬼云：「有張隗，不姓徐。」此二人云：「亦可强逼。念汝能事叔父，當爲汝活之。」遂不復見。泰覺，叔乃瘥。

本條《太平御覽》卷三九九引作《續搜神記》，《太平廣記》卷一六一、卷二七六引作《搜神記》。今姑斷爲干書，據《御覽》，參酌《廣記》校輯。

〔一〕徐泰 《廣記》作「徐祖」。

〔二〕叔父隗養之 《御覽》影印宋本「父」訛作「又」，據《四庫全書》本、鮑崇城校刊本改。

93 孟宗

孟宗至孝，墳以梓木爲表，感花萼生於枯木之上〔一〕。

本條唐寫本伯二五三七號《略出籯金》卷二《仁孝篇》（《鳴沙石室古籍叢殘》、《敦煌寶藏》）引，出《搜神記》，據輯。案：舊本未輯。汪紹楹輯入《搜神記佚文》。此條下又引「孝王靈」事，王靈即王靈之，又作「王虚之」，事又載南齊宋躬《孝子傳》（《藝文類聚》卷八六、《太平御覽》卷四一一及卷九六六引）及《南史》卷七三《孝義傳上》。據《南史》，王靈之乃南齊人，故此條必不出干寶書，若非誤書引書，則頗疑所引乃句道興《搜神記》也（參見本書附録三《佚文辨正》）。然則本條孟宗之事，或亦出句本。今姑輯爲干書。

〔一〕案：《三國志·吴書·孫皓傳》注引《楚國先賢傳》：「宗母嗜筍。冬節將至，時筍尚未生，宗入林中哀歎，而筍爲之出，得以供母。皆以爲至孝之所致感。累遷光禄勳，遂至公矣。」《太平御覽》卷九六三亦引。事又見《御覽》卷九六二引《吴志》、《敦煌變文集》卷八《孝子傳》。情事與本書不同，然皆爲孟宗母死後孝感事，録以備參。

94 張嵩

張嵩者，隴西人也，有至孝之心。年始八歲，母患臥在床〔一〕。其母忽思堇菜而食，嵩忽聞此語，蒼忙而走，向地覓堇菜，全無所得。遂乃發聲大哭云：「哀哀父母，生我劬勞。母今得患，何時得差？天若憐我，願堇菜化生。」從旦至午〔二〕，哭聲不絶。天感至孝，非時爲生堇菜。遂將歸家〔三〕，奉母食之。因食堇菜，母患得痊癒。張嵩後長大成人，母患命終。家中所造棺槨墳墓〔四〕，並自手作，不使奴婢之力〔五〕。葬送亦不用車牛人力，唯夫婦二人推之〔六〕。葬訖，三年親自負土培墳〔七〕，哭聲不絶，頭髮落盡〔八〕。天知至孝，於墓所直北起雷之聲。忽有一道風雲而至嵩邊，抱嵩至墓東八十步〔九〕。然始霹靂，冢開，出其棺。棺額上云：「張嵩至孝，通於神明。今日天感至誠〔一〇〕，放却活延命，更得三十二年，將歸侍養〔一一〕。」聞者無不嗟歎，自古至今，未聞斯事。天子遂拜嵩爲金城太守〔一二〕，後遷爲尚書左僕射。

本條敦煌寫本殘卷伯二六五六號引《搜神記》。案：《敦煌變文集》卷八句道興《搜神記》（王慶菽校録）亦有此事。句本《搜神記》係用日本中村不折藏本爲底本，又用斯五二五號、斯六〇二二號、伯二六五六號三本比勘補録。伯二六五六號凡四條，爲張嵩得堇、焦華得苽、羊角哀左伯桃、張嵩母復活。張嵩得堇之事，條末注「事出《搜神記》也」，其餘皆未注出處。張錫厚《敦煌寫本〈搜神記〉考辨》（《文學評論叢刊》十六輯）以爲伯二六五六號前後殘佚，無題記，不是句道興《搜神記》殘卷，很可能是某種行孝的文本。案張説是也，王慶菽校録《搜神記》用伯二六五六號參校固可，然據而補入羊角哀左伯桃一條，則未妥。敦煌寫本多有類書殘卷，中常引行孝、孝感之事，此卷殆亦類書之屬。臺灣黄永武主編《敦煌寶藏》所收此卷亦題《搜神記》，蓋承《敦煌變文集》之誤。伯二六五六號張嵩事分在兩處，實乃一條。句本《搜神記》即爲一條。句本《搜神記》末注「事出《織終傳》」，不詳何書，當據《搜神記》，觀其文句與伯二六五六號大同，乃可知也。張嵩，十六國時期前趙人。湯球《十六國春秋輯補》卷九《前趙録·王彌傳》載，張嵩隴西人。爲前趙主劉淵征東大將軍王彌長史。劉淵三〇四—三〇九年在位，當西晉惠、懷間，干寶可得記張嵩事也。《前趙録·王彌傳》亦附記張嵩孝母母復活事，乃輯自《太平御覽》卷五五七引崔鴻《前趙録》。而張嵩得堇菜，《御覽》卷四一一引崔鴻《十六國春秋·前趙録》爲劉殷事，湯球輯入卷三《前趙録·劉聰傳》（屠喬孫等輯録《十六國春秋》卷九《前趙録》亦輯此二事）。干寶所記與北魏崔鴻不同，各據所聞也。今據伯二六五六號，校以《敦煌變文集》。此條舊本未輯。

〔一〕「張嵩者」至「母患臥在床」　伯二六五六號前闕，開頭處乃「患臥在床」，據《敦煌變文集》補。《敦煌變文集》「張嵩」前有「昔有」二字，乃句道興所加，今删。

〔二〕午　伯二六五六號訛作「母」，據《敦煌變文集》改。

〔三〕遂將歸家　伯二六五六號「將」下衍「父」字，據《敦煌變文集》删。

〔四〕家中所造棺槨墳墓　《敦煌變文集》「家中」下有「富貴」二字。

〔五〕不使奴婢之力　《敦煌變文集》作「不役奴僕之力」。

〔六〕唯夫婦二人推之　《敦煌變文集》作「惟夫婦二人，身自負上母棺，以力擎於車上，推之。遣妻牽挽而向墓所。其時，日有卒風暴雨，泥塗没膝，然葬送，道上清塵而起」。

〔七〕三年親自負土培墳　《敦煌變文集》作「於墓所三年，親自負土培墳」。伯二六五六號「培」原作「坯」，據改。

〔八〕頭髮落盡　《敦煌變文集》下有「哭聲不止」四字。

〔九〕抱嵩至墓東八十步　《敦煌變文集》「至」作「置」。「步」字據《敦煌變文集》補。

〔一〇〕今日天感至誠　伯二六五六號「誠」訛作「成」，據《敦煌變文集》改。《敦煌變文集》「天」作「孝」，當訛。

〔一一〕放却活延命更得三十二年將歸侍養　《敦煌變文集》作「放母却活延命，更得三十二年，任將歸孃侍養」。伯二六五六號「更」原作「便」，據改。

〔一二〕金城太守　「金城」原訛作「今成」。《敦煌變文集》作「□城」，缺一字。案：金城，郡名，西晉治榆中縣，前涼移治金城縣。十六國時期金城郡曾屬前趙。《資治通鑑》卷九三載，晉咸和二年（三二七），前涼主張駿遣武威太守竇濤、金城太守張閬、武興太守辛晏、揚烈將軍宋輯等，帥衆數萬攻掠趙秦州諸郡。趙主劉曜（劉淵族侄）遣南陽王劉胤將兵擊之，大敗涼軍，斬首二萬級，進據振武。河西大駭，張閬、辛晏帥其衆數萬降趙，駿遂失河南之地。金城入趙，蓋在此時。

95 東海孝婦

《漢書》載：東海孝婦，養姑甚謹。姑曰：「婦養我勤苦，我已老，何惜餘年，久累年少。」遂自縊死。其女告官云：「婦殺我母。」官收繫之，拷掠毒治〔一〕。孝婦不堪楚毒，自誣服之〔二〕。時于公爲獄吏，曰：「此婦養姑十餘年，以孝聞徹，必不殺也。」太守不聽。于公爭不得理，抱其獄辭哭於府而去。自後郡中枯旱三年〔三〕。後太守至，思求其所咎，于公曰：「孝婦不當死，前太守枉殺之，咎當在此。」太守即時身祭孝婦之墓，未反而大雨焉。長老傳云：孝婦名周青〔四〕。青將死，車載十丈竹竿，以懸五旛。立誓於衆曰：「青若有罪，願殺血當順下；青若枉死，血當逆流。」既行刑已，其血青黄，緣旛竹而上極標，又緣旛而下云爾。

本條《法苑珠林》卷四九引，出《搜神記》，據輯。又《天中記》卷二三引《搜神》，卷二四引《搜神記》，《琅邪代醉編》卷五引作《續搜神記》，乃删取自《珠林》。

〔一〕毒治　《珠林》百卷本作「治毒」，百二十卷本（《四庫全書》、《四部叢刊》）卷六二作「毒治」，據改。

〔二〕自誣服之　《珠林》百卷本及《四部叢刊》本「誣」訛作「謀」，據《四庫全書》本改。《説苑》卷五《貴德篇》、《漢書》卷七一《于定國傳》亦作「誣」。舊本作「誣」。

〔三〕自後郡中枯旱三年　舊本「三年」下增「不雨」二字，《珠林》各本及《説苑》、《漢書》皆無。

〔四〕周青　《珠林》百卷本及《四部叢刊》本作「用青」，《四庫全書》本作「周青」，《天中記》卷二三同。《琅邪代醉編》則作「用青」。案：《太平御覽》卷四一五、卷六四六，《天中記》卷二四引王韶之《孝子傳》作「周青」。今姑定其姓爲「周」，然作「用青」亦不誤，古有用姓。《廣韻》卷四

「用」韻：「又姓，漢有用蚪，爲高唐令。」舊本作「周青」。

96 先雄

犍爲符先泥和〔一〕，其女者名雄〔二〕。泥和至永建元年爲縣功曹〔三〕，縣長趙祉遣泥和拜檄謁巴郡太守，以十月乘船於城湍墮水死〔四〕，屍喪不得。雄哀慟號咷，命不圖存，告弟賢及夫〔五〕，令「勤覓父屍，若求不得，吾欲自沈覓之」。時雄年二十七〔六〕，有子男貢，年五歲，貰三歲，乃各爲作繡香囊一枚〔七〕，盛金珠環，預嬰二子。哀號之聲，不絕於口，昆族私憂。至十二月十五日〔八〕，父喪未得，雄乘小船，於父墮處哭數聲，竟自投水中，旋流没底。見夢告弟：「至二十一日，與父俱出。」投期如夢〔九〕，與父相持，並浮出江。縣長表言郡，太守蕭登〔一〇〕，承上尚書，遣户曹掾爲雄立碑，圖像其形，令知誌孝〔一一〕。

本條《法苑珠林》卷四九引，出《搜神記》，《琅邪代醉編》卷一九亦引，當據《珠林》。據《珠林》輯。

〔一〕犍爲符先泥和　《後漢書》卷八四《列女傳》：「孝女叔先雄，犍爲人也。父泥和，永建初爲縣功曹。」是則複姓叔先。《太平御覽》卷三九六引《益部耆舊傳》作「叔光雄」，訛「先」爲「光」。《華陽國志》卷三《蜀志》、《水經注》卷三三《江水》則作「先泥和」，《御覽》卷六九引《益部耆舊傳》作「女名光（先）雄」。汪紹楹校注引錢大昕説，以爲叔先複姓，或單稱先，如諸葛之稱葛。

先泥和乃犍爲郡符縣人，《御覽》卷六九引《益部耆舊傳》云「犍爲符泥和氏」，與此同。《後漢書·郡國志五》作符節縣，《漢書·地理志上》、《華陽國志》則作符縣。

〔二〕其女者名雄　《華陽國志》、《水經注》云「女絡」，《水經注》又引《益部耆舊傳》曰：「張真妻，黄氏女也，名帛。真乘船覆没，求尸不得，帛至没處灘頭，仰天而歎，遂自沉淵。積十四日，帛持真手於灘下出。時人爲説曰：『符有先絡，僰道有張帛者也。』」汪紹楹引錢大昕説，以爲「絡」、「帛」協韻，故以「雄」爲「絡」之誤。今案作「絡」誠非訛字，然《後漢書》明謂叔先雄，當亦無誤，觀《益部耆舊傳》既稱雄又稱絡，疑固有此二名也。

〔三〕泥和至永建元年爲縣功曹　舊本作「永建三年泥和爲縣功曹」，《珠林》《四庫全書》本（卷六二）作「三年」。案：《華陽國志》、《水經注》皆作「元年」，《後漢書》作「永建初」，初亦元年。作「三年」訛。

〔四〕以十月乘船於城湍墮水死　「十月」，《華陽國志》、《水經注》作「十二月」。「城湍」，《華陽國志》、《水經注》作「成湍灘」；《後漢書》作「湍水」，《輿地紀勝》卷一四六《嘉定府·碑記·孝女碑》同（案：《輿地紀勝》稱碑「在犍爲清溪口楊洪山下」，「國朝元祐中重立」）；《御覽》卷六九引《益部耆舊傳》乃作「城湍」。城湍，城壕，護城河。

〔五〕告弟賢及夫　《珠林》宣統本、徑山寺本（《四部叢刊》）、《四庫全書》本「夫」作「夫人」，舊本同。《大正新脩大藏經》本無「人」字，據删。《法苑珠林校注》據《高麗藏》本亦删「人」字。

〔六〕年二十七　《華陽國志》作「年二十五」，《水經注》作「年二十五歲」。

〔七〕乃各爲作繡香囊一枚　「乃各」二字《珠林》原作「又」，文義不洽，據《御覽》卷四一五引《益部耆舊傳》改。《琅邪代醉編》無「又」字。舊本將「又爲」改作「乃各」。

〔八〕至十二月十五日　《琅邪代醉編》「五」作「三」，《華陽國志》、《水經注》作「至二年二月十五日」。

〔九〕投期如夢　《珠林》《四庫全書》本「投」作「至」，舊本同。

〔一〇〕蕭登　《珠林》宣統本、徑山寺本、《四庫全書》本、《法苑珠林校注》訛作「肅登」，《琅邪代醉編》同，據《大正藏》本及《華陽國志》改。舊本作「肅登」。

〔一一〕令知誌孝　《珠林》《四庫全書》本「誌」作「至」，舊本同。

搜神記輯校卷九

感應篇之六

97 和熹鄧后

和熹鄧后，夢登梯，以捫天體，蕩蕩正青，若鍾乳者，后仰漱之[一]。以詢占夢，言：「堯夢攀天而上，湯夢及天舐之，此皆聖王之夢，吉不可言[二]。」

本條《太平御覽》卷七六五引，出《搜神記》。事又載《東觀漢記》卷六《和熹鄧皇后傳》、《後漢書》卷一〇上《和熹鄧皇后紀》、《宋書·符瑞志上》。今據《御覽》輯，以《東觀漢記》校補。舊本據《後漢書》校補。

〔一〕后仰漱之　《東觀漢記》「漱」作「噏」，《後漢書》作「嗽飲」，《宋志》作「吮」。

〔二〕「以詢占夢」至「吉不可言」　據《東觀漢記》補。

98 孫堅夫人

初，孫堅夫人孕[一]，而夢月入其懷，既而生策。及權在孕，又夢日入其懷[二]，以告堅曰：「妾昔妊策，夢月入我懷；今也又夢日入我懷，何也？」堅曰：「日月者陰陽之精，極貴之象，吾子孫其興乎？」

本條《三國志・吴書・孫破虜吴夫人傳》注，《太平御覽》卷三、卷四，《事類賦注》卷一，《天中記》卷一，《山堂肆考》卷三並引，出《搜神記》。又《宋書・符瑞志上》、《建康實録》卷一亦載，蓋據本書。今據《吴書》注，參酌諸書校輯。

〔一〕孫堅夫人孕　《天中記》「夫人」下有「吴氏」二字，舊本同。案：《天中記》多轉鈔前代書，此條即鈔自《三國志・吴書》注，而據《吴夫人傳》加「吴氏」二字。《御覽》、《事類賦注》無此二字。

〔二〕又夢日入其懷　《御覽》卷四「日」作「月」，下文作「妾昔懷策，夢日入懷」，日月相反。《事類賦注》俱爲夢月。《宋志》與《吴書》注同。

99 張車子

有周犨力感切。嘖音責。者〔一〕，貧而好道。夫婦夜耕困卧，夢天公過而哀之，勑外有以給與。司命案録籍云：「此人相貧，限不過此，唯有張車子應賜錢千萬。車子未生，請以借之。」天公曰：「善。」曙覺言之。於是夫妻戮力，晝夜以治生，所爲輒得，貲至千萬。先時有張嫗者〔二〕，常往犨嘖傭賃墅舍〔三〕。有身，月滿當孕，便遣出〔四〕，駐車屋下。産得兒，主人往視，哀其孤寒，作糜粥以食之。問：「當名汝兒作何？」嫗曰：「在車下生，夢天告之，名爲車子。」犨嘖乃悟，曰：「吾昔夢從天換錢，外白以張車子錢貸我，必是子也，財當歸之矣。」自是居日衰減。車子長大，富於周家〔五〕。

本條《琱玉集》卷一二，《初學記》卷一八，《太平御覽》卷三九九、卷四七二，《錦繡萬花谷》前集卷二四，《古今事文類聚》前集卷三六，《古今合璧事類備要》前集卷五二，《分門類林雜説》卷八，《韻府羣玉》卷三並引，出《搜神記》（《初學記》二引、《御覽》卷四七二、《錦繡萬花谷》、《類林雜説》作干寶《搜神記》）。又《文選》卷一五張衡《思玄賦》：「或輦賄而違車兮，孕行産而爲對。」舊注叙周犨事（案：與此情事頗異），李善注：「見《鬼神志》及《搜神記》。」《後漢書》卷五九《張衡傳》李賢注事同舊注，然亦稱見《搜神記》，蓋據舊注。《天中記》卷二三所引，亦注「見《鬼神志》、《搜神記》」。今據《御覽》卷四七二，參酌諸書校輯。

〔一〕有周擥嘖者　《御覽》影印宋刊本二引俱作「周擥嘖」，《四庫全書》本卷三九九及鮑崇城校宋本卷四七二「擥」作「堅」，《天中記》同，《四庫全書》本卷四七二則作「臨」。《初學記》卷一八「貧門」作「周犨嘖」，同卷「富門」及《類林雜説》作「周犨嘖」。《琱玉集》、《文選》注、《古今事文類聚》、《古今合璧事類備要》、《韻府羣玉》作「周犨」，《錦繡萬花谷》作「周犨」，「犨」同「犨」。

〔二〕張嫗者　《天中記》「嫗」作「姬」。

〔三〕墅舍　《御覽》卷三九九作「合」，連下讀。《四庫全書》本二引俱作「野合」，《天中記》同。舊本亦作「野合」。

〔四〕便遣出　《御覽》卷四七二「便」作「使」，卷三九九作「便」，今從之。《天中記》作「便遣出外」，舊本同。

〔五〕案：《思玄賦》舊注情事不同，録以備參：「昔有周犨者，家甚貧，夫婦夜田。天帝見而矜之，問司命曰：『此可富乎？』司命曰：『命當貧。有張車子財，可以假之。』乃借而與之，期曰：『車子生，急還之。』田者稍富，致貲巨萬。及期，忌司命之言，夫婦輦其賄以逃。與行旅者同宿，逢夫妻寄車下宿，夜生子。問名於夫，夫曰：『生車間，名車子也。』從是所向失利，遂便貧困。」《後漢書》注乃删略舊注而成，云：「有夫婦夜田者，天帝見而矜之，問司命曰：『此可富乎？』司命曰：『命當貧。有張車子財，可以借而與之。』期曰：『車子生，急還之。』田者稍富。及期，夫婦輦其賄以逃。同宿有婦人夜生子。問名於其父，父曰：『生車間，名車子。』其家至此之後遂大貧敝。」《琱玉集》所引與此事同，文多殘闕，亦録之（括號中爲所補之字）：「（周犨），周時人也。家貧，夫妻恒田中夜鋤。天（帝見）而憐之，謂司命曰：『可賜之以富。』司命（曰）：『此人運當於貧。今有張車子財獲，以借之，可數年耳。』周犨於是日日致富。逕十餘年，犨持徙居遺貨，宿於路衢。夜中有同□□婦女，於車間産子。其夫謂妻曰：『可□□□□□子。』犨即問其姓，客云姓（張）。□□□□自是日日見貧。一年之間，□□如本也。」《古今事文類聚》前集卷三六引《搜神記》乃據《文選》注，微有删削。

100 張奂妻

後漢張奂爲武威太守，其妻夢帶奂印綬〔一〕，登樓而歌。覺以告奂，奂令占之。曰：「夫人方生男，復臨此郡，命終此樓。」後生子猛，建安中，果爲武威太守。殺刺史邯鄲商，州兵圍急，猛恥見擒，乃登樓自焚而死。

本條《太平廣記》卷二七六引，出《搜神記》，亦見《類説》卷七《搜神記》。事又載《東觀漢記》卷二一《張奂傳》、《三國志·魏書·龐淯傳》注引《典略》、《後漢書》卷六五《張奂傳》。今參酌《廣記》、《類説》校輯。

〔一〕其妻夢帶奂印綬　《廣記》「帶奂」訛作「帝與」，舊本同。案：《東觀漢記》、《三國志》注、《後漢書》均作「帶奂」。

101 吴先主

吴先主病，遣人於門觀不祥。巫啓見一鬼，著絹巾，似是大臣將相〔一〕。其夜，先主夢見魯肅來入，衣巾如之。

本條《太平御覽》卷八一七、《天中記》卷四九引，出《搜神記》，據《御覽》輯。案：舊本未輯。汪紹楹輯入《搜神記佚文》。

〔一〕似是大臣將相　《廣記》卷三二七引《幽明録》作「似是故將相」。案：《幽明録》此句下有「呵叱初不顧，徑進入宮」二句。

102 道士吕石

吴時，嘉興徐伯始病，使道士吕石安神座。石有弟子戴本、王思二人，居在海鹽，伯始迎之以助。石晝卧，夢上天，北斗門下見外鞍馬三疋，云明日當以一迎石，一迎本，一迎思。石夢覺，語本、思：「如此，死期至，可急還，與家别。」不卒事而去。伯始怪而留之，曰：「懼不見家也。」間一日，三人同日死〔一〕。

本條《太平御覽》卷四〇〇引，出《搜神記》，據輯。

〔一〕同日死　舊本「日」改作「時」。

103 劉雅

淮南書佐劉雅〔一〕，夢見青刺蜴從屋棟落其腹内〔二〕，因苦腹痛。

本條《北户録》卷一，《太平御覽》卷七四一、卷九四六並引，出《搜神記》（《御覽》卷九四六作干寶《搜神記》），今據《御覽》卷九四六輯，校以《北户録》、《御覽》卷七四一。

〔一〕劉雅　《御覽》卷七四一「雅」作「稚」。

〔二〕夢見青刺蜴從屋棟落其腹内　「青刺蜴」原作「青蜥蜴」。《御覽》卷七四一作「青刺蜴」，舊本同。《北户録》作「刺蜴」。案：《北户録・蛤蚧》：「蛤蚧，首如蟾蜍，背淺緑色，上有土黄斑點，若古錦文。長尺餘，尾絶短。其族則守宫、刺蜴、蝘蜓。多居古木竅間。」蛤蚧、守宫、刺蜴、蝘蜓，皆壁虎之屬，栖室内，捕食蚊蠅等，而蜥蜴野生。據《御覽》卷七四一及《北户録》改。

104 費季

吴人費季，客賈數年〔一〕。時道路多劫，妻常憂之。季與同輩旅宿廬山下，各相問去家幾時。季曰：「吾去家已數年，臨來與妻别，就求金釵以行，欲觀其志，當與吾否耳。得釵，仍以著户楣上。臨發忘道〔二〕，此釵故當在户上也。」爾夕，妻夢季曰：「吾行遇盜，死已二年。若不信吾言，吾行時嘗取汝釵，遂不以行，留在户楣上，可往取之。」妻覺，揣釵得之〔三〕，家遂成服發喪。後一年餘，季行來歸還。

本條《太平廣記》卷三一六、《吴郡志》卷四七、《姑蘇志》卷五九引，出《搜神記》。今據《廣記》，參酌《吴郡志》、《姑蘇志》校輯。《太平御覽》卷七一八引《録異傳》亦載，事同文異。

〔一〕客賈數年　《吴郡志》「賈」作「遊」。《姑蘇志》作「久客于楚」，舊本同。

〔二〕臨發忘道　《廣記》明鈔本「道」作「取」。《姑蘇志》作「臨發失與道此」，舊本作「臨發失與道」。

〔三〕揣釵得之　《廣記》《四庫全書》本「揣」作「探」。揣，探也。

105 諸仲務女

諸仲務一女顯姨〔一〕，嫁爲米元宗妻，產亡於家。俗聞產亡者以墨點面〔二〕，其母不忍，仲務密自點之，無人見者。元宗爲始新縣丞，夢妻來上牀，分明見新白粧面上有墨點。

本條《太平廣記》卷二七六、《永樂大典》卷一三一三五引，出《搜神記》，據《廣記》輯。

〔一〕諸仲務一女顯姨　《大典》「女」訛作「名」，「姨」作「姊」。

〔二〕俗聞產亡者以墨點面　《廣記》明鈔本「聞」作「間」，《大典》作「聞」。

106 温序

温序字公次〔一〕，太原祁人〔二〕。任校尉〔三〕，行部，爲隗囂所得，伏劍死〔四〕。而世祖憐之〔五〕，送葬到洛陽城旁，爲築冢。長子壽，爲印平侯〔六〕，夢序告之曰：「久客思鄉。」壽即棄官，上書乞骸骨〔七〕，帝許之。

本條《北堂書鈔》卷九二引，出《搜神記》，據輯。

〔一〕温序字公次　《東觀漢記》卷一六、《後漢書》卷八一《獨行列傳·温序傳》作「字次房」。

〔二〕太原祁人　「祁」，孔廣陶校刊本訛作「郡」，《四庫全書》本作「祁」。案：《後漢書》稱序「太原祁人也」。

〔三〕任校尉　「校尉」，孔廣陶校刊本作「護軍校尉」，《四庫全書》本無「護軍」二字。《東觀漢記》、《後漢書》、《後漢紀》卷五作「護羌校尉」。汪紹楹校：「《資治通鑑》繫此事於光武建武八年，作『校尉温序』。《考異》云：『檢《西羌傳》，九年方置此官。則序無緣作護羌，今但云校尉。』據此作『護軍校尉』似是。然漢有護軍都尉，無護軍校尉，亦可疑。」檢《東觀漢記》、《後漢紀》、《後漢書》，東漢無護軍校尉，今從《四庫全書》本。

〔四〕行部爲隗囂所得伏劍死　舊本作：「行部至隴西，爲隗囂將所劫，欲生降之。序大怒，以節撾殺人。賊趨欲殺序，荀宇止之曰：『義士欲死節。』賜劍，令自裁。序受劍，銜鬚著口中，歎曰：『無令鬚污土。』遂伏劍死。」案：《東觀漢記》、《後漢紀》、《後漢書》載温序自刎事，與此文句不同。舊本實是依據《藝文類聚》卷二〇引《續漢記》增補。荀宇，《東觀漢記》、《後漢紀》、《後漢書》等皆作苟宇，《類聚》誤姓作「荀」，舊本亦從誤。

〔五〕而世祖憐之　「世」原作「始」。《四庫全書》本作「更始憐之」，舊本同。案：《後漢書》本傳：「光武聞而憐之。」光武帝廟號世祖，據改。

〔六〕爲印平侯　孔廣陶校刊本無此四字，據《四庫全書》本補。案：《後漢紀》、《後漢書》作「鄒平侯相」，而《藝文類聚》卷七九引袁宏《漢紀》作「印平侯」，與今本袁宏《後漢紀》不同。

〔七〕上書乞骸骨　舊本據《後漢書》於「骸骨」下補「歸葬」二字。

107 虞蕩

馮乘虞蕩夜獵，見一大麈射之。麈便云：「虞蕩，汝射殺我耶？」明晨，得一麈而入，少時蕩死。

本條《太平御覽》卷九〇六引，出《搜神記》，據輯。

108 士人陳甲

吴郡海鹽縣北鄉亭里，有士人陳甲，本下邳人，元帝時寓居華亭〔一〕。獵於東野大藪，欻見大蛇，長六七丈，形如百斛船，玄黄五色，臥岡下。士人即射殺之，不敢説。三年後，與鄉人共獵。至故見蛇處，語同行云：「昔在此殺大蛇。」其夜，夢見一人，烏衣黑幘，來至其家。問曰：「我昔昏醉，汝無狀殺我。吾昔醉，不識汝面，故三年不相知。今自來就死〔二〕。」其人即驚覺。明旦，腹痛而卒。

本條《太平廣記》卷一三一引，出《搜神記》，據輯。

〔一〕元帝時寓居華亭　「元帝」前原有「晉」字。案：干寶晉人，依例不當稱晉，乃《廣記》纂録者所加，以明其時，今删。

〔二〕今自來就死　舊本「自」訛作「日」。

搜神記輯校卷一〇

妖怪篇之一

案：《法苑珠林》卷三一《妖怪篇·述意部》：「妖怪者，干寶《記》云……」本書原當有《妖怪篇》。《左傳》宣公十五年：「天反時爲災，地反物爲妖。」《説文》「虫」部：「衣服歌䚻艸木之怪謂之䄏，禽獸蟲蝗之怪謂之蠥。」所叙爲災異變怪，吉凶徵兆之事。

109 妖怪

妖怪者，蓋是精氣之依物者也。氣亂於中，物變於外，形神氣質，表裏之用也。本於五行，通於五事。雖消息昇降，化動萬端，然其休咎之徵，皆可得域而論矣。

本條見引於《法苑珠林》卷三一《妖怪篇·述意部》。前云：「妖怪者，干寶《記》云……」「記」當指《搜神記》，蓋屬《妖怪篇》序論。

110 山徙

夏桀之時，厲山亡。秦始皇之時，三山亡。周顯王三十二年〔一〕，宋大丘社亡。漢昭帝之末，陳留昌邑社亡。京房《易傳》曰：「山默然自移，天下有兵〔二〕，社稷亡也。」故會稽山陰郭中有怪山〔三〕，世傳本瑯琊東武海中山也〔四〕。時天夜，風雨晦冥，旦而見武山在焉。百姓怪之，因名曰怪山。時東武縣山，亦一夕自亡去。識其形者，乃知其移來。今怪山下見有東武里，蓋記山所自來，以爲名也。又交州郁州山移至青州〔五〕。凡山徙，皆不極之異也〔六〕。

本條《法苑珠林》卷六三，明孫轂《古微書》卷三一《孝經内事圖》按語引，出《搜神記》。今據《珠林》輯，校以《古微書》。

〔一〕三十二年　《漢書·郊祀志上》作「四十二年」。案：《史記·封禪書》但言「或曰宋大丘社亡」，未有紀時。

〔二〕天下有兵　《四部叢刊》影印徑山寺本、《四庫全書》本（卷八〇）作「天下兵亂」，舊本同。

〔三〕故會稽山陰郭中有怪山　「郭」原作「瑯琊」。案：《太平廣記》卷三九七引《廣古今五行記》：「會稽山陰郭中有怪山，世傳本瑯琊東武山。時天夜雨晦冥，旦而見在此焉。百姓怪之，因名曰怪山。」當本本書。瑯琊不在山陰，不得言「山陰瑯琊中」，「瑯」當爲「郭」字，涉下而訛，又增「琊」也，據改。

〔四〕東武海中山也　原無「海中」二字，據《古微書》補。《吴越春秋·勾踐歸國外傳》亦作「東武海中山也」。舊本補「海中」二字。

〔五〕又交州郁州山移至青州　《珠林》、《古微書》「郁州」作「脆州」。案：《山海經・海内東經》：「都州在海中。一曰郁州。」郭璞注：「今在東海朐縣界，世傳此山自蒼梧從南徙來，上皆有南方物也。」《水經注・淮水》作「郁洲」。知「脆州」乃「郁州」之訛，據改。據《晉書・地理志下》，蒼梧郡漢屬交州，吴黄武五年分交州之南海、蒼梧等四郡立廣州，俄復舊，永安六年復分交州立廣州，晉時蒼梧郡屬廣州。此言交州，沿其舊也。又，郁州屬東海郡朐縣，而東海郡西晉屬徐州，不屬青州。然《晉書・地理志下》云：「自元帝渡江，於廣陵僑置青州。」而廣陵在徐州境，故此言郁州山移至青州者，粗舉其地耳。

〔六〕案：《珠林》下云：「此二事未詳其世。《尚書・金縢》曰：『山徙者，人君不用道士，賢者不興，或禄去公室，賞罰不由君，私門成羣，不救，當爲易世變號。』説曰：『善言天者，必質之於人。天有四時五行，日月相推，寒暑迭代。其轉運也，和而爲雨，怒而爲風，散而爲露，亂而爲霧，凝而爲霜雪，立爲虹蜺（案：《大正新脩大藏經》本作虹蜺，徑山寺本作蚔蜺），此天地之常數也。若四時失運，寒暑乖違，則五緯盈縮，星辰錯行，日月薄蝕，彗孛流飛，此天地之色診也；此寒暑不時，天地承（案：《大正藏》本作亟，是也）否也。故石立土踴，天地之痤贅也；山崩地陷，天地之癰疽也；衝風暴雨，天地之奔氣也；雨澤不降，川瀆涸竭，天地之燋枯也。』」《古微書》按語所引乃本《珠林》，惟删去「此二事未詳其世」，「説曰」改「又曰」，删「善言天者」至「星辰錯行」。此段議論實乃《珠林》編纂者道世語，觀「此二事未詳其世」一語甚明。道世引事，爲求實證皆明其時代，此二事原書未有紀時，道世亦無從考知，故特作説明，干寶原文必不爾也。且夫所引《尚書·金縢》，《金縢》中並無此語，干寶亦不能有此誤。又者，「説曰」一節與《太平廣記》卷二一八《孫思邈》（出《譚賓録》）載孫思邈對盧照鄰論醫道之語相合，惟文繁於此，又見《廣記》卷二一《孫思邈》（出《仙傳拾遺》及《宣室志》）。汪紹楹以爲乃《法苑珠林》作者道世引他書附入，非本書，甚是。舊本《搜神記》將此節連帶輯入，又從《廣記》補入「人有四肢五臟……此亦人之常數也」一段，頗誤。

111 馬化狐

周宣王三十三年，幽王生，是歲有馬化爲狐。

本條《法苑珠林》卷三二、《天中記》卷六〇引，出《搜神記》，二書文同，據輯。

112 鄭女生四十子

魯哀公之八年〔一〕，鄭有女一生四十子〔二〕，其二十人爲人，二十人死。其九年，晉有豕生人，能言。吴赤烏七年，有婦人一生三子〔三〕。

本條《法苑珠林》卷七〇引，出《搜神異記》，據輯，校以《古本竹書紀年》。

〔一〕魯哀公之八年　「魯」原作「周」。案：《大唐開元占經》卷一一三引《紀年》（即《竹書紀年》）：「晉定公二十五年，西山女子化爲丈夫，與之妻，能生子。其年鄭一女而生四十人，二十人死。」晉定公二十五年（前四八七）當周敬王三十三年、魯哀公八年，是知「周」當爲「魯」之訛，據改。《四庫全書》本（卷八七）作「周哀王」，舊本同。案：《史記·周本紀》載：「（周定王）二十八年，定王崩，長子去疾立，是爲哀王。哀王立三月，弟叔襲殺哀王而自立，是爲思王。」周哀王在位才三月，安得云八年？必是淺人見「周哀公」有誤，遂妄改「公」爲「王」也。《法苑珠林校注》據舊本亦改作「周哀王」。

〔二〕鄭有女一生四十子　「女」原作「人」，據《竹書紀年》改。

〔三〕三子　《大正新脩大藏經》本《珠林》作「三十子」。

113 御人産龍

周烈王之六年〔一〕，林碧陽君之御人産二龍〔二〕。

本條《法苑珠林》卷七〇引，出《搜神異記》，據輯，校以《古本竹書紀年》。

〔一〕周烈王之六年　《古本竹書紀年》（據《開元占經》卷一一三所引）繫此事於今王（即魏襄王）四

年，據《史記・周本紀》，此年當周慎靚王六年（前三一五）。

〔二〕林碧陽君之御人産二龍　《古本竹書紀年》作「碧陽君之諸御産二龍」。

114 齊地暴長

周隱王二年四月〔一〕，齊地暴長，長丈餘，高一尺五寸〔二〕。京房《易妖》曰〔三〕：「地長四時暴〔四〕，占春夏多吉，秋冬多凶。」歷陽之郡，一夕淪入地中而爲澤水，今麻湖是也〔五〕，不知何時。《運斗樞》曰〔六〕：「邑之淪，陰呑陽，下相屠焉〔七〕。」

本條《法苑珠林》卷六三引，出《搜神記》，據輯，校以《古本竹書紀年》。

〔一〕周隱王二年四月　《古本竹書紀年》（《太平御覽》卷八八〇引）無「四月」二字。

〔二〕高一尺五寸　《古本竹書紀年》無「五寸」二字。

〔三〕京房易妖曰　《珠林》《四庫全書》本（卷八〇）「妖」作「傳」，嘉靖伯玉翁鈔本《類説》卷三七《法苑珠林》同。宣統刊本、徑山寺本（《四部叢刊》）、《大正新脩大藏經》本作「妖」。案：《漢書》、《晉書》、《宋書》之《五行志》，多引京房《易傳》，而《宋書・五行志》又兼引京房《易妖》頗夥。京房乃西漢著名今文易學家，《漢書》有傳。其學以《易》推災異，實術數之學。京房著述極衆。《漢書・藝文志》易類著録《孟氏京房》十一篇、《災異孟氏京房》六十六篇。《隋書・經籍志》易類著録京房《周易章句》十卷、《周易錯》八卷，五行類著録京房《周易占事》十二卷、《周易占》十二卷（注：梁《周易妖占》十三卷，京房撰）、《周易守林》三卷、《周易集林》十二卷、《周易飛候》九卷又六卷、《周易四時候》四卷、《周易錯卦》七卷、《周易混沌》四卷、《周易委化》四卷、《周易逆刺占災異》十二卷。此皆與《易》相關者，他書猶多。《易妖》者殆即《周易妖占》。至於京房《易傳》，當泛稱其書中占釋之辭，未必定指某書。今傳京房《易傳》三卷，乃後人改題，原爲何書已難確考。

〔四〕地長四時暴　舊本改作「地四時暴長」，《四庫全書》同，疑據舊本改。

〔五〕今麻湖是也　「麻」原作「麻」，汪紹楹校：「『麻』當作『麻』。以形近致訛。《太平寰宇記》一二四亦作『麻湖』，是傳訛已久。」案：歷陽陷湖原出《淮南子·俶真訓》及高誘注，未言湖之名何。《太平御覽》卷一六九引《淮南子》，有注云：「漢明帝時，歷陽淪爲麻湖。」然《括地志》（《史記·項羽本紀正義》引）曰：「和州歷陽縣，本漢舊縣也。《淮南子》云：『歷陽之都，一夕而爲湖。』漢帝時，歷陽淪爲歷湖。」此或《御覽》注所本。是則本作歷湖，名與歷陽相涉也。故或又作歷陽湖，《獨異志》卷上載此事云：「今和州歷陽湖是也。」「歷」之古字爲「厤」，以形似而訛作「麻」，後世遂沿訛不改，《御覽》卷一六九又引《十道志》：「麻湖在縣西十里。」亦誤作「麻湖」。《寰宇記》於「歷陽縣」下分列麻湖與歷陽湖，别爲二湖，然皆地陷而成湖，實即麻湖也。而南宋祝穆《方輿勝覽》卷四九《和州·山川》只列《歷湖》一目，辨云：「在歷陽縣西三十里，今謂之麻湖，蓋訛爲『歷』字。」以爲麻湖之「麻」乃訛寫「歷」字而成。王象之《輿地紀勝》卷四八《和州·景物上》作「濂」，乃加水旁。云：「在歷陽縣西三十里。……古『歷』字作『厤』，今誤爲『麻』。今謂之麻湖者，謬也。」清劉文淇《輿地紀勝校勘記》卷一一云：「張氏鑑云上『麻』字當作『厤』。按以《説文》考之，張説是也。」訛「厤」爲「麻」非在干寶之世，今改作「厤」。

〔六〕運斗樞曰　「斗」原作「升」，據《四庫全書》本改。案：《太平御覽經史圖書綱目》有《春秋運斗樞》，乃附會《春秋》之緯書。

〔七〕案：「歷陽之郡」以下，汪紹楹以爲「此當是另條」。非是。蓋地長湖陷，事類相關，故合記之。本書事例頗多，如前所記鄭女生四十子、豕生人即是，皆爲異産也。

115 洧淵龍鬬

魯昭公十九年，龍鬬於鄭時門之外洧淵。京房《易傳》曰：「衆心不安，厥妖龍鬬其邑中也〔一〕。」

本條《法苑珠林》卷三一引，出《搜神記》，據輯。

〔一〕案：《漢書·五行志下之上》亦載此事，在「洧淵」下、「京房《易傳》」上多出一節文字：「劉向以爲近龍孽也。鄭以小國攝乎晉、楚之間，重以彊吴，鄭當其衝，不能修德，將鬭三國，以自危亡。是時子産任政，内惠於民，外善辭令，以交三國，鄭卒亡患，能以德消變之效也。」舊本補輯「劉向以爲近龍孽也」一句。

116 九蛇繞柱

魯定公元年秋，有九蛇繞柱。占以爲九世廟不祀，乃立煬宫。

本條《開元占經》卷一二〇、《太平御覽》卷九三四、《事類賦注》卷二八、《天中記》卷五六、《山堂肆考》卷二二三並引，出《搜神記》，據《開元占經》輯，校以《御覽》、《事類賦注》。

117 馬生人

秦孝公二十一年，有馬生人。昭王二十年，牡馬生子而死〔一〕。劉向以爲馬禍也。故京房《易傳》曰：「方伯分威〔二〕，厥妖牡馬生子。上無天子，諸侯相伐，厥妖馬生人也。」

本條《法苑珠林》卷七〇引，出《搜神異記》。又《南華真經義海纂微》卷五七、《莊子翼》卷五引作《搜神記》。今據《珠林》輯，校以《漢書·五行志下之上》。

〔一〕牡馬生子而死　《珠林》宣統本、徑山寺本「牡」作「牝」，據《四庫全書》本（卷八七）、《法苑珠林校注》及《漢志》改。下同。

〔三〕方伯分威　《珠林》宣統本、徑山寺本及《法苑珠林校注》「威」作「滅」，據《大正新脩大藏經》本、《四庫全書》本及《漢志》改。

118 魏女子化丈夫

魏襄王十三年〔一〕，有女子自首化爲丈夫〔二〕，與妻生子。故京房《易傳》曰：「女子化爲丈夫，兹謂陰昌，賤人爲王；丈夫化爲女子，兹爲陰勝陽〔三〕，厥咎亡也〔四〕。」

本條《法苑珠林》卷三二引，出《搜神記》，據輯，校以《漢書·五行志下之上》。

〔一〕十三年　《珠林》宣統本、徑山寺本、《法苑珠林校注》及嘉靖伯玉翁鈔本《類説》卷三七《法苑珠林》（案：天啓刊本卷四三《法苑珠林》無此條）作「三年」，據《四庫全書》本（卷四三）、《漢志》、《太平御覽》卷八八七引《鴻範五行傳》補「十」字。

〔二〕有女子自首化爲丈夫　《珠林》徑山寺本、《四庫全書》本、舊鈔本《類説》及《漢志》、《鴻範五行傳》均無「自首」二字。

〔三〕陰勝陽　《漢志》無「陽」字。案：《宋書·五行志五》引京房《傳》作「陰勝陽」。

〔四〕厥咎亡也　《漢志》此下云：「一曰：男化爲女，宫刑濫也；女化爲男，婦政行也。」舊本從《漢志》補之，未妥。

119 五足牛

秦文王五年〔一〕，游于朐衍，有獻五足牛者，時秦世喪用民力〔二〕。京房《易傳》曰：「興繇役，奪民時，厥妖牛生五足。」

本條《法苑珠林》卷七〇引，出《搜神異記》。據輯。

〔一〕秦文王五年　案：此事取《漢書·五行志下之上》，《志》云秦孝文王五年。舊本據《漢志》補「孝」字。汪紹楹以爲，據《史記·秦本紀》，孝文王在位只一年，安得有五年之事。《史記·六國年表》載：「秦惠文王初更五年，王北游戎地，至河上。」朐衍正爲戎地（案：師古注：「朐衍，地名，在北地。」），可證孝文王當作惠文王。汪氏説是。然《珠林》所引但言「文王」，未知爲孝爲惠。本書雖承《漢志》，未必定作「孝文王」，改孝爲惠亦未可知。即便作「孝文王」，亦沿誤而已，非爲傳訛也。今姑仍《珠林》之舊。

〔二〕時秦世喪用民力　《四庫全書》本（卷八七）「喪」作「大」。案：舊本此句下據《漢志》妄補「天下叛之」四字。《漢志》於「有獻五足牛者，劉向以爲近牛禍也」下云：「先是，文惠王初都咸陽（案：此有誤。文惠王應作惠文王。初都咸陽乃秦孝公事，見《史記·秦本紀》），廣大宮室，南臨渭，北臨涇，思心失，逆土氣。足者，止也，戒秦建止奢泰，將致危亡。秦遂不改，至於離宮三百，復起阿房，未成而亡。一曰，牛以力爲人用，足所以行也。其後秦大用民力轉輸，起負海至北邊，天下叛之。」

搜神記輯校卷一一

妖怪篇之二

120 龍見温陵井

漢惠二年正月癸酉旦〔一〕，有兩龍見於蘭陵廷東里温陵井中〔二〕。京房《易傳》曰：「有德遭害，厥妖龍見井中。行刑暴惡〔三〕，黑龍從井出。」

本條《法苑珠林》卷三二引，出《搜神記》，據輯，校以《漢書·五行志下之上》。

〔一〕癸酉旦　原引作「癸酉朔旦」。案：據陳垣《二十史朔閏表》，漢惠帝二年正月乃庚午朔，初四爲癸酉。《漢志》作「癸酉旦」，據删「朔」字。《漢書·惠帝紀》亦略載此事，稱「春正月癸酉」。

〔二〕有兩龍見於蘭陵廷東里温陵井中　原引作「兩龍現於蘭陵庭東坐温陵井中」，《四庫全書》本（卷四二）「坐」作「里」，據《漢志》改。顔師古注：「蘭陵縣之廷東里也。温陵，人姓名也。」案：此句下舊本據《漢志》補「至乙亥夜去」五字。

〔三〕行刑暴惡　《珠林》宣統本、徑山寺本及《法苑珠林校注》「暴」作「甚」，《四庫全書》本及《漢志》作「暴」，據改。案：舊本「行刑暴惡」上有「又曰」二字，乃據《漢志》補。

121 馬狗生角

漢文帝十二年，吳地有馬生角，在耳〔一〕，上向。右角長三寸，左角長二寸，皆大二寸。後五年六月〔二〕，齊雍城門外有狗生角〔三〕。劉向以爲馬不當生角，猶下不當舉兵向上也，吳將反之變云。京房《易傳》曰：「臣易上，政不順，厥妖馬生角，兹謂賢士不足〔四〕。」

本條《法苑珠林》卷七〇引，出《搜神異記》，據輯，校以《漢書・五行志》。舊本據《漢志》輯，且分作二條。案：《珠林》引爲一條，其標目爲《漢文帝時有馬與狗皆生角》。而《漢志》原爲兩條，「京房《易傳》」云云乃馬生角占辭，狗生角自有占辭，此未録。蓋干寶於此條主要記馬生角，而以狗生角同在漢文帝時，且屬同類之事，故插叙之耳。分作二條似未妥。

〔一〕在耳　《四庫全書》本（卷八七）作「在耳前」，舊本同，《漢書・五行志下之上》作「角在耳前」。

〔二〕後五年六月　舊本作「文帝後元五年六月」。案：文帝後五年即指文帝後元五年，《漢書・五行志中之上》即作「後五年」。據《漢書・文帝紀》載，文帝十六年，「明年改元」，史稱後元。張晏注：「新垣平候日再中，以爲吉祥，故改元年，以求延年之祚也。」

〔三〕齊雍城門外有狗生角　「齊雍城門」，《珠林》宣統本、徑山寺本訛作「密應城門」，據《四庫全書》本（卷八七）及《漢書・五行志中之上》改。師古注：「雍城門者，齊門名也。」

〔四〕案：舊本此下據《漢書·五行志下之上》補「又曰：天子親伐，馬生角」九字。「狗生角」條據《漢書·五行志中之上》補「京房《易傳》曰：執政失，下將害之，厥妖狗生角」十七字。

122 下密人生角

漢景帝二年九月〔一〕，膠東下密人，年七十餘，生角，角有毛生。故京房《易傳》曰：「冢宰專政〔二〕，厥妖人生角。」《五行志》以爲人不當生角，猶諸侯不當舉兵向京師也〔三〕，其後有七國之難起〔四〕。

本條《法苑珠林》卷三二引，出《搜神記》。事出《漢書·五行志下之上》，據《珠林》輯，校以《漢志》。

〔一〕漢景帝二年九月　《珠林》「二年」作「元年」，據《漢志》改。

〔二〕冢宰專政　「專」字《珠林》宣統本、徑山寺本闕，據《四庫全書》本（卷四三）及《漢志》補。

〔三〕猶諸侯不當舉兵向京師也　舊本「當」訛作「敢」。

〔四〕案：舊本下云：「至晉武帝泰始五年，元城人年七十生角，殆趙王倫篡亂之應也。」此乃據《晉書·五行志下》（取自《宋書·五行志五》）濫補，「應」原作「象」。

123 犬豕交

漢景帝三年，邯鄲有犬與家豕交〔一〕。時趙王遂與六國共反〔二〕，外結匈奴以爲援。

《五行志》以爲趙王昬亂。犬，兵革失衆之占；豕者，北方匈奴之象。逆言失聽，交於異類，以生害也〔三〕。

本條《法苑珠林》卷三一引，出《搜神記》。《漢書·五行志中之上》載此事，爲干書所本，然非照録，檃栝大意而已。今據《珠林》，校以《漢志》。

〔一〕邯鄲有犬與家豕交　舊本作「邯鄲有狗與彘交」，乃據《漢志》。

〔二〕時趙王遂與六國共反　「時趙王」舊本作「是時趙王悖亂」，乃據《漢志》。

〔三〕「犬兵革失衆之占」至「以生害也」　《珠林》宣統本、徑山寺本及《法苑珠林校注》作「豕類外交之異，匈奴，犬豕之類也」，文有脱訛，今從《四庫全書》本（卷四二），其文與《漢志》同。案：舊本末云：「京房《易傳》曰：夫婦不嚴，厥妖狗與豕交，兹謂反德，國有兵革。」乃據《漢志》增補。

124 烏鬭

漢景帝三年十一月，有白頸烏與黑烏羣鬭楚國吕縣。白頸不勝，墮泗水中，死者數千。劉向以爲近白黑祥也〔一〕。楚王戊暴逆無道，刑辱申公，與吴謀反。烏羣鬭者，師戰之象也。白頸者小，明小者敗也。墮於水者，將死水地。王戊不悟，遂舉兵應吴，與漢大戰，兵敗而走。至於丹徒，爲越人所斬。墮泗水之效也[二]。京房《易傳》曰：「逆親親，厥妖白黑烏鬬於國。」燕王旦之謀反也，又有一烏一鵲鬬於燕宮中[三]，烏墮池死[四]。《五行志》以爲楚、燕皆骨肉蕃臣[五]，驕恣而謀不義，俱有烏鵲鬬死之祥。行同而占合，此天人之明表也。燕陰謀未發，獨王自殺於宮，故一烏而水色者死；楚炕陽舉兵，軍師大敗於野，故烏衆而金色者死，天道精微之效也。京房《易傳》曰：「顓征劫殺[六]，厥妖烏鵲鬬也。」

本條《法苑珠林》卷五七引，出《搜神記》，據輯。《珠林》宣統本止於「墮泗水之效也」，以下據《大正新脩大藏經》本、徑山寺本及《四庫全書》本。事出《漢書·五行志中之下》，據校。

〔一〕近白黑祥也　「白」字原訛作「日」，據《四庫全書》本（卷七二）及《漢志》改。

〔二〕墮泗水之效也　《漢志》作「墮死於水之效也」。

〔三〕宮中　舊本下有「池上」二字，乃據《漢志》補。

〔四〕烏墮池死　「池」字原訛作「地」，據《漢志》改。

〔五〕楚燕皆骨肉蕃臣　「皆」字原訛作「背」，據《漢志》改。

〔六〕顓征劫殺　「劫」字原訛作「去」，據《四庫全書》本及《漢志》改。

125 牛禍

漢景帝中六年[一]，梁孝王田北山，有獻牛足出背上者。劉向以爲牛禍，思心霿亂之咎也〔二〕。至漢桓帝延熹五年〔三〕，臨沅縣有牛生雞，兩頭四足。

本條《法苑珠林》卷七〇引，出《搜神異記》，據輯。案：《珠林》所引牛生雞事，舊本另作一條，似未妥。牛足出背事本《漢書·五行志下之上》，牛生雞事所出不詳。干寶取二事而合爲一條者，皆爲牛禍也。

〔一〕中六年　舊本訛作「十六年」。

〔二〕思心霿亂之咎也　《四庫全書》本（卷八七）「心」作「慮」。案：舊本作：「内則思慮霿亂，外則土功過制，故牛禍作。足而出于背，下奸上之象也。」乃據《漢志》增補。

〔三〕漢桓帝延熹五年　「桓帝」原作「靈帝」。案：延熹乃桓帝年號，靈帝年號凡四：建寧、熹平、光和、中平，無一與延熹形似音近者，訛當在「靈」字，今改。舊本亦改。《珠林》《大正新脩大藏經》本「延熹」訛作「延嘉」，

126 趙邑蛇鬬

漢武帝太始四年七月〔一〕，趙有蛇從郭外入，與邑中蛇鬬孝文廟下，邑中蛇死。後二年秋，有衛太子事，自趙人江充起。

本條《法苑珠林》卷三一、《太平御覽》卷八八五引，並出《搜神記》，今據《珠林》輯，校以《漢書·五行志下之上》。

〔一〕七月　《珠林》宣統本作「十月」，《御覽》同，徑山寺本（卷四二）、《四庫全書》本（卷四二）、《漢志》及《武帝紀》俱作「七月」，據改。

127 輅軨廄雞變

漢宣帝黄龍元年，未央殿輅軨廄中〔一〕，雌雞化爲雄雞，毛衣亦變〔二〕，不鳴不將，無距。元帝初元中〔三〕，丞相府史家，雌雞化爲雄雞〔四〕，冠距鳴將。至永光年中，有獻雄雞生角者。《五行志》以爲王氏之應也〔五〕。

本條《法苑珠林》卷三二引，出《搜神記》，據輯。原出《漢書·五行志中之上》，據校。

〔一〕未央殿輅軨廄中　《漢志》無「廄」字，舊本同。案：《漢志》孟康注：「輅軨，廄名也。」

〔二〕毛衣亦變　《漢志》作「毛衣變化」，舊本同。

〔三〕元帝初元中　舊本「中」作「元年」。案：《漢志》作「中」。據《漢書·元帝紀》，初元凡五年。舊本誤。

〔四〕雌雞化爲雄雞　《漢志》作「雌雞伏子，漸化爲雄」，舊本同。

〔五〕案：舊本末云：「賢者居明夷之世，知時而傷，或衆在位，厥妖雞生角。」乃據《漢志》妄增。

128 范延壽

漢宣帝之世〔一〕，燕代之間〔二〕，有三男共取一婦，生四子。及其將分，妻子而不可均，乃致爭訟。廷尉范延壽斷之曰：「此非人類，當以禽獸處之。禽獸從母不從父也，請戮三男子，以兒還母。」宣帝嗟歎曰：「事何必古。若此，則可謂當於理而猒人情也。」延壽蓋見人事而知用刑矣，未知論人妖將來之應也。

本條《北堂書鈔》卷四四、《法苑珠林》卷四四、《太平御覽》卷六四七引，並出《搜神記》。今參酌諸書校輯。

〔一〕漢宣帝之世　《珠林》、《御覽》並作「漢宣帝之世」，《御覽》卷二三一引謝承《後漢書》亦謂「范延壽宣帝時爲廷尉」。案：《漢書·百官公卿表》載：成帝河平二年，「北海太守安平范延壽子路爲廷尉，八年卒」。又卷八四《翟方進傳》載：河平中，司隸校尉陳慶「與廷尉范延壽語」。則延壽爲廷尉非在宣帝世，疑本書記載有誤。《書鈔》引作「漢靈帝時」，尤誤。

〔二〕燕代之間　「燕代」，謝承《後漢書》作「燕趙」。

129 茅鄉社大槐樹

漢建昭五年，兗州刺史浩賞，禁民私所立社〔一〕。山陽槖茅鄉社有大槐樹〔二〕，吏伐斷之，其夜樹復立故處。説曰：凡斷枯復起，皆廢而復興之象也，是世祖之應耳。

本條《法苑珠林》卷六三引，出《搜神記》，據輯，校以《漢書·五行志中之下》。

〔一〕禁民私所立社　《漢志》「所」下有「自」字，舊本同。

〔二〕山陽橐茅鄉社有大槐樹　《珠林》脱「茅」字，據《四庫全書》本（卷八〇）及《漢志》補。顔師古注：「橐，縣名也，屬山陽郡。茅鄉，橐縣之鄉也。」

130 鼠巢

漢成帝建始四年九月，長安城南有鼠啣黄蒿〔一〕、柏葉，上民塚柏及榆樹上爲巢，桐柏爲多〔二〕。巢中無子，皆有乾鼠屎數十〔三〕。時議臣以爲恐有水災起。鼠，盜竊小獸〔四〕，夜出晝匿，今正晝去穴而登木，象賤人將居貴顯之位也〔五〕。桐柏，衛思后園所在也。其後趙后自微賤登至尊，與衛后同類。趙后終無子而爲害。明年，有鳶焚巢，殺子之象云〔六〕。京房《傳》曰：「臣私禄罔辟〔七〕，厥妖鼠巢也。」

本條《法苑珠林》卷三一引，出《搜神記》，據輯，校以《漢書·五行志中之上》。

〔一〕黄蒿　《珠林》原引作「黄藁」，據《漢志》改。舊本未改。

〔二〕桐柏爲多　《漢志》「爲」作「尤」。

〔三〕乾鼠屎數十　《珠林》原引無「鼠」字，「十」作「升」，據《漢志》改。

〔四〕獸　《漢志》作「蟲」，舊本同。

〔五〕貴顯之位也　「位」字原訛作「象」，據《漢志》改。舊本訛作「占」。

〔六〕殺子之象云　《漢志》「象云」作「異也」。

〔七〕臣私禄罔辟　《珠林》《四庫全書》本（卷四二）「辟」作「干」，舊本同。案：《漢志》李奇注：「辟，君也。擅私爵禄，誣罔其君。」作「干」誤。

131 長安男子

漢成帝河平元年〔一〕，長安男子石良、劉音〔二〕，相與同居。有如人狀在其室中，擊之，爲狗，走出。去後，有數人被甲持兵弩至良家。良等格擊，或死或傷，皆狗也〔三〕。自二月至六月乃止。其於《洪範》，皆犬禍，言不從之咎也。

本條《藝文類聚》卷九四引，出《搜神記》，據輯，校以《漢書·五行志中之上》。

〔一〕河平元年　原作「河清元年」，案：漢成帝無河清年號，據《漢志》改。

〔二〕劉音　原作「劉晉」，據《漢志》改。

〔三〕「有如人狀在其室中」至「皆狗也」《類聚》原作：「有如人狀在其室，擊之，爲狗，去復至，數人被甲持兵弩來，格之或傷，盡狗也。」據《漢志》補正。

132 鷰生雀

漢綏和二年三月，天水平襄有鷰生雀，哺食至大，俱飛去。京房《易傳》曰：「賊臣在國，厥咎鷰生雄雀〔一〕。」一曰〔二〕，生非其類，子不嗣也〔三〕。

本條《法苑珠林》卷七〇引，出《搜神異記》，據輯，校以《漢書·五行志中之下》。

〔一〕鷰生雄雀　《漢志》無「雄」字。此句下《漢志》有「諸侯銷」三字。舊本同《漢志》。

〔二〕一曰　原作「又曰」，《漢志》作「一曰」。案：此非京房《易傳》語，不得稱「又曰」，據改。舊本作「又曰」。

〔三〕子不嗣也　《漢志》「也」作「世」，舊本同。

133 大廄馬生角

漢綏和二年，大廄馬生角，在左耳前，圍長各二寸。哀帝建平二年〔一〕，定襄有牡馬生駒〔二〕，三足，隨羣飲食。《五行志》以爲：馬，國之武用；三足，不任用之象也。

本條《法苑珠林》卷七〇引，出《搜神異記》，據輯，校以《漢書·五行志下之上》。案：舊本輯爲二條，《珠林》爲一條，標目作《漢定襄有牝馬生駒三足》，而在《漢志》中亦爲一條，作二條未妥。

〔一〕「大廄馬生角」至「哀帝建平二年」　此二十字《珠林》脱去，據《漢志》補。舊本「圍長各二寸」下有「是時王莽爲大司馬，害上之萌，自此始矣」十六字，乃據《漢志》補。「建平二年」誤作「建平三年」。

〔二〕牡馬生駒　《珠林》「牡」作「牝」，據《漢志》改。

134 零陵樹變

漢哀帝建平三年〔一〕，零陵有樹僵地〔二〕，圍一丈六尺，長一十四丈七尺〔三〕。民斷其本，長九尺餘，皆枯。三月，樹卒自立故處〔四〕。汝南西平遂陽鄉有樹仆地〔五〕，生枝葉如人形〔六〕，身青黃色，面白，頭有頿髮，稍長大，凡長六寸一分〔七〕。京房《易傳》曰：「王德欲衰，下人將起，則有木生爲人狀。」其後有王莽之篡。

本條《法苑珠林》卷六三引，出《搜神記》，據輯，校以《漢書·五行志中之下》。案：舊本輯爲二條，《珠林》爲一條，標目作《漢哀帝時有靈樹變》。《漢志》亦作二條，然遂陽事在前，且與山陽橐茅鄉大槐樹事合爲一條，零陵事乃在下條，次第與此不同。疑干寶以二事皆爲哀帝建平三年事，故合爲一條而調整次序，作二條似未妥。

〔一〕案：舊本此句前尚有成帝永始元年事，云：「成帝永始元年二月，河南街郵樗樹生枝如人頭，眉目鬚皆具，亡髮耳。」乃據《漢志》妄增。

〔二〕僵地　《珠林》宣統本、徑山寺本「僵」字訛作「量」，據《四庫全書》本（卷八〇）及《漢志》改。

〔三〕長一十四丈七尺　「一十四丈」，《漢志》作「十丈」。

〔四〕樹卒自立故處　「卒」字原作「本」，蓋涉上「民斷其本」而訛，據《漢志》改。舊本此句下有「京房《易傳》曰：棄正作淫，厥妖木斷自屬。妃后有顓，木仆反立，斷枯復生」數語，乃據《漢志》妄增。

〔五〕汝南西平遂陽鄉有樹仆地　《珠林》宣統本、徑山寺本及《法苑珠林校注》訛作「汝南平陽遂鄉有樹博地」，據《漢志》改，《漢志》「樹」作「柱」，舊本作「材」。

〔六〕生枝葉如人形　《漢志》「枝葉」作「支」，舊本同，惟改「支」爲「枝」。

〔七〕頭有顗髮稍長大凡長六寸一分　原作「頭髮稍長六寸一分」，有脱文，據《漢志》補正。

135 豫章男子

漢建平中，豫章有男子化爲女子，嫁爲人婦，生一子。長安陳鳳曰：「陽變爲陰，將亡繼嗣〔一〕。」生一子者，將復一世乃絶也。故後哀帝崩〔二〕，平帝没，而王莽篡焉。

本條《法苑珠林》卷三二引，出《搜神記》，據輯。

〔一〕將亡繼嗣　《漢書·五行志下之上》在此句下有「自相生之象。一曰嫁爲人婦」十一字，舊本據補。然此記非照録《漢志》原文，未妥。

〔二〕故後哀帝崩　《珠林》宣統本、徑山寺本及《法苑珠林校注》「後」作「使」，據《四庫全書》本（卷四三）改。舊本作「後」。

136 趙春

漢平帝元始元年二月，朔方廣牧女子趙春病死。既棺斂，六日出在棺外〔一〕，自言見夫死父〔二〕，曰：「年二十七，不當死。」太守譚以聞。説曰：「至陰爲陽，下人爲上〔三〕。」其後王莽篡位。

本條《法苑珠林》卷九七、《太平御覽》卷八八七引，《珠林》出《搜神記言》（《大正新脩大藏經》本作《搜神異記》），《御覽》作《搜神記》。事採《漢書·五行志下之上》。今據《御覽》、《珠林》酌定，校以《漢志》。

〔一〕六日出在棺外　舊本「六」誤作「七」。《漢志》亦作「六」。

〔二〕自言見夫死父　《御覽》作「自言見死人及父」，《珠林》宣統本、徑山寺本作「自言見死夫」，據《四庫全書》本（卷一一六）及《漢志》改。

〔三〕案：此句下舊本據《漢志》補「厥妖人死復生」六字。然《漢志》此爲京房《易傳》語，而「至陰爲陽，下人爲上」前云「一曰」，舊本所補頗謬。

137 長安女子

漢元始元年六月，有長安女子生兒，兩頭兩頸〔一〕，面俱相向〔二〕。四臂共胷，俱前向。尻上有目，長二寸〔三〕。故京房《易傳》曰：「『暌孤，見豕負塗。』厥妖人生兩頭。兩頸，不一也〔四〕；足多〔五〕，所任邪也〔六〕；足少，不勝任〔七〕。下體生於上，不敬也；上體生於下，媟瀆也〔八〕；生非其類，淫亂也；生而大，速成也〔九〕；生而能言，好虚也〔一〇〕。」

本條《法苑珠林》卷七〇引，出《搜神異記》，據輯，校以《漢書·五行志下之上》。

〔一〕兩頸　《漢志》作「異頸」。

〔二〕面俱相向　「俱」原作「得」。案：本書後文《雒陽女子》條有「面俱相向」語，當爲「俱」字之訛，今改。舊本作「俱」。

〔三〕長二寸　《漢志》「寸」下有「所」字，舊本同。

〔四〕兩頸不一也　《漢志》作「二首，下不壹也」。案：舊本此前有「下相攘善，妖亦同。人若六畜首目在下，兹謂亡上，政將變更。厥妖之作，以譴失正，各象其類」數語，乃據《漢志》補。「政」原作「正」，「厥」原作「凡」。

〔五〕足多　舊本改「足」爲「手」，妄也。蓋以四臂爲手多而非足多，殊不知京房《易傳》並非專對長安女子生兒而言，乃泛論足多足少之應。《法苑珠林校注》據舊本改，頗誤。

〔六〕所任邪也　「任」字《珠林》宣統本、《大正新脩大藏經》本、徑山寺本、《法苑珠林校注》訛作「住」，據《四庫全書》本（卷八七）及《漢志》改。

〔七〕不勝任　《漢志》「不」上有「下」字，舊本據補。舊本又據《漢志》於此句下補「或不任下也」一句。

〔八〕媟瀆也　「媟」字《珠林》宣統本、《大正藏》本、徑山寺本訛作「泄」，據《四庫全書》本及《漢志》改。

〔九〕生而大速成也　《漢志》「生」上有「人」字，「速」上有「上」字，舊本補此二字。

〔一〇〕好虚也　此句下舊本據《漢志》補「羣妖推此類，不改乃成凶也」十一字。

搜神記輯校卷一二

妖怪篇之三

138 蛇見德陽殿

漢桓帝即位，有大蛇見德陽殿上〔一〕。雒陽市令淳于翼曰：「蛇有鱗，甲兵之象也。見於省中，將有椒房大臣受甲兵之誅也〔二〕。」乃棄官遁去。到延熹二年，誅大將軍梁冀，捕治宗屬〔三〕，揚兵京師也。

本條《後漢書·五行志五》注、《天中記》卷五六引干寶《搜神記》，《法苑珠林》卷三一亦引，出《搜神記》，文略。今據《後漢志》注，參酌《珠林》校輯。

〔一〕有大蛇見德陽殿上　「德陽殿」，《天中記》誤作「陽德殿」。案：《後漢書》卷四一《第五倫傳》：「後德陽殿成。」注：「《漢宫殿名》曰：『北宫中有德陽殿。』」

〔二〕甲兵之誅也　舊本「誅」誤作「象」。

〔三〕捕治宗屬　舊本「宗」誤作「家」。

139 赤厄三七

漢靈帝數遊戲於西園，令後宮婇女爲客舍主〔一〕，身爲商賈〔二〕，行至舍間，婇女下酒，因共飲食，以爲戲樂。蓋是天子將欲失位，降在皂隸之象也〔三〕。其後天下大亂〔四〕，遂傳古志之曰「赤厄三七」〔五〕。三七者，經二百一十載，當有外戚之篡，丹眉之妖。篡盜短祚，極於三六，當有龍飛之秀，興復祖宗。又歷三七，當復有黄首之妖，天下大亂矣。自高祖建業，至於平帝之末，二百一十年，而王莽篡位，蓋因母后之親。十八年而山東賊樊崇、刁子都等起〔六〕，實丹其眉，故天下號曰「赤眉」。於是光武以興祚，其名曰秀。至于靈帝中平元年而張角起，置三十六方〔七〕，衆數十萬人，皆是黄巾，故天下號曰「黄巾賊」，故今道服由此而興〔八〕。初起於鄴，會於真定，誑惑百姓曰：「蒼天已死黄天立，歲名甲子年，天下大吉。」起於鄴者，天下始業也，會於真定也。小民相向跪拜信趣出〔九〕，荆、楊尤甚。棄財產〔一〇〕，流沈道路，死者數百〔一一〕。角等初以二月起兵，其冬十二月悉破。自光武中興至黄巾之起，未盈二百一十年，而天下大亂，漢祚廢絶，實應三七之運也。

本條《法苑珠林》卷四四引，出《搜神記》，據輯，校以《後漢書·五行志一》。

〔一〕客舍主　《後漢志》作「客舍主人」。舊本據補「人」字。

〔二〕身爲商賈　《後漢志》「賈」下有「服」字。舊本作「身爲估服」。

〔三〕降在皂隸之象也　《珠林》「象」作「謠」，舊本同。案：《宋書·五行志一》載司馬道子於府北園列肆酤酒爲戲事，云：「漢靈帝嘗若此，干寶以爲君將失位，降在皂隸之象也。」《晉書·五行志上》作「干寶以爲貴者失位，降在皂隸之象也」。「干寶以爲」即指本書，據改。

〔四〕其後天下大亂　《珠林》宣統本、《大正新脩大藏經》本、徑山寺本、《法苑珠林校注》原作「其後天子」，文有脱訛，據《四庫全書》本（卷五七）及《後漢志》補正。

〔五〕遂傳古志之曰赤厄三七　《四庫全書》本作「古志有曰：赤厄三七」，舊本同。

〔六〕樊崇刁子都等起　原闕「崇刁」二字，據《後漢書·五行志一》、卷二一《任光傳》等改。案：《後漢書·五行志一》：「建武元年，赤眉賊率樊崇、逢安等共立劉盆子爲天子。」又《五行志六》：「時世祖在雒陽，赤眉降賊樊崇謀作亂，其七月發覺，皆伏誅。」《任光傳》：「力子都者，東海人也。起兵鄉里，鈔繫徐、兖界，衆有六七萬。更始立，遣使降，拜子都徐州牧，爲其部曲所殺。」《四庫全書》本作「刁子都」。《資治通鑑》卷三八亦作「刁子都」，注：「刁，一作力。《姓譜》：『力，黄帝佐力牧之後。漢有力子都。』」《資治通鑑考異》卷二：「刁子都，范書作力子都。」同編修劉攽曰：『力，當作刁，音彫。』」今從。

〔七〕三十六方　《珠林》「方」原作「萬」，舊本同。《法苑珠林校注》本作「方」。案：《後漢書·孝靈帝紀》：「中平元年春二月，鉅鹿人張角自稱黄天，其部帥有三十六方，皆著黄巾，同日反叛。」

「方」字原亦作「萬」，中華書局點校本校改爲「方」，《後漢書·五行志五》作「三十六方」。據改。

〔八〕故今道服由此而興　舊本「故」作「至」。

〔九〕小民相向跪拜信趣出　《四庫全書》本「信趣出」作「趨信」，舊本同。《法苑珠林校注》據舊本改。

〔一〇〕棄財産　《四庫全書》本上有「乃」字，舊本同。

〔一一〕死者數百　舊本「數百」作「無數」。

140 夫婦相食

漢靈帝建寧三年〔一〕，河内有婦食夫，河南有夫食婦。夫婦，陰陽二儀之體也，有情之深者也。今反相食，陰陽相侵，豈特日月之眚哉！靈帝既没，天下大亂，君有妄誅之暴，臣有劫弑之逆，兵革傷殘〔二〕，骨肉爲讎，生民之禍至矣〔三〕，故人妖爲之先作。恨而不遭辛有、屠黍之論〔四〕，以測其情也。

本條《法苑珠林》卷四四引，出《搜神記》，據輯。

〔一〕建寧三年　《後漢書·五行志五》作「建寧三年春」，舊本據補「春」字。

〔二〕傷殘　舊本「傷」作「相」。

〔三〕至矣　舊本「至」作「極」。

〔四〕辛有屠黍之論　「屠黍」原引作「屠乘」，舊本同。《法苑珠林校注》本作「屠黍」。案：《吕氏春秋》卷一六《先識覽》：「晉太史屠黍見晉之亂也，見晉公之驕而無德義也，以其圖法歸周，周威公見而問焉。」「乘」、「黍」形似而訛，據改。《説苑》卷一三《權謀》作「屠餘」。

141 校别作樹變

漢靈帝熹平三年〔一〕，右校别作中有兩樗樹，皆高四尺〔二〕。其一株宿昔暴長，長一丈餘，麤大一圍，作胡人狀，頭目鬢髮備具〔三〕。其五年十月〔四〕，正殿側有槐樹〔五〕，皆六七圍，自拔倒豎，根上枝下。其於《洪範》〔六〕，皆爲木不曲直。又中平中〔七〕，長安城西北六七里，有空樹，中有人面，生鬢〔八〕。

本條《法苑珠林》卷六三引，出《搜神記》。原採《後漢書·五行志二》，據《珠林》輯，校以《後漢志》。

〔一〕熹平三年　《珠林》宣統本、《大正新脩大藏經》本、徑山寺本「熹」訛作「嘉」，據《四庫全書》本（卷八〇）、《法苑珠林校注》本及《後漢志》改。

〔二〕四尺　《後漢志》「尺」下有「所」字，舊本改作「許」。所，許也。

〔三〕頭目鬢髮備具　《後漢志》「鬢」下有「鬚」字，舊本據補，然「備」作「俱」。

〔四〕十月　《後漢志》下有「壬午」二字，舊本據補。

〔五〕正殿側有槐樹　《後漢志》作「御所居殿後槐樹」。

〔六〕其於洪範　《珠林》宣統本、《大正藏》本、徑山寺本「範」訛作「漸」，據《四庫全書》本及《法苑珠林校注》本改。

〔七〕又中平中　《珠林》宣統本、《大正藏》本、徑山寺本誤作「中平又」，《四庫全書》本、《後漢志》作「中平中」，據改。《法苑珠林校注》本據《搜神記》改。

〔八〕「長安城西北六七里」至「生鬢」　舊本此節置於「根上枝下」下、「其於《洪範》」上。

142 雒陽女子

漢光和二年〔一〕，雒陽上西門外女子生兒〔二〕，兩頭異肩，四臂共胷，面俱相向〔三〕。自是之後，朝廷霿亂，政在私門〔四〕，二頭之象也〔五〕。後董卓殺太后，被以不孝之名，廢天子又害之〔六〕，漢元以來，禍莫大焉〔七〕。

本條《法苑珠林》卷七〇引，出《搜神異記》，據輯，校以《後漢書·五行志五》。

〔一〕漢光和二年　《珠林》宣統本、徑山寺本（卷八七）「光」訛作「元」，據《大正新脩大藏經》本、《四庫全書》本、《法苑珠林校注》本及《後漢志》改。

〔二〕雒陽上西門外女子生兒　《珠林》宣統本、徑山寺本、《四庫全書》本及《校注》本「雒」作「洛」，據《大正藏》本及《後漢志》改。魏始改「雒陽」爲「洛陽」。見《三國志·魏書·文帝紀》注引《魏略》。

〔三〕兩頭異肩四臂共胷面俱相向　《後漢志》作「兩頭異肩共胷，俱前向」，下云：「以爲不祥，墮地棄之。」舊本據輯。

〔四〕政在私門　舊本此句下據《後漢志》補「上下無别」四字。

〔五〕二頭之象也　《珠林》「象」作「像」，據《後漢志》改。

〔六〕廢天子又害之　《珠林》宣統本、徑山寺本、《大正藏》本「害」訛作「周」，據《四庫全書》本、《校注》本及《後漢志》改。《後漢志》作「放廢天子，後復害之」，舊本同。

〔七〕禍莫大焉　《後漢志》「大焉」作「踰此」，舊本同。

143 人狀草

漢光和七年〔一〕，陳留，東郡，濟陰冤句、離狐界中〔二〕，草生作人狀〔三〕，操持兵弩，牛馬龍蛇鳥獸之形〔四〕，白黑各如其色，羽毛頭目足翅皆備，非但髣髴，像之尤純。舊説曰：近草妖也。是歲有黄巾賊起，漢遂微弱。吴五鳳元年六月，交阯稗草化爲稻〔五〕。

本條《法苑珠林》卷六三引，出《搜神記》，據輯。案：舊本以吴稗草化稻事別爲另條，似未當。蓋皆爲草妖事，故干寶合而叙之。

〔一〕漢光和七年　《後漢書·五行志二》作中平元年夏，《風俗通義》佚文（《太平御覽》卷九九四引）作光和七年。案：光和七年十二月改元中平，作光和七年是。

〔二〕陳留東郡濟陰冤句離狐界中　《珠林》原作「陳留、濟陰、東郡、冤句、離狐界中」。案：《後漢志》作「東郡，陳留濟陽、長垣，濟陰冤句、離狐縣界」。《風俗通義》作「陳留、濟陰諸郡」。據《後漢書·郡國志三》，陳留、濟陰、東郡皆郡名，陳留郡轄縣有濟陽、長垣侯國，濟陰郡轄縣有冤句、離狐。疑原引次序有誤，今改。舊本改作「陳留濟陽、長垣，濟陰，東郡，冤句、離狐界中」，郡縣關係有淆亂處。《珠林》宣統本、徑山寺本「狐」字訛作「狋」，《大正新脩大藏經》本訛作「祇」，今改。

〔三〕草生作人狀　舊本作「路邊生草，悉作人狀」，乃據《御覽》引《風俗通義》改。

〔四〕牛馬龍蛇鳥獸之形　《珠林》宣統本、《大正藏》本「形」字訛作「所」。

〔五〕案：舊本此下云：「昔三苗將亡，五穀變種。此草妖也。其後亮廢。」乃據《宋書·五行志三》濫補。

144 懷陵雀鬭

漢中平三年八月，懷陵上有萬餘雀，先極悲鳴，已因亂鬭相殺，皆斷頭，懸著樹枝枳棘。

到六年，靈帝崩。夫陵者，高大之象也。雀者，爵也。天誡若曰：懷爵禄而尊厚者〔一〕，自還相害〔二〕，至滅亡也。

本條《法苑珠林》卷五七、《天中記》卷五八引，出《搜神記》。原出《後漢書·五行志二》，據《珠林》輯，校以《後漢志》。

〔一〕懷爵禄而尊厚者　《後漢志》「懷」上有「諸」字，舊本同。

〔二〕自還相害　《後漢志》「自還」互乙，舊本同。

145 越雟男子

漢建安七年，越雟有男子化爲女子。周羣曰〔一〕：「哀帝時亦有此變〔二〕，將有易代之事也。」至二十五年，獻帝封山陽公。

本條《法苑珠林》卷三二引，出《搜神記》，據輯。事本《後漢書·五行志五》，據校。

〔一〕周羣曰　《後漢志》作「時周羣上言」，舊本同。

〔二〕亦有此變　《珠林》宣統本、《大正新脩大藏經》本、徑山寺本及《法苑珠林校注》「亦」作「爾」，據《四庫全書》本（卷四三）改。《後漢志》作「亦有此異」。

146 荆州童謡

建安初，荆州童謡曰：「八九年閒始欲衰，至十三年無孑遺。」言自中興以來〔一〕，荆州獨全〔二〕，及劉表爲牧，民又豐樂。至建安八年九年當始衰〔三〕。始衰者，謂劉表妻死，諸將並零落也。十三年無孑遺者，言十三年表當又死〔四〕，因以喪破也〔五〕。是時，華容有女子忽啼呼云：「荆州將有大喪。」言語過差，縣以爲妖言，繫獄月餘〔六〕。忽於獄中哭曰：「劉荆州今日死。」華容去州數百里，即遣馬吏驗視〔七〕，而劉表果死。縣乃出之。續又歌吟曰：「不意李立爲貴人。」後無幾，曹公平荆州〔八〕，以涿郡李立，字建賢，爲荆州刺史。

本條《後漢書·五行志一》注、《三國志·劉表傳》注、《文獻通考》卷三〇九《物異考》引，《後漢志》注、《文獻通考》引作干寶《搜神記》，《三國志》注作《搜神記》。《三國志》注文詳，《後漢志》注只引後半華容女子事，然前半亦在正文有記，當據《搜神記》。今據《後漢志》注、《三國志》注二書互校輯録。

〔一〕言自中興以來　汪紹楹校注：「《後漢書集解》云：『何焯校本「興」作「平」。』」案：中平乃後漢靈帝年號。

〔二〕獨全　《後漢志》作「無破亂」。

〔三〕至建安八年九年當始衰　舊本無「八年」二字。案：《後漢志》亦云「至此逮八九年」，舊本誤。

〔四〕言十三年表當又死　「言十三年」四字《三國志》注無，據《後漢志》補。舊本無此四字。

〔五〕因以喪破也　《後漢志》作「民當移詣冀州也」。

〔六〕月餘　《後漢志》注作「百餘日」。

〔七〕即遣馬吏驗視　舊本「吏」訛作「里」。

〔八〕曹公平荆州　《三國志》注「曹公」作「太祖」，據《後漢志》注改。

147 山鳴

建安七八年中，長沙醴陵縣有大山常大鳴，如牛呴聲，積數年〔一〕。《論語摘輔像》曰：「山土崩，川閉塞，漂淪移，山鼓哭，閉衡夷，庶桀合，兵王作。」時天下尚亂，豪桀並爭。曹操事二袁於河北；孫吴創基於江外；劉表阻亂衆於襄陽，南招零、桂，北割漢川，又以黄祖爲爪牙，而祖與孫氏爲深讎，兵革歲交。十年，曹操破袁譚於南皮。十一年，走袁尚於遼東。十三年，吴禽黄祖。是歲，劉表死，曹操略荆州，逐劉備於當陽。十四年，吴破曹操於赤壁。是三雄者，卒共參分天下，成帝王之業。是所謂「庶桀合，兵王作」者也。十六年，劉備入蜀，與吴再爭荆州。於時戰爭四分五裂之地，荆州爲劇，故山鳴之異作其域也。

本條《後漢書·五行志三》注引，稱「干寶曰」。《四庫全書總目》卷一四二《搜神記》提要列舉今本《搜神記》佚文，中有此條。然余嘉錫《四庫提要辨證》卷一八乃云：「《續漢·五行志》引論山鳴一條，稱干寶曰，不言《搜神記》。寶所著《晉紀》，本傳言自宣帝迄愍帝五十三年。以年數推之，當起於武帝太始元年。然既託始宣帝，則當兼有漢、魏之事。（諸書所引《晉紀》，多及魏代事。）史言五十三年者，專計晉年耳。今《晉書·宣帝紀》記事始於建安六年。山鳴之事，在建安七八年，安知不出《晉紀》？（本傳言『性好陰陽術數，留思京房、夏侯勝等傳』，故寶著書喜言災異。）必謂是本書逸文，終嫌無據也。」案：觀其文歷述建安雄爭，乃以爲山鳴之應，非追述晉前之事也。且夫引緯書以爲推災異立論之本，尤非記事之體。與《搜神記》之《妖怪篇》題旨相合，當非《晉紀》之文（案：湯球《晉紀》輯本未輯）。今輯爲本書。舊本未輯。自「《論語摘輔像》曰」以下汪紹楹輯入《搜神記佚文》。

〔一〕「建安七八年中」至「積數年」　此數句據《後漢志》補。案：今本《後漢書》八志原屬西晉司馬彪所撰《續漢書》。此事當採司馬《志》。劉昭注《志》，以《志》文已載長沙醴陵山鳴事，故引干寶語而略去其事。文中「時天下尚亂」，「山鳴之異作其域」，正與《志》文相應。

搜神記輯校卷一三

妖怪篇之四

148 鵲巢陵霄闕

魏黄初中，有鷹生鷰巢中[一]，口爪俱赤。至青龍中[二]，明帝爲陵霄闕[三]，始搆，有鵲巢其上[四]。帝以問高堂隆，對曰：「《詩》云：『惟鵲有巢，惟鳩居之。』今興宫室，起陵霄闕，而鵲巢之[五]。此宫室未成，身不得居之象也[六]。」

本條《法苑珠林》卷七〇引，出《搜神異記》，《三國志·魏書·高堂隆傳》、《宋書·五行志三》、《晉書·五行志中》亦載。今據《珠林》，以《魏書》、《宋志》、《晉志》校補。

〔一〕魏黄初中有鷹生鷰巢中　《宋志》作「黄初末宫中有鷰生鷹」，《晉志》作「黄初元年未央宫中又有燕生鷹」。舊本據《晉志》，改作「魏黄初元年，未央宫中，有鷹生燕巢中」。

〔二〕至青龍中　《宋志》、《晉志》作「景初元年」。案：《魏書》作「青龍中」。本書蓋取自《魏書·高堂隆傳》。

〔三〕陵霄闕　《宋志》作「陵霄閣」，《晉志》與此同。舊本改作「凌霄閣」。案：《魏書》作「陵霄闕」。陵，通「凌」。

〔四〕有鵲巢其上　此句之下《宋志》、《晉志》有「鵲體白黑雜色」一句，《魏書》無。

〔五〕今興宮室起陵霄闕而鵲巢之　《珠林》原引無，據《魏書》補。《宋志》、《晉志》作「今興起宮室而鵲來巢」，舊本據補。

〔六〕案：《宋志》下接云：「『天意（《晉志》作戒）若曰，宮室未成，將有他姓制御之，不可不深慮。』於是帝改容（《晉志》作顔）動色。」《魏書》高氏對語猶繁。

149 廷尉府雞變

魏明帝景初二年，廷尉府中有雌雞變爲雄，不鳴不將。是歲，宣帝平遼東〔一〕，百姓始有與能之議，此其象也。然晉三后並以人臣終，不鳴不將，又天意也。

本條見《宋書·五行志一》、《晉書·五行志上》，原「是歲」前有「干寶曰」，知採本書，據輯。案：舊本未輯。清湯球《晉紀》輯本據《晉志》輯入，誤。

〔一〕宣帝平遼東　《宋志》作「晉宣帝」，《晉志》無「晉」字，今從《晉志》删。

150 青龍黄龍

自明帝終魏世，青龍黄龍見者，皆其主廢興之應也。魏土運，青木色也，而不勝于金，黄得位，青失位之象也。青龍多見者，君德國運，内相剋伐也，故高貴鄉公卒敗于兵〔一〕。

本條見《宋書·五行志五》、《晉書·五行志下》引，《文獻通考》卷三一三《物異考》採入。稱「干寶曰」，文同，據輯。案：舊本未輯。《晉紀》輯本據《晉志》輯入，誤。

〔一〕故高貴鄉公卒敗于兵　此下云：「案劉向説：『龍貴象，而困井中，諸侯將有幽執之禍也。』魏世龍莫不在井，此居上者逼制之應。高貴鄉公著《潛龍詩》，即此旨也。」《宋書》點校本以此節亦屬干寶語，非也，《晉書》點校不誤。案本條記事乃魏青龍元年龍見井中，以下數事（《宋志》六事，《晉書》八事），皆亦爲魏世龍見井中之徵，「劉向説」云云乃《五行志》撰者占釋之辭。

151 魚集武庫屋上

魏齊王嘉平四年五月，有二魚集于武庫屋上，高貴鄉公兵禍之應。

本條見《宋書·五行志四》、《晉書·五行志下》，《文獻通考》卷三一三《物異考》採入。中稱「干寶又以爲」，據輯。案：舊本未輯。《晉紀》輯本據《晉志》輯入，誤。

152 大石自立

吴孫亮五鳳二年五月，陽羨縣離里山大石自立。孫皓承廢故之家得位，其應也〔一〕。

本條見《宋書·五行志二》、《晉書·五行志中》引，中稱「干寶以爲」，據輯。案：《晉紀》輯本據《晉志》輯入，誤。

〔一〕孫皓承廢故之家得位其應也　舊本改作「是時，孫皓承廢故之家，得復其位之應也」。

153 熒惑星

吴以草創之國，信不堅固，邊屯守將皆質其妻子〔一〕，名曰「保質」。童子少年，以類相與嬉遊者，日有十數。永安二年三月〔二〕，有一異兒，長四尺餘，年可六七歲，衣青衣，來從羣兒戲。諸兒莫之識也，皆問曰：「爾誰家小兒？今日忽來？」答曰：「見爾羣戲樂，故來耳。」詳而視之，眼有光芒，爚爚外射〔三〕。諸兒畏之，重問其故，兒乃答曰：「爾惡我乎〔四〕？我非人也，乃熒惑星也。將有以告爾：『三公鉏，司馬如〔五〕。』」諸兒大驚，或走告大人。大人馳往觀之，兒曰：「舍爾去乎〔六〕！」竦身而躍，即以化矣。仰面視之，若引一匹練以登天。大人來者，猶及見焉，飄飄漸高，有頃而没。時吴政峻急，莫敢宣也〔七〕。後四年而蜀亡〔八〕，六年而魏廢〔九〕，二十一年而吴平〔一〇〕，於是九服歸晉。魏與吴、蜀，並爲戰國，「三公鉏，司馬如」之謂也〔一一〕。

本條《三國志·吴書·孫晧傳》注、《開元占經》卷三〇引，出《搜神記》。又《天中記》卷二引，只「三公鋤司馬相如」七字。《宋書·五行志二》、《晉書·五行志中》載此事，中稱「干寶曰」。今據《吴書》注輯録，以他書校補。案：《晉紀》輯本據《晉志》輯入，誤。

〔一〕妻子　《開元占經》作「兩女子」，誤。

〔二〕永安二年三月　《開元占經》作「鳳皇三年三月」。案：永安乃景帝孫休年號，鳳皇乃末帝孫皓年號。《開元占經》所云「後五年而蜀亡，六年而晉興，至是而吴滅於司馬氏矣」，紀時有誤。鳳皇三年（二七四）去天紀四年（二八〇）吴亡六年，與所云「至是（六年）而吴滅於司馬氏矣」固合，然又與「後五年而蜀亡，六年而晉興」抵牾。殆承《三國志》注之誤（詳下）而又妄改年號。舊本作「永安三年」，誤。

〔三〕爚爚外射　《開元占經》作「焰焰若火」。

〔四〕爾惡我乎　舊本「惡」作「恐」。

〔五〕三公鉏司馬如　《開元占經》作「天下歸司馬氏」。舊本作「三公歸於司馬」，乃據《太平御覽》卷七及《天中記》卷二引《宋書》改。

〔六〕舍爾去乎　《開元占經》作「爾舍去乎」。

〔七〕莫敢宣也 《開元占經》「宣」作「害」。

〔八〕後四年而蜀亡 《三國志》注及《開元占經》原作「五年」,《建康實録》卷四同,《宋志》、《晉志》俱作「四年」。案:蜀亡在炎興元年(二六三)十一月,去吴永安二年(二五九)四年,連首尾虚計乃五年,然觀下文,魏廢在咸熙二年(二六五),吴平在天紀四年(二八〇),而稱六年、二十一年者皆乃實計,作「五年」誤,據改。

〔九〕魏廢 《三國志》注及《開元占經》原作「晉興」,據《宋志》、《晉志》改。

〔一〇〕二十一年而吴平 《三國志》注原作「至是而吴滅」,蓋裴松之轉述之辭,非原文。《開元占經》作「至是而吴滅於司馬氏矣」。據《宋志》、《晉志》改。

〔一一〕「於是九服歸晉」至「三公鉏司馬如之謂也」 《三國志》注原作「司馬如矣」,據《宋志》、《晉志》補。

154 陳焦

吴孫休永安四年,安吴民陳焦死七日復生,穿冢出〔一〕。此與漢宣帝同事〔二〕。烏程侯皓承廢故之家,得位之祥也。

本條見《宋書·五行志五》、《晉書·五行志下》,《文獻通考》卷三〇八《物異考》從《晉志》採入。中稱「干寶曰」。據《宋志》輯。案:《晉紀》輯本據《晉志》輯入,誤。

〔一〕吴孫休永安四年安吴民陳焦死七日復生穿冢出　《建康實録》卷三繫此事在永安四年九月，文作「吴人陳焦死，埋六日更生，穿土而出」。

〔二〕此與漢宣帝同事　舊本未輯此句。

155 吴服製

吴景帝以後，衣服之製，長上短下。又積領五六，而裳居一二。上饒奢，下儉逼，上有餘，下不足之妖也。故歸命放情於上，百姓惻於下之象也〔一〕。

本條《開元占經》卷一一四引，出《搜神記》。又《宋書·五行志一》、《晉書·五行志上》並載，於「上饒奢」之前稱「干寶曰」。今據《開元占經》，參酌《宋志》、《晉志》校輯。案：《晉紀》輯本據《晉志》輯入，誤。

〔一〕故歸命放情於上百姓惻於下之象也　《宋志》、《晉志》無此十五字。案：此條舊本據《宋志》或《晉志》輯録，改「妖」爲「象」，殊爲無謂。

156 鬼目菜

吴孫晧天紀三年八月，建業有鬼目菜生工黄狗家〔一〕，依緣棗樹，長丈餘，莖廣四寸，厚三分〔二〕。又有蕢菜生工吴平家〔三〕，高四尺，厚三分〔四〕，如枇杷形，上圓徑一尺八寸〔五〕，下莖廣五寸，兩邊生葉緑色。東觀案圖，名鬼目作芝草，蕢菜作平慮〔六〕，遂以狗爲侍芝郎，平爲平慮郎，皆銀印青綬。明年，晉平吴，王濬止船，正得平渚，姓名顯然，指事之徵也。黄狗者，吴以土運承漢，故初有黄龍之瑞。及其季年，而有鬼目之妖，託黄狗之家。黄稱不改，而貴賤大殊，天道精微之應也。

本條見《宋書・五行志三》、《晉書・五行志中》，於「皆銀印青綬」下云「干寶曰」。又《建康實録》卷四載此事，注文引作「干寶傳」。今據《宋志》輯，校以《三國志・吴書・孫皓傳》、《建康實録》。案：舊本未輯。《晉紀》輯本據《晉志》輯入，誤。

〔一〕建業有鬼目菜生工黄狗家　「建業」，《晉志》作「建鄴」，誤。案：《晉書・地理志下》：「建鄴，本秣陵，孫氏改建業。武帝平吴，以爲秣陵。太康三年，分秣陵北爲建鄴，改業爲鄴。」「鬼目菜」，《建康實録》「菜」作「草」。「工黄狗」，《吴書》作「工人黄耇」，《建康實録》作「工人黄⿰犭苟」，「⿰犭苟」同「狗」。

〔二〕三分　《晉志》作「二分」。案：《吴書》作「三分」。

〔三〕又有蕢菜生工吴平家　《吴書》、《建康實録》作「又有買菜生工人吴平家」。案：《宋志》載晉安帝義熙二年陳蓋家有苦蕢菜，即蕢菜，「蕢」、「買」音同。

〔四〕厚三分　《宋志》、《晉志》無此句，據《吴書》、《建康實録》補。

〔五〕上圓徑一尺八寸　《吴書》作「上廣尺八寸」。

〔六〕平慮　《吴書》、《建康實録》作「平慮草」。

搜神記輯校卷一四

妖怪篇之五

157 衣服車乘

晉興後[一]，衣服上儉下豐，又爲長裳以張之，著衣者皆厭褄蓋裙。君衰弱，臣放縱，下掩上之象也。陵遲至元康末，婦人出兩襠，加乎脛之上[二]，此内出外也。爲車乘者，苟貴輕細，又數變易其形，皆以白篾爲純，古喪車之遺象。乘者，君子之器，蓋君子立心無恒，事不崇實也。及晉之禍，天子失柄，權制寵臣，下掩上之應也。永嘉末，六宫才人，流徙戎翟，内出外之應也。及天下亂擾，宰輔方伯，多負其任，又數改易，不崇實之應也[三]。

本條《開元占經》卷一一四引，出《搜神記》。又《宋書·五行志一》、《晉書·五行志上》亦載，《宋志》叙此事，「及晉之禍」前有「干寶曰」三字，《晉志》作「干寶以爲」，是則取《搜神記》。今據《開元占經》，參酌《宋志》校輯。案：《晉紀》輯本據《晉志》、《宋志》輯入，誤。

〔一〕晉興後　《晉志》作「武帝泰始初」。

〔二〕脛之上　《晉志》「脛」作「交領」。

〔三〕案：舊本據《晉志》輯録，止於「晉之禍徵也」，删下文「及惠帝踐祚」云云。

158 胡器胡服

自泰始以來，中國相尚用胡牀、貊盤，及爲羌煮、貊炙。貴人富室，必置其器，吉享嘉會，皆此爲先。胡牀、貊盤，戎翟之器也；羌煮、貊炙，戎翟之食也。戎翟侵中國之前兆也〔一〕。太康中，天下文飾，以氈爲絈頭及帶身、袴口〔二〕。於是百姓相戲曰：「中國其必爲胡所破也。」夫氈，胡之産者也，而今天下以爲絈頭、帶身、袴口，胡既三制之矣，能無敗乎？元康中，氐、羌反，至于永嘉，劉淵、石勒遂有中都。自後四夷迭據華土，是其應也。

本條《北堂書鈔》卷一四五、《太平御覽》卷八五九節引羌煮貊炙一節，《書鈔》卷一三四、《御覽》卷七〇八、《文選》卷三一鮑照《擬古三首》注節引氈絈頭一節。《事物紀原》卷八、《杜工部草堂詩箋》卷三一《樹間》引「胡牀戎翟之器也」七字。並出《搜神記》。《天中記》卷四八亦引後節，無出處。亦見《宋書·五行志一》，在「能無敗乎」下有「干寶曰」三字，《晉書·五行志上》文字大同，惟未稱「干寶曰」。今據諸書互校輯録。案：舊本輯爲二條，未妥。《晉紀》輯本據《宋志》輯入，誤。

〔一〕「自泰始以來」至「戎翟侵中國之前兆也」　舊本作：「胡床、貊槃，翟之器也；羌煮、貊炙，翟之食也。自太始以來，中國尚之。貴人富室，必畜其器，吉享嘉賓，皆以爲先。戎翟侵中國之前兆也。」案：《御覽》引云：「羌煮、貊炙，翟之食也。自太始以來，中國尚之。戎翟侵中國之前兆也。」疑舊本據此而又補以他書。

〔二〕以氈爲絈頭及帶身袴口　「絈頭」，《書鈔》卷一三四、《御覽》卷七〇八、《天中記》作「陌頭」，《文選》注作「貊頭」，《宋志》、《晉志》作「絈頭」。案：「絈」音「陌」，又作「帕」、「帞」、「陌」、「貊」、「袹」、「袙」。《方言》卷四：「絡頭，帞頭也（注：音貊）。……自關以西秦晉之郊曰絡頭，楚江湘之間曰帞頭，自河以北趙魏之間曰幧頭。」《釋名》卷四《釋首飾》：「綃頭……或謂之陌頭，言其從後横陌而前也。」王先謙《釋名疏證補》：「陌、貊、帕、袹，義同。」然玄應《一切經音義》卷一三以爲：「帞頭，莫格反。……字從巾，經文（案：指《樓炭經》）從阜作陌，非字體也。」乃以「帞」或「帕」爲正體。今從《宋志》、《晉志》，以其從糸與從巾一義也。「帶身」，《宋志》、《晉志》作「絡帶」，下文則作「帶身」。舊本同。案：帶身、絡帶，即腰帶。《北堂書鈔》卷一二九《絡帶》引《吴時外國傳》：「大秦國人皆着袴褶、絡帶。」又引《述異記》：「床上有織成寶飾絡帶。」「袴口」，《宋志》作「衿口」。

159 方頭履

昔初作履者〔一〕，婦人員頭，男子方頭。員者順之義〔二〕，蓋作者之意，所以別男女也。

履者，所履踐而行者也。太康初，婦人皆方頭履，言去其從〔三〕，與男無別〔四〕。

本條《開元占經》卷一一四、《太平御覽》卷六九八、《天中記》卷四八引，出《搜神記》。今據《開元占經》輯，校以《御覽》及《宋書·五行志一》、《晉書·五行志上》、《天中記》。

〔一〕昔初作履者　《御覽》、《晉志》、《天中記》「履」作「屐」，舊本同。

〔二〕員者順之義　鈔本《開元占經》「順」作「從」，義同。

〔三〕言去其從　《宋志》作「此去其圓從」。

〔四〕與男無別　《開元占經》「男」下原有「女」字，據《御覽》、《宋志》、《晉志》、《天中記》删。案：舊本此條作：「初作屐者，婦人圓頭，男子方頭，蓋作意欲别男女也。至太康中，婦人皆方頭屐，與男無異。此賈后專妒之徵也。」乃綴合《御覽》、《晉志》而成。「此賈后專妒之徵也」一句，諸書所引及《宋志》並無，乃《晉志》所加。

160 彭蜞化鼠

太康四年，會稽郡彭蜞及蟹皆化爲鼠〔一〕，甚衆〔二〕，覆野，大食稻爲災。始成者有毛肉而無骨，其行不能過田塍。數日之後，則皆爲牡〔三〕。至六年，南陽獲兩足虎〔四〕。虎者陰精，而居乎陽，金獸也；南陽，火名也。金精入火，而失其形，王室亂之妖也〔五〕。

本條《法苑珠林》卷三二，《初學記》卷二九，《六帖》卷九八，《太平御覽》卷九一一、卷九四二、卷九四三，《蟹略》卷二，《天中記》卷五七並引，出《搜神記》（《初學記》、《御覽》卷九一一作干寶《搜神記》）。前事又見《宋書・五行志五》、《晉書・五行志下》；後事又見《宋書・五行志二》、《晉書・五行志中》，分别稱「干寶曰」、「干寶以爲」。今參酌諸書校録。案：《珠林》所引兩足虎事，舊本别爲一條，似未妥。蓋皆爲太康之妖，故寶書合敘。

〔一〕會稽郡彭蜞及蟹皆化爲鼠　「彭蜞」，《六帖》，《御覽》卷九一一、卷九四二作「蟛蜞」；《御覽》卷九四三作「彭蜎」；《珠林》宣統刻本、徑山寺本、《四庫全書》本（卷四三）、《法苑珠林校注》本作「彭蚑」；《大正新脩大藏經》本作「蟛碁」；《天中記》作「蟛蚑」，舊本同。案：「彭蜞」、「蟛蜞」、「彭蚑」、「蟛碁」、「蟛蚑」皆同聲異字，「彭蜎」則異稱。唐蘇鶚《蘇氏演義》卷下：「彭越子，似蟹而小……或傳云：漢醢布覆彭越，醢於江，遂化爲蟹，因名彭越子。恐爲誤説。此蓋彭蜎子矣（原注：蜎又作蝟），語訛以蜎子爲越子，緣彭越有名於世，故習俗相傳，因而不改。據崔正雄云，彭蜎子，小蟹也。亦曰彭蚑子，海邊塗中食土。」今從《初學記》。「蟹」，《六帖》作「羊」。

〔二〕甚衆　《珠林》、《御覽》《四庫全書》本卷九四二、《天中記》「甚」作「其」，舊本同，此從《御覽》影印宋本及《宋志》、《晉志》。

〔三〕則皆爲壯　《珠林》宣統本、徑山寺本、《四庫全書》本、《校注》本「壯」作「牡」，《大正藏》本及

《天中記》作「壯」。案：彭蜞及蟹化鼠，初無骨力弱，數日後則壯，不得謂爲牝也。舊本作「牝」。

〔四〕獲兩足虎　「獲」字《宋志》作「送」，《晉志》作「獻」。《晉志》「虎」作「猛獸」，乃唐初人避李淵祖父李虎諱改。

〔五〕案：《宋志》引干寶曰「虎者陰精」云云，下有「六，水數，言水數既極，火慝得作，而金受其敗也。至元康九年，始殺太子，距此十四年。二七十四，火始終相乘之數也。自帝受命，至愍懷之廢，凡三十五年」一節，中華書局點校本亦點在「干寶曰」引文之内，非是。《晉志》乃將干寶語斷至「王室亂之妖也」，是也。又案：舊本此下尚有一段文字：「其七年十一月景辰，四角獸見於河間。天戒若曰：『角，兵象也；四者，四方之象。當有兵革起於四方。』後河間王遂連四方之兵，作爲亂階。」乃是據《晉志》妄補。《晉志》、《宋志》原别爲另條。

161 鯉魚現武庫

太康中〔一〕，有鯉魚二枚，現武庫屋上。武庫，兵府；魚有鱗甲〔二〕，亦是兵之類也。魚又極陰，屋上太陽，魚現屋上，象至陰以兵革之禍干太陽也。及惠帝之初，誅太后父楊駿，矢交宮闕，廢太后爲庶人也〔三〕，死於幽宮。元康之末，而賈后專制，謗殺太子，尋亦廢故〔四〕。十年之間，母后之難再興〔五〕，自是禍亂搆矣。京房《易妖》曰〔六〕：「魚去水，飛入道路，兵且作。」

本條《法苑珠林》卷三一引，出《搜神記》。又《宋書·五行志四》載此事，中云「干寶曰」，《晉書·五行志下》據載，惟「干寶曰」作「干寶以爲」。今據《珠林》輯，校以《宋志》。案：《晉紀》輯本據《晉志》、《玉海》卷一八三輯入，當誤。

〔一〕太康中　《珠林》前原有「晉」字。此乃《珠林》編者釋道世所加，今删。

〔二〕魚有鱗甲　《珠林》引無「魚」字，據《宋志》補。

〔三〕誅太后父楊駿矢交宫闕廢太后爲庶人也　前一「太后」《珠林》宣統本、徑山寺本、《四庫全書》本（卷四二）、《法苑珠林校注》本原引作「皇后」，《大正新脩大藏經》本作「太后」，後一「太后」原引作「后」。舊本同。案：據《晉書·惠帝紀》與《后妃傳》載，楊駿女季蘭爲武帝皇后，惠帝即位尊爲皇太后，永平元年誅太傅楊駿，廢皇太后爲庶人，徙于金墉城，元康二年太后絶膳而崩。是皆應作「太后」，《宋志》即作「廢太后」，今改。

〔四〕廢故　《宋志》作「誅廢」，舊本同。案：《晉書·惠帝紀》載，永康元年四月賈后廢爲庶人，被害於金墉城。

〔五〕母后之難再興　舊本在此句下據《晉志》或《宋志》補「是其應也」四字。

〔六〕京房易妖曰　《珠林》《大正藏》本「妖曰」二字互乙，「妖」與「魚」字連讀，疑脱「厥」字，原應作「京房《易》曰：厥妖魚去水」云云。然作「京房《易妖》」亦不誤，《宋志》即作「京房《易妖》」。

案：《隋書·經籍志》五行類著録京房《周易妖占》十三卷，《易妖》即此，《宋志》引《易妖》者頗多。《晉志》此條則作「京房《易傳》」。

162 晉世寧舞

太康之中，天下爲《晉世寧》之舞。其舞，抑手以執杯盤而反覆之〔一〕，歌曰：「晉世寧，舞杯盤。」總干山立，武王之事也；發揚蹈厲，太公之志也；《武》亂皆坐，周、召之治也。其治民勞者，舞行綴遠；其治民逸者，舞行綴近。今執杯盤於手上而反覆之〔二〕，至危也。杯盤者，酒食之器也。而名曰《晉世寧》者，言時人苟且酒食之間〔三〕，而其智不及遠，如器在手也〔四〕。

本條《太平御覽》卷五七四、《樂府詩集》卷五六、《古詩紀》卷五〇、《古樂苑》卷二九、《天中記》卷四三引，並出《搜神記》，又《南齊書·樂志》、《通典》卷一四五《雜舞曲》引作「干寶云」，《宋書·五行志一》、《晉書·五行志上》亦載，《宋志》中稱「故《記》曰」，《記》者當即《搜神記》。今參酌《宋志》、《御覽》校輯。案：舊本據《御覽》輯，補「歌曰：晉世寧，舞杯盤」八字。

〔一〕其舞抑手以執杯盤而反覆之　《宋志》、《晉志》作「手接杯槃而反覆之」（《宋志》無「而」字），此從《御覽》。《通典》作「矜手以接槃反覆之」，《樂府詩集》、《古詩紀》、《古樂苑》作「矜手以

〔二〕接杯槃而反覆之」。矜，揮動；抑，下壓。

〔三〕今執杯盤於手上而反覆之　《宋志》「執」原作「接」，蒙上改。

〔四〕言時人苟且酒食之間　《宋志》作「言晉世之士偷苟於酒食之間」，《晉志》同，惟「偷苟」二字互倒。案：「晉世之士」當爲《宋書》撰者沈約所改，今從《御覽》。

〔五〕如器在手也　《宋志》作「晉世之寧猶杯盤之在手也」，《晉志》同，此從《御覽》。

163 折楊柳

太康末，京、洛始爲《折楊柳》之歌。其曲始有「兵革苦辛」之辭，終以禽獲斬截之事〔一〕。後楊駿被誅，太后幽死，「折楊」之應也〔二〕。

本條《水經注》卷一六《穀水》、《太平御覽》卷五七三引，出《搜神記》，又《宋書·五行志二》、《晉書·五行志中》亦載，當取本書。今據《御覽》，校以他書。

〔一〕其曲始有兵革苦辛之辭終以禽獲斬截之事　《水經注》作「有兵革辛苦之辭」，《御覽》「革」作「車」，據《宋志》、《晉志》補。

〔二〕折楊之應也　舊本作「楊柳之應也」，蓋據《晉志》「折楊柳之應也」而漏「折」字。

164 江南童謠

太康後〔一〕，江南童謠曰：「局縮肉，數横目，中國當敗吴當復。」又曰：「宫門柱，且莫朽，吴當復，在三十年後。」又曰：「雞鳴不拊翼，吴復不用力。」于時吴人皆謂在孫氏子孫，故竊發亂者相繼。按「横目」者「四」字，自吴亡至元帝興〔二〕，幾四十年，皆如童謠之言。「局縮肉」，不知所斥〔三〕。

本條見《宋書·五行志二》、《晉書·五行志中》，《宋志》中稱「干寶云」，今據《宋志》輯録。案：舊本未輯。

〔一〕太康後　《宋志》原有「晉武帝」三字，今删。《晉志》作「武帝太康三年平吴後」。

〔二〕自吴亡至元帝興　「元帝」《宋志》原作「晉元帝」，《晉志》無「晉」字，據删。

〔三〕局縮肉不知所斥　《宋志》云：「元帝懦而少斷，『局縮肉』，直斥之也。干寶云『不知所斥』，諱之也。」據輯。

165 婦人移東方

太康後〔一〕，天下爲家者，移婦人於東方，空萊北庭，以爲園囿。夫王朝南向，正陽也；后北宫，位太陰也；世子居東宫，位少陽也。今居内於東，是與外俱南面也。亢陽無陰，婦人失位而干少陽之象也。賈后讒戮愍懷，俄而禍敗亦及。

本條出《宋書·五行志一》，原在「以爲園囿」下稱「干寶曰」，是則當取自《搜神記》，據輯。案：舊本未輯。《晉紀》輯本據《宋志》輯入，誤。

〔一〕太康後　《宋志》上原有「晉武帝」三字，今删。

166 炊飯化螺

永熙初〔一〕，衛瓘家人炊飯，墮地，盡化爲螺，出足起行〔二〕。螺被甲，兵象也，於《周易》爲《離》，《離》爲戈兵。明年，瓘誅。

本條見《宋書·五行志一》，原在「螺被甲」上有「干寶曰」三字，當出《搜神記》，據輯。案：舊本未輯。《晉紀》輯本據《宋志》輯入，誤。

〔一〕永熙初　前原有「晉惠帝」三字，當爲《宋書》撰者沈約所加，今删。

〔二〕出足起行　此句下原有「螺龜類近龜孽也」七字。案：此事《宋志》繫於「龜孽」類，當爲沈約説明之語，非干書所有，今删。

167 呂縣流血

元康五年三月〔一〕，呂縣有流血，東西百餘步〔二〕。至元康末，窮凶極亂，僵尸流血之應也。後八載而封雲亂徐州，殺傷數萬人，是其應也。

本條見《宋書·五行志三》、《晉書·五行志中》，「僵尸流血之應也」之下有「干寶以爲」四字，據輯。案：《晉紀》輯本據《晉志》輯入，誤。

〔一〕元康五年三月　《宋志》前云「晉惠帝」，《晉志》云「惠帝」，今删。案：《晉書·惠帝紀》繫此事於元康六年三月。據下文「後八載而封雲亂徐州」，應作五年。《惠帝紀》載太安二年（三〇三）封雲寇徐州，八年之前正爲元康五年（二九五）。

〔二〕東西百餘步　《宋志》、《晉志》此句下有「此赤祥也」一句，當爲《志》文占釋之辭，非本文。

168 高原陵火

元康八年十一月，高原陵火。太子廢，其應也。漢武帝世，高園便殿火，董仲舒對，與此占同。

本條見《宋書·五行志三》、《晉書·五行志上》，《宋志》中稱「干寶云」，《晉志》稱「干寶以爲」。據《宋志》輯。

案：舊本未輯。《晉紀》輯本據《晉志》輯入，誤。

169 周世寧

元康中[一]，安豐有女子曰周世寧，年八歲，漸化爲男，至十七八而氣性成。女體化而不盡，男體成而不徹，畜妻而無子。

本條《法苑珠林》卷三二引，出《搜神記》，據輯。

〔一〕元康中 《珠林》原有「晉」字，干寶晉人，不當如此，乃道世引述所加，今删。

170 纈子髻

元康中，婦人結髻者[一]，既成，以繒急束其環，名曰「纈子髻[二]」。始自中宫[三]，天下翕然化之。及其末年，有愍懷之事[四]。

本條《太平御覽》卷三七三引，出《搜神記》。事又見《宋書·五行志一》、《晉書·五行志上》。今據《御覽》校輯。案：《晉紀》輯本據《太平御覽》卷三七三引干寶《晉紀》輯入，文不同。

〔一〕婦人結髻者 《宋志》、《晉志》「髻」作「髮」，舊本同。

〔二〕纈子髻 《宋志》、《晉志》作「擷子紒」。「擷」同「纈」，「紒」同「髻」。舊本作「擷子髻」。

〔三〕始自中宮　舊本「中宮」作「宮中」。案：《漢書·外戚列傳·孝成趙皇后傳》顏師古注：「中宮，皇后所居。」作「宮中」誤。

〔四〕及其末年有愍懷之事　《宋志》作「其後賈后果害太子」。案：太子即愍懷太子司馬遹。舊本「愍懷」作「懷惠」，以爲懷帝、惠帝，誤。

171 五兵佩

元康中，婦人之飾有五兵佩〔一〕。又以金銀、象角、瑇瑁之屬爲斧鉞戈戟，而戴之以當笄。男女之別，國之大節，故服物異等〔二〕，贄幣不同〔三〕。今婦人而以兵器爲飾，又妖之大也〔四〕。遂有賈后之事，終以兵亡天下〔五〕。

本條《初學記》卷二六、《太平御覽》卷三三九、卷六九二引，並出《搜神記》（《御覽》卷三三九作干寶《搜神記》）。《宋書·五行志一》亦載，於「男女之別」前稱「干寶曰」，《晉書·五行志上》作「干寶以爲」。今參酌諸書校輯。案：《晉紀》輯本據《晉志》、《宋志》輯入，誤。

〔一〕五兵佩　舊本作「五佩兵」，誤。案：《周禮·夏官司馬·司兵》：「司兵掌五兵五盾。」鄭玄注：「鄭司農云：五兵者，戈、殳、戟、酋矛、夷矛。」又注：「車之五兵，鄭司農所云者是也。步卒之五兵，則無夷矛而有弓矢。」《漢書·吾丘壽王傳》：「古者作五兵。」顏師古注：「五兵，謂矛、戟、弓、劍、戈。」

〔二〕故服物異等　舊本「服」作「食」。

〔三〕贄幣不同　舊本闕此句。

〔四〕又妖之大也　《晉志》作「此婦人妖之甚者」，舊本改作「蓋妖之甚者也」。

〔五〕遂有賈后之事終以兵亡天下　《晉志》作「於是遂有賈后之事」，舊本同。

172　江淮敗屩

元康之末，以至於太安之間，江淮之域有敗屩自聚於道〔一〕，多者或至四五十量。余嘗視之，使人散而去之〔二〕，或投林草，或投淵谷〔三〕。明日視之，悉復聚矣。民或云見狸銜而聚之，亦未察也。説者曰〔四〕：夫屩者，人之賤服，最處于下〔五〕，而當勞辱，下民之象也。敗者，疲弊之象也。道者，地理四方，所以交通王命，所由往來也。今敗屩聚於道者，象下民罷病，將相聚爲亂，絶四方而壅王命。在位者莫察。太安中，發壬午兵，百姓嗟怨。江夏男子張昌遂首亂荆楚，從之者如流。於是兵革歲起，天下因之，遂大破壞〔六〕。

本條《北堂書鈔》卷一三六、《開元占經》卷一一四、《太平御覽》卷六九八、《天中記》卷四八並引，出《搜神記》。《宋書·五行志一》載之，中稱「寶説曰」，《晉書·五行志上》作「干寶以爲」，知採《搜神記》。今據《開元占經》，參酌諸書校輯。案：《晉紀》輯本據《晉志》、《宋志》輯入，誤。

〔一〕江淮之域有敗屩自聚於道　《宋志》「屩」作「編」。

〔二〕余嘗視之使人散而去之　《開元占經》「使」原作「時」，案《宋志》作「干寶嘗使人散而去之」，據改。《書鈔》作「余常親將人散之」。

〔三〕或投林草或投淵谷　此八字據《書鈔》，《宋志》、《晉志》「淵」作「坑」。

〔四〕説者曰　《御覽》、《天中記》作「世之所説」，舊本同。

〔五〕最處于下　此句據《宋志》，《晉志》無，舊本同。

〔六〕「在位者莫察」至「遂大破壞」　據《宋志》補。原文末有「此近服妖也」一句，乃《宋志》之辭，不取。《開元占經》作「後張昌逆亂」。

173 石來

太安元年，丹楊湖熟縣夏架湖〔一〕，有大石浮二百步而登岸。民驚譟〔二〕，相告曰：「石來！」尋有石冰入建鄴。

本條見《宋書·五行志二》、《晉書·五行志中》，「尋有石冰入建鄴」前稱「干寶曰」，據《晉志》輯。案：《晉紀》輯本據《晉志》輯入，當誤。

〔一〕丹楊湖熟縣夏架湖　《宋志》「楊」作「陽」，舊本同。案：《晉書・地理志下》丹楊郡有丹楊縣，注：「丹楊山多赤柳，在西也。」

〔二〕民驚噪　舊本「噪」訛作「歎」。

174 雲龍門

太安元年四月癸酉〔一〕，有人自雲龍門入殿前，北面再拜曰：「我當作中書監。」即收斬之。夫禁庭，尊祕之處，今賤人徑入而門衛不覺者〔二〕，宮室將虚，而下人踰之之妖也〔三〕。

本條見《宋書・五行志五》、《晉書・五行志下》，《宋志》中稱「干寶曰」，《晉志》作「干寶以爲」。今據《宋志》輯。案：《晉紀》輯本據《晉志》、《宋志》輯入，當誤。

〔一〕太安元年四月癸酉　《宋志》前云「晉惠帝」，據《晉志》删。舊本脱「癸酉」二字。

〔二〕今賤人徑入而門衛不覺者　舊本「徑」誤作「竟」。

〔三〕下人踰之之妖也　《晉志》「踰之」作「踰上」，舊本同。案：舊本此下有「是後帝遷長安，宮闕遂空焉」二句，乃據《晉志》。《宋志》作「是後帝北遷鄴，又西遷長安，盜賊蹈藉宮闕，遂亡天下」。是皆《五行志》占事之辭，非干寶語，中華書局點校本皆在引文之外。舊本輯爲本文，甚謬。

175 張騁牛言

太安中〔一〕，江夏郡功曹張騁〔二〕，乘車周旋，牛忽言曰：「天下方亂，吾甚極爲〔三〕，乘我何之？」騁及從者數人皆驚懼，因紿之曰：「令汝還，勿復言。」乃中道還。至家，未釋駕，犬又言曰：「歸何早也〔四〕？」騁益憂懼，祕而不言。安陸縣有善卜者，騁從之，卜人曰〔五〕：「大凶，非惟一家之禍，天下將有兵起〔六〕，一郡之内皆破亡乎？」騁還家，牛又人立而行，百姓聚觀者衆。其秋，張昌賊起，先略江夏，誑曜百姓，以漢祚復興，有鳳凰之瑞，聖人當出〔七〕，從軍者皆絳抹額〔八〕，以彰火德之祥。百姓波蕩，從亂如歸。騁兄弟並爲將軍、都尉，未期而敗〔九〕。於是一郡殘破，死傷者大半，而騁家族滅矣。京房《易妖》曰：「牛能言，如其言占吉凶。」

本條《開元占經》卷一一七、《太平廣記》卷三五九引，並出《搜神記》。事又載《宋書·五行志五》、《晉書·五行志下》，當本本書。今據《廣記》，參酌《開元占經》校輯，並校以《宋志》、《晉志》。

〔一〕太安中　《開元占經》、《廣記》原有「晉」字，今删。

〔二〕張騁　《開元占經》「騁」作「駃」。

〔三〕吾甚極爲　汪紹楹校：「明鈔本《太平廣記》『爲』作『焉』，當據正。」案：此處「爲」乃句末語氣詞，實與「焉」字義同。鈔本《開元占經》亦作「爲」。《四庫全書》本「極爲」作「疾焉」。

〔四〕犬又言曰歸何早也　《廣記》原作「牛又言曰歸何也」，此從《開元占經》（無「言」字）、《宋志》、《晉志》。舊本前無「犬」字。

〔五〕騁從之卜人曰　《廣記》「人」原作「之」，據明鈔本、孫潛校本改。舊本作「者」。《開元占經》作「駃從人占之」。

〔六〕天下將有兵起　「兵起」，原作「起兵」，據明鈔本、孫校本、陳鱣校本乙改。

〔七〕聖人當出　「出」字原作「世」，據明鈔本、陳校本改。

〔八〕絳抹額　舊本「額」訛作「頭」。案：《事物紀原》卷九《抹額》引《二儀實録》曰：「禹娶塗山之夕，大風雷電，中有甲卒千人，其不被甲者，以紅綃帕抹其頭額，云：『海神來朝。』禹問之，對曰：『此武士之首服也。』秦始皇至海上，有神朝，皆抹額緋衫大口袴侍衛。自此遂爲軍容之服。」

〔九〕未期而敗　舊本「期」作「幾」。

176 戟鋒皆火

成都王之攻長沙也〔一〕，反軍于鄴，内外陳兵，是夜戟鋒皆有火〔二〕，遥望如懸燭，就則亡焉〔三〕。

本條《太平御覽》卷三五三引，出干寶《搜神記》，據輯。

〔一〕成都王之攻長沙也　《宋書·五行志二》、《晉書·五行志上》繫此事於惠帝永興元年。舊本據《晉志》補「晉惠帝永興元年」七字。

〔二〕火　《宋志》、《晉志》作「火光」，舊本同。

〔三〕就則亡焉　舊本「就」下有「視」字。末多「其後終以敗亡」，乃據《宋志》、《晉志》所增。

177 生箋單衣

永嘉以來〔一〕，士大夫競服生箋單衣〔二〕。識者怪之曰：「此古繐衰之布〔三〕，諸侯大夫所以服天子〔四〕。」其後愍、懷晏駕〔五〕。

本條《太平御覽》卷六九一引，出《搜神記》，據輯，校以《宋書·五行志一》、《晉書·五行志上》。

〔一〕永嘉以來　《晉志》「以來」作「中」，舊本同。

〔二〕生箋單衣　《御覽》原脱「箋」字，據《宋志》、《晉志》補。生箋單衣，即用生箋布所製之單衣。

〔三〕此古繐衰之布　《御覽》影印宋本「繐衰」作「繐纕」，舊本同，《四庫全書》本與鮑崇城校宋刊本作「繐縗」，《宋志》、《晉志》作「繐衰」。案：《儀禮·喪服》：「繐衰裳，牡麻絰，既葬除之者。傳曰：繐衰者何？以小功之繐也。」鄭玄注：「治其縷，以小功而成布，尊四升半。細其縷者，以恩輕也；升數少者，以服至也。凡布細而疏者謂之緦，今南陽有鄧緦。」據改。

〔四〕諸侯大夫所以服天子　《御覽》影印宋本無「侯」字，據《四庫全書》本及《宋志》、《晉志》補。《晉志》作「諸侯所以服天子也」，無「大夫」二字，舊本同。

〔五〕其後愍懷晏駕　《御覽》《四庫全書》本「愍懷」作「愍帝」，《宋志》乃與此同，舊本改作「懷愍」。案：懷帝（司馬熾）、愍帝（司馬鄴）在位時皆爲漢將劉曜所俘，分别於永嘉七年（三一三）、太興元年（三一八）爲漢主劉聰所殺。

178 無顔帢

昔魏武軍中，無故作白帢，此喪徵也〔一〕。縞素，凶喪之象；帢，毁辱之言也。蓋革代之後，攻殺之妖也。初爲白帢，横縫其前以别後，名之曰「顔」，俗傳行之〔二〕。永嘉初，乃去其縫，名「無顔帢」。其後二年，四海分崩，下人悲歎，無顔以生也〔三〕。

本條《太平御覽》卷六八七引，出干寶《搜神記》。又《天中記》卷四七引作《搜神記》。《宋書・五行志一》、《晉書・五行志上》載此，中有「干寶以爲」語，當採此記。今據《御覽》、《宋志》校録。案：《晉紀》輯本據《晉志》輯入，誤。

〔一〕昔魏武軍中無故作白帢此喪徵也　此十四字據《御覽》輯，「帢」作「幍」，《天中記》同，據《宋志》、《晉志》改。案：帢、幍爲同物異名，帽也。

〔二〕「縞素」至「俗傳行之」　此節據《宋志》輯，《御覽》作「初横縫其前，名之曰顔」。

〔三〕「永嘉初」至「無顔以生也」　此節據《御覽》輯。「無顔帢」，《御覽》、《天中記》作「無顔幘」，據《宋志》改。案：舊本「無故作白帢」之下，乃據《宋志》輯録而有所删削，又綴合《御覽》。其文曰：「此縞素凶喪之徵也。初，横縫其前以別後，名之曰顔，帢傳行之。至永嘉之間，稍去其縫，名無顔帢。而婦人束髮，其緩彌甚，紒之堅不能自立，髮被於額，目出而已。無顔者，愧之言也。覆額者，慚之貌也。其緩彌甚者，言天下亡禮與義，放縱情性，及其終極，至於大耻也。其後二年，永嘉之亂，四海分崩，下人悲難，無顔以生焉。」其中「帢傳行之」，訛「俗」爲「帢」。

179 男女二體

惠、懷之世〔一〕，京洛有人，一身而有男女二體，亦能兩幸〔二〕，而尤好婬。天下兵亂，由男女氣亂而妖形作也。當中興之閒〔三〕，又有女子，其陰在腹肚，居在揚州，亦性好婬色〔四〕。故京房《易妖》曰：「人生子，陰在首，則天下大亂；若在腹，則天下有事；若在背，則天下無後。」

本條《法苑珠林》卷三二引，出《搜神記》，據輯。校以《宋書·五行志五》、《晉書·五行志下》。案：舊本輯爲二條，似未妥。

〔一〕惠懷之世　前原有「晉」字，今刪。舊本作「惠帝之世」，乃據《晉志》，《宋志》與此同。

〔二〕亦能兩幸　《宋志》、《晉志》作「亦能兩用人道」，舊本同。

〔三〕當中興之閒　《珠林》《四庫全書》本（卷四三）「中」作「太」，《宋志》、《晉志》作「元帝太興初」，舊本作「太興初」。案：元帝踐位建元建武，明年改元太興，亦正晉代中興之間。

〔四〕「又有女子」至「亦性好婬色」　舊本作「有女子，其陰在腹，當臍下。自中國來至江東。其性淫而不產。又有女子，陰在首，居在揚州，亦性好淫」。乃據《晉志》。《宋志》無前女子之事。

180 任僑妻

建興四年〔一〕，西都傾覆，元皇帝始爲晉王，四海宅心。其年十月二十二日，新蔡縣吏任僑妻胡氏〔二〕，年二十五，產二女，相向，腹心合，自胷以上臍以下分〔三〕。此蓋天下未壹之妖也。時內史呂會上言：「案《瑞應圖》云：『異根同體，謂之連理；異畝同穎〔四〕，謂之嘉禾。』草木之異〔五〕，猶以爲瑞，今二人同心，天垂靈象。故《易》云：『二人同心，其利斷金。』休顯見生於陝東之國〔六〕，斯蓋四海同心之瑞，不勝喜躍，謹畫圖上。」時有識者哂之。

君子曰：智之難也。以臧文仲之才，猶祀爰居焉。布在方册，千載不忘，故士不可以不學。古人有言：「木無支，謂之瘣；人不學，謂之瞽。」當其所蔽，蓋闕如也。可不勉乎！

本條《法苑珠林》卷七〇、《天中記》卷五一引，出《搜神異記》，據《珠林》輯。事又載《宋書·五行志五》、《晉書·五行志下》，當本本書，據校。

〔一〕建興四年　《珠林》諸本前有「漢」字，誤，《四庫全書》本（卷八七）作「晉」，《宋志》、《晉志》云「晉愍帝」，今删。

〔二〕新蔡縣吏任僑妻胡氏　舊本「僑」作「喬」。

〔三〕自胷以上臍以下分　舊本作「自腰以上臍以下各分」，乃據《宋志》、《晉志》而訛「胸」爲「腰」。

〔四〕異畝同穎　《珠林》宣統本、徑山寺本、《四庫全書》本（卷八七）「穎」字訛作「類」，《大正新脩大藏經》本作「穗」，《法苑珠林校注》本及《宋志》、《晉志》均作「穎」。案：《尚書·微子之命》：「唐叔得禾，異畝同穎。」傳：「畝，壟；穎，穗也。禾各生一壟而合爲一穗。」據改。《宋志》作「異苗同穎」，義亦通。

〔五〕草木之異　「異」字原作「屬」，舊本同，據《宋志》、《晉志》改。

〔六〕陜東之國　「陜」字原作「陳」，舊本同，據《宋志》、《晉志》改。案：《晉書·愍帝紀》載，建興元年以琅邪王司馬睿爲侍中、左丞相、大都督陜東諸軍事。

181 淳于伯冤氣

建武元年六月〔一〕，揚州旱。去年十二月丙寅，丞相府斬督運令史淳于伯，血逆流上柱二丈三尺。其年即旱，而太興元年六月又旱。殺伯之後旱三年，冤氣之應也〔二〕。

本條見《宋書·五行志二》、《晉書·五行志中》，《文獻通考》卷三〇四《物異考》從《晉志》採入。原文在「而太興元年六月又旱」下云：「干寶曰『殺伯（《晉志》作淳于伯）之後旱三年』是也。」知出《搜神記》。又，《宋志三》、《晉志中》載建興四年斬淳于伯頻旱三年事，云「干寶以爲冤氣之應也」，當屬同一條。今參酌諸記校輯。案：《晉紀》輯本據《晉志》輯入二條，當誤。

〔一〕建武元年六月　《宋志》原有「晉愍帝」三字，《晉志》作「愍帝」，今刪。案：「愍帝」乃「元帝」之誤，《晉書》中華書局點校本已改。

〔二〕案：舊本輯作：「晉元帝建武元年六月，揚州大旱。十二月，河東地震。去年十二月，斬督運令史淳于伯，血逆流，上柱二丈三尺，旋復下流四尺五寸。是時淳于伯冤死，遂頻旱三年。刑罰妄加，羣陰不附，則陽氣勝之罰，又冤氣之應也。」所輯頗濫。「十二月，河東地震」，見《晉志中》，原有「雨肉」二字。此爲別一事，《宋志》所記無此。「刑罰妄加，羣陰不附，則陽氣勝之罰」，乃《晉志》釋辭，非干寶語。「旋復下流四尺五寸」，《晉志》、《宋志》並無，乃據《晉書》卷六九《劉隗傳》增補。

182 王諒牛

大興元年三月〔一〕，武昌太守王諒〔二〕，有牛生子，兩頭八足〔三〕，兩尾共一腹。不能自生，十餘人以繩引之，子死母活。其三年後死。又有牛生〔四〕，一足三尾，生而死也。

本條《法苑珠林》卷七〇引《搜神異記》，《初學記》卷二九、《太平御覽》卷九〇〇引干寶《搜神記》，《六帖》卷九六引《搜神記》。又《宋書·五行志五》、《晉書·五行志下》亦載。今據《珠林》，校以他書。

〔一〕大興元年三月　《珠林》、《初學記》、《御覽》均有「晉」字，今删。《珠林》《大正新脩大藏經》本、《初學記》、《宋志》、《晉志》「大興」作「太興」，「大」通「太」。

〔二〕武昌太守王諒　「武昌太守」，《初學記》作「武陵太守」，《六帖》、《御覽》作「武陽太守」，《宋志》、《晉志》乃作「武昌太守」。案：王諒《晉書》有傳，丹楊人，曾任武昌、交州刺史。作「武陵」、「武陽」並訛。《建康實録》卷五作「武昌太守王謙」，名訛。

〔三〕兩頭八足　《初學記》、《六帖》、《御覽》「兩頭」作「一頭」。

〔四〕其三年後死又有牛生　「死又」二字《珠林》訛作「苑中」，舊本同，據《宋志》、《晉志》改。

183 太興地震

元帝太興元年四月，西平地震，湧水出。十二月，廬陵、豫章、武昌、西陵地震，湧水出，山崩。王敦陵上之應也。

本條見《宋書·五行志五》、《晉書·五行志下》，《文獻通考》卷三〇一《物異考》據《晉志》採入。《宋志》文中稱「干寶曰」，《晉志》稱「干寶以爲」，當出本書，據《晉志》輯。案：《晉紀》輯本據《晉志》輯入，誤。

184 陳門牛生子兩頭

元帝大興中〔一〕，割晉陵郡封少子，以嗣太傅東海王。俄而世子母石婕妤疾病。使郭璞筮之，遇《明夷》之《既濟》，曰：「世子不宜裂土封國，以致患悔，母子並貴之咎也。法所封内，當有牛生一子兩頭者，見此物則疾瘳矣。」其七月，曲阿縣陳門牛生子兩頭〔二〕，郡縣圖其形而上之。元帝以示石氏，石氏見而有間。或問其故，曰〔三〕：「晉陵王土，上所以受命之邦也。凡物莫能兩大，使世子並其方，其氣莫以取之。故致兩頭之妖，以爲警也〔四〕。」

本條《開元占經》卷一一七引，出《搜神記》，據輯。校以《宋書·五行志五》、《晉書·五行志下》。

〔一〕元帝大興中　《宋志》作「晉愍帝建武元年」，《晉志》作「元帝建武元年七月」。

〔二〕曲阿縣陳門牛生子兩頭　「曲阿」，原訛作「曲河」，案《宋志》載：「曲阿門牛生犢，一體兩頭。」又據《宋書·州郡志一》，晉陵郡屬縣有曲阿。據改。「陳門」，《晉志》下有「才」字，疑爲姓名。

〔三〕曰　此字原無，以意補之。

〔四〕案：舊本據《晉志》輯，文曰：「晉元帝建武元年七月，晉陵東門有牛生犢，一體兩頭。京房《易傳》曰：『牛生子，二首一身，天下將分之象也。』」「陳門」訛作「東門」。

185 武昌災

元帝太興中，王敦鎮武昌，武昌災。火起，興衆救之，救於此而發於彼，東西南北數十處俱應，數日不絕〔一〕。此臣而君行〔二〕，亢陽失節。是爲王敦陵上，有無君之心，故災也。

本條見《宋書·五行志三》、《晉書·五行志上》，《宋志》中稱「干寶云」，《晉志》作「干寶以爲」。今據《晉志》輯。案：《晉紀》輯本據《晉志》輯入，誤。

〔一〕數日不絕　此下舊本據《晉志》輯入「舊説所謂濫災妄起，雖興師不能救之謂也」十七字。案：《宋志》「舊説」作「班固」，以下引干寶語「此臣而君行」云云，顯非本書之文，舊本誤。

〔二〕此臣而君行　舊本「君行」乙作「行君」。

186 中興服制

晉中興，著幘者以帶縛項〔一〕。下逼上，上無地也。作袴者直幅爲口，無殺，下大失裁也〔二〕。王敦之徵〔三〕。

本條著幘事見《開元占經》卷一一四引，作袴事見《太平御覽》卷六九五、《天中記》卷四七引，並出《搜神記》，據《開元占經》、《御覽》輯。校以《宋書·五行志一》、《晉書·五行志上》。

〔一〕著幘者以帶縛項　《宋志》、《晉志》「幘」作「帽」。

〔二〕下大失裁也　《御覽》、《天中記》「下」訛作「不」，「失」訛作「夫」，據《宋志》改。

〔三〕案：舊本據《晉志》輯，文曰：「太興中，兵士以絳囊縛紒。識者曰：『紒在首爲乾，君道也。囊者爲坤，臣道也。今以朱囊縛紒，臣道侵君之象也。』爲衣者，上帶短，纔至於掖；著帽者，又以帶縛項。下逼上，上無地也。爲袴者，直幅無口，無殺，下大之象也。尋而王敦謀逆，再攻京師。」兵士以絳囊縛紒之事，係濫輯，佚文中無此。「爲衣者」以下多有訛誤，「上帶短，纔至於掖」，原作「又上短，帶纔至于掖」，「無口」原作「爲口」。

187 儀仗生華

王敦在武昌〔一〕，鈴下儀仗生華，如蓮花狀，五六日而萎落。説曰：鈴閤，尊貴者之儀；鈴下，主威儀之官。《易》稱：「枯楊生華，何可久也〔二〕。」今狂花生於枯木，又在鈴閣之間，言威儀之富，榮華之盛，皆如狂花之發，不可久也。其後終以逆命，没又加戮，是其應也。

本條《藝文類聚》卷八二、《太平御覽》卷九九九、《全芳備祖》前集卷一一、《古今合璧事類備要》別集卷三五、百卷本《記纂淵海》（《四庫全書》）卷九三、《天中記》卷五三、《山堂肆考》卷一九九引，並出《搜神記》。《宋書·五行志一》、《晉書·五行志上》及《太平廣記》卷三五九引《廣古今五行記》載此事，中稱「干寶曰」或「干寶以爲」，當亦本《搜神記》。今據《宋志》、《御覽》互校輯録。案：《晉紀》輯本據《晉志》、《宋志》輯入，誤。

〔一〕王敦在武昌　《晉志》前云「元帝太興四年」，舊本據補「太興四年」四字。《廣古今五行記》首作「元帝時」。

〔二〕何可久也　《御覽》影印宋本「久」訛作「及」，據《四庫全書》本、鮑崇城校宋刊本及《易經·大過》改。

188 吴郡晉陵訛言

太興四年〔一〕，吴郡民訛言有大蟲在紵中及樗樹上，噛人即死。晉陵民又言曰，見一老女子居市，被髮從肆人乞飲，自言：「天帝令我從水門出，而我誤由蟲門。若還，天帝必殺我，如何？」於是百姓共相恐動，云死者已十數也。西及京都，諸家有樗、紵者伐去之，無幾自止。此事未之能論。

本條見《宋書·五行志二》，下條爲永昌四年京邑訛言事，末云：「此二事，干寶云『未之能論』。」乃包括此條在內。案：干寶《晉紀》紀事「自宣帝迄於愍帝五十三年」（《晉書》本傳），此二事必屬《搜神記》，今輯。舊本未輯。

〔一〕太興四年 《宋志》前冠「晉元帝」三字，當非原有，今删。

189 京邑訛言

永昌元年〔一〕，寧州刺史王遜遣子澄入質，將渝、濮雜夷數百人。京邑民忽訛言寧州人大食人家小兒，親有見其蒸煮滿釜甑中者。又云失兒皆有主名，婦人尋道，拊心而哭。於是百姓各禁録小兒，不得出門。尋又言已得食人之主，官當大航頭大杖考竟，而日有四五百人晨聚航頭，以待觀行刑。朝廷之士相問者，皆曰信然，或言郡縣文書已上。王澄大懼，檢測之，事了無形，民家亦未嘗有失小兒者，然後知其訛言也。此事未之能論。

本條見《宋書·五行志二》，末云：「此二事，干寶云『未之能論』。」前一事即太興四年吴郡訛言事。今輯。

案：舊本未輯。

〔一〕永昌元年 《宋志》前冠「晉元帝」三字，當非原有，今删。

搜神記輯校卷一五

妖怪篇之六

190 鵩鳥賦

賈誼爲長沙王太傅，四月庚子日，有鵩鳥飛入其舍，止於坐隅，良久乃去。誼發書占之，曰：「野鳥入處〔一〕，主人將去。」誼忌之，故作《鵩鳥賦》，齊死生而等禍福，以致命定志焉。

本條《法苑珠林》卷三一引，出《搜神記》，據輯。

〔一〕處　《珠林》《四庫全書》本（卷四二）作「室」。案：《漢書》卷四八《賈誼傳》作「室」，《史記》卷八四《賈生列傳》作「處」。

191 翟宣

王莽居攝，東郡太守翟義，知其將篡漢世，謀舉義兵。兄宣教授，諸生滿堂。羣鵝鴈數十在中庭〔一〕，有狗從外入而齧之，皆驚，比救之〔二〕，皆已斷頭〔三〕。狗走出門，求不知處。宣大惡之。後數月〔四〕，莽夷其三族。

本條《太平御覽》卷八八五、《太平廣記》卷三五九引，出《搜神記》，今互校酌定，校以《漢書》卷八四《翟義傳》。

〔一〕羣鵝鴈數十在中庭　《廣記》無「鵝」字。

〔二〕皆驚比救之　《御覽》《四庫全書》本作「皆死，驚救之」，舊本同。鮑崇城校宋刊本作「皆死，比救，驚之」。

〔三〕皆已斷頭　原無「已」字，據《廣記》明鈔本、孫潛校本補。

〔四〕後數月　《御覽》、《廣記》「月」作「日」，舊本同。案：《漢書》卷八四《翟義傳》云「後數月敗」，《漢書》卷九九上《王莽傳上》載，居攝二年九月翟義舉義兵，十二月王邑破義於圉。據改。

192 公孫淵

魏司馬太傅懿，平公孫淵，斬淵父子。先時，淵家有犬，着朱幘絳衣〔一〕。襄平城北市生肉，長圍各數尺，有頭目口喙，無手足而動摇〔二〕。占者曰：「有形不成，有體無聲，其國滅亡。」

本條《太平廣記》卷三五九、《太平御覽》卷八八五引，出《搜神記》。今據《廣記》，參酌《御覽》、《三國志·魏書·公孫淵傳》、《宋書·五行志二》、《晉書·五行志中》輯録。

〔一〕淵家有犬着朱幘絳衣　舊本作「淵家數有怪，一犬著冠幘絳衣上屋。欻有一兒，蒸死甑中」，乃據《魏書》增補。

〔二〕長圍各數尺有頭目口喙無手足而動摇　《廣記》、《御覽》引文有删削，據《魏書》補「長圍各數尺」、「口喙」七字。

193 諸葛恪

諸葛恪征淮南歸，將朝會，犬銜引其衣。恪曰：「犬不欲我行乎？」還坐，有頃復起，犬又銜衣。乃令逐犬，遂升車，入而被害〔一〕。恪已被殺，其妻在室，語使婢曰：「汝何故血臭？」婢曰：「不也。」有頃愈劇。又問婢曰：「汝眼目視瞻，何以不常？」婢蹙然起躍，頭至于棟，攘臂切齒而言曰：「諸葛公乃爲孫峻所殺。」於是大小知恪死矣，而吏兵尋至。

本條《三國志·吴書·諸葛恪傳》注、《藝文類聚》卷三五、《太平御覽》卷五〇〇並引，出《搜神記》。今據《吴書》注校輯，補以《宋書·五行志二》。

〔一〕「諸葛恪征淮南歸」至「入而被害」　《吴書》注引曰：「恪入，已被殺。」前當有省略。《類聚》引作「諸葛恪已被誅」，《御覽》「誅」作「殺」，餘同《類聚》。案：本傳載，恪征淮南還，孫峻與孫亮謀，置酒請恪，欲害之。恪將入朝，「犬銜引其衣，恪曰：『犬不欲我行乎？』還坐，頃刻乃復起，犬又銜其衣，恪令從者逐犬，遂升車」。《宋書·五行志二》、《晉書·五行志中》亦載此事，舊本即據《吴書》、《晉志》補此節。今姑據《宋志》補，以其多取《搜神記》也。

194 王周南

中山王周南，正始中爲襄邑長。有鼠從穴出，在廳事上，語曰：「周南，爾以某月某日當死。」周南急往不應，鼠還穴。後至期復出，更冠幘皂衣而語曰〔一〕：「周南，汝日中當死。」周南復不應，鼠復入穴。斯須復出，語曰：「向日適欲中。」鼠入復出，出復入〔二〕，轉行數語如前〔三〕。日適中〔四〕，鼠復曰：「周南，汝不應，我復何道〔五〕？」言訖，顛蹶而死，即失衣冠。周南使卒取視，俱如常鼠〔六〕。

本條《法苑珠林》卷三一、《太平寰宇記》卷二《東京下·襄邑縣》引，出《搜神記》。事採《列異傳》（《古小説鉤沈》，《北堂書鈔》卷一五八，《藝文類聚》卷九五，《太平御覽》卷八八五、卷九一一引），又採入《幽明録》（《太平廣記》卷四四〇引）及《宋書·五行志五》、《晉書·五行志下》。今據《珠林》，參酌諸書校輯。

〔一〕更冠幘皂衣而語曰　《寰宇記》及《列異傳》「皂衣」作「絳衣」，《幽明録》、《宋志》、《晉志》作「皂衣」。

〔二〕斯須復出語曰向日適欲中鼠入復出出復入　《珠林》宣統本、《大正新脩大藏經》本作「斯須復出復入」，徑山寺本、《四庫全書》本（卷四二）及《法苑珠林校注》本作「斯須復出，出復入」，據《書鈔》引《列異傳》補。

〔三〕轉行數語如前　《書鈔》引《列異傳》及《宋志》、《晉志》「行」作「更」。

〔四〕日適中　《珠林》《大正藏》本及《寰宇記》「適」作「過」。

〔五〕汝不應我復何道　《類聚》引《列異傳》作「汝不應，死，我復何道」，《四庫全書》本《御覽》兩引《列異傳》同，舊本據此。影印宋本《御覽》卷八八五同《珠林》，卷九一一作「汝不應我，死，我復何道」。

〔六〕周南使卒取視俱如常鼠　《校注》本「使」訛作「便」。舊本作「就視之，與常鼠無異」，乃據《廣記》引《幽明録》。

195　留寵

東陽留寵〔一〕，字道弘〔二〕。居於湖熟〔三〕。每夜，門庭自有血數升〔四〕，不知所從來，如此三四日。後寵爲折衝將軍，見遣北征。將行，而炊飯盡變爲蟲，其家人蒸粆〔五〕，亦變爲蟲。其火逾猛，其蟲逾壯。寵遂北征，軍敗於檀丘，爲徐龕所殺。

本條《法苑珠林》卷三一，《太平廣記》卷三五九，《太平御覽》卷八八五、卷九四四並引，出《搜神記》，又《廣記》

卷一四二引《法苑珠林》。今據《珠林》，參酌《廣記》、《御覽》校輯。

〔一〕留寵　《御覽》及《廣記》卷三五九作「劉寵」，舊本同。案：《晉書》卷八一《蔡豹傳》載，晉元帝時太山太守徐龕叛歸後趙石勒，元帝敕徐州太守蔡豹、征虜將軍羊鑒等進討。豹進據卞城，時後趙石虎屯鉅平，將攻豹，豹退守下邳。徐龕襲取豹輜重於檀丘，將軍留寵、陸黨力戰，死之。作「留」是。

〔二〕道弘　《御覽》卷八八五作「道和」，舊本同。案：《廣記》卷三五九亦作「道弘」，「和」字當訛。

〔三〕湖熟　《珠林》各本作「湖孰」，《大正新脩大藏經》本作「姑熟」，《廣記》引《珠林》乃作「湖熟」，《御覽》卷八八五、《廣記》卷三五九作「姑熟」。案：《晉書·地理志下》，揚州丹楊郡有湖熟，與徐州界鄰近，而姑熟遠在其西南方向，當作「湖熟」，據《廣記》改。《法苑珠林校注》所據底本爲道光董氏刊本，作「湖熟」，校注據《高麗藏》本改作「姑熟」，誤。

〔四〕升　《珠林》《大正藏》本及《廣記》卷三五九作「斗」。

〔五〕其家人蒸粆　《珠林》各本及《廣記》卷三五九「粆」作「炒」，舊本同，惟《大正藏》本作「粆」，《廣記》卷一四二乃作「麨」。案：「粆」同「麨」，炒米也。作「炒」訛。

196 東萊陳氏

東萊有一家，姓陳，家百餘口。朝炊，釜不沸。舉甑看之，忽有一白頭公從釜中出。

便詣師，師云〔一〕：「此大怪，應滅門。便歸，大作械。械成，使置門壁下，堅閉門在內，有馬騎麾蓋來叩門者，慎勿應。」乃歸，合手伐得百餘械，置門屋下。果有人至，呼不應，主帥大怒，令緣門入。從人闚門內，見大小械百餘。出門還說如此，帥大懊惋〔二〕，語左右云：「教速來，不速來，遂無復一人當去。何以解罪也？從此北行，可八十里，有一百三口，取以當之。」後十日中，此家死亡都盡，此家亦姓陳。

本條《太平廣記》卷三二三引，出《搜神記》。孫潛校本作《續搜神記》。今姑斷爲干書，據輯。

〔一〕便詣師師云　舊本作「便詣師卜，卜云」。

〔二〕懊惋　原作「惶惋」，據明鈔本、孫校本改。

197 聶友板

聶友，字文悌，豫章新淦古暗切。人。少時貧賤，常好射獵。夜照，見一白鹿，射中之。明尋蹤，血既盡，不知所在。且已饑極，便臥一梓樹下。仰見箭着樹枝，視之，乃是昨射鹿箭。怪其如此，於是還家賫粮，命子姪持斧以伐之，樹微有血。遂裁截爲二板，牽着陂塘中。板常沉池〔一〕，然時復浮出，出輒家有吉慶〔二〕。友每欲致賓客，輒便常乘此板。或於中流欲没〔三〕，客大懼，聶君呵之，還復浮出。仕宦大如意，位至丹陽太守。在郡經時〔四〕，外司白云：「濤入石頭，聶君陂中板來耳〔五〕。」來日，自視之，果然〔六〕。聶君驚曰：「此陂中板來〔七〕，必有意。」即解職歸家。下舡便閉户，二板挾兩邊，一日即至豫章。自爾之後，板出便反有凶禍，家大轗軻。今新淦北二十里餘曰封谿，有聶友所截梓樹板繫着牂柯處。所用樟木爲牂柯者，遂生爲樹。今猶存，其木合抱，乃聶友回日所栽。始倒植之，今枝葉皆向下生〔八〕。

本條《太平御覽》卷七六七、《太平廣記》卷四一五引，《廣記》注出《搜神記》，《御覽》作《續搜神記》。亦見梁殷芸《小説》（《説郛》卷二五）引《志怪》，乃片斷，又《廣記》卷三七四引，文大同，談愷本脱出處，明鈔本誤作《宣室志》（唐張讀撰），孫潛校本作《□異記》。案：聶友爲吴人，姑斷爲干寶書，舊本《後記》輯入。劉宋雷次宗《豫章記》亦載（《北堂書鈔》卷一三八、《御覽》卷七七一引），殆據本書。今據《御覽》，以《廣記》、《豫章記》校補。

〔一〕池　《御覽》影印宋本作「地」，據鮑崇城校刊本改。

〔二〕出輒家有吉慶　《御覽》原無「出」字，《廣記》作「出家必有吉」，據補。

〔三〕輒便常乘此板或於中流欲没　《御覽》原作「輒便此板於中流欲没」，據《廣記》補。

〔四〕時　舊本作「年」。

〔五〕濤入石頭聶君陂中板來耳　《御覽》影印宋本原作「濤入石頭聶然聶君以板破中板來耳」，文字多有訛誤，今校正如此。鮑崇城校刊本作「濤入石頭，中板來耳」。舊本改作「濤中板入石頭來」。案：《御覽》《四庫全書》本作「濤入石頭，夜聞神語曰：聶君板來」，情事有異。

〔六〕來日自視之果然　「來日」二字據《御覽》《四庫全書》本補，「自」字據鮑崇城校刊本補。

〔七〕聶君驚曰此陂中板來　《御覽》原作「聶君以板來」，據《廣記》補正。

〔八〕「今新淦北二十里餘曰封谿」至「今枝葉皆向下生」　此節《御覽》無，《廣記》引有。《廣記》原作：「今新塗北二十里餘曰封谿，有聶友截梓樹版濤牂柯處。牂柯有樟樹，今猶存，乃聶友回日所栽，枝葉皆向下生。」文有脱訛。《御覽》引《豫章記》云：「新淦縣北二十五里曰封溪，今有聶友所伐梓繫着牂柯處。……所用樟木爲牂柯者，遂生爲樹。今猶存，其木合抱。始倒植之，今枝條皆向下。」據以補正。牂柯，繫舟船之木樁。《御覽》卷七七一引《異物志》：「牂柯者，繫舡筏也。」舊本據《廣記》，「樟樹」作「梓樹」，「回日」作「向日」，並誤。

198 豫章人

豫章人好食蕈，有黄姑蕈者，尤爲美味。有民家治舍，烹此蕈以食工人。工人有登廚屋施瓦者〔一〕，下視無人，唯釜煮物，以盆覆之。俄有小兒裸身繞釜而走〔二〕，倏忽没於釜中〔三〕。頃之，主人設蕈，工獨不食，亦不言其故〔四〕。既暮，食蕈者皆卒。

本條《太平廣記》卷四一七引作《稽神録》，今本《稽神録》卷六輯入。案：《永樂大典》卷八五二七引《稽神異苑》有此條。《稽神異苑》南朝人作，作者可能是陳朝焦僧度（説詳拙著《唐前志怪小説史》修訂本），摘編前人書而成。其「韓馮」、「紫珪」、「飛涎鳥」皆引自《搜神記》。而《廣記》所引，或將《搜神記》、《稽神録》相混，卷一三三「建業婦人」，注出《搜神記》，實爲《稽神録》也。故疑本條爲《搜神記》文，據《廣記》、《大典》及今本《稽神録》校輯。

〔一〕工人有登廚屋施瓦者　《廣記》無「廚」字，據《稽神録》補。《大典》「廚屋」作「廚」。

〔二〕俄有小兒裸身繞釜而走　《稽神録》「小兒」作「一小鬼」。

〔三〕倏忽没於釜中　《稽神録》「没」作「投」。

〔四〕亦不言其故　「其故」二字據《稽神録》補。

搜神記輯校卷一六

變化篇之一

案：《荆楚歲時記》注引「干寶《變化論》」，《法苑珠林》卷三二《變化篇·感應緣·通叙神化多種之變》云：「故干寶《記》云。」是則原書有《變化篇》。諸凡物怪精魅變化之事皆繫此篇。

199 變化

天有五氣，萬物化成。木精則仁，火精則禮，金精則義，水精則智，土精則恩〔一〕。五氣盡純，聖德備也。木濁則弱，火濁則淫，金濁則暴，水濁則貪，土濁則頑。五氣盡濁，民之下也。中土多聖人，和氣所交也；絶域多怪物，異氣所産也。苟稟此氣，必有此形，苟有此形，必生此性。故食穀者智慧而夭〔二〕，食草者多力而愚，食桑者有絲而蛾，食肉者勇憨而悍，食土者無心而不息，食氣者神明而長壽，不食者不死而神。大腰無雄，細腰無雌。無雄外接，無雌外育。三化之蟲，先孕後交；兼愛之獸，自爲牡牝。寄生因夫高木，女蘿託乎茯苓。木株於土，萍植於水。鳥排虛而飛，獸蹠實而走，蟲土閉而蟄，魚淵潛而處。本乎天者親上，本乎地者親下，本乎時者親旁，則各從其類也。千歲之雉，入海爲蜃；百年之雀，入江爲蛤〔三〕。千歲黿鼉，能與人語〔四〕；千歲之狐，起爲美女；千歲之蛇，斷而復續；百年之鼠，而能相卜：數之至也。春分之日，鷹變爲鳩；秋分之日，鳩變爲鷹：時之化也。故腐草之爲螢也，朽葦之爲蛬也〔五〕，稻之爲蛪也，麥之爲蛺蝶也〔六〕，羽翼生焉，眼目成焉，心智存焉，此自無知而化爲有知，而氣易也。鶴之爲麞也〔七〕，蛇之爲鼈也〔八〕，蛬之爲蝦也，不失其血氣而形性變也。若此之類，不可勝論。應變而動，是爲順常；苟錯其方，則爲妖眚。故下體生於上，上體生於下〔九〕，氣之反者也；人生獸，獸生人，氣之亂者也；男化爲女，女化爲男，氣之背者也〔一〇〕。魯牛哀得疾，七日化而爲虎。形體變易，爪牙施張，其兄將入〔一一〕，搏而食之。當其爲人，不知將爲虎；當其爲虎，不知當爲人〔一二〕。故太康中，陳留阮士禽傷於虺〔一三〕，不忍其痛，數嗅其瘡，已而雙虺成於鼻中。元康中，歷陽紀元載客食道龜，已而成瘕。醫以藥攻之，下龜子數升，大如小錢，頭足殼備，文甲皆具，唯中藥已死。夫嗅非化育之氣〔一四〕，鼻非胎孕之所，亨道非下物之具〔一五〕。從此觀之，萬物之生死也，與其變化也，非通神之思，雖求諸己，惡識所自來？然朽草之爲螢，由乎腐也；麥之爲蛺蝶，由乎濕也。爾則萬物之變，皆有由也。農夫止麥之化者，漚之以灰〔一六〕；聖人理萬物之化者，濟之以道。其與不然乎〔一七〕？

本條《荆楚歲時記》注，《法苑珠林》卷三二，《藝文類聚》卷八二，《初學記》卷三〇，《太平廣記》卷四五七及《天中記》卷五六、《稗史彙編》卷一六二引《窮神祕苑》，《太平御覽》卷七四二、卷八三八、卷八八八（兩引）、卷九三四、卷九四九，《海録碎事》卷二二下，《埤雅》卷一〇《釋蟲》，《周易集傳》卷九，百卷本《記纂淵海》（《四庫全書》）卷一〇〇，《古微書》卷四《尚書五行傳》按語，《天中記》卷四五、卷五七（三引）、卷五八、卷五九，《駢志》卷一八，《陸氏詩疏廣要》卷下之下《釋蟲》，《六家詩名物疏》卷二四《蟋蟀》並引。《荆楚歲時記》引作「干寶《變化論》」，《珠林·變化篇》作「干寶《記》」（案：《珠林》此卷「孔子厄於陳」條末注「右十三驗出《搜神記》」），《埤雅》作「干寶云」，其餘皆作《搜神記》（《御覽》卷九四九作干寶《搜神記》）。此當爲《變化篇》序論。又《宅經》卷上云：「《搜神記》云精靈鬼魅皆化爲人，或有人自相感變爲妖怪。」當是概述大意。百卷本《記纂淵海》（《四庫全書》）卷九七引《變化論》：「鴛鴦交頸。」誤。上條引《搜神記》韓憑事，「鴛鴦交頸」實出該條。今據《珠林》，參酌諸書校輯。

〔一〕「木精則仁」至「土精則恩」　以上五句之「精」，舊本改作「清」。《古微書》亦作「清」，殆據胡刊本《搜神記》（案：《古微書》有河間范景文序，序文提及《筆叢》，即胡應麟《少室山房筆叢》，初刊於萬曆三十三年，時爲胡應麟卒後三年。是知《古微書》極可能作於胡震亨刊《搜神記》之後）。案：《禮記·中庸》鄭玄注：「木神則仁，金神則義，火神則禮，水神則信，土神則知。」意義與此相近，而作「神」。精、神同義。「土精則恩」，《古微書》「恩」作「信」，舊本訛作「思」。

《法苑珠林校注》據舊本改「精」爲「清」，改「恩」爲「思」，大誤。

〔二〕夭　原訛作「文」，嘉靖伯玉翁舊鈔本《類説》卷三七《法苑珠林》（案：天啓刊本卷四三無此條）亦作「文」，據《淮南子・墜形訓》改。《抱朴子・雜應篇》：「食穀者智而不壽。」「不壽」亦「夭」義。

〔三〕入江爲蛤　舊本「江」作「海」。案：作「海」雖於義可通，《廣弘明集》卷五曹植《辯道論》有「燕入海爲蛤」語，《爾雅翼》卷一五亦有「雀入海爲蛤」語，然「海」字與上句重，作「江」是，《珠林》各本及《類説》舊鈔本皆作「江」。

〔四〕能與人語　《珠林》宣統本、徑山寺本、《四庫全書》本（卷四三）作「能語人語」，此從《大正新脩大藏經》本與《類説》舊鈔本及《御覽》卷八八八。《法苑珠林校注》據《高麗藏》本改「語」爲「與」。

〔五〕朽葦之爲蛬也　《類説》舊鈔本「蛬」作「蠶」，下同。

〔六〕麥之爲蛺蝶也　《御覽》卷九四九「蛺蝶」作「蜶蝶」，《四庫全書》本作「蝴蝶」，舊本同。案：《本草綱目》卷四〇蟲部之二《蛺蝶》：「釋名：蜶蝶，蝴蝶。」

〔七〕鶴之爲麞也　《御覽》卷八八八作「鴇之爲麏也」。

〔八〕蛇之爲鼈也　舊本脱此句。

〔九〕上體生於下　《珠林》此句原無，據文意應有此句，今補。舊本亦補有此句。

〔一〇〕氣之背者也　《珠林》各本「背」作「質」，《四庫全書》本作「貿」，舊本同。《類説》舊鈔本作「背」，從改。案：質，抵押；貿，淆亂。《説文繫傳》貝部：「貿，猶亂也。交互之義。」作「貿」義亦通。

〔一一〕其兄將入　舊本作「其兄啓户而入。」案：《淮南子·俶真訓》：「其兄掩户而入覘之。」《太平御覽》卷八八八引作「兄啓户而入」，疑據此而改。

〔一二〕不知當爲人　徑山寺本「當」作「嘗」，《校注》本作「常」，《四庫全書》本作「其嘗」。

〔一三〕故太康中陳留阮士禽傷於虺　《珠林》「太康」前有「晉」字，今删。「阮士禽」，《御覽》卷九三四作「阮士禹」，鮑崇城校刊本「禹」作「瑀」，舊本同。《御覽》卷七四二作「阮瑀」，案阮瑀卒於建安十七年（見《三國志·魏書·王粲傳》），當脱「士」字。

〔一四〕夫嗅非化育之氣　《珠林》徑山寺本、《四庫全書》本「嗅」訛作「妻」，舊本同。道光董氏刻本訛作「毒」，《校注》據《高麗藏》本改作「嗅」。《類説》舊鈔本作「疾」，亦訛。

〔一五〕亨道非下物之具　「亨」字原作「享」，《校注》據文義改作「亨」，是也。亨道，四通八達之大道。《周易·亨》：「何天之衢，亨。」孔穎達疏：「乃天之衢亨，無所不通也。」「下」字據《珠林》《四庫全書》本補。此句謂通衢大道非食用下物（黿）之酒席。具，酒食，宴席。《類説》舊鈔本「下」作「生」，亦通。生物，活物。

〔一六〕漚之以灰　《御覽》卷八三八、卷八八八及《天中記》卷四五「漚」作「區」。《御覽》《四庫全書》

本、鮑崇城校刊本卷八八八作「漚」。

〔一七〕案：《珠林》以下有「今所覺事者」云云一節，乃道世語，不取。

200 龍易骨

龍易骨，麋易骼。蛇類解皮，蟹類易殼，又折其螯足，墮復更生。穀之化爲蟲也，妖氣之所生焉。

本條《感應經》（《説郛》卷九）引，出《搜神記》，據輯。案：此節文字疑在《變化篇》序論中。舊本未輯。

201 木蠹

木蠹生蟲，羽化爲蝶。

本條《天中記》卷五七引作《搜神記》，當轉引他書，據輯。《六帖》卷九五亦引，無出處。案：此節文字疑在《變化篇》序論中。

202 賁羊

季桓子穿井，獲如土缶，其中有羊焉〔一〕。使問之仲尼曰〔二〕：「吾穿井而獲狗，何耶？」仲尼曰：「以丘所聞，羊也。丘聞之：木石之怪，蚿蛂蝄蜽〔三〕；水中之怪是龍罔象〔四〕；土中之怪曰賁羊〔五〕。」

《夏鼎志》曰：「罔象如三歲兒，赤目，黑色，大耳，長臂，赤爪，索縛則可得食〔六〕。」《王子》曰：「木精爲畢方，火精爲遊光〔七〕，金精爲清明也。」

本條《法苑珠林》卷六、《天中記》卷五四引，出《搜神記》，據輯，校以《國語·魯語下》。

〔一〕焉　《珠林》各本訛作「馬」，《四庫全書》本（卷一一）、《法苑珠林校注》本作「焉」，與《國語》同，據改。

〔二〕使問之仲尼曰　《珠林》各本「使」作「便」，《四庫全書》本、《校注》本作「使」，與《國語》同，據改。

〔三〕蚿蛂蝄蜽　「蚿蛂」，《四庫全書》本作「蚿夔」，《大正新脩大藏經》本作「驅蛂」。案：《國語》、《孔子家語·辯物》、《説苑·辨物》、《史記·孔子世家》均作「夔」。舊本改作「夔」。

〔四〕水中之怪是龍罔象　《珠林》宣統本「是龍罔象」作「是罔象」，徑山寺本、《大正藏》本、《校注》本作「是龍罔」，《四庫全書》本作「龍罔象」。案：《國語》、《孔子家語》、《説苑》、《史記·孔子世家》其怪均作「龍罔象」，今補「龍」字。

〔五〕賁羊　《國語》作「羵羊」，一本作「墳羊」，《説苑》、《孔子家語》作「羵羊」，《史記·孔子世家》

作「墳羊」。

〔六〕罔象如三歲兒赤目黑色大耳長臂赤爪索縛則可得食　案：《珠林》卷四五引《白澤圖》作：「水之精名曰罔象，其狀如小兒，赤目，黑色，大耳，長爪。以索縛之則可得，烹之吉。」

〔七〕王子曰木精爲畢方火精爲遊光　原引作「王子曰木精爲遊光」，舊本同。案：《王子》即東漢王逸《正部論》，又稱《王逸子》。《隋書·經籍志》儒家類著録後漢王符《潛夫論》十卷，注云：「梁有王逸《正部論》八卷，後漢侍中王逸撰。……亡。」《藝文類聚》卷八三引有王逸《正部論》，又卷七三、卷八八引《王逸子》。《意林》卷四摘録《正部》（作十卷），中一條云：「山神曰螭，物精曰魅，土精曰羵羊，水精曰罔象，木精曰畢方，火精曰遊光，金精曰清明。天下有道，則衆精潛藏。」其稱「火精曰遊光」，木精者乃畢方。畢方爲木精，本《淮南子·氾論訓》：「山出梟陽，水生罔象，木生畢方，井生墳羊。」「畢方」注：「木之精也。」《珠林》所引與此有異，然非訛「火」爲「木」，亦非訛「畢方」爲「遊光」，蓋有脱文。原干寶之意，乃引《夏鼎志》及《王子》以證五行之怪，故疑「木精」下脱「爲畢方火精」五字。而五怪只引木火金三者，蓋土精羵羊、水精罔象前已言之，故略之，木精雖已有述，然名稱不同，故亦引述。今據《意林》補。

203 犀犬

元康中，吴郡婁縣懷瑶家，忽聞地中有犬子聲隱隱。視聲所自發，有小穿，大如螾穴。

瑶以杖刺之，入數尺，覺如有物。乃掘視之，得犬子，雌雄各一，目猶未開，形大於常犬也。哺之而食，左右咸往觀焉。長老或云：「此名犀犬，得之者令家富昌，宜當養之。」以目未開，還置穿中，覆以磨礱。宿昔發視，左右無孔，遂失所在。瑶家積年無他福禍也。大興中，吴郡府舍中又得二枚，物如初。其後太守張茂爲吴興兵所殺〔一〕。

《尸子》曰：「地中有犬，名曰地狼；有人，名曰無傷。」《夏鼎志》曰：「掘地而得狗，名曰賈〔二〕；掘地而得豚，名曰邪；掘地而得人，名曰聚。聚，無傷也〔三〕。此物之自然，無謂鬼神而怪之。」然則與地狼名異〔四〕，其實一物也。《淮南萬畢》曰：「千歲羊肝，化爲地宰；蟾蜍得苽，卒時爲鶉。」此皆因氣作，以相感而惑也〔五〕。

本條《法苑珠林》卷六、《太平御覽》卷四七二、《太平廣記》卷三五九、《天中記》卷五四、《琅邪代醉編》卷五並引，出《搜神記》（《御覽》作干寶《搜神記》）。又《吴郡志》卷四七及《至正崑山郡志》卷六引《法苑珠林》、《搜神記》。南宋凌萬頃《玉峯志》卷下《異聞》亦引，無出處。今據《珠林》，參酌諸書校録。

〔一〕「大興中」至「其後太守張茂爲吴興兵所殺」　《宋書·五行志二》所叙與此略同，然《晉書·五行志中》載云：「元帝太興中，吴興太守張懋聞齋内牀下犬聲，求而不得。既而地自坼，見有二犬子，取而養之，皆死。尋而懋爲沈充所害。」蓋本何法盛《晉中興書·徵祥説》（見湯球輯本卷三，《大唐開元占經》卷一一九引），舊本乃據而輯補，未妥。吴郡太守張茂，《晉中興書》、《晉志》「茂」作「懋」，《宋志》作「茂」。案：《晉書・元帝紀》載，永昌元年四月王敦將沈充陷吴國，吴國内史張茂遇害。《丁潭傳》附《張茂傳》載茂出補吴興内史，沈充反而遇害。《列女傳・張茂妻陸氏》載茂爲吴郡太守，被沈充所害。又《晉書・孔愉傳》亦作「茂」。惟《晉中興書》作「懋」，《晉書・五行志》蓋因之。茂之所官，諸記有吴郡太守、吴興内史、吴國内史之别。案晉制，諸王國行政長官稱内史，當郡太守之任。據《晉書・武十三王傳》，太康十年司馬晏封吴王，食丹楊、吴興、吴三郡，永嘉末遇害，其五子均無嗣吴王者。其國雖廢，然猶虚存，故《晉陽秋》（《世説新語・規箴》注引）云：「充（案：沈充）字士居，吴興人。少好兵，謟事王敦。敦克京邑，以充爲車騎將軍，領吴國内史。」蓋代張茂。然稱吴郡太守亦不誤，乃因其國實已廢爲郡，而吴國以吴郡爲治耳。

〔二〕賈　《開元占經》卷一一九引《夏鼎志》作「假」。案：《珠林》卷四五引《白澤圖》：「千載木，其中有蟲，名曰賈詘。狀如豚，有兩頭，烹而食之，如狗肉味。」似與此有關聯，其名作「賈詘」。

〔三〕無傷也　《珠林》《大正新脩大藏經》本「無」作「毋」。

〔四〕然則與地狼名異　舊本「與」上有「賈」字。案：《珠林》諸本皆無此字。尋文意，與地狼名異者乃犀犬，非《夏鼎志》所云名賈者。舊本妄增。

〔五〕此皆因氣作以相感而惑也　《四庫全書》本（卷一二）「作」作「化」，「惑」作「成」，舊本同。

204 彭侯

吴先主時，陸敬叔爲建安太守。使人伐大樟樹，下數斧〔一〕，忽有血出。至樹斷，有一物人頭狗身，從樹穴中出走。敬叔曰：「此名彭侯。」烹而食之，其味如狗。《白澤圖》曰：「木之精名彭侯，狀如黑狗，無尾，可烹食之。」

本條《法苑珠林》卷六三、《太平御覽》卷八八六、《太平廣記》卷四一五、《永樂大典》卷八五二七、《本草綱目》卷五一下、《天中記》卷二五、《物理小識·總論》並引，出《搜神記》。今據《珠林》，參酌諸書校輯。明末方以智《通雅》卷二一引《白澤圖》「木精曰樟侯」句下注云：「即《異苑》陸敬叔所言之彭侯。」今本《異苑》無此，方氏亦不可能得見《異苑》之古本，疑誤記《搜神記》爲《異苑》。

〔一〕下數斧　《廣記》、《天中記》「下」作「不」。《廣記》陳鱣校本作「下」。

205 怒特祠

武都故道有怒特祠，上生梓樹焉〔一〕。秦文公二十七年，使人伐之〔二〕，樹創隨合，經日不斷。文公乃益發卒，持斧者至四十人，猶不斷。士疲還息。其一人傷足不能去，卧樹下，聞鬼相與言〔三〕：「勞乎攻戰〔四〕？」其一人曰：「何足爲勞〔五〕！」又曰：「秦公必將不休，如之何？」答曰：「秦公其如予何〔六〕！」又曰：「赭衣灰坌，子如之何〔七〕？」默然無言。卧者以告〔八〕，於是令工皆衣赭，隨斫創坌以灰〔九〕。樹斷，化爲牛〔一〇〕。使騎擊之，不勝。或墮於地〔一一〕，髻解被髮，牛畏之，乃入水，不敢出。故秦自是置旄頭騎，使先驅〔一二〕。

本條《後漢書·郡國志五》注、《太平御覽》卷九〇〇引，出干寶《搜神記》。事又載《列異傳》、《玄中記》、《録異傳》（並見《古小説鉤沈》）。《玄中記》、《録異傳》記事稍近，然異辭亦多，《列異傳》則近本書，殆爲所據。《天中記》卷五五引《録異傳》、《搜神記》，乃綴合《史記·秦本紀正義》引《録異傳》及《御覽》引《搜神記》而成，舊本輯録本條，即主要依據《天中記》。今據《御覽》輯録，以《列異傳》等校補。

〔一〕武都故道有怒特祠土生梓樹焉　《御覽》《四庫全書》本及《天中記》「土生梓樹焉」作「祠上生梓樹焉」，舊本同，惟删「焉」字。《水經注》卷一七《渭水》引《列異傳》作「武都故道縣有怒特祠，云神本南山大梓也」。

〔二〕使人伐之　舊本此下有「輒有大風雨」五字，蓋據《天中記》，而此爲《録異傳》中文字，見《史記·秦本紀正義》及《太平寰宇記》卷三〇《鳳翔府·寶雞縣》引《録異傳》。

〔三〕聞鬼相與言　舊本作「聞鬼語樹神曰」，與《天中記》同。此爲《録異傳》中文字，見《史記·秦本紀正義》及《寰宇記》引《録異傳》，「聞」下有「有」字。《列異傳》則作「聞鬼相與言曰」。

〔四〕勞乎攻戰　《水經注》引《列異傳》作「勞攻戰乎」。

〔五〕何足爲勞　《水經注》引《列異傳》作「足爲勞矣」。

〔六〕秦公其如予何　《御覽》影印宋本「予」訛作「子」，據《四庫全書》本、鮑崇城校刊本及《天中記》改。《水經注》引《列異傳》作「其如我何」。

〔七〕赭衣灰坌子如之何　《水經注》引《列異傳》作「赤灰跋，于子何如」，「赤」下當脱「衣」字。坌，粘附之意，跋，潑也，義近。舊本作「秦若使三百人被髮，以朱絲繞樹，赭衣灰坌伐汝，汝得不困耶」，乃據《天中記》而又增「三百」二字。《史記・秦本紀正義》及《寰宇記》引《録異傳》，無「赭衣灰坌」，《天中記》綜合成文。舊本所增「三百」二字，乃據《玄中記》，《御覽》卷六八〇引云：「秦王使三百人被頭，以赤絲繞樹伐汝，得無敗乎？」（案：諸書引《玄中記》此事者頗多，詳《古小説鉤沈》。）

〔八〕默然無言卧者以告　舊本作「神寂無言，明日，病人語所聞」，乃據《天中記》，係《録異傳》文字。

〔九〕於是令工皆衣赭隨斫創坌以灰　《水經注》引《列異傳》作「令士皆赤衣，隨所斫，以灰跋」。

〔一〇〕化爲牛　舊本作「中有一青牛出，走入豐水中。其後青牛出豐水中」，全同《天中記》，實是《録異傳》文字。

〔一一〕或墮於地　舊本作「有騎墮地復上」，全同《天中記》，實是《録異傳》文字。

〔一二〕使先驅　據《北堂書鈔》卷一三〇、《後漢書・光武帝紀》注、《御覽》卷三四一引《列異傳》（《御覽》訛作《列仙傳》）補。案：《玄中記》、《録異傳》無此三字。

206 白頭老公

桂陽太守江夏張遼〔一〕，字叔高〔二〕，居鄢陵〔三〕。田中有大樹，十餘圍，蓋六畝，枝葉扶疎，蟠地不生穀草〔四〕。遣客斫之，斧數下，樹大血出〔五〕。客驚怖，歸白叔高。叔高怒曰：「老樹汁赤，此何得怪〔六〕！」因自斫之，血大流出。叔高更斫枝，有一空處，白頭老公長四五尺，突出趁叔高。叔高以刀逆斫，殺之，四五老公並死〔七〕。左右皆驚怖伏地，叔高神慮恬然如舊。諸人徐視，似人非人，似獸非獸。此所謂木石之怪夔蝄蜽者乎？其伐樹年中，叔高作辟司空侍御史、兗州刺史〔八〕。

本條《法苑珠林》卷三一引，出《搜神記》，又《太平廣記》卷三五九引《法苑珠林》。事出《風俗通義·怪神篇》，又載《列異傳》（《太平御覽》卷八八六引）。今據《珠林》，參酌他書校輯。

〔一〕桂陽太守江夏張遼　《珠林》各本作「張遺」，《廣記》同，《四庫全書》本（卷四二）作「張遼」，與《風俗通義》同，據改。舊本前加「魏」字，大謬。應劭東漢人，焉得記魏事？疑誤爲魏將張遼，魏張遼字文遠，雁門馬邑人，見《三國志》卷一七《魏書·張遼傳》。

〔二〕叔高　《珠林》各本作「昇高」，據《四庫全書》本、《廣記》、《風俗通義》、《列異傳》改，下同。

〔三〕居鄢陵　《風俗通義》作「去鄢令」，即罷去鄢陵縣令。舊本下有「家居買田」四字，乃據《風俗通義》妄增。

〔四〕蓋六畝枝葉扶疎蟠地不生穀草　舊本作「枝葉扶疏，蓋地數畝，不生穀」，乃據《風俗通義》。

〔五〕樹大血出　舊本作「有赤汁六七斗出」，乃據《太平廣記》卷四一五引《風俗通》。

〔六〕老樹汁赤此何得怪　《珠林》《大正新脩大藏經》本「得」作「等」，《廣記》引《珠林》作「老樹汗出，此等何怪」，《風俗通義》作「老樹汁出，此何等血」，《廣記》引《風俗通》作「樹老赤汁，有何等血」。舊本乃作「樹老汁赤，如何得怪」。

〔七〕「因自斫之」至「四五老公並死」　舊本作「因自嚴行，復斫之，血大流灑。叔高使先斫其枝，上有一空處，見白頭公，可長四五尺，突出，往赴叔高。高以刀逆格之，如此凡殺四五頭，並死」，乃據《風俗通義》增補。

〔八〕叔高作辟司空侍御史兗州刺史　「侍御史」，《珠林》各本原作「御史」，《廣記》引同。《四庫全書》本作「應司空辟侍御史、兗州刺史」，《風俗通義》作「其年司空辟侍御史，後爲兗州刺史」，乃爲侍御史。案：據《後漢書·百官志一·司空》注、《百官志三·御史中丞》及注，漢成帝綏和元年罷御史大夫，法周制，初置司空，領御史中丞一人，治書侍御史二人，侍御史六人。到獻帝建安十三年又罷司空，置御史大夫，不領中丞及侍御史，只置長史一人。是則作「侍御史」是，據《四庫全書》本及《風俗通義》改。又案：舊本此下云：「以二千石之尊，過鄉里，薦祝祖考，白日繡衣榮羨，竟無他怪。」乃據《風俗通義》及《廣記》引文濫增。

207 池陽小人

王莽建國三年〔一〕，池陽有小人景〔二〕，長一尺餘，或乘車〔三〕，或步行，操持萬物，大小各自稱〔四〕，三日止〔五〕。

《管子》曰：「涸澤數百歲，谷之不徙，水之不絶者〔六〕，生慶忌。慶忌者，其狀若人，長四寸，衣黄衣，冠黄冠〔七〕，戴黄蓋，乘小馬，好疾馳〔八〕。以其名呼之，可使千里外一日反報〔九〕。」然池陽之景者，或慶忌也乎？又曰：「涸川之精生蟡〔一〇〕，蟡者一頭而兩身，其狀若蛇，長八尺。以其名呼之，可使取魚鼈。」

本條《法苑珠林》卷五、《天中記》卷九引，出《搜神記》，今據《珠林》輯，校以《漢書·王莽傳中》、《管子·水地篇》。案：《珠林》分作三條，末注：「右三事見《搜神記》。」《大正新脩大藏經》本分作二條，末注作「二事」。嘉靖伯玉翁舊鈔本《類説》卷三七《法苑珠林》亦分爲二條，注「出《搜神記》」（案：天啓刊本卷四三《法苑珠林》無此條）。然三事文字相連屬，原應爲一條。

〔一〕王莽建國三年　《珠林》、《天中記》「三」作「四」。案：此事原載《漢書》，繫在始建國三年。《太平廣記》卷一三九引《廣古今五行記》亦載，蓋本本書。《廣記》作「三年」。據改。舊本作「四年」。

〔二〕小人景　《廣古今五行記》無「景」字，當脱。

〔三〕或乘車　《漢書》作「或乘車馬」，《廣古今五行記》作「或乘馬」。

〔四〕大小各自稱　《漢書》作「小大各相稱」，注：「車馬及物皆稱其人之形。」《廣古今五行記》作「小人皆自相稱」，「人」乃「大」字之訛。

〔五〕三日止　舊本此下據《廣古今五行記》濫補「莽甚惡之。自後盜賊日甚，莽竟被殺」十四字。

〔六〕谷之不徙水之不絶者　《珠林》宣統本、徑山寺本（卷八）、《法苑珠林校注》本原作「谷之下水不絶者」，《大正藏》本同，惟「下」作「不」，皆文有脱訛。《四庫全書》本乃作「谷不徙水不絶者」。今據《管子》改。案：《白澤圖》所載，慶忌乃故水石精。《珠林》卷四五引曰：「故水石者精名慶忌，狀如人，乘車，蓋一日馳千里。以其名呼之，則可使入水取魚。」

〔七〕衣黄衣冠黄冠　《珠林》作「衣黄冠」，有脱文，據《管子》補。

〔八〕好疾馳　《珠林》「馳」作「遊」，據《管子》改。

〔九〕一日反報　《珠林》「日」字訛作「名」，據《管子》改。《類説》舊鈔本作「夕」。

〔一〇〕涸川之精生蝺　《珠林》原作「涸小水精生蚳」，舊本同。《類説》舊鈔本作「涸水生蚿」。《管子》作「涸川之精者生於蝺」。案：《玉篇》卷二五「虫」部：「蝺，於爲切，似蛇，又音詭。」《集韻》「紙」韻：「蝺，涸水之精曰蝺。」皆本《管子》而作「蝺」，是知「蚳」、「蚿」皆訛。蚳，蟻卵也。《爾雅·釋蟲》：「蚍蜉……其子蚳。」郭璞注：「蚳，蟻卵。」《説文》「虫」部：「蚳，螘子也。」

蚿，《廣韵》「先」韵：「馬蚿蟲，一名百足。」今據《管子》改。

208 傒囊

諸葛恪爲丹陽太守〔一〕，出獵。兩山之間，有物如小兒，伸手欲引人。恪令伸之，仍引去故地，去故地即死。既而參佐問其故，以爲神明。恪曰：「此事在《白澤圖》内，曰：『兩山之間，其精如小兒，見人則伸手欲引人，名曰傒囊〔二〕，引去故地則死。』無謂神明而異之，諸君偶未之見耳。」衆咸服其博識。

本條《法苑珠林》卷六四、《太平御覽》卷八八六、《太平廣記》卷三五九、《太平寰宇記》卷八九《潤州·丹徒縣》、《天中記》卷二五、《琅邪代醉編》卷二四、《稗史彙編》卷三三並引，出《搜神記》。今據《廣記》，參酌他書校輯。

〔一〕諸葛恪爲丹陽太守　《寰宇記》「太守」作「尹」。案：丹陽又作丹楊，《三國志·吴書·諸葛恪傳》：「權（孫權）拜恪撫越將軍，領丹楊太守。」作「丹陽尹」誤。據《晉書·地理志下》，吴、西晉丹楊皆爲郡，長官則爲太守，元帝渡江，建都揚州，改丹楊太守爲尹。

〔二〕傒囊　《珠林》諸本、《廣記》作「俟」，疑有脱訛，此從《珠林》《四庫全書》本（卷八〇）及《御覽》、《天中記》。《寰宇記》作「傒囊」，《琅邪代醉編》作「傒」，《稗史彙編》作「俟」。

209

治鳥

越地深山中有鳥，大如鳩，青色，名曰治鳥〔一〕。穿大樹作巢，如五六升器，户口徑數寸，周飾以土堊，赤白相分，狀如射侯。伐木者見此樹，即避之去。或夜冥，人不見鳥〔二〕，鳥亦知人不見己也，便鳴唤曰：「咄！咄！上去！」明日便宜急上去〔三〕。曰：「咄！咄！下去！」明日便宜急下去。若不使去，但言笑而不已者〔四〕，人可止伐也。若有穢惡及犯其所止者，則有虎通夕來守，人不去，便傷害人〔五〕。此鳥白日見其形，是鳥也；夜聽其鳴，亦鳥也。時有觀樂者，便作人形，長三尺。至澗中取石蟹，就人火炙之，人不可犯也。越人謂此鳥是越祝之祖也〔六〕。

本條《法苑珠林》卷六、《太平御覽》卷九二七、《本草綱目》卷四九引，出《搜神記》（《本草綱目》有干寶名）。又《本草綱目》卷五一下云：「《搜神記》之治鳥。」今以《珠林》、《御覽》互校酌定，校以《本草綱目》及《博物志》卷三《異鳥》。

〔一〕治鳥　《博物志》作「治鳥」。明姚旅《露書》卷二《異鳥》云：「治鳥者，木客之類。鳥形而人語，時作人形，高三尺，入澗取蟹，就人火炙食之。今《博物志》、《搜神記》并作『治鳥』。恐久而眩人，聊記以正之。」案：舊本作「治鳥」，姚旅所言《搜神記》，即通行二十卷本。然「治」、

「冶」之義均不詳爲何，難以斷其正誤。

〔二〕人不見鳥　「人」字據《博物志》補。

〔三〕明日便宜急上去　「宜」字據《珠林》《四庫全書》本（卷一一）、《法苑珠林校注》本及《御覽》鮑崇城校刊本補。《博物志》作「明日便宜急上樹去」。

〔四〕但言笑而不已者　「不」字據《珠林》《四庫全書》本及《博物志》補。

〔五〕「若有」至「便傷害人」　《本草綱目》作「犯之則能役虎害人，燒人廬舍」，當爲後人增飾之辭。

〔六〕越人謂此鳥是越祝之祖也　《本草綱目》作「山人謂之越祀之祖」，非原文。

搜神記輯校卷一七

變化篇之二

210 落頭民

秦時，南方有落頭民〔一〕，其頭能飛。其種人部有祭祀〔二〕，號曰「蟲落〔三〕」，故因取名焉。吴時，將軍朱桓得一婢，每夜臥後，頭輒飛去，或從狗竇，或從天窗中出入，以耳爲翼。將曉復還，數數如此。傍人怪之，夜中照視，唯有身無頭，其體微冷，氣息裁屬，乃蒙之以被。至曉頭還，礙被不得安，兩三度墮地，噫吒甚愁。而其體氣急，狀若將死。乃去被，頭復起傅頸，有頃平和，復瞑如常人〔四〕。桓以爲巨怪，畏不敢畜，乃放遣之。既而詳之，乃知天性也〔五〕。時南征大將亦往往得之，又嘗有覆以銅盤者，頭不得進，遂死。

本條《藝文類聚》卷一七、《法苑珠林》卷三二、《太平御覽》卷三六四、卷八八八、《本草綱目》卷五二、《天中記》卷二二並引，出《搜神記》，《酉陽雜俎》前集卷四引作于氏《志怪》。「于」當爲「干」字之訛，《志怪》當指《搜神記》，泛言志怪之書。汪紹楹以爲「《志怪》或亦本書篇名之一」。案南朝以《志怪》名書者極多，所記皆種種怪異之事，非有專類，以爲篇名似非。事又載《博物志》卷三《異蟲》。今據《珠林》，參酌他書校輯。

〔一〕落頭民　《珠林》宣統本、徑山寺本、《大正新脩大藏經》本、《法苑珠林校注》作「落民」，《類聚》、《酉陽雜俎》同。《四庫全書》本（卷四三）、《御覽》、《天中記》作「落頭民」，今從之。《博物志》作「落頭蟲」。

〔二〕其種人部有祭祀　《博物志》作「其種人常有所祭祀」。

〔三〕蟲落　《御覽》影印宋本卷八八八訛作「蟲落」，《四庫全書》本作「蟲落」。

〔四〕復瞑如常人　此句據《類聚》補。

〔五〕乃知天性也　《珠林》宣統本、《校注》本「天性」作「大怪」，《大正藏》本作「天怪」，徑山寺本、《四庫全書》本作「天性」。《御覽》影印宋本、鮑崇城校刊本卷八八八作「天怪」，《四庫全書》本作「天性」。「天性」義勝，今從之。

211 刀勞鬼

臨川閒諸山縣有妖魅〔一〕，來常因大風雨，有聲如嘯，能射人，其所著者如蹄，有頃頭腫大〔二〕。毒有雌雄，雄急雌緩，急者不過半日，緩者不延經宿〔三〕。其方人，常有以求之〔四〕，求之少晚則死〔五〕。俗求之〔六〕，名曰「刀勞鬼」。

故外書云：「鬼神者，其禍福發揚之驗於世者也。」《老子》曰：「昔之得一者，天得一以清；地得一以寧；神得一以靈；谷得一以盈〔七〕；侯王得一，以爲天下貞。」然則天地鬼神，與我並生者也。氣分則性異，域立則形殊〔八〕，莫能相兼也。生者主陽，死者主陰。性之所託，各安其方。太陰之中，怪物存焉。

本條《法苑珠林》卷六、《太平御覽》卷八八四引，出《搜神記》，據《珠林》、《御覽》互校酌定。

〔一〕臨川閒諸山縣有妖魅　《御覽》作「臨川閒諸山有妖物」，舊本同。

〔二〕其所著者如蹄有頃頭腫大　《珠林》宣統本、《大正新脩大藏經》本、徑山寺本（卷一〇）、《法苑珠林校注》本作「其所著者如蹄，頭腫大」，《四庫全書》本作「其所著者，有頃便腫大」，《御覽》同，舊本從之。今據宣統本等，復補「有頃」二字。

〔三〕急者不過半日緩者不延經宿　《御覽》作「急者不過半日閒，緩者經宿」，舊本同。

〔四〕其方人常有以求之　《珠林》宣統本、徑山寺本、《大正藏》本、《校注》本原作「其有旁人，常以救之」，《四庫全書》本作「其旁人常有以救之」，《四庫全書》本《御覽》亦同，舊本從之。影印宋本及鮑崇城校刊本乃作「其方人常有以求之」，今從。作「旁」作「救」皆訛。

〔五〕求之少晚則死　此據《御覽》影印宋本及鮑崇城校刊本。《珠林》作「救之小免則死」，「救」、「免」皆訛。《四庫全書》本《珠林》及《御覽》「少晚」皆作「少遲」，舊本同。

〔六〕俗求之　據《御覽》鮑崇城校刊本補「求之」二字。

〔七〕谷得一以盈　《老子》原文此句之下有「萬物得一以生」一句。

〔八〕域立則形殊　《珠林》《四庫全書》本「立」作「别」，舊本同。

212　蜮

漢中平年内〔一〕，有物處于江水，其名曰蜮，一曰短狐。能含沙射人，所中者則身體筋急，頭痛發熱，劇者至死。江人以術方抑之，則得沙石於肉中。《詩》所謂「爲鬼爲蜮，則不可得」也〔二〕。今俗謂之谿毒。先儒以爲南方男女同川而浴，亂氣之所生也〔三〕。

本條《法苑珠林》卷六三、《文選》卷二八鮑照《苦熱行》注、《太平御覽》卷七四引，出《搜神記》（《文選》注作干寶《搜神記》，《唐鈔文選集注彙存》卷五六引李善注「干」訛作「于」），又《太平廣記》卷四七八引《感應經》引云「《搜神記》及《洪範五行傳》曰」。今據《珠林》輯。

〔一〕漢中平年内　舊本「中平」前妄加「光武」二字。中平乃東漢靈帝年號。

〔二〕則不可得也　舊本「得」訛作「測」。案：《詩經·小雅·何人斯》：「爲鬼爲蜮，則不可得。」鄭玄箋：「使女爲鬼爲蜮也，則女誠不可得見也。」

〔三〕先儒以爲南方男女同川而浴亂氣之所生也　《珠林》宣統本、徑山寺本等「亂」作「濕」，《大正新偹大藏經》本作「塗」，《法苑珠林校注》本作「淫」。案：《漢書·五行志下之上》：「劉向以爲蜮生南越，越地多婦人，男女同川，淫女爲主，亂氣所生，故聖人名之曰蜮。蜮猶惑也，在水旁，能射人，射人有處，甚者至死。南方謂之短狐。」《感應經》引《洪範五行傳》（案：劉向撰）：「蜮者，淫女惑亂之氣所生。」先儒者即指劉向，然則「濕」、「塗」、「淫」當爲「亂」之訛，據改。舊本「同川而浴」下據《漢志》增「淫女爲主」四字。

213 鬼彈

漢時，永昌郡不韋縣有禁水〔一〕，水有毒氣，唯十一月、十二月可渡涉〔二〕，自正月至十月不可渡，渡輒得病殺人。其氣中有惡物，不見其形，其作有聲〔三〕，如有所投擊。中木則折〔四〕，中人則害〔五〕，土俗號爲「鬼彈」。故郡有罪人，徙之禁旁，不過十日皆死也〔六〕。

本條《法苑珠林》卷六三、《太平御覽》卷八八四、《天中記》卷九引，出《搜神記》。《天中記》所引，實據《水經注》卷三六《若水》。今參酌《珠林》、《御覽》校輯，校以《水經注》。

〔一〕永昌郡不韋縣有禁水　舊本「韋」訛作「違」。案：《漢書·地理志上》載，益州郡有不韋縣。《後漢書·郡國志五》載，益州永昌郡有不韋縣。注引《華陽國志》曰：「孝武置不韋縣，徙南越相呂嘉子孫宗族居之，因名不韋，以章其先人之惡。」不韋即呂不韋。

〔二〕唯十一月十二月可渡涉　舊本據《水經注》，「可」上增「差」字。

〔三〕其作有聲　「作」字《珠林》訛作「似」，舊本承其誤。據《水經注》、《天中記》改。《御覽》作「作聲」。

〔四〕中木則折　《珠林》前有「内」字，舊本同。據《御覽》、《水經注》删。

〔五〕中人則害　《御覽》卷八八四引《南中八部志》作「中人則奄然青爛」。

〔六〕故郡有罪人徙之禁旁不過十日皆死也　此數語見於《水經注》、《天中記》。案：《水經注》所載當本《搜神記》，疑原應有此，姑據補。「旁」《天中記》訛作「防」。武英殿聚珍版《水經注》「防」作「旁」，戴震校語云：「案近刻訛作防。」《天中記》亦沿訛未改。舊本輯此條，所據爲《珠林》，然未有此數語，蓋據《天中記》補綴，亦訛作「防」。

214 犬蠱

蠱有怪物，若鬼。其妖形變化，雜類殊種，或爲狗豕，或爲蟲蛇。其人皆自知其形狀，常行之於百姓，所中皆死〔一〕。鄱陽趙壽有犬蠱，有陳岑詣壽，忽有大黄犬六七，羣出吠岑。後余伯婦與壽婦食，吐血幾死，屑桔梗以飲之，乃愈〔二〕。

本條《太平御覽》卷七三五、卷七四二、卷九〇五、卷九九三引，並出《搜神記》。《隋書·地理志下》云：「新安、永嘉、建安、遂安、鄱陽、九江、臨川、廬陵、南康、宜春……此數郡往往畜蠱，而宜春偏甚。其法以五月五日聚百種蟲，大者至蛇，小者至蝨，合置器中，令自相啖，餘一種蟲者留之，蛇則曰蛇蠱，蝨則曰蝨蠱，行以殺人。因食入人腹内，食其五藏，死則其産移入蠱主之家。三年不殺他人，則蓄畜者自踵其弊。累世子孫相傳不絶，亦有隨女子嫁焉。干寶謂之爲鬼，其實非也。」所云干寶謂之爲鬼，當指此條。今據《御覽》卷七四二、卷九九三校輯。

〔一〕「蠱有怪物若鬼」至「所中皆死」　據《御覽》卷七四二輯。

〔二〕「鄱陽趙壽有犬蠱」至「乃愈」　據《御覽》卷九九三輯。案：趙壽犬蠱事，舊本置於「蠱有怪物若鬼」之前。

215 張小

余外姊夫蔣士先〔一〕，得疾下血。醫言中蠱，家人乃密以蘘荷置其席下〔二〕，不使知。忽大笑曰〔三〕：「蠱食我者，張小也〔四〕。」乃收小，小走〔五〕。自此解蠱藥多用之〔六〕，往往驗。《周禮》庶氏以嘉草除蠱毒，其蘘荷乎〔七〕？

本條《齊民要術》卷三、《玉燭寶典》卷一一、《太平御覽》卷九八〇、《重修政和證類本草》卷二八《圖經》、《通志略·昆蟲草木略一·蔬類》、《增廣註釋音辯唐柳先生集》卷四三《種白蘘荷》註、《離騷草木疏》卷二、《普濟方》卷二五二、《本草綱目》卷一五、《天中記》卷四六、《正楊》卷四、《三才圖會·草木》卷一〇並引，《玉燭寶典》作「干寶云」，《政和本草》、《唐柳先生集》註、《離騷草木疏》、《本草綱目》、《正楊》、《三才圖會》作干寶《搜神記》，餘作《搜神記》。今據《政和本草》，參酌諸書校輯。

〔一〕余外姊夫蔣士先　《御覽》作「余外婦姊夫蔣士有傭客」，《天中記》作「蔣士有傭客」。案：《玉燭寶典》、《本草綱目》、《三才圖會》亦作「外姊夫蔣士先」，「婦」字當衍而脱「先」字。《政和本草》卷二八《圖經》引《荆楚歲時記》佚文云「蔣士先得疾下血」，亦無「有傭客」三字。舊本據《御覽》輯，誤。

〔二〕家人乃密以蘘荷置其席下　《御覽》、《天中記》「蘘荷」作「蘘荷根」，舊本同。《玉燭寶典》、《離騷草木疏》、《本草綱目》、《正楊》、《三才圖會》、《普濟方》則作「蘘荷」。案：《荆楚歲時記》佚文云「蜜(密)以根布席下」，孫思邈《千金翼方》卷一九《雜病中》：「白蘘荷根，主諸惡瘡，殺蠱毒。」然《醫心方》卷一八《治蠱毒方》引《葛氏方》云：「蘘荷葉密著病人卧席下，亦即呼蠱主姓名。」《政和本草》引陶隱居云：「中蠱者服其汁，并卧其葉，即呼蠱主姓名。」又引《梅師方》：「治卒中蠱毒，下血如雞肝，晝夜不絶，藏腑敗壞待死。葉密安病人席下，亦自説之，勿令病人知覺，令病者自呼蠱姓名。」然則蘘荷根葉均可治蠱。

〔三〕忽大笑曰　《御覽》、《天中記》作「乃狂言曰」，舊本同。

〔四〕蠱食我者張小也　《政和本草》作「蠱我者張小也」，《御覽》影印宋本及《天中記》作「食我蠱者乃張小人也」，《御覽》《四庫全書》本作「蠱我者張小小也」。今從《玉燭寶典》及《政和本草》。舊本作「食我蠱者乃張小小也」。案：《御覽》卷七四二引《續搜神記》：「剡縣有一家事蠱，人噉其食飲，無不吐血死。」蠱毒投於食物中，誤食者中蠱。「食我蠱」、「蠱食我」意同，皆謂以蠱毒投我食中，令我食而中蠱也。

〔五〕乃收小小走　《政和本草》同。《御覽》、《天中記》作「乃呼小，小亡去」。舊本據此，而訛「去」作「云」。

〔六〕自此解蠱藥多用之　《御覽》、《天中記》作「今世攻蠱，多用蘘荷根」，舊本同。

〔七〕周禮庶氏以嘉草除蠱毒其蘘荷乎　《政和本草》原作「《周禮》庶氏以嘉草除蠱毒，宗懍以爲嘉草即蘘荷，是也」。《通志略》云：「《周禮》庶掌除蠱毒，以嘉草攻之。宗懔謂嘉草即此也。」《本草綱目》作「《周禮》庶氏以嘉草除蠱毒，宗懔謂嘉草即蘘荷也」。蓋本《政和本草》。案：宗懍當作宗懔，梁人，撰《荆楚歲時記》，隋杜公瞻注。《荆楚歲時記》今本不全，原書有治蠱之事，《圖經》引宗懍（懔）《荆楚歲時記》曰：「仲冬以鹽藏蘘荷，以備冬儲，又以防蠱。」杜注當引《搜神記》本條以爲佐證。「宗懍以爲嘉草即蘘荷，是也」乃《圖經》檃括杜注（誤爲宗懔語）之語。《玉燭寶典》作「《周禮》治毒周（當爲用字之訛）嘉草，其蘘荷乎」，據補「其蘘荷乎」四字。《御覽》、《天中記》作「蘘荷或謂嘉草」，乃檃括語，舊本與之同。

216 霹靂

扶風楊道和，夏末於田内穫，值天雷雨，止桑樹下。霹靂下擊之，道和以鋤格之，折其左肱〔一〕，遂落地，不得去。脣如丹〔二〕，目如鏡，毛如牛角〔三〕，長三尺餘〔四〕，狀如六畜，頭似獼猴。

本條《北堂書鈔》卷一五二，《開元占經》卷一〇二，敦煌寫本伯三六三六號類書殘卷（《敦煌寶藏》），《太平廣記》卷三九三，《太平御覽》卷一三、卷七六四，《古今事文類聚》前集卷四，《古今合璧事類備要》前集卷三，《天中記》卷二並引，出《搜神記》。又《類説》卷七摘録《搜神記》、《説郛》卷四摘録干寶《搜神記》亦有此條。《稗史彙編》卷四亦引，無出處。今據《書鈔》，參酌諸書校輯。

〔一〕折其左肱　《書鈔》「肱」作「脇」，類書殘卷作「股」，《開元占經》《四庫全書》本作「股」，鈔本作「肱」。他書亦多作「肱」。《御覽》卷七六四「左」作「右」。

〔二〕脣如丹　《開元占經》作「赤如丹」，類書殘卷、《御覽》兩引、《類説》、《古今合璧事類備要》、《天中記》作「色如丹」，《説郛》、《古今事文類聚》、《稗史彙編》作「色丹」，脱「如」字。

〔三〕毛如牛角　《書鈔》、《開元占經》「毛」作「手」，據類書殘卷、《御覽》卷一三等改。

〔四〕長三尺餘　舊本「尺」作「寸」，誤。諸書所引皆作「尺」。

217 大青小青

廬江晥、樅陽二縣境上〔一〕，有大青小青，里居〔二〕。山野之中，時聞有哭聲，多者至數十人，男女大小，如始喪者。隣人驚駭，至彼奔赴，常不見人。然於哭地必有死喪，率聲若多則爲大家，聲若小者則爲小家。

本條《法苑珠林》卷七引，出《搜神傳記》，據輯。

〔一〕廬江晥樅陽二縣境上　《珠林》「晥」作「晥」，《大正新脩大藏經》本作「腕」，校云一本作「晥」，一本作「晥」。舊本作「晥」。案：《漢書·地理志上》，廬江郡屬縣有樅陽、晥。「晥」，《後漢書·郡國志四》作「晥」。「晥」、「晥」通「皖」。據改。

〔二〕里居　《珠林》「里」作「黑」。舊本同。案：《珠林》卷五六引《搜神記》陰生事，其「旋復見黑」一句，「黑」乃「里」之訛，此當與之同，今改作「里」。里居者，言其居於鄉里，故下文有隣人之謂也。

218

猳國

蜀中西南高山之上有物，與猴相類，長七尺，能作人行，善走逐人，名曰猳國，一名馬化，或曰玃猨〔一〕。伺道行婦女年少者〔二〕，輒盜取將去，人不得知。若有行人經過其旁，皆以長繩相引，猶故不免。此物能別男女氣臭，故取女，男不取也〔三〕。若取得人女，則爲家室。其無子者，終身不得還，十年之後，形皆類之，意亦迷惑，不復思歸。若有子者，輒抱送還其家，産子皆如人形。有不養者，其母輒死，故懼怕之，無敢不養。及長，與人不異。皆以楊爲姓，故今蜀中西南多姓楊〔四〕，率皆是猳國馬化之子孫也。

本條《法苑珠林》卷六、《太平廣記》卷四四四、《太平御覽》卷四九〇、《稗史彙編》卷一五八並引，出《搜神記》。原載《博物志》卷三《異獸》。今據《廣記》，參酌他書校輯。

〔一〕玃猨　《廣記》、《御覽》、《稗史彙編》作「玃」，《珠林》作「玃猨」，從改。《博物志》作「猳玃」。

〔二〕伺道行婦女年少者　《珠林》各本作「伺道行婦女有長者」，《四庫全書》本（卷一一）「長」作「美」，《御覽》作「伺行道人有後者」，《博物志》作「伺行道婦女有好者」。舊本同《四庫全書》本《珠林》。

〔三〕男不取也　諸引「取」皆作「知」，案：《御覽》卷九一〇引《博物志》作「不取男」，於義爲勝，據改。舊本亦改作「取」。

〔四〕姓楊　《珠林》「姓」作「諸」，舊本同。《廣記》孫潛校本亦作「諸」。《博物志》作「謂」。

219 秦瞻

秦瞻居曲阿彭皇野〔一〕，忽有物如蛇，突入其腦中。蛇來，先聞臭死氣，便於鼻中入，盤其頭中，覺泓泓冷〔二〕。聞其腦間，食聲咂咂，數日而出去。尋復來，取手巾急縛口鼻，亦被入〔三〕。積年無他病，唯患頭重。

本條《太平御覽》卷九三四引，出《搜神記》，據輯。《太平廣記》卷四五七引《廣古今五行記》亦載，當採本書。

〔一〕彭皇野　《御覽》《四庫全書》本「皇」作「王」，《廣古今五行記》作「星」。

〔二〕泓泓冷　《御覽》《四庫全書》本訛作「哄哄僅」，舊本同。

〔三〕亦被入　《廣古今五行記》作「故不得入」。

220 李寄

東越閩中有庸嶺，高數十里。其下北隙中有大蛇〔一〕，長七八丈，圍一丈〔二〕。土俗常病〔三〕，東治都尉及屬城長吏多有死者〔四〕。祭以牛羊，故不得福〔五〕。或與人夢，或下喻巫祝，欲得啖童女年十二三者。都尉令長並共患之，然氣厲不息。共請求人家生婢子，兼有罪家女養之，至八月朝，祭送蛇穴口。蛇輒夜出，吞嚙之。累年如此，前後已用九女。一歲，將祀之〔六〕，復預募索，未得其女。將樂縣李誕家有六女，無男，其小女名寄〔七〕，應募欲行，父母不聽。寄曰：「父母無相〔八〕，唯生六女，無有一男，雖有如無。女無緹縈濟父母之功，既不能供養，徒費衣食。生無所益，不如早死。賣寄之身，可得少錢，以供父母，豈不善耶？」父母慈憐，終不聽去。寄自潛嚴〔九〕，不可禁止。寄乃行告貴〔一〇〕，請好劍及咋蛇犬。至八月朝，便詣廟中坐，懷劍將犬。先作數石米餈〔一一〕，疾資切。用蜜灌之〔一二〕，以置穴口。蛇夜便出，頭大如囷，目如二尺鏡〔一三〕。聞餈香氣，先啖食之。寄便放犬，犬就嚙咋，寄從後斫，得數創。創痛急，蛇因踴出，至庭而死。寄入視穴，得其九女髑髏，悉舉出，咤言曰：「汝曹怯弱，爲蛇所食，甚可哀愍。」於是寄女緩步而歸。越王聞之〔一四〕，聘寄女爲后，拜其父爲將樂令，母及姊皆有賜賞。自是東冶無復妖邪之物。其歌謠至今存焉。

本條《北堂書鈔》卷一二二，《藝文類聚》卷九四，《法苑珠林》卷三一，《太平御覽》卷三四四、卷四三七、卷四四一、卷九〇五並引，出《搜神記》（《御覽》卷四三七、卷四四一作干寶《搜神記》）。《天中記》卷五六引作《搜神記》、《坤元録》。《坤元録》即《括地志》，唐魏王李泰等撰，其書亦載此事，當據本書，見《太平寰宇記》卷一〇一《邵武軍·邵武縣》、《太平御覽》卷四七引。《輿地紀勝》卷一三四《邵武軍·景物下》亦據《寰宇記》轉引。又《太平廣記》卷二七〇、《榕陰新檢》卷一〇引《法苑珠林》。《青瑣高議》前集卷三有《李誕女》，殆本《廣記》。

今據《珠林》，參酌諸書校輯。

〔一〕其下北隙中有大蛇　「隙」，《珠林》《大正新脩大藏經》本，《書鈔》，《類聚》，《御覽》卷三四四、卷四三七、卷九〇五，《御覽》卷四七與《寰宇記》引李泰《坤元録》，《廣記》，《青瑣高議》，《天中記》俱作「隰」，《御覽》卷四四一作「濕」。案：隰爲下濕之地，當以「隙」爲是。《珠林》《四庫全書》本（卷四二）「下」作「西」。舊本作「西北隰」。

〔二〕圍一丈　《書鈔》，《類聚》，《御覽》卷三四四、卷四三七、卷九〇五，《天中記》俱作「大十餘圍」，舊本同，《御覽》卷四四一作「大十圍」。

〔三〕土俗常病　《珠林》「病」作「懼」，舊本同，今從《書鈔》、《類聚》、《御覽》卷四四一。

〔四〕東冶都尉及屬城長吏多有死者　「東冶」，《珠林》宣統本、徑山寺本、《法苑珠林校注》本及《御覽》卷四四一作「治」；《四庫全書》本、《大正藏》本作「東治」，舊本同。案：《史記》卷一一四《東越列傳》載：漢擊項籍，原閩越王騶無諸、越東海王騶摇，率越人佐漢。高祖五年，復立無諸爲閩越王，王閩中故地，都東冶。據改。

〔五〕故不得福　舊本「福」作「禍」。案：《珠林》各本及《御覽》卷四四一皆作「福」，蓋以牛羊不稱意，故不肯賜福也。舊本改作「禍」，是不明文意，頗謬。

〔六〕一歲將祀之　《珠林》各本及《御覽》卷四四一皆作「爾時」，舊本同，今從《廣記》、《青瑣高議》。

〔七〕其小女名寄　《坤元録》、《天中記》「寄」訛作「奇」。

〔八〕父母無相　《廣記》作「無相留」，《青瑣高議》、《榕陰新檢》作「毋相留」，《御覽》卷四四一則作「父母無相」。案：相，命相。

〔九〕嚴　《珠林》《大正藏》本及《四庫全書》本作「行」，舊本同。《御覽》卷四四一作「發」。案：嚴，裝束，整飭。《校注》據《高麗藏》本改「嚴」爲「行」，蓋不明「嚴」義。

〔一〇〕寄乃行告貴　《珠林》《大正藏》本作「乃往告貴」，《廣記》及《御覽》卷四四一作「寄乃行」，舊本作「寄乃告」。

〔二〕先作數石米瓮　《書鈔》、《類聚》、《御覽》卷三四四、卷四三七、《天中記》「石」作「斛」。

〔三〕用蜜灌之　《珠林》原作「蜜麨灌之」，《廣記》、《青瑣高議》、《榕陰新檢》無「灌之」二字，《榕陰新檢》「麨」作「麵」。《類聚》、《御覽》卷四三七作「蜜灌之」。今從《書鈔》、《御覽》卷四四一、《寰宇記》引《坤元録》、《天中記》（《書鈔》訛作「密」）。舊本作「用蜜麨灌之」。

〔三〕目如二尺鏡　《御覽》卷四四一「二」作「三」。

〔四〕越王聞之　《御覽》卷九〇五、《天中記》「聞」作「奇」。

221 司徒府二蛇

咸寧中〔一〕，魏舒爲司徒。府中有蛇二，其長十丈〔二〕，居廳事平橑之上〔三〕。止之數年，而人不知，但怪府中數失小兒及雞犬之屬。後一蛇夜出，經柱側，傷於刃，病不能登，於是覺之。發徒數百，共攻擊移時，然得殺之〔四〕。視所居，骨骼盈宇之間。於是毁府舍，更立之。

本條《太平廣記》卷四五六引，據輯，校以《宋書·五行志五》、《晉書·五行志下》。

〔一〕咸寧中　前原有「晉」字，今刪。

〔二〕府中有蛇二其長十丈　明鈔本「十」作「十餘」。舊本作「府中有二大蛇，長十許丈」，乃據《晉志》改。

〔三〕居廳事平橑之上　原作「屋廳事平脊之上」，明鈔本「屋」作「居」。據《宋志》、《晉志》改。《説文》「木」部：「橑，椽也。」

〔四〕然得殺之　明鈔本「然」作「乃」。舊本「得」改作「後」。江蘇廣陵古籍刻印社校訂重刊《筆記小説大觀》本《廣記》亦改作「後」。案：然，表示承接關係，於是、然後之謂也。改「得」爲「後」者，乃不明「然」義。

搜神記輯校卷一八

變化篇之三

222 五酉

孔子厄於陳，絃歌於館中。夜有一人，長九尺餘，著皂衣高冠，大叱，聲動左右。子貢進，問：「何人耶？」便提子貢而挾之。子路引出，與戰于庭，有頃未勝。孔子察之，見其甲車閒時時開如掌，孔子曰：「何不探其甲車，引而奮之〔一〕？」子路如之，没手仆於地，乃是大鯷魚也，長九尺餘。孔子歎曰：「此物也，何爲來哉？吾聞物老則羣精依之，因衰而至。此其來也，豈以吾遇厄絶糧，從者病乎？夫六畜之物及龜蛇魚鼈草木之屬，久者神皆依憑，能爲妖怪，故謂之五酉。五酉者，五行之方，皆有其物。酉者老也，故物老則爲怪矣。殺之則已，夫何患焉！或者天之未喪斯文，以是繫予之命乎？不然，何爲至於斯也？」絃歌不輟。子路烹之，其味滋，病者興。明日遂行。

本條《法苑珠林》卷三二、《太平御覽》卷八八六、《太平廣記》卷四六八、《孔子集語》卷下《孔子先》、《天中記》

卷五六、《駢志》卷一四、《古微書》卷二五《論語緯》按語並引，出《搜神記》。今據《珠林》，參酌《御覽》、《廣記》校輯。

〔一〕引而奮之　《天中記》「之」作「登」，舊本同。案：《古微書》亦作「登」，殆據胡刊本《搜神記》。

223 竹中長人

臨川陳臣家大富。永初元年，臣在齋中坐。其宅内有一町筋竹。白日忽見一人，長丈許，面如方相，從竹中出，逕語陳臣〔一〕：「我在家多年，汝不知。今去〔二〕，當令汝知之。」去一月許日，家大失火，奴婢頓死。一年中，便大貧。

本條《太平廣記》卷二九五引，出《搜神記》，據輯。

〔一〕逕語陳臣　明鈔本「逕」作「遥」。

〔二〕今去　舊本作「今辭汝去」。

224 張漢直

陳國張漢直至南陽，從京兆尹延叔堅學《左氏傳》。行後數月，鬼物持其妹，爲之揚言曰：「我病死，喪在陌上，常苦飢寒。操一二量不借〔一〕，掛屋後楮上。傅子方送我五百錢，在北牖下〔二〕，皆忘取之。又買李幼牛一頭，本券在書篋中。」往索〔三〕，悉如其言。婦尚不知有此。妹新歸寧〔四〕，非其所及。家人哀傷，益以爲審。父母兄弟，椎結迎喪〔五〕。去精舍數里〔六〕，遇漢直與諸生相隨〔七〕。漢直顧見家人，怪其如此。家見漢直，良以爲鬼也。惝怳有間〔八〕，漢直乃前，爲父説其本末如此〔九〕，得知妖物之爲。

本條《太平廣記》卷三一六引，談愷刻本注出《風俗通》，明鈔本作《搜神記》。案：《風俗通義》卷九《怪神篇》載之，殆爲本書所取。據《廣記》輯，校以《風俗通義》。

〔一〕操一二量不借　「一二」原作「三」，據《四庫全書》本改。《風俗通義》作「一量」。舊本「一三」改作「一二」。案：吴樹平《風俗通義校釋》：操，作也。量，即兩，一量即一雙。不借，麻鞋。《方言》云：「絲作之者謂之履，麻作之者謂之不借。」

〔二〕在北牖下　《風俗通義》「牖」作「墉」，舊本同。

〔三〕往索　舊本下多「取之」二字。

〔四〕妹新歸寧　《風俗通義》作「女新從聟家來」，舊本同。

〔五〕父母兄弟椎結迎喪　《風俗通義》作「父母諸弟，衰絰到來迎喪」，舊本同。

〔六〕去精舍數里　舊本脱「精」字。案：《風俗通義》亦有此字。

〔七〕與諸生相隨　《風俗通義》「諸生」下有「十餘人」三字，「隨」作「追」，舊本同。

〔八〕良以爲鬼也惝怳有間　《風俗通義》作「謂其鬼也，惝惘良久」，舊本同。

〔九〕漢直乃前爲父説其本末如此　《風俗通義》作「漢直乃前爲父拜，説其本末，且悲且喜。凡所聞見，若此非一」，舊本同。

225 虞國

餘姚虞國〔一〕，有好儀容。同縣蘇氏女，亦有美色，國嘗見，悦之。後見國來，主人留宿，中夜告蘇公曰：「賢女令色，意甚欽之，此夕寧能令暫出否？」主人以其鄉里貴人，便令女出從之。往來漸數，語蘇公：「無以相報，若有官事，其爲君任之〔二〕。」主人喜。自爾後，有役召事，往造國。國大驚曰：「都未嘗面命〔三〕，何由便爾？此必有異。」具説之，國曰〔四〕：「僕寧當請人之父而婬人之女〔五〕？君復見來〔六〕，便斫之。」後果得怪。

本條《太平廣記》卷三六〇引，談愷刻本、明鈔本、許自昌刻本、黄晟校刊本、《四庫全書》本注出《搜神記》，孫潛校本、陳鱣校本作《續搜神記》。今從談本等，據輯。

〔一〕餘姚虞國　「虞國」，原作「虞定國」。舊本同。案：晉虞預《會稽典録》（魯迅輯本）有虞國，字季鴻，後漢人，曾爲日南太守。卒官喪還，墓在餘姚。《水經注》卷二九《沔水》：「又東至會稽餘姚縣，東入于海。」注：「江水又經官倉，倉即日南太守虞國舊宅，號曰西虞，以其兄光居縣東故也。」汪紹楹以爲虞定國疑即虞國，「定」字誤衍，説是，今删正，下同。

〔二〕其爲君任之　明鈔本、舊本「其」作「某」。

〔三〕面命　汪紹楹校：「明鈔本《太平廣記》『面命』作『會面』。」孫校本無「命」字。

〔四〕國曰　《廣記》談本作「定公曰」，與上文稱謂不一，明鈔本、孫校本及《四庫全書》本作「定國」，今改。

〔五〕僕寧當請人之父而婬人之女　舊本「當」作「肯」。

〔六〕君復見來　舊本「君」作「若」。

226 度朔君

袁紹在冀州〔一〕，有神出河東，號「度朔君〔二〕」。百姓爲立廟，廟有主簿大福。陳留蔡庸爲清河太守，過謁廟。有子名道，亡已三十年。度朔君爲庸設酒，曰：「貴子昔來，欲相見。」須臾子來。度朔君自云父祖昔作〔三〕。兗州有人士蘇氏〔四〕，母病，往禱。主簿云：「君逢天士留待。」聞西北有鼓聲而君至。須臾一客來，着皂單衣〔五〕，頭上五色毛，長數寸，去〔六〕。復一人着白布單衣，高冠，冠似魚頭。謂君曰：「吾昔臨廬山，共食白李〔七〕，憶之未久，已三千歲。日月易得，使人悵然。」去後〔八〕，君謂士曰：「先來南海君也〔九〕。」士是書生，君明通《五經》，善《禮記》，與士論禮，士不如也。士乞救母病，君曰：「卿所居東有故橋，壞久之。此橋鄉人所行，卿母犯之。卿能復橋〔一〇〕，便差。」曹公討袁譚，使人從廟換千匹絹，君不與。曹公遣張郃毀廟，未至百里，君遣兵數萬，方道而來。郃未達二里，雲霧繞郃軍，不知廟處。君語主簿：「曹公氣盛，宜避之。」後蘇并鄰家有神下，識君聲，云：「昔移入胡〔一一〕，闊絶三年。」乃遣人與曹公相聞，欲脩故廟，地衰不中居，欲寄住。公曰：「甚善。」治城北樓以居之。數日，曹公獵，得物，大如麑，大足〔一二〕，色白如雪，毛軟滑可愛，公以摩面，莫能名也。夜聞樓上哭云：「小兒出行不還。」太祖拊掌曰：「此物合衰也〔一三〕。」晨將數百犬繞樓下，犬得氣，衝突內外，見有物大如驢，自投樓下。犬殺之，廟神乃絶。

本條《太平廣記》卷二九三引，出《搜神記》，《列異傳》（《古小説鉤沈》）已載，爲本書所本。據《廣記》輯，校以《列異傳》。

〔一〕袁紹在冀州　舊本「袁紹」下增「字本初」三字。

〔二〕度朔君　《齊民要術》卷一〇、《初學記》卷二八、《藝文類聚》卷八六、《太平御覽》卷八八二及卷九六八引《列異傳》均作「度索君」。梁何遜《七召·佃遊》：「擒高樓之度索，走大樹之神牛。」前句即用此典，亦作「度索」。按：度朔君之號疑本度朔山，亦作度索山，見本書卷二四《荼與鬱壘》。

〔三〕度朔君自云父祖昔作　此下有闕文。

〔四〕兖州有人士蘇氏　明鈔本「人士」作「士人」。「蘇氏」二字原無，《列異傳》作「兖州蘇氏母病」，而本條下文云「後蘇并鄰家有神下」，知脱人士姓氏，據補。舊本補「姓蘇」二字。

〔五〕皂單衣　舊本「皂」誤作「皂角」。

〔六〕去　孫潛校本無此字。

〔七〕吾昔臨廬山共食白李　「共」字原無，據《列異傳》補。《列異傳》無「吾」字。舊本同《列異傳》。

〔八〕去後　此二字原無，據《列異傳》補。舊本亦補。

〔九〕先來南海君也　《列異傳》「先來」作「此」。案：諸書所引《列異傳》，無皂衣客，只有白衣客，故諸書作「此南海君也」。然則「先來」者實爲剛才來人之謂，非指皂衣客也。觀白衣客「冠似魚頭」，即可知矣。

〔一〇〕壞久之此橋鄉人所行卿母犯之卿能復橋　原作「人壞之，此橋所行，卿母犯之，能復橋」，舊本同。今從汪紹楹校引明鈔本。

〔一一〕胡　孫校本作「湖」，舊本同。

〔一二〕大足　汪紹楹校：明鈔本「大」作「六」。

〔一三〕此物合衰也　原作「此子言真衰也」，舊本同。汪紹楹校：明鈔本作「此物合衰也」。今從。

227 頓丘魅

魏黄初中，頓丘界有人騎馬夜行。見道中有物，大如兔，兩眼如鏡，跳梁遮馬〔一〕，令不得前。人遂驚懼墮馬，魅便就地把捉〔二〕，驚怖暴死。良久得甦，甦已失魅，不知所在。乃更上馬，前行數里，逢一人相問訊，因説向者之事變如此，「今相得爲伴，甚佳歡喜」。人曰：「我獨行，得君爲伴，快不可言。君馬行疾，且前，我在後相隨也。」遂共行。語曰：「向者物何如？乃令君如此懼怖耶？」對曰：「其身如兔，兩眼如鏡，形甚可惡。」伴曰：「試顧視我耶？」人顧視之，猶復是也。魅便跳上馬，人遂墮地，怖死。家人怪馬獨歸，即行推覓，於道邊得之。宿昔乃甦，説狀如是。

本條《法苑珠林》卷六、《太平廣記》卷三五九引，出《搜神記》，今互校輯録。

〔一〕跳梁遮馬　舊本作「跳躍馬前」。

〔二〕把捉　《廣記》作「犯之」，此從《珠林》。

228 東郡老翁

建安中，東郡民家有怪者，無故盆器自發〔一〕，訇訇作聲，若有人擊焉。盤案在前，忽然便失之。雞生輒失子〔二〕。如是數歲，甚疾惡之。乃多作美食，覆蓋，著一室中，陰藏户間伺之。果復重來，發聲如前〔三〕。便閉户，周旋室中，更無所見〔四〕。爲闇，但以杖撾地〔五〕。良久，於室隅間有所中，呼曰〔六〕：「喃喃，冥死〔七〕。」乃開户視之，得一老翁，可百餘歲，言語了不相當，貌狀頗欲類獸。遂行推問，乃於數里上得其家人〔八〕，云失來十餘年，得之哀喜。後歲餘日，復更失之。聞在陳留界復作妖怪如此，時人猶以爲此翁也。

本條《法苑珠林》卷三一、《太平廣記》卷三六七引，出《搜神記》。今據《珠林》，參酌《廣記》校輯。

〔一〕無故盆器自發　《廣記》「盆」作「甕」，舊本同。

〔二〕雞生輒失子　《珠林》《四庫全書》本（卷四二）作「雞生子輒失去」，舊本同。

〔三〕果復重來發聲如前　《廣記》作「果復來發，聞聲」。

〔四〕更無所見　《廣記》「更」作「了」，舊本同。

〔五〕爲闇但以杖撾地　《珠林》《四庫全書》本作「乃闇中以杖撾之」，《廣記》同，惟無「中」字。舊本同《廣記》。

〔六〕於室隅間有所中呼曰　《廣記》作「於室隅間有呻呼之聲」。舊本改作「於室隅間有所中，便聞呻吟之聲曰」。

〔七〕冥死　《珠林》《四庫全書》本「冥」作「宜」，舊本同。案：冥，幽暗。冥死謂黑暗中將被打死。

〔八〕乃於數里上得其家人　《珠林》《四庫全書》本及《廣記》「上」作「外」，意同。

229 倪彦思家魅

吴時，嘉興倪彦思，居縣西埏里。有鬼魅在其家，與人語，飲食如人，唯不見形。彦思奴婢有竊駡大家者，云今當以語。彦思治之，無敢詈之者。彦思有小妻，魅從求之，彦思乃迎道士逐之。酒殽既設，魅乃取厠中草糞〔一〕，布著其上。道士便盛擊鼓，召請諸神。魅乃取伏虎，於神座上吹作角聲音〔二〕。有頃，道士忽覺背上冷，驚起解衣，乃伏虎也。於是道士罷去。彦思夜於被中竊與嫗語，共患此魅。魅即屋梁上謂彦思曰：「汝與婦道吾，吾今當截汝屋梁。」即隆隆有聲。彦思懼梁斷，取火照視，魅即滅火，截梁聲愈急。彦思懼屋壞，大小悉遣出，更取火視，梁如故。魅大笑，問彦思：「復道吾不？」郡中典農聞之曰：「此神正當是狸物耳。」此魅即往謂典農曰：「汝取官若干百斛穀，藏著某處。爲吏污穢，而敢論吾！今當白於官，將人取汝所盗穀〔三〕。」典農大怖而謝之，自後無敢道。三年後去，不知所在。

本條《太平廣記》卷三一七引，出《搜神記》。又南宋張堯同《嘉禾百咏·非溪》：「溪上有西埏里，見《搜神記》。」《録異傳》（《古小説鉤沈》）亦載，蓋本本書。今據《廣記》輯。

〔一〕魅乃取厠中草糞　「魅」字原作「鬼」，案上下文皆作「魅」，必爲「魅」字之訛，今改。

〔二〕於神座上吹作角聲音　《北堂書鈔》卷一三五、《太平御覽》卷七一二引《録異傳》下有「以亂音」一句。

〔三〕將人取汝所盜穀　孫潛校本「人」作「入」。

230 狸神

博陵劉伯祖〔一〕，爲河東太守。所止承塵上有神，能語，常呼伯祖與語，及京師詔書告下消息〔二〕，輒豫告伯祖。伯祖問其所食啖，答曰：「欲得羊肝。」遂買羊肝，於前切之，臠臠隨刀不見，輒盡兩羊肝。有一老狸，眇眇在案前〔三〕，持刀者欲舉刀斫之〔四〕，伯祖訶止，自舉著承塵上。須臾大笑曰：「向者啖肝醉，忽然失形，與府君相見，大慚愧。」後伯祖當爲司隸，神復先語伯祖云：「某月某日詔書當到。」到期如言。及入司隸府，神隨逐在承塵上，輒言省内事。伯祖大恐懼，謂神曰：「今職在刺舉〔五〕，若左右貴人聞神在此〔六〕，因以相害。」神答曰：「誠如府君所慮，當相捨去。」遂絶無聲。

本條《北堂書鈔》卷一三二、《法苑珠林》卷五六、《太平御覽》卷七〇一、卷九一二、《天中記》卷四九並引，《珠林》脱出處，餘作《搜神記》，又《太平廣記》卷四四二引《法苑珠林》。今參酌諸書校輯。

〔一〕博陵劉伯祖　《珠林》前有「晉」字。案：道世《珠林》「感應緣」引事，前皆冠年代名，以《搜神記》出於晉，故妄加「晉」。劉伯祖實乃東漢人。《後漢書》卷六七《黨錮列傳》載：「劉祐，字伯祖，中山安國人也。安國後別屬博陵。」歷仕尚書侍郎、任城令、揚州刺史、河東太守，桓帝延熹四年拜尚書令，出爲河南尹，轉司隸校尉。本書云「爲河東太守」，「爲司隸」，與本傳全合。

〔二〕告下消息　《御覽》卷七〇一「告」作「誥」，意同。告下即敕告。《廣記》「告」作「每」，《天中記》作「若」。

〔三〕眇眇在案前　《廣記》「眇眇」作「露形」。

〔四〕持刀者欲舉刀斫之　《珠林》各本「持刀者」作「持者」，《大正新脩大藏經》本「持」作「侍」，《廣記》作「視」，明鈔本乃作「侍」。

〔五〕舉　《法苑珠林校注》本作「奸」。

〔六〕若左右貴人聞神在此　「若」字《御覽》影宋本卷九一二原作「君」，當訛，據《四庫全書》本及鮑崇城校刊本改。

231 吴興老狸

吴興一人〔一〕，有二男，田中作。作時，見父來罵詈打拍之〔二〕。兒歸以告母，母問其父，父大驚，知是鬼魅，便令兒斫之，鬼便寂不復往。父憂恐兒爲鬼所困，便自往看。兒謂是鬼，便殺而埋之。鬼便歸，作其父形，且語其家：「二兒已得殺妖矣。」兒暮歸，共相慶賀，遂積年不覺。後有一師過其家，語二兒云：「君尊侯有大邪氣〔三〕。」兒以白父，父大怒。兒出，以語師，令速去。師便作聲入，父即成大老狸，入牀下，遂擒殺之。往所殺者，乃真父也，改殯治服。一兒遂自殺，一兒忿懊亦死。

本條《法苑珠林》卷三一、《太平廣記》卷四四二引，出《搜神記》，今互校輯録。

〔一〕吴興一人　《珠林》前有「晉時」二字，乃道世引録時所加，《廣記》引無。舊本據《珠林》。

〔二〕打拍之　此據《珠林》，《廣記》作「撻打之」，舊本同。

〔三〕君尊侯有大邪氣　「侯」《珠林》作「候」，《廣記》、《珠林》《四庫全書》本（卷四二）及《大正新脩大藏經》本作「侯」，舊本同。尊侯，對他人父親之尊稱。

232 句容狸婦

句容縣麋村民黄審，于田中耕。有一婦人過其田，自畻上度，從東適下而復還。審初謂是人，日日如此，意甚怪之。審因問曰：「婦數從何來也？」婦人少住，但笑不言，便去。審愈疑之，預以長鐮伺其還，未敢斫婦，但斫所隨婢。婦化爲狸走去，視婢，但狸尾耳。審追之，不及。後人有見此狸出坑頭，掘之，無復尾焉。

本條《太平廣記》卷四四二引，出《搜神記》，據輯。

233 狸客

董仲舒嘗下帷獨詠〔一〕，忽有客來詣，語遂移日。風姿音氣，殊爲不凡。與論《五經》，究其微奥。仲舒素不聞有此人，而疑其非常。客又云：「欲雨。」仲舒因此戲之曰：「巢居知風，穴居知雨〔二〕。卿非狐狸，則是鼷鼠〔三〕。」客聞此言，色動形壞，化成老狸〔四〕，蹶然而走。

本條《太平廣記》卷四四二、《太平御覽》卷九一二、《記纂淵海》（萬曆重編百卷本）卷九八、《天中記》卷三又卷六〇引作《幽明録》（或作《幽冥録》）。《琱玉集》卷一二引作《前漢書》，《歲華紀麗》卷二無出處，二書文字不同於《幽明録》。《分門集註杜工部詩》卷一一《五盤》「野人半巢居」泰伯（李覯）注曰：「《搜神記》云『巢居知風』。」《九家集註杜詩》卷六同，是則《搜神記》亦有此事，《幽明録》蓋採自《搜神記》。今姑據《廣記》、《御覽》，並參酌他書校輯。案：舊本文字與《記纂淵海》引《幽冥録》全同，蓋據《記纂淵海》輯録。據《四庫全書總目提要》，《記纂淵海》重編百卷本刊於萬曆己卯七年（一五七九）。

〔一〕嘗下帷獨詠　《記纂淵海》作「下帷講誦」，舊本同，《琱玉集》作「居室讀書」，《歲華紀麗》作「讀書於窗下」。

〔二〕巢居知風穴居知雨　此從《御覽》，《歲華紀麗》、《記纂淵海》同。《廣記》作「巢居知風，穴處知雨」，《天中記》同。《琱玉集》作「巢居知風，穴處知雨」。

〔三〕則是鼷鼠　此從《御覽》，《記纂淵海》同。《廣記》作「即是老鼠」，《天中記》同。《歲華紀麗》作「必是老鼠」，《琱玉集》作「則是其甥舅耳」。

〔四〕化成老狸　《御覽》作「化成老狐狸也」，《歲華紀麗》作「化爲野狐而去」。

234 廬陵亭

吴時，廬陵郡都亭重屋中，常有鬼魅，宿者輒死，自後使官莫敢入亭止宿。時丹陽人姓湯名應者，大有膽武，使至廬陵，便入亭宿焉。吏啓不可止此，應不隨諫，盡遣所將人還外止宿〔一〕，唯持一口大刀，獨臥亭中。至三更中〔二〕，忽聞有扣閤者。應遥問是誰，答云：「部郡相聞。」應使進，致詞而去。經須臾間，復有扣閤者如前曰：「府君相聞。」應復使進，身著皂衣。去後，應謂是人，了無疑也。頃復有扣閤者，言是部郡、府君詣來。應乃疑曰：「此夜非時，又府君、部郡不應同行。」知是鬼魅，因持刀迎之。見有二人，皆盛衣服，俱進。坐畢，稱府君者便與應談。談未畢，而部郡者忽起，跳至應背後。應乃回顧，以刀擊中之。府君者即下座走出。應急追，至亭後牆下及之，斫傷數下。應乃還臥。達曙，將人往尋之，見有血跡，追之皆得。云稱府君者是老豨魅〔三〕，豨，猪也。云部郡者是老狸魅。自後遂絶，永無妖怪。

本條《法苑珠林》卷三一、《太平御覽》卷八八五、《太平廣記》卷四三九並引，出《搜神記》。今互校酌定。

〔一〕盡遣所將人還外止宿　舊本作「迸從者還外」。案：《廣記》《四庫全書》本及中華書局點校本作「悉屏從者還外」，談愷刻本「屏」作「迸」。迸，通「屏」，退避。

〔二〕中　《廣記》作「竟」，舊本同。

〔三〕老猯魅　《珠林》作「老狐魅」，《御覽》、《廣記》作「老猯」，舊本同。案：《廣記》「猯」下注「猪也」，當是本書原注（注者不詳），是應作「猯」，蓋《珠林》訛作「狐」，今從《御覽》、《廣記》。

235 阿紫

後漢建安中，沛國陳羨〔一〕，爲西海都尉〔二〕。其部曲士靈孝〔三〕，無故逃去，羨欲殺之。居無何，孝復逃走。羨久不見，囚其婦，其婦實對。羨曰：「是必魅將去，當求之。」因將步騎數十，領獵犬，周旋于城外求索，果見孝于空冢中。聞人犬聲，怪避。羨使人扶以歸，其形頗象狐矣。略不復與人相應，但啼呼索「阿紫」。阿紫，雌狐字也〔四〕。後十餘日，乃稍稍了寤，云：「狐始來時，于屋曲角雞棲間，作好婦形，自稱『阿紫』，招我。如此非一。忽然便隨去，即爲妻，暮輒與共還其家。遇狗不覺〔五〕，云樂無比也。」道士云：「此山魅。」

《名山記》曰：「狐者，先古之淫婦也，其名曰『阿紫』，化而爲狐，故其怪多自稱『阿紫』也〔六〕。」

本條《太平廣記》卷四四七、《海録碎事》卷二二上、《琅邪代醉編》卷八引，出《搜神記》。《海録碎事》只「狐媚人自稱阿紫」七字。又《藝文類聚》卷九五引《名山記》曰：「狐者，先古之淫婦也，其名曰紫，化而爲狐，故其怪多自稱阿紫。」而《天中記》卷六〇引此節文字，末注《名山記》、《搜神記》。今據《廣記》輯，補以《類聚》。

〔一〕沛國陳羨　「沛國」原作「沛國郡」，舊本同。案：《後漢書·郡國志二》，沛爲國，非郡，今刪正。

〔二〕爲西海都尉　汪紹楹校：「按：漢無西海都尉。《後漢書·和帝紀》：『永元元年，復置西河上郡屬國都尉。』疑『海』或『河』字之訛。」案：據《漢書·地理志下》，張掖郡居延縣爲都尉治所，《後漢書·郡國志五》有張掖居延屬國，東漢則爲屬國都尉之治。劉昭注：「獻帝建安末立爲西海郡。」至漢末改西海郡，則爲太守。此事在建安中，西海都尉者蓋指居延都尉，而用其今稱。

〔三〕其部曲士靈孝　舊本「士」作「王」。案：古有士姓，見《元和姓纂》卷六。

〔四〕雌狐字也　舊本脱「雌」字。

〔五〕遇狗不覺　汪紹楹校：「按：本句有訛字，『不』疑作『乃』。」案：「不」字不訛。意謂狐魅畏狗，故聞犬聲而避去，而士靈孝雖遇狗猶昏然失智，了不醒悟，仍覺其樂無比也。

〔六〕「名山記曰」至「故其怪多自稱阿紫也」　「名山記曰」四字《廣記》無，據《類聚》補。案：《名山記》云云乃干寶徵引書證，當爲條末所繫論讚。

236 胡博士

有一書生居吴中，皓首，自稱「胡博士」。以經傳教授諸生，假借諸書。經涉數載〔一〕，忽不復見。後九月九日〔二〕，士人相與登山遊觀，但聞講誦聲。命僕尋覓，有一空塚，入數步，群狐羅列〔三〕。見人迸走〔四〕，唯有一老狐獨不去，是皓首書生，常假書者。

本條《太平御覽》卷三二、卷九〇九，《歲時廣記》卷三六，《天中記》卷六〇，《騈志》卷一八引。《御覽》卷九〇九、《天中記》、《騈志》作《搜神記》，《御覽》卷三二、《歲時廣記》作《續搜神記》。《歲時廣記》與《御覽》卷三二文同，當據《御覽》卷三二轉引。今從《御覽》卷九〇九，姑斷爲干書，據諸引互校輯録。案：舊本所輯，與《四庫全書》本《御覽》卷九〇九全同，惟「十九日」舊本作「初九日」，乃又同《天中記》。

〔一〕假借諸書經涉數載　影印宋刊本《御覽》卷三二「涉數」作「傳年」，此據鮑崇城校刊本改。《四庫全書》本作「假借諸經書涉載」，《歲時廣記》作「假借諸經書涉數載」。

〔二〕九月九日　《四庫全書》本《御覽》卷九〇九「九日」訛作「十九日」。

〔三〕群狐羅列　《御覽》卷三二、《歲時廣記》「狐」作「狸」，《御覽》卷九〇九、《天中記》、《騈志》作「狐」，下同。案：《御覽》卷九〇九爲「狐」門，且其妖既稱「胡博士」，必爲狐無疑，胡諧狐也。

蓋古人以狐、狸同類，每相混淆，故或誤「狐」爲「狸」。今從《御覽》卷九〇九。

〔四〕見人迸走　《御覽》卷九〇九及《天中記》「迸」作「即」。

237 宋大賢

南陽西鄂有一亭〔一〕，人不可止，止則害人〔二〕。邑人宋大賢，以正道自處，不可干。嘗宿亭樓，夜坐鼓琴而已，不設兵仗。至於夜半時，忽有鬼來登梯，與大賢語，瞋目磋齒〔三〕，形貌可惡。大賢鼓琴如故，鬼乃去。於市取死人頭來，還語大賢曰：「寧可行小熟啗〔四〕？」因以死人頭投大賢前。大賢曰：「甚佳，吾暮臥無枕，正當得此。」鬼復去，良久乃還，曰：「寧可共手搏耶？」大賢曰：「善。」語未竟，大賢前便逆捉其脅〔五〕，鬼但急言：「死！死！」大賢遂殺之。明日視之，乃是老狐也。因止亭毒，更無害怖〔六〕。

本條《法苑珠林》卷三一引，出《搜神記》；《太平廣記》卷四四七引《法苑珠林》。今參酌二書校輯。

〔一〕南陽西鄂有一亭　《廣記》前有「隋」字，乃妄加。又「西鄂」作「西郊」，《珠林》《四庫全書》本（卷四二）同。案：《晉書·地理志下》，南陽爲國，屬縣有西鄂。下文既稱「邑人宋大賢」，所指必爲縣邑，非南陽，作「西郊」誤。舊本作「西郊」。

〔二〕害人　《廣記》作「有禍」，舊本同。

〔三〕瞋目磋齒 《廣記》「瞋」作「矃」，舊本同。

〔四〕寧可行小熟啗 《珠林》《四庫全書》本及《廣記》作「寧可少睡耶」，舊本同。

〔五〕脅 《廣記》作「腰」，舊本同。《廣記》孫潛校本作「脅」。

〔六〕因止亭毒更無害怖 《廣記》作「自此亭舍更無妖怪」，《珠林》《四庫全書》本同，惟「此」作「是」。舊本同《珠林》《四庫全書》本。

238 斑狐書生

張華字茂先，范陽人也。惠帝時爲司空〔一〕。于時燕昭王墓前，有一斑狐〔二〕，積年能爲幻化。乃變作一書生，欲詣張公。過問墓前華表曰：「以我才貌，可得見張司空否？」華表曰：「子之妙解，無爲不可。但張司空智度，恐難籠絡，出必遇辱，殆不得返。非但喪子千歲之質，亦當深誤老表。」書生不從，遂詣華〔三〕。華見其總角風流，潔白如玉，舉動容止，顧盼生姿，雅重之。於是論及文章，辨校聲實，華未嘗聞此。復商略三史，探賾百家，談老莊之奧區，被風雅之絶旨，包十聖，貫三才，箴八儒，擿五禮，華無不應聲屈滯。乃歎曰：「天下豈有此年少！若非鬼怪，則是狐狸〔四〕。」書生乃曰：「明公當尊賢容衆，嘉善而矜不能，奈何憎人學問？墨子兼愛，其若是耶？」言卒便請退。華已使人防門，不得出。既而又謂華曰：「公門置甲兵蘭錡〔五〕，當是疑于僕也。將恐天下之人捲舌而不言，智謀之士望門而不進，深爲明公惜之。」華不應，而使人禦防甚嚴。時有豐城令雷焕，字孔章〔六〕，博物士也。華謂孔章曰：「今有男子，少美高論。」孔章謂華曰：「當是老精。聞魑魅忌狗，可試之。」華曰：「狗所别者數百年物耳〔七〕，千年老精不復能别。唯有千年枯木，照之則形見。聞燕昭王墓前有華表柱，向千年，可取照之，當見。」乃遣人伐之。使人既至，聞華表歎曰：「老狐自不自知，果誤我事。」于華表穴中得青衣小兒，長二尺餘。將還，未至洛陽，而變成枯木。遂燃以照之，書生乃是一斑狐。茂先歎曰：「此二物不值我，千年不復可得〔八〕。」

本條《太平御覽》卷九〇九、《古今事文類聚》後集卷三七、《古今合璧事類備要》别集卷七八、《韻府羣玉》卷三、《山堂肆考》卷二一九引，出《搜神記》。《古今事文類聚》、《古今合璧事類備要》等書與《御覽》文句全同，惟字或有訛，當轉鈔《御覽》。僅有六十餘字，删削頗劇，文曰：「燕昭王墓有老狐，化男子詣（《事類備要》、《山堂肆考》訛作聽）張華講説。華恠之，謂雷孔章（《山堂肆考》訛作璋）曰：『今有男子，少美高論。』孔章曰：『當是老精，聞燕昭王墓有華表柱，向千年，可取照之，當見。』如言，化爲狐。」案：《琱玉集》卷一二引《晉抄》、《太平廣記》卷四四二引《集異記》、《續齊諧記》皆載此事，文句大同，《續齊諧記》尤近《集異記》，惟稍簡耳，《晉抄》乃似有增飾。《晉抄》疑即《晉書鈔》，《隋書·經籍志》雜史類著録《晉書鈔》三十卷，梁豫章内史張緬撰。《集異記》劉宋郭季産作，《續齊諧記》則出梁吴均。三書皆出干寶後，當據干書，古小説陳陳相因，固如此也。今姑據《集異記》，參酌《晉抄》、《續齊諧記》及《御覽》校録。至於《青瑣高議》別集卷五《張華相公》及八卷本《搜神記》所載者，多後世增飾之辭，不取。《天中記》卷六〇引《齊諧記》（案：當作《續齊諧記》），注：「《搜神記》作狐。」其所云《搜神記》即八卷本，引文實以《續齊諧記》爲主又攙合八卷本，如末節青衣小兒問使者云云及末句「華乃烹之」，皆八卷本文字。舊本所輯，據《集異記》、《天中記》綴合而成。

〔一〕惠帝時爲司空　《集異記》前原有「晉」字，今删。

〔二〕有一斑狐　《集異記》、《晉抄》、《續齊諧記》俱作「斑狸」，《御覽》、《古今事文類聚》、《古今合璧事類備要》、《韻府羣玉》引作「狐」，今改。《青瑣高議》作「狐」，八卷本《搜神記》作「狐狸」、「狸」。

〔三〕遂詣華　舊本「遂」下有「持刺」二字，與《天中記》同，乃八卷本中文字。

〔四〕則是狐狸　舊本下有「乃掃榻延留，留人防護」，與《天中記》同，乃八卷本中文字。

〔五〕蘭錡　《集異記》及《天中記》訛作「欄騎」，舊本同，據《晉抄》改。案：《文選》卷二《西京賦》：「武庫禁兵，設在蘭錡。」薛綜注：「錡，架也。武庫，天子主兵器之官也。」李善注：「劉逵《魏都賦》注曰：『受他兵曰蘭，受弩曰錡。』」蘭錡，即兵器架，借指兵器。《續齊諧記》作「闌錡」，「蘭」通「闌」。

〔六〕豐城令雷焕字孔章　《集異記》、《續齊諧記》無「字孔章」三字，《晉抄》作「豐城令雷孔章」，《御覽》、《古今事文類聚》引曰「華怪之，謂雷孔章曰」，則焕字孔章，補此三字以貫通文意。

〔七〕可試之華曰狗所别者數百年物耳　「可試之華曰狗」六字據《晉抄》補。案：《集異記》、《續齊諧記》皆以下文「狗所别者數百年物耳」云云爲雷煥語，然此與後文張華云「此二物不值我，千年不復可得」不合。詳文意，欲以張華、雷煥兩相比較，以見煥之博物不及華耳。疑《集異記》、《續齊諧記》行文皆有省略，或傳鈔有闕，遂使華語誤入煥語。《御覽》、《古今事文類聚》所引亦然，疑删縮所致。

〔八〕案：舊本「博物士也」以下，與《集異記》頗不同，乃據《天中記》，而《天中記》則删節自八卷本。兹録於下：「來訪華，華以書生白之。孔章曰：『若疑之，何不呼獵犬試之？』乃命犬以試，竟無憚色。狐曰：『我天生才智，反以爲妖，以犬試我，遮莫千試萬慮，其能爲患乎？』華聞益怒，曰：『此必真妖也。聞魑魅忌狗，所别者數百年物耳；千年老精，不能復别。惟得千年枯木照之，則形立見。』孔章曰：『千年神木，何由可得？』華曰：『世傳燕昭王墓前華表木，已經千年。』乃遣人伐華表。使人欲至木所，忽空中有一青衣小兒來，問使曰：『君何來也？』使曰：『張司空有一年少來謁，多才巧辭，疑是妖魅。使我取華表照之。』青衣曰：『老狐不智，不聽我言，今日禍已及我，其可逃乎！』乃發聲而泣，倏然不見。使乃伐其木，血流，便將木歸。燃之以照書生，乃一斑狐。華曰：『此二物不值我，千年不可復得。』乃烹之。」

搜神記輯校卷一九

變化篇之四

239 黑頭白軀狗

山陽王瑚，字孟璉，爲東海蘭陵令。夜半時，輒有黑幘白單衣吏詣縣扣閤，迎之則忽然不見。如此數年〔一〕。後令於外伺之，見一老狗，黑頭白軀猶故，至閤便爲人。使人以白孟璉，殺之乃絶。

本條《藝文類聚》卷九四、《太平御覽》卷九〇五、《太平廣記》卷四三八並引，出《搜神記》。今參酌諸書校輯。

〔一〕數年 《廣記》明鈔本作「數四」。

240 沽酒家狗

司空南陽來季德〔一〕，停喪在殯。忽然見形，坐祭牀上，顔色服飾，真德也。見兒婦孫子，次戒家事，亦有條貫〔二〕，鞭朴奴婢，皆得其過。飲食既飽〔三〕，辭訣而去。家人大小，哀割斷絶〔四〕。如是四五年〔五〕。其後飲酒多，醉而形露，但見老狗，便共打殺。因推問之，則里中沽酒家狗也。

本條《太平廣記》卷四三八引，出《搜神記》。《天中記》卷五四引桓譚《新論》，注云：「《搜神記》以李德事同。」文字有訛。事本《風俗通義·怪神篇》。據《廣記》輯，校以《風俗通義》。

〔一〕司空南陽來季德　原作「司空東萊李德」，有誤。案：《後漢書》卷一五《來歙傳》載，來豔字季德，南陽新野人，靈帝時再遷司空。據《風俗通義》改。

〔二〕「顔色服飾」至「亦有條貫」　舊本作「顔色服飾聲氣，熟是也。孫兒婦女，以次教戒，事有條貫」，乃據《風俗通義》。

〔三〕飲食既飽　舊本「飽」訛作「絶」。《風俗通義》「既飽」作「飽滿」。

〔四〕哀割斷絶　《風俗通義》「割」作「剥」。《廣記》明鈔本作「哀痛號絶」。

〔五〕如是四五年　《廣記》孫潛校本無「年」字。《風俗通義》作「如是三四」，舊本作「如是數年」。

241 白狗魅

北平田琰〔一〕，母喪，恒處廬。向一朞〔二〕，夜忽入婦室。密怪之，曰：「君在毁滅之地，幸可不甘〔三〕。」琰不聽而合。後琰暫入，不與婦語，婦怪無言，并以前事責之。琰知魅，臨暮竟未眠，衰服掛廬〔四〕。須臾，見一白狗攫廬，銜衰服，因變爲人，著而入。琰隨後逐之，見犬將升婦牀，便打殺之。婦羞愧病死。

本條《太平廣記》卷四三八引，談愷刻本出《搜神記》，明鈔本、陳鱣校本出《續搜神記》。今姑斷爲干書。據輯。

〔一〕田琰　陳校本作「申琰」。

〔二〕向一朞　「朞」原作「暮」，舊本同。汪紹楹校：「明鈔本《太平廣記》『暮』作『朞』。當據正。」據改。孫潛校本亦作「朞」。一朞，一周年。

〔三〕幸可不甘　明鈔本作「豈可如此」。

〔四〕衰服掛廬　明鈔本、孫校本、陳校本「衰」作「縗」。「衰」同「縗」，喪服也。

242 吴郡士人

有一士人姓王〔一〕，家在吴郡。於都假還，至曲阿，日暮，引船上當大埭。見塘上有一女子，年十七八，甚美，便呼之留宿。至曉，士解金鈴繫其臂〔二〕，令暮更來。遂不至。明日，使人至家尋求，都無女人。因過猪欄中〔三〕，見一母猪，臂有金鈴也〔四〕。

本條《太平廣記》卷四三九引，出《搜神記》。明鈔本、陳鱣校本作《續搜神記》。案：孫潛校本、黄晟校刊本亦作《搜神記》，今姑斷爲干書。事又載祖台之《志怪》（《古小說鉤沈》）、《北堂書鈔》卷一三五、《太平御覽》卷七

一七、卷九〇三引），當取本書。今據《廣記》，參酌《志怪》校輯。

〔一〕有一士人姓王　《廣記》前有「晉」字，乃《廣記》編纂者所加，今删。

〔二〕士解金鈴繫其臂　《書鈔》、《御覽》卷九〇三「鈴」作「鈐」。鈐，鎖也。《御覽》卷七一七作「合」，同「盒」。案：《晉書》卷六四《清河康王遐傳》：「所佩金鈴，欻生一隱起如麻粟。」

〔三〕因過猪欄中　《廣記》談愷刻本「過」作「逼」，中華書局點校本據明鈔本改作「過」。《書鈔》、《御覽》皆作「過」。舊本作「逼」。

〔四〕臂有金鈴也　《廣記》明鈔本「臂」作「足」。

243　安陽亭

安陽城南有一亭〔一〕，廨不可宿也〔二〕，若宿殺人〔三〕。有一書生明術數，乃過宿之。亭民曰：「此不可宿，前後宿此，未有活者。」書生曰：「無苦也，吾自能諧。」遂住廨舍，乃端坐誦書，良久乃休。夜半後，有一人著皂單衣，來往户外，呼：「亭主。」亭主應曰：「諾。」「亭中有人耶？」荅曰：「向者有一書生在此讀書久，適休，似未寐。」乃喑嗟而去。須臾，復有一人，冠幘赤衣〔四〕，來呼亭主。亭主應諾，亦復問：「亭中有人耶？」亭主荅如前，復喑嗟而去。既去寂然〔五〕。於是書生無他〔六〕。即起詣向者呼處，微呼亭主〔七〕，亭主亦應諾。復問：「亭中有人耶？」亭主荅如前。乃問：「向者黑衣來者誰？」曰：「北舍母豬也。」又曰：「赤冠幘來者誰？」曰：「西舍老雄雞父也。」曰：「汝復誰耶？」曰：「我是老蠍也。」於是書生密便誦書至明，不敢寐。天明，亭民來視，驚曰：「君何以得活耶？」書生曰：「汝促索臿來〔八〕，吾與卿取魅〔九〕。」乃掘昨夜應處〔一〇〕，果得老蠍，大如琵琶〔一一〕，毒長數尺〔一二〕。於西家得老雄雞父，北舍得老母豬。凡殺三物，亭毒遂靜，永無災横也。

本條《法苑珠林》卷三一，《太平御覽》卷九一八、卷九四七，《太平廣記》卷四三九，《太平寰宇記》卷五五《相州·安陽縣》，《天中記》卷五七並引，出《搜神記》（《御覽》作干寶《搜神記》），今據《珠林》，參酌他書校輯。

〔一〕安陽城南有一亭　《寰宇記》「安陽城」作「相州安陽縣」。案：安陽縣晉屬魏郡（《晉書·地理志上》），唐宋爲相州治所。《寰宇記》稱「相州」，乃是用北宋地名，非原文。

〔二〕廨不可宿也　《珠林》「廨」原作「廟」。案：《廣記》無此字，而下文云「遂住廨舍」，《珠林》「廨」作「廟」，知「廟」乃「廨」之訛，據《廣記》改。舊本改作「夜」。

〔三〕若宿殺人　《御覽》作「宿者輒死」；《廣記》作「宿輒殺人」，舊本同；《寰宇記》、《天中記》作「宿者輒死」。

〔四〕冠幘赤衣　《廣記》作「冠赤幘者」，舊本同。

〔五〕既去寂然　此句據《珠林》《四庫全書》本（卷四二）及《廣記》補。

〔六〕於是書生無他　《廣記》作「書生知無來者」，舊本同。

〔七〕微呼亭主　《廣記》「微」作「效」，舊本同。

〔八〕汝促索臿來　《廣記》作「促索劍來」，舊本同。汪紹楹校：「《太平廣記》陳鱣校本『劍』作『鍤』。當據正。」

〔九〕吾與卿取魅　《廣記》「卿」作「鄉」。

〔一〇〕乃掘昨夜應處　《廣記》作「乃握劍至昨夜應處」，舊本同。汪紹楹校：「《太平廣記》陳鱣校本作『乃掘昨夜應處』。當據正。」

〔一一〕大如琵琶　「琵琶」，《珠林》宣統本、《法苑珠林校注》作「鞞婆」，《大正新脩大藏經》本及《四庫全書》本作「琵琶」，徑山寺本作「婆」，脱「鞞」字。《寰宇記》、《御覽》兩引及《天中記》均作「琵琶」。《廣記》作「鼙」，亦脱「婆」字，陳校本乃作「箕」。五代郭忠恕《佩觿》卷上：「《搜神記》謂琵琶爲鼙婆。」後世元熊忠《古今韻會舉要》卷七《五·婆》及陰勁弦《韻府羣玉》卷五《吴歌》：「《搜神記》琵琶一名鼙婆。」《洪武正韻》卷四《十四歌·婆》：「《搜神記》以琵琶爲鼙婆。」清吴玉搢《別雅》卷二：「《搜神記》（今本無此語）琵琶一名鼙婆。」皆本郭説。明潘之淙《書法離鉤》卷六：「《搜神記》以琵琶爲婆娑。」乃誤「鼙婆」爲「婆娑」。鼙婆、鞞婆，即琵琶，寫法不同耳。

〔一二〕毒長數尺　《御覽》卷九一八作「身長四尺」，《寰宇記》作「毒長四尺」。

244 高山君

漢齊人梁文好道，其家有神祠，建室三四間，座上施皂帳，供神像其中〔一〕。積十數年。後因祀事，帳中忽有人語，自呼「高山君」。大能飲食，治病有驗，文奉事甚肅。積數年，得進其帳中。神醉，文乃乞得奉見顔色。謂文曰：「授手來。」文納手，得捋其頤〔二〕，髯鬚甚長。文漸繞手，卒然引之，而聞作殺羊聲。座中驚起，助文引之，乃袁公路家羊也，失之七八年，不知所在。殺之乃絶。

本條《太平廣記》卷四三九引，出《搜神記》，明鈔本作《續搜神記》。案：此乃漢事，姑輯爲干書。

〔一〕供神像其中　原作「常在其中」，據明鈔本改。

〔二〕得捋其頤　「捋」原作「持」，汪紹楹校：「明鈔本《太平廣記》作『捋其頤』。當據正。」據改。

245 獺婦

吴郡無錫有上湖大陂，陂吏丁初，天每大雨，輒循隄防。春盛雨，初出行塘。日暮間，顧後有小婦人，姿容可愛，上下青衣，戴青傘，追後呼：「初掾待我。」初時悵然，意欲留伺之，復疑本不見此，今忽有婦人冒陰雨行，恐必鬼物。初便疾行，顧見婦人，追之亦速。初因急走，去之轉遠，顧視婦人，乃自投陂中，氾然作聲，衣蓋飛散，視是大蒼獺，衣傘皆荷葉也〔一〕。此獺化爲人形，數媚年少者也。

本條《藝文類聚》卷八二，《太平御覽》卷七〇二，《太平廣記》卷四六八，《全芳備祖》前集卷一一，《古今合璧事類備要》别集卷三五，《天中記》卷四九、卷六〇，《山堂肆考》卷一九九並引，出《搜神記》（《天中記》卷六〇作《搜神記》并《上道四番志》）。《天中記》卷六〇所引文字多不同，蓋據《上道四番志》。《太平寰宇記》卷九二《常州·晉陵縣》引《郡國志》亦載，當據本書。今據《廣記》，參酌諸書校輯。

〔一〕衣傘皆荷葉也　「荷葉」，《類聚》、《全芳備祖》、《古今合璧事類備要》、《山堂肆考》作「荷花」，《御覽》、《天中記》卷四九作「蓮荷」，《寰宇記》作「芰製」。

246　蛇訟

漢武帝時，張寬爲揚州刺史。先是，有老翁二人爭山地，詣州訟疆界，連年不決，寬視事，復來。寬窺二翁，形狀非人，令卒持戟將入，問：「汝何等精？」翁欲走，寬呵格之，化爲二蛇〔一〕。

本條《太平廣記》四五六、《太平御覽》卷三五三、《天中記》卷五六引，出《搜神記》（《御覽》作干寶《搜神記》），今互校輯録。

〔一〕二蛇　《御覽》、《天中記》作「巨蛇」。

247　阿銅

道士丹陽謝非，往石城冶買釜〔一〕。還，日暮，不及家。山中有廟舍於溪水上，入中宿，大聲語曰：「吾是天帝使者，停此宿。」猶畏人劫奪其釜〔二〕，意若搔搔不安〔三〕。夜二更中，有來至廟門者，呼曰：「阿銅〔四〕。」銅應諾。「廟中有人氣，是誰？」銅云：「有人，言是天帝使者。」少頃便還。須臾又有來者，呼銅，問之如前，銅答如故，復嘆息而去。非驚擾不得眠，遂起，呼銅問之：「先來者是誰？」銅答言：「是水邊穴中白鼉。」「汝是何等物？」云〔五〕：「是廟北巖嵌中龜也。」非皆陰識之。天明，便告居人，言：「此廟中無神，但是龜鼉之輩，徒費酒肉祀之。急具鍤來，共往伐之。」諸人亦頗疑之，於是並會伐掘，皆殺之。遂壞廟絶祀，自後安静。

本條《太平廣記》卷四六八引，據輯。

〔一〕往石城冶買釜　舊本「冶買」二字誤乙。案：冶指冶煉金屬之作坊，鐵鋪之類。石城即石頭城。《文選·吴都賦》注：「石城，石頭隝也。在建業西，臨江。」

〔二〕釜　談愷刻本訛作「金」，據黄晟校刊本及《四庫全書》本改。

〔三〕意若搔搔不安　「若」原作「苦」，據明鈔本改。

〔四〕阿銅　「阿」談愷刻本原作「何」，明鈔本作「阿」。案：六朝人小名多作「阿某」，如阿恭、阿平、阿源、阿齡等等，見《世説新語》。今從。舊本作「何」。

〔五〕云　此字據孫潛校本補，明鈔本作「曰」。

248 鼉婦

鄱陽人張福〔一〕，舡行還野水邊。忽見一女子〔二〕，甚有容色，自乘小舟，來投福，云：「日暮畏虎，不敢夜行。」福曰：「汝何姓，作此輕行？無笠雨駛，可入，見就避雨〔三〕。」因共相調，遂入就福寢〔四〕，以所乘小舟繫福舡邊。三更許，雨晴月照，福視婦人，乃見一大白鼉，枕福臂而卧。福驚起，欲執之，遽走入水。向小舟乃是一枯槎段，長丈餘。

本條《太平廣記》卷四六八、《太平御覽》卷九三二、百卷本《記纂淵海》（《四庫全書》）卷九九引，出《搜神記》，今據《廣記》、《御覽》互校輯録。

〔一〕鄱陽人張福　《御覽》影印宋本「鄱陽」作「滎陽」，鮑崇城校刊本作「滎陽」，舊本同，《廣記》作「鄱陽」。案：鼉（即揚子鰐）産江淮，應以「鄱陽」爲是。

〔二〕忽見一女子　《御覽》作「夜有女子」。舊本據而改「忽」作「夜」。

〔三〕見就避雨　明鈔本「見就」作「吾船」，屬上讀。舊本「見」作「船」。

〔四〕遂入就福寢　舊本「福」下有「船」字。

249 鼠婦

豫章有一家，婢在竈下，忽有人長數寸，來竈間〔一〕。婢誤以履踐殺一人。須臾，遂有數百人著縗麻〔二〕，持棺迎喪，凶儀皆備。出東門，入園中覆船下。就視，皆是鼠婦。作湯澆殺〔三〕，遂絶。

本條《太平御覽》卷九四九、《太平廣記》卷四七八引，出《搜神記》（《御覽》作干寶《搜神記》），據《御覽》輯。

〔一〕來竈間　《御覽》《四庫全書》本下有「壁」字，舊本同，誤。

〔二〕縗麻　舊本下有「服」字。

〔三〕作湯澆殺　舊本前有「婢」字。

250 蟬兒

淮南内史朱誕，字永長，吴孫皓世爲建安太守〔一〕。誕給使妻，有鬼病，其夫疑之爲姦。後出行，密穿壁窺之，正見妻在機中織，遥瞻桑樹上，向之言笑。給使仰視，樹上有年少人，可十四五，衣青布褶〔二〕，青幧頭。給使以爲信人也，張弩射之，化爲鳴蟬，其大如箕，翔然飛去。妻亦應聲驚曰：「噫！人射汝。」給使怪其故。後久時〔三〕，給使見二小兒在陌上共語，曰：「何以不復見汝？」其一即樹上小兒也，答曰：「前不謹〔四〕，爲人所射，病瘡積時。」彼兒曰：「今何如？」曰：「賴朱府君梁上膏以傅之，得愈。」給使白誕曰：「人盜君膏藥，頗知之否？」誕曰：「吾膏久致梁上，人安得盜之？」給使曰：「不然，府君視之。」誕殊不信，爲試視之，封題如故。誕曰：「小人故妄作〔五〕，膏自如故。」給使曰：「試開之。」則膏去半焉，所掊刮見有趾跡〔六〕。誕自驚，乃詳問之，給使具道其本末。

本條《藝文類聚》卷九七、《太平廣記》卷四七三引，出《搜神記》。據《廣記》，參酌《類聚》校輯。

〔一〕淮南内史朱誕字永長吴孫皓世爲建安太守　舊本作「吴孫皓世，淮南内史朱誕，字永長，爲建安太守」，汪紹楹校：「《太平廣記》『吴孫皓世』四字在『爲建安太守』上。按：朱誕爲淮南内史，見《晉書・陸機傳》；爲建安太守，見《藝文類聚》八六及《太平御覽》九六六引《吴録》。《吴録》稱誕爲『朱光禄』。據《太平寰宇記》九一稱誕爲『晉光禄大夫』，知朱光禄即誕。是誕於吴時爲建安太守，入晉爲淮南内史。當據《太平廣記》移正。」案：汪説是，舊本實屬妄改。

〔二〕衣青布褶　《廣記》作「衣青衿袖」，舊本同，此據《類聚》。

〔三〕後久時　《廣記》談愷刻本「後」訛作「役」，據孫潛校本、陳鱣校本、《四庫全書》本改。

〔四〕謹　《廣記》談本原作「遇」，舊本同。中華書局點校本據明鈔本改作「謹」。

〔五〕作　舊本作「言」，疑爲輯録者改。案：「作」，通「詐」。

〔六〕則膏去半焉所掊刮見有趾跡　舊本「焉」作「爲」，無「所」字，殆亦爲妄改。

251 細腰

魏郡張奮，家巨富〔一〕，忽衰死財散〔二〕，遂賣宅與黎陽程應。應入居，舉家疾病，轉賣與鄴人何文〔三〕。文先獨持大刀，暮入北堂梁上坐。至一更中〔四〕，忽有一人長丈餘，高冠赤幘〔五〕，升堂呼問曰：「細腰。」細腰應諾。其人曰：「舍中何以有人氣？」答曰：「無之。」便去。須臾，復有一高冠青衣者，次之，又有高冠白衣者，問答並如前。及將曙，文乃下堂中，因往向呼處，如向法呼細腰，問曰：「向赤衣冠謂誰？」答曰：「金也，在堂西壁下。」「青衣者誰也？」曰：「錢也，在堂前井西五步〔六〕。」「白衣者誰也？」曰：「銀也，在堂東北角柱下。」問：「君是誰？」答云：「我杵也，今在竈下。」及曉，文按次掘之，得金銀各三百斤〔七〕，錢千餘萬，燒去杵。由此大富，宅遂清寧。

本條《藝文類聚》卷六四，《初學記》卷二四，《太平御覽》卷四七二、卷八一一，《事類賦注》卷九，《古今事文類聚》續集卷六，《古今合璧事類備要》外集卷六一，《分門類林雜説》卷一五，《天中記》卷五〇，《山堂肆考》卷一七一並引，《古今事文類聚》、《古今合璧事類備要》無出處，餘出《搜神記》（《初學記》、《御覽》卷四七二、《類林雜説》作干寶《搜神記》）。事取《列異傳》（《古小説鉤沈》，《太平御覽》卷七六二、《太平廣記》卷四〇〇引）。諸書引《搜神記》皆不全，惟《天中記》稍詳，蓋已據《廣記》校補。今據《初學記》，酌取諸書及《列異傳》校補。

〔一〕魏郡張奮家巨富　《初學記》原作「魏郡張氏大富」，《御覽》卷四七二作「魏郡張巨本富」，《類聚》、《古今事文類聚》、《古今合璧事類備要》作「魏郡張本富」，《御覽》卷八一一、《事類賦注》作「魏郡張巨」，《類林雜説》作「魏郡張氏本富」，皆有脱訛，《天中記》作「魏郡張奮」，已校改。據《廣記》引《列異傳》補正。《御覽》引《列異傳》作「張舊」，亦訛。

〔二〕忽衰死財散　《初學記》「死」作「老」，舊本同。此據《類聚》。《廣記》引《列異傳》作「後暴衰」。

〔三〕鄴人何文　《御覽》引《列異傳》作「荆民」。《廣記》孫潛校本「鄴人」作「鄰人」，舊本同。

〔四〕至一更中　《廣記》引《列異傳》作「至二更竟」，《御覽》無「竟」字。舊本作「至三更竟」。

〔五〕高冠赤幘　《列異傳》、《天中記》「赤幘」作「黄衣」，舊本同。

〔六〕在堂前井西五步　《廣記》引《列異傳》及《天中記》「西」作「邊」，舊本同。此據《御覽》引《列異傳》。

〔七〕三百斤　《列異傳》、《天中記》「三」作「五」，舊本同。

252 文約

魏景初中，陽城縣吏王臣〔一〕，家有怪，無故聞拍手相呼，伺無所見。其母夜作勌，就枕寢息〔二〕。有頃，復聞竈下有呼曰：「文約，何以不見〔三〕？」頭下應曰〔四〕：「我見枕，不能往，汝可就我〔五〕。」至明，乃飯臿也〔六〕。即聚燒之，怪遂絶。

本條《太平廣記》卷三六八引，出《搜神記》，事本《列異傳》（《古小說鉤沈》、《太平御覽》卷七〇七、卷七六〇引）。今據《廣記》輯，以《列異傳》校補。

〔一〕陽城縣吏王臣　「陽城」，《御覽》卷七六〇引《列異傳》作「城陽」，卷七〇七引《列異傳》作「咸陽」，舊本同。案：《晉書·地理志》，魏晉時陽城縣屬河南尹，城陽乃郡，屬青州；咸陽，魏晉無此縣。然則作「城陽」、「咸陽」並誤。「王臣」，《廣記》無，據《御覽》卷七〇七引《列異傳》補。《御覽》卷七六〇引《列異傳》作「王巨」，《四庫全書》本乃作「王臣」。

〔二〕其母夜作勌就枕寢息　《御覽》卷七〇七作「夜倦，枕枕卧」，卷七六〇作「嘗作倦，枕機卧」。

〔三〕文約何以不見　《御覽》卷七〇七作「文納，何不以之」，有訛誤，《四庫全書》本作「承約，何以不來」。《御覽》卷七六〇作「文納，何以在人」，與下文「頭下」連讀。舊本作「文約，何以不來」。

〔四〕頭下應曰　舊本「頭下」增「枕」字。

〔五〕汝可就我　《四庫全書》本《御覽》卷七〇七作「汝來就我飲」，舊本同，「來」上有「可」字。

〔六〕至明乃飯臿也　《御覽》卷七〇七作「至乃飲缶也」，《四庫全書》本無「飲」字。《御覽》卷七六〇作「至乃飯函也」。案：函、臿、缶形近。飯函即飯盒，飯臿則飯鍾。至於缶者，則飯盆水盆也。

253 秦巨伯

琅邪秦巨伯，年六十。嘗夜行飲酒，道經蓬山廟。忽見其兩孫迎之，扶持百餘步，便捽伯頸着地〔一〕，罵：「老奴，汝某日捶我，我今當殺汝。」伯思惟，某時信捶此孫。伯乃佯死，乃置伯去。伯歸家，欲治兩孫，孫驚惋叩頭，言：「爲子孫，寧可有此！恐爲鬼魅，乞更試之。」伯意悟。數日，乃詐醉，行此廟間。復見兩孫來，扶持伯。伯乃急持，動作不得〔二〕。達家，乃是兩偶也〔三〕。伯著火炙之，腹背俱焦坼。出著庭中，夜皆亡去，伯恨不得之〔四〕。後月〔五〕，又佯酒醉夜行，懷刃以去，家不知也。極夜不還，其孫恐又爲此鬼所困，乃俱往迎之，伯乃刺殺之。

本條《太平廣記》卷三一七引，出《搜神記》，據輯。

〔一〕便捽伯頸着地　孫潛校本「頸」作「頭」。

〔二〕動作不得　舊本前增「鬼」字，妄也。

〔三〕乃是兩偶也　「偶」原作「人」，舊本同，《四庫全書》本作「偶」。案：觀下文「著火灸之，腹背俱焦坼」，二妖乃蓬山廟木偶，據改。

〔四〕伯恨不得之　舊本「之」上增「殺」字。

〔五〕後月　舊本「月」下增「餘」字。

搜神記輯校卷二〇

變化篇之五

254 瑤草

姑媱山〔一〕，帝之女死，化爲瑤草〔二〕，其葉狌成〔三〕，其華黄色，其實如菟絲。故服瑤草者，恒媚於人焉。

本條《法苑珠林》卷三二引，出《搜神記》，據輯。原出《山海經·中山經》，據校。

〔一〕姑媱山　原訛作「舌埵山」，舊本同，據《山海經》改。《博物志》卷三《異草木》載此，訛作「右詹山」。

〔二〕瑤草　原作「怪草」，舊本同。《山海經》作「䔄草」。案：姑媱即帝女名，《文選》卷一六江淹《別賦》注引宋玉《高唐賦》：「我帝之季女，名曰瑤姬。」（案：今本無。）則作瑤姬。《水經注》卷三四《江水》亦作瑤姬。「瑤」、「媱」相通。䔄草之名由媱而生，是故䔄草又作瑤草，《別賦》：「惜瑤草之徒芳。」注：「《山海經》曰：『姑瑤之山，帝女死焉，名曰女尸。化爲䔄草，其葉胥成，其花黄，其實如兔絲，服者媚於人。』郭璞曰：『瑤與䔄並音遥。』然䔄與瑶同。」故疑「怪」即「瑶」字之形訛，今改作「瑶」。下同。《博物志》訛作「詹草」。

〔三〕其葉甤成　《珠林》宣統本「甤」訛作「蕤」，據《大正新脩大藏經》改。《山海經》作「胥」，郭璞注：「言葉相重也。」《珠林》徑山寺本（卷四三）「甤成」作「蕤茂」，《四庫全書》本及《博物志》作「鬱茂」，舊本同。

255 蒙雙氏

昔者高陽氏，有同産而爲夫婦。帝放之於崆峒之野，相抱而死。神鳥以不死草覆之〔一〕。七年，男女同體而生，二頭四足四手〔二〕，是爲蒙雙氏〔三〕。

本條《法苑珠林》卷三二、《太平御覽》卷八八八引，出《搜神記》，據《珠林》輯。

〔一〕神鳥以不死草覆之　《齊民要術》卷一〇引《外國圖》「草」作「竹」。《博物志》卷二《異人》與此同。

〔二〕二頭四足四手　《珠林》宣統本、徑山寺本、《四庫全書》本（卷四三）作「二頭四足手」，《御覽》同，據《大正新脩大藏經》本補一「四」字。《外國圖》作「同頸異頭，共身四足」，《博物志》作「同頸二頭四手」，意皆同。

〔三〕蒙雙氏 《外國圖》、《博物志》「氏」作「民」。

256 蠶馬

尋舊説云：太古之時，有大人遠征，家無餘人，唯有一男一女〔一〕，并牡馬一疋〔二〕，女親養之。窮居幽處，女思念其父，乃戲馬曰：「爾能爲我迎得父還，吾將嫁汝。」既承此言，馬乃絶韁而去，徑至父所。父見馬驚喜，因取而乘之。馬望所自來，悲鳴不息，父曰：「此馬無事如此，我家得無有故乎？」乃亟乘以歸。爲畜生有非常之情，故厚加芻養。馬不肯食，每見女出入，輒喜怒奮繫〔三〕，如此非一。父怪之，密以問女，女具以告父，必爲是故也。父曰：「勿言，恐辱家門，且莫出入。」於是伏弩射而殺之，曝皮於庭〔四〕。父行，女與隣女之皮所戲，以足蹙之曰〔五〕：「汝是畜生，而欲取人爲婦耶？招此屠剥，如何自苦？」言未及竟，馬皮蹶然而起，卷女以行。隣女忙怕，不敢救之，走告其父。父還求索，已出失之。後經數日，得於大樹枝閒，女及馬皮盡化爲蠶，而績於樹上。其蠒綸理厚大，異於常蠶。隣婦取而養之，其校數倍〔六〕。因名其樹曰桑。桑者，喪也。由斯百姓競種之，今世所養是也。言桑蠶者，是古蠶之餘類也。

案《天官》：「辰爲馬星。」《蠶書》曰：「蠶曰龍精〔七〕。月當大火，則浴其種。」是蠶與馬同氣也。《周禮》馬質職掌「禁原蠶者[八]」，注云：「物莫能兩大，禁原蠶者，爲其傷馬也。」漢禮，皇后親採桑，祀蠶神，曰苑窳婦人、寓氏公主。公主者，女之尊稱也；苑窳婦人，先蠶者也。故今世或謂蠶爲女兒者，是古之遺言也。

本條《稽神異苑》（《類説》卷四〇）、《齊民要術》卷五、《玉燭寶典》卷二、《法苑珠林》卷六三、《藝文類聚》卷八八、《太平御覽》卷七六六、卷八二五、《事物紀原》卷九、《海録碎事》卷一七、《鼠璞》卷下、《天中記》卷五一並引，出《搜神記》。又北宋任廣《書叙指南》卷一七：「蠶曰女兒。」注《搜神記》。今據《珠林》，參酌諸書校輯。

〔一〕唯有一男一女　《稽神異苑》、《齊民要術》、《玉燭寶典》、《類聚》、《御覽》、《事物紀原》、《天中記》均無「一男」，舊本同。

〔二〕牡馬一疋　《珠林》宣統本、徑山寺本、《四庫全書》本（卷八〇）「牡」均作「壯」，據《大正新脩大藏經》本改。

〔三〕奮繫　《珠林》徑山寺本、《四庫全書》本、《大正藏》本及《齊民要術》「繫」作「擊」，舊本同。《御覽》卷七六六、《天中記》作「奪擊」，《御覽》卷八二五作「奪繫」。《法苑珠林校注》據《高麗藏》本改「繫」爲「擊」。案：作「擊」訛。奮繫，奮力掙脱束縛。

〔四〕庭　《鼠璞》作「苞中」，《海録碎事》作「庖中」。《墉城集仙録》卷六《蠶女》作「庭中」。

〔五〕以足蹙之曰　《校注》據《高麗藏》本、《磧砂藏》本、《南藏》本、《嘉興藏》本改「蹙」爲「蹴」，以爲「蹙」字訛。案：《集韻・屋韻》：「蹴，或作蹙。」「蹙」字不誤。

〔六〕其校數倍　《珠林》《大正藏》本「校」作「核」，《四庫全書》本、《校注》本及《天中記》作「收」，舊本同。《類聚》、《御覽》卷七六六作「其收亦倍」，《御覽》卷八二五及《中華古今注》卷下作「其收二倍」。

〔七〕蠶曰龍精　此句諸書皆無，惟見《紺珠集》卷七干寶《搜神記》摘録，汪紹楹輯爲《搜神記佚文》。案：《周禮·夏官司馬·馬質》「禁原蠶者」鄭玄注：「原，再也。《天文》：『辰爲馬。』《蠶書》：『蠶爲龍精。月直大火，則浴其種。』是蠶與馬同氣。物莫能兩大，禁再蠶者，爲傷馬與？」本條「案《天官》」云云即本此。據《紺珠集》補。

〔八〕周禮馬質職掌禁原蠶者　「馬質」原誤作「校人」，據《周禮·夏官司馬》改。校人之職，「掌王馬之政」，見《夏官司馬》。

257　江夏黄母

漢靈帝時，江夏黄氏之母浴，伏盤水中，久而不起，變爲黿矣。婢驚走告，比家人來，黿轉入深淵。其後時時出現。初浴簪一銀釵，猶在其首。於是黄氏累世不敢食黿肉。

本條《法苑珠林》卷三二引，出《搜神記》，據輯。《天中記》卷五七引作《搜神記後志》，疑誤。

258　宣騫母

吴寶鼎元年六月晦日，丹陽宣騫母，年八十矣，亦因池浴〔一〕，化爲黿，其狀如黄氏。騫兄弟四人閉户衛之，掘堂上作大坑〔二〕，瀉水。其黿入水中遊戲〔三〕，一二日間，恒延頸出外望〔四〕。伺户小開，便輪轉自躍，入于深淵，遂不復還。

本條《法苑珠林》卷三二引，出《搜神記》，據輯，校以《宋書·五行志五》、《晉書·五行志下》及《太平廣記》卷四七一引《廣古今五行記》。

〔一〕池浴　徑山寺本、《四庫全書》本（卷四三）「池」作「洗」，舊本同。

〔二〕大坑　《宋志》、《晉志》、《廣古今五行記》作「大坎」，舊本同。

〔三〕其黿入水中遊戲　舊本據《宋志》、《晉志》「其」下補「中」字，連上讀。

〔四〕恒延頸出外望　「外」字《珠林》訛作「亦」，《四庫全書》本及《宋志》、《晉志》、《廣古今五行記》無「出」字，「亦」作「外」，舊本同，據改「亦」爲「外」。

259 玉化蜮

晉獻公二年〔一〕，周惠王居于鄭。鄭人入王府，多取玉焉。玉化爲蜮〔二〕，射人。

本條《法苑珠林》卷三二引，出《搜神記》，據輯。

〔一〕二年　《開元占經》卷一二〇、《太平御覽》卷九五〇、《太平廣記》卷四七三《感應經》引《竹書紀年》俱作「二年春」。

〔二〕多取玉焉玉化爲蜮 《珠林》原引作「多脱化爲蜮」，文有脱訛。據《感應經》補正。《廣記》「焉」訛作「馬」。

260 貙人

江漢之域有貙人〔一〕，其先廩君之苗裔也〔二〕，能化爲虎。長沙所屬蠻縣東高居民，曾作檻捕虎。虎檻發，明日衆人共往格之，見一亭長，赤幘大冠，在檻中坐。民因問：「君何以入此中？」亭長大怒曰：「昨忽被縣召，夜避雨，遂誤入此中耳。急出我。」民曰：「君見召，必當有文書〔三〕。」即出懷中召文書，於是即出之。尋視之，乃化爲虎，上山走。俗云：貙虎化爲人，好着葛衣〔四〕，其足無踵，虎有五指者皆是貙。

本條《太平御覽》卷八九二、卷九〇八，《太平廣記》卷四二六，《天中記》卷六〇，《琅邪代醉編》卷三八並引，出《搜神記》。今參酌諸書校輯。

〔一〕江漢之域有貙人 「江漢」，《御覽》卷八九二作「漢江」，此從《御覽》卷九〇八、《天中記》。案：《文選》卷四左思《蜀都賦》李善注、《御覽》卷八八八引《博物志》：「江漢有貙人。」今本訛作「江陵有猛人」。

〔二〕其先廩君之苗裔也 《御覽》影宋本卷九〇八「廩」字空闕，《四庫全書》本及鮑崇城校刊本作

「稟」，舊本同。案：《後漢書·南蠻傳》載，巴郡南郡蠻之先曰廩君，「廩君死，魂魄世爲白虎。巴氏以虎飲人血，遂以人祠焉」。是則闕字應爲「廩」，據補。

〔三〕必當有文書　《御覽》《四庫全書》本卷八九二作「不當有文書耶」，舊本同。

〔四〕葛衣　《博物志》卷二《異人》作「紫葛衣」，舊本同。

261 新喻男子

豫章新喻縣男子，見田中有六七女，皆衣毛衣。不知是鳥，匍匐往，得其一女所解毛衣，取藏之。即往就諸鳥，諸鳥各飛去，一鳥獨不得去，男子取以爲婦，生三女。其母後使女問父，知衣在積稻下，得之，衣而飛去。後復以衣迎三兒，亦得飛去。

本條《太平廣記》卷四六三引，出《搜神記》，據輯。

262 零陵太守女

漢末，零陵太守史滿有女〔一〕，悦門下書吏〔二〕。乃密使侍婢取吏盥手殘水飲之，遂有孕，十月而生一子。及晬〔三〕，太守令抱兒出門，使求其父，兒匍匐入吏懷〔四〕。吏推之，仆地化爲水。窮問之，具省前事，太守遂以女妻其吏。

本條《藝文類聚》卷八、《獨異志》卷中、《太平御覽》卷五九、《太平廣記》卷三五九、《天中記》卷九並引，出《搜神記》(《獨異志》作干寶《搜神記》)。今據《廣記》，參酌諸書校輯。

〔一〕零陵太守史滿有女　「零陵」，舊本訛作「零陽郡」。案：據《漢書·地理志上》及《後漢書·郡國志四》，漢無零陽郡，而有零陽縣，屬武陵郡。漢有零陵郡，西漢治零陵縣，東漢移治泉陵。「史滿」，《廣記》作「史」，注「闕其名」，據《獨異志》、《天中記》補。

〔二〕書史　《類聚》、《御覽》、《天中記》作「書佐」，舊本同。

〔三〕及晬　《類聚》、《御覽》、《天中記》作「至能行」，舊本同。晬，周歲。

〔四〕兒匍匐入吏懷　《類聚》、《御覽》作「兒直上書佐膝」。《天中記》作「兒匍匐直入書佐懷中」，舊本同。

搜神記輯校卷二一

案：據《晉書》本傳，干寶感其父婢及兄復生事而撰《搜神記》，疑原書有《復生篇》（或曰再生、重生）。本卷所輯爲復生事。

263 田無嗇兒

漢哀帝建平四年四月，山陽方與有女子田無嗇〔一〕，孕，未生二月〔二〕，兒啼腹中。及生不舉，葬之陌上。三日有人過，聞兒啼聲，母掘養之。

本條《法苑珠林》卷九七引，出《搜神記言》（《大正新脩大藏經》本作《搜神異記》），據輯，校以《漢書·五行志下之上》。

〔一〕山陽方與有女子田無嗇　《珠林》宣統本、《大正藏》本、徑山寺本（卷一一六）原作「山陽方有女子田無壹」，《四庫全書》本「壹」作「嗇」，《法苑珠林校注》本作「山陽方與女子田無嗇」，今據《漢志》改。顔師古注：「方與者，山陽之縣也。」案：《漢書·地理志上》山陽郡屬縣有方與。《漢志》「田無嗇」下有「生子」二字，舊本據補。

〔二〕孕未生二月　《漢志》「孕」作「先」。舊本改作「未生二月前」。

264 馮貴人

漢馮貴人死將百歲，盜賊發塚，貴人顔色如故，但肉微冷。羣盜共姦之，致妬忌爭鬭，然後事覺〔一〕。

本條《法苑珠林》卷九七引，出《搜神記言》（《大正新脩大藏經》本作《搜神異記》），《太平御覽》卷五五九引作《搜神記》。《列異傳》已載之，見《藝文類聚》卷三五引，文詳。今據《御覽》、《珠林》互校酌定。

〔一〕「漢馮貴人死將百歲」至「然後事覺」　《列異傳》云：「漢桓帝馮夫人病亡。靈帝時，有賊盜發冢，七十餘年，顔色如故，但小冷。共姦通之，至鬭爭相殺。竇太后家被誅，欲以馮夫人配食。下邳人陳公達議，以貴人雖是先所幸，尸體穢汙，不宜配至尊。乃以竇太后配食。」案：《後漢書》卷六五《段熲傳》載：靈帝建寧三年春，「有盜發馮貴人冢」。卷五六《陳球傳》載，靈帝熹平元年，竇太后崩，中常侍曹節等欲别葬太后，而以馮貴人配祔桓帝，廷尉陳球下議云：「且馮貴人冢墓被發，骸骨暴露，與賊併尸，靈魂汙染，且無功於國，何以上配至尊？」馮貴人卒年不詳，然桓帝本初元年（一四六）即位，其卒自在此後，至建寧三年（一七〇）至多二十年左右，安得謂「死將百歲」或「七十餘年」？《幽明録》（《琱玉集》卷一四引）載此事云卅餘年，相差亦多。考和帝（八八—一〇五在位）妃亦有馮貴人（見《後漢書·鄧皇后紀》），年時相近，疑盜發冢者訛傳爲和帝馮貴人。然《列異傳》下文言以馮貴人配食事，明爲桓帝妃矣。傳聞多誤，不必深究。又案：「陳公達議」有訛，陳公即陳球，字伯真，下邳淮浦人。汪紹楹疑「達」當作「建」，甚是，《後漢書》本傳即載趙忠云「陳廷尉建此議甚健」。舊本全取《列異傳》，惟又據《珠林》略事補訂。

265 史姁

漢陳留考城史姁〔一〕，字威明。年少時嘗得病，臨死謂其母曰：「我死當復生，埋我，以竹杖柱我瘞上。若杖拔〔二〕，掘出我。」及死埋之，柱杖如其言。七日往視之，杖果拔出。即掘屍出，已活，走至井上浴已，平復如故。後與鄰人乘船至下邳賣鋤，不時售，思欲歸。謂人曰：「我方暫歸。」人不信之，曰：「何有千里暫得歸耶？」答曰：「一宿便還，即不相信，作書取報，以爲驗實。」其一宿便還，果得報書，具知消息。考城令江夏鄳賈和姊病在鄉里〔三〕，欲急知消息，請往省之〔四〕。路遥三千，再宿報書，具知委曲。

本條《法苑珠林》卷九七、《太平廣記》卷三七五、《琅邪代醉編》卷一六引，《珠林》注出《搜神記言》（《大正新脩大藏經》本作《搜神異記》），《廣記》、《琅邪代醉編》注出《搜神記》。原載《列異傳》，見《御覽》卷七一〇引，文簡。今據《珠林》、《廣記》及《列異傳》互校酌定。

〔一〕史姁　《列異傳》作「史均」。

〔二〕拔　《廣記》作「折」，舊本同。《珠林》、《琅邪代醉編》、《列異傳》作「拔」。案：拔，挺出。《廣雅》卷一下《釋詁》：「拔……出也。」

〔三〕考城令江夏鄳賈和聞之　《珠林》、《廣記》、《琅邪代醉編》「鄳」作「鄂」，舊本同。汪紹楹校：「明鈔本《太平廣記》『鄂』作『鄭』。按《續漢書·郡國志》，荆州江夏郡有鄳縣。疑當作『鄳』。『鄂』、『鄭』均訛字。」説是，據改。

〔四〕鄉里　《廣記》談愷刊本「鄉」訛作「鄰」，明鈔本作「鄉」。案：舊本此條全據《廣記》輯録，亦訛作「鄰」。

266 長沙桓氏

獻帝初平中，長沙桓氏死。月餘，其母聞棺中有聲，發之，遂生〔一〕。

本條《法苑珠林》卷九七引，出《搜神記言》（《大正新脩大藏經》本作《搜神異記》），據輯。原見《後漢書·五行志五》，舊本據《後漢志》輯。

〔一〕「獻帝初平中」至「遂生」　《後漢志》作：「獻帝初平中，長沙有人姓桓氏，死，棺斂。月餘，其母聞棺中聲，發之，遂生。占曰：『至陰爲陽，下人爲上。』其後曹公由庶士起。」舊本全同。案：《珠林》所引無占辭，干寶此記雖取自司馬彪《續漢書·五行志》，然未必占辭亦取之，舊本並占辭亦輯入，未妥。

267 李娥

建安四年二月〔一〕，武陵充縣女子李娥〔二〕，年六十餘，病死，埋於城外，已十四日。娥比舍有蔡仲，聞娥富，謂殯當有金寶，盜發冢。剖棺，斧數下，娥於棺中言曰：「蔡仲，汝護我頭。」仲驚遽，便出走。會爲吏所見，遂收治，依法當棄市。娥兒聞，來迎出娥，將去。武陵太守聞娥死復生，召見問事狀。娥對曰：「聞謬爲司命所召，到得遣出。過西門，適見外兄劉伯文〔三〕，爲相勞問，涕泣悲哀。娥語曰：『伯文，一日誤見召，今得遣歸，既不知道，又不能獨行，爲我得一伴不？又我見召，在此已十餘日，形體又當見埋藏，歸當那得自出？』伯文曰：『當爲問之。』即遣門卒與户曹相問〔四〕：『司命一日誤召武陵大女李娥〔五〕，今得遣還。娥在此積日，尸喪又當殯斂，當作何等得出？又女弱獨行，豈當有伴邪？是吾外妹，幸爲便安之。』答曰：『今武陵西界民李黑〔六〕，亦得遣還，便可爲伴。』輒令黑過，勑娥比舍蔡仲，令發出娥也〔七〕。於是娥遂得出，與伯文別。伯文曰：『書一封，以與兒佗。』娥遂與黑俱歸。事狀如此。」其語具作鬼聲〔八〕。太守慨然歎曰〔九〕：「天下事真不可知也。」乃表以爲蔡仲雖發冢，爲鬼神所使，雖欲無發，勢不得已，宜加寬宥，詔書報可。太守欲驗語虛實，即遣馬吏於西界推問李黑，得之，黑語協。乃致伯文書與佗，佗識其紙，乃是父亡時送箱中文書也，表文字猶在也，而書不可曉。乃請費長房讀之，曰：「告佗：當從府君出案行〔一〇〕，當以八月八日日中時，武陵城南溝水畔頓，汝是時必往。」到期，悉將大小於城南待之，須臾果至，但聞人馬隱隱之聲，詣溝水，便聞有呼聲曰：「佗來，汝得我所寄李娥書不邪？」曰：「即得之，故來至此。」伯文以次呼家中大小問之〔一一〕，悲傷斷絶，曰：「死生異路，不能數得汝消息。吾亡後，兒孫乃爾許人〔一二〕。」良久，謂佗曰：「來春大病，與此一丸藥，以塗門户，則辟來年妖厲矣。」言訖忽去，竟不得見其形。至前春，武陵果大病，白日見鬼，唯伯文之家鬼不敢向。費長房視藥曰：「此方相腦也〔一三〕。」

本條《後漢書・五行志五》注、《法苑珠林》卷九七、《才鬼記》卷一、《東漢文紀》卷二七引，《才鬼記》係據《後漢志》注轉引。《後漢志》注、《才鬼記》、《東漢文紀》云干寶《搜神記》，《珠林》云出《搜神記言》（《大正新脩大藏經》本作《搜神異記》）。《太平廣記》卷三七五引《窮神祕苑》（唐焦璐撰）採此。《後漢志》注引文頗備，當近原文。今據《後漢志》注輯録，校以《珠林》及《窮神祕苑》。

〔一〕建安四年二月　《後漢志》注無此，《才鬼記》同，《珠林》引作「漢建安中」。案：《後漢志》正文云「建安四年二月」，故注文省去紀時，今據《後漢志》補。舊本亦補。

〔二〕李娥　《廣記》引《窮神祕苑》作「李俄」，明鈔本、孫潛校本作「李娥」。《珠林》訛作「李妖」。

〔三〕外兄劉伯文　《窮神祕苑》作「内兄劉文伯」，誤。

〔四〕即遣門卒與户曹相問　舊本「户」作「尸」。

〔五〕大女李娥　舊本「大女」作「女子」。案：大女指成年女子。《管子·海王》：「終月大男食鹽五升少半，大女食鹽三升少半，吾子食鹽二升少半。」

〔六〕今武陵西界民李黑　《後漢志》注「界」原作「男」。案：古籍中未見有「男民」一詞，男性平民但稱民耳。下文云「即遣馬吏於西界推問李黑」，而《窮神祕苑》此句作「今武陵西界有男子李黑」（舊本同），知「男」當爲「界」之訛，據改。

〔七〕輒令黑過勑娥比舍蔡仲令發出娥也　《窮神祕苑》作「兼敕黑過俄鄰舍，令蔡仲發出」。

〔八〕其語具作鬼聲　此句《後漢志》注無，據宣統本《珠林》姑補於此。《大正藏》本、《四庫全書》本、徑山寺本（卷一一六）、《法苑珠林校注》本「聲」作「神」。

〔九〕太守慨然歎曰　《窮神祕苑》「太守」下有「聞之」二字，舊本據補。

〔一〇〕當從府君出案行　舊本作「我當從府君出案行部」。案：案行即行部，皆官員巡視所轄地方之意，「部」字妄增。

〔一一〕呼家中大小問之　舊本「問」作「久」，誤。

〔一二〕兒孫乃爾許人　「人」舊本作「大」，誤。爾許，如此。此句意謂想不到兒孫竟有這麽些人。

〔一三〕此方相腦也　《後漢志》「腦」原作「臨」，《才鬼記》作「腦」，《琅邪代醉編》卷一六引《續漢志》

同，舊本亦作「腦」。案：唐段成式《酉陽雜俎》前集卷一三《尸穸》云：「據費長房識李娥藥丸，謂之方相腦，則方相或鬼物也，前聖設官象之。」李時珍《本草綱目》卷五一下云：「罔兩，一作魍魎，又作方良。《周禮》方相氏執戈入壙以驅方良，是矣。罔兩好食亡者肝，故驅之。其性畏虎、柏，故墓上樹石虎植柏。《國語》云：『木石之怪，夔罔兩；水石之怪，龍罔象。』即此。《述異記》云：『秦時陳倉人獵得獸，若彘若羊。逢二童子曰：「此名弗述，又名蝹，在地下食死人腦。但以柏插其首則死。」』此即罔兩也。雖於藥石無與，而於死人則關，故録之。其方相有四目，若二目者爲魌，皆鬼物也。古人設人像之。昔費長房識李娥藥丸，用方相腦。則其物亦入辟邪方藥，而法失傳矣。」方相者驅鬼之神獸，喜食死人腦，故鬼畏之。辟邪藥丸名方相腦者，殆此意也。據改。

268 賈偶

建安中，南陽賈偶〔一〕，字文合，得病卒亡。死時，有吏將詣太山，同名男女十人。司命閲呈〔二〕，謂行吏曰：「當召某郡文合來，何以召此人？可速遣之。」時日暮，治下有禁，不得舍，遂至郭門外大樹下宿。有好女獨行無伴，文合問之曰：「子似衣冠家，何爲步行？姓字爲誰？」女曰：「我三河人也，父見爲弋陽令〔三〕。昨錯被召來，今得遣去。遂逼日暮，懼獲瓜田李下之譏，望君之容，似類賢者，是以停留，依憑左右。」文合曰：「悦子之心，願交歡於今夕。」女曰：「聞之諸姑，婦人以貞專爲德，潔白爲稱。」文合與相反覆，終無動志，天明別去〔四〕。文合死已再宿，停喪當斂，視其面有色，捫心下稍温，半日間蘇〔五〕。文合將驗其事，遂至弋陽，問其令，則女父也。修刺謁令，因問曰：「某月某日君女寧卒亡而却生耶？」具説女姿顏服色，言語相反覆本末。令入問女，所言皆與文合同。令大驚嘆，竟以女配文合焉。

本條《太平御覽》卷八八七、《太平廣記》卷三八六、《新編分門古今類事》卷一六、《琅邪代醉編》卷三三引，出《搜神記》，又見《類説》卷七摘録《搜神記》。今據《御覽》，參酌諸書校輯。

〔一〕賈偶　舊本「偶」作「偊」。案：賈字文合，名當爲偶。諸書皆作「偶」，舊本誤。

〔二〕呈　《廣記》作「簿」，舊本同。孫潛校本作「呈」。

〔三〕弋陽令　《御覽》「弋陽」作「易陽」，《類説》、《古今類事》、《琅邪代醉編》同，鮑崇城校宋本及《廣記》作「弋陽」，《廣記》下文明鈔本、孫校本則作「易陽」。案：據《後漢書·郡國志》，弋陽屬豫州汝南郡，與荆州南陽郡相鄰，而易陽屬冀州趙國，與南陽相距遥遠，應作「弋陽」，據改。下同。

〔四〕天明別去　《廣記》、《類説》「別」作「各」，舊本同。

〔五〕半日間蘇　《廣記》作「少頃却蘇」，舊本同。

269 柳榮

臨海松陽人柳榮，從張悌至楊府拒晉軍。榮病死船中二日〔一〕，時軍已上岸，無有埋之者，忽然大呼言：「人縛軍師！人縛軍師！」聲激揚，遂活。人問之，榮曰：「至上天北斗門下〔二〕，卒見人縛張軍師〔三〕，意中大愕，不覺大呼言：『何以縛張軍師？』門下人怒榮，叱逐使去。榮便去，怖懼，口餘聲發揚耳。」其日，悌戰死。榮至元帝時猶在〔四〕。

本條《三國志·吳書·孫皓傳》注、《太平御覽》卷八八七、《駢志》卷一二引，出《搜神記》。又《赤城志》卷三二《人物門》：「張悌，臨海人，爲吳丞相。天紀四年爲晉兵所殺。見《吳志》及《搜神記》。」今互校輯録。

〔一〕榮病死船中二日　《真誥》卷一三《稽神樞》：「孫皓敗將張悌軍人柳榮，病死已三日。」

〔二〕至上天北斗門下　「至」字據《真誥》補。

〔三〕張軍師　《御覽》、《駢志》作「張軍帥」。案：《三國志》：「（天紀三年）八月，以軍師張悌爲丞相。」天紀四年注引干寶《晉紀》：「吳丞相軍師張悌。」據改。

〔四〕榮至元帝時猶在　《三國志》注原作「晉元帝」，干寶晉人，不當云「晉」，今删。

270 河間男女

武帝世〔一〕，河間郡有男女相悅〔二〕，許相配適。既而男從軍，積年不歸。父母以女別適人，女不願行。父母逼之而去〔三〕，無幾而憂死〔四〕。其男戍還，問女所在，其家具説之。乃至塚所，始欲哭之叙哀〔五〕，而已不勝其情，遂發塚開棺，女即時蘇活。因負還家，將養數日，平復。其夫聞，乃往求之。其人不還，曰：「卿婦已死，天下豈聞死人可復活耶？此天賜我，非卿婦也。」於是相訟。郡縣不能決，以讞廷尉。廷尉奏以精誠之至〔六〕，感於天地，故死而更生。在常理之外，非禮之所處，刑之所裁，斷以還開塚者〔七〕。

本條《法苑珠林》卷七五、《太平御覽》卷八八七、《太平廣記》卷三七五並引，出《搜神記》，又《廣記》卷一六一引《法苑珠林》。明梅鼎祚編《西晉文紀》卷二〇輯入《廷尉爲男感女重生奏》，末注：「王琰《冥祥記》引《搜神記》。」然《冥祥記》佚文未見此事（參見王國良《冥祥記研究》）。今參酌諸書校輯。

〔一〕武帝世　《珠林》、《御覽》、《廣記》前原有「晉」字，今删。《宋書·五行志五》作「晉惠帝世」，《晉書·五行志下》作「元康中」，元康乃惠帝年號。

〔二〕河閒郡有男女相悦　《宋志》、《晉志》云「梁國女子許嫁」，以爲梁國人。舊本「相」作「私」。

〔三〕父母逼之而去　此句據《廣記》卷三七五。舊本據《宋志》、《晉志》在「而去」上補「不得已」三字。

〔四〕無幾而憂死　舊本作「尋病死」，乃據《廣記》卷三七五。

〔五〕始欲哭之叙哀　舊本、《學津討原》本「叙」作「盡」，《津逮祕書》本乃作「叙」。案：諸書所引皆作「叙」。

〔六〕廷尉奏以精誠之至　《宋志》、《晉志》云「祕書郎王導議曰」。案：《宋志》所記此事當别有所據，非本本書，《晉志》乃襲《宋志》。《晉書》卷六五《王導傳》載：「王導……年十四，陳留高士張公見而奇之……司空劉寔尋引爲東閤祭酒，遷祕書郎、太子舍人、尚書郎，並不行。」王導咸康五年（三三九）薨，年六十四，應生於武帝咸寧二年（二七六），十四歲時爲武帝太康十年（二八九），兩年後武帝崩矣。據《晉書》卷四一《劉寔傳》，惠帝元康九年（二九九）策拜劉寔爲司空，《晉書·惠帝紀》乃稱永康元年（三〇〇），是則王導遷祕書郎殆在惠帝永康前後。《宋志》所記乃晉惠帝時事，稱祕書郎王導議自可，而本書爲晉武帝時事，斷不當涉祕書郎王導也。諸書所引皆作「廷尉」，舊本據《宋志》、《晉志》而改「廷尉」爲「祕書郎王導」，誤甚。《四庫全書》本《御覽》亦作「祕書郎王導」，疑爲四庫館臣據今本《搜神記》妄改（案：《四庫全書考證》卷五八《太平御覽考證》未有此條校記）。

〔七〕在常理之外非禮之所處刑之所裁斷以還開塚者　此據《珠林》、《御覽》（《御覽》無「在」字），《廣記》卷三七五作「是非常事，不得以常理斷，請還開棺（明鈔本作塚）者」。案：《宋志》、《晉志》作「此是非常事，不得以常理斷之，宜還前夫」，下又云「朝廷從其議」，與本書不同。舊本此節依據《宋志》、《晉志》，而又删「宜還前夫」四字。

271 顏畿

咸寧中〔一〕，琅邪顏畿，字世都。得病，就醫張瑳自治〔二〕，死於瑳家〔三〕。家人迎喪，旐每繞樹木不可解，送喪者或爲之傷〔四〕。乃託夢曰〔五〕：「我壽命未應死，但服藥太多，傷我五臟耳。今當復活，慎無葬我也。」父拊而祝之曰：「若爾有命，復當更生，豈非骨肉所願？今但欲還家，不葬爾也。」旐乃解，還家。乃開棺，形骸如故，微有人色，而手爪所刮摩，棺板皆傷〔六〕。於是漸有氣息，以綿飲瀝口，能咽，遂乃出之。日久飲食稍多〔七〕，能開目視瞻，屈伸手足，然不與人相當，不能言語，飲食猶常人〔八〕。如此者十餘年，家人疲於供護，不復得操事。其弟弘都，絶棄人事，躬自侍養，以知名〔九〕。後氣力稍更衰劣，卒復還死也〔一〇〕。

本條《太平御覽》卷八八七、《太平廣記》卷三八三引，出《搜神記》。今互校輯録。

〔一〕咸寧中　《御覽》、《廣記》原有「晉」字，今删。案：《宋書·五行志五》記此事云晉武帝咸寧二年十二月，《晉書·五行志下》云咸寧二年十二月。舊本據《晉志》補入年月。

〔二〕就醫張瑳自治　《御覽》「瑳」作「嗟」，當訛，據《四庫全書》本、鮑崇城校刊本及《廣記》改。《廣記》孫潛校本作「嗟」。「自」，鮑崇城校刊本作「使」，舊本同。案：作「自」亦不誤，自治者謂自行處置或管理。《史記》卷四八《陳涉世家》：「諸將徇地……其所不善者，弗下吏，輒自治之。」《索隱》：「謂朱房、胡武等以素所不善者，即自驗問，不往下吏。」《漢書》卷九五《南粤傳》：「服嶺以南，王自治之。」

〔三〕死於瑳家　舊本此句下據《宋志》、《晉志》補「棺斂已久」四字。

〔四〕送喪者或爲之傷　此據《御覽》。鮑崇城校刊本「傷」作「憑」。舊本改作「人咸爲之感傷」。

〔五〕乃託夢曰　此據《廣記》。《御覽》作「乃言曰」。《四庫全書》本作「引喪者忽顛仆，稱纖言曰」，舊本同。案：《晉書》卷八八《顔含傳》詳載此事，此作「引喪者顛仆，稱纖言曰」，舊本實據此而改，而《四庫全書》本疑亦爲館臣改，非原文也。《宋志》、《晉志》作「家人咸夢畿謂己曰」，事與《廣記》同。

〔六〕乃開棺形骸如故微有人色而手爪所刮摩棺板皆傷　舊本作：「其婦夢之曰：『吾當復生，可急開棺。』婦便説之。其夕，母及家人又夢之。即欲開棺，而父不聽。其弟含，時尚少，乃慨然曰：『非常之事，自古有之。今靈異至此，開棺之痛，孰與不開相負。』父母從之，乃共發棺，果有生驗，以手刮棺，指爪盡傷，然氣息甚微，存亡不分矣。」全據《晉書·顔含傳》。

〔七〕日久飲食稍多　舊本「日久」作「將護累月」，乃據《晉書·顔含傳》。

〔八〕飲食猶常人　舊本作「飲食所須，托之以夢」，乃據《晉書·顔含傳》。

〔九〕以知名　《御覽》《四庫全書》本、鮑崇城校刊本下有「州黨」二字，舊本同。

〔一〇〕卒復還死也　案：《宋志》、《晉志》云「二年復死」。《晉書·顔含傳》云：「含（顔含，字弘都）乃絶棄人事，躬親侍養，足不出户者十有三年。石崇重含淳行，贈以甘旨，含謝而不受。……畿竟不起。」則十三年後畿死。

272 杜錫婢

杜錫，字世嘏〔一〕。家葬，而婢誤不得出。後十餘年，開塚祔葬，而婢尚生。其始如瞑，有頃漸覺。問之，自謂當一再宿耳。初婢埋時，年十五六。及開塚後，姿質如故，猶十五六也。嫁之，有子〔二〕。

本條《藝文類聚》卷三五、《法苑珠林》卷九七、《初學記》卷一九、《太平廣記》卷三七五、《太平御覽》卷五〇〇並引，出《搜神記》（《珠林》宣統本作《搜神記言》，《大正新脩大藏經》本作《搜神異記》，《初學記》作干寶《搜神記》）。《宋書·五行志五》、《晉書·五行志下》亦載，當採本書。今參酌諸書校輯。

〔一〕杜錫字世嘏　《類聚》、《初學記》作「晉杜嘏」，《珠林》作「漢杜嘏」（《四庫全書》本卷一一六據《搜神記》改「漢」爲「晉」，改「嘏」爲「錫」，見《四庫全書考證》卷七二），《廣記》作「漢杜錫」，《御覽》作「晉杜士嘏」（《四庫全書》本、鮑崇城校刊本「士」作「世」）。案：《晉書》卷三四《杜預傳》附《杜錫傳》載，杜錫乃杜預子，字世嘏。諸書所引或名或字，且多有脱訛，然據知原文當著其字，今據《晉書》本傳補正。《宋志》、《晉志》姓名不誤，事繫於惠帝世。

〔二〕猶十五六也嫁之有子　此據《類聚》、《初學記》、《御覽》、《宋志》、《晉志》同。《珠林》、《廣記》俱作「更生十五六年，嫁之有子」，舊本據輯。案：婢更生十五六年，三十餘歲矣，方得嫁人，於情理難合，今不取。

273 賀瑀

會稽山陰賀瑀，字彦琚。曾得疾，不知人，惟心下尚温。居三日乃蘇，云：「吏將上天，見官府，府君居處甚嚴，使人將瑀入曲房。房中有層架，其上層有印，中層有劍，使瑀唯意取之。印雖意所好〔一〕，而瑀短不及上層，取劍以出。門吏問曰：『子何得也？』瑀曰：『得劍。』吏曰：『恨不得印，可以驅策百神。今得劍，唯得使社公耳。』」疾既愈，果有鬼來白事，自稱社公。每行，即社公拜謁道下，瑀深惡之。

本條《太平御覽》卷三四四引，出《搜神記》。後又載《録異傳》（《北堂書鈔》卷八七、《初學記》卷一三、《太平廣記》卷三八三引，見《古小説鉤沈》輯本），文句多同而稍詳，知採本書。今參酌《御覽》、《録異傳》校輯。

〔一〕印雖意所好　《廣記》談愷刻本「印」訛作「及」，據明鈔本、《四庫全書》本改。

274 馮稜妻

馮稜妻死，稜哭之慟，乃歎曰：「奈何不生一子而死！」俄而妻復蘇。後孕，十月産訖而死。

本條《獨異志》卷中引，出《搜神記》，據輯。案：舊本未輯。汪紹楹輯入《搜神記佚文》。

275 李通

蒲城李通死，來云：見沙門法祖，爲閻羅王講《首楞嚴經》。又見道士王浮，身被鎖械，求祖懺悔，祖不肯赴。

本條見唐釋道宣編《集古今佛道論衡》卷丁《今上在東都有洛邑僧靜泰勑對道士李榮叙道事第五》：「顯慶五年八月十八日，敕召僧靜泰、道士李榮在洛宫中。帝問僧曰：『《老子化胡經》述化胡事，其事如何？可備詳其由緒。』靜泰奏言：『……泰據《晉代雜録》及裴子野《高僧傳》，皆云道士王浮與沙門帛祖對論，每屈，浮遂取《漢書·西域傳》，擬爲《化胡經》。《搜神記》、《幽明録》等，亦云王浮造僞之過。』」據此，知《搜神記》有王浮造《老子化胡經》事。案：王浮事迹略載於梁釋僧祐《出三藏記集》卷一五《法祖法師傳》：「帛遠字法祖，本姓萬氏。……晉惠之末……奄然命終。……後少時，有一人姓李名通，死而更蘇，云見祖法師在閻羅王處，爲王講《首楞嚴經》，講竟應往忉利天。又見祭酒王浮，一云道士基公，次被鎖械，求祖懺悔。昔祖平素之日，與浮每爭邪正，浮屢屈。既意不自忍，乃作《老子化胡經》，以誣謗佛法。殃有所歸，故死方思悔。」梁釋慧皎《高僧傳》卷一《帛遠傳》亦載，文字全同。唐釋法琳《辯正論》卷五《佛道先後篇》引《晉世雜録》云：「道士王浮，每與沙門帛遠抗論，王浮屢屈焉。遂改换《西域傳》爲《化胡經》，言喜與聃化胡作佛，佛起於此。」陳子良注引梁裴子野《高僧傳》云：「晉慧帝時，沙門帛遠，字法祖。每與祭酒王浮，一云道士基公，次共諍邪正，浮屢屈焉。既瞋不自忍，乃託《西域傳》爲《化胡經》，以誣佛法。遂行於世，人無知者。殃有所歸，致患累載。」又引劉義慶《幽明録》云：「蒲城李通死，來云：見沙門法祖，爲閻羅王講《首楞嚴經》。又見道士王浮，身被鎖械，求祖懺悔，祖不肯赴。」下有「辜負聖人，死方思悔」二句，當爲注者語。據唐釋智昇《開元釋教録》卷一「無量壽經二卷」注，《晉世雜録》，晉末竺道祖撰。《晉世雜録》等所載，雖爲一事，但各不相同，故而陳注引裴子野《高僧傳》及《幽明録》以注《晉世雜録》。頗疑《幽明録》據《搜神記》，今姑據《幽明録》輯録。舊本未輯。

搜神記輯校卷二二

案：本卷及下卷所輯爲鬼事。

276 周式

漢下邳周式，嘗至東海，道逢一吏〔一〕，持一卷書，求寄載。行十餘里，謂式曰：「吾暫有所過，留書寄君船中，慎勿發之。」去後，式盜發視書，皆諸死人録，下條有式名。須臾吏還，式首道視書〔二〕，吏怒曰：「故以相告，而勿視之〔三〕。」式叩頭流血。良久，吏曰：「感卿遠相載，此書不可除。卿今日已去〔四〕，還家，三年勿出門，可得度也。勿道見吾書。」式還不出，已二年餘，家皆怪之。隣人卒亡，父怒，使往弔之。式不得止〔五〕，適出門，便見此吏。吏曰：「吾令汝三年勿出，而今出門，知復奈何？吾求汝不見，連累爲得鞭杖〔六〕。今已見汝，無可奈何。後三日日中，當相取也。」式還涕泣，具道如此。父故不信，母晝夜與相守涕泣〔七〕。至三日日中時見來取〔八〕，便死。

本條《法苑珠林》卷四六引，出《搜神記》，《太平廣記》卷三一六引《法苑珠林》，又《太平御覽》卷八八四引《南中八部志》亦載，文大同。今據《珠林》，參酌《御覽》、《廣記》校輯。

〔一〕吏　《御覽》作「使」。

〔二〕式首道視書　《珠林》脱「道」字，《廣記》乃又改「首」爲「猶」，舊本同。今據《御覽》補「道」字。首道，向道也。《史記·淮陰侯列傳》：「北首燕路。」《正義》：「首，音狩，向也。」

〔三〕而勿視之　《廣記》「而勿」作「何忽」。舊本據改「勿」爲「忽」。

〔四〕此書不可除卿今日已去　舊本「卿」下加「名」字，屬上讀。《法苑珠林校注》據舊本補「名」字，不當。

〔五〕止　《御覽》及《廣記》明鈔本作「已」，舊本同。

〔六〕吾求汝不見連累爲得鞭杖　《珠林》、《廣記》無「汝」字，據《御覽》補。《珠林》《大正新脩大藏經》本及《廣記》「累」作「相」，《御覽》同。

〔七〕母晝夜與相守涕泣　舊本脱「涕泣」二字。

〔八〕至三日日中時見來取　舊本「見」上加「果」字。

277 陳仲舉

陳仲舉微時，嘗宿黄申家，而申婦方産。有扣申門者，家人咸不知。久久方聞屋裏有言〔一〕：「賓堂下有人，不可進。」扣門者相告曰：「今當從後門往。」其一人便往。有頃還，留者問之：「是何等？名爲何？當與幾歲？」往者曰：「男也，名爲奴，當與十五歲。」

「後應以何死？」答曰：「應以兵死。」仲舉告其家曰：「吾能相，此兒當以兵死。」父母驚之，寸刃不使得執也。至年十五，有置鑿於梁上者，其末出。奴以爲木也，自下以長木鈎鈎之，鑿從梁落，陷腦而死。後仲舉爲豫章太守，故遣吏往餉之申家，并問奴所在，其家以此具告仲舉。仲舉歎此謂命矣〔二〕。

本條《太平御覽》卷三六一、卷七六三引，出《搜神記》。卷三六一末注「《幽明録》同」，然與《太平廣記》卷一三七、卷三一六所引《幽明録》情事實有不同。又宋末王應麟《困學紀聞》卷一七《評文》云：「按《搜神記》陳仲舉宿黄申家，《列異傳》華子魚宿人門外，皆因所宿之家生子，而夜有扣門者，言所與歲數。」今據《御覽》卷三六一，參酌《御覽》卷七六三校輯。

〔一〕久久方聞屋裏有言　《御覽》卷七六三作「須臾門裏言」。

〔二〕仲舉歎此謂命矣　《四庫全書》本《御覽》卷三六一作「仲舉歎曰此命也」，舊本作：「仲舉歎曰：『此謂命也。』」

278 蘇韶

故中牟令蘇韶〔一〕，有才識，咸寧中卒〔二〕。乃晝現形於其家，諸親故知友聞之，並同集。飲噉言笑，不異於人。或有問者：「中牟在生，多諸賦述，言出難尋。請叙死生之事，可得聞耶？」韶曰：「何得有隱。」索紙筆，著《死生篇》。其詞曰：「運精氣兮離故形，神眇眇兮爽玄冥〔三〕。歸北帝兮造酆京，崇墉鬱兮廓崢嶸。升鳳闕兮謁帝庭〔四〕，邇卜商兮室顔生。親大聖兮項良成〔五〕，希吴季兮慕嬰明〔六〕。抗清論兮風英英，敷華藻兮文璨榮。庶擢身兮登崑瀛，受祚福兮享千齡。」餘多不盡録〔七〕。初見其詞，若存若亡〔八〕。

本條《道宣律師感通録》及《律相感通傳》（案：二者乃一書）引，前云：「余曾見太常于（干字之訛）寶撰《搜神録》，述……」《律相感通傳》文詳，據輯。案：舊本未輯。汪紹楹據《道宣律師感通録》輯入《搜神記佚文》。

〔一〕故中牟令蘇韶　前原有「晉」字，乃道宣轉述語，寶書不當稱「晉」，今删。

〔二〕咸寧中卒　《道宣律師感通録》「咸寧」訛作「感冥」。案：《建康實録》卷九咸康二年載干寶事迹，注引《三十國春秋》：「是年，天台令蘇韶卒。」《太平御覽》卷三七三引王隱《晉書》乃云蘇「咸寧初亡」。則應作「咸寧」。咸寧，晉武帝年號，而咸康東晉成帝年號，干寶卒於咸康二年。

〔三〕神眇眇兮爽玄冥　《道宣律師感通録》「眇眇」作「渺渺」。

〔四〕升鳳闕兮謁帝庭　《道宣律師感通録》訛作「叔鳳闕兮詞帝庭」。

〔五〕項良成　《道宣律師感通録》作「頌梁成」，「頌」字訛。案：《太平廣記》卷三一九引王隱《晉書》：「鬼之聖者，今項梁成；賢者，吴季子。」《太平御覽》卷八八三引王隱《晉書》作「梁成」，無「項」字。《真誥》卷一五《闡幽微第一》注引《蘇韶傳》云：「鬼之聖者有項梁城，賢者有吴季子。但不知項是何世人也。或恐是項羽之叔項梁，而不應聖於季子也。」此據《學津討原》本，《道藏》本《真誥》作「項梁義」。

〔六〕慕嬰明　《道宣律師感通録》「慕」作「英」。

〔七〕餘多不盡録　「録」字據《道宣律師感通録》補。

〔八〕案：蘇韶亡魂顯靈事，他書多有載，兹録以備參。《建康實録》卷九咸康二年注引《三十國春秋》：「是年，天台令蘇韶卒。卒後，韶從弟節見韶乘馬晝日而行，着黑介幘、黄綵單衣。節問曰：『兄何由來？』韶曰：『欲改葬。』節因問幽冥之事，韶曰：『死者爲鬼，俱行天地之中，在人間而不與生者接。顔回、卜商今見爲修文郎。死之與生，略無有異，死虚生實，此有異爾。』節曰：『死者何故不復歸其屍乎？』對曰：『譬若斷兄一臂以投地，就剥削之，于兄有患否？死者屍骸亦如此也。』節曰：『厚葬爽塏，死者樂乎？』韶曰：『何樂之有！』節曰：『若然，兄何故改葬？』韶曰：『述生時事耳。』言終而不見。」《蒙求集註》卷上亦引。又《太平廣記》卷三一九引王隱《晉書》曰：「蘇韶，字孝先，安平人也，仕至中牟令，卒。韶伯父承，爲南中郎軍司而亡。諸子迎喪還，到襄城。第九子節，夜夢見鹵簿，行列甚肅。見韶，使呼節曰：『卿犯鹵簿，罪應髡刑。』節俛受剃。驚覺摸頭，即得斷髮。明暮，與人共寢，夢見韶曰：『卿髡頭未竟。』即復剃如前夕。其日暮，自備甚謹，明燈火，設符刻。復夢見韶，髡之如前夕者五。節素美髮，五夕而盡。間六七日，不復夢見。後節在車上，晝日，韶自外入。乘馬，著黑介幘，黄練單衣，白襪幽履，憑節車轅。節謂其兄弟曰：『中牟在此。』兄弟皆愕視，無所見。問韶：『君何由來？』韶曰：『吾欲改葬。』即求去，曰：『吾當更來。』出門不見。數日又來。兄弟遂與韶坐，節曰：『若必改葬，别自敕兒。』韶曰：『吾將爲書。』節授筆，韶不肯，曰：『死者書與生者異。』爲節作其字，像胡書也。乃笑，即唤節，爲書曰：『古昔魏武侯，浮於西河，而下中流，顧謂吴起曰：「美哉河山之固，此魏國之寶也。」吾性愛好京洛，每往來出入，瞻視邙上，樂哉，萬世之墓也。北背孟津，洋洋之河；南望天邑，濟濟之盛。此志雖未言，銘之於心矣。不圖奄忽，所懷未果。前去十月，便速改葬。在軍司墓次，買數畝地，便足矣。』節與韶語，徒見其口動，亮氣高聲，終不爲傍人所聞。延韶入室，設坐祀之，不肯坐。又無所饗，謂韶曰：『中牟平生好酒魚，可少飲。』韶手執杯飲盡，曰：『佳酒也。』節視杯空。既去，杯酒乃如故。前後三十餘來，兄弟狎翫。節問所疑，韶曰：『言天上及地下事，亦不能悉知也。顔淵、卜商，今見在爲修文郎。修文郎凡有八人。鬼之聖者，今項梁成；賢者，吴季子。』節問死何如生，韶曰：『無異，而死者虚，生者實，此其異也。』節曰：『死者何不歸屍體？』韶曰：『譬如斷卿一臂以投地，就剥削之，於卿有患不？死之去屍骸，如此也。』節曰：『厚葬以墳壠，死者樂此否？』韶曰：『無在也。』節曰：『若無在，何故改葬？』韶曰：『今我誠無所在，但欲述生時意耳。』弟（明鈔本作節）曰：『兒尚小，嫂少，門户坎坷，君顧念否？』韶曰：『我無復情耳。』節曰：『有壽命否？』韶曰：『各有。』節曰：『節等壽命，君知之否？』曰：『知語卿也。』節曰：『今年大疫病何？』韶曰：『劉孔才爲太山公，欲反，擅取人以爲徒衆。北帝知孔才如此，今已誅滅矣。』節曰：『前夢君剪髮，君之鹵簿導誰也？』韶曰：『濟南王也。卿當死，吾念護卿，故以刑論卿。』節曰：『能益生人否？』韶曰：『死者時自發意念生，則吾所益卿也。若此自無情，而生人祭祀以求福，無益也。』節曰：『前夢見君，豈實相見否？』韶曰：『夫生者夢見亡者，亡者見之也。』節曰：『生時仇怨，復能害之否？』韶曰：『鬼重殺，不得自從。』節下車，韶大笑節短，云：『似趙麟舒。』趙麟舒短小，是韶婦兄弟也。韶欲去，節留之，閉門下鎖鑰，韶爲之少住。韶去，節見門故閉，韶已去矣。韶與節别曰：『吾今見爲修文郎，守職不得來也。』節執手，手軟弱，捉覺之，乃别。自是遂絶。」《太平御覽》卷三七三、卷五五四、卷八八三亦引。卷三七三引云：「故中牟令蘇韶，字孝先，咸寧初亡。諸子迎喪到襄城。第九子節，夢見鹵簿，行列甚肅，見韶曰：『卿犯鹵簿，應髡刑。』節俛受髡。覺，循見頭髮視，截如指大。後又夢見韶截之。節素美髮，五截而盡。」卷五五四引云：「蘇韶，安平人也。爲中牟令。第九子名節，晝日見韶入，乘馬介，黄練衣。曰：『吾欲改葬。』乃授節，爲書曰：『吾性愛好京洛，每往來，瞻覩芒山上，樂哉乎！此萬代之基也。背孟津洋洋之河，南望天邑濟濟之盛。此志雖未言，銘之於心。不圖奄忽，所懷未果。前至十月，可速改葬。買數畝地，便自足矣。』」卷八八三引云：「蘇韶，字孝先，安平人也。仕至中牟令，卒。韶伯父第九子節，在車上。晝日韶自外入，乘馬。日黑，又介幘，黄疏單衣，白襪絲履，憑節車轅。節謂兄弟曰：『中牟在此。』兄弟皆愕視，無所見。問韶：『君何由來？』韶曰：『吾欲改葬。』

即求去。數日又來，兄弟遂與韶坐。節曰：『若必改葬，别自勑兒。』韶曰：『吾將爲書。』節授筆，韶不肯，曰：『死者書與生者異。』爲節作其字，像胡書也。乃笑，唤節，爲書曰：『昔魏武侯，浮於西河，而下中流，顧謂吴起曰：「美哉河山之固，此魏國之寶也。」吾性愛好京洛，每往來出入，瞻視邙山，樂哉，萬世之基也。北背孟津，洋洋之河；南望天邑，濟濟之盛。此志雖未言，銘之於心矣。不圖奄忽，所懷未果。前去十月，便速改葬。買數畝地，便足矣。』節延韶入室，設坐祀之，不肯坐。又無所饗，謂韶曰：『中牟平生好酒，可少飲。』韶手執盃飲盡，曰：『佳酒也。』節視杯空。既去，杯酒乃如故。前後三十餘來，兄弟狎翫。節問所疑，韶曰：『言天上及地下事，亦不能悉知也。顔淵、卜商，今見在爲脩文郎。凡有八人。鬼之聖者梁成，賢者吴季子。』節問死何如生，韶曰：『無異耳。死者虚，生者實，此其異也。』節曰：『死者何不歸屍骸？』韶曰：『譬如斷卿一臂以投地，就剥削之，於卿有患乎？死之去屍骸，如此也。』節曰：『厚葬美墳，死者樂乎？』韶曰：『無在也。』節曰：『若無在，何改葬？』韶曰：『今我誠無所在，但欲述生時意耳。』韶欲去，節留之，閉門下鑠鑰，韶爲之少住。韶去，節見門故閉，韶已去矣。韶與節别曰：『吾今見爲脩文郎，守職不下得來也。』節執手乃别。自是遂絶。」又，《真誥》卷一五注引《蘇韶傳》云：「鬼之聖者有項梁成，賢者有吴季子。」「修門郎有八人，乃言顔淵、卜商，今見居職。」卷一六注引《蘇韶傳》：「劉孔才爲太山公，欲反，北帝已誅滅之。」「楊雄、張衡等爲五帝」。《廣記》卷三二一《郭翻》（談本闕出處，《四庫全書》本作《幽異録》，異當作冥，即

《幽明録》），中云「蘇孝先多作此語久」，「在昔有蘇韶」，即指蘇韶顯靈事。又者，《藝文類聚》卷五六引陳沈炯《八音詩》，中云「神女嫁蘇韶」，則蘇尚有遇合神女事，惜已不傳。

279 孤竹君

漢令支縣有孤竹城〔一〕，古孤竹君之國也。靈帝光和元年，遼西人見遼水中有浮棺，欲斫破之。棺中人語曰：「我是伯夷之父孤竹君也〔二〕。海水壞我棺槨，是以漂流，汝斫我何爲？」人懼，乃不敢斫，因爲立廟祀祠。吏民有欲發視者，皆無何而死〔三〕。

本條《法苑珠林》卷九七、《太平御覽》卷五五一、《路史·後紀》卷四《炎帝下》注引，《御覽》、《路史》出《搜神記》，《珠林》作《搜神記言》（《大正新脩大藏經》本作《搜神異記》）。今據《珠林》，參酌《御覽》校輯。

〔一〕漢令支縣有孤竹城　「令支」，徑山寺本《珠林》卷一一六訛作「今支」，《御覽》訛作「令有」。《御覽》《四庫全書》本、鮑崇城校刊本作「不其」，舊本同。案：《後漢書·郡國志五》幽州遼西郡載：「令支有孤竹城。」注：「伯夷、叔齊本國。」不其屬青州東萊郡，非縣，乃侯國，《郡國志四》載：「不其侯國，故屬琅邪。」作「不其」亦誤。「孤竹城」，《御覽》影印宋本訛作「孫孤城」，鮑崇城本作「孤城」。

〔二〕我是伯夷之父孤竹君也　《珠林》《大正藏》本、徑山寺本、《四庫全書》本、《法苑珠林校注》本

「父」均作「弟」，《御覽》、《路史·後紀》同，舊本從之，惟《珠林》宣統本作「父」。《博物志》卷七亦云：「靈帝和光（案：當作光和）元年，遼西太守黄翻上言，海邊有流屍，露冠絳衣，體貌完全，使翻感夢云：『我伯夷之弟孤竹君也。海水壞吾棺槨，求見掩藏。』民有襁褓視，皆無疾而死。」案：孤竹君乃伯夷、叔齊之父，史有明文，故范寧校云：「《史記·伯夷列傳》曰：『伯夷、叔齊，孤竹君之二子也。』《水經·濡水注》、《路史·後紀》卷四、《文選·桓元子薦譙元彦表》李注引並作『孤竹君之子』。據此，知『孤竹』下有『之子』二子，宜補。」《水經注》云「余孤竹君之子，伯夷之弟」，《文選》注引《博物志》作「余孤竹君之子」，《路史》注云「予伯夷之弟，孤竹君之子也」。今本《博物志》補「之子」二字，則亦讀作「我伯夷之弟，孤竹君之子也」，與《路史》注全同。依以上諸書所言，皆謂浮棺之主爲叔齊。案伯夷、叔齊相互讓國而逃，入周諫武王伐紂不得，不食周粟，餓死首陽山，叔齊之棺何得能浮於遼西？雖爲誕言怪説，要亦契合事理者。諸而古孤竹國在今河北盧龍，正爲遼西之地，古濡水經此入海，則必爲伯夷、叔齊父孤竹君也。諸書誤「父」爲「弟」，人以其於史不合，叔齊不得稱孤竹君，遂加「之子」二字以彌合，固不知「弟」之誤也。《水經注》卷一四《濡水》引《晉書·地道志》曰：「遼西人見遼水有浮棺，欲破之，語曰：『我孤竹君也，汝破我何爲？』因爲立祠焉。祠在山上，城在山側，肥如縣南十二里，水之會也。」正作孤竹君，得其實矣。

〔三〕皆無何而死　《珠林》《四庫全書》本「何」作「病」。《御覽》作「無疾而死」，《四庫全書》本「疾」

作「病」。案：《路史·後紀》注云：「漢光和元年，柳城岸壞，遼守虞翻夢人白：『予伯夷之弟，孤竹君之子也。遼海見漂。』旦往視之，有浮棺尸絳衣露冠者，葬之。《搜神記》云：『見浮棺，破之而語，破者尋死。民有襁褓視者，皆無病而死。』此其異者。」所引《搜神記》文字有異。

280 鵠奔亭

漢九江何敞爲交趾刺史〔一〕，行部到蒼梧高要縣〔二〕，暮宿鵠奔亭〔三〕。夜猶未半，有一女子從樓下出，呼曰：「明使君，妾冤人也！」須臾，至敞所卧床下跪曰：「妾本居廣信縣，脩里人。早失父母，又無兄弟，嫁與同縣施氏，薄命先死。有雜繒百十疋〔四〕，及婢致富一人。妾孤窮羸弱，不能自振，欲之傍縣賣繒。從同縣男子王伯賃牛車一乘，直錢萬二千，載繒，妾乘車，致富執轡，乃以前年四月十日到此亭外。時日暮，行人斷絶，不敢復進，因即留止。致富時暴得腹痛，妾之亭長舍乞漿取火，而亭長龔壽操刀持戟〔五〕，來至車傍，問妾曰：『夫人何從來？車上何載？丈夫何在？何故獨行？』妾應曰：『何勞問之？』壽因持妾臂曰：『年少愛有色，冀可樂也〔六〕。』妾懼怖不應〔七〕，壽即持刀刺脅下，一瘡立死〔八〕。又刺致富，亦死。壽掘樓下合埋，妾在下，婢在上。取財物而去，殺牛燒車，車釭及牛骨貯在亭東空井中〔九〕。妾既冤死，痛感皇天，無所告訴，故來自歸於明使君。」敞曰：

「今欲發之，汝何以爲驗？」女子曰：「妾上下着白衣、青絲履，皆未朽也。妾姓蘇，名娥，字始珠〔一〇〕。願訪鄉里，以散骨歸死夫〔一一〕。」掘之，果然。敞乃馳還，令吏捕壽，考問具服。問廣信縣〔一二〕，與娥語合。壽父母兄弟，皆捕繫獄。敞表：「壽常律殺人，不至於族。然壽爲惡〔一三〕，隱密經年，王法所不得治〔一四〕。今鬼神自訴者〔一五〕，千載無一。請皆斬之，以明鬼神，以助陰教〔一六〕。」上報聽之〔一七〕。初掘時，有雙鵠奔其亭，故曰「鵠奔亭〔一八〕」。

本條《太平御覽》卷八八四、《太平寰宇記》卷一五九《端州·高要縣》、《輿地紀勝》卷九六《肇慶府·古迹》、《方輿勝覽》卷三四《肇慶府·古跡》、《大明一統志》卷八一《肇慶府·宮室》、《天中記》卷一四、《新編古今奇聞類紀》卷一〇、《山堂肆考》卷一七二、《東漢文紀》卷九並引，出《搜神記》（《寰宇記》、《輿地紀勝》、《方輿勝覽》作干寶《搜神記》，《奇聞類紀》作《搜神記》及《一統志》）。《天中記》所引只末節：「方掘其尸時，有雙鵠來奔其亭，故名鵠奔。」謝承《後漢書》、《列異傳》已有載，見《文選》卷三九江淹《詣建平王上書》注、《御覽》卷一九四引謝承《後漢書》，末注：「《列異傳》曰鵠奔亭。」又《北堂書鈔》卷七九引作《漢書》、《異傳》，書名有脱誤。所引《後漢書》、《列異傳》皆極簡。後又載隋顔之推《冤魂志》，見《法苑珠林》卷七四（百二十卷本卷九二）、《太平廣記》卷一二七引（《廣記》作《還冤記》，同書異名），乃據本書而記，文詳。今據《御覽》卷八八四，參酌諸書校輯。

〔一〕漢九江何敞爲交趾刺史　「何敞」，《文選》注、《御覽》卷一九四引謝承《後漢書》作「周敞」，《書鈔》訛作「周勃」。案：《書鈔》卷九三引謝承《後漢書》：「陳茂，性永有異志，交趾刺史吴郡周敞辟爲别駕從事。」而《書鈔》卷三五、《藝文類聚》卷一〇〇引本書有吴郡人何敞。本書既襲自《列異傳》（由皆曰鵠奔亭可知），疑應作「周敞」，其姓形訛爲「何」。而訛作「何敞」者，蓋因後漢有扶風人何敞，正直能「舉冤獄」，其行一也（見《後漢書》卷四三《何敞傳》）。《水經注》卷三七《泿水》略記此事，亦作「何敞」，則其誤已久，是故《冤魂志》亦承本書傳本之誤。惟敞之所出有九江、吴郡之異，不可解也。「交阯刺史」，舊本改作「交州刺史」，誤。案：《宋書・州郡志四》：「交州刺史，漢武帝元鼎六年，開百越，交阯刺史治龍編。漢獻帝建安八年，改曰交州，治蒼梧廣信縣，十六年，徙治南海番禺縣。」諸書所引《搜神記》及《列異傳》皆作「交阯刺史」。

〔二〕蒼梧高要縣　舊本誤作「蒼梧郡高安縣」。《文選》注引謝承《後漢書》作「行宿高安鵲巢亭」。案：《後漢書・郡國志五》，交州刺史部蒼梧郡有高要縣。高安縣即建城縣，漢屬豫章郡，唐武德五年改爲高安縣，見《舊唐書・地理志三》。

〔三〕鵠奔亭　謝承《後漢書》作「鵲巢亭」，《冤魂志》作「鵲奔亭」，《廣記》明鈔本、孫潛校本「鵲」作「鵠」。案：《冤魂志》既襲《搜神記》，當亦作「鵠」，形訛耳。

〔四〕有雜繒百十疋　《御覽》《四庫全書》本、鮑崇城校刊本及《寰宇記》、《輿地紀勝》、《方輿勝覽》及《珠林》引《冤魂志》「十」上有「二」，《廣記》「繒」下有「帛」字。舊本作「有雜繒帛百二十疋」。

〔五〕操刀持戟　《還冤記》「刀」作「戈」，舊本同。

〔六〕冀可樂也　《珠林》引《冤魂志》作「寧可相樂耶」。

〔七〕妾懼怖不應　《珠林》引《冤魂志》作「妾時怖懼，不肯聽從」。舊本據以改「應」爲「從」。

〔八〕一瘡立死　《珠林》引《冤魂志》「瘡」作「創」，舊本同。案：「瘡」同「創」，傷也。

〔九〕車釭及牛骨貯在亭東空井中　舊本「釭」訛作「缸」。案：《説文》：「釭，車轂中鐵也。」缸則爲陶制容器。《廣記》引《還冤記》作「杠」，亦指車釭。《寰宇記》作「扛」，同「杠」。

〔一〇〕妾姓蘇名娥字始珠　《水經注》云「廣信蘇施妻始珠」，《輿地廣記》卷三五同，「始珠」上有「名」字；《南村輟耕録》卷一四引《風俗通》作「蘇珠娘」，皆有異。

〔一一〕以散骨歸死夫　《寰宇記》「散」作「骸」，舊本同。

〔一二〕問廣信縣　《珠林》引《冤魂志》作「下廣信縣驗問」，舊本同。

〔一三〕然壽爲惡　舊本「惡」下有「首」字。案：諸書皆無此字，龔壽一人殺人，不得謂「惡首」，乃妄增。

〔一四〕王法所不得治　《御覽》卷八八四作「王法自所不免」，舊本同。此從光緒八年刊本《寰宇記》及《輿地紀勝》。《寰宇記》嘉慶八年刊本作「王法所不容」。《珠林》引《冤魂志》作「王法所不能得」。

〔一五〕今鬼神自訴者　《御覽》《四庫全書》本、《寰宇記》、《輿地紀勝》「今」作「令」，嘉慶八年刊本《寰宇記》作「致令」。

〔一六〕教　《珠林》引《冤魂志》作「殺」，《廣記》引《還冤記》作「誅」，舊本同《廣記》。

〔一七〕上報聽之　此句據《珠林》、《廣記》引《冤魂志》補。

〔一八〕初掘時有雙鵠奔其亭故曰鵠奔亭　據《寰宇記》補。

281 文穎

漢南陽文穎，字叔良〔一〕。建安中，爲甘陵府丞。過界止宿，夜三鼓時，夢見一人跪前曰：「昔我先人葬我於此，水來湍墓，棺木溺，漬水處半燥〔二〕，然無以自温。聞君在此，故來相依。屈明日暫住須臾，幸之，相遷高燥處〔三〕。」鬼披衣示穎，而背沾濕〔四〕。穎心中愴然，即寤。寤已語左右，左右曰：「夢爲虚耳，何足可怪？」穎乃還眠。向晨復夢見〔五〕，謂穎曰：「我以窮苦告君，奈何不相愍悼乎？」穎夢中問曰：「子爲是誰？」對曰：「吾本趙人蘭襄〔六〕，今屬注送民之神〔七〕。」穎曰：「子棺今爲所在？」對曰：「近在君帳北十數步，水側枯楊樹下，即是吾墓也。天將明，不復得見，君必念之。」穎荅曰：「諾。」忽然便寤。天明可發，穎曰：「雖云夢不足怪，此何太適。」左右曰：「亦何惜須臾，不驗之耶？」穎即起，幸之，十數人將導，順水上，果得一枯楊，曰：「是矣。」掘其下，未幾果得棺。棺甚朽壞，没半水中。穎謂左右曰：「向聞於人，謂爲虚矣〔八〕。世俗所傳，不可無驗。」爲移其棺，斵而去之〔九〕。

本條《法苑珠林》卷三二、《文選》卷二三王粲《贈文叔良》注、《太平廣記》卷三一七、《古詩紀》卷二五《贈文叔良》注並引，出《搜神記》（《文選》注作干寶《搜神記》）。《文選》注僅爲片斷。又《水經注》卷五《河水》略載此事，當據本書。今據《珠林》，參酌諸書校輯。

〔一〕字叔良　《廣記》「良」訛作「長」，舊本沿誤未改。案：王粲詩稱「文叔良」，《水經注》云「昔南陽文叔良」，顔師古《漢書叙例》：「文穎，字叔良，南陽人。後漢末荊州從事，魏建安中爲甘陵府丞。」

〔二〕漬水處半燥　《珠林》《四庫全書》本及《廣記》脱「燥」字，舊本同。《法苑珠林校注》據舊本删「燥」字，誤。

〔三〕屈明日暫住須臾幸之相遷高燥處　《珠林》《四庫全書》本（卷四四）及《廣記》作「欲屈明日暫住須臾，幸爲相遷高燥處」，舊本同。

〔四〕而背沾濕　「背」原作「皆」，據嚴一萍《太平廣記校勘記》，孫潛鈔宋本作「背」，據改。

〔五〕向晨復夢見　《珠林》《四庫全書》本「晨」作「寤」，舊本同，誤。

〔六〕吾本趙人蘭襄　《珠林》、《廣記》皆無趙人姓名，舊本同。《水經注》云「趙人蘭襄夢求改葬」，據補姓名。

〔七〕注送民之神　《珠林》《四庫全書》本及《廣記》作「汪芒氏之神」，舊本同。案：《國語·魯語下》：「客曰：『防風何守也？』仲尼曰：『汪芒氏之君也，守封、嵎之山者也，爲漆姓。在虞、夏、商爲汪芒氏，於周爲長狄，今爲大人。』」韋昭注：「封，封山，嵎，嵎山，今在吴郡永安縣也。」汪芒氏爲上古江南之神，而甘陵東漢、西晉屬清河國，晉改名清河縣（見《後漢書·郡國志二》、《晉書·地理志上》），趙人死後若隸屬汪芒神而又於甘陵乞移葬，不可解也。「汪芒氏」當是「注送民」之訛。注送民即注死送生者，冥神也。《法苑珠林校注》據舊本改作「汪芒氏」，誤。

〔八〕向聞於人謂爲虚矣　《廣記》「爲」作「之」，舊本同。明鈔本、孫校本作「爲」。《水經注》作「若聞人傳此，吾必以爲不然」。

〔九〕醊而去之　《廣記》作「葬之而去」，舊本同。明鈔本、孫校本「葬」作「醊」。

282 宗定伯

南陽宗定伯〔一〕，少年時夜行，忽逢一鬼。問曰：「誰？」鬼曰：「鬼也。」尋復問之：「卿復誰？」定伯乃欺之曰：「我亦鬼也。」鬼問：「欲至何所？」荅曰：「欲至宛市。」鬼言：「我亦欲至宛市。」遂相與爲侣向宛。共行數里，鬼言：「步行太極〔二〕，可共遞相擔也。」定伯曰：「大善。」鬼便先擔定伯數里。鬼言：「卿太重，將非鬼也？」定伯言：「我新死，故身重耳。」定伯因復擔鬼，鬼略無重。如是再三。定伯復問鬼曰：「我新死，不知鬼悉何所畏忌。」鬼荅曰：「唯不喜人唾耳。」於是共行。道遇水，定伯令鬼先渡，聽之了無聲音。定伯自渡，漕漼作聲〔三〕。鬼復言：「何以作聲？」定伯曰：「新死不習渡水故爾，勿怪吾也。」行欲至宛市，定伯便擔鬼着頂上〔四〕，急持之，鬼大呼，聲咋咋然，索下，不復聽之。徑詣宛市中，下着地，鬼化爲一羊。定伯恐其變化，亟唾之。賣之，得錢千五百，乃去。買者將還繫之，明旦視之，但繩在〔五〕。時人語曰〔六〕：「宗定伯賣鬼，得錢千五百。」

本條《藝文類聚》卷九四、《太平御覽》卷八二八、卷九〇二、《海録碎事》卷一三下、百卷本《記纂淵海》（《四庫全書》）卷九八、《天中記》卷五四並引，出《搜神記》。原出《列異傳》（《古小説鉤沈》）、《法苑珠林》卷六、《御覽》卷三八七、卷八八四、《太平廣記》卷三二一引），文詳於此，引文較少删削。今據《御覽》卷九〇二，參酌諸引及《列異傳》校補。

〔一〕宗定伯　諸書引《搜神記》俱作「宗」，《御覽》卷三八七、卷八八四引《列異傳》，《醫心方》卷二六《辟邪魅方》引《兼明苑》同，惟《珠林》、《廣記》引《列異傳》作「宋」，舊本同。《廣記》孫潛校本亦作「宗」。案：宗氏望出南陽，宋邵思《姓解》卷一云：「南陽宗氏，周卿宗伯之後也。」作「宗」是。

〔二〕步行太極　此從《御覽》卷八八四引《列異傳》，《珠林》、《廣記》「極」俱作「遲」，舊本同。案：極，疲也，義勝。《御覽》卷九〇二作「遠行極困」，雖爲概括語，亦用「極」字。《類聚》作「行勑」。

〔三〕漕漼作聲　《御覽》卷八八四引《列異傳》作「漼漼」，《珠林》、《廣記》作「漕漼」，舊本同。

〔四〕定伯便擔鬼着頂上　《類聚》、《記纂淵海》、《天中記》「頂」作「頭」，《珠林》、《御覽》引《列異傳》亦作「頭」，義同。《廣記》作「肩」，舊本同，明鈔本、孫校本則作「頭」。《醫心方》作「項」。《御覽》卷八二八作「酒瓮」，當誤。

〔五〕買者將還縶之明旦視之但繩在　此據《類聚》。舊本據《廣記》輯，無此數語。

〔六〕時人語曰　此據《類聚》。《珠林》作「于時石崇言」，《廣記》作「當時有言」，孫校本乃作「時石崇言」。舊本據《廣記》、《珠林》連綴作「當時石崇有言」。

搜神記輯校卷二三

283 無鬼論

吴興施續〔一〕，爲吴尋陽督，能言論。有門生，亦有意理〔二〕，常秉「無鬼論」。門生後渡江，忽有一單衣白袷客來〔三〕，因共言語，遂及鬼神。移日，客辭屈，乃語曰：「君辭巧，理不足。僕便是鬼，何以云無？」問鬼何以來，答曰：「受使來取君，期盡明日食時。」門生請乞酸苦，鬼問：「有人似君者不？」云：「施續帳下都督，與僕相似。」鬼許之，便與俱歸。與都督對坐，鬼手中出一鐵鑿，可長尺餘，安著都督頭，便舉椎打之。放鑿便去，顧語門生：「慎勿道。」俄而都督云頭覺微痛，還所住。向來轉劇，至食時便亡〔四〕。

本條《太平廣記》卷三二三引作《搜神記》，孫潛校本及《太平御覽》卷三九六、卷八八四作《續搜神記》。案事出三國吴，姑斷爲干書。今據《御覽》卷三九六，參酌《御覽》卷八八四及《廣記》校輯。

〔一〕吴興施續　「續」原作「續」，舊本同，據汪紹楹校改。汪校：「按《吴志·朱然傳》，朱然本姓施。子績，孫權五鳳年中，表還爲施氏。然，丹陽故障人。據《宋書·州郡志》，孫皓寶鼎元年，分丹陽立吴興郡，故障屬之，故可稱吴興。此『施續』疑當作『施績』。《真誥》十二《施淑女》條云：『淑女，施績女也。績，吴興人。』可證。」案：汪説極是。施績仕吴爲平魏將軍、樂鄉督、鎮東將軍、驃騎將軍、上大將軍、都護督等，官終左大司馬。此言尋陽督，本傳失載耳。今本《建康實録》卷二載朱然事，亦訛「績」爲「續」，中華書局點校本改作「績」。

〔二〕意理　舊本作「理意」，乃據《御覽》卷八八四。

〔三〕忽有一單衣白袷客來　《御覽》《四庫全書》本、鮑崇城校刊本卷八八四「單」作「黑」，舊本同。

〔四〕至食時便亡　《廣記》作「食頃便亡」，舊本同。明鈔本、孫校本「頃」作「時」。

284　王昭平

新蔡王昭平〔一〕，犢車在廳事上，夜無故自入齋室中，觸壁而後出。又數聞呼噪攻擊之聲，四面而來。昭乃聚衆，設弓弩戰鬬之備，指聲弓弩俱發，而鬼應聲接矢數枚，皆倒入土中。

本條《太平廣記》卷三二二引，出《搜神記》，據輯。

〔一〕新蔡王昭平　前原有「晉世」二字，乃《廣記》編纂者所加，蓋以《搜神記》出晉世，故以爲晉事。今删。汪紹楹校注本以「平」字屬下句，以爲《晉書·新蔡王司馬騰傳》載騰有子紹，此句當是「新蔡王子紹」，「平」字當連下爲句。平犢車即平輿車、平肩輿之類，以別於重載之車。案：平犢車之稱於古無徵。「新蔡王」恐非謂封爵，乃指地名姓氏。《元和姓纂》卷五《王》：「天水、新平、新蔡、新野、山陽、中山、章武、東萊、河東者，殷王比干子孫，號王氏。」是知新蔡固爲王姓郡望之一，然則文中所稱乃新蔡人王昭平也。下文稱「昭」而不稱「昭平」者，蓋省辭。新蔡，郡、縣名。縣置於秦。晉惠帝分汝陰郡置新蔡郡，新蔡縣爲郡治。

285 石子岡

孫峻殺朱主，埋於石子岡。歸命即位，將欲改葬之〔一〕。冢墓相亞，不可識別。而宮人頗有識主亡時所著衣服，乃使兩巫各住一處，以伺其靈，使察戰鑒之〔二〕，不得相近。久時，二人俱白：見一女人，年可三十餘，上著青錦束頭，紫白袷裳，丹綈絲履，從石子岡上。半岡，而以手抑膝，長太息。小住須臾，進一冢上便住，徘徊良久，奄然不見。二人之言，不謀而同。於是開冢，衣服如之。

本條《三國志·吴書·妃嬪傳》注、《建康實録》卷四引，出《搜神記》。今據《吴書》注，參酌《建康實録》校輯。

〔一〕歸命即位將欲改葬之　《建康實録》作「後主欲改葬主」。案：後主即孫皓，晉伐吴出降，封歸命侯。

〔二〕使察戰鑒之　《吴書》注無「戰」字，舊本同，據《建康實録》補。案：察戰，官名。《吴書·孫休傳》：「永安五年，「是歲使察戰到交趾調孔爵、大豬。」裴松之注：「察戰，吴官名號。今揚都有察戰巷。」《建康實録》「鑒」作「監」。案：鑒，察也，與「監」同義。

286 夏侯愷

夏侯愷因疾死〔一〕。宗人字苟奴〔二〕，察見鬼神〔三〕。見愷來收馬〔四〕，并病其妻。著平上幘，單衣，入坐生時西壁大床，就人覓茶飲。

本條《茶經》卷下引，出《搜神記》。《天中記》卷四四亦引《搜神記》，文同《茶經》。案：《太平廣記》卷三一九引王隱《晉書》亦載此事，文詳，文句亦有相合，然情事有所不同，疑因《茶經》删削所致。王隱、干寶同時，俱在著作，此事不知原出孰手，或竟各記所聞歟？姑據《茶經》校輯。

〔一〕夏侯愷因疾死　舊本作「夏侯愷字萬仁，因病死」，蓋據《廣記》引王隱《晉書》補其字。

〔二〕宗人字苟奴　王隱《晉書》作「愷家宗人兒狗奴」。舊本作「宗人兒苟奴」，蓋據王隱《晉書》改「字」爲「兒」。

〔三〕察見鬼神　王隱《晉書》作「素見鬼」，舊本同。

〔四〕見愷來收馬　王隱《晉書》作「見愷數歸，欲取馬」，舊本同。

287 史良

渤海太守史良，好一女子〔一〕。許嫁而未果，良怒，殺之，斷其頭而歸，投於竈下，曰：「當令火葬。」頭語曰：「使君，我相從，何圖當爾〔二〕！」後夢見曰：「還君物。」覺而得昔所與香纓金釵之屬。

本條《太平御覽》卷三六四、卷九八一引，出《搜神記》，所引各爲片斷，今據校輯。

〔一〕好一女子 《四庫全書》本《御覽》卷九八一「好」訛作「姊」，與上連讀，舊本同。

〔二〕何圖當爾 《御覽》卷三六四「爾」原作「耳」，舊本校改爲「爾」，今從之。

288 紫珪

吴王夫差小女，名紫珪〔一〕。童子韓重有道術，紫珪悦之，許與韓重爲婚。韓重乃學於齊魯之間，臨去，屬其父求婚。王怒，不與女，紫珪結氣亡，葬于閶門之外。重三年歸，聞其死哀慟，至紫珪墓所哭祭之。紫珪忽魂出冢傍，見重流涕。重與言，乃左顧宛頸而歌曰：「南山有鳥〔二〕，北山張羅。鳥既高飛，羅將奈何〔三〕。志欲從君〔四〕，讒言孔多。悲結生疾〔五〕，没命黄壚〔六〕。命之不造，冤如之何！」「羽族之長，名爲鳳凰。一日失雄，三年感傷。雖有衆鳥，不爲匹雙〔七〕。故見鄙姿，逢君輝光。身遠心近〔八〕，何嘗暫忘〔九〕！」遂邀重入冢。三日三夜，重請還。臨去，紫玨取徑寸明珠并崑崙玉壺以送重〔一〇〕。重齎二物詣夫差，夫差大怒，按其發冢。紫玨見夢於父，以明重之事。夫差異之，悲咽流涕，因捨重，以子婿之禮待之〔一一〕。

本條《藝文類聚》卷八四，《太平御覽》卷五七三、卷七六一、卷八〇三、卷八〇五，《吴郡志》卷四七、卷一〇，《姑蘇志》卷五九，《古詩紀》卷二、卷一四四《紫玉歌》，《古樂苑》卷五二《紫玉歌》並引，出《搜神記》。又載《録異傳》，《太平廣記》卷三一六、《吴郡志》卷四七、《吴都文粹》卷一〇、《才鬼記》卷一引。《吴都文粹》轉引自《吴郡志》，《才鬼記》當轉引自《廣記》。《稽神異苑》（《永樂大典》卷一二一五六、卷一三一三六引）亦有此事。案：《稽神異苑》多引《搜神記》，此條必采本書。《廣記》引《録異傳》文特詳，舊本即據《廣記》輯録。《録異傳》情事與本書有不合處，似别有所本，故《吴郡志》引《録異傳》之後又以「又一説」引本書（《吴都文粹》全同）。又《五色線集》卷中、《天中記》卷一九引，無出處。《琅邪代醉編》卷三三亦引，作《搜神記》，然實據《吴郡志》所引《録異傳》而略有删略，蓋緣《吴郡志》末所注《搜神記》而誤。而《姑蘇志》所引亦本《吴郡志》，大抵删削《録異傳》，末節「夫差異之，悲咽流涕，因捨重，以子婿之禮待之」，乃又取《搜神記》文。今據《御覽》卷五七三及《吴郡志》，參考他引及《稽神異苑》、《録異傳》輯校。

〔一〕紫玨　《類聚》、《御覽》、《姑蘇志》、《古詩紀》、《古樂苑》皆引作「玉」，《録異傳》、《太平寰宇記》卷九一《蘇州·吴縣》引《山川記》亦作「玉」（案：《寰宇記》光緒八年刊本作「夫差小女曰玉」，然嘉慶八年刊本無「曰玉」二字），《稽神異苑》、《五色線集》、《吴郡志》、《天中記》乃作「紫珪」。今本《異苑》卷六「劉元」條，實據《吴郡志》卷四七引《稽神異苑》輯録，非《異苑》本文，輯録者改「珪」爲「玉」。《天中記》末注：「《搜神記》作紫玉。」《樂府詩集》卷八三作「紫玉」，《古詩紀》、《古樂苑》歌名《紫玉歌》，當本《樂府詩集》。舊本作「紫玉」，疑據《天中記》改。今姑從《稽神異苑》、《吴郡志》等。

〔二〕鳥 《廣記》引《録異傳》作「烏」，《吴郡志》、《姑蘇志》、《古詩紀》、《古樂苑》、《才鬼記》、《天中記》、《琅邪代醉編》并作「烏」，《樂府詩集》載《紫玉歌》亦作「烏」。

〔三〕烏既高飛羅將奈何 此八字據《姑蘇志》、《古詩紀》、《古樂苑》及《吴郡志》引《録異傳》補，《琅邪代醉編》「既」作「已」。

〔四〕志欲從君 《吴郡志》、《姑蘇志》、《琅邪代醉編》「欲」作「願」。《樂府詩集》、《古詩紀》卷一四、《古樂苑》、《天中記》「志欲」作「意欲」，《古詩紀》、《古樂苑》注：「一作志願。」《才鬼記》注：「志欲，《搜神記》作意欲。」舊本即作「意欲」。

〔五〕悲結生疾 《吴郡志》、《姑蘇志》、《琅邪代醉編》「結」作「怨」。《樂府詩集》、《古詩紀》、《古樂苑》、《才鬼記》、《天中記》「生疾」作「成疹」，《才鬼記》注：「一作生疾。」

〔六〕没命黄壚 《古樂苑》注：「命，一作身。」《古詩紀》、《才鬼記》注亦云。《琅邪代醉編》「壚」作「墟」。

〔七〕雖有衆鳥不爲匹雙 此八字據《姑蘇志》、《古詩紀》及《廣記》、《吴郡志》、《才鬼記》引《録異傳》與《樂府詩集》、《天中記》補。

〔八〕身遠心近　《古詩紀》卷一四四、《古樂苑》、《才鬼記》注：「近，一作邇。」《姑蘇志》作「邇」。

〔九〕何嘗暫忘　《才鬼記》注：「嘗，《記》作曾，一作當。」《記》指《搜神記》，然舊本作「當」。《樂府詩集》、《古詩紀》卷一四四、《古樂苑》作「曾」，《古詩紀》、《古樂苑》注：「曾一作當。」《吴郡志》、《姑蘇志》、《琅邪代醉編》、《天中記》作「當」。

〔一〇〕紫珪取徑寸明珠并崑崙玉壺以送重　「崑崙玉壺」，《御覽》卷八〇五「壺」作「盂」，《吴郡志》作「玉壺」，《永樂大典》卷二二五六引《稽神異苑》作「白玉壺」，此從《御覽》卷七六一。案：《録異傳》所送之物無崑崙玉壺，《五色線集》、《天中記》作「贈以徑寸珠并白玉壺」。

〔一一〕案：《録異傳》結末頗異，兹據《廣記》録下備參：「重脱走，至玉墓所訴玉，玉曰：『無憂，今歸白王。』玉粧梳忽見，王驚愕悲喜，問曰：『爾何緣生？』玉跪而言曰：『昔諸生韓重來求玉，大王不許。今名毁義絶，自致身亡。重從遠還，聞玉已死，故齎牲幣，詣冢弔唁。感其篤終，輒與相見，因以珠遺之。不爲發冢，願勿推治。』夫人聞之，出而抱之，正如煙然。」末句「正」字，《吴郡志》、《才鬼記》皆同，舊本改作「玉」。

289 談生

有談生者〔一〕，年四十，無婦。常感激讀經書〔二〕，通夕不卧。至夜半時，有一好女，年十五六，姿顔服飾，天下無雙，來就談生，遂爲夫婦。言曰：「我不與人同，夜，君慎勿以火照我也。至三年之後，乃可照耳。」談生與爲夫婦，生一兒，已二歲矣。生不能忍，夜伺其寐，便盜照視之。其腰已上生肉如人，腰已下但是枯骨〔三〕。婦覺，遂言云：「君負我。我已垂變身〔四〕，何不能忍一年，而竟相照耶？」談生辭謝，涕泣不可復止。云：「與君雖大義，今將離別。然顧念我兒，恐君貧，不能自諧活〔五〕，暫逐我去，方遺君物。」將生入華堂奧室，物器不凡，乃以一珠袍與之〔六〕，曰：「可以自給。」裂取談生衣裾留之，辭別而去。後談生持袍詣市，睢陽王家買之，直錢千萬。王識之曰：「是我女袍，那得在市？此人必發吾女冢。」乃收考談生，談生具以實對。王猶不信，乃往視女冢，冢全如故。乃復發視，果於棺蓋下得衣裾。呼其兒視，貌似王女，王乃信之。即出談生，而復賜之遺衣，遂以爲女壻，表其兒爲侍中〔七〕。

本條《北堂書鈔》卷一二九，《法苑珠林》卷七五，《太平御覽》卷三七五、卷六九三，《天中記》卷四七並引，出《搜神記》。原出《列異傳》（《太平廣記》卷三一六引）。今據《珠林》，參酌他書及《列異傳》校輯。

〔一〕有談生者　《珠林》前有「漢」字，乃自加，諸書皆無，今删。

〔二〕常感激讀經書　《廣記》談愷刻本「讀經書」作「讀詩經」，舊本同，明鈔本作「讀書」。

〔三〕其腰已上生肉如人腰已下但是枯骨　《珠林》「上」、「下」互倒，他引及《列異傳》俱作腰上生肉腰下枯骨，據改。

〔四〕我已垂變身　《廣記》作「我垂生矣」，舊本同。

〔五〕恐君貧不能自諧活　《廣記》作「若貧不能自偕活者」，「諧」作「偕」，舊本同。

〔六〕乃以一珠袍與之　《珠林》「袍」作「被」，疑訛，此從《書鈔》、《御覽》卷六九三、《天中記》及《列異傳》。

〔七〕侍中　《珠林》作「郎中」，《列異傳》作「侍中」。案：《通志·職官略·門下省·侍中》：「漢侍中爲加官……舊用儒者勳貴子弟，榮其觀好，至乃褻褻坐受勳位。」據《列異傳》改。

290　挽歌

《魁櫑》〔一〕，喪家之樂。挽歌者，執紼者相偶和之聲也〔二〕。挽歌詞有《薤露》、《蒿里》二章，出田横門人。横自殺，門人傷之，爲悲歌〔三〕。言人如薤上露，易晞滅也〔四〕；亦謂人死，精魂歸於蒿里。故有二章。其一章曰：「薤上朝露何易晞〔五〕，露晞明朝更復落〔六〕，人死一去何時歸？」二章曰：「蒿里誰家地，聚斂魂魄無賢愚〔七〕。鬼伯一何相催促，人命不得少踟躕。」

本條《北堂書鈔》卷九二、《初學記》卷一四、《太平御覽》卷五五二、《杜工部草堂詩箋》卷二一《送孔巢父謝病歸游江東兼呈李白》注、《古今事文類聚》前集卷五九《羣書要語》及《古今事實》、《記纂淵海》卷一七八、百卷本《記纂淵海》(《四庫全書》)卷七九、《古今合璧事類備要》前集卷六八、《資治通鑑》卷一五〇普通六年胡三省注、《駱丞集》卷一《樂大夫挽詩》注、《山堂肆考》卷一五六、《古樂苑》卷一四並引(《古今合璧事類備要》引《喪樂》、《薤露》、《蒿里》三節),出干寶《搜神記》(《書鈔》、《古今事文類聚·羣書要語》、《資治通鑑》注、《山堂肆考》、《古樂苑》無撰人,《古今合璧事類備要》前引作者姓名訛作「吉」),今據《初學記》,參酌諸書校録。案:舊本據《風俗通》輯録(卷六),又據《初學記》别輯爲一條(卷一六),未妥。又案:此條非記事之文,疑原爲某條論讚。

〔一〕魁櫑　《書鈔》原訛作「魁曇」,《後漢書·五行志一》注引《風俗通》:「時京師賓婚嘉會,皆作《魁櫑》,酒酣之後,續作挽歌。《魁櫑》,喪家之樂;挽歌,執紼相偶和之者。」據改。

〔二〕案:「魁櫑」至「執紼者相偶和之聲也」,舊本據《後漢書·五行志一》注引《風俗通》輯爲一條,曰:「漢時,京師賓婚嘉會,皆作《魁櫑》。酒酣之後,續以挽歌。《魁櫑》,喪家之樂;挽歌,執紼相偶和之者。天戒若曰:『國家當急殄悴,諸貴樂皆死亡也。』自靈帝崩後,京師壞滅,户有兼屍蟲而相食者。《魁櫑》、挽歌,斯之效乎?」

〔三〕横自殺門人傷之爲悲歌　《駱丞集》注作「田横自殺,門人不敢哭,但隨柩哀歌曰」,疑非原文。

〔四〕易晞滅也　舊本「晞」訛作「稀」。案:《説文》日部:「晞,乾也。」

〔五〕薤上朝露何易晞　《樂府詩集》卷二七《薤露》無「朝」字。

〔六〕露晞明朝更復落　《初學記》原作「明朝更復露」,《記纂淵海》亦五字,惟「露」作「落」,《御覽》

卷五五二引《古辭》同《初學記》。此據《古今事文類聚》、《古今合璧事類備要》、《駱丞集》注。《文選》卷二八陸機《挽歌詩三首》其一注引崔豹《古今注》、《樂府詩集》同，《顧氏文房小説》等本《古今注》卷中作「露晞明朝更復滋」。

〔七〕聚斂魂魄無賢愚　《古今事文類聚》、《記纂淵海》「魂」作「精」，《御覽》引《古辭》同。

搜神記輯校卷二四

案：本卷及下卷所輯爲神話及歷史傳説。

291 神農

神農以赭鞭鞭百草，盡知其平毒寒温之性，臭味所主，以播百穀，故天下號曰神農皇帝也。

本條《太平御覽》卷六四九、《路史・後紀》卷三《炎帝》注、百卷本《記纂淵海》（《四庫全書》）卷九一、《天中記》卷四〇引，出《搜神記》。今據《路史》注，參酌《御覽》、《天中記》校輯。

292 荼與鬱壘

《黄帝書》云：上古之時有二神人，一名荼與，二名鬱壘〔一〕，性能執鬼〔二〕。度朔山山上有大桃樹〔三〕，二人依樹而住。於樹東北有大穴，衆鬼皆出入此穴。荼與、鬱壘主統領簡擇萬鬼，鬼有妄禍人者，則縛以葦索〔四〕，執以飴虎。於是黄帝作禮歐之〔五〕，立桃人於門户，畫荼與、鬱壘與虎以象之。今俗法，每以臘終除夕飾桃人，垂葦索〔六〕，畫虎於門，左右置二燈，象虎眼，以祛不祥。

本條唐慧琳《一切經音義》卷一一引，云：「於寶《搜神記》及《風俗通義》並引《黄帝書》云……」案：《大正新脩大藏經》本校，一本「於」作「于」。皆爲「干」字之訛。《風俗通義》所引見今本《祀典篇》。事又載《論衡·訂鬼篇》、《史記·五帝本紀集解》、《後漢書·禮儀志中》注、《初學記》卷二八引《山海經》佚文。今據《一切經音義》輯，校以《風俗通義》及《山海經》佚文。舊本未輯。汪紹楹輯入《搜神記佚文》。

〔一〕一名荼與二名鬱壘　二神人之名，《風俗通義》今本作「有荼與、鬱壘昆弟二人」，《後漢志》劉昭注引作「有神荼與、鬱櫑兄弟二人」，《藝文類聚》卷八六引作「有兄弟二人荼與、鬱律」，《太平御覽》卷三三引作「兄弟二人曰荼與、鬱律」，卷八九一引作「有神荼與、鬱壘兄弟二人」（《事類賦注》卷二〇引同），卷九六七引作「兄弟二人曰荼與、鬱律」。「荼與」乃其一神之名，《路史·餘論》卷三《神荼鬱壘》稱《風俗通》「曰荼曰鬱律」，蓋以「荼與」之「與」爲連詞，而又稱「神荼」者則沿古人之誤。此誤肇始於王充《論衡》，《訂鬼篇》引《山海經》曰「一曰神荼，一曰鬱壘」，又《亂龍篇》曰「有神荼鬱壘昆弟二人」，而下文又云「荼與鬱壘縛以盧索」。《山海經》原文必是「有神荼與、鬱壘昆弟二人」，「神」字乃神人之謂，在句中統攝「荼與、鬱壘」二神名。王充之誤乃誤以「與」爲連詞，而以「荼」字與「有神」之「神」字相連，故言「神荼」也。《戰國策·齊策三》高誘注「一曰神荼，一曰鬱雷」，蔡邕《獨斷》卷上「神荼、鬱壘」，《文選》卷三《東京賦》：「度朔作梗，守以鬱壘，神荼副焉。」薛綜注「一曰神荼，二曰鬱壘」，《史記・五帝本紀》裴駰《集解》引《海外經》「一名神荼，一名鬱壘」，《後漢志》劉昭注引《山海經》「一曰神荼，一曰鬱櫑」，而《齊民要術》卷一〇引《漢舊儀》云「一曰荼，二曰鬱櫑」，凡此皆承王充之誤。吴樹平《風俗通義校釋》據《後漢志》劉昭注、《東京賦》薛綜注等在「有」字下補「神」字，而以「神荼」爲專名，以「與」字爲連詞，不考之過也。又者，《一切經音義》在「二名鬱壘」下有「又一名鬱律」五字。案諸書引《風俗通》多作「鬱律」，《路史・餘論》且云「獨《風俗通》作鬱律」，故疑《一切經音義》所引《搜神記》作「鬱壘」，而《風俗通》作「鬱律」，故加此五字以存其異，二書原文不當如此，今刪。「壘」字作「律」，又作「櫑」、「雷」，皆一聲之轉。

〔二〕性能執鬼　此四字據今本《風俗通義》及《論衡・亂龍篇》補。《御覽》卷三三「執」作「伏」。

〔三〕度朔山山上有大桃樹　《史記集解》、《初學記》嚴可均校本卷二八引《山海經》、《藝文類聚》卷八六(脱出處)「朔」作「索」。《初學記》卷二八引西晉傅玄《桃賦》：「望海島而慷慨兮，懷度索之靈山。」北宋張君房編《雲笈七籤》卷一〇〇《軒轅本紀》：「《黄帝書》説東海有度索山，或曰度朔山，謌呼也。」注：「此山間以竹索懸而度也。」元趙道一《歷時真仙體道通鑑》卷一《軒轅皇帝》採用此説。案：漢人書皆作「朔」，疑後世不明度朔之義，臆改爲「索」字，而以西域之懸度山爲解，謂緣索而度。《漢書・西域傳上》：「烏秅國……其西則有縣度……縣度者，石山也。谿谷不通，以繩索相引而度云。」顔師古注：「縣繩而度也。縣，古懸字。」《後漢書》卷四七

《班超傳》：「超遂踰葱嶺，迄縣度。」李賢注：「縣度，山名。縣音玄。謂以繩索縣縋而過也。其處在皮山國以西，罽賓國之東也。」

〔四〕則縛以葦索　《論衡·亂龍篇》「葦」作「蘆」。

〔五〕於是黄帝作禮敺之　《論衡·訂鬼篇》作「於是黄帝乃作禮，以時驅之」。案：「敺」同「毆」、「驅」。

〔六〕葦索　《風俗通義》今本作「葦茭」。《東京賦》薛注、李善注引《風俗通》作「葦索」。

293 帝嚳

帝嚳與顓頊平九黎之亂〔一〕，始立五行之官者也。

本條《北堂書鈔》卷四九引，出《搜神記》，據輯。案：舊本未輯。汪紹楹輯入《搜神記佚文》。

〔一〕帝嚳與顓頊平九黎之亂　「帝嚳」原作「帝」，據上所引《左傳》、《帝王世紀》補一字。

294 盤瓠

高辛氏有老婦人，居於王宫。得耳疾歷時，醫爲挑治〔一〕，出頂蟲〔二〕，大如蠒。婦人去後，盛以瓠蘺〔三〕，覆之以盤。俄爾頂蟲乃化爲犬，其文五色，因名「盤瓠」，遂畜之。時戎吴盛强，數侵邊境，遣將征討，不能擒勝。乃募天下有能得戎吴將軍首者，購金千斤，封邑萬户，又賜以少女。後盤瓠銜得一頭，將造王闕。王診視之，即是戎吴。「爲之奈何？」羣臣皆曰：「盤瓠是畜，不可官秩，又不可妻，雖有功，無施也。」少女聞之，啓王曰：「大王既以我許天下矣，盤瓠銜首而來，爲國除害，此天命使然，豈狗之智力哉！王者重言，霸者重信，不可以子女微軀，而負明約於天下，國之禍也。」王懼而從之，令少女隨盤瓠。盤瓠將女上南山，山草木茂盛，無人行迹。於是女解去上衣〔四〕，爲僕鑒之結〔五〕，著獨力之衣〔六〕，隨盤瓠昇山入谷，止於石室之中。王悲思之，遣往視覓，天輒風雨，嶺震雲晦，往者莫至。蓋經三年，産六男六女。盤瓠死後，自相配偶，因爲夫妻。織績木皮，染以草實。好五色衣服，裁制著用，皆有尾形。經後母歸，以語王。王遣追之男女〔七〕，天不復雨。衣服褊褳〔八〕，言語侏離〔九〕，飲食蹲踞，好山惡都。王順其意，有詔賜以名山廣澤，號曰「蠻夷」。蠻夷者，外癡内黠，安土重舊〔一〇〕。以其受異氣於天命，故待以不常之律。田作賈販，無關繻符傳、租稅之賦。有邑君長，皆賜印綬。冠用獺皮，取其游食於水。今即梁、漢、巴、蜀、武陵、長沙、廬江羣夷是也〔一一〕。用糝雜魚肉，叩槽而號，以祭盤瓠，其俗至今。故世稱「赤髀横裙〔一二〕，盤瓠子孫」。

本條《藝文類聚》卷九四，《法苑珠林》卷六，《初學記》卷二九，《六帖》卷九八，《太平御覽》卷七五八、卷九〇五，《古今事文類聚》後集卷四〇，《古今合璧事類備要》別集卷八四，《韻府羣玉》卷一一，《山堂肆考》卷二二二並引，出《搜神記》（《初學記》、《御覽》卷九〇五作干寶《搜神記》）。《天中記》卷五四引《後漢》，注云「《搜神》作吴將軍」。又載《風俗通義》（《後漢書·南蠻傳》注、《路史發揮》卷一引）、《魏略》（《後漢書·南蠻傳》注引）、干寶《晉紀》（《後漢書·南蠻傳》注、《御覽》卷七八五引）、《後漢書·南蠻傳》。今據《珠林》，參酌諸書校輯。

〔一〕得耳疾歷時醫爲挑治　《六帖》作「有疾，[illegible]桃沼中」，多有訛誤。

〔二〕出頂蟲　《六帖》作「有物」，《御覽》卷七五八「頂蟲」作「卵」。

〔三〕盛以瓠蘺　「瓠蘺」，《類聚》、《魏略》作「瓠」，《初學記》、《御覽》卷七五八、卷九〇五，《古今事文類聚》，《古今合璧事類備要》「蘺」作「離」，《珠林》《大正新脩大藏經》本作「籬」。

〔四〕上衣　《後漢書·南蠻傳》作「衣裳」，舊本據改。

〔五〕僕鑒之結　《珠林》原訛作「僕豎之扮」，《珠林》《四庫全書》本（卷一一）作「僕豎之結」，舊本同。據《後漢書》改。李賢注：「僕鑒、獨力，皆未詳。流俗本或有改『鑒』字爲『豎』者，妄穿鑿也。」

〔六〕獨力之衣　《珠林》「力」作「拗」，《大正藏》本作「拘」，據《後漢書》改。

〔七〕王遣追之男女　《珠林》《四庫全書》本作「王遣迎諸男女」，舊本同，「遣」下有「使」字。

〔八〕褊襢　《後漢書》作「班蘭」。

〔九〕侏離　舊本作「侏僪」，音義皆同。

〔一〇〕安土重舊　《珠林》「舊」作「賜」，《四庫全書》本及《後漢書》作「舊」，今從之。

〔一一〕盧江羣夷是也　舊本「羣」訛作「郡」。

〔一二〕赤髀横裙　《珠林》宣統本、《大正藏》本、《法苑珠林校注》所據道光董氏刻本作「赤骿横頢」，徑山寺本作「赤髀横頢」，《四庫全書》本作「赤髀横裙」。案：《後漢書·南蠻傳》注引干寶《晉紀》作「赤髀横裙」（《太平御覽》卷七八五引干寶《晉紀》，「髀」訛作「髓」）。赤髀謂赤腿，横裙謂横布爲裙。布横幅短窄，圍腰爲裙，故裙短也。骿，意義不詳。頢，頭大貌。《説文》：「頢，頭頢頢大也。」作「骿」、「頢」當訛，據《晉紀》改。

295　湯禱桑林

湯既克夏，大旱七年，洛川竭。湯乃以身禱於桑林，剪其髮〔一〕，自以爲犧牲，祈福于上帝。於是大雨揔至，洽于四海。

本條《太平御覽》卷一一引，出干寶《搜神記》，據輯。

〔一〕剪其髮　舊本「髮」作「爪髮」。案：《御覽》卷八三引《帝王世紀》：「湯自伐桀後，大旱七年，洛川竭。……遂齋戒，剪髮斷爪，以己爲牲，禱於桑林之社。」疑據此增「爪」字。

296 武王伐紂

武王伐紂，至河上，雨甚，疾雷，晦冥，揚波於河。衆甚懼，武王曰：「余在，天下誰敢干余者？」風波立濟。

本條《初學記》卷二、《六帖》卷二、《歲華紀麗》卷二、《太平御覽》卷一〇、《天中記》卷三、《駢志》卷二〇引，出《搜神記》，據《御覽》輯。

297 萇弘

萇弘見殺〔一〕，蜀人藏其血，故三年而爲碧〔二〕。

本條《法苑珠林》卷三二引，出《搜神記》，據輯。

〔一〕萇弘見殺　舊本前有「周靈王時」四字。汪紹楹校注：「此四字《法苑珠林》無。按：萇弘死，《史記·封禪書》、《莊子》《胠篋》及《外物》篇司馬彪注（見成玄英《外物篇疏》引）、《王子年拾遺記》三以爲在周靈王時。《左傳》哀三年傳、《國語·周語》、《吕氏春秋·必己篇》高注以爲在周敬王時。《漢書·郊祀志》則以爲靈王時大夫，敬王時被殺。三説不同，可參考《文選李注義疏》四。」案：《史記·封禪書》云「是時萇弘以方事周靈王」，此四字當據《史記》自增。

〔三〕故三年而爲碧　《珠林》《四庫全書》本卷四三作「三年化而爲碧」，舊本同，惟「化」上多「乃」字。

298 蕭桐子

齊惠公之妾蕭桐子〔一〕，見御有身，以其賤，不敢言也。取薪而生頃公於野〔二〕，又不敢舉也。有狸乳而鸇覆之，人見而收之，因名無野〔三〕。是爲頃公，代有齊國〔四〕。

本條《太平御覽》卷三六二、《補侍兒小名録》、《天中記》卷二四、卷六〇引，出《搜神記》。今據《御覽》，參酌《小名録》、《天中記》校輯。

〔一〕齊惠公之妾蕭桐子　「蕭桐子」，《小名録》作「蕭同叔子」，《天中記》卷六〇作「蕭桐叔子」。案：《左傳》成公二年：「蕭同叔子，寡君（案：指齊頃公）之母也。」作「蕭同叔子」。《水經注》卷二三《獲水》亦云：「蕭女聘齊爲頃公之母，郤克所謂蕭同叔子也。」《史記·齊太公世家》作「蕭桐叔子」，《集解》引杜預曰：「桐叔，蕭君之字，齊侯外祖父。子，女也。」《史紀·晉世家》作「蕭桐姪子」。「蕭桐子」當爲省稱。舊本改作「蕭同叔子」。

〔二〕取薪而生頃公於野　《天中記》卷二四「頃」訛作「項」。

〔三〕人見而收之因名無野　《小名録》作「取而養之，字曰無野」。

〔四〕代有齊國　此四字據《小名録》補。

299 古冶子

齊景公渡于江沈之河〔一〕，黿銜左驂没之，衆皆驚惕。古冶子於是拔劍從之，邪行五里，逆行三里，至于砥柱之下，乃殺黿也〔二〕。左手持黿頭，右手挾左驂，燕躍鵠踴而出，仰天大呼，水爲逆流三百步，觀者皆以爲河伯也。

本條《水經注》卷四《河水》，《太平御覽》卷四二、卷九三二，百卷本《記纂淵海》（《四庫全書》）卷九九，《天中記》卷五七並引，出《搜神記》。今參酌諸書校輯。

〔一〕江沈之河　《御覽》二引及《天中記》「沈」俱作「沅」。舊本同。《水經注》云：「亦或作『江沅』字者，若因地而爲名，則宜在蜀及長沙。按《春秋》，此二土竝景公之所不至，古冶子亦無因而騁其勇矣。劉向叙《晏子春秋》，稱古冶子曰：『吾嘗濟于河，黿銜左驂，以入砥柱之流。當是時也，從而殺之，視之乃黿也。』不言江沅矣。……又云觀者以爲河伯，賢于江沅之證，河伯本非江神，又河可知也。」案：酈道元辨之甚是，《史記·夏本紀正義》引《括地志》：「底柱山，俗名三門山，在陝州硤石縣東北五十里黄河之中。孔安國云：『底柱，山名。河水分流，包山而過，山見水中如柱然也。』」然「江沈」不知何義，酈氏未釋，《晏子春秋·内篇諫下》但言「吾嘗從君濟于河」。

〔二〕乃殺黿也　《水經注》、《御覽》卷九三二無「殺」字，《御覽》卷四二作「乃殺黿頭」，據補「殺」字。舊本於「乃黿也」前增補「殺之」二字。

搜神記輯校卷二五

300 熊渠

楚熊渠夜行〔一〕，見寢石，以爲伏虎，彎弓射之，没金飲羽〔二〕。下視，知其石也，復射之，矢摧無跡。漢世復有李廣，爲右北平太守，射虎得石，亦如之。劉向曰："誠之至也，而金石爲之開，況人乎？夫唱而不和，動而不隨，中必有不合者也〔三〕。夫不降席而匡天下者，求之己也。"

本條《法苑珠林》卷二七引，出《搜神記》。此取劉向《新序·雜事第四》，而《新序》又本《韓詩外傳》卷六第二十四章。今據《珠林》輯，校以《新序》、《韓詩外傳》。

〔一〕楚熊渠夜行　"熊渠"，《新序》、《韓詩外傳》作"熊渠子"。《新序》趙仲邑注："《史記·龜策列傳》稱爲『雄渠』，《集解》引作『雄渠子』。即楚君熊渠。見《資治通鑒外紀》卷三下。"舊本改作"熊渠子"。

〔二〕没金飲羽　《珠林》"飲"作"鏃"，當訛。《新序》作"滅矢飲羽"，《韓詩外傳》作"没金飲羽"，據改。舊本訛作"鍛"字。

〔三〕中必有不合者也　「合」原作「全」。許維遹《韓詩外傳集釋》：「『合』舊作『全』。維遹案：『全』當作『合』，字之誤也。《淮南子・繆稱》篇、《文子・精誠》篇均作『合』，今據正。《新序・雜事》四作『全』，誤與此同。」石光瑛《新序校釋》乃云：「不全，猶不足也，内不足者，不可以感人。《淮南・繆稱訓》云：『故倡而不和，意而不戴，中心必有不合者也。』合，乃全之誤。」趙仲邑注亦稱：「中必有不全者矣：其内心必然是有欠缺之處了。」案：《文子・精誠篇》云：「唱而不和，意而不載，中必有不合者也。」《淮南子・繆稱訓》同，「中」作「中心」。李定生、徐慧君《文子校釋》釋云：「不合，謂不相接也。唱者誠之動也，和者誠之應也，唱而不和，意而不載，誠心必有不相接也，乃其所宗者異。」，據改。舊本作「全」。

301　三王墓

楚干將莫耶〔一〕，爲楚王作劍〔二〕，三年乃成。王怒，欲殺之。其劍有雄雌。其妻重身當産，夫語妻曰：「吾爲王作劍，三年乃成，王怒，往必殺我。汝若生子是男，大，告之曰：『出户望南山，松生石上，劍在其背。』」於是即將雌劍，往見楚王。楚王大怒，使相之，劍有二，雄雌〔三〕，雌來雄不來。王怒，誅殺之。莫耶子名赤比〔四〕，後壯，問其母曰：「吾父所在？」母曰：「汝父爲楚王作劍，三年乃成，王怒，殺之。去時囑我：『語汝子：出户望南山，松生石上，劍在其背。』」於是子出户南望，不見有山，但覩堂前松柱下，石砥之上，則以斧破其背〔五〕，得劍，日夜思欲報楚王。楚王夢見一兒，眉間廣尺〔六〕，欲報讎，王即購之千金。兒聞之，亡去。入山行歌〔七〕，客有逢者，謂：「子年少，何哭之甚悲耶？」曰：「吾干將莫耶子也。楚王殺吾父，吾欲報之。」客曰：「聞王購子頭千金，將子頭與劍來，爲子報之。」兒曰：「幸甚。」即自刎，兩手捧頭及劍奉之，立僵〔八〕。客曰：「不負子也。」於是屍乃仆〔九〕。客持頭往見楚王，楚王大喜。客曰：「此乃是勇士頭也，當於湯鑊煮之。」王如其言煮頭，三日三夕不爛〔一〇〕，頭踔出湯中，躓目大怒。客曰：「此兒頭不爛，願王自臨視之，是必爛也。」王即臨之，客以劍擬王，王頭墮湯中。客亦自擬己頸，頭復墮湯。三皆俱爛〔一一〕，不可識別。分其湯肉葬之，故通名「三王墓」。今在汝南北宜春縣界。

本條《法苑珠林》卷二七引，出《搜神記》。又《太平御覽》卷三四三引《列士傳》，注：「《列異傳》曰『莫耶爲楚王作劍，藏其雄者』，《搜神記》亦曰『爲楚王作劍』，餘悉同也。」然《珠林》所引，文句與之不同，蓋「餘悉同」者，其事耳。《列士傳》（案：劉向撰）此文又見引於《北堂書鈔》卷一二二、《御覽》卷三六五。《分門集註杜工部詩》卷一五《前出塞九首》杜修可注引《烈士傳》，當爲《列士傳》之誤，然情事頗異。《御覽》卷三六五引《列仙傳》，蓋《列異傳》之訛。又《御覽》卷三四三引《孝子傳》（案：當爲劉向書），卷三六四引《吴越春秋》佚文，其事亦同。《增廣分門類林雜説》卷一亦引《孝子傳》（案：《類林雜説》引有蕭廣濟《孝子傳》，疑此亦蕭書），事多增飾，與《分門集註杜工部詩》注所引《烈（列）士傳》多同。今據《珠林》校輯。

〔一〕楚干將莫耶　《孝子傳》：「父干將，母莫耶。」《吴越春秋》卷四《闔閭内傳》：「莫耶，干將之妻也。」《博物志》卷六：「莫邪，干將妻也。」而《漢書·賈誼傳》：「莫邪爲鈍兮。」注：「應劭曰：莫邪，吴大夫也。」似以莫邪爲干將之名，干將則姓也。

〔二〕爲楚王作劍　「楚王」，《列士傳》作「晉君」，《孝子傳》作「晉王」，然《杜工部詩》注引作「楚王」。

〔三〕雄雌　舊本改作「一雄一雌」。

〔四〕莫耶子名赤比　「赤比」，《列士傳》、《孝子傳》、《列仙(異)傳》作「赤鼻」，《孝子傳》又稱「眉間赤名赤鼻」。《吴越春秋》佚文、《杜工部詩》注、《類林雜説》作「眉間尺」。

〔五〕則以斧破其背　《珠林》《四庫全書》本卷三六「則」作「即」，舊本同。

〔六〕眉閒廣尺　《御覽》引《列士傳》作「眉廣三寸」，《書鈔》「三」作「二」。《列仙(異)傳》作「眉間一尺」，《杜工部詩》注作「眉間廣一尺」，《類林雜説》作「眉閒闊一尺」。

〔七〕入山行歌　《列士傳》云「乃逃朱興山中」。

〔八〕立僵　《珠林》《大正新脩大藏經》本作「立不僵」。

〔九〕於是屍乃仆　《珠林》宣統本、徑山寺本「仆」作「僵」，據《四庫全書》本、《大正藏》本改。《法苑珠林校注》原文亦作「僵」(案：底本爲道光董氏刊本)，據《高麗藏》本改作「仆」。

〔一〇〕三日三夕不爛　《吴越春秋》佚文、《類林雜説》作「七日七夜不爛」。

〔一一〕三皆俱爛　《珠林》《四庫全書》本「皆」作「首」，舊本同。案：「皆俱」乃同義複詞。《弘明集》

卷五：「又不時勤苦過度，是以身生子，皆俱傷而筋骨血氣不充强，故多凶短折，中年夭卒。」《雲笈七籤》卷八：「皇清乃上清三仙皇之真人也，洞真乃上清元老之君也，皆俱合生於太無之外，俱合死於廣漠之上。」蓋舊本輯校者不明詞義，以形訛妄改「皆」爲「首」，而四庫館臣校《珠林》，乃又據舊本誤改。

302 養由基

楚王遊于苑，白猨在焉。王命善射者，令射之。數發，猨搏矢而嬉。乃命養由基〔一〕。由基撫弓，則猨抱木而號。及六國時，更嬴謂魏王曰：「臣能爲虚發而下鳥。」魏王曰：「然則射可至於此乎？」更嬴曰：「可。」有間鴈從東方來〔二〕，而更嬴虚發而鳥下焉〔三〕。

本條《法苑珠林》卷六四引，出《搜神記》，據輯。

〔一〕養由基　原作「由基」，目録作「楚養由基善射術」，據補姓氏。

〔二〕有間鴈從東方來　「間」原訛作「聞」，據《戰國策·楚策四》改。《珠林》《四庫全書》本卷八〇「聞」作「頃」，舊本同。

〔三〕而更嬴虚發而鳥下焉　原脱「嬴」，據《四庫全書》本、《大正新脩大藏經》本、《法苑珠林校注》本補。

303 澹臺子羽

澹臺子羽〔一〕，齎千金之璧渡河，河伯欲之。陽侯風波忽起〔二〕，兩龍夾舟〔三〕。子羽曰：「吾可以義求，不可以威劫。」左摻璧，右操劍，奮劍斬龍，波乃止。登岸，投璧於河，河伯三歸之。子羽毁璧而去。

本條《文選》卷五左思《吴都賦》劉逵注引，出干寶《搜神記》。明孫瑴《古微書》卷二五按語亦引《搜神記》。事又載《博物志》卷七《異聞》、《水經注》卷五《河水》，文字較詳。今據《文選》注，參酌《博物志》、《水經注》校輯。案：舊本未輯。汪紹楹據《文選》注輯入《搜神記佚文》。

〔一〕澹臺子羽　《古本蒙求》卷上引《博物志》作「澹臺滅明，字子羽」。

〔二〕陽侯風波忽起　《文選》注無「陽侯」二字，《水經注》作「陽侯波起」，《博物志》、《古微書》作「至陽侯波起」。案：《淮南子・覽冥訓》：「武王伐紂，渡于孟津。陽侯之波，逆流而擊。」注：「陽侯，陵陽國侯也。其國近水，佽水而死。其神能爲大波，有所傷害，因謂之陽侯之波。」《水經注》同卷引《論衡》：「武王伐紂，升舟，陽侯波起，疾風逆流。」《水經注》卷一九《渭水》載：「渭水東分爲二水……又東逕陽侯祠北，漲輒祠之。此神能爲大波，故配食河伯也。」陽侯配食河伯，則爲河伯之佐，故河伯覬覦子羽璧而使陽侯起風波也。據補「陽侯」二字。《博物志》等作「至陽侯」，「至」字疑衍，或原當作「至陽侯祠」亦未可知。

〔三〕兩龍夾舟　《博物志》、《古微書》「龍」作「鮫」，《太平御覽》卷九三〇引作「蛟」，《水經注》亦同。

304 韓馮夫婦

宋時大夫韓馮〔一〕，娶妻而美〔二〕，康王奪之〔三〕。馮怨〔四〕，王囚之，論爲城旦。妻密遺馮書，繆其辭曰〔五〕：「其雨淫淫，河大水深，日出當心。」既而王得其書，以示左右，左右莫解其意。臣蘇賀對曰：「『其雨淫淫』，言愁且思也；『河大水深』，不得往來也；『日出當心』，心有死志也。」俄而馮乃自殺。其妻乃陰腐其衣。王與之登臺，妻遂自投臺下，左右攬之，衣不中手而死。遺書於帶曰：「王利其生，妾利其死，願以屍骨，賜馮合葬。」王怒弗聽，使里人埋之，冢相望也。王曰：「爾夫婦相愛不已，若能使冢合〔六〕，則吾弗阻也。」宿昔之閒，便有文梓木生於二冢之端〔七〕，旬日而大盈抱，屈體以相就，根交於下，枝錯於上。又有鴛鴦〔八〕，雌雄各一，恒棲樹上，晨夜不去，交頸悲鳴，音聲感人〔九〕。宋人哀之，遂號其木曰「相思樹」。相思之名，起於此也。今睢陽有韓馮城，其歌謠至今存焉〔一〇〕。

本條《稽神異苑》（《永樂大典》卷一四五三六引），《藝文類聚》卷四〇，《法苑珠林》卷二七，《北户録》卷三，

《嶺表録異》卷中(《太平廣記》卷四六三亦有引)，《獨異志》卷中，《太平御覽》卷五五九、卷九二五，《太平寰宇記》卷一四《濟州·鄆城縣》，《海録碎事》卷二二上，《六帖補》卷一〇，《古今事文類聚》後集卷四六，《古今合璧事類備要》别集卷六八，百卷本《記纂淵海》(《四庫全書》)卷九七，《韻府羣玉》卷六，《唐詩鼓吹》卷六王初《青帝》注，《天中記》卷一八，《皇霸文紀》卷六，《駱丞集》卷二《棹歌行》注，日本慶安五年刊本《遊仙窟》注並引，出《搜神記》(《嶺表録異》、《北户録》、《御覽》卷九二五、《唐詩鼓吹》、《皇霸文紀》作干寶《搜神記》)。《列異傳》已載此事，見《藝文類聚》卷九二引，雖删削頗劇，猶可見本書因襲之迹。今據《珠林》，參酌諸書校輯。

〔一〕宋時大夫韓馮　《御覽》卷九二五、《寰宇記》、《唐詩鼓吹》、《皇霸文紀》「馮」作「憑」。《唐詩鼓吹》末注：「韓憑亦名朋。」《嶺表録異》作「朋」，注：「一云馮。」《古今事文類聚》亦作「朋」，注：「一作憑。」《古今合璧事類備要》同，惟「一作憑」在正文。《記纂淵海》作「憑」，注：「一作朋。」《獨異志》、《海録碎事》、《韻府羣玉》、《駱丞集》注亦作「朋」。案：「馮」通「憑」，唐世又轉音爲「朋」，敦煌寫本有《韓朋賦》(《唐代變文集》卷二)。明楊慎《古音駢字》卷上《十蒸·韓朋》云：「韓憑，《搜神記》，古『朋』字亦有『憑』音。」舊本此句作「宋康王舍人韓憑」，蓋據《天中記》卷一八改，詳下。

〔二〕娶妻而美　舊本作「娶妻何氏美」。《皇霸文紀》亦稱「韓憑妻何氏」。案：諸引俱不言韓妻姓氏，而《天中記》卷一八引《九國志》、《玉臺新詠》曰：「韓馮，戰國時爲宋康王舍人，妻何氏美。王欲之，捕舍人築青陵臺。何氏作《烏鵲歌》以見志，遂自縊死：『南山有烏，北山張羅。烏自高飛，羅當奈何。烏鵲雙飛，不樂鳳凰。妾是庶人，不樂宋王。』」又卷一五引《彤管新編》曰：「韓憑爲宋康王舍人，妻何氏美，王欲之，捕舍人築青陵臺，何氏作《烏鵲歌》以見志，遂自縊死，韓亦死。」《九國志》，宋路振撰，今本無此，蓋佚文。《玉臺新詠》無《烏鵲歌》，疑出處有誤。《彤管新編》明張之象編（案：《四庫全書總目》卷一九二總集類存目著録八卷，提要稱輯録自周迄元詩歌銘頌辭賦贊誄序誡書記奏疏表）。《皇霸文紀》明梅鼎祚編，蓋亦取《九國志》或《天中記》。又《分類補註李太白詩》卷四《白頭吟》宋楊齊賢注所載與《九國志》大同，亦云「妻何氏美」。諸書所載增入青陵臺、《烏鵲歌》，皆後起之説，何氏者當亦後世增飾。舊本當據《天中記》增補韓妻姓氏，未妥。

〔三〕康王奪之　《稽神異苑》「康王」誤作「晉康王」。

〔四〕馮怨　《遊仙窟》注「怨」作「怒」。

〔五〕繆其辭曰　《御覽》卷五五九、《遊仙窟》注「繆」作「謬」。

〔六〕若能使塚合　《遊仙窟》注「合」作「徙」。

〔七〕便有文梓木生於二塚之端　「文梓木」，《嶺表録異》、《御覽》卷九二五作「梓木」；《珠林》、《類聚》作「交梓木」；《天中記》、《遊仙窟》注作「大梓木」，舊本同。今從《北户録》及《御覽》卷五五九。古書多言文梓，有文理之梓木也。如《墨子·公輸》：「荆有長松、文梓、楩枏、豫章。」

〔八〕又有鴛鴦　《御覽》卷九二五作「有鳥如鴛鴦」。

〔九〕案：《嶺表録異》所引止於「朝暮悲鳴」，下云：「南人謂此禽即韓朋夫婦之精魂，故以韓氏名之。」《古今事文類聚》、《古今合璧事類備要》所引全同《嶺表録異》，惟删「故以韓氏名之」一句。此二句乃《嶺表録異》作者劉恂語，非干寶原文，南人者嶺表人也。舊本據而輯入「南人謂此禽即韓憑夫婦之精魂」一句，大誤。

〔一〇〕案：《稽神異苑》、《獨異志》所引頗異，《稽神異苑》曰：「晉康王以韓馮妻美納之，遣馮運土，築吴公臺。後病死，其妻請臨葬，遂投燧而卒，遺書于王曰：『王利其生，不利其死，願以尸骸，賜馮合塟。』王不許，使人埋之，令塚相望。既而王謂之：『爾夫婦相從，則吾不利。』一夕忽有梓樹生于二塚之上，後合抱，身亞相就。因此有雌雄鴛鴦，於樹上交頸悲鳴。因呼爲相思樹。」《獨異志》曰：「宋康王以韓朋妻美而奪之，使朋築青凌臺，然後殺之。其妻請臨喪，遂投身而死，王令分埋臺左右。期年，各生一梓樹。及大，樹枝條相交，有二鳥哀鳴其上，因號之曰相思樹。」《稽神異苑》南朝人作，摘編諸書而成（參見《郡齋讀書志》卷一三），疑所據版本有異，而《大典》引用又事删削也。《獨異志》晚唐李伉作，引書多不據原文，率意所爲，青凌臺之説即本晉袁山松《郡國志》，《太平寰宇記》卷一四《濟州・鉅野縣》引曰：「宋王納韓憑之妻，使憑運土，築青陵臺。至今臺蹟依然（案：嘉慶八年刊本『然』作『約』）。」《六帖補》云：「《齊州圖經》曰：『鄆城南有青陵臺、韓憑冢。』按《搜神記》云：『宋康王取韓憑妻，使憑運土築此臺。……』」蓋據《寰宇記》爲説。而《寰宇記》所引，中云：「左右攬之，著手化爲蝶。」亦援入後起化蝶之説。《李義山詩集》卷六《青陵臺》：「青陵臺畔日光斜，萬古真魂倚暮霞。莫許韓憑爲蛺蝶，等閑飛上別枝花。」知化蝶之説起於唐。

305 爰劍

爰劍者[一]，羌豪也。秦時，拘執爲奴隸，後得亡去。秦人追之急迫[二]，藏於穴中。秦人焚之，有景象如虎，爲蔽火[三]，故得不死。諸羌神之，推以爲豪[四]。其後種落熾盛續也。

本條《北堂書鈔》卷一五八引，出干寶《搜神記》。事又載《後漢書·西羌傳》。今據《書鈔》輯，校以《後漢書》。

〔一〕爰劍者　《書鈔》「爰」作「表」，校：「俞本（案：即明俞安期《唐類函》）表作爰。」案：《後漢書》作「爰」，據改。舊本訛作「袁」。

〔二〕秦人追之急迫　《書鈔》原無「人」字，校：「（俞本）追上有人字。」案：《後漢書》云「而秦人追之急」，據補。

〔三〕爲蔽火　「火」原訛作「父」，據《後漢書》改。舊本作「來爲蔽」。

〔四〕豪　舊本作「君」。案：《後漢書》云「其後世世爲豪」，疑舊本妄改。

306 扶南王

《扶南傳》云：扶南王范尋，常養虎五六頭，養鰐魚十數頭[一]。若有犯罪，投與虎不噬，投與鱷魚不噬者，乃赦之，無罪者皆不噬〔二〕。

本條《太平寰宇記》卷一六四《梧州・蒼梧縣》、《輿地紀勝》卷一〇八《梧州・景物下》、《方輿勝覽》卷四〇《梧州・山川》、《大明一統志》卷八四《梧州府・山川》、《山堂肆考》卷二四引（《輿地紀勝》、《大明一統志》引二處），出《搜神記》。今參酌《寰宇記》等宋代三書校輯。

〔一〕養鱷魚十數頭　《寰宇記》嘉慶八年刊本及《輿地紀勝》無「數」字。王文楚等點校本删「數」字。

〔二〕案：舊本所輯與此文字不同，曰：「扶南王范尋養虎於山，有犯罪者，投與虎，不噬，乃宥之。故山名大蟲，亦名大靈。又養鱷魚十頭，若犯罪者，投與鱷魚，不噬，乃赦之。無罪者皆不噬。故有鱷魚池。又嘗煮水令沸，以金指環投湯中，然後以手探湯。其直者，手不爛；有罪者，入湯即焦。」出處不詳。然大蟲山、鱷魚池蓋據方志濫補。《輿地紀勝》「大蟲山」條下注云：「在州（案：梧州）東三里。《搜神記》云：扶南王范尋，常養虎五六頭，若有犯罪，投與虎不噬乃赦之。因此得名山。」（案：咸豐刻本作「山因此得名」。）《方輿勝覽》作「因名」二字。則山因虎而得名大蟲山也。《大明一統志》且云：「故山名大蟲，亦名大靈。」鱷魚事，《輿地紀勝》繫於「鱷魚池」下，則池亦因鱷魚得名。《寰宇記》、《輿地紀勝》、《方輿勝覽》、《大明一統志》引此事皆在「梧州」或「梧州府」，《寰宇記》於「鱷魚池」注稱「在州北一里」，《輿地紀勝》、《方輿勝覽》於「大蟲山」注稱「在州東三里」，《大明一統志》於「大蟲山」注稱「在府城東三里」，於「鱷魚池」注稱「在府城東」，則皆以扶南王范尋之地在宋之梧州（今屬廣西）。又清汪森編《粤西文載》卷一四《蒼梧縣》云：「考《搜神記》：扶南王范尋養數虎於大雲山，以罪人投之，無罪者虎不食，乃赦之。又於池養鰐魚十數頭，投之如大雲法。」其稱「大雲山在城東北隅，有伏虎崗」。大雲山蓋即大靈山。明鄺露《赤雅》卷三《忽雷》亦稱大雲山。案：扶南國非在梧州而在今柬埔寨境内。《梁書·諸夷傳》：「扶南國，在日南郡之南，海西大灣中，去日南可七千里，在林邑西南三千餘里。……大將范蔓……自號扶南大王。……蔓姊子旃，時爲二千人將，因篡蔓自立。……蔓死時，有乳下兒名長，在民間。至年二十，乃結國中壯士襲殺旃，旃大將范尋又殺長而自立。……國法無牢獄。有罪者先齋戒三日，乃燒斧極赤，令訟者捧行七步。又以金鐶、雞卵投沸湯中，令探取之。若無實者，手即焦爛，有理者則不。又於城溝中養鰐魚，門外圈猛獸（案：猛獸指虎，唐初人避李淵祖李虎諱改），有罪者輒以餵猛獸及鰐魚，魚獸不食爲無罪，三日乃放之。……吴時，遣中郎康泰、宣化從事朱應使於尋國。」亦載《南史·貊夷傳上》，文同。康泰據出使扶南諸國見聞撰有《吴時外國傳》，《水經注》、《藝文類聚》、《太平御覽》等書有引，或題《扶南土俗傳》、《扶南傳》等。《御覽》卷九三八引有《吴時外國傳》范尋鰐魚事，云：「鰐魚，大者長二三丈，有四足，似守宫，常吞食人。扶南王范尋敕捕取，置溝塹中。尋有所忿者，縛以食鰐。若罪當死，鰐便食之；如其不食，便解放，以爲無罪。」《梁書》載扶南國當據康書，而本條引自《扶南傳》，亦即康泰《吴時外國傳》。康書記扶南絶不可能記及所謂梧州鰐魚池、大蟲山。考唐有籠州扶南郡，在今廣西西南，與梧州同屬嶺南道（見《新唐書·地理志七上》）。

疑宋人誤以扶南國爲唐之扶南郡，又移扶南於梧州，遂據范尋事而附會出大蟲山、鰐魚池。然則《輿地紀勝》「因此得名山」與《方輿勝覽》「因名」以及《大明一統志》「故山名大蟲，亦名大靈」乃志書編纂者語，非《搜神記》之文，而「鰐魚池」、「大蟲山」自亦非《搜神記》原文所有。舊本輯此條，據《大明一統志》而云「故山名大蟲，亦名大靈」，又自增「故有鰐魚池」語，誤也。又據《太平御覽》卷七一八引《扶南傳》補探湯取金指鐶事，亦未見妥。

307 患

漢武帝東遊，未出函谷關〔一〕，有物當道。其身長數丈〔二〕，其狀象牛，青眼而曜睛，四足入土，動而不徙〔三〕。百官驚懼，東方朔乃請以酒灌之，灌之數十斛而怪物始消〔四〕。帝問其故，荅曰：「此名爲『患』，憂氣之所生也〔五〕。此必是秦家之獄地；不然，則是罪人徒作之所聚也。夫酒是忘憂，故能消之也。」帝曰：「吁！博物之士，至於此乎！」

本條《法苑珠林》卷七、《太平御覽》卷六四三、《太平廣記》卷三五九、《天中記》卷二五並引，《御覽》、《廣記》、《天中記》出《搜神記》，《珠林》作《搜神傳記》。今據《珠林》，參酌《御覽》、《廣記》校輯。

〔一〕未出函谷關　《廣記》、《天中記》作「至函谷關」。

〔二〕其身長數丈　《珠林》作「其身數十丈」，此從《廣記》、《御覽》，《御覽》無「長」字。

〔三〕動而不徙　《御覽》「徙」作「死」。

〔四〕灌之數十斛而怪物始消　《御覽》「數十」作「十」。

〔五〕此名爲患憂氣之所生也　《廣記》、《天中記》作「此名憂，患之所生也」。《廣記》孫潛校本作「此名爲患，憂之所生也」，與《珠林》同。

308 燋尾琴

蔡邕在吴〔一〕，吴人有燒桐以爨者〔二〕，邕聞其爆聲曰：「此良桐也。」因請之，削以爲琴。而燒不盡，因名「燋尾琴」，有殊聲焉〔三〕。

本條《藝文類聚》卷四四、《太平御覽》卷五七七、《事類賦注》卷一一、《春渚紀聞》卷八、百卷本《記纂淵海》（《四庫全書》）卷五三、《玉海》卷一一〇並引，出《搜神記》，今據《類聚》輯，校以他書。

〔一〕蔡邕在吴　據《玉海》補。

〔二〕吴人有燒桐以爨者　《春渚紀聞》作「吴人有以枯桐爲爨者」。

〔三〕案：舊本此條作：「漢靈帝時，陳留蔡邕，以數上書陳奏，忤上旨意，又内寵惡之，慮不免，乃亡命江海，遠跡吴會。至吴，吴人有燒桐以爨者，邕聞火烈聲，曰：『此良材也。』因請之，削以爲琴，果有美音。而其尾焦，因名『焦尾琴』。」與《類聚》等所引不同。考《後漢書》卷六〇下《蔡邕傳》載：蔡邕字伯喈，陳留圉人。靈帝時爲議郎，多次上書，得罪權貴，流放五原。赦歸時又得罪五原太守王智，「智銜之，密告邕怨於囚放，謗訕朝廷。内寵惡之。邕慮卒不免，乃亡命江海，遠跡吴會。往來依太山羊氏，積十二年，在吴。吴人有燒桐以爨者，邕聞火烈之聲，知其良木，因請而裁爲琴，果有美音，而其尾猶焦，故時人名曰『焦尾琴』焉」。舊本蓋據《後漢書》本傳。

搜神記輯校卷二一六

案：本卷所輯爲吏治異聞。

309 諒輔

諒輔，字漢儒〔一〕，廣漢新都人。少給佐史〔二〕，漿水不交。爲郡督郵、州從事，大小畢舉，郡縣斂手焉。夏枯旱，太守自暴中庭，而雨不降。時以五官掾出禱山川，三日無應，乃曰：「輔爲郡股肱，不能進諫納忠，薦賢退惡，和調陰陽〔三〕，至令天下否灄〔四〕，萬物燋枯，百姓喁喁〔五〕，無所告訴，咎盡在輔。太守内省責己，自曝中庭，使輔謝罪，爲民祈福，三日無效〔六〕。今敢自誓〔七〕，至日中雨不降，請以身塞無狀。無狀謂祈雨不降〔八〕。」乃積薪柴，將自焚焉。至禺中時〔九〕，山氣轉起〔一〇〕，雷雨大作，一郡霑潤也。世以此稱其至誠〔一一〕。

本條《北堂書鈔》卷七七，《藝文類聚》卷八〇、卷一〇〇，《太平御覽》卷三五，《文苑英華辨證》卷一，《天中記》卷三，《東漢文紀》卷一八並引，出《搜神記》。又《山谷别集詩註》卷下《次韻任道雪中同游東皋之作》注引《搜神記》「萬物焦枯，百姓嗷嗷」八字，《分門集註杜工部詩》卷一《大雨》王洙注（又見《補註杜詩》卷一〇、《九家集註杜詩》一〇）引《搜神記》亦同，「焦」作「燋」。今據《類聚》，參酌他書校輯，並校以《後漢書》卷八一《獨行列傳》。

〔一〕漢儒　《御覽》作「洪儒」，案：《後漢書》、《華陽國志》卷一〇《先賢士女》作「漢儒」。

〔二〕佐史　舊本作「佐吏」。案：《漢書·百官公卿表上》：「縣令、長……皆有丞、尉，秩四百石至二百石，是爲長吏。百石以下有斗客、佐史之秩，是爲少吏。」顔師古注：「佐史月俸八斛也。」《後漢書·百官志五》注引《漢官》：「雒陽令……鄉有秩、獄史五十六人，佐史、鄉佐七十七人……」《後漢書》卷一四《城陽恭王祉傳》：「置嗇夫、佐吏各一人。」劉攽《兩漢書刊誤》：「案《後漢志》縣小吏有嗇夫，有佐史，則此『吏』字當作『史』也。」

〔三〕陰陽　舊本作「百姓」，誤。《後漢書》亦作「陰陽」。

〔四〕天下否濕　《後漢書》、《天中記》作「天地否隔」，舊本同。《書鈔》作「天地不能格」。

〔五〕喁喁　《山谷別集詩註》、《分門集註杜工部詩》作「嗷嗷」。

〔六〕三日無效　《類聚》原作「曰無效」，案前有「三日無應」語（據《北堂書鈔》），疑「曰」乃「日」字之訛，而上脱「三」字，姑補。舊本無此句，而有「精誠懇到，未有感徹」八字，乃據《後漢書》補。

〔七〕今敢自誓　《類聚》「今」訛作「令」，據《後漢書》、《天中記》改。

〔八〕無狀謂祈雨不降　此注見《御覽》卷三五，當爲原書所有。《搜神記》之注，何人所作不詳。

〔九〕至禺中時　《御覽》卷三五「禺」作「日」，舊本同。案：禺中，近午之時。南宋趙與時《賓退録》卷一：「按古之漏刻，晝有朝、禺、中、晡、夕，夜有甲、乙、丙、丁、戊。」

〔一〇〕山氣轉起　舊本「轉」下多一「黑」字。

〔一一〕世以此稱其至誠　《類聚》原無「世」、「此」二字，據《後漢書》補。《類聚》《四庫全書》本及《天中記》、《東漢文紀》亦有「世」字。

310 何敞

何敞，吳郡人。少好道藝，隱居。重以大旱〔一〕，民物憔悴。太守慶洪，遣户曹掾致謁，奉印綬，煩守無錫。敞不受，退，歎而言曰：「郡界有災，安能得懷道？」因跋涉之縣，駐明星屋中，修殷湯天下事之術。蝗蝝消死〔二〕，敞即遁去。後舉方正、博士，皆不就，卒於家。

本條《北堂書鈔》卷三五、卷七八，《藝文類聚》卷一〇〇並引，出《搜神記》，今以《類聚》爲據，互校輯録。

〔一〕重以大旱　舊本「重」妄改作「里」。案：《廣韻·鍾韻》：「重，複也，疊也。」重以大旱，謂連年大旱。

〔二〕蝗蝝消死　《書鈔》「蝝」作「蟲」。案：《爾雅·釋蟲》：「蝝，蝮蜪。」郭璞注：「蝗子未有翅者。」郝懿行《義疏》：「今呼蝝爲蝮蝻子。」

311 徐栩

徐栩，字敬卿，吴由拳人〔一〕。少爲獄吏，執法詳平。爲小黄令。時屬縣大蝗，野無生草，至小黄界，飛過不集〔二〕。

本條《太平御覽》卷二六八引，出《搜神記》，據輯。

〔一〕吴由拳人　原作「吴曲拳人」。案：《藝文類聚》卷一〇〇引謝承《後漢書》云「吴郡徐栩」，據《後漢書·郡國志四》，吴郡屬縣有由拳，據改。

〔二〕飛過不集　謝承《後漢書》下云：「刺史行部，責栩不治。栩弃官，蝗應聲而至。刺史謝，令還寺舍，蝗即皆去。」舊本據而補入。

312 王業

王業〔一〕，和帝時爲荆州刺史。每出行部，沐浴齋潔〔二〕，以祈于天地：「當啓佐愚心，無使有枉百姓。」在州七年，惠風大行，苛慝不作，山無豺狼〔三〕。

本條《北堂書鈔》卷三五、《太平御覽》卷五三〇、《天中記》卷六〇引，出《搜神記》，今互校輯録。

〔一〕王業　舊本下有「字子香」三字。案：《天中記》卷六〇引《耆舊傳》云「王業字子香」，《太平御覽》卷八九二引《陳留耆舊傳》「香」訛作「春」。《水經注》卷三四《江水》云：「縣（枝江縣）有陳留王子香廟。」舊本即據此補其字。

〔二〕沐浴齋潔　《御覽》《四庫全書》本「潔」作「素」，舊本同。

〔三〕山無豺狼　舊本此下多出一節：「卒於湘江。有二白虎，低頭曳尾，宿衛其側。及喪去，虎踰州境，忽然不見。民共爲立碑，號曰『湘江白虎墓』。」案：白虎事見《書鈔》卷一〇二、《御覽》卷八九二、《天中記》卷六〇引《陳留耆舊傳》，又見《書鈔》卷三五引《抱朴子》、《水經注》卷三四《江水》、《宋本太平寰宇記》卷一《開封府·雍丘縣·白虎墓》。《御覽》引云：「王業字子春，爲荆州刺史，有德政，卒於支江（案：《四庫全書》本作枝江）。有三白虎，低頭曳尾，宿衛其側。及喪去，踰州境，忽然不見。民共立碑文，號曰『枝江白虎』。」《書鈔》、《天中記》所引大略相同，《書鈔》作「二白虎」、「枝江白虎墓」。舊本即據此增補，且將「枝江」訛作「湘江」。

313 葛祚

葛祚，字元先〔一〕，丹陽句容人也。吴時，作衡陽太守。郡境有大槎横水，能爲妖怪，百姓爲之立廟。行旅必過，要禱祠槎，槎乃沈没；不者〔二〕，槎浮，則船爲破壞。祚將去官，乃大具斤斧之屬，將伐去之〔三〕。明日當至。其夜，廟保及左右居民，聞江中洶洶有人聲非常，咸怪之。旦往視，槎移去，沿流流下數里，駐在灣中。自此行者無復傾覆之患。衡陽人美之，爲祚立碑曰：「正德所禳，神等爲移〔四〕。」

本條《法苑珠林》卷六三、《獨異志》卷中引，出《搜神記》。《獨異志》引書多爲作者轉述，非録原文，故文句與《珠林》不合。《太平廣記》卷二九三引《幽明録》，文句與《珠林》大同，《幽明録》蓋本本書。今據《珠林》，校以《幽明録》。案：舊本據《廣記》輯。

〔一〕元先　《珠林》宣統本、徑山寺本、《四庫全書》本（卷八〇）「元」作「亢」，《大正新脩大藏經》本作「元」，疑是，據改。《法苑珠林校注》亦據《高麗藏》本改「亢」作「元」。

〔二〕不者　《珠林》「者」訛作「著」，據《幽明録》改。

〔三〕將伐去之　《幽明録》作「將去民累」，舊本同。

〔四〕正德所禳神等爲移　《幽明録》作「正德祈禳，神木爲移」，舊本同。《廣記》明鈔本、孫潛校本「祈」作「所」。

搜神記輯校卷二一七

案：本卷所輯爲地理異聞。

314 二華之山

二華之山，其本一山也。當河，河水過之而曲流。有神排而分之，以利河流，其手足迹，于今存焉〔一〕。故張衡作《西京賦》，所稱「巨靈贔屭，高掌遠蹠〔二〕，以流河曲」是也。

本條《法苑珠林》卷六三引，出《搜神記》。據輯。

〔一〕有神排而分之以利河流其手足迹于今存焉　舊本作「河神巨靈，以手擘開其上，以足蹈離其下，中分爲兩，以利河流。今觀手迹於華嶽上，指掌之形具在。腳跡在首陽山下，至今猶存」。案：《文選》卷二《西京賦》薛綜注：「華，山名也。巨靈，河神也。巨，大也。古語云：此本一山，當河，水過之而曲行。河之神以手擘開其上，足蹈離其下，中分爲二，以通河流。手足之跡，于今尚在。」《初學記》卷五引薛綜注《西京賦》乃云：「華山對河東首陽山，黄河流於二山之間。古語云：此本一山，當河，河水過之而曲行。河神巨靈，以手擘開其上，以足蹈離其下，中分爲兩，以通河流。今覩手跡於華嶽上，指掌之形具在。脚跡在首陽山下，亦存焉。」舊本即據

《初學記》妄改。

〔三〕高掌遠蹠　《珠林》各本「蹠」原作「迹」，《法苑珠林校注》所據道光董氏刊本作「蹠」。案：《西京賦》作「蹠」，據改。《校注》據《高麗藏》本、《磧砂藏》本、《南藏》本、《嘉興藏》本改作「迹」，誤也。蹠，脚掌。

315 霍山

漢武徙南嶽之祭，著廬江灊縣霍山之上，無水。廟有四鑊，可受四十斛〔一〕。至祭時，水輒自滿，用之足了，事畢即空。塵土樹葉，莫之汙也。積五十歲，歲作四祭。後但作三祭，一鑊自敗。

本條《初學記》卷五、《太平御覽》卷三九引徐靈期《南岳記》注、《御覽》卷七五七、《太平寰宇記》卷一二九《壽州·六安縣》、《元豐九域志》卷五《壽州·古跡》、《天中記》卷八並引，出《搜神記》（《初學記》、《御覽》卷三九作干寶《搜神記》）。今參酌諸書校輯。

〔一〕廟有四鑊可受四十斛　《寰宇記》、《元豐九域志》作「廟中有大鐵鑊，受三十石」。

316 樊山

樊山〔一〕，若天大旱，以火燒山，即致大雨，今往往有驗。

本條《太平御覽》卷四八、《太平寰宇記》卷一一二《鄂州·武昌縣》引，出《搜神記》(《御覽》、《寰宇記》作干寶《搜神記》)，據《寰宇記》輯。

〔一〕樊山　舊本前有「樊東之口有」五字。案：《初學記》卷八引《武昌記》：「樊口之東有樊山。」舊本蓋據此增補，而文字錯亂。《水經注》卷三五《江水》引《武昌記》：「樊口南有大姥廟。」《太平御覽》卷六八〇引《武昌記》：「樊口南百步有樊山。」雖有東、南之異，而皆作「樊口」。

317 孔竇

徵在生孔子空桑之地〔一〕，今名爲孔竇〔二〕，在魯南山之穴〔三〕。外有雙石，如桓楹起立，高數丈。魯人祇敬，世祭祠〔四〕。穴中無水，每當祭時，灑掃以告，輒有清泉自石間出，足以周事。既已，泉亦止。其驗至今在焉。今俗名女陵山〔五〕。

本條《北堂書鈔》卷一五八引干寶《搜神記》，《太平寰宇記》卷二一《兖州·曲阜縣》引作「干寶云」，明陳士元《論語類考》卷七《人物考·伊尹》引作「干寶《記》云」。又《史記·孔子世家正義》引干寶《三日紀》，疑爲《晉紀》之訛。然《晉紀》似不當載此，殆爲《搜神記》之誤也。今據《書鈔》，參酌《寰宇記》、《史記正義》校輯。

〔一〕空桑之地　《寰宇記》「空」作「窮」。舊本訛作「空乘之地」。

〔二〕孔竇　《史記正義》作「空竇」。舊本訛作「孔竇」。

〔三〕穴 《史記正義》作「空」。

〔四〕魯人祇敬世祭祠 舊本作「魯人絃歌祭祀」。

〔五〕今俗名女陵山 此句據《史記正義》補。舊本無此句。

318 灃泉

太山之東有灃泉〔一〕，其形如井，本體是石也。欲取飲者，皆洗心致〔二〕，跪而挹之，則泉出如流〔三〕，多少足用。若或汙慢，則泉縮焉〔四〕。蓋神明之常志者也。

本條《法苑珠林》卷六三引，出《搜神記》，又《太平廣記》卷一六一引《法苑珠林》，據輯。

〔一〕灃泉 《廣記》「灃」作「醴」。

〔二〕皆洗心致 《廣記》無「致」字。《珠林》《四庫全書》本（卷七九）「致」作「志」，舊本同。

〔三〕流 舊本作「飛」。

〔四〕則泉縮焉 舊本「縮」作「止」。

319 湘東龍穴

湘東新平縣有一龍穴，穴中有黑土。歲旱，人則共壅水以塞此穴〔一〕，穴淹則立大雨。

本條《太平御覽》卷一一、《太平廣記》卷三七四引，出干寶《搜神記》，今據《御覽》，參酌《廣記》校輯。

〔一〕人則共壅水以塞此穴　《初學記》卷二引張勃《吴録》作「人共遏水漬此穴」。

320　虬塘

武昌南有虬山，山之陰有龍穴。居民每見神虬飛翔出入，禱雨即應。後人築塘其下，曰虬塘。

本條《輿地紀勝》卷八一《壽昌軍·景物上》引，云：「虬塘，在武昌南百五十里。有虬山，山之陰有龍穴。《搜神記》云：居民見神虬飛翔，禱雨即應。」《大明一統志》卷五九《武昌府·山川·虬山》引作《續搜神記》。云：「在武昌縣南一百五十里，山陰有龍穴。《續搜神記》：居人每見神虬飛翔出入，旱禱即雨。後人築塘其下，曰虬塘。」又《嘉慶重修大清一統志·武昌府·山川》引《搜神後記》，同《大明一統志》。今據二書互校輯録，姑斷爲干書。案：舊本《搜神後記》輯入。

321　澤水神龍

巴郡有澤水〔一〕，民謂神龍。不可鳴鼓其傍，即使大雨。

本條《後漢書·郡國志五》注引，出干寶《搜神記》，據輯。案：舊本未輯。汪紹楹輯入《搜神記佚文》。

〔一〕巴郡有澤水　原無「巴郡」二字。案此注乃「巴郡」注，據補。

322 馬邑城

昔秦人築城於武州塞内〔一〕，以備胡，城將成而崩者數矣。忽有馬馳走一地，周旋反覆。父老異之，因依走迹以築城，城乃不崩，遂名之爲馬邑〔二〕。

本條《後漢書·郡國志五》注，《後漢書·安帝紀》注，《水經注》卷一三《灅水》，《史記·高祖本紀正義》，《太平御覽》卷一九三、卷八九七，《太平寰宇記》卷五一《朔州·鄯陽縣》，《事類賦注》卷二一，《杜工部草堂詩箋》卷一四《遣興三首》其二注，《資治通鑑》卷五〇元初六年胡三省注，《龍筋鳳髓判》卷二又卷三注，《天中記》卷一三，《駢志》卷九，《山堂肆考》卷二九並引，出《搜神記》（《後漢志》、《水經注》、《草堂詩箋》、《龍筋鳳髓判》注作干寶《搜神記》）。又《御覽》卷一九三引《太康地記》亦載。今據《水經注》，參酌諸書校輯。

〔一〕昔秦人築城於武州塞内　「武州」，《後漢書·安帝紀》注、《史記·高祖本紀正義》、《寰宇記》、《資治通鑑》注、《天中記》、《駢志》、《山堂肆考》並作「武周」，舊本同；《後漢書·郡國志》注、《水經注》、《御覽》卷八九七、《事類賦注》則作「武州」。案：《水經注》王先謙校云：「『州』，近刻訛作『周』。」武州，縣名，西漢置，屬雁門郡，即今山西左雲縣，馬邑亦雁門屬縣，在武州西南，即今山西朔州市（參見《漢書·地理志八下》）。武州山在今山西大同市西，雲崗石窟即在此，《魏書·高祖孝文帝紀》載太和中三次幸武州山石窟寺。《史記·匈奴列傳》載元光二年匈奴「以十萬騎入武州塞」，武州塞即指今大同以西至左雲一帶要塞地區。據此，山、塞作「武州」爲是，然「武周」流訛已久，遂成其別稱矣。又，《草堂詩箋》「武州」作「代州」。案：代州隋始置，《元和郡縣圖志》卷一四：「隋開皇五年，改肆州爲代州，大業三年改爲雁門郡。」作「代州」誤。

〔三〕遂名之爲馬邑　舊本下有「其故城今在朔州」一句。案：《後漢書・安帝紀》注末稱「其故城今朔州也」，乃注者語，非本文。輯録者不察而誤輯。朔州，北齊置，治新城，在今山西朔州東北，尋移治馬邑城。干寶晉人，焉得言及朔州？

323 代城

代城始築，立板幹。一旦亡西南板，四五十里於澤中自立〔一〕，結葦爲外門，因就營築焉。故其城周圓三十五里〔二〕，爲九門。故城處呼之以爲東城。

本條《後漢書・郡國志五》注引，出干寶《搜神記》，據輯。原出《博物志》卷七《異聞》，《太平御覽》卷一九二亦引，據校。案：舊本未輯。汪紹楹輯入《搜神記佚文》。

〔一〕一旦亡西南板四五十里於澤中自立　今本《博物志》作「一旦亡西南四五十板，於澤中自立」，《御覽》引作「一旦亡，西南五十里於澤中自立」。

〔三〕三十五里　「里」原引作「丈」，《博物志》作「三十七里」。案：城圍三十五丈，不足四分之一里，而竟有九門。必有誤。據《博物志》改「丈」爲「里」。

324 延壽城

緱氏縣有延壽城〔一〕。

本條《後漢書·郡國志一》注引，出干寶《搜神記》，據輯。案：舊本未輯。汪紹楹輯入《搜神記佚文》。

〔一〕緱氏縣有延壽城　原無「緱氏」二字。此注乃「河南尹緱氏縣」注，據補。

325 由拳縣

由拳縣〔一〕，秦時長水縣。秦始皇東巡，望氣者云：「五百年後，江東有天子氣。」始皇至，令囚徒十萬人掘汙其地〔二〕，鑿審山爲硤，北迤六十里，至天星河止〔三〕。表以惡名，故改之曰由拳縣〔四〕，言囚倦也〔五〕。由拳即嘉興縣。始皇時童謡曰：「城門有血，城當陷没爲湖。」有嫗聞之，朝朝往窺。門將欲縛之，嫗言其故。後門將以犬血塗門，嫗見血走去。忽有大水欲没縣，主簿令幹入白令〔六〕，令曰：「何忽作魚？」幹曰：「明府亦作魚。」遂淪爲湖。

本條《初學記》卷七、《太平御覽》卷六六、《學林》卷六、《嘉禾百咏・由拳廢縣》、百卷本《記纂淵海》（《四庫全書》）卷七、《大明一統志》卷三九《嘉興府・古蹟》、《山堂肆考》卷二六並引，出干寶《搜神記》（《記纂淵海》、《大明一統志》、《山堂肆考》無撰名）。又《後漢書・郡國志四》注引干寶《搜神記》一節（《輿地紀勝》卷三《嘉興府・嘉興縣》引《東漢志》注引「干寶《搜神記》」，《分類補註李太白詩》卷六《丁都護歌》蕭士贇註稱「《後漢書・地理志》吴郡丹徒曲阿由拳注引于〔干〕寶《搜神記》」即此），當在此條中。又，宋潛説友《咸淳臨安志》卷二四《山川三・餘杭縣・由拳山》云：「在縣南二十六里，高一百八十九丈九尺，周回一十五里。按《搜神記》云由拳即嘉興縣。吴大帝時，縣人郭暨猷與由拳山人隱此。因以爲名。」清許瑶光等修《嘉興府志》卷一二《山川・嘉興縣・由拳山》亦云：「嘉興縣故由拳縣，有由拳山……按《搜神記》云……」以下全同《咸淳臨安志》。清張吉安等修《餘杭縣志》卷七《山水・山・由拳山》亦本《咸淳臨安志》爲説，云：「在縣南二十六里。按《搜神記》：吴大帝時，縣人郭暨猷自由拳來隱此。因以爲名。」文字有異。《嘉慶重修大清一統志・杭州府・山川・大滌山》亦云：「又據干寶《搜神記》，由拳即嘉興縣名。吴大帝時，郭暨猷自由拳來，隱居於此。」案：由拳山在餘杭縣南，非在嘉興。《元和郡縣圖志》卷二六《杭州・餘杭縣》云：「由拳山，晉隱士郭文舉所居。旁有由拳村，出好藤紙。」《太平寰宇記》卷九三《杭州・餘杭縣》云：「由拳山，本餘杭山也，一名大辟山。《郡國志》云青障山，高峻爲最，在縣南十八里。山謙之《吴興記》云晉隱士郭文字文舉，初從陸渾山來居之，王敦作亂，因逸歸入此處。今傍有由拳村，出藤紙。」「吴大帝」云云當非《搜神記》文字，今不取。今據《初學記》輯録，以《後漢書》注等校補。

〔一〕由拳縣　《初學記》、《御覽》引作「由權縣」，《後漢書》注等引作「由拳縣」。案：《漢書・地理志上》作「由拳」，屬會稽郡，《後漢書・郡國志四》同，屬吴郡，據改。又《水經注》卷二九《沔水》及所引《神異傳》作「由卷縣」，《水經注》云：「故就李鄉檇李之地。秦始皇惡其勢王，令囚徒十餘萬人汙其土表，以汙惡名，改曰囚卷，亦曰由卷也。吴黄龍三年，有嘉禾生卷縣，改曰禾興，後太子諱和，改爲嘉興。《春秋》之檇李城也。」《方輿勝覽》卷三《嘉興府・山川》引《神異傳》則作「拳」。案：「卷」通「拳」。

〔二〕「秦始皇東巡」至「令囚徒十萬人掘汙其地」　據《後漢書》注、《嘉禾百咏》補。《嘉禾百咏》「萬」作「萬餘」。

〔三〕「鑿審山爲硤」至「至天星河止」　據《嘉禾百咏》補。

〔四〕表以惡名故改之曰由拳縣　據《後漢書》注補。

〔五〕言囚倦也　據《嘉禾百咏》補。

〔六〕主簿令幹入白令　「令幹」，《水經注》引《神異傳》同。案：古有令姓。《太平廣記》卷四六八引《神鬼傳》載此事作「何幹」，唐李伉《獨異志》卷中作「全幹」。

搜神記輯校卷二八

案：本卷所輯爲方物異聞。

326 鮫人

南海之外有鮫人〔一〕，水居如魚，不廢績織〔二〕。時從水中出，向人家寄住，積日賣綃〔三〕。鮫人臨去，從主人索器，泣而出珠滿盤，以與主人。

本條《藝文類聚》卷六五、卷八四，《太平御覽》卷八〇三，《杜工部草堂詩箋》卷七《渼陂西南臺》、卷三七《客從》注，《分門集註杜工部詩》卷四《渼陂西南臺》王洙註（又見《補註杜詩》卷二、《九家集註杜詩》卷二、《集千家註杜工部詩集》卷二），《古今事文類聚》續集卷二五並引，出《搜神記》。《草堂詩箋》卷七注引文最備，據輯。

〔一〕鮫人　《草堂詩箋》卷三七注作「鮫人室」。

〔二〕績織　原作「緝績」，《分門集註杜工部詩》等杜詩註同，據《類聚》卷六五改。《草堂詩箋》卷三七注作「機織」，《博物志》卷二《異人》作「織績」，舊本同。

〔三〕積日賣綃　《文選》卷五《吴都賦》注、《古今事文類聚》續集卷二五引《博物志》此句下有「綃者竹孚俞也」六字。

327 飛涎鳥

東南海去會稽三千餘里[一]，有犬國[二]。國中有飛涎鳥[三]，似鼠而翼如鳥，而腳赤。然每至曉，諸棲禽未散之前[四]，各占一樹[五]，口中有涎如膠，遶樹飛，涎如雨，沾灑衆枝葉。有他禽之至，如網也，然乃食之[六]。如竟午不獲，即空中逐而涎惹之，無不中焉。若人捕得，脯之，治痟渴。其涎每布，至後半日即乾，乾自落，落即復布之。

本條見《永樂大典》卷一三三四五引《稽神異苑》，首稱「《搜神記》曰」。《太平廣記》卷四六三引此，出《外荒記》。今據《稽神異苑》，參酌《外荒記》校輯。案：舊本未輯。

〔一〕東南海去會稽三千餘里　《外荒記》「東南海」作「南海」。

〔二〕犬國　原作「人國」，《外荒記》作「狗國」，疑「人」乃「犬」字之訛，今改。

〔三〕飛涎鳥　《外荒記》「烏」作「鳥」。

〔四〕然每至曉諸棲禽未散之前　原作「然每至晚，諸禽來棲之前」，據《外荒記》改。散，言諸禽出巢散於林間。

〔五〕樹　《廣記》明鈔本作「枝」。

〔六〕然乃食之　《廣記》明鈔本作「旋取食之」。

328 驪龍珠

河上翁家貧，恃緯蕭而食。其子没川，得千金之珠。父曰：「夫珠在驪龍頷下。子遭其睡也，使其寤，子當爲齏粉，尚奚珠之有哉！」

本條《唐詩鼓吹》卷九譚用之《贈索處士》郝天挺註引，出《搜神記》，據輯。案：《六帖》卷九五、《古今事文類聚》續集卷二五、《古今合璧事類備要》外集卷六三均有引，無出處，《事類備要》别集卷六三乃引作《莊子》。《莊子・列禦寇》載：「河上有家貧恃緯蕭而食者，其子没於淵，得千金之珠。其父謂其子曰：『取石來，鍛之。夫千金之珠，必在九重之淵，而驪龍頷下。子能得珠者，必遭其睡也。使驪龍而寤，子尚奚微之有哉！』」《唐詩鼓吹》等所引皆作「河上翁」，與原文有異。若《太平御覽》卷八〇三引《莊子》「河上有貧窮」云云，則無「翁」字也。頗疑《搜神記》從《莊子》取入此事。舊本未輯。

329 餘腹

東海名餘腹者〔一〕，昔越王爲膾〔二〕，割而未切，墮半於水内，化爲魚〔三〕。

本條《北堂書鈔》卷一四五、《太平御覽》卷九三八、《醫心方》卷三〇引，出《搜神記》，今參酌三書校輯。

〔一〕東海名餘腹者　「東海」，舊本作「江東」。案：《初學記》卷三〇引《南越記》：「比目魚，不比不行。」注：「江東呼爲王餘。」舊本即據此而改。「餘腹」，《博物志》卷三《異魚》作「吳王鱠餘」。《文選》卷五《吳都賦》：「片則王餘。」《初學記》卷三〇引《南越記》亦作「王餘」。《醫心方》末云「化魚名王魚也」，作「王魚」。

〔二〕昔越王爲膾　「越王」，《博物志》作「吳王」。《吳都賦》注、《南越記》作「越王」。

〔三〕「昔越王爲膾」至「化爲魚」　《醫心方》「水内」作「海中」。舊本作「昔吳王闔閭江行，食膾有餘，因棄中流，悉化爲魚。今魚中有名吳王膾餘者，長數寸，大者如筯，猶有膾形」。案：此實據《博物志》，原無「闔閭」二字，其餘全同。

330　土蜂

土蜂名曰蜾蠃，今世謂之蠮螉〔一〕，細腰之類也。其爲物，純雄而無雌，不交不産，常負桑蟲之子而育之〔二〕，則皆化成己子焉〔三〕。

本條《法苑珠林》卷三二、《太平御覽》卷八八八、《考古質疑》卷六引，出《搜神記》。今參酌《珠林》、《御覽》二書校輯。

〔一〕蠮螉　《御覽》作「蛁蟗」，《珠林》作「蝎螉」，《音釋》：「蝎螉，正作蠮螉。」《大正新脩大藏經》本作「蠮螉」。案：《爾雅·釋蟲》：「果蠃，蒲盧。」郭璞注：「即細腰𧒂也，俗呼爲蠮螉。」郝懿行《義疏》：「陶（案：陶弘景）注《本草》蠮螉云……」《方言》第十一：「𧒂，燕趙之間謂之蠓螉，其小者謂之蠮螉。」郭璞注：「小細腰𧒂也。」《酉陽雜俎》前集卷一七《蟲篇》：「蠮螉，成式書宅多此蟲。」又曰：「蠮螉冦汝無處奔。」續集卷八《支動》：「蜾蠃，今謂之蠮螉也。」今從《珠林》《大正藏》本。舊本作「蛔蛕」。

〔二〕常負桑蟲之子而育之　《珠林》《大正藏》本、《四庫全書》（卷四三）本及《御覽》「負」作「取」。案：《詩經·小雅·小宛》：「螟蛉有子，果蠃負之。」今從《珠林》宣統本、《法苑珠林校注》本。舊本此句作「常取桑蟲或阜𧒂子育之」，「或阜𧒂」乃據《博物志》卷四《物性》妄補。

〔三〕則皆化成己子焉　舊本此句下有「《詩》曰：『螟蛉有子，果蠃負之。』是也」十二字，乃據《博物志》妄補。

331 青蚨

南方有蟲，名𧕟蠀音敦。蝺音隅。〔一〕，其形似蟬而差大〔二〕，味辛美，可食。每生子，必著草葉，大如蠶種。人得子以歸，則母飛來就之，不以遠近，雖潛取，必知處。殺其母以塗錢，以其子塗貫〔三〕，用錢貨市，旋則自還。故《淮南子萬畢術》以之還錢，名曰「青蚨〔四〕」，云：「青蚨，一名魚伯。以母血塗八十一錢，以子血塗八十一錢，置子用母，置母用子，皆自還也〔五〕。」

本條《初學記》卷二七，《太平御覽》卷八三六、卷九五〇，《事類賦注》卷一〇，《鉅宋廣韻》卷一「虞」韻，《重修政和證類本草》卷二二，《五色線集》卷上，《通志略・昆蟲草木略二・蟲魚類》，《錦繡萬花谷》後集卷三一，《古今事文類聚》續集卷二六，《古今合璧事類備要》外集卷六五，《分門類林雜説》卷一四，《韻府羣玉》卷三，《五音集韻》卷二《八虞》，《本草綱目》卷四〇，《天中記》卷五七，《山堂肆考》卷一八五並引，出《搜神記》（《初學記》、《御覽》卷八三六、《古今事文類聚》、《類林雜説》作干寶《搜神記》，《古今合璧事類備要》訛作「于寶《搜神録》」），亦見《紺珠集》卷七干寶《搜神記》、《類説》卷七《搜神記》摘録。又《酉陽雜俎》前集卷一七《蟲篇》、續集卷八《支動》亦載，蓋有採本書。今據《御覽》卷九五〇，參酌諸書校輯。

〔一〕 蟞蝺　《太平廣記》卷四七七引《酉陽雜俎》「蝺」作「蝺」，今本作「蝺」，《廣韻》亦作「蝺」。《政和本草》、《通志略》、《天中記》作「蝍蠋」。

〔二〕 大　《廣韻》、《五音集韻》作「長」。

〔三〕 殺其母以塗錢以其子塗貫　《初學記》作「殺其母，以血塗其子，以其子塗母」，《錦繡萬花谷》同，惟脱「血」字。

〔四〕 青蚨　《御覽》卷八三六、《事類賦注》、《山堂肆考》訛作「青凫」。案：《御覽》卷九五〇引《淮南萬畢術》及《酉陽雜俎》續集卷八俱作「青蚨」。

〔五〕 「云青蚨一名魚伯」至「皆自還也」　此節據《政和本草》、《通志略》補輯。《類説》作「以母血塗錢八十一文，以子血塗八十一文，每市物，或先用母錢，或先用子錢，皆復飛歸，輪還無已」，舊本與之同，《五色線集》、《紺珠集》、《古今事文類聚》文字亦大同。《類林雜説》作：「殺其子以血塗錢八十一文，殺其母以血塗錢八十一文，置之於一器中。每市物，用其子所塗錢，則勿用其母所塗者，則錢復來；用其母所塗者市物，則留其子，所塗錢其來亦如之。」《淮南萬畢術》原文云：「以其子母各等，置瓮中，埋東行陰垣下，三日後開之，即相從。以母血塗八十一錢，亦以子血塗八十一錢，以其錢更牙市。」注：「置子用母，置母用子，錢皆自還。」

332 長卿

蟛蜞，蟹也。嘗通夢於人，自稱「長卿」，今臨海人多以「長卿」呼之。

本條《容齋四筆》卷六《臨海蟹圖》、《天中記》卷五七、《山堂肆考》卷二二五引作《搜神記》。《古今事文類聚》後集卷三五《蟹有十二種》，未著出處，實全録《容齋四筆》。《古今合璧事類備要》别集卷八八引作傅嘉祐《蟹十二種論》，此前又引傅肱《蟹譜》。案：《古今事文類聚》之《蟹有十二種》前引《蟹譜總論》，撰名署傅肱，小字注嘉祐。嘉祐指年號。《四庫全書》收傅肱《蟹譜》二卷，自序稱作於嘉祐四年（一〇五九），《提要》云傅肱字自翼。《古今合璧事類備要》全抄《古今事文類聚》（後書編成於淳祐六年即一二四六年，前書編成於寶祐五年即一二五七年），而誤以嘉祐爲字，又誤以《蟹十二種論》亦出傅手，殊爲可哂。《容齋四筆》云：「四曰彭蜞，螯微毛，足無毛，以鹽藏而貨於市。《爾雅》曰：『彭蜞，小者蟧。』云小蟹也。蜞音澤，蟧音勞，吴人呼爲彭越。

《搜神記》言此物嘗通人夢，自稱『長卿』，今臨海人多以『長卿』呼之。」《天中記》蓋本此。案：《中華古今注》卷下：「蟛蚏，小蟹也。生海邊塗中，食土。一名長卿。」舊題元伊世珍《瑯嬛記》卷上引《成都舊事》：「王吉夜夢一蟛蜞在都亭作人語曰：『我翌日當舍此。』吉覺異之，使人于都亭候之，司馬長卿至。吉曰：『此人文章當橫行一世。』天下因呼蟛蜞爲長卿。卓文君一生不食蟛蜞。」皆據此爲説。今據《天中記》輯。

333 火浣布

崑崙之墟，地首也，是惟帝之下都。故其外絶以弱水之深，又環以炎火之山。山上有鳥獸草木，皆生育滋茂於炎火之中，故有火浣布。非此山草木之皮枲，則其鳥獸之毛羽也。漢世，西域舊獻此布，中間久絶。至魏初，時人疑其有文無實。文帝以爲火性酷烈〔一〕，無含育之氣，著之《典論》，明其不然，曰：「不然之事〔二〕，絶智者之聽。」及明帝立，詔三公曰：「先帝昔著《典論》，不朽之格言。其利刊石于廟門之外及太學，與石經並，以爲永示後世。」至此，西域使至，始獻火浣布焉〔三〕。於是刊滅此論，而天下笑之。

本條《三國志·魏書·齊王芳紀》注，《藝文類聚》卷七，《法苑珠林》卷二八，《六帖》卷五，《太平御覽》卷三八、卷八二〇，《緯略》卷四、卷一二，《野客叢書》卷三〇，《説略》卷二一，《駢志》卷一一並引，出《搜神記》。《天中記》卷五〇轉引《三國志》注，然未注出處。今據《御覽》卷八二〇，參酌諸書校輯。

〔一〕烈　舊本訛作「裂」。

〔二〕曰不然之事　舊本闕「曰不然」三字。

〔三〕西域使至始獻火浣布焉　《珠林》作「西域使人獻火浣布袈裟」，舊本同。汪紹楹校：「《魏志》注、《太平御覽》『袈裟』二字作『焉』。按：『袈裟』本作『毠毢』。寫作『袈裟』，始葛洪《字苑》（見《玄應音義》十四）。雖干寶與葛洪同時，容可採用。然洪所著《抱朴子·論仙》篇，亦只云『切玉之刀，火浣之布』，未云『火浣布袈裟』。疑此……《法苑珠林》增改，以張其教。非本書原來如此。」

334 陽燧陰燧

夫金錫之性〔一〕，一也。以五月丙午日中鑄爲陽燧，以十一月壬子夜半鑄爲陰燧。言丙午日鑄爲陽燧，可取火；壬子日鑄爲陰燧，可取水〔二〕。

本條《太平御覽》卷二二、百卷本《記纂淵海》（《四庫全書》）卷一、《本草綱目》卷五引，出《搜神記》（《本草綱目》作干寶《搜神記》），據《御覽》輯。

〔一〕夫金錫之性　《御覽》《四庫全書》本無「錫」字，舊本同。

〔二〕案：注文非《御覽》編纂者加，乃古注。《記纂淵海》末無注，然有「則就日月，出火出水」二句，疑非干寶原文所有。

搜神記輯校卷二一九

案：本卷所輯爲動物報恩之事。

335 隨侯珠

隨侯行〔一〕，見大蛇被傷，救而治之。其後蛇銜珠以報之。其珠徑盈寸，純白而夜有光明，如月之照，可以燭堂〔二〕，故歷世稱「隨侯珠」焉，一名「明月珠」〔三〕。

本條《藝文類聚》卷八四、卷九六，玄應《一切經音義》卷八，慧琳《一切經音義》卷二八，《太平御覽》卷八〇三、卷九三四，《太平廣記》卷四〇二，《太平寰宇記》卷一四四《隨州·隨縣》，《事類賦注》卷九及卷二八，《通志略·氏族略二》，《東坡先生詩集註》卷一六《送推官赴華州監酒》註，《古文苑》卷九《雜體報范通直》章樵注，《古今事文類聚》續集卷二五、別集卷三一，百卷本《記纂淵海》（《四庫全書》）卷一〇〇，《古今合璧事類備要》續集卷五六，《朱文公校昌黎先生文集》卷六《初南食貽元十八》注，《九家集註杜詩》卷三四《舟中出江陵》註，《集千家註杜工部詩集》卷一九《酬郭十五判官》註，《資治通鑑》卷一〇四太元四年胡三省注，《山堂肆考》卷一三八並引，出《搜神記》（玄應《一切經音義》作干寶《搜神記》）。唐寫本伯二五二四號類書殘卷《報恩篇》（《鳴沙石室古籍叢殘》、《敦煌寶藏》）亦引，無出處。《天中記》卷五六引作《説苑》、《搜神記》、《水經注》，卷五八作《搜神記》。今據《類聚》卷八四，參酌諸書校輯。

〔一〕隨侯行　「隨」原作「隋」，諸書多作「隨」。案：《廣韻》「支」韻：「隋，國名，本作隨。《左傳》曰：『漢東之國隨爲大。』漢初爲縣，後魏爲郡，又改爲州。隋文帝去辵。」據改。

〔二〕堂　《古今事文類聚》作「百里」。

〔三〕案：《寰宇記》所引與諸書頗異，録下備考：「隨侯出獵，見白蛇被傷。乃築坻於縣（案：指隨縣）東北骸山側收養，既愈放之。後銜徑寸珠以報德。」又案：《山堂肆考》卷一二三引《搜神記》：「隋侯姓祝，字元暢。往齊國，見一蛇在沙中，頭上有血。隋侯以杖挑放水中而去。後回至蛇所，乃見蛇銜一珠來，隋侯不敢取。夜夢踏一蛇，驚覺，乃得雙珠。」《格致鏡原》卷九九亦據此轉引。此實見於《孟子注疏・盡心章句下》孫奭疏，惟文字微有删削，《山堂肆考》出處誤。又案：舊本此條輯作：「隋縣溠水側，有斷蛇丘。隋侯出行，見大蛇，被傷中斷，疑其靈異，使人以藥封之，蛇乃能走。因號其處斷蛇丘。歲餘，蛇銜明珠以報之。珠盈徑寸，純白，而夜有光明，如月之照，可以燭堂。故謂之隋侯珠，亦曰靈蛇珠，又曰明月珠。丘南有隋季良大夫池。」乃據《天中記》卷五六輯録，又據《類聚》、《廣記》稍有補綴。

336 噲參

噲參寓居河内〔一〕，養母至孝〔二〕。曾有玄鶴，爲戈人所射，窮而歸參〔三〕。參撫視，箭創甚重，於是以膏藥摩之。月餘漸愈，放而飛去。後數十日間，鶴夜到門外。參秉燭視之，鶴雌雄雙至，各銜一明月珠，吐之而去，以報參焉。

本條《藝文類聚》卷八四，《六帖》卷九四，《太平御覽》卷四七九、卷八〇三，《事類賦注》卷九，《錦繡萬花谷》後集卷三九，《古今事文類聚》續集卷二五，《古今合璧事類備要》別集卷六四、外集卷六三，《九家集註杜詩》卷三四《南浦奉寄鄭少尹審》註，《焦氏易林注》卷三《升》、卷四《泰》、卷六《恒》、卷七《井》，《天中記》卷五八，《駢志》卷一七，《山堂肆考》卷一八六、卷二一一並引，出《搜神記》（《御覽》卷四七九作干寶《搜神記》）。唐寫本伯二五二四號類書殘卷《報恩篇》（《鳴沙石室古籍叢殘》、《敦煌寶藏》），《分門類林雜説》卷七亦引，無出處。今據《御覽》卷八〇三，參酌諸書校輯。

〔一〕噲參寓居河内　《御覽》卷八〇三「噲」作「澮」，訛，古無澮姓，而有噲姓。《述異記》卷上、唐劉賡《稽瑞》引《孝經援神契》作「噲」。又類書殘卷作「曹」，《分門類林雜説》作「蒯」。

〔二〕養母至孝　《御覽》卷四七九作「虔恭父母」。

〔三〕曾有玄鶴爲戈人所射窮而歸參　《御覽》卷四七九作「忽有單鶴趣之」。《類聚》、《古今事文類聚》、《焦氏易林注》、《山堂肆考》卷一八六「戈」作「弋」。

337 蘇易

蘇易者，廬陵婦人，善看產。夜忽爲虎所取，行六里〔一〕，至大壙〔二〕，厝易置地，蹲而守〔三〕。見有牝虎當産，不得解，匍匐欲死，輒仰視。易悟之〔四〕，乃爲探出之，有三子。生畢，虎負易送還〔五〕，并送野肉於門内〔六〕。

本條《太平御覽》卷八九二引，出《搜神記》，據輯。

〔一〕六里　舊本作「六七里」。

〔二〕曠　《四庫全書》本作「壙」，舊本同。案：壙、曠均指曠野。

〔三〕厝易置地蹲而守　此七字據《四庫全書》本及鮑崇城校刊本補。

〔四〕易悟之　舊本「悟」訛作「怪」。

〔五〕虎負易送還　《四庫全書》本作「牝虎負易還」，舊本同。鮑本作「牝虎負易送」，脱「還」字。「牝」字或衍，或爲「牡」字之訛。

〔六〕并送野肉於門内　《四庫全書》本及鮑本「并」作「再三」。

338 龐企遠祖

廬陵太守太原龐企〔一〕，字子及。自説其遠祖不知幾何世也，坐事繫獄，而非其罪，不堪拷掠，自誣伏之。及獄將上，有螻蛄蟲行其左右，其祖乃謂螻蛄曰：「使爾有神，能活我死，不當善乎？」因投飯與之，螻蛄食飯盡去。有頃復來，形體稍大，意每異之，乃復與食。

如此去來，至數十日間，其大如豚。及竟報，當行刑。螻蛄夜掘壁根爲大孔，乃破械，從之出去。久時遇赦得活。於是龐氏世世常以四節祠祀螻蛄於都衢處。後世稍怠，不能復特爲饌，乃投祭祀之餘以祠之，至今猶爾。

本條《法苑珠林》卷六二、《太平御覽》卷九四八、《太平廣記》卷四七三、《古今合璧事類備要》外集卷二〇、《天中記》卷五七、《山堂肆考》卷八九並引，出《搜神記》。又宋羅願《爾雅翼》卷二六《釋蟲三·螻》：「此物有神異，故干寶記龐氏常祠螻蛄。」《幽明録》曾採入（《古小説鉤沈》，《初學記》卷二〇、《御覽》卷六四三引）。今據《珠林》，參酌諸書校輯。

〔一〕盧陵太守太原龐企　《珠林》《大正新脩大藏經》本前有「故」字。《御覽》「太原」作「平原」。

339 楊寶

弘農楊寶，年七歲，行於華山中。見黄雀，被螻蟻所困。寶收養之，瘡愈而飛去。後數年，黄雀爲黄衣童子，持玉環來，以贈楊寶：「我華岳山使者，爲人所傷，勞子恩養，今來報銜。子之世代，皆爲三公。」言訖不見。後漢時。

本條唐寫本類書殘卷伯二五二四號（《鳴沙石室古籍叢殘》、《敦煌寶藏》）、斯七十八號及斯二五八八號《報恩篇》引，出《搜神記》。引文頗簡，止四五十字。事又載今本《續齊諧記》，又見引於《藝文類聚》卷九二，《後漢書》卷五四《楊震傳》注，《古本蒙求》卷中，《蒙求集註》卷上，《太平御覽》卷四〇三、四七九、卷九二二，《事類賦注》卷一九，《紺珠集》卷一〇，《類説》卷六。舊本即據《續齊諧記》輯録，未當。今據類書殘卷三本互校輯録。

搜神記輯校卷三〇

案：凡佚文片斷輯入本卷，事皆不詳。

340 鬚長七尺

鬚長七尺。

本條《北堂書鈔》卷一引，出《搜神記》，據輯。案：原屬何事不詳。舊本未輯。汪紹楹輯入《搜神記佚文》。

341 笑電

電曰笑電。

本條見《紺珠集》卷七干寶《搜神記》。又北宋任廣《書叙指南》卷一三：「電曰笑電。」注：「歐陽詢《類聚》：或曰出《搜神記》。」今本《類聚》無此。案：原屬何事不詳。舊本未輯。汪紹楹輯入《搜神記佚文》。

342 仲子

仲子隱於鵲山。

本條清吴任臣《山海經廣注》卷一《南山經》引，出《搜神記》，據輯。案：汪紹楹按云：「吴注引《搜神記》，皆見本書，惟此條不見，未知所據。」舊本未輯。汪紹楹輯入《搜神記佚文》。

343 袴褶（正文闕）

《事物紀原》卷三《旗旐采章部·袴褶》：「干寶《搜神記》亦或言其物，蓋晉以來有其制也。」《稗史彙編》卷一三〇《袴褶定制》亦云：「干寶《搜神記》亦或言其物。」案：本書佚文中未見有言袴褶者，所出何事不詳。《搜神後記》佚文中有之。

中國古典文學基本叢書

搜神記輯校

〔晉〕干寶 撰
李劍國 輯校

搜神後記輯校

〔宋〕陶潛 撰
李劍國 輯校

下册

中華書局

搜神後記輯校

搜神後記輯校目録

搜神後記輯校卷一

搜神後記輯校卷二

搜神後記輯校卷三

搜神後記輯校卷四

搜神後記輯校卷五

搜神後記輯校卷六

搜神後記輯校卷七

搜神後記輯校卷八

搜神後記輯校卷九

搜神後記輯校卷一〇

搜神後記輯校卷一

1 袁栢根碩

會稽剡縣民袁栢、根碩二人獵〔一〕，經深山重嶺甚多。見一群山羊，六七頭，遂經一石橋〔二〕，橋甚狹而峻，羊去，根等亦隨，渡向絶崖。崖正赤壁立，名曰赤城。上有水流下，廣狹如疋布，剡人謂之瀑布。羊徑有山穴，如門，豁然而過。既入，内甚平敞，草木皆香。有一小屋，二女子住其中〔三〕，年皆十五六，容色甚美，着青衣。一名瑩珠，一名□□〔四〕。見二人至，忻然云：「早望汝來。」遂爲室家。忽二女出行，云：「復有得壻者，往慶之。」曳履於絶巖上行，琅琅然。二人思歸，潛去歸路。二女已知，追還〔五〕。乃謂曰：「自可去。」乃以一腕囊與根〔六〕，語曰：「慎勿開也。」於是得歸。後出行，家人開其囊，囊如蓮花，一重去復一重〔七〕，至五盡〔八〕，中有小青鳥飛去。根還知此，悵然而已。後根於田中耕，家依常餉之，見在田中不動，就視，但有皮殼，如蟬蜕也。

本條《太平御覽》卷四一引，出《續搜神記》，據輯。

〔一〕會稽剡縣民袁栢根碩二人獵　《御覽》《四庫全書》本、鮑崇城校刊本「栢」作「相」，舊本同。

「根」原作「桹」。案：《説文》「木」部：「桹，高木也，從木良聲。」古無桹姓而有根姓，《風俗通義》佚文：「根氏，古賢者根牟子，著書七篇。」（《姓解》卷二引）。舊本作「根」，今改。《四庫全書》本作「狼」。案：春秋晉有狼瞫（《左傳》文公二年、《漢書·古今人表》），東漢西羌有狼莫（《後漢書·西羌傳》），疑「狼」亦爲「根」字之訛。

〔二〕遂經一石橋　舊本「遂」作「逐之」。

〔三〕其中　宋本《御覽》無「其」字，據《四庫全書》本及鮑本補。

〔四〕一名□□　《御覽》原脱一女名字，今姑補如此。王國良《搜神後記研究》謂：「疑當作『一名瑩，一名珠。』」

〔五〕二女已知追還　《四庫全書》本作「二女追還已知」，舊本同。

〔六〕乃以一腕囊與根　《四庫全書》本「腕」作「綘」。舊本「根」下加一「等」字。案：下文所叙爲根碩事，則得腕囊者惟根耳。

〔七〕一重去復一重　《四庫全書》本作「一重去一重復」，舊本同。

〔八〕至五盡　《四庫全書》本「盡」作「重」，舊本訛作「蓋」。

2 韶舞

滎陽人姓何，忘其名，有名聞士也。荆州辟爲别駕，不就，隱遁養志。嘗至田舍，人收穫在場上。忽有一人，長一丈，黃疏單衣〔一〕，角巾，來詣之。翩翩舉其兩手，並舞而來，語何云：「君嘗見《韶舞》不？此是《韶舞》。」且舞且去。何尋逐，徑向一山。山有一穴，裁容人。其人即入穴〔二〕，何亦隨之。初入甚急，前輒開廣〔三〕，便失人。見有良田數十頃。何遂墾作，以爲世業。子孫于今賴之。

本條《太平御覽》卷五七四、卷八二一，《天中記》卷四三引，出《續搜神記》。今據《御覽》卷五七四輯，以《御覽》卷八二一校補。

〔一〕黃疏單衣　「疏」原作「踈」。汪紹楹校：「按：晉、宋人以練布爲衣，『黃踈』當作『黃練』。應據改。」案：《釋名》卷四《釋采帛》：「紡麤絲織之曰疏。疏，寥也，寥寥然也。」「踈」當爲「疏」之形訛，今改。《天中記》作「蕭踈」，舊本同，誤。

〔二〕其人即入穴　《四庫全書》本《御覽》卷八二一「即」作「命」，舊本同。

〔三〕開廣　舊本作「開曠」。

3 梅花泉

長沙醴陵縣有小水一處，名梅花泉。有二人乘舡取樵，見崖下土穴中水流出〔一〕，有新斫木片，逐水流。上有深山，有人迹。樵人異之，相謂曰：「可試入水中〔二〕，看何由爾。」

一人便以笠自鄣入穴，纔容人。行數十步，便開明朗然，不異世上。

本條《北堂書鈔》卷一五八、《太平御覽》卷五四引，出《續搜神記》。今據《書鈔》校輯。

〔一〕見崖下土穴中水流出　《御覽》「崖」作「岸」，舊本同，鮑崇城校刊本作「崖」。

〔二〕可試入水中　舊本「入」訛作「如」。

4 武昌山毛人

晉孝武帝世〔一〕，宣城人秦精，嘗入武昌山中採茗〔二〕。忽見一人，身長一丈〔三〕，通體皆毛，從山北來。精見之，大怖，自謂必死。毛人徑牽其臂，將至山曲，示以大叢茗處，放之便去。精因留採。須臾復來，乃探懷中橘二十枚與精，甘美異常。精甚怖〔四〕，負茗急歸〔五〕。

本條《藝文類聚》卷八二，《茶經》卷下，《太平御覽》卷四八、卷八六七、卷九六六，《太平寰宇記》卷一一二《鄂州·武昌縣》，《文苑英華》卷八三顧況《茶賦》注，《古今合璧事類備要》外集卷四二，百卷本《記纂淵海》(《四庫全書》)卷九二，《山堂肆考》卷一七，《天中記》卷四四引作《續搜神記》。又《説郛》卷四摘録晉陶潛《續搜神記》有此條。《類聚》卷八六引作《搜神記》。案：事在晉孝武帝世，必爲《續記》。今據《御覽》卷八六七，參酌諸書校輯。

〔一〕晉孝武帝世　《文苑英華》作「漢孝武時」。案：下文云武昌山。《三國志·吴書·吴主傳》載，黄初二年，孫權「自公安都鄂，改名武昌，以武昌、下雉、尋陽、陽新、柴桑、沙羨六縣爲武昌郡」。武昌山亦因縣而得名。漢無武昌，作「漢孝武時」必誤。

〔二〕宣城人秦精嘗入武昌山中採茗　《文苑英華》作「宣城有人武邑山採茗」。

〔三〕身長一丈　《類聚》卷八六、《茶經》、《寰宇記》、《御覽》卷四八、《山堂肆考》作「長丈餘」。舊本作「身長一丈餘」。

〔四〕怖　《説郛》作「怪」，舊本同。

〔五〕負茗急歸　「急」字《御覽》卷八六七及他引原作「而」，鮑崇城校刊本卷四八作「急」，義勝，據改。

5 吴猛

吴舍人名猛，字世雲，蜀人。性至孝。小兒時〔一〕，在父母傍卧，時夏月，多蚊虻〔二〕，而終不摇扇。有同宿人覺，問其故，答云：「懼蚊虻之去我，嚙我父母耳。」父母終，行服墓次。蜀賊縱暴，焚燒邑屋，發掘丘隴，民人迸竄。猛在墓側，號慟不去，賊爲之感愴，遂不犯。猛有道術，同縣鄒惠政迎猛，夜於家中庭燒香。忽有虎來，抱政兒超籬去。猛語云：「無所苦，須臾當還。」虎將去數十步，忽然復送兒歸。政遂精進，乞爲好道士。嘗將弟子回豫章，江水大急，人不得渡。猛乃以手中白羽扇畫江水，横流遂成陸路，徐行而過，不用舟檝。過訖，水復依舊。嘗守尋陽〔三〕，參軍周家有狂風暴起，猛即書符擲著屋上，便有一飛鳥接符去，須臾風靜。人問之，答云：「西湖有遭此風者〔四〕，兩舫人是道士，跪道福食，呼天求救，故符以止風〔五〕。」

本條性孝事見《藝文類聚》卷二〇、卷九七，《太平御覽》卷二一、卷四一三、卷九四五，《事類賦注》卷四，百卷本《記纂淵海》（《四庫全書》）卷二、卷一〇〇，《類聚》出《續搜神記》，《御覽》、《記纂淵海》、《事類賦注》作《搜神記》；鄒惠政事見《御覽》卷八九二、《事類賦注》卷二〇引，出《續搜神記》；羽扇畫水事見《御覽》卷七〇二、《天中記》卷四九引，出《續搜神記》，又見《六帖》卷一四、《古今合璧事類備要》外集卷六〇引，作《搜神記》；書符事見《北堂書鈔》卷一〇三、《御覽》卷七三六引，《書鈔》出《搜神記》，《御覽》作《續搜神記》。又唐寫本伯二五二四號類書殘卷《孝感篇》（《鳴沙石室古籍叢殘》、《敦煌寶藏》）引云：「吴猛至孝，母思鯉魚。向水哀歎，魚忽躍出。」未注出處，不知是否屬本書抑或《孝子傳》。舊本《搜神記》卷一「吴猛」條輯入書符、羽扇畫水二事，《搜神後記》卷二「吴猛」條輯入鄒惠政、吴猛性孝二事。案：《晉書》卷九五《藝術傳》，庾亮爲江州刺史，迎猛問疾，猛辭以算盡，請具棺服，旬日而死，遂失其尸，而亮疾不起。據《晉書》卷七三《庾亮傳》，亮卒於咸康六年，則事在咸康二年干寶卒後（案：干寶卒年見《建康實録》卷七）。猛與干寶同時，寶身前固亦可聞猛事，然屬《後記》更爲可能，且諸書以引作《續搜神記》者爲多，當輯入《後記》爲宜。今參酌諸書校輯。

〔一〕小兒時　《敦煌變文集》卷八《孝子傳》云「年七歲」，《御覽》卷九四五引《孝子傳》云「七歲時」，《太平廣記》卷一四引《十二真君傳》云「七歲」。

〔二〕蚊虻 《御覽》卷九四五、《記纂淵海》作「蚊蚋」。舊本作「蚊蟲」。

〔三〕尋陽 《書鈔》原作「潯陽」。案：潯陽晉作尋陽，至唐始作潯陽，見《晉書·地理志下》、《新唐書·地理志五》。今改。

〔四〕西湖有遭此風者 《御覽》作「南湖」，《書鈔》作「西湖」。案：《太平寰宇記》卷一一一《江州·德化縣》云：「彭蠡湖西灣，夏秋水漲，商徒縈紆牽舟循繞，人力疲勞，號爲西疲灣。亦在湖西，江水泛漲，驚波似雪，洶涌嘈囋，因是名焉。又有落星石，又有神林灣，在湖西北灣。中有林木，林下有廟。商旅多于此阻風波，禱廟祈福而獲前進，由是名焉。」疑作「西湖」爲是，所指乃彭蠡湖西部，多風濤也。

〔五〕案：舊本《搜神記》云：「吴猛，濮陽人。仕吴，爲西安令，因家分甯。性至孝。遇至人丁義，授以神方。又得秘法神符，道術大行。嘗見大風，書符擲屋上，有青烏銜去，風即止。或問其故，曰：『南湖有舟，遇此風，道士求救。』驗之果然。西安令干慶，死已三日。猛曰：『數未盡，當訴之于天。』遂卧屍旁。數日，與令俱起。後將弟子回豫章，江水大急，人不得渡。猛乃以手中白羽扇畫江水，横流遂成陸路，徐行而過。過訖，水復，觀者駭異。嘗守潯陽，參軍周家有狂風暴起，猛即書符擲屋上，須臾風靜。」汪紹楹按云：「本條係後人據《北堂書鈔》、《太平御覽》所引，摻合《十二真君傳》、《太平廣記》十四引、《許真君仙傳》及《許真君八十五化録》等書爲之，非本書原文如此。吴猛非濮陽人，分甯乃唐代縣名，干慶非西安令，均可證。」今案：元趙道一《歷世真仙體道通鑑》卷二七《吴猛》載：「吴君名猛，字世雲，濮陽人。仕吴爲西安令，因家焉，今分寧縣也。性至孝。齠齔時，夏月手不驅蚊，懼其去，已而噆親也。年四十，得至人丁義神方。繼師南海太守鮑靚，復得秘法。吴黄龍中，天將白雲符，授之，遂以道術大行於吴晉之間。……嘗見暴風大作，書符擲屋上，有青鳥銜去，風即止。或問其故，答曰：『南湖有舟，遇此風，中有二道士求救。』驗之果然。西安令于（干）慶，死已三日。世雲曰：『令長數未盡，當爲訟之于天。』遂卧於屍傍。數日，與慶俱起。……嘗渡豫章，江值風濤，乏舟。世雲以所執白羽扇畫水而渡，觀者駭異。」舊本所輯，頗疑實以《歷世真仙體道通鑑》爲據。「濮陽人」云云，「至人丁義授以神方」云云，「書符擲屋」、「青鳥銜去」、「南湖道士求救」云云，「西安令干慶」云云，皆抄自《體道通鑑》（案：《廣記》引《十二真君傳》亦有白羽扇畫水、書符救南湖道士、于慶死等事，然文句不同），只是「青鳥」訛作「青烏」。而《體道通鑑》所載渡江事文簡，遂易以《六帖》或《事類備要》，而未據《御覽》所引（《天中記》同《御覽》），以其亦簡也。末所云「過訖水復」，脱「依舊」二字，而據《體道通鑑》補「觀者駭異」四字。末節「嘗守潯陽」云云，乃據《北堂書鈔》，然「須臾風静」之後删去，蓋以其與南湖道士事重復也。其實二者本爲一事，惟傳聞異辭耳。舊本分作兩事，失矣。

6 謝允

謝允從武當山還〔一〕，在桓宣武座。有言及左元放爲曹公致鱸魚者，允便云：「此可得耳。」求大瓮盛水，以朱書符投水中〔二〕。俄有一雙鯉魚〔三〕，鼓鬐躍出。即命作膾，一坐皆得徧異味。鈎鵅鳴於譙王無忌子婦屋上，謝允作符懸其處〔四〕。

本條桓宣武節《北堂書鈔》卷一四五、《杜工部草堂詩箋》卷二《李監宅》注引作《搜神記》，《太平御覽》卷九三六、《事類賦注》卷二九作《續搜神記》。譙王無忌節《玉燭寶典》卷一〇引作《續搜神記》。案：桓宣武即桓温，孝武帝寧康元年卒，謚宣武侯（見《晉書·孝武帝紀》、《世説新語·言語》注引《桓温别傳》）。譙王無忌即譙烈王司馬無忌，穆帝永和六年卒（見《晉書·宗室傳》）。二人均晚於干寶，出《後記》無疑，《書鈔》誤。舊本以《御覽》、《事類賦注》所引輯入，而復據《書鈔》所引輯爲干書，甚謬。《玉燭寶典》所引則漏輯，汪紹楹輯爲佚文。今參酌諸書校輯。

〔一〕謝允從武當山還　《書鈔》、《草堂詩箋》作「謝糺」，舊本《搜神記》同，《後記》作「謝允」。案：《御覽》卷四三、《太平廣記》卷四二六引《甄異傳》載有謝允事，稱允上武當山見戴孟，《水經注》卷二八《沔水》云晉咸和中歷陽謝允隱遁武當山，《真誥》卷一四云咸康中謝允入武當山見戴孟受道。作「糺」誤。又案：本條所記與《甄異傳》所記之事前後連屬，疑原爲一條，本書當取《甄異傳》（晉末戴祚撰），而類書只删取後半，至所引《甄異傳》，乃又惟存其前半耳。

〔二〕水中　舊本《搜神記》作「井中」。

〔三〕俄有一雙鯉魚　《草堂詩箋》「一」作「二」。

〔四〕謝允作符懸其處　《玉燭寶典》原訛作「謝充」。

7 麻衣道士

史宗者，不知何許人。常著麻衣，或重之爲納，故世號麻衣道士。身多瘡疥，性調不恒。常在廣陵白土埭，凭埭謳唱，引綍以自欣暢。得直，隨以布施人。栖憩無定所，或隱或顯。時高平檀祇爲江都令，聞而召來，應對機捷，無所拘滯，博達稽古，辯説玄儒。乃賦詩一首曰：「有欲苦不足，無欲亦無憂。未若清虚者，帶索披玄裘。浮遊一世間，汎若不繫舟。方當畢塵累，栖志且山丘。」檀祇知非常人，遣還所在，遺布二十匹，悉以乞人。後有一道人，不知姓名，常賫一杖一箱自隨。嘗逼暮來詣海鹽令，云：「欲數日行，暫倩一人，可見給不？」令曰：「隨意取之。」乃還取守鵝鴨小兒，形服最醜者將去。倏忽之間，至一山上。山上有屋，屋中有三道人，相見欣然共語。小兒不解。至中許〔一〕，道人爲小兒就主人索食。得一小甌食，狀如熟艾，食之飢止。向暝，道人辭欲還，聞屋中人問云：「君知史宗所在不？其謫何當盡？」道人云：「在徐州江北廣陵白土埭上，計其謫亦竟也。」屋中人便作書，曰：「因君與之。」道人以書付小兒。比曉便至縣，與令相見，云：「欲少日停此。」令曰：「大善。」問箱中有何等，荅云：「書疏耳。」道人常在聽事止眠，以箱杖著牀頭。令使持時人夜偷取，欲看之。道人已知，暮輒高懸箱杖，當下而卧，永不可得。後與令辭，曰：「吾欲小停，而君恒欲偷人，正尒便去耳。」令呼先小兒，問近所經，小兒云道人令其捉杖，飄然而去，或聞足下波浪耳。并説山中人寄書，猶在小兒衣帶。令開看，都不解。乃寫取，封其本書，令人送此小兒至白土埭，送與史宗。宗開書，大驚云：「汝那得蓬萊道人書耶？」宗後南遊吴會，嘗過漁梁，見漁人大捕。宗乃上流洗浴，群魚皆散，其潛振物類如此。後憩上虞龍山大寺，善談莊老，究明論索〔二〕，而韜光隱迹，世莫之知。會稽謝邵、魏邁之、放之等，並篤論淵博，皆師焉。後同止沙門，夜聞宗共語者，頗説蓬萊上事，曉便不知宗所之。

本條見《高僧傳》卷一〇《史宗傳》，末云：「陶淵明記白土埭遇三異法師，此其一也。」陶淵明所記，當指本書。陳寅恪《讀書札記三集·高僧傳初集之部》引此傳，批曰《搜神後記》，亦以此爲本書佚文。原書所記，史宗凡遇異道人者三，此之無名道人是其一。《高僧傳》所載蓋採陶記，據輯。案：舊本未輯。汪紹楹《搜神後記佚文》未録正文。

〔一〕至中許　湯用彤校注本（底本爲《大正新脩大藏經》本）「許」作「困」。案：「中許」，謂約略中午之時。

〔二〕究明論索　湯用彤校注本「索」作「孝」。案：「孝」指《孝經》，「論」則指《論語》。「論索」則議論探求之意。

搜神後記輯校卷二

8 鏡耗

王文獻文獻，王導謚〔一〕。曾令郭璞筮己一年中吉凶，璞曰：「當有小不吉利。可取廣州二大甖，盛水，置床帳二角〔二〕，名曰『鏡耗〔三〕』，以厭之。」某時撤甖去水，如此其災可消。至日忘之，尋失銅鏡，不知所在。後撤去水，乃見所失鏡在於甖中，甖口數寸，鏡大尺餘。王公後令筮鏡甖之意〔四〕，璞云：「撤甖違期，故致此妖，邪魅所爲，無他故也。」使燒車轄以擬鏡，鏡立出矣。

本條《北堂書鈔》卷一三六、《太平御覽》卷七一七、《天中記》卷四九引作《續搜神記》，《太平廣記》卷三五九、《天中記》卷二五作《搜神記》（《天中記》「神」訛作「投」）。案：《晉書》卷六五《王導傳》，王導咸康六年薨，謚文獻。時干寶已卒，屬《續記》無疑。今據《御覽》，參酌《書鈔》、《廣記》校輯。

〔一〕王導謚　注文中「導」原訛作「道」，今改。案：注文惟見於《御覽》，不知何人所加。

〔二〕置床帳二角　《御覽》鮑崇城校刊本「帳」訛作「張」，舊本同。

〔三〕耗　舊本訛作「好」。

〔四〕王公後令筮鏡甖之意　舊本「後」作「復」。

9　郭璞自占

郭璞每自爲卦〔一〕，知其凶終。嘗行建康栅塘〔二〕，逢一趨走少年〔三〕，甚寒。璞便牽住，脱青絲袍與之〔四〕。此人不解其意〔五〕，璞曰：「身命卒當在君手，故遞相屬耳。」此人乃受〔六〕。及當死，果此人行刑，傍人皆爲屬求利〔七〕，璞曰：「我常託之久矣。」此人爲之歔欷哽咽。行刑既畢，乃説如此。

本條《北堂書鈔》卷一二九、《太平御覽》卷七二八、《天中記》卷四〇引，出《續搜神記》，《御覽》卷六九三、《天中記》卷四七作《搜神記》，當誤。今據《御覽》卷六九三，參酌他引校輯。

〔一〕郭璞每自爲卦　舊本前有「中興初」三字。案：《晉書》卷七二《郭璞傳》載：「初，璞中興初行經越城，間遇一人，呼其姓名，因以袴褶遺之。其人辭不受，璞曰：『但取，後自當知。』其人遂受而去。至是，果此人行刑。」蓋據此而補。

〔二〕栅塘　《書鈔》作「見塘」。案：《晉書》卷九八《王敦傳》：「今若決波破栅塘，因湖水灌京邑。」《景定建康志》卷一九《山川志三·池塘》：「栅塘在秦淮上。」作「見塘」誤。

〔三〕趨走少年　《天中記》「走」訛作「步」，舊本同。

〔四〕脱青絲袍與之　「青絲袍」，《書鈔》作「布袍」；《御覽》卷七二八及《天中記》卷四〇作「絲布袍」，舊本同。此從《御覽》卷六九三及《天中記》卷四七。《四庫全書》本《御覽》卷六九三作「新絲袍」。

〔五〕此人不解其意　舊本作「其人辭不受」，乃據《晉書》改。

〔六〕身命卒當在君手故遞相屬耳此人乃受　舊本作「『但取，後自當知。』其人受而去」，乃據《晉書》改。《四庫全書》本《御覽》卷六九三、《天中記》卷四七「遞」作「逆」。

〔七〕傍人皆爲屬求利　《御覽》卷七二八及《天中記》卷四〇作「傍人皆爲求屬」，舊本同。此從《御覽》卷六九三及《天中記》卷四七。

10 杜不愆

郗超年二十餘得重病〔一〕，廬江杜不愆始學《易》卜〔二〕，屢有驗，超令試筮之。卦成，不愆曰：「案卦言之，卿所苦尋除〔三〕。然宜於東北三十里上官姓家〔四〕，索其先養雄雉〔五〕，籠而絆之，置東簷下。却後九日辰加午〔六〕，必當有野雌雉飛來與交合，既畢雙飛去。若如此，不出二十日，病都除。又是休應，年將八十，位極人臣。若但雌逝雄留者，病一周方差，年半八十，名位亦失。」超依其言，索雉果得〔七〕。至期日〔八〕，超卧南軒下觀之。至日晏，果有雌雉飛入籠，與雄交而去，雄雉不動。超歎息曰：「雖管、郭之奇，何以尚本條《太平御覽》卷七二八引，出《續搜神記》。《晉書》卷九五《藝術傳·杜不愆傳》亦載，當本本書。今據《御覽》輯，校以《晉書》。

此！」超病弥年乃起〔九〕，至四十，卒於中書郎。

〔一〕郗超年二十餘得重病　「郗超」，舊本作「高平郗超字嘉賓」。案：《晉書·杜不愆傳》云「高平郗超」，又卷六七《郗超傳》云「超字景興，一字嘉賓」，舊本據補其字里。

〔二〕始學易卜　舊本據《晉書》補作「少就外祖郭璞學《易》卜」。

〔三〕卿所苦尋除　《晉書》同此。《四庫全書》本《御覽》作「卿所恙尋愈」，舊本同。

〔四〕上官姓家　「上官」原作「上宫」，中華書局點校本《晉書》同。《四庫全書》本《御覽》及《晉書》作「上官」，舊本同。案：古無上宫姓，據改。

〔五〕索其先養雄雉　舊本據《晉書》改「先」爲「所」。

〔六〕辰加午　《晉書》作「丙午日午時」，舊本據改，惟「丙」作「景」。案：唐人避李淵父李昞諱改「丙」爲「景」，《晉書》修於唐初，字當作「景」。舊本輯録者所見《晉書》當作「景」，作「丙」者乃後人回改。

〔七〕超依其言索雉果得　舊本作「超時正羸篤，慮命在旦夕，笑而答曰：『若保八十之半，便有餘矣。一周病差，何足爲淹！』然未之信。或勸依其言索雉，果得」，乃據《晉書》。

〔八〕至期日　舊本據《晉書》改作「至景（丙）午日」。

〔九〕超病弥年乃起　《四庫全書》本「弥」作「逾」，舊本同。

11 術士戴洋

初，庾亮病〔一〕。術士戴洋曰：「昔蘇峻事〔二〕，公於白石祠中祈福〔三〕，許賽車下牛〔四〕，從來未解。爲此鬼所考，不可救也。」明年，亮果亡。

本條《世説新語·傷逝篇》注引，作《搜神記》。舊本《搜神記》輯入。案：庾亮卒於咸康六年，咸康二年干寶卒，必非干書，應出《續記》。據輯。

〔一〕初庾亮病　舊本此前多一節，文云：「庾亮字文康，鄢陵人。鎮荆州。登厠，忽見厠中一物，如方相，兩眼盡赤，身有光耀，漸漸從土中出。乃攘臂以拳擊之，應手有聲，縮入地。因而寢疾。」案：此實據《太平廣記》卷三二一引《甄異録》（即東晉戴祚《甄異傳》）綴補，「字文康，鄢陵人」六字《甄異録》無，舊本殆據《晉書》卷三二《明穆庾皇后傳》補其里貫（案：《晉書》卷七三《庾亮傳》未載里貫，但稱亮「明穆皇后之兄也」，《庾皇后傳》云「潁川鄢陵人也」）。而云「字文康」大謬，《晉書》本傳明謂「字元規」，《世説·德行》「庾公乘馬有的盧」，注引《晉陽秋》亦云：「庾亮字元規，潁川鄢陵人也」。《世説·傷逝》稱「庾文康」，輯録者誤爲亮字，殊不知乃其謚號，《晉書》本傳云亮薨「追贈太尉，謚曰文康」。

〔二〕昔蘇峻事　《建康實録》卷八載此事，「事」作「時」。案：《晉書·庾亮傳》載，亮知蘇峻必爲禍亂，徵爲大司農，峻與祖約舉兵反，至於京都。亮戰敗，南奔温嶠，共推陶侃爲盟主。至石頭，亮守白石壘，擊退蘇峻。所謂「蘇峻事」即此。

〔三〕公於白石祠中祈福　「祈福」二字據《建康實録》補。

〔四〕車下牛　《建康實録》「車下」作「其」，舊本同。

12　夏侯綜

夏侯綜爲庾安西參軍〔一〕，說常見鬼乘車騎馬滿道〔二〕，與人無異。常與人載行，忽牽人語，指道上一小兒云：「此兒正介大病〔三〕。」須臾，此兒果病，殆死。其母聞之，請綜〔四〕。綜云：「無他，汝兒向於道中擲塗，塗，蓋塼也。誤中一鬼脚。鬼嗔〔五〕，故病汝兒耳。但以酒飯貽鬼，即差。」母如言，兒即愈。

本條《太平御覽》卷七五五引，出《續搜神記》，據輯。

〔一〕庾安西參軍　舊本脱「庾」字。案：「庾安西」指庾亮。《晉書》本傳：「亮陳謝，自貶三等，行安西將軍。」

〔二〕說常見鬼乘車騎馬滿道　《四庫全書》本無「乘車」二字，舊本同。

〔三〕此兒正尒大病 《四庫全書》本、鮑崇城校刊本「尒」作「須」，舊本同。

〔四〕請綜 《四庫全書》本、鮑崇城校刊本「請」作「語」，舊本作「詰」。

〔五〕嗔 《四庫全書》本作「怒」，舊本同。鮑崇城校刊本作「瞋」。

13 范啓母墓

順陽范啓，母喪當葬。前母墓在順陽，往迎之〔一〕。既至而墳壠雜沓〔二〕，難可識别，不知何許。袁彦仁時爲豫州〔三〕，往看之，因云：「聞有一人見鬼〔四〕。」范即如言，令物色覔之。云：「此墓中一人〔五〕，衣服顔狀如之〔六〕。」即開墓，棺物皆爛，塚中灰壤深尺餘。意甚疑，試令人以足撥灰中土，冀得舊物。果得一甎，銘云「順陽范堅之妻〔七〕」，然後信之。

本條《太平御覽》卷七六七引，出《續搜神記》，據輯。

〔一〕往迎之 舊本「迎」作「視」。案：范啓父名堅，成帝時卒於護軍長史任上。《晉書》卷七五本傳載：「永嘉中，避亂江東，拜佐著作郎、撫軍參軍。」范堅渡江前當有妻亡故，葬於故鄉順陽（晉屬荆州順陽郡，今河南淅川縣南，見《晉書·地理志下》）。南渡後蓋又娶妻，當即啓母。母卒當與父合葬，啓往順陽尋前母墓者，欲遷其墓也。作「視」誤。

〔二〕雜沓 「雜」字據《四庫全書》本及鮑崇城校刊本補。

〔三〕袁彦仁時爲豫州　汪紹楹校：「按袁宏字彦伯，謝尚爲豫州，引參軍事，見《晉書・袁宏傳》。疑『仁』當作『伯』。」案：汪説頗誤。六朝人行文，凡言某爲某州（或郡）者，乃指爲某州刺史（或某郡太守）。袁宏爲豫州參軍事，必不能言爲豫州。袁彦仁即袁真。《册府元龜》卷六〇五《學校部・注釋》載：「袁真字彦仁，爲西中郎將，注《老子》二卷。」《晉書》哀帝、海西公二紀載：隆和元年二月，以袁真爲西中郎將、監護豫司并冀四州諸軍事、豫州刺史，鎮汝南。十二月，退鎮壽陽。太和四年十月，以壽陽叛。五年二月卒。汝南郡，屬豫州，治懸瓠城，即今河南汝南縣。壽陽即壽春，今安徽壽縣。東晉孝武帝避其祖母鄭阿春（簡文帝生母）諱改春爲陽，遂改稱壽陽。西晉屬揚州淮南郡，東晉屬豫州（見《晉書・地理志下》）。范啓在順陽尋前母墓不見，往看袁真。時真當鎮汝南，疑尚未還鎮壽陽。真爲薦見鬼者，啓遂復往順陽。本書《阿馬》云「陳郡袁真在豫州」，言其送妓女阿馬等三人與桓温，阿馬生桓玄。據《晉書》卷九九《桓玄傳》，玄生太和四年，則真時在壽陽也。

〔四〕間有一人見鬼　《四庫全書》本及鮑崇城校刊本「間」作「聞」，舊本同。

〔五〕云此墓中一人　《四庫全書》本無「云」字，「此」作「比」。舊本改作「比至云」。鮑崇城校刊本「比」作「北」。

〔六〕之　舊本作「此」。

〔七〕順陽范堅之妻　舊本脱「順陽」二字。

14 李子豫

李子豫〔一〕，少善醫方，當代稱其通靈。路永爲豫州刺史〔二〕，鎮歷陽。其弟患心腹堅痛十餘年，殆死。居一夜，忽聞屏風後有鬼謂腹中鬼曰：「何不促殺之？不然，明日李子豫當從此過，以赤丸打汝，汝其死矣。」腹中鬼對曰：「吾不畏之。」及旦，於是路永使人候子豫，果來。未入門，病者忽聞腹中有呻吟聲。及子豫入視，曰：「鬼病也。」遂於巾箱中出八毒赤丸子與服。須臾，腹中雷鳴鼓轉〔三〕，大利數行，遂差。今八毒丸方是也〔四〕。

本條《太平御覽》卷七四一、《太平廣記》卷二一八、《歷代名醫蒙求》卷下、《醫説》卷一、《名醫類案》卷六、《天中記》卷四〇、《稗史彙編》卷五一並引，出《續搜神記》。今據《御覽》，參酌《廣記》、《歷代名醫蒙求》校輯。

〔一〕李子豫　《醫説》下有「晉時不知何郡人也」一句。案：此事引於《三皇歷代名醫》，所記皆説明時代。此句乃撰者語，非原文。

〔二〕路永爲豫州刺史　《御覽》、《廣記》、《醫説》、《名醫類案》、《天中記》、《稗史彙編》「路」作「許」，舊本同。《歷代名醫蒙求》作「路」。案：《晉書》有路永，東晉咸康元年爲龍驤將軍，成牛渚（《成帝紀》），永和元年爲豫州刺史，叛歸石虎（《穆帝紀》），據改。

〔三〕鼓轉　「鼓」字《廣記》談愷刻本、《四庫全書》本、《名醫類案》、《天中記》、《稗史彙編》作「彭」，

《醫説》作「膨」，《廣記》明鈔本及《歷代名醫蒙求》作「絞」。

〔四〕今八毒丸方是也　《歷代名醫蒙求》「丸」作「元」。

15 斛茗瘕

桓宣武有一督將，因時行病後虛熱〔一〕，更能飲複茗，必一斛二斗乃飽〔二〕，裁減升合，便以爲大不足。非復一日，家貧。後有客造之，正遇其飲複茗，亦先聞世有此病，乃令更進五升。乃大吐，向所飲都盡，有一物隨吐後出，如升大〔三〕，有口，形質縮縐，狀似牛肚〔四〕。客乃令置之於盆中〔五〕，以一斛二斗複茗澆之，此物噏之都盡，而止覺小脹。又增五升，便悉混然，從口中湧出。既吐此物，病遂差。或問之曰：「此何病？」荅云：「此病名斛茗瘕〔六〕。」

本條《北堂書鈔》卷一四四，《封氏聞見記》卷六，《太平御覽》卷七四三、卷八六七，《事類賦注》卷一七，《名醫類案》卷五，《本草綱目》卷三二，《説略》卷五，《天中記》卷四四，《山堂肆考》卷一九三並引，《書鈔》、《本草綱目》誤作《搜神記》（《本草綱目》作干寶《搜神記》），餘作《續搜神記》。又《海録碎事》卷五引《封氏見聞記》，宋張杲《醫説》卷五《斛二瘕》引封演《見聞録》。今據《御覽》卷八六七，參酌諸書校輯。

〔一〕桓宣武有一督將因時行病後虛熱　《御覽》卷七三四「武」下有「時」字，舊本同。《本草綱目》

訛作「武官周時」，下句云「病後啜茗」。

〔二〕必一斛二斗乃飽　《書鈔》、《御覽》卷七四三、《本草綱目》「斗」作「升」，下同。

〔三〕如升大　《御覽》卷七四三「升」作「斗」。

〔四〕牛肚　《書鈔》作「牛脂」，《封氏聞見記》作「牛胰」，雅雨堂本校：「一作肺。」案：《海録碎事》卷五引《封氏見聞記》作「肺」。《説略》亦作「牛肺」。《本草綱目》作「牛脾」。

〔五〕盆中　《封氏聞見記》「盆」作「柈」。「柈」同「盤」。

〔六〕斛茗瘕　《御覽》卷七四三、《天中記》、《説略》作「斛二瘕」，《封氏聞見記》作「茗瘕」，而《海録碎事》引作「斛二瘕」。此從《御覽》卷八六七及《本草綱目》。舊本作「斛二瘕」，注：「二或作茗。」

16 腹瘕病

昔有一人，與奴俱得腹瘕病〔一〕，治不能愈。奴既死，令剖腹視之，得一白鼈，赤眼，甚鮮明。乃試以諸毒藥澆灌之，並内藥於鼈口，悉無損動，乃繫鼈於牀脚。忽有一客，乘白馬來看之。既而馬溺濺鼈，鼈乃惶遽，疾走避溺。既繫之不得去，乃縮頸藏脚，不敢動。病者察之，謂其子曰：「吾疾或可救。」乃試取白馬溺以灌鼈，須臾，鼈消滅，成數升水。病者乃頓飲升餘白馬溺，病即豁然除。

本條《太平御覽》卷七四三、《太平廣記》卷二一八、《稗史彙編》卷五一引，出《續搜神記》。又《御覽》卷九三二引《志怪》亦載。今據《御覽》，參酌《廣記》、《志怪》校輯。

〔一〕腹瘕病　「腹」《御覽》作「心」。今從《廣記》、《稗史彙編》，舊本同。《志怪》作「心腹病」。案：瘕乃腹病，非心病。古稱腹中結塊或生蟲爲瘕。《玉篇》「疒」部：「瘕……腹中病也。」

17 蕨蛇

太尉郗鑒鎮丹徒也〔一〕，嘗出獵。時二月中，蕨始生。有一甲士折一莖食之，即覺心中淡淡欲吐〔二〕。因歸家，仍成心腹疾。經半年許，忽大吐，吐一赤蛇，長尺餘，尚活動摇。乃掛著屋簷前，汁稍稍出，蛇漸燋小。經一宿視之，乃是一莖蕨，猶昔之所食也，病遂除差。

本條《太平御覽》卷七四三、《太平廣記》卷四一六引作《續搜神記》，《醫心方》卷三〇、《重修政和證類本草》卷二七、《通志略·昆蟲草木略一·蔬類》、《古今合璧事類備要》别集卷六〇、《韻府羣玉》卷一八、《本草綱目》卷二七、《天中記》卷四六、《山堂肆考》卷一九六作《搜神記》，《本草綱目》有干寶名。案：《晉書·成帝紀》：咸康四年五月，以司空郗鑒爲太尉。干寶卒於咸康二年，必出《續記》，《醫心方》等誤。今據《御覽》，參酌諸書校輯。

〔一〕太尉郗鑒鎮丹徒也　「丹徒」，《廣記》作「丹陽」。案：《晉書》卷六七《郗鑒傳》：「及陶侃爲盟主，進鑒都督揚州八郡軍事。時撫軍將軍王舒、輔軍將軍虞潭皆受鑒節度，率衆渡江，與陶侃會于茄子浦。鑒築白石壘而據之。會舒、潭戰不利，鑒與後將軍郭默還丹徒，立大業、曲阿、庱亭三壘以距賊。」應作「丹徒」爲是。丹徒，時爲毗陵郡治所，毗陵屬揚州。舊本「郗鑒」下有「字道徽」三字，乃據《晉書》本傳妄補。

〔二〕淡淡欲吐 《廣記》「淡淡」作「潭潭」。舊本作「淡淡」，下注：「或作潭潭」。

18 周眕奴

尋陽縣北山中蠻人有術〔一〕，能使人化作虎，毛色爪身悉如真虎〔二〕。餘鄉人前將軍周眕有一奴〔三〕，使入山伐薪。奴有婦及妹，亦與俱行。既至山，奴語二人云：「汝且上高樹，視我所爲〔四〕。」如其言。既而入草，須臾，見一大黄斑虎從草中出，奮迅吼喚，甚爲可畏，二人大怖。良久還草中，少時復還爲人。奴語二人曰：「歸家慎勿道。」後遂向等輩説之。周尋得知，乃以醇酒飲之，令熟醉。使人解其衣服，及身體事事詳視〔五〕，了所無異。唯於髻髮中得一紙，畫作大虎，虎邊有符，周密取録之。奴既醒，喚問之。見事已露，遂具説本末。云先嘗於蠻中告糴，有一蠻師云有此術。以三尺布、一升米精、一赤雄雞、一升酒〔六〕，受得此法也。

本條《法苑珠林》卷三二，《太平御覽》卷八八八、卷八九二並引，出《續搜神記》。《太平廣記》卷二八四引作

《冥祥記》。案：其事非干佛法，出處誤。故魯迅《古小説鉤沈·冥祥記》未輯。王國良《冥祥記研究》上編《綜合探討》稱，《太平廣記》所引録《冥祥記》、《周畛奴》等八則俱非《冥祥記》遺文，魯迅「審慎地評估，予以割愛而不收録，極爲正確」。考《廣記》多引《法苑珠林》，疑此條實出《法苑珠林》，觀其首亦謂「魏時」可知也。汪紹楹校注《後記》此條，謂「本條見《法苑珠林》四三（案：此據百二十卷本）、《太平御覽》八八八、《太平廣記》二八四引作《續搜神記》」，所云有誤。今據《珠林》，參酌《御覽》、《廣記》校輯。

〔一〕尋陽縣北山中蠻人有術　《珠林》前有「魏時」二字，《廣記》同，《御覽》無，乃編者道世所妄加，今删。舊本輯此二字。

〔二〕毛色爪身悉如真虎　《珠林》「爪」訛作「介」，據《廣記》改。《御覽》「爪身」作「爪牙」，舊本同。

〔三〕餘鄉人前將軍周畛有一奴　「餘鄉」，《御覽》、《廣記》作「鄉」，舊本同。「前將軍」，《珠林》、《廣記》及《御覽》卷八八八無，舊本同，據《御覽》卷八九二補。「畛」，《珠林》《大正新脩大藏經》本校：「一作眕。」《御覽》作「昣」，《四庫全書》本及《廣記》作「畛」，舊本同。

〔四〕視我所爲　《廣記》作「我欲有所爲」。

〔五〕視　《四庫全書》本《御覽》卷八八八作「悉」，舊本同。

〔六〕以三尺布一升米精一赤雄雞一升酒　《珠林》《大正藏》本「升」作「斗」，《四庫全書》本（卷四三）作「數升米糈」。《御覽》卷八八八作「數升米麪」，鮑崇城校刊本「麪」作「糈」。《御覽》卷八九二作「三尺布巾」、「一斗酒」。《廣記》「升」亦作「斗」，孫潛校本作「一㪷米、一赤雄雞、一斗酒」，「㪷」同「斗」。舊本《津逮祕書》本作「數升米粈」，同《珠林》《四庫全書》本，《學津討原》本改「粈」爲「糈」。案：字書無「粈」字，「粈」爲「糈」字之訛。《楚辭·離騷》：「懷椒糈而要之。」王逸注：「糈，精米，所以享神。」米精亦即精米。

19 胡道人

石虎中〔一〕，有一胡道人知呪術。驅驢作賈客〔二〕，於外國深山中行。下有絶澗，窅然無底。行者恃山爲道，魚貫相連〔三〕。忽有惡鬼，偷牽此道人驢下入澗。道人急性，便大嗔恚，尋跡澗中，並呪誓呼諸鬼神。下遠，忽然出一平地，城門外有一鬼，大鏁項，脚着大鐵桎。鬼見道人便乞食，曰：「得食，當與汝。」既至門，乃是鬼王所治。前見王，道人便自説驅驢載物，爲鬼所奪，尋跡至此。須臾，即得其驢，載物如故〔四〕。

本條《太平御覽》卷九〇一引，出《續搜神記》。《靈鬼志》亦載，見《御覽》卷七三六引，文詳，語句多合，知二書相承也。今據《御覽》卷九〇一輯，以《靈鬼志》校補。

〔一〕石虎中　舊本「中」上妄補「鄴」字。《靈鬼志》作「時」，中亦時也。

〔二〕驅驢作賈客　「驅」原作「乘」，據《靈鬼志》改。

〔三〕行者恃山爲道魚貫相連　據《靈鬼志》補。

〔四〕「道人急性」至「載物如故」　原作「道人尋跡，呪誓呼諸鬼王，須臾即驢物如故」，删略頗多。據《靈鬼志》補。

20 沙門曇猷

曇猷道人〔一〕，清苦沙門也。剡縣有一家事蠱，人噉其食飲，無不吐血死。猷詣之。主人下食，猷依常咒願。見一雙蜈蚣長尺餘〔二〕，便於盤中跳出。猷因飽食而歸〔三〕，安然無他。

本條《太平御覽》卷七四二、卷九四六引，出《續搜神記》（《御覽》卷九四六作陶潛《續搜神記》）。《太平廣記》卷三五九《滎陽廖氏》，注出《靈鬼志》及《搜神記》，明鈔本、陳鱣校本作《靈鬼志》及《續搜神記》。凡兩事，後事即本條，《御覽》卷七四二引前事，出《靈鬼志》。今參酌諸書輯校。

〔一〕曇猷道人　「猷」原作「遊」。案：《高僧傳》卷一一《竺曇猷傳》云：「竺曇猷，或云法猷，燉煌人。少苦行，習禪定。後遊江左，止剡之石城山，乞食坐禪。嘗行到一蠱家乞食，猷咒願竟，忽見蜈蚣從食中跳出，猷快食，無他。」汪紹楹謂「《曇猷》條採自本書無疑」，「曇遊」當正作「曇猷」。汪説是。曇遊，另有其人。《高僧傳》卷一二《釋法慧傳》：「時若耶懸溜山有釋曇遊者，亦蔬食誦經，苦節爲業。」曇遊乃宋齊時人，而曇猷東晉人。疑傳鈔誤作「曇遊」。《高僧傳》嘗取材本書，其云「曇猷」必不誤，據改。

〔二〕尺餘　《御覽》卷七四二作「丈餘」。

〔三〕猷因飽食而歸　《御覽》卷九四六作「遊快飲食」。

21 歷陽神祠

淮南胡茂回〔一〕，此人能見鬼，雖不喜見而不可止。後行至楊州，還歷陽。城東有神祠，中正值民將巫祝祀之。至須臾頃，有羣鬼相叱曰：「上官來。」各迸走出祠去。茂迴顧，見二沙門來入祠中。諸鬼兩兩三三相抱持，在祠邊草中伺望，望見沙門皆有怖懼〔二〕。須臾沙門去後，諸鬼皆還祠中。回於是遂少奉佛〔三〕。

本條《法苑珠林》卷四六（《太平廣記》卷三一九亦引《法苑珠林》）、《太平御覽》卷八八四引，出《續搜神記》。今據《珠林》，參酌《御覽》、《廣記》校輯。

〔一〕淮南胡茂回　《珠林》前有「晉」，乃編纂者道世所加，《御覽》無。舊本據《珠林》。

〔二〕望見沙門皆有怖懼　《廣記》孫潛校本「見沙門」作「祠」。

〔三〕回於是遂少奉佛　《珠林》作「回於是信佛，遂精誠奉佛」，舊本同。疑爲道世改，今從《御覽》。

22 高荀

滎陽高荀〔一〕，年已五十，爲殺人被收，鎖項地牢〔二〕，分意必死。同牢人云：「努力共誦觀世音。」荀云：「我罪至重，甘心受死〔三〕，何由可免？」同禁勸之，因始發心，誓當捨惡行善。專念觀世音〔四〕，不簡造次〔五〕。若得免脱，願起五層佛圖，捨身作奴，供養衆僧。旬月用心〔六〕，鉗鎖自解。監司驚怪〔七〕，語高荀云：「佛神憐汝，斬應不死。」臨刑之日，舉刀未下，刀折刄斷。奏得原免。

本條《辯正論》卷七注引，末注：「出《宣驗記》也，及《續搜神記》。」案：《太平廣記》卷一一一引作《宣驗記》。又齊陸杲《繫觀世音應驗記》亦載，文字不同。今據《辯正論》注，參酌《廣記》校輯。舊本未輯。

〔一〕高荀　《辯正論》注「荀」作「苟」，《廣記》作「荀」。董志翹《〈觀世音應驗記三種〉譯注》：「『荀』寫本作『苟』，《觀音義疏》作『簡』，《辯正論》注作『苟』。前《繫觀世音應驗記》目録上，字迹清晰，作『高荀』，據改。」今從《廣記》。

〔二〕鎖項地牢　《廣記》「項」作「頓」。明鈔本、孫潛校本作「項」。

〔三〕受死　《廣記》「死」作「誣」。明鈔本、孫校本作「死」。

〔四〕觀世音　原無「世」字。案：六朝時譯作觀世音（或作光世音），唐初避李世民諱始去「世」字，今補。

〔五〕不簡造次　《廣記》「簡」作「離」。明鈔本作「簡」，孫校本作「間」。

〔六〕旬月用心　《廣記》「月」作「日」。

〔七〕驚怪　《廣記》「怪」作「懼」。

搜神後記輯校卷三

23 雷公

吴興人章苟者〔一〕，五月中於田中耕。乘小船以歸，飯籮魚鮭置船中，著菰裏。晚饑取食，而飯亦已盡。如此非一。後日晚於菰蘆中伺之，見一大蛇偷其食。苟即以鈈步悲反。叉之〔二〕，蛇便走去。苟乘船逐之，至一坂，有穴，蛇便入穴。但聞號哭云：「人斫傷某甲〔三〕。」或云：「當如何？」或云：「符敕雷公〔四〕，令霹靂殺奴。」須臾，雲雨四合，震雷傷苟〔五〕。苟於是跳梁大罵云：「天公〔六〕，我貧窮，展力耕墾〔七〕。蛇來偷食我飯，罪當在蛇，反更來霹靂我耶？許是無知雷公。雷公若來，今當以鈈斫汝腹破。」須臾，雲雨輒開，乃更還霹靂向穴中，諸蛇死者數十。

本條《開元占經》卷一〇二、《太平御覽》卷一三、卷七六四引作《續搜神記》，《太平廣記》卷四五六作《搜神記》，疑誤。今據《御覽》卷一三，參酌諸書校輯。

〔一〕章苟者　《御覽》卷一三「苟」作「茍」，《開元占經》《四庫全書》本作「狗」，鈔本「狗」、「苟」並用，今從《御覽》卷七六四及《廣記》。

〔二〕 苟即以鉦叉之 《御覽》卷七六四「鉦」作「鋘」，《廣記》作「鈠」，舊本同，《開元占經》作「钁」，又「叉」作「刈」。

〔三〕 但聞號哭云人斫傷某甲 《開元占經》作「但聞啼哭，人云斫某甲」，《廣記》作「但聞啼聲云斫傷我矣」。舊本據《廣記》輯，然又改「矣」爲「某甲」，致文義不通。

〔四〕 符敕雷公 《御覽》卷一三、《廣記》「符敕」作「付」，舊本同。據鈔本《開元占經》改。

〔五〕 震雷傷苟 《廣記》作「霹靂覆苟上」。

〔六〕 天公 《廣記》作「天使」，舊本同。

〔七〕 埾 《搜神後記》中華書局校注本訛作「豤」。

24 阿香

義興人姓周，永和年中出都〔一〕，乘馬，從兩人行。未至村，日暮，道邊有一新小草屋〔二〕，見一女子出門望，年可十六七，姿容端正，衣服鮮潔。見周過，謂曰：「日已暮，前村尚遠，臨賀詎得至？」周便求寄宿，此女爲然火作食。向至一更，聞外有小兒喚「阿香」聲，女應曰：「諾。」尋云：「官喚汝推雷車。」女乃辭行，云：「今有官事，當去。」夜遂大雷雨。向曉女還。周既上馬，自異其處，返尋，看昨所宿處，止見一新塚，塚口有馬跡及餘草〔三〕，周甚驚惋。至後五年，果作臨賀太守。

本條《北堂書鈔》卷一五二、《藝文類聚》卷二、《法苑珠林》卷四六(《太平廣記》卷三一九亦引)、《初學記》卷一、《六帖》卷二、《天中記》卷二引作《續搜神記》,《太平御覽》卷一三、《事林廣記》前集卷一、《錦繡萬花谷》前集卷二、《古今事文類聚》前集卷四、《古今合璧事類備要》前集卷三、《韻府羣玉》卷六(兩引)、《山堂肆考》卷六作《搜神記》,又見《紺珠集》卷七干寶《搜神記》、《類説》卷七《搜神記》。《咸淳毗陵志》卷三〇《紀遺》亦引,無出處。案:事在永和中,當出《續記》。今據《珠林》,參酌諸書校輯。

〔一〕永和年中出都　《錦繡萬花谷》「永和」作「永平」,永平乃晉惠帝年號。《咸淳毗陵志》末注云:「一云周姓,永和其名。」當爲流傳之誤。《廣記》引《珠林》「都」作「郭」,明鈔本、孫潛校本作「都」。《咸淳毗陵志》作「邑」。

〔二〕新小草屋　《類聚》、《初學記》、《六帖》作「新草小屋」,《書鈔》「新」作「雜」,當訛。

〔三〕塚口有馬跡及餘草　《珠林》《大正新脩大藏經》本及《廣記》「跡」作「尿」,舊本同。

25　虹丈夫

廬陵巴丘人陳濟者,作州吏。其婦姓秦,獨在家。忽疾病,恍惚發狂,後漸差。常有一丈夫,長大〔一〕,儀貌端正,着絳碧袍,采色炫燿,來從之。後常相期於一山澗間。至於寢處,不覺有人道相感接,忽忽如眠耳。如是積年。秦每往期會〔二〕,不復畏難。比鄰人觀其所至,輒有虹見。秦云:「至水側,丈夫有金瓶,引水共飲。」後遂有娠。生兒如人,多肉,不覺有手足。濟尋假還，秦懼見之，乃内兒着瓮中〔三〕。因見此丈夫，以金瓶與之〔四〕，令覆兒。濟時醉眠在牖下，聞人與秦語，語聲至愴，濟亦不疑也。又丈夫語秦云：「兒小，未可得將去。不須作衣，我自衣之。」即以絳囊與裹之，令可時出與乳。于時風雨晦冥，鄰人見虹下其庭。秦常能辨佳食肴饌〔五〕，豐美有異於常。丈夫復少時來，將兒去，亦風雨晦冥，人見二虹出其家。數年而來省母。後秦適田，見二虹於澗，畏之。須臾，見丈夫云：「是我，無所畏。」從此遂踈。

本條《初學記》卷二、《山堂肆考》卷六引作《續搜神記》，《太平御覽》卷一四作《搜神記》，《天中記》卷三作《神異傳》、《搜神記》。《初學記》早出，姑從之。事又載《太平廣記》卷三九六引《神異録》，文句與《御覽》大同。今據《御覽》，參酌《初學記》、《廣記》校輯。案：舊本主要依據《廣記》，闕文較多。

〔一〕長大　舊本作「長丈餘」。

〔二〕秦每往期會　《御覽》「秦」原作「春」，當爲「秦」之訛，今改。

〔三〕乃内兒着瓮中　《廣記》「瓮」作「盆」。

〔四〕以金瓶與之　《御覽》「瓶」作「瓮」，《天中記》作「瓶」。案：前有「金瓶」，當作「瓶」，據改。舊本作「瓶」。

〔五〕秦常能辨佳食肴饌　《御覽》「辦」訛作「辨」，《四庫全書》本及鮑崇城校刊本作「辦」，據改。

26 何參軍女

劉廣〔一〕，豫章人，年少未婚。至田舍，見一女，云：「我是何參軍女，年十四而夭。爲西王母所養，使與下土人交。」廣與之纏緜。其日，於席下得手巾，裹雞舌香。其母取巾燒之，乃是火浣布。

本條《法苑珠林》卷三六、《太平御覽》卷九八一引，出《續搜神記》，據《珠林》輯録。

〔一〕劉廣　《御覽》「劉」作「王」。

27 竺曇遂

太元中〔一〕，謝家沙門竺曇遂，年二十餘，白晳端正，流俗沙門〔二〕。身嘗行經青溪廟前過，因入廟中看。暮歸，夢一婦人來，語云：「君當來作我廟中神，不復久。」曇遂夢問婦人是誰，婦人云：「我是青溪中姑。」如此一月許，便卒病。臨死，謂同學年少曰：「我無福，亦無大罪，死乃當作青溪廟神。諸君行便，可見看之〔三〕。」既死後，諸年少道人詣其廟。既至，便靈語相勞問，音聲如其生時。臨去，云：「久不聞唄聲，甚思一聞之。」其伴慧覲，便爲作唄，訖，其猶唱讚。語云〔四〕：「歧路之訣，尚有悽愴，況此之乖。形神分散，窈冥之歎，情何可言！」既而歔欷，悲不自勝，諸道人等皆爲流涕。

本條《法苑珠林》卷九〇、《太平廣記》卷二九四引，出《續搜神記》。今據《珠林》，參酌《廣記》校輯。

〔一〕太元中　前原有「晉」字，乃釋道世所加，今删。舊本訛作「晉太康中」。

〔二〕流俗沙門　《廣記》作「流落沙門」。案：本書《流俗道人》亦有「流俗」一詞，蓋指沙門之流於世俗，不精進佛法者。《俱舍論記》卷一五稱沙門有四，敗壞佛道者爲「汙道沙門」，所謂「流俗沙門」亦此類，故《珠林》以其人著於《破戒篇》。《廣記》誤。

〔三〕可見看之　《廣記》明鈔本、孫潛校本「見看」作「枉顧」。

〔四〕訖其猶唱讚語云　《廣記》明鈔本、孫校本作「初猶唱贊，後云」。

28 吴望子

會稽鄮音懋。縣東野有一女子〔一〕，姓吴，字望子。年十六，姿容可愛。其鄉里有鼓舞解事者要之〔二〕，便往。緣塘行，半路忽見一貴人，端正非常人。乘船，手力十餘〔三〕，皆整頓。令人問望子：「今欲何之？」其具以事對。貴人云：「我今正往彼，便可入船共去。」望子辭不敢，忽然不見。望子既到，跪拜神座，見向船中貴人儼然端坐，即蘇侯神像也〔四〕。問望子來何遲，因擲兩橘與之。數數現形，遂降情好〔五〕。望子心有所欲，輒空中下之。曾思咍膾，一雙鮮鯉應心而至。望子芳香流聞數里，頗有神驗，一邑共奉事。經歷三年，望子忽生外意，便絶往來。

本條《北堂書鈔》卷一四五、《錦繡萬花谷》後集卷三八引作《搜神記》，《法苑珠林》卷六二、《太平御覽》卷九三六作《續搜神記》，《初學記》卷二八作陶潛《搜神後記》，當出《續記》。《珠林》引文詳，餘略。舊本《搜神記》據《珠林》輯入，又據《御覽》、《初學記》輯爲《後記》。今據《珠林》，參酌諸書校輯。

〔一〕會稽鄮縣東野有一女子　《珠林》前有「漢」字，諸書皆無，此乃釋道世妄加，今删。「鄮縣」，《珠林》作「郢縣」，《書鈔》作「鄰縣」，並訛，《御覽》作「鄮縣」，是也。《晉書·地理志下》，會稽郡有鄮縣。

〔二〕其鄉里有鼓舞解事者要之　舊本妄改作「其鄉里有解鼓舞神者要之」。案：解，禳除，解除。《論衡》有《解除篇》。解事，亦解除之意。鼓舞解事者謂以歌舞祈禱鬼神禳除災病，巫之職也。《真誥》卷一四：「范伯慈者，桂陽人也。家本事俗，而忽得狂邪，因成邪勞。病頓，卧牀蓐經年。迎師解事，費用家資漸盡，病故不愈。」「迎師解事」，即請來巫師解除病邪。

〔三〕手力十餘　舊本「手力」訛作「挺力」。案：手力，奴僕，差役。《三國志》卷二三《魏書·常林傳》注引《魏略》：「林少單貧，自非手力，不取之於人。」《宋書》卷五六《孔琳之傳》：「尚書令省事倪宗，又牽威儀手力，擊臣下人。」

〔四〕即蘇侯神像也　《珠林》「蘇侯」作「蔣侯」，《初學記》、《錦繡萬花谷》同，舊本據輯。《書鈔》、

《御覽》均云「爲蘇侯神所愛」。案：據《搜神記》，蔣侯神吴封，祠在建康（案：吴名建業），此在會稽，當爲蘇侯神。《宋書·禮志四》：「蔣侯，宋代稍加爵，位至相國、大都督、中外諸軍事，加殊禮，鍾山王。蘇侯，驃騎大將軍。」

〔五〕遂降情好　舊本「降」作「隆」。

29 掘頭舡漁父

臨淮公荀序，字休玄。母華夫人，憐愛過常。年十歲，從南臨歸，經青草湖。時正帆風駛〔一〕，音史，疾也。序出塞郭上落水，比得下帆，已行數十里。洪波淼漫，母撫膺遠望。少頃，見一掘頭舡〔二〕，漁父以楫撥船如飛〔三〕，載序還之，云送府君還。荀後位至常伯、長沙相，故云府君也。

本條《太平御覽》卷七六九引，出《續搜神記》，明王世貞《弇州四部稿》卷一五九《宛委餘編四》引作《搜神記》。案：《晉書》卷三九《荀顗傳》：「中興初，以顗兄玄孫序爲顗後，封臨淮公。序卒，又絶，孝武帝又封序子恆繼顗後。」《晉書》卷七五《荀崧傳》：「元帝踐阼，徵拜尚書仆射……從弟馗早亡，二息序、廞，年各數歲，崧迎與共居，恩同其子。太尉、臨淮公荀顗國胤廢絶，朝庭以崧屬近，欲以崧子襲封。崧哀序孤微，乃讓封與序，論者稱焉。」荀序卒於孝武帝世，時代晚於干寶，應出《續搜神記》。今據《御覽》輯。

〔一〕駛音史疾也　中華書局影印宋刊本原作「駚音丈十也」，《四庫全書》本及鮑崇城校刊本《御覽》作

「駛」，注：「音史，疾也。」案：據《廣韻·十七夬》：駃，苦夬切，意爲「駃馬，日行千里」。義同「快」。又《廣韻·十六屑》：駃，古穴切，「駃騠，良馬，生七日超母也」。本文言「正帆風駃」固可，然注「音丈十也」有誤。今從《四庫全書》本及鮑校本。舊本作「駛」，無注。

〔二〕掘頭舡　明方以智《通雅》卷四九引《卮言》（案：實即《宛委餘編》）作「撅頭船」，而《宛委餘編四》引作「掘頭船」，云：「張志和《漁父詞》作撅頭船，蓋掘與通也。」案：「掘」通「拙」，秃也；「撅」亦爲秃意。

〔三〕漁父以檝撥船如飛　鮑崇城校刊本「撥」作「棹」，舊本同。棹，船槳，亦用爲劃船之意。

搜神後記輯校卷四

30 阿馬

陳郡袁真在豫州，遣妓女紀陵送阿薛、阿郭、阿馬三妓與桓宣武。既至經時，三人半夜共出庭前觀望。忽見一流星，夜從天直墮盆水中，冏然明淨。薛、郭二人更以瓢酌取，皆不得。阿馬寂後取，星正入瓢中。便飲之，即覺有娠，遂生桓南郡〔一〕。

本條《太平御覽》卷三六〇、卷五六八，《補侍兒小名録》，《天中記》卷二引，出《續搜神記》（《天中記》作《續搜神記》、《續晉陽秋》）。事又載《幽明録》（《開元占經》卷七一引），文字大同，當據本書。亦見宋檀道鸞《續晉陽秋》輯本卷三，文句不同。今據《御覽》卷三六〇，參酌《幽明録》校輯。

〔一〕案：舊本此條作：「袁真在豫州，遣女妓紀陵送阿薛、阿郭、阿馬三妓與桓宣武。既至經時，三人半夜共出庭前月下觀望，有銅瓮水在其側。忽見一流星，夜從天直墮瓮中。驚喜共視，忽如二寸火珠，沉於水底，炯然明淨。乃相謂曰：『此吉祥也，當誰應之。』於是薛、郭二人更以瓢杓接取，並不得。阿馬最後取，星正入瓢中。便飲之，既而若有感焉。俄而懷桓玄。玄雖篡位不終，而數年之中，榮貴極矣。」此實據《天中記》輯録，當又據《御覽》略有校改。《天中記》乃綴合《御覽》所引本書及《續晉陽秋》而成。《續晉陽秋》所載，見引於《北堂書鈔》卷一五〇、《藝文類聚》卷一、《御覽》卷五及卷七五八。兹將《類聚》所引録於下，以資對照：「桓玄庶母馬氏，本袁真之妓也。與同列薛氏、郭氏，夏夜同出月下，有銅瓮水在其側。見一流星墮瓮中，驚喜共視，星如二寸火珠，於水底冏然明淨。乃相謂曰：『此吉祥也，當誰應之。』於是薛、郭更以瓢杓接取，並不得。馬最後取，星正入瓢中。便飲之，既而若有感焉。俄而懷玄。玄雖篡位不終，而數年之中，榮貴極矣。」

31 文晃

廬陵巴丘人文晃者〔一〕，世以田作爲業。年常田數十頃〔二〕，家漸富。晉太元初，秋收已過，穫刈都畢。明旦至田，禾悉復滿，湛然如先〔三〕。即便更穫，所穫盈倉，於此遂巨富。

本條《藝文類聚》卷八五，《太平御覽》卷四七二、卷八三九，《天中記》卷四五並引，出《續搜神記》。今據《類聚》，參酌《御覽》、《天中記》校輯。

〔一〕廬陵巴丘人文晃者　《類聚》「文」字缺，據《御覽》卷八三九、《天中記》補。《御覽》卷四七二訛作「夕」。舊本作「文晁」，注「一作周冕」。案：《四庫全書》本《御覽》卷八三九作「文晁」，《類聚》作「周晃」，其稱「冕」者，蓋《類聚》别本如此。

〔二〕年常田數十頃　《御覽》卷四七二「常」作「市」，《四庫全書》本乃作「常」。

〔三〕湛然如先　《御覽》卷四七二作「鬱然如先」，卷八三九作「湛然如生」，《四庫全書》本「生」作「初」，舊本同。

32 華子魚

華子魚爲諸生時〔一〕，嘗寄宿人門外。主人婦夜生。有頃，兩吏來詣其門，便相向辟易却退，相謂曰：「公在此。」因踟蹰良久〔二〕。一吏曰：「籍當定，奈何得住？」乃前向子魚拜，相將入。出並行，共語曰：「當與幾歲？」一人曰：「當與三歲。」天明，子魚去。後欲驗其事，至三歲，故往問兒消息，果已死。子魚乃自喜曰：「我固當公。」後果爲太尉。

本條《太平御覽》卷三六一引《列異傳》，末注：「《續搜神記》同。」案：《三國志·魏書·華歆傳》注、《御覽》卷四六七亦引《列異傳》此條。今據《御覽》卷三六一，參酌《魏書》注及《御覽》卷四六七校輯。

〔一〕華子魚爲諸生時　《魏書》注「華子魚」作「華歆」，案：歆字子魚。舊本作「平原華歆字子魚，爲諸生時」，乃據《魏書·華歆傳》補，傳云：「華歆字子魚，平原高唐人也。」

〔二〕因踟蹰良久　《魏書》注、《御覽》卷四六七「踟蹰」作「躊躇」。

33 魏金

上虞魏金〔一〕，家在縣北。忽有一人，著孝子服，皁笠，手巾掩口，來詣金家。語曰：「居有錢一千萬〔二〕，銅器亦如之，在大柳樹之下〔三〕，取錢當得耳。於君家大不吉〔四〕，僕尋爲君作此〔五〕。」便去。自爾出三十年，遂不復來，金亦不取錢〔六〕。

本條《藝文類聚》卷八九、《太平御覽》卷九五七引，出《續搜神記》。今據《類聚》，參酌《御覽》校輯。

〔一〕魏金　《御覽》「金」作「全」，《四庫全書》本作「金」。舊本作「全」。

〔二〕居有錢一千萬　《御覽》「居」作「君」，舊本同。《御覽》《四庫全書》本無此字。

〔三〕在大柳樹之下　《類聚》、《御覽》作「大柳樹錢在其下」，據《四庫全書》本《御覽》改。

〔四〕於君家大不吉　此句據《御覽》，《類聚》作「書居大不吉」，有訛誤。

〔五〕僕尋爲君作此　《御覽》作「僕尋爲君取於此」，《四庫全書》本無「於」字。舊本改「作」爲「取」。案：若爲「取」字，則下文不當復言「金亦不取錢」，疑有脱訛。

〔六〕金亦不取錢　《御覽》鮑崇城校刊本作「全家亦不取錢」，舊本同。

34 趙真

新野趙真家〔一〕，園中所種葱，未經抽拔，忽一日盡縮入地。後經歲餘，真之兄弟，相次分散。

本條《太平御覽》卷九七七、《天中記》卷四六引，出《續搜神記》，據《御覽》輯。

〔一〕新野趙真家　《御覽》《四庫全書》本「真」作「貞」，《天中記》「真」作「直」（《四庫全書》本作「真」），下文又作「貞」。舊本作「貞」。

35 程咸

程咸〔一〕，字延祚〔二〕。其母始懷咸，夢老公授藥與之：「服此當生貴子。」晉武帝時，歷位至侍中，有名於世。

本條《藝文類聚》卷四八、《太平御覽》卷二一九引，出《續搜神記》，據《御覽》輯録。

〔一〕程咸　舊本注：「一作程武。」案：作「武」誤。《晉書》卷四〇《賈充傳》：「帝遣侍中程咸犒勞。」《隋書·經籍志》別集類著録《晉侍中程咸集》三卷。

〔二〕字延祚　《類聚》、《御覽》「祚」作「休」。案：《北堂書鈔》卷五八引王（王隱）《晉書》：「程咸，字延祚。太始十年詔曰：『王門郎咸，博學洽通，文藻清敏，其以爲散騎常侍。』」又引臧榮緒《晉書》：「太始十年詔曰：『程咸字延祚，博學洽通，文藻清敏，歷職左右，劬勞内侍，乃心在公，夙夜不懈，以咸爲散騎常侍、左通直郎。』」據改。《御覽》卷三六一、卷九八四引王隱《晉書》俱作

「延休」。

36 桓哲

桓哲〔一〕，字明期。居豫章時，梅玄龍爲太守，先已病矣，哲往省之，語梅曰：「吾昨夜忽夢作卒，迎卿來作太山府君。」梅聞之愕然，曰：「吾亦夢見卿爲卒，着喪衣來迎我。」數日，復同夢如先，云二十八日當拜。至二十七日晡後，桓忽中惡，腹脹滿，遣人就梅索麝香丸。梅聞，便令作凶具。二十七日桓便亡，二十八日而梅卒。

本條《太平御覽》卷九八一、《太平廣記》卷二七六、《永樂大典》卷一三一三五、《香乘》卷三引，出《續搜神記》。今據《御覽》，參酌《廣記》、《大典》校輯。

〔一〕桓哲　《廣記》、《大典》、《香乘》「哲」作「誓」。

37 謝奉

會稽謝奉，與永嘉太守郭伯猷善〔一〕。謝忽夢郭與人於浙江上爭樗蒲錢，爲水神所責，墮水死，已營理郭凶事。既覺，便往郭許，共圍碁。良久，謝云：「卿知吾來意不？」因具説所夢。郭聞之悵然，云：「信與人爭，如卿所夢，何期太的也〔二〕！」須臾如厠，便倒氣絶。謝斷理之，如所夢〔三〕。

本條《六帖》卷二三引作《搜神記》，《太平御覽》卷四〇〇作《續搜神記》。案：據《世説新語・雅量》及注，謝奉字弘道，會稽山陰人，歷安南將軍、廣州刺史、吏部尚書，與桓温、謝安同時。又據《晉書・禮志中》，昇平五年穆帝崩，哀帝立，時奉爲尚書。然則奉晚於干寶，當出《續記》，舊本《搜神記》輯入，誤。今據《御覽》，參酌《六帖》校輯。

〔一〕與永嘉太守郭伯猷善　「郭伯猷」《六帖》作「鄭猷」。

〔二〕何期太的也　《四庫全書》本、鮑崇城校刊本《御覽》「的」作「的的」，舊本同。案：的、的的意同，準確，真實。

〔三〕「郭聞之悵然」至「如所夢」　《六帖》作：「猷曰：『吾昨夜夢與人爭錢。』惆悵不語。落厠而死，奉爲凶具，一如前夢。」舊本據而改「信與人爭」爲「吾昨夜夢與人爭錢」，末七字改爲「奉爲凶具，一如其夢」。

38 宗淵

宗淵，字叔林，南陽人。晉太元中，爲尋陽太守〔一〕。得十頭龜〔二〕，付厨勑：旦且以二頭作臛〔三〕。便着潘汁，甕中養之。其暮，夢有十丈夫，並着烏袴褶，自反縛，向宗淵叩頭，若求哀。明日，厨中宰二龜。其暮，復夢八人求哀如初。宗淵方悟，令勿殺。明夜，還夢見昨八人來跪謝恩，於是驚覺。明朝，自入廬山放之，遂不復食龜。

本條《太平御覽》卷三九九、《天中記》卷五七、《駢志》卷一四引作《續搜神記》，《太平廣記》卷二七六作《搜神記》。案：事在太元中，必出《續記》。《廣記》卷一一八引《夢雋》亦載，當取本書。今據《御覽》，參酌《廣記》校輯。案：舊本未輯。汪紹楹輯入《搜神後記佚文》。

〔一〕爲尋陽太守　《廣記》兩引並作「晉陽守」，誤。

〔二〕得十頭龜　《御覽》作「有數十頭龜」，此從《廣記》卷一一八及《天中記》、《駢志》。《廣記》卷二七六「龜」作「鼈」。

〔三〕付厨敕旦且以二頭作臛　《廣記》、《天中記》、《駢志》作「付厨曰：每日以二頭作臛」。

39　王蒙

司徒蔡謨，親有王蒙者，單獨，常爲蔡公所收養。蒙長纔及三尺〔一〕，似爲無骨，登牀輒令人抱上。公嘗令日捕魚，獲龜如車輪。公付厨，帳下倒懸龜着屋。蒙其夕纔眠已厭，如此累夜。公聞而問蒙何故厭，荅云：「眠輒夢人倒懸已。」公容慮向龜，乃令人視龜所在，果倒懸着屋。公嘆曰：「果如所度。」命下龜於地。於是蒙即得安寢，龜乃去。

本條《太平御覽》卷三七五、卷三七八、卷九三一，《天中記》卷二三並引，出《續搜神記》。《古今同姓名録》卷上「三王蒙」下云「一蔡謨親」，注「《搜神記》」。案：據《晉書》卷七七《蔡謨傳》，晉康帝即位，徵拜左光禄大夫、開府儀同三司，領司徒，時在干寶卒後，必不出《搜神記》。今據《御覽》卷九三一，參酌卷三七五、卷三七八校輯。舊本未輯。汪紹楹輯入《搜神後記佚文》。

〔一〕三尺　《御覽》卷三七五、《天中記》「三」作「五」。

40　朱恭

有惡人朱恭〔一〕，每以殺盜爲業。夜至蓮花寺殺尼盜物，一夜遶院而走，不知出處。遂墮露厠而死，背猶負物。

本條《辯正論》卷七注引作《搜神録》。案：首云宋，當出陶記，梁釋慧皎《高僧傳序》有稱陶淵明《搜神録》，唐釋法琳《破邪論》卷下、釋道宣《集神州三寶感通録》卷下皆亦稱陶元亮《搜神録》，是陶書佛徒亦省稱《搜神録》。舊本未輯。

〔一〕有惡人朱恭　《辯正論》注前原有「宋」字，蓋因陶書出宋世而自加，今删。

41　沛國士人

沛國有一士人，姓周，生三兒〔一〕，向應可語便啞，皆七八歲〔二〕。忽有一人經門過，來乞飲〔三〕。聞其兒聲，問主人："此是何聲？"答云："是僕兒。頻生三子，皆啞，不能語。"客曰："君冥罪，還内自省，何以致此。我於外待君。"主人異其言，知非常人，便入内思僵。同僽。良久而出，云："都不憶有罪過。"客曰："試更思幼時事。"入内，食頃出，謂客曰："記昔爲小兒時，當牀上有鷰巢，中有三子。其母從外得食哺子，子輒出頭作聲受之，積日如此。時屋下舉手攀得及巢，試以指内巢中，鷰子亦出口承之。乃取三蒺蔾〔四〕，各與其子吞之，既而皆死。其母尋還，不復見其子，出户徘徊，悲鳴而去。昔有此事，甚實悔之。"客變爲道人之容〔五〕，曰："是矣。君既自知悔罪，今除矣〔六〕。"言訖，便聞其三兒，言語忽然周正，蓋能知過之故也。客乃去，不知所在也。

本條《六帖》卷九五，《太平御覽》卷七四〇、卷九九七，《太平廣記》卷一三一，《古今合璧事類備要》別集卷七三，《羣書類編故事》卷二四並引，《羣書類編故事》脱出處，餘作《續搜神記》。又載《宣驗記》（《御覽》卷九二二、《事類賦注》卷一九、《古今事文類聚》後集卷四五引），《宣驗記》宋劉義慶撰，當本本書。今據《御覽》卷七四〇，參酌諸書校輯，並據《宣驗記》補。

〔一〕生三兒　《廣記》作"同生三子"，舊本同。

〔二〕向應可語便啞皆七八歲　《廣記》作"年將弱冠，皆有聲無言"，舊本同。

〔三〕乞飲　《六帖》、《古今合璧事類備要》"飲"作"食"，《御覽》卷九九七、《羣書類編故事》

作「飲」。

〔四〕蒺藜　《廣記》作「蔷茨」，舊本同。案：蔷茨即蒺藜。

〔五〕客變爲道人之容　此句據《宣驗記》補。舊本亦補，又在「客」下增「聞言遂」三字。

〔六〕君既自知悔罪今除矣　據《宣驗記》補。舊本亦補。

42　猿母

臨川東興有人入山，得猿子，便將歸。猿母自後逐至家，此人縛猿子於庭中樹上，以示之。其母便搏頰向人，若哀乞〔一〕，直是口不能言耳〔二〕。此人既不能放，竟擊殺之。猿母悲唤，自擲而死〔三〕。此人破腹視之〔四〕，腸皆斷裂矣〔五〕。未半年〔六〕，其人家疫，一時死盡滅門。

本條《太平廣記》卷一三一、《分類補註李太白詩》卷一一《贈武十七諤》註引，出《搜神後記》，明鈔本作《搜神記》。今據《廣記》，參酌《李太白詩》註校輯。案：舊本《搜神記》輯入，疑非。

〔一〕若哀乞　舊本作「欲乞哀狀」，汪紹楹校：「明鈔本《太平廣記》作『若哀乞狀』。」案：談本《太平廣記》作「欲哀乞」，汪紹楹據明鈔本改「欲」爲「若」，然無「狀」字。《李太白詩》註亦作「欲哀乞」。

〔二〕直是口不能言耳　談本《廣記》「是」作「謂」，舊本同，汪校本據明鈔本改作「是」。

〔三〕自躑而死　《李太白詩》註「躑」作「擲」，舊本同。案：躑、擲義同，跳躍。

〔四〕此人破腹視之　《廣記》「腹」訛作「腸」，舊本同。據《李太白詩》註改。

〔五〕腸皆斷裂矣　舊本作「寸寸斷裂」。案：《世説新語·黜免》載：「桓公（案：指桓温）入蜀，至三峽中。部伍中有得猿子者。其母緣岸哀號，行百餘里不去。遂跳上船，至便即絶。破視其腹中，腸皆寸寸斷。公聞之怒，命黜其人。」疑舊本據此改。

〔六〕未半年　明鈔本「半」作「期」，孫潛校本作「一」。

43　黄赭

鄱陽縣民黄赭〔一〕，入山採荆楊子，遂迷不知道。數日饑餓，忽見一大龜，赭便呪曰：「汝是靈物，吾迷路不知道，今騎汝背，示吾路〔二〕。」龜即回右膊〔三〕，赭即從行。去十餘里，便至溪水，見賈客行舡。赭即往乞食，便語舡人云：「我向者於溪邊見一龜，甚大，可共往取之。」言訖，面即生瘡。既往，亦復不見龜。還家數日，病瘡而死。

本條《初學記》卷三〇、《太平御覽》卷九三一、《古今事文類聚》後集卷三五、《古今合璧事類備要》别集卷六三、《韻府羣玉》卷二、《羣書類編故事》卷二四、《天中記》卷五七、《山堂肆考》卷二二五引，出《續搜神記》。今據《御覽》校輯。案：舊本未輯。汪紹楹據《御覽》、《初學記》輯入《搜神後記佚文》。

〔一〕黄赭　《古今合璧事類備要》作「黄覩」，誤。

〔二〕示吾路　《初學記》、《古今事文類聚》、《古今合璧事類備要》、《羣書類編故事》作「頭向便是路」，《山堂肆考》亦同，「向」下有「處」字。

〔三〕膊　《御覽》鮑崇城校刊本及《初學記》、《古今事文類聚》、《古今合璧事類備要》、《羣書類編故事》、《天中記》、《山堂肆考》作「轉」。

44 流俗道人

顧霈者，吴之豪士也。曾送客於昇平亭，時有一沙門在坐，是流俗道人〔一〕。主人欲殺一羊，羊絶繩便走，來入此道人膝中，穿頭入袈裟下。道人不能救，主人命即將去而殺之。既行炙，主人先割以啖道人。道人食炙下喉，炙便自走行道人皮中，痛毒不可忍。呼醫來針之，以數針貫之，炙猶動摇。乃破肉出之，故是一臠肉耳。道人於是得病，作羊鳴，吐沫。還寺，少時便死。

本條《藝文類聚》卷九四、《太平御覽》卷九〇二、《天中記》卷五四、《駢志》卷一四引作《續搜神記》，《太平廣記》卷四三九作《搜神記》，明鈔本、陳鱣校本作《續搜神記》。今據《御覽》，參酌《類聚》、《廣記》校輯。

〔一〕時有一沙門在坐是流俗道人　《廣記》作「時有沙門流俗者在座中」，案：道人即沙門。

45 石窠三卵

元嘉中〔一〕，廣州有三人共入山中伐木。忽見石窠中有三卵〔二〕，大如升，便取煮之。湯始熱，便聞林中如風雨聲。須臾，有一蛇大十圍，長四五丈，逕來，於湯中銜卵而去。三人無幾皆死。

本條《太平御覽》卷八八五、《太平廣記》卷四五七引作《續搜神記》，《御覽》卷九三四、《廣記》卷一三一、明黄衷《海語》卷下引作《搜神記》。案：事在元嘉中，當出《後記》。今據《御覽》卷九三四輯録。

〔一〕元嘉中　《御覽》卷九三四、《廣記》卷一三一前有「宋」字，今删。

〔二〕三卵　《四庫全書》本、鮑崇城校刊本《御覽》卷八八五「三」作「二」，舊本同。

搜神後記輯校卷五

46 阿鼠

元帝末〔一〕，譙郡周子文，家在晉陵郡延陵縣。少時喜射獵，嘗入山獵，伴侣相失。忽山岫間見一人，長五丈許〔二〕，捉弓箭，箭鏑頭廣二尺許，白如霜雪。此人忽出聲唤曰：「阿鼠。」阿鼠，子文小字。〔三〕子文不覺應曰：「諾。」此人牽弓滿，鏑向子文，子文便失魄猒伏，不能復動。遂不見此人。獵伴尋求子文，都不能語。輿還家，數日而卒。

本條《法苑珠林》卷六四、《太平御覽》卷八三二引，出《續搜神記》。事又見《太平廣記》卷三一八引《廣古今五行記》。案：《廣古今五行記》唐竇維鋈撰，多採前人書（參見拙著《唐五代志怪傳奇叙録》），本條必是採録本書。《廣記》所引文詳，殆未删削。今據《廣古今五行記》，參酌《珠林》、《御覽》校輯。

〔一〕元帝末　《珠林》、《御覽》作「晉中興後」，舊本同。

〔二〕長五丈許　《廣古今五行記》「丈」作「尺」，此從《珠林》、《御覽》。舊本作「長五六丈」。

〔三〕阿鼠子文小字　注據《珠林》、《御覽》補。《御覽》以「阿鼠」爲正文。《廣古今五行記》無注而前云「譙郡周子文，小字阿鼠」。案：《珠林》、《御覽》所引《搜神記》、《續搜神記》，多有注文，當爲干寶以後人所加。

47 飛燕

代郡張平者，苻堅時爲賊帥，自號并州刺史。養一狗，名曰「飛燕」，形若小驢。忽夜上廳事屋上行，行聲如常平〔一〕。未經年，果爲鮮卑所逐，敗走，降苻堅，未幾便死。

本條《太平御覽》卷八八五引，出《續搜神記》，據輯。

〔一〕常平 《四庫全書》本及鮑崇城校刊本作「平常」，舊本同。案：常平亦平常之意。宋末陳世崇《隨隱漫録》卷五：「處變如處常平。」

48 死人頭

新野庾謹母病〔一〕，兄弟三人，悉在白日侍疾。常燃火〔二〕，忽見帳帶自卷自舒〔三〕，如此數四。須臾，聞牀前狗鬪聲非常〔四〕。舉家共視，了不見狗，止見一死人頭在地，頭猶有血，兩眼尚動，甚可憎惡。其家怖懼，夜持出門〔五〕，即於後園中埋之。明旦往視之，出土上，兩眼猶爾。即又埋之，後日亦復出〔六〕。乃以塼着頭合埋之，不復出也。數日〔七〕，其母遂亡。

本條《太平御覽》卷八八五引，出《續搜神記》。事又載《幽明録》（《太平廣記》卷三六〇引），文字大同。今據《御覽》輯，校以《幽明録》。

〔一〕新野庾謹母病　宋刊本《御覽》「新野」作「新冶」，《四庫全書》本及《幽明録》作「新野」（《幽明録》「野」作「埜」）。案：據《晉書·地理志下》，新野屬義陽郡；據《宋書·州郡志二》，新冶屬晉熙郡，晉安帝立。是則地名皆不誤。然庾姓郡望爲潁川、新野，東晉庾亮一族出潁川，而《異苑》卷四有新野庾寔，卷六有新野庾紹之，則新野庾也。故當作「新野」，據改。

〔二〕悉在白日侍疾常燃火　舊本將「白日」移在「常」上。

〔三〕自卷自舒　宋刊本《御覽》「卷」作「卷上」，據《四庫全書》本及鮑崇城校刊本删。

〔四〕聞牀前狗鬬聲非常　舊本作「床前聞狗聲異常」。

〔五〕夜持出門　《御覽》原作「夜不持出門」，《四庫全書》本「夜」作「乃」，舊本同，鮑崇城校刊本作「即」。疑「不」字衍，據《幽明録》删。

〔六〕後旦亦復出　《廣記》「亦」作「已」。舊本作「後日復出」。

〔七〕數日　舊本作「他日」。

49 白頭公

太元中〔一〕，樂安高衡爲魏郡太守〔二〕，戍石頭。其孫雅之，在廐中，云有神來降，自稱白頭公，拄杖，光耀照人也〔三〕。白頭公，白玉也。與雅之輕舉宵行，暮至京口，晨已來還。後雅之父子，爲桓玄所滅〔四〕。

本條《太平御覽》卷八〇五引，出《續搜神記》。又載《幽明録》（《太平廣記》卷二九四引）。今據《御覽》，以《幽明録》校補。

〔一〕太元中　《廣記》前有「晉」字，乃編纂者所加，舊本同。

〔二〕樂安高衡爲魏郡太守　《御覽》「衡」作「衛」，《四庫全書》本作「位」。案：《晉書》卷八四《劉牢之傳》：「牢之與東海何謙、琅邪諸葛侃、樂安高衡……等以驍猛應選。」卷一一三《苻堅傳上》：「太元四年……晉將謝玄遣將軍何謙之、高衡率衆萬餘，聲趣留城。」卷七九《謝玄傳》：「玄率東莞太守高衡……次於泗口。」是應作「衡」。

〔三〕光耀照人也　《廣記》作「光耀照屋」，舊本同，惟「耀」作「輝」（《御覽》《四庫全書》本作「輝」）。

〔四〕「與雅之輕舉宵行」至「爲桓玄所滅」　據《廣記》補。

50 桓大司馬

桓大司馬從南州來，拜簡文皇帝陵，問左右殷涓形皃〔一〕，有人荅涓爲肥短黑色，形甚醜〔二〕。公云：「吾見之亦如此〔三〕。」意惡之。還州遂病〔四〕，無幾而薨。

本條《太平御覽》卷三八二引，出《續搜神記》，據輯。

〔一〕問左右殷涓形皃　「殷」原作「商」，乃《御覽》編纂者避趙匡胤諱改，《法苑珠林》卷七〇引《冤魂志》、《晉書》卷九八《桓温傳》載此事作「殷涓」，據改。案：舊本此句前多一節，云：「左右覺其有異。既登車，謂從者曰：『先帝向遂靈見。』既不述帝所言，故衆莫之知。但見將拜時，頻言『臣不敢』而已。」乃據《晉書·桓温傳》濫補。

〔二〕有人荅涓爲肥短黑色形甚醜　舊本作「有人答涓爲人肥短黑色，甚醜」。

〔三〕吾見之亦如此　舊本作「向亦見在帝側，形亦如此」，前句乃據《晉書·桓温傳》補。

〔四〕還州遂病　舊本作「遂遇疾」，乃據《晉書·桓温傳》「因而遇疾」改。

51 葛輝夫

烏傷葛輝夫〔一〕，義熙中在婦家宿。三更，有兩人把火至階前。疑是凶人，往打之。欲下杖，悉變成蝴蝶，繽紛飛散。有一物衝輝夫腋下〔二〕，便倒地，少時死。

本條《太平廣記》卷四七三、《廣博物志》卷五〇引，出《搜神記》。案：事在義熙中，應出《續記》。今據《廣記》，參酌《異苑》校輯。

〔一〕烏傷葛輝夫　《廣記》前有「晉」字。舊本同。案：後既稱「義熙中」，不當復冠「晉」字。《太平御覽》卷八八五引《異苑》無「晉」字（今本卷六有此字，今本乃後人輯），據删。

〔二〕有一物銜輝夫腋下　「一物」二字據陳饘校本及《異苑》補。

52 兩頭人

永初三年〔一〕，謝南康家婢行，逢一黑狗，語婢曰：「汝看我背後人〔二〕。」婢舉頭，見一人長三尺，有兩頭。婢驚怖返走，人、狗亦隨婢後。至家庭中，舉家避走。婢問狗：「汝來何爲？」狗云：「欲乞食耳。」於是婢與設食。並食食訖，兩頭人出。婢因謂狗曰：「人已去。」狗曰：「正已復來。」良久没，不知所在。後家人死喪〔三〕。

本條《太平廣記》卷一四一引，出《續搜神記》，據輯。

〔一〕永初三年　前原有「宋」字，舊本同，今删。

〔二〕汝看我背後人　舊本闕「人」字。

〔三〕後家人死喪　舊本「喪」下多「殆盡」二字。

搜神後記輯校卷六

53 虎卜

丹陽縣人沈宗，居在縣下，以卜爲業。義熙中，左將軍檀侯鎮姑熟，好獵，以格虎爲事。忽有一人，着皮袴，乘烏馬〔一〕，從者一人，亦着皮袴，以紙裹十餘錢，來詣宗卜。云：「西去覓食好？東去覓食好？」宗爲作卦，卦成，告之〔二〕：「東向吉，西向不利。」因就宗乞飲，内口着甌中，狀如牛飲。既出門，東行百步，從者及馬皆化虎。自此以後，暴虎非常〔三〕。

本條《太平御覽》卷八九二引，出《續搜神記》，據輯。

〔一〕乘烏馬　《四庫全書》本無「烏」字，舊本同。

〔二〕告之　舊本「告」作「占」。

〔三〕暴虎非常　舊本「暴虎」乙作「虎暴」。

54 鹿女

有一士人姓車〔一〕，是淮南人。天雨，舍中獨坐〔二〕。忽有二年少女來就之，姿色甚美，着紫纈襦、青裙，天雨而衣不濡，立其牀前，共語笑。車疑之：天雨如此，女人從外來，而衣服何不沾濕？必是異物。其壁上先掛一銅鏡，徑數寸。回顧鏡中，有二鹿在牀前。因將刀斫之，而悉成鹿。一走去，獲一枚。以爲脯，食之。

本條《初學記》卷二九、《天中記》卷五四引作陶潛《搜神後記》，《太平廣記》卷四四三引《五行記》引作陶潛《搜神記》，《廣博物志》卷四六亦引《五行記》，文同《廣記》，《六帖》卷九七、《太平御覽》卷九〇六、《古今合璧事類備要》別集卷七八、《山堂肆考》卷二一八作《搜神記》。《五行記》文詳。今據《五行記》，參酌《初學記》等校輯。

〔一〕有一士人姓車　《初學記》作「淮南來氏」；《六帖》、《御覽》、《天中記》作「淮南陳氏」，舊本同；《古今合璧事類備要》、《山堂肆考》作「淮南朱氏」。「車」、「來」、「陳」、「朱」形近，必有一訛。案：車姓望出魯國、南平、淮南、河南，當作「車」。

〔二〕天雨舍中獨坐　《廣記》孫潛校本作「於江南舍中坐」。《初學記》、《六帖》、《天中記》作「於田種豆」，舊本同，惟「田」作「田中」；《御覽》作「於江西種豆」。

55 丁零王獼猴

太元中〔一〕，丁零王翟釗〔二〕，後宮養一獼猴，在妓女房前。前後妓女同時懷娠，各産子三頭，出便跳躍。釗方知是猴所爲，乃殺猴及十子〔三〕，六妓同時號哭〔四〕。釗問之，云初見一年少，着黄練單衣、白紗帢，甚可愛，語笑如人。

本條《太平廣記》卷四四六引，出《續搜神記》，據輯。《廣博物志》卷四七引作《搜神記》，誤。

〔一〕太元中　前原有「晉」字，乃編纂者所加，今删。舊本有此字。

〔二〕丁零王翟釗　「釗」，原誤作「昭」。案：翟釗，翟遼之子。晉太元十三年，丁零人翟遼自稱魏天王，改元建光。十六年病卒，子釗代立，改元定鼎。次年投西燕王慕容永，歲餘謀反被殺。見《資治通鑑》卷一〇七、卷一〇八。據改。

〔三〕乃殺猴及十子　案：六妓各産三子，當爲十八子，「十子」當有誤。舊本删去「十」字，《廣博物志》同。

〔四〕六妓同時號哭　舊本改「六妓」爲「妓女」，《廣博物志》同。

56 伯裘

酒泉郡每太守到官〔一〕，無幾輒卒死。後有渤海陳斐見授此郡〔二〕，憂愁不樂。將行，就卜者占其吉凶。卜者曰〔三〕：「遠諸侯，放伯裘〔四〕，能解此〔五〕，則無憂。」斐仍不解此語，卜者報曰：「君去自當解之。」斐既到官，侍醫有張侯，直醫有王侯，卒有史侯、董侯，斐心悟曰：「此所謂『諸侯』矣。」乃遠之。即臥，思「放伯裘」之義，不知何謂。至夜半後，有物來上斐被上。斐覺，便以被冒取之。其物跳踉音郎〔六〕，訇訇作聲。外人聞，持火入，欲殺之。魅乃言曰〔七〕：「我實無惡意，但欲試府君耳。聽一相赦，當深報府君恩。」斐曰：「汝爲何物？而忽干犯太守？」魅曰：「我本千歲狐也〔八〕，今變爲魅，垂垂化爲神，而正觸府君威怒，甚遭困厄，聽一放我〔九〕。我字伯裘，有年矣。若府君有急難，但呼我字，當自解矣。」斐乃喜曰：「真『放伯裘』之義也。」即便放之，小開被，忽然有赤光如震電，從户出。明日，夜有擊户者，斐問曰：「誰？」答曰：「伯裘也。」問曰：「來何爲？」答曰：「白事。」問曰：「白何事？」答曰：「北界有賊發，奴也〔一〇〕。」斐案發則驗。後每事先以語斐，於是酒泉境界無毫髮之姦，而咸曰「聖府君」〔一一〕。後經月餘，主簿李音私通斐侍婢，既而驚懼，慮爲伯裘所白，遂與諸侯謀殺斐〔一二〕。伺旁無人，便使諸侯持杖直入，欲格殺之。斐惶怖，即呼：「伯裘，來救我！」即有物如曳一疋絳，剨然作聲，音、侯伏地失魂〔一三〕，乃以次縛取之。考問來意故，皆服首。云斐未到官，音已懼失權，與諸侯謀殺斐。會諸侯見斥，事不成。斐即殺音等。伯裘乃謝斐曰：「未及白音姦情，乃爲府君所召，雖効微力，猶用慙惶。」後月餘，與斐辭曰：「今得爲神矣，當上天去，不得復與府君相見往來也。」遂去不見。

本條《法苑珠林》卷五〇，《太平御覽》卷九〇九，《太平廣記》卷四四七，《海録碎事》卷九下、卷一三下並引，《御覽》、《廣記》、《海録碎事》出《搜神記》，《珠林》作《搜神異記》。案：《珠林》所引首稱「宋酒泉郡太守」。《宋書·州郡志》無酒泉郡，酒泉時屬北魏。酒泉郡西漢置，西晉末淪没。《太平寰宇記》卷一五二《肅州》云：「肅州（原注：酒泉郡，今理酒泉縣），《禹貢》雍州之域，與甘州同。昔月氏之地，爲匈奴所滅，匈奴令休屠昆邪王守之。漢武時昆邪以衆來降，以其地爲武威、酒泉郡。……後漢至晉亦因襲不改。前涼張軌、西涼李嵩、北涼沮渠蒙遜竝都之。後魏太武平沮渠茂虔，乃以酒泉改爲軍，隸燉煌。後改鎮爲瓜州，復立郡于此。大統十年以酒泉郡屬甘州。隋仁壽二年分甘州福禄縣置肅州，以隸涼州總管府。煬帝初州廢，以其地入張掖郡。」《珠林》各卷「感應緣」引事皆紀朝代，而其斷時常據成書之時，如引《搜神記》稱晉，引《幽明録》稱宋皆是。本條前加「宋」者，必是以其出於陶潛《續搜神記》，而書出宋世也。是故《搜神異記》所指實爲《續搜神記》，無可疑也。今據《廣記》，參酌《珠林》等書校録。

〔一〕酒泉郡每太守到官　《珠林》前原有「宋」字，舊本同，《御覽》、《廣記》無，據删。

〔二〕後有渤海陳斐見授此郡　《珠林》、《海録碎事》卷一三下「斐」作「裴」，《珠林》《四庫全書》本（卷六三）乃作「斐」。

〔三〕卜者曰　《廣記》「卜」作「日」，此據《珠林》、《御覽》。

〔四〕放伯裘　《御覽》影宋本「裘」作「求」，鮑崇城校刊本作「永」，《四庫全書》本作「裘」。案：古取狐爲裘，《詩經·豳風·七月》：「取彼狐貍，爲公子裘。」《禮記·玉藻》：「君衣狐白裘……錦衣狐裘，諸侯之服也。」此狐之字，伯言其行大，裘則正含狐裘之意，作「求」、「永」皆訛。

〔五〕能解此　《珠林》下有「者」字。

〔六〕音郎　此注據《御覽》補。《御覽》所引本書及《搜神記》多有注文，不知何人加。《四庫全書》本及鮑本「郎」作「狼」。

〔七〕魅乃言曰　《廣記》「魅」作「鬼」，此據《珠林》。

〔八〕我本千歲狐也　《珠林》作「百歲狐」（《四庫全書》本乃作「千歲狐」），《御覽》作「百年狐」（《四庫全書》本乃作「千年狐」）。案：《廣記》卷四四七引《玄中記》：「（狐）千歲即與天通，爲天狐。」伯裘後上天爲神，應是千歲狐。

〔九〕今變爲魅垂垂化爲神而正觸府君威怒甚遭困厄聽一放我　據《珠林》《大正新脩大藏經》本補。《御覽》作「今爲魅，垂當神，聽一放我」。

〔一〇〕北界有賊發奴也　《廣記》作「北界有賊也」，此據《珠林》。舊本改作「北界有賊奴發也」，誤。《法苑珠林校注》亦據舊本誤改，且以「發」爲奴之名。此皆不解文意而致妄改。其意謂郡北部邊界盜賊作案，盜賊乃奴僕。下句「斐案發則驗」，則謂陳斐查辦發案情況，果然如此。

〔一一〕而咸曰聖府君　《珠林》「聖府君」作「聖君出」，《四庫全書》本乃作「聖府君」，《御覽》作「聖君」。

〔一二〕遂與諸侯謀殺斐　《御覽》「侯」訛作「僕」，舊本同。《四庫全書》本乃作「侯」。

〔一三〕音侯伏地失魂　《御覽》訛作「諸僕伏地失魂」，舊本同，《四庫全書》本「音侯」作「諸侯」。舊本下文「侯」皆作「僕」。

57 絳綾香囊

襄陽習鑿齒〔一〕，爲荆州主簿，從桓宣武出獵。時大雪，於江陵城西見草上雪氣出，伺視，見一黄物，射之，應箭死。往取，乃一老雄狐，脚上戴絳綾香囊。

本條《太平御覽》卷九〇九引，出《續搜神記》。亦見《幽明録》（《御覽》卷七〇四引）、《渚宫故事》（《太平廣記》卷四四七、《天中記》卷六〇引）。今據《御覽》輯，校以《幽明録》。

〔一〕襄陽習鑿齒　舊本下有「字彦威」三字，蓋據《晉書》卷八二《習鑿齒傳》補。

58 古冢老狐

吴郡顧旃，獵至一崗，忽聞人語聲云：「咄！咄！今年衰。」乃與衆尋覔，崗頂有一穽，是古時冢，見一老狐蹲冢中，前有一卷簿書，老狐對書屈指，有所計校。放犬咋殺之，取視，口中無復齒，頭毛皆白〔一〕。簿書悉是奸愛人女名，已經奸者，朱鈎頭。所疏名有百數，旃女正在簿次。

本條《太平御覽》卷九〇九引，出《續搜神記》，《古今事文類聚》後集卷三七、《古今合璧事類備要》別集卷七八、《山堂肆考》卷二一九亦引，作《搜神記》。案：《古今事文類聚》實轉鈔《御覽》，微有删削，後又爲《古今合壁事類備要》、《山堂肆考》所襲，書名誤。今據《御覽》輯録。

〔一〕口中無復齒頭毛皆白　舊本脱此九字。

59 林慮山亭

林慮山下有一亭〔一〕，人每過此，宿者或病或死。常云有十許人，男女合雜〔二〕，衣或黑或白〔三〕，輒來爲害。時有郅伯夷者過宿〔四〕，明燭而坐誦經。至中夜，忽有十餘人來，與伯夷並坐，自共蒱博。於是伯夷密以鏡照之，乃是一羣犬。因執燭而起，佯誤以燭燒其衣，作燃毛氣。伯夷懷刀，捉一人刺之，初作人唤，遂死成犬，餘悉走去。

本條《藝文類聚》卷八九，《初學記》卷二五，《太平御覽》卷七一七、卷九〇五，宋釋智圓《維摩經略疏垂裕記》卷七《菩薩品》，《錦繡萬花谷》續集卷七，《天中記》卷四九並引，出《續搜神記》。原出《抱朴子·登涉篇》。今據《類聚》，參酌諸書校輯。

〔一〕林慮山下有一亭　《類聚》「林」訛作「休」。《維摩經略疏垂裕記》「慮」訛作「盧」。案：《元和郡縣圖志》卷一六《相州·林慮縣》：「林慮山，在縣西二十里。山多鐵，縣有鐵官。南接太行，北連恒岳。」

〔二〕男女合雜　《御覽》、《天中記》「合」作「各」，與下文「衣」連讀。舊本「合雜」改作「雜沓」。

〔三〕衣或黑或白　舊本作「衣或白或黃」。《抱朴子》作「衣色或黃或白或黑」。

〔四〕時有郅伯夷者過宿　《御覽》卷九〇五「郅」訛作「劉」。《抱朴子》作「郄」，注「一作郅」。案：《風俗通義·怪神篇》載郅伯夷除亭怪事，云：「北部督郵郅伯夷年三十所，大有才決，長沙太守郅君章孫也。……伯夷舉孝廉，益陽長。」《後漢書》卷二九《郅惲傳》：「郅惲字君章，汝南西平人也。」舊本《搜神記》卷一八據《風俗通義》輯入此條，濫冒爲干書，「郅」訛作「到」。

60 蔡詠家狗

晉穆、哀之世，領軍司馬、濟陽蔡詠家狗，夜輒羣衆相吠，往視便伏。後日，使人夜伺之，見有一狗，著黃衣，戴白帢，長五六尺，衆狗共吠之。尋迹，定是詠家老黃狗〔一〕，即打殺之，吠乃止。

本條《藝文類聚》卷九四、《太平御覽》卷九〇五引，出《續搜神記》，今據《類聚》，參酌《御覽》校輯。

〔一〕定是詠家老黃狗　《御覽》「定」作「乃」。案：定，確定。

61 白狗變形

王仲文〔一〕，爲河南郡主簿，居緱氏縣北。得休應歸，因晚行，道經水澤。見車後有一白狗，仲文甚愛之，欲便取之。忽變如人，長六尺，狀似方相，目赤如火，磋齒嚼舌〔二〕，甚可憎惡。欲擊之，或却或前〔三〕，如欲上車〔四〕。仲文大怖，便使奴打，不能奈何。因下車，佐奴共又打，亦不禁。並力盡，不能復打，於是捨走。告人家，合十餘人，持刀捉火，共來視之〔五〕，便不知所在。月餘日，仲文將奴共在路〔六〕，忽復見之。與奴並走，未到人家〔七〕，伏地俱死。

本條《太平廣記》卷三一九引作《續搜神記》（明鈔本作《搜神記》），卷四三八引作《搜神記》。案：《廣記》卷四三八首云：「宋王仲文，爲河南郡主簿，居緱氏縣北。」「宋」字乃《廣記》編者所加，非原書所有，以爲宋人者殆據《續搜神記》出於宋而斷，則知書名脱「續」字。又者，考《宋書·州郡志二》：「司州刺史，漢之司隸校尉也。晉江左以來，淪没戎寇。……武帝北平關、洛，河南底定，置司州刺史，治虎牢，領河南、滎陽、弘農實土三郡。河南領洛陽、河南、鞏、緱氏、新城、梁、河陰、陸渾、東垣、新安、西東垣，凡十一縣。」據《宋書·武帝紀》，劉裕平關、洛在晉義熙十三年。然則王仲文爲河南郡主簿在晉末宋初，事屬《續記》無疑也。《廣記》卷一四一引《幽明録》亦載。今據《廣記》卷三一九，參酌《廣記》卷四三八及《幽明録》校輯。

〔一〕王仲文　《廣記》卷四三八前有「宋」字，舊本同。今删。

〔二〕磋齒嚼舌　《廣記》卷四三八作「差牙吐舌」（明鈔本、孫潛校本、陳鱣校本牙作齒）。舊本同，改「差」作「磋」。

〔三〕或却或前　《廣記》卷三一九脱「前」字，據《幽明録》補。

〔四〕如欲上車　《廣記》卷三一九脱「如」字，據《幽明録》補。

〔五〕共來視之　「共」原作「自」，據明鈔本改。

〔六〕仲文將奴共在路　此句據《幽明録》補。

〔七〕人家　《廣記》卷四三八無「人」字，舊本同。孫校本有「人」字。

62 會稽老黄狗

太叔王氏〔一〕，後娶庾氏女，年少美色。王年六十，常宿外，婦深無忻。後忽一夕見王還，燕婉異常〔二〕。晝坐，因共食。奴從外來，見之大驚，以白王。王遽入，僞者亦出。二人交會中庭，俱著白帢，衣服形貌如一。真王便先舉杖打僞者，僞者亦報打之。二人各敕子弟，令與手〔三〕。王兒乃突前痛打，遂成黄狗。王時爲會稽府佐，門士云恒見一老黄狗，自東而來。其婦大耻，發病死。

本條《太平廣記》卷四三八引，出《續搜神記》，據輯。《廣博物志》卷四七誤作《搜神記》。

〔一〕太叔王氏　王國良《搜神後記研究》校語：「太叔，未詳。按：會稽郡有太末縣（詳漢書、晉書地理志）。疑『朩』與『末』形近而訛，後人又改『朩』爲『叔』也。」

〔二〕燕婉異常　「異」原作「兼」，據明鈔本、陳鱣校本改。

〔三〕令與手　陳校本、《四庫全書》本「與」作「舉」。案：「與」字不誤。《宋書》卷九五《索虜傳》：

「泰之（劉泰之）等至，虜都不覺，馳入襲之，殺三千餘人，燒其輜重。……諸亡口悉得東走，大呼云：『官軍痛與手。』虜衆一時奔散。」《資治通鑑》卷一八五唐武德元年：「賊徒喜譟動地，化及（宇文化及）揚言曰：『何用持此物出，亟還與手。』」胡三省注：「與手，魏齊間人率有是言，言與之毒手而殺之也。」

63 素衣女子

錢唐士人姓杜〔一〕，船行。時大雪日暮，有女子素衣來〔二〕。杜曰：「何不入船？」遂相調戲。杜闔船載之，後成白鷺去。杜惡之，便病死也。

本條《太平廣記》卷四六二、《天中記》卷五九引，出《續搜神記》，據輯。

〔一〕錢唐士人姓杜　「錢唐」，原作「錢塘」，舊本同。案：《浙江通志》卷五《杭州府·錢塘縣》注：「《方輿紀要》：唐，以唐爲國號，加土焉。」《晉書·地理志下》作「唐」，兩《唐書·地理志》作「塘」。今改。舊本脱「人」字。

〔二〕有女子素衣來　舊本「來」下多「岸上」二字。

64 臨海射人

吴末，臨海人入山射獵，爲舍住。夜中，有一人長一丈，著黄衣白帶，來謂射人曰：

「我有讎，尅明當戰，君可見助，當有相報。」射人曰：「自可助君耳，何用報爲！」答曰：「明日食時，君可出溪邊。敵從北來，我南往應，白帶者我，黄帶者彼。」射人許之。明出，果聞岸北有聲，狀如風雨，草木四靡，視南亦爾。唯見二大蛇，長十餘丈，於溪中相遇，便相盤繞。白映勢弱，射人因引弩射之，黄映者即死〔一〕。日將暮，復見昨人來辭謝，云：「住此一年獵，明年以去，慎勿復來，來必爲禍。」射人曰：「善。」遂停一年獵，所獲甚多，家致巨富。數年後，憶先山多肉，忘前言，復更往獵。復見先白帶人語之言：「我語君勿復來，君不能見用。讎子已大，今必報君，非我所知。」射人聞之甚怖，便欲走，乃見三烏衣人，皆長八尺，俱張口向之，射人即死。

本條《法苑珠林》卷六四、《太平御覽》卷八三二、《太平廣記》卷一三一並引，出《續搜神記》。今據《珠林》，參酌《御覽》、《廣記》校輯。

〔一〕白映勢弱射人因引弩射之黄映者即死　《御覽》及《四庫全書》本《珠林》（卷八〇）「映」作「蛇」，舊本同，《廣記》作「鱗」。案：映，光影。白映黄映謂蛇映現白光或黄光者。其人著黄衣白帶，於蛇則爲黄蛇而有白色光帶者。若言白蛇、白鱗，則通體皆白矣。疑「蛇」、「鱗」皆妄改。

65 士人嫁女

太元中〔一〕，士人有嫁女於近村者。至時，夫家遣人來迎，女家好發遣，又令女弟送之〔二〕。既至，重門累閣，擬於王侯。廊柱下有燈火，一婢子嚴粧直守，後房帷帳甚美。至夜，女抱乳母涕泣，而口不得言。乳母密於帳中以手潛摸之，得一蛇，如數圍柱，纏其女，從足至頭。乳母驚走出，柱下守燈婢子，悉是小蛇，燈火是蛇眼。

本條《太平廣記》卷四五六引，出《續搜神記》，據輯。

〔一〕太元中　前原有「晉」字，乃編者所加，今刪。舊本有此字。

〔二〕又令女弟送之　舊本「弟」改作「乳母」。案：女弟乃送親者，禮畢即歸。乳母則隨至夫家服侍起居。《廣記》各本皆作「弟」，舊本妄改。

66 李頤宅

襄城李頤〔一〕，其父爲人不信妖邪。有一宅由來凶，不可居，居者輒死。父便買居之，多年安吉，子孫昌熾。爲二千石，當徙家之官，臨去請會内外親戚。酒食既行，父乃言曰：「天下竟有吉凶不？此宅由來言凶，自吾居之，多年安吉，又得遷官，鬼爲何在？自今已後，便爲吉宅，居者住止，心無所嫌也。」語訖如厠，須臾見壁中有一物，如卷席大，高五尺許，正白。頤父便還，取刀斫之〔二〕，中斷，便化爲兩人。復横斫之，又成四人。便奪取刀，反斫李，殺之。持刀至座上〔三〕，斫殺其子弟，凡姓李必死，唯異姓無他。頤尚幼在抱，家内知變，乳母抱出後門，藏他家，止其一身獲免。頤字景真，位至湘東太守。

本條《法苑珠林》卷四六引，出《續搜神記》，又《太平廣記》卷三二四引《法苑珠林》。據《珠林》輯，校以《廣記》。

〔一〕襄城李頤　前原有「宋」字，乃道世自加。蓋以本書出於宋世，故加「宋」以釋其時，今删。「李頤」，《珠林》作「李曠」，《大正新脩大藏經》本及《法苑珠林校注》本作「李頤」，舊本同，《廣記》作「索頤」。案：《册府元龜》卷六〇五《學校部·注釋一》：「李頤，字景真。爲丞相參軍，自號玄道子。注《莊子》三十卷。」《隋書·經籍志》道家類《集注莊子》六卷注：「梁有《莊子》三十卷，晉丞相參軍李頤注。」據改。

〔二〕取刀斫之　舊本「斫」訛作「中」。

〔三〕持刀至座上　《珠林》宣統本、徑山寺及《四庫全書》本（卷五九）無「刀」字，舊本同，據《大正藏》本及《廣記》補。

搜神後記輯校卷七

67 蛟子

長沙有人，忘其姓名，家住江邊。有女子渚次澣紗[一]，覺身中有異，復不以爲患[二]，遂妊身。生三物，皆如鮧夷、提二音。魚[三]。女以己所生，甚憐異之，乃着澡槃水中養之[四]。經三月，此物遂大，乃是蛟子。各有字，大者爲「當洪」，次者名「破阻」，小者名「撲岸」[五]。天暴雨水，三蛟一時俱出，遂失所在。後天欲雨，此物輒來。女亦知其當來，便出望之。蛟子亦出頭望母[六]，良久方復去。經年，後女亡，三蛟子一時俱至其墓所哭之，經日乃去。聞其哭聲，狀如狗號。

本條《太平御覽》卷九三〇、《太平廣記》卷四二五引，出《續搜神記》。今據《御覽》，參酌《廣記》校輯。

〔一〕有女子渚次澣紗　《廣記》作「有女下渚澣衣」。

〔二〕復不以爲患　《廣記》談愷刻本「復」訛作「後」，舊本同。陳鱣校本作「復」。

〔三〕鮧魚　《廣記》談本作「鰕魚」，明鈔本、陳校本作「鮧魚」。

〔四〕乃着澡槃水中養之　「澡」原作「藻」，據《廣記》改。案：澡槃，盥洗用具。澡，浴也。《御覽》

卷七一二《服用部十四·澡盤》引魏武《上雜物疏》曰：「御物有純銀盤，又有容五石銅澡盤也。」又引傅玄《澡盤銘》曰：「與其澡於水，寧澡於德。水之清猶可穢也，德之興不可塵也。」

〔五〕撲岸 《御覽》「撲」訛作「揉」。

〔六〕蛟子亦出頭望母 《廣記》談本「出」字闕，中華書局點校本據陳校本補，《四庫全書》本作「舉」，舊本同。

68 宋士宗母

清河宋士宗母〔一〕，以黄初中夏天於浴室裏浴，遣家中子女盡出户〔二〕，獨在室中。良久，家人不解其意，於壁穿中闚，不見人，正見木盆水中有一大黿〔三〕。遂開户，大小悉入，了不與人相承〔四〕。嘗先著銀釵，猶在頭上。相與守之啼泣，無可柰何。意欲求去，永不可留。視之積日轉懈，遂自捉出户外〔五〕。其去甚駛，逐之不可及，遂便入水。復數日忽還〔六〕，巡行宅舍如平生，了無所言而去〔七〕。時人謂士宗應行喪治服，士宗以母形雖變而生理尚存，竟不治喪。與江夏黄母相似。

本條《藝文類聚》卷九六、《本草綱目》卷五一引作《搜神記》，《法苑珠林》卷三二、《太平御覽》卷八八八、《太平廣記》卷四七一作《續搜神記》。案：舊本《搜神記》輯入，《學津討原》本《搜神後記》補輯。《珠林》等三書皆作《續記》，今姑從之。據《珠林》，參酌諸書校輯。

〔一〕清河宋士宗母　《珠林》前有「魏時有」三字，《廣記》前有「魏」字，皆爲編纂者所加，《珠林》、《廣記》體例固如此也。《類聚》、《御覽》無，據删。

〔二〕遣家中子女盡出户　《廣記》作「遣家中子女闔户」，明鈔本作「遣家人子女自闔户」。

〔三〕正見木盆水中有一大黿　《廣記》「木」作「沐」，「黿」作「黿」。案：《類聚》及《宋書·五行志五》、《晉書·五行志下》俱作「黿」，作「黿」訛。

〔四〕了不與人相承　《御覽》「了不」作「乃」。

〔五〕遂自捉出户外　《珠林》《大正新脩大藏經》本及《御覽》「捉」作「投」。

〔六〕復數日忽還　《御覽》、《廣記》「復」作「後」，舊本同。

〔七〕了無所言而去　《廣記》明鈔本「言」作「畏」。

69 子路

熊無穴，或居大樹孔中〔一〕。東土呼熊爲「子路」，以物擊樹，云：「子路可起。」於是便下，不呼則不動也。

本條《太平御覽》卷九〇八、《六家詩名物疏》卷三七、《本草綱目》卷五一上引，出《續搜神記》，據《御覽》輯。又載今本《異苑》卷三，文同。案：舊本未輯。汪紹楹據《御覽》輯入《搜神後記佚文》。

〔一〕或居大樹孔中　《御覽》影印宋刊本無「或」字，據《四庫全書》本、鮑崇城校刊本、《六家詩名物疏》及《異苑》補。

70 熊母

晉升平中，有人入山射鹿〔一〕。忽墮一坎，窅然深絶，内有數頭熊子。須臾，有一大熊來入，瞪視此人，人謂必以害己。良久，出藏得菓栗，分與諸子。末後作一分，以著此人前。此人飢久，於是冒死取噉之。既轉相狎習，熊母每旦覓食菓還，輒分與之，此人賴以支命。後熊子大，其母一一負將出。子既盡，人分死坎中，窮無出路。熊母尋復還入，坐人邊。人解其意，便抱熊之足，於是跳出，遂得無他。

本條《藝文類聚》卷九五、《太平廣記》卷四四二、《太平御覽》卷九〇八、《古今事文類聚》後集卷三六、《古今合璧事類備要》别集卷七七、《羣書類編故事》卷二四、《山堂肆考》卷二一八並引，出《續搜神記》。又《説郛》卷四晉陶潛《續搜神記》亦載。今據《類聚》，參酌他書校輯。

〔一〕鹿　《古今合璧事類備要》作「虎」，當訛。

71 楊生狗

晉太和中，廣陵人楊生養一狗，甚憐愛之，行止與俱。後生飲酒醉，行經大澤草中，眠不能動。時冬月，有野火起，風又猛〔一〕。狗周章號喚，生醉不覺。前有一坑水，狗便走往眠水中，還以身壓生左右〔二〕。如此數四，周旋跬步〔三〕，草皆沾濕着地。火尋過去〔四〕。生醒，方見之。他日又闇行，墮空井中，狗呻吟徹曉。須臾，有人逕過，怪犬向井號，往視見生。生曰：「君可出我，當厚報君。」人問：「以何物見與？」生云：「唯君耳。」人曰：「以此狗見與，便當相出。」生曰：「此狗曾活我於已死，不得相與，餘即無惜，任君所須也。」人曰：「若爾，便不成相出〔五〕。」狗因下頭目井，生知其意，乃語路人：「以狗相與。」人乃出之，繫狗而去。却後五日，狗夜走還。

本條《藝文類聚》卷九四、《太平御覽》卷九〇五、《太平廣記》卷四三七、《古今事文類聚》後集卷四〇、《古今合璧事類備要》別集卷八四、《韻府羣玉》卷一二、《羣書類編故事》卷二四、《天中記》卷五四、《山堂肆考》卷二二二並引，《類聚》、《御覽》、《古今事文類聚》、《古今合璧事類備要》、《羣書類編故事》、《天中記》出《續搜神記》，《韻府羣玉》作《搜神記》，《廣記》談愷刻本、《四庫全書》本、黃晟校刊本出《紀聞》，明鈔本、陳鱣校本出《續搜神記》。案：《紀聞》唐人牛肅撰，皆記唐事，談本等皆誤。《廣記》與《類聚》、《御覽》等文句多有異同。今據《御覽》，參酌諸書校輯。

〔一〕時冬月有野火起風又猛　《廣記》作「時方冬燎原，風勢極盛」，舊本據此，惟「冬」下補「月」字。

〔二〕還以身壓生左右　《類聚》、《古今事文類聚》、《古今合璧事類備要》、《羣書類編故事》、《天中記》、《山堂肆考》「壓」作「灑」。

〔三〕如此數四周旋跬步　據《廣記》補。

〔四〕火尋過去　《廣記》作「火至免焚」，舊本同。

〔五〕若爾便不成相出　《廣記》作「路人遲疑未答」。

72 烏龍

會稽句章民張然，滯役在都，經年不得歸。家有少婦，無子，唯與一奴守舍，奴遂與婦私通。然素在都養一犬，甚快，名「烏龍」，常以自隨。後假歸，奴與婦謀，欲殺然。盛作飲食，共坐下食。婦語然：「與君當大別離，君可彊啖。」未得啖，奴已當户倚，張弓栝箭拔刀，須然食畢。然涕泣不能食，以盤中肉及飯擲狗，祝曰：「養汝經年，吾當將死，汝能救我否？」狗得食不噉，唯注睛舐唇視奴〔一〕，然亦覺之。奴催食轉急，然決計，拍膝大喚曰〔二〕：「烏龍！與手！」狗應聲盪奴〔三〕，奴失刀仗倒地，狗遂咋其陰〔四〕，然因取刀殺奴。以妻付縣，殺之。

本條《藝文類聚》卷九四，《雲仙雜記》卷九，《太平御覽》卷五〇〇、卷九〇五，《太平廣記》卷四三七，百卷本《記纂淵海》（《四庫全書》）卷五七、卷九八並引作《續搜神記》，《初學記》卷二九「烏龍」條引作陶潛《搜神記》，「注精」條引作《搜神記》，《海録碎事》卷二二下、《錦繡萬花谷》後集卷三九、《古今事文類聚》後集卷四〇、《古今合璧事類備要》別集卷八四、《野客叢書》卷二四、《羣書類編故事》卷二四、《天中記》卷五四、《山堂肆考》卷二二二作《搜神記》，均脱「續」字。《六帖》卷九八、《稗史彙編》卷一五七亦引，無出處（魯迅誤讀《白帖》輯入《齊諧記》）。今據《廣記》，參酌諸書校輯。

〔一〕唯注睛舐唇視奴　《類聚》、《初學記》、《六帖》「睛」作「精」。案：作「精」亦不誤。注精，全神貫注。《冊府元龜》卷八二八《總録部·論薦》：「冀州裴使君……每論《易》及老莊之道，未嘗不注精於嚴瞿也。」

〔二〕拍膝大喚曰　《類聚》、《古今事文類聚》、《記纂淵海》、《古今合璧事類備要》、《羣書類編故事》、《稗史彙編》、《山堂肆考》「膝」作「髀」。

〔三〕狗應聲盪奴　《類聚》、《初學記》卷二九「注精」條、《廣記》、《古今事文類聚》、《古今合璧事類備要》、《羣書類編故事》、《天中記》、《稗史彙編》、《山堂肆考》「盪」作「傷」，《廣記》明鈔本作「咋」。《初學記》嚴可均陸心源校宋本、《六帖》、《雲仙雜記》、《御覽》卷九〇五、《記纂淵海》卷九八作「盪」，衝撞也。「盪」字義勝，從改。

〔四〕狗遂咋其陰　《類聚》、《御覽》卷五〇〇、《古今事文類聚》、《記纂淵海》、《古今合璧事類備要》、《羣書類編故事》、《天中記》、《稗史彙編》、《山堂肆考》「陰」作「頭」。

73 毛寶軍人

晉咸康中，豫州刺史毛寶戍邾城。有一軍人，於武昌市見人賣一白龜子〔一〕，長四五寸，潔白可愛。其人便買取持歸〔二〕，着瓮中養之。日漸大，近及尺許〔三〕。其人憐之，持至江邊，放於水中，視其游去。後邾城遭石虎敗〔四〕，毛寶弃豫州。既赴江，莫不沉溺。所養龜人，于時被鎧持刀〔五〕，亦同自投。既入水中，覺如墮一石上，水裁至腰，須臾浮去。中流視之，乃是先所養白龜，甲已長六七尺〔六〕。既送至東岸，出頭視此人，徐游而去，中江猶顧者數四焉〔七〕。

本條《藝文類聚》卷九六，《太平御覽》卷四七九、卷九三一，《古今事文類聚》後集卷三五，《古今合璧事類備要》別集卷六三，百卷本《記纂淵海》（《四庫全書》）卷九八，《羣書類編故事》卷二四，《天中記》卷五七，《駢志》卷一四引作《續搜神記》，《六帖》卷九八、《古本蒙求》注卷中、《事類賦注》卷二八作《搜神記》，誤。唐寫本類書殘卷（《鳴沙石室古籍叢殘》）《報恩篇》亦引，無出處。事又載《幽明録》（《太平廣記》卷一一八引）、《晉書》卷八一《毛寶傳》。今據《御覽》卷四七九，參酌諸書校輯。

〔一〕有一軍人於武昌市見人賣一白龜子　類書殘卷引作「毛寶行江邊，見人鈎得白龜子」，《六帖》、《古今合璧事類備要》引作「毛寶見漁人釣得白龜」，《古本蒙求》注引作「毛寶行於江上，見漁父釣得一白龜」，《事類賦注》同，皆誤以毛寶爲救龜者。故宋朱翌《猗覺寮雜記》卷五辨云：「毛寶白龜，《蒙求》引《搜神雜記》爲投江獲捄龜者，《晉書・寶》以爲養龜人。」明陳耀文《天中記》亦辨云：「按本傳邾城之役，寶亦溺死，庾亮痛哭，發疾遂薨。其軍人放龜事，亦附傳末。《白氏六帖》引《搜神記》，直以爲實事，而後之《合璧》、《記纂》、《對類》等書，俱承誤不改。

《爾雅翼》復以毛寶過江，白龜載之而渡爲異，何耶？」《晉書》卷八一有《毛寶傳》。

〔二〕其人便買取持歸　《御覽》卷九三一「其人」作「寶」，誤。

〔三〕日漸大近及尺許　《御覽》卷九三一作「日日大，近欲尺許」，《四庫全書》本「日日」作「七日」，鮑崇城校刊本作「七日漸大」，舊本與鮑本同。

〔四〕後邾城遭石虎敗　《御覽》卷九三一、《記纂淵海》「石虎」作「石勒」。《天中記》、《駢志》作「石季龍」。案：《晉書・毛寶傳》：「亮（庾亮）謀北伐，上疏解豫州，請以授寶。於是詔以寶監揚州之江西諸軍事、豫州刺史，將軍如故，與西陽太守樊峻以萬人守邾城。石季龍惡之，乃遣其子鑒與其將夔安、李菟等五萬人來寇，張貉渡二萬騎攻邾城。寶求救於亮，亮以城固，不時遣軍，城遂陷。寶、峻等率左右突圍出，赴江死者六千人，寶亦溺死。」（案：據《晉書》卷七《成帝紀》，時在咸康五年九月。）石季龍即石虎，字季龍，石勒從子。石勒已於咸和八年卒（《晉書・成帝紀》），作「石勒」誤。

〔五〕所養龜人于時被鎧持刀　《御覽》卷九三一作「寶于時被鎧持刀」，《記纂淵海》作「毛寶被鎧」，並誤。

〔六〕甲已長六七尺　《蒙求》注作「長五六尺」。

〔七〕中江猶顧者數四焉　舊本作「中江猶回首視此人而没」。

74 山獠

元嘉初〔一〕，富陽人姓王，於窮瀆中作蟹斷〔二〕。旦往視之，見一材〔三〕，長二尺許，在斷中，而斷裂開，蟹都出盡。乃修治斷，出材岸上。明往視之，見材復在斷中，斷敗如前。王又治斷出材。晨視，所見如初。王疑此材妖異，乃取内蟹籠中，束頭擔歸〔四〕，云至家當斧斫然之。未至家三里，聞籠中窣窣動〔五〕。轉顧，見向材頭變成一物，人面猴身，一手一足〔六〕，語王曰：「我性嗜蟹，比日實入水破君蟹斷，入斷食蟹。相負已爾，望君見恕，開籠出我。我是山神，當相祐助，并令斷大得蟹。」王曰：「汝犯暴人，前後非一，罪自應死。」此物懇告，苦請乞放〔七〕，王迴顧不應。物曰：「君何姓何名〔八〕？我欲知之。」頻問不已，王亦不答〔九〕。去家轉近，物曰：「既不放我，又不告我何姓名，當復何計，但應就死耳。」王至家，熾火焚之，後寂然無復異〔一〇〕。土俗謂之山獠〔一一〕，云知人姓名則能中傷人，所以勤勤問王，欲害人自免。

本條《太平廣記》卷三六〇引，出《搜神記》。案：事在元嘉初，且東晉簡文帝咸安二年（三七二）避鄭太后諱改富春縣爲富陽縣，應屬《後記》。事又載祖沖之《述異記》（《法苑珠林》卷三一、《太平廣記》卷三二三引）、《廣古今五行記》（《太平御覽》卷九四二引），當據本書。今據《廣記》，參酌《述異記》、《廣古今五行記》校輯。

〔一〕元嘉初　前原有「宋」字，舊本同，此乃《廣記》後加，《廣古今五行記》無，今删。

〔二〕斷　《廣記》引《述異記》作「籪」，字同。陸龜蒙《蟹志》（《全唐文》卷八〇一）：「漁者緯蕭承其流而障之，曰蟹斷，斷其江之道焉。」

〔三〕材　《廣記》引《述異記》及《廣古今五行記》作「材頭」。

〔四〕束頭擔歸　《珠林》引《述異記》「束」作「攣」，舊本同。案：《説文》手部：「攣，繫也。」與「束」同義。《廣記》引《述異記》作「繫擔頭歸」。

〔五〕聞籠中窣窣動　《述異記》「窣」作「倅」，舊本同。

〔六〕一手一足　舊本改「手」爲「身」，誤。《述異記》、《廣古今五行記》皆作「手」。

〔七〕此物懇告苦請乞放　《廣記》談愷刻本作「此物種類，專請乞放」，《珠林》引《述異記》同，《廣記》引《述異記》則作「此物轉頓，請乞放」。《廣記》中華書局點校本據明鈔本《廣記》改，今從明鈔本。舊本作「此物種類，專請包放」。

〔八〕何姓何名　「何姓」二字據《珠林》引《述異記》補。

〔九〕王亦不答　「亦」原作「遂」，據明鈔本改。

〔一〇〕異　舊本訛作「聲」。《述異記》亦作「異」。

〔一一〕𤢖　《珠林》宣統本、徑山寺本、《四庫全書》本（卷四二）引《述異記》作「㺜」，《大正新脩大藏經》本及《廣記》引作「魈」。案：「㺜」同「𤢖」，又寫作「𤢱」，《國語·魯語下》注：「夔，一足，越人謂之山獠，音『騷』，或作『猴』。富陽有之，人面猴身，能言。或云獨足。」又作「𦠆」，見《神異經·西荒經》、《荆楚歲時記》。「猴」又轉音爲「魈」，爲「蕭」，見《酉陽雜俎》前集卷一五《諸皋記下》。

搜神後記輯校卷八

75 干寶父妾

干寶字令升，新蔡人。其父有嬖妾，母至妬，寶父葬時，因推着藏中〔一〕。經十年而母喪，開墓見棺，妾伏棺上，衣服如生。就視，猶暖，漸漸有氣息。輿歸，經日乃蘇。云父常致飲食，與之寢接，恩情如生。在家中〔二〕，吉凶輒語之，校之悉驗。平復數年後方卒〔三〕。寶因作《搜神記》，中云「有所感起」是也〔四〕。

本條《太平御覽》卷五五六引，出《續搜神記》。事又見《孔氏志怪》（《世説新語·排調篇》注引）、隋蕭吉《五行記》（《太平廣記》卷三七五引）、《晉書》卷八二《干寶傳》、唐李伉《獨異志》卷上。案：本條文字與《孔氏志怪》相合，《孔氏志怪》孔約撰（《廣記》卷二七六《晉明帝》，出孔約《志怪》），觀其佚文，約出晉末，本條當據《孔氏志怪》。今據《御覽》，參酌《孔氏志怪》校輯。

〔一〕因推着藏中　《五行記》此下有「干寶兄弟尚幼，不之審也」二句，《晉書》作「寶兄弟年小，不之審也」。

〔二〕在家中　《御覽》止於此，有脱文，以下據《孔氏志怪》補。

〔三〕平復數年後方卒　《五行記》、《晉書》作「地中亦不覺爲惡，既而嫁之，生子」。《晉書》下又記寶兄氣絶復生事，《孔氏志怪》、《五行記》均無。

〔四〕案：舊本文曰：「干寶字令升，其先新蔡人。父瑩，有嬖妾。母至妬，寶父葬時，因生推婢著藏中。寶兄弟年小，不之審也。經十年而母喪，開墓，見其妾伏棺上，衣服如生。就視猶煖，漸漸有氣息。輿還家，終日而蘇。云寶父常致飲食，與之寢接，恩情如生。家中吉凶，輒語之，校之悉驗。平復數年後方卒。寶兄嘗病氣絶，積日不冷。後遂寤，云見天地間鬼神事，如夢覺，不自知死。」所輯綴合《晉書·干寶傳》文字頗多，亦摻合《孔氏志怪》一二語。《晉書》本傳曰：「干寶，字令升，新蔡人也。……父瑩，丹楊丞。……寶父先有所寵侍婢，母甚妬忌，及父亡，母乃生推婢于墓中。寶兄弟年小，不之審也。後十餘年，母喪，開墓而婢伏棺如生。載還，經日乃蘇。言其父常取飲食與之，恩情如生。在家中吉凶輒語之，考校悉驗。地中亦不覺爲惡。既而嫁之，生子。又寶兄嘗病氣絶，積日不冷。後遂悟，云見天地間鬼神事，如夢覺，不自知死。」《孔氏志怪》曰：「寶父有嬖人，寶母至妬，葬寶父時，因推著藏中。經十年而母喪，開墓，其婢伏棺上。就視猶煖，漸有氣息。輿還家，終日而蘇。説寶父常致飲食，與之接寢，恩情如生。家中吉凶輒語之，校之悉驗。平復數年後方卒。寶因作《搜神記》，中云『有所感起』是也。」

76 李除

襄陽李除〔一〕，中時氣死，其婦守尸。至夜三更中，崛然起坐，搏婦臂上金釧甚遽〔二〕，婦因助脱。既得，手執之，還死。婦伺察之，至曉，心中更暖，遂漸漸得蘇。既活，云：「吏將某去，比伴甚多，見有行貨得免者，乃許吏金釧。吏令還取，故歸取以與吏。吏得釧，便放令還。」見吏取釧去〔三〕，不知猶在婦衣内。婦不敢復著，依事呪埋。

本條《北堂書鈔》卷一三六、《太平御覽》卷八八七、《太平廣記》卷三八三、《露書》卷七並引，出《續搜神記》，《露書》乃據《書鈔》轉引。今據《廣記》，參酌《書鈔》、《御覽》校輯。

〔一〕李除　《書鈔》作「徐陽」。

〔二〕搏婦臂上金釧甚遽　《廣記》《四庫全書》本「搏」作「搏」，《御覽》作「脱」。《書鈔》「釧」作「環」，下文又作「釧」。

〔三〕見吏取釧去　舊本此句下有「後數日」三字。

77 郭茂

郭茂病亡〔一〕，殯殮訖，未得葬。忽然婦及家人夢茂云：「己未應死，偶悶絶耳。可開棺出我，燒車釭以熨頭頂。」如言乃活。

本條《太平御覽》卷七七六引，出《續搜神記》，據輯。

〔一〕郭茂病亡　《四庫全書》本「郭」作「鄭」，舊本同。

78 陳良

太元中〔一〕，北地人陳良，與沛郡人李焉共爲賈〔二〕。後大得利，焉殺良取物。死十許日，良忽蘇活，得歸家。説死時見周旋人劉舒〔三〕，舒久已亡，謂良曰：「去年春社日祠祀，家中鬭爭，吾實忿之，作一兕於庭前。卿歸，豈能爲我説此耶？」良然之。既蘇，乃詣官疏李焉，而伏罪〔四〕。良故往報舒家，其怪亦絶。

本條《太平御覽》卷四九六引，出《續搜神記》。事又載《幽明録》（《太平廣記》卷三七八引），文詳，然情事有異。今據《御覽》輯，酌取《幽明録》校補。

〔一〕太元中　《御覽》訛作「太原」，據《幽明録》改。《御覽》前有「晉」字，舊本同，據《幽明録》删。

〔二〕與沛郡人李焉共爲賈　《幽明録》作「與沛國劉舒友善，又與同郡李焉共爲商賈」，舊本據此輯補。案：沛郡西漢置，東漢改國，西晉因之，東晉復爲郡。《晉書》卷七七《蔡謨傳》載太尉郗鑒卒，拜謨爲征北將軍、都督徐兖青三州揚州之晉陵豫州之沛郡諸軍事。鑒卒於成帝咸康五年

（三三九年，《晉書·成帝紀》），時已稱沛郡。《晉書·孝武帝紀》載：太元十年（三八五年）四月，「劉牢之與沛郡太守周次及垂（慕容垂）戰于五橋澤」，是則李焉等爲沛郡人。然稱沛國亦不誤，《晉書》舉稱籍貫，多作沛國。如稱「沛國劉毅」（《安帝紀》），「劉惔……沛國相人」（《劉惔傳》）等等，皆東晉人。

〔三〕周旋人劉舒　《幽明録》「周旋人」作「友人」，舊本同。案：周旋人謂經常來往之友人。《晉書》卷九四《陶潛傳》：「其鄉親張野及周旋人羊松齡、寵遵等，或有酒要之，或要之共至酒坐。」《南史》卷二六《袁粲傳》：「粲鎮石頭……有周旋人解望氣，謂粲曰：『石頭氣甚凶，往必有禍。』粲不答。」明朱國禎《湧幢小品》卷一八《稱謂》：「五代時，稱朋友曰周旋人。」

〔四〕「卿歸」至「而服罪」　據《幽明録》補。

79 李仲文女

武都太守李仲文〔一〕，在郡喪女，年十八，權假葬郡城北。後有張世之代爲郡，世之男字子長，年二十，侍從。在廄中〔二〕，夢一女，年可十七八，顔色不常。自言前府君女，不幸早亡，會今當更生，心相愛樂，故來相就。如此五六夕。忽然晝見，解衣服，薰香殊絶。遂爲夫妻，寢息，衣皆有汙，如處女焉。後仲文婦遣婢視女墓〔三〕，因過世之婦相聞〔四〕。入廄中〔五〕，見此女一隻履在子長牀下。取之啼泣，呼言發塚。持履歸，以示仲文。仲文驚愕，遺問世之：「君兒何由得亡女履耶？」世之呼問兒，具陳本末。李、張並謂可怪，發棺視之，女體已生肉，顔姿如故，右脚有履，左脚無也。後夕，子長夢女來曰：「夫婦情至謂偕老，而無狀忘履，以致覺露。我比得生，今爲所發[六]。自爾之後，遂死肉爛，不得生矣。萬恨之心，當復何言！」泣涕而別。

本條《法苑珠林》卷七五、《太平御覽》卷八八七引，出《續搜神記》，又《太平廣記》卷三一九引《法苑珠林》。今據《珠林》，參酌《御覽》、《廣記》校輯。

〔一〕武都太守李仲文　《珠林》前有「晉時」二字，乃道世引録時自加，《御覽》無，據删。舊本存此二字。

〔二〕在廏中　《廣記》「廏」作「廨」，舊本同。《御覽》作「郡」。案：廏，馬舍。官府馬廏有屋舍可以居處。《晉書·胡威傳》：「父質，以忠清著稱。……質之爲荆州也，威自京都定省……既至，見父，停廏中十餘日。」《宋書·五行志一》：「晉安帝義熙七年，晉朝拜授劉毅世子。毅以王命之重，當設饗宴親，請吏佐臨視。至日，國僚不重白，默拜於廏中。」可證。作「廨」、「郡」皆妄改。

〔三〕後仲文婦遣婢視女墓　《珠林》無「婦」字，舊本同，據《御覽》補。

〔四〕相聞　《廣記》「聞」作「問」，舊本同。案：相聞，問候，探訪。

〔五〕入廄中　《御覽》「廄」作「室」。舊本作「廨」。

〔六〕「後夕」至「今爲所發」　據《御覽》、《廣記》補。

80 徐玄方女

東平馮孝將爲廣陵太守〔一〕，兒名馬子，年二十餘。獨卧廄中〔二〕，夜夢見一女子，年十八九，言：「我是前太守北海徐玄方女，不幸早亡，亡來出入四年〔三〕。爲鬼所枉殺，案生録，當年八十餘，聽我更生。要當有依憑了〔四〕，乃得生活，又應爲君妻。能從所委，見救活不？」馬子答曰：「可爾。」遂與馬子尅期當出。至期日，牀前地頭髮正與地平〔五〕，令人掃去，逾分明，始悟是所夢見者。遂屏除左右，人便漸漸額出，次頭面出，一炊頃，形體頓出〔六〕。馬子便令前坐對榻上，陳説語言，奇妙非常。遂與馬子寢息，每誡云：「我尚虚，君當自節。」問：「何時得出？」答曰：「出當得本生生日〔七〕。」生日尚未至，遂住廄中〔八〕。言語聲音，人皆聞之。女計生日至，具教馬子出己養之方法，語畢拜去。馬子從其言，至日，以丹雄雞一隻、黍飯一盤、清酒一升，醊其喪前，去廄十餘步。祭訖，掘棺出，開視，女身體完全如故。徐徐抱出，著氈帳中，唯心下微暖，口有氣。令婢四人守養護之。常以青羊乳汁瀝其兩眼，始開〔九〕，口能咽粥，積漸能語〔一〇〕。二百日中持杖起行，一期之後，顔色肌膚氣力悉復常。乃遣報徐氏，上下盡來。選吉日下禮聘，爲三日，遂爲夫婦〔一一〕。生二男一女。長男字元慶〔一二〕，永嘉初爲祕書郎中〔一三〕。小男字敬度，作太傅掾。女適濟南劉子彦，徵士延世之孫也。

本條《法苑珠林》卷七五、《太平御覽》卷八八七引，出《續搜神記》，又《太平廣記》卷三七五引《法苑珠林》。《幽明録》（《廣記》卷二七六引）亦載，文簡。今本《異苑》卷八即據《幽明録》妄輯。今據《珠林》，參酌《御覽》、《廣記》及《異苑》校輯。

〔一〕東平馮孝將爲廣陵太守　《珠林》前有「晉時」二字，舊本同，《御覽》無，據删。「廣陵」，《珠林》作「廣州」，舊本同，《御覽》作「廣陵」。案：《晉書·地理志下》：「廣州……吴黄武五年，分交州之南海、蒼梧、鬱林、高梁四郡，立爲廣州，俄復舊。永安六年，復分交州置廣州，分合浦立合浦北郡，以都尉領之。孫皓分鬱林立桂林郡。及太康中，吴平，遂以荆州始安、始興、臨賀三郡來屬。合統郡十，縣六十八。」廣陵，郡名，漢置，晉屬徐州。又《晉書·職官志》：「州置刺史……郡皆置太守。」廣州爲刺史，今據《御覽》改。《異苑》亦誤作「廣州太守」，《幽明録》作「廣平太守」，廣平郡魏置，晉屬司州，見《晉書·地理志上》。

〔二〕獨卧廏中　《御覽》「廏」誤作「殿」。

〔三〕亡來出入四年　《御覽》作「來至今四年」。案：「出入」乃約略估計之辭，《韓非子·十過篇》：「獻公不幸離羣臣，出入十年矣。」可證。疑《御覽》纂録者不明「出入」此義，而妄改爲

「至今」。舊本改作「今已」。

〔四〕要當有依憑了　《珠林》宣統本、《大正新脩大藏經》本、徑山寺本、《四庫全書》本（卷九二）、《法苑珠林校注》本「憑了」作「馬子」，舊本同。《大正藏》校語云宋本、元本、宫本作「憑了」。《廣記》引《珠林》作「憑」。《御覽》全句作「要當有所依憑」。案：下文云「又應爲君妻」，此處似不應云「有依馬子」。尋徐女之意，乃謂己之復生當有賴於他人相助，不能自生，而又命該爲馬子妻，故來就馬子。疑《珠林》今本訛「憑」（同「憑」）爲「馬」，訛「了」爲「子」，而《廣記》、《御覽》以「了」字義澀而删之。了，了結，了斷，附「依憑」之後，以强調確定落實。今據《大正藏》本《珠林》校語改。

〔五〕牀前地頭髮正與地平　《廣記》「地」作「有」。《御覽》作「牀前地髺鬃如人，正與地平」，《四庫全書》本作「牀前頭髮如人，正與地平」。案：《廣記》卷三七五引《通幽記》（唐陳劭撰）韋諷女奴事，叙其復生經過曰：「小童薙草鋤地，見人髮，鋤漸深，漸多而不亂，若新梳理之狀。諷異之，即掘深尺餘。見婦人頭，其肌膚容色，儼然如生。更加鍬鍤，連身背全，唯衣服隨手如粉。其形氣漸盛，頃能起。」與此極似，是古有此説，牀地出髮不誤也。

〔六〕一炊頃形體頓出　《珠林》「一炊頃」訛作「一次項」，據《御覽》改。《四庫全書》本《御覽》作「又次肩項形體盡出」，舊本同，惟「盡」作「頓」。頗疑庫本實是據舊本妄改，又不明「頓」之爲義乃全也，而妄改爲「盡」。《法苑珠林校注》亦據舊本改，甚誤。

〔七〕本生生日　舊本改作「本命生日」，甚無謂也。本生，自身之謂，此處與「本命」義同。《校注》據舊本妄改。

〔八〕遂住廄中　《珠林》、《御覽》「住」作「往」，舊本同。案：徐女出於馬子所居之室，不得云「遂往廄中」。《校注》作「住」，據改。

〔九〕始開　舊本前增「漸漸」二字。

〔一〇〕積漸能語　《御覽》《四庫全書》本作「既而漸能語」，舊本同，惟無「漸」字。

〔一一〕選吉日下禮聘爲三日遂爲夫婦　《珠林》原作「選吉日下禮，聘爲夫婦」，此據《御覽》。案：漢魏六朝婚俗，三日成禮，期間宴集賓客，三日後正式成爲夫婦。本書《盧充》：「時爲三日，供給飲食。」《搜神記・紫珪》：「遂邀重入冢。三日三夜，重請還。」《世説・文學篇》：「婚後三日，諸婿大會。」皆是也。

〔一二〕元慶　《御覽》及《廣記》孫潛校本「慶」作「度」。

〔一三〕永嘉初爲祕書郎中　孫校本「永嘉」作「元嘉」。案：下文云濟南劉子彦徵士延世之孫，據《三國志》卷一一《魏書・王脩傳》注引《漢晉春秋》，濟南劉兆字延世，以不仕顯名，知乃魏晉人。元嘉乃宋文帝年號，永嘉乃晉懷帝年號，作「永嘉」是也。《御覽》、《廣記》無「中」字。案：《通志略・職官略・祕書郎》云：「晉祕書郎掌中外三閣經書，校閲脱誤，進賢一梁冠，絳朝服。亦曰郎中。武帝分祕書圖籍，例爲甲乙丙丁四部，使祕書郎中各掌其一。」是則作「祕書郎」、「祕書郎中」皆不誤。

81 馬勢婦

吴國富陽人馬勢，婦姓蔣。村人應病死者，蔣輒恍惚，熟眠經日。見人死〔一〕，然後省覺，則具説。家中不信之。語人云：「某甲病〔二〕，我欲殺之，怒强魂難殺，未即死。我入其家内，架上有白米飯，幾種鮭。我暫過竈下戲，婢無故犯我，我打脊甚〔三〕，使婢當時悶絶，久之乃蘇。」其兄病，有烏衣人殺之〔四〕。向其請乞，終不下手。醒語兄云：「當活。」

本條《太平廣記》卷三五八引，注出《搜神記》。汪紹楹云明鈔本作《續搜神記》。孫潛校本、陳鱣校本亦作《續搜神記》。案：《宋書·州郡志一》載，吴郡富陽，「本曰富春……晉簡文鄭太后諱春，孝武改曰富陽」。時在干寶後，當出本書，舊本《搜神記》輯入，誤。三國吴時無富陽之名而稱富春，此稱「吴國富陽」者用今稱耳。

〔一〕見人死　原作「見人人死」，疑衍一「人」字，今删。舊本改作「病人」。

〔二〕某甲病　「甲」原作「中」，舊本同。汪紹楹校：「明鈔本《太平廣記》『中』作『甲』，當據正。」據改。陳校本亦作「甲」。

〔三〕我打脊甚　「脊」字《廣記》談本訛作「眷」，據孫校本、陳校本、《四庫全書》本改。舊本改作「我打其脊」。

〔四〕有烏衣人殺之　原作「有烏衣人令殺之」，據孫校本、陳校本删「令」字。

搜神後記輯校卷九

82 曹公載妓船

合肥口有一大舶舡〔一〕，覆在水中，水小時便出見，云是曹公舶舡〔二〕。嘗有漁人夜宿其傍，以舡繫之，但聞箏笛絃節之音〔三〕，又香氣氤氳非常。漁人又夢人驅遣去，云勿近官舡〔四〕。此人驚覺，即移舡去。相傳云，曹公載數妓，舡覆之於此也。今猶存焉。

本條《北堂書鈔》卷一三七，《藝文類聚》卷四四，《法苑珠林》卷三六，《太平御覽》卷七五、卷七六九，《太平寰宇記》卷一二六《廬州・合肥縣》並引，出《續搜神記》，又見《説郛》卷四晉陶潛《續搜神記》。《太平御覽》卷九八一、《輿地紀勝》卷四五《廬州・合肥縣・景物下・箏笛浦》引作《搜神記》，當誤。《御覽》卷三九九引《靈魂志》亦載，魯迅以爲「魂當是鬼字之訛」，輯入《靈鬼志》（《古小説鉤沈》）。又載於唐《廣古今五行記》（《太平廣記》卷三二二引）。案：舊本《後記》據《御覽》卷七五等輯入本條，而《搜神記》亦輯之（主要據《廣古今五行記》），致一事而兩見，甚誤。今據《御覽》卷七六九，參酌諸書校輯。

〔一〕合肥口有一大舶舡　「合肥口」，《靈鬼志》、《廣古今五行記》作「濡須口」，舊本《搜神記》同。汪紹楹按云：「《通典》一八一：『和州歷陽縣西南一百八十里，有濡須水。孫權築塢於此，以拒曹公（操）。』《魏志》建安十八年：『（操）進軍濡須口，相拒月餘。』又《吴志・孫權傳》注引

《吴曆》："『曹公出濡須，作油船，夜渡洲上。權以水軍圍取，得三千餘人。其没溺者數千人。』"均即此地。《太平御覽》作合肥，以魏淮南郡與吴以巢湖爲界。吴守東興，魏守合肥。湖濱諸境，皆爲隙地（見《後漢書集解》引謝鍾英説）。據地言之，亦可稱合肥。」案：《太平寰宇記》卷一二六《合肥縣》載："「肥水出縣西南八十里藍家山，東南流入于巢湖。」又云："「濡須水，《郡國志》云濡須水自巢湖出，謂之馬尾溝，有偃月塢焉。」肥水又稱施水，所謂合肥口即肥水入湖處。濡須水自巢湖東南入江，濡須口即其入江處。二地相距約百餘里。據《三國志·魏書·武帝紀》及《吴書·吴主傳》，建安十四年七月，曹操出肥水，軍合肥。十七年，孫權聞曹操將來侵，作濡須塢。十月，曹征孫權。十八年正月，曹進軍濡須口，攻破孫權江西營，權相拒月餘，曹引軍還。十九年七月，孫權征合肥，曹操迎戰，合肥未下，權徹軍還，曹亦自合肥還。二十一年十月，曹次于居巢，攻濡須，十一月還譙。據此，濡須、合肥均爲曹操用兵處，所謂曹公載妓船覆水之處，兩地皆有可能。蓋傳聞異辭。《御覽》卷七五作「盧江筝笛浦」，舊本《後記》同。《輿地紀勝》作「筝笛浦」。《寰宇記》作「竽笛浦」（《四庫全書》本作「筝笛浦」）。據《寰宇記》載，筝笛浦亦在合肥縣境内。又有藏舟浦，「即魏帝與孫權藏艦於此」。《輿地紀勝》謂筝笛浦「在古城内后土廟側」，古城指合肥古城。又謂藏舟浦「在金斗門外，廣十丈，袤八十丈」。蓋後人附會。

〔二〕云是曹公舶舡　舊本《搜神記》作「長老云是曹公船」，乃據《廣古今五行記》改。

〔三〕但聞筝笛絃節之音　「筝」，《寰宇記》作「竽」。「節」，《靈鬼志》作「管」。《廣古今五行記》全句作「但聞竽笛絃歌之音」，舊本《搜神記》同。《廣記》孫潛校本「竽」作「管」。

〔四〕漁人又夢人駈遣去云勿近官舡　《廣古今五行記》作「漁人始得眠，夢人驅遣，云勿近官妓」。舊本《搜神記》同。又《類聚》、《靈鬼志》「官船」亦作「官妓」。

83 魯肅墓

王伯陽者，家在京口。家東有一大冢，傳是魯肅墓。伯陽婦，郗鑒兄女也，喪，乃平其壙以葬焉。後數年〔一〕，忽一日，伯陽方在廳事中。忽見一貴人乘平肩輿，將從數百，人馬絡繹，皆浴鐵〔二〕，徑來坐。怒謂伯陽曰：「身是魯子敬〔三〕，安冢在此二百許年矣。君何敢遽毀壞身冢？」因目左右：「何不與手〔四〕？」左右遂牽伯陽下牀，以刀環築之數百而去。伯陽登時絕，良久乃蘇，其築破處皆發疽。疽潰，數日而死〔五〕。

本條《太平御覽》卷五五九、卷八八四，《太平寰宇記》卷八九《潤州·丹徒縣》引作《續搜神記》，《太平廣記》卷三八九作《搜神記》，又《輿地紀勝》卷七《鎮江府·古迹》引《祥符圖經》引作《搜神記》。案：王伯陽婦乃郗鑒兄女，郗鑒卒於晉成帝咸康五年，年七十一（見《晉書·成帝紀》及本傳），與干寶爲同時人，伯陽乃又晚之，且言其婦喪身死，出《續記》無疑。今據《御覽》卷八八四，參酌諸書校輯。

〔一〕後數年　《廣記》「年」作「日」。

〔二〕皆浴鐵　汪紹楹校：「明鈔本《太平廣記》『浴』作『絡』。當據正。」案：《廣記》作「人馬絡繹」，無「皆浴鐵」，此三字惟見《御覽》卷五五九。浴鐵，披甲。《資治通鑑》卷一六三梁簡文帝大寶元年三月，「侯景請上幸西州……景浴鐵數千，翼衛左右」。胡三省注：「浴鐵者，言鐵甲堅滑，若以水浴之也。」所釋未確。浴者謂披掛。

〔三〕身是魯子敬　《御覽》卷五五九「身」作「吾」，《寰宇記》作「我」，舊本同。案：身即我。《爾雅·釋詁上》：「卬、吾、台、予、朕、身、甫、余，言，我也。朕、余、躬，身也。」郭璞注：「今人亦自呼爲身。」

〔四〕何不與手　《御覽》卷八八四「與」原作「舉」，舊本同。案：六朝人以下毒手、下狠手爲「與手」。本書《會稽老黄狗》「二人各敕子弟，令與手」，《烏龍》「烏龍與手」，皆其例。《資治通鑑》卷一八五唐武德元年：「賊徒喜譟動地，化及（宇文化及）揚言曰：『何用持此物出，亟還與手。』」胡三省注：「與手，魏齊間人率有是言，言與之毒手而殺之也。」今改。《寰宇記》作「與之毒手」。

〔五〕案：《廣記》下云：「一説，伯陽亡，其子營墓，得二漆棺，移置南岡。夜夢肅怒云：『當殺汝父。』尋復夢見伯陽云：『魯肅與吾爭墓，吾日夜不得安。』後於靈座褥上見數升血，疑魯肅之故也。墓今在長廣橋東一里。」《御覽》卷三七五引《幽明録》與此同，《廣記》「一説」云云實引自《幽明録》，而出處只注《搜神記》。舊本一並輯入，大謬。其中「吾日夜不得安」一句（此據明鈔本、孫潛校本)，談本原作「若不如不復得還」，疑有脱誤，舊本亦同，惟「如」下增「我」字。

84 山中髑髏

永嘉五年，高榮爲高平戍邏主〔一〕。時遭曹嶷賊寇亂〔二〕，人民皆塢壘自保固。見山中火起，飛埃絶爛十餘丈，樹巔火焱，響動山谷。又聞人馬鎧甲聲〔三〕，謂嶷賊上，人皆怕懼，並嚴出〔四〕，將欲擊之。引騎到山下，無有人，但見碎火來灑，人袍鎧、馬毛鬣皆燒，於是軍人走還。明日往視，山中無燃火處，唯有髑髏百頭，布散山中。

本條《藝文類聚》卷一七、《太平御覽》卷三七四、《天中記》卷二三並引，出《續搜神記》。今據《御覽》，參酌《類聚》校輯。

〔一〕高榮爲高平戍邏主　《類聚》「高榮」作「張榮」，舊本同，注：「一作高。」

〔二〕時遭曹嶷賊寇亂　《御覽》、《天中記》作「時曹嶷賊寇離亂」，舊本同。此據《類聚》。

〔三〕又聞人馬鎧甲聲　《類聚》「又」作「久」。

〔四〕並嚴出　舊本「嚴」改作「戒嚴」，誤。案：嚴指整頓兵馬車甲。

85 王戎

安豐侯王戎〔一〕，嘗赴人家殯斂，主人治棺未竟，送者悉在廳事上。安豐車中臥，忽見空中有一異物如鳥，熟視轉大。漸近，見一乘赤馬車，一人在中，著幘，赤衣，手持一斧。至地下車，徑入王車中，迴几容之。謂王曰：「君神明清照，物無隱情，亦有身〔二〕，故來相從。然當贈君一言，凡人家殯殮葬送，苟非至親，不可急往。良不獲已，可乘青牛〔三〕，令髯奴御之，及乘白馬，則可禳之。」謂戎：「君當致位三公。」語良久，主人内棺當殯，衆客悉入，此鬼亦入。既入户，鬼便持斧，行棺牆上。有一親趣棺，欲與亡人訣。鬼便以斧正打其額，即倒地，左右扶出。鬼於棺上視戎而笑。衆悉見，鬼亦持斧而出。

本條《太平廣記》卷三一九引，出《續搜神記》，據輯。明鈔本作《搜神記》。

〔一〕安豐侯王戎　舊本下多「字濬沖瑯邪臨沂人也」九字，乃據《晉書》卷四三《王戎傳》濫補。

〔二〕身　舊本作「事」。案：《廣記》各本皆作「身」。身者言身份地位，疑輯録者不明此意，遂妄改爲「事」。

〔三〕可乘青牛　舊本「青牛」作「赤車」。案：《廣記》各本皆作「青牛」。青牛、髯奴以制鬼，此説又見東晉裴啓《語林》及梁殷芸《小説》所載宗岱（一作宋岱）事。《語林》云：「宗岱爲青州刺史，禁淫祀。著《無鬼論》，甚精，莫能屈。後有一書生，葛巾，修刺詣岱。與談論，次及《無鬼論》。書生乃振衣而去，曰：『君絶我輩血食二十餘年。君有青牛、髯奴，所以未得相困耳。奴已叛，牛已死，今日得相制矣。』言絶而失。明日而岱亡。」（據《古小説鉤沈》）舊本輯録者不明青牛之説，見前文所言鬼乘赤馬車，遂妄改爲「赤車」。

86 索遜

昇平中，徐州刺史索遜，乘船往晉陵。會闇發，廻河行數里，有人寄索載，云：「我家在韓塚，脚痛不能行，寄君船去。」四更時至韓塚〔一〕，此人便去。遜二人牽船〔二〕，過一渡，施力殊不便，駡此人曰：「我數里載汝來，逕去，不與人牽船。」欲與痛手。此人便還，與牽，不覺用力而得渡。此人便徑入諸塚間〔三〕。遜疑非人，使竊尋看，此人經塚間〔四〕，便不復見。須臾復出，至一塚呼曰：「載公。」有出者應。此人説：「我向載人船來，不爲共牽，奴便欲打我。今當往報之。欲暫借甘羅來。」載公曰：「壞我甘羅，不可得。」此人曰：「無所苦〔五〕，我試之耳。」遜聞此，即還船。須臾，岸上有物來，赤如百斛篅〔六〕，長二丈許，逕來向船。遜便大呼：「奴載我船，不與我牽，不得痛手。方便載公甘羅，今欲擊我。今日要當打壞奴。」甘羅忽然失却〔七〕，於是遂進。

本條《太平廣記》卷三二〇引，出《續搜神記》，據輯。明鈔本作《搜神記》。案：昇平乃東晉穆帝年號（三五七—三六一），其出《續記》無疑。

〔一〕四更時至韓塚　談本「時」訛作「守」，舊本同。明鈔本作「時」，《四庫全書》本作「舟」。

〔二〕遂二人牽船　舊本「二」改作「遣」。

〔三〕此人便徑入諸塚間　「此」字據《四庫全書》本補。

〔四〕此人經塚間　「人」字據明鈔本、《四庫全書》本補。

〔五〕此人曰無所苦　「曰」字據《四庫全書》本補。

〔六〕篅　舊本訛作「籥」。案：《説文》竹部：「篅，以判竹圜以盛穀也。」乃竹制圓形糧囤。籥，管樂器。《爾雅·釋樂》：「大籥謂之産。」郭璞注：「籥如笛，三孔而短小。」

〔七〕今日要當打壞奴甘羅忽然失却　舊本誤作「我今日即打壞奴甘羅，言訖，忽然便失」。案：奴乃駡人之語，此指求載之人（鬼），非指甘羅。

87 馮述

上黨馮述，元熙中爲相府將，假歸虎牢〔一〕。忽逢四人，各持繩及杖來赴述，述策馬避，馬不肯進〔二〕。四人各捉馬一足，倏然便到河上〔三〕，問述：「欲渡否？」述曰：「水深不測，既無舟檝，何由得過？君正欲見殺耳。」四人云：「不相殺，當持君赴官。」遂復捉馬脚，涉河而北。述但聞波浪聲，而不覺水。垂至岸，四人相謂曰：「此人不淨，那得將去？」時述有弟服〔四〕，深恐鬼離之，便當溺水死。乃鞭馬作勢，逕登岸。述辭謝曰：「既蒙恩德，何敢復煩勞！」

本條《太平廣記》卷三二〇引，出《續搜神記》，據輯。

〔一〕元熙中爲相府將假歸虎牢　「元熙」，《廣記》前有「晉」字，舊本同。疑爲《廣記》編者所加，今删。「相府將」，舊本「相府」下加「吏」字，「將」屬下讀，誤。案：相府，殆指相國劉裕（即宋武帝）之官署。《宋書·武帝紀中》載：晉安帝義熙十二年進授劉裕相國，封宋公，進揚州牧。所謂相府將，即相國府將官。馮述假歸虎牢，時虎牢（在今河南滎陽西北）屬晉地。《晉書》卷一一九《姚泓傳》載：義熙十二年（四一六）劉裕北伐後秦姚泓，至成皋，陽城及成皋、滎陽、武牢（即虎牢，唐初避諱改虎爲武）諸城悉降。又《魏書·太宗紀》載，泰常二年（即義熙十三年）二月，司馬德宗（即晉安帝）滎陽守將傅洪請以虎牢降，求魏軍赴接。但魏戰劉裕不勝，帝詔止諸軍。八年（即宋少帝景平元年，四二三），魏司空奚斤圍虎牢，宋劉義符（即少帝）守將毛德祖距守不下。由此可知，晉恭帝元熙中（四一九—四二〇），虎牢屬晉地。汪紹楹注云元熙乃北漢劉淵年號，誤。據《晉書》卷一〇一《劉元海載記》，晉惠帝永興元年（三〇四），劉淵稱漢王，年號元熙，置百官，以劉宣爲丞相。與晉軍交戰并州，進據河東之地。晉懷帝永嘉二年（三〇八），劉淵稱帝，改元永鳳，自左國城（今山西離石東北）遷都平陽（今山西臨汾西南）。劉淵元熙中勢力未及河南，即帝位後遣其子劉聰等兩次犯洛陽，皆敗歸。是則假歸虎牢之馮述定非北漢相府將也。

〔二〕馬不肯進　「馬」原作「焉」，據明鈔本、孫潛校本改。舊本作「馬」。

〔三〕便到河上　談本「到」訛作「倒」，據《四庫全書》本改。

〔四〕時述有弟服　舊本「弟」下加「喪」字。案：弟服謂爲弟服喪。

88 劉他苟家鬼

樂安劉他苟〔一〕，家在夏口〔二〕。忽有一鬼，來住劉家。初因闇，髣髴見形如人，著白布袴。自爾後，數日一來，不復隱形，便不去。喜偷食，不以爲患，然且難之，初不敢呵罵。吉翼子者，强梁不信鬼，至劉家，謂主人：「卿家鬼何在？喚來，今爲卿罵之。」即聞屋梁作聲。時大有客，共仰視，便紛紜擲一物下，正著翼子面，視之，乃主人家婦女褻衣，惡猶著焉。衆共大笑爲樂，吉大慙，洗面而去。有人語劉：「此鬼偷食，乃食盡，必有形之物，可以毒藥中之。」劉即於他家煮冶葛〔三〕，取二升汁，密齎還家。向夜，令舉家作糜。食餘一甌，因瀉冶葛汁着内，著於几上，以盆覆之。至人定後，更聞鬼從外來，發盆取糜。既訖〔四〕，擲破甌出去。須臾，聞在屋頭吐，嗔怒非常，便棒打窗户。劉先以防備，與鬭，亦不敢入户。至四更中寂然，然後遂絶。

本條《北堂書鈔》卷一四四、《初學記》卷二六、《太平御覽》卷八五九、《太平廣記》卷三一九、《天中記》卷四六並引，出《續搜神記》。又載《述異記》（《御覽》卷九九〇引）、《廣古今五行記》（《廣記》卷三二一引），情事有異。今據《廣記》，參酌諸書校輯。

〔一〕劉他苟 《廣記》作「劉他」，當脱一字，據《書鈔》、《御覽》卷八五九、《天中記》補。《初學記》作「劉池苟」，舊本同（《學津討原》本「苟」訛作「居」）。《述異記》、《廣古今五行記》作「劉遁」。

〔二〕夏口 《廣記》作「下口」。此據《初學記》、《御覽》、《天中記》。《述異記》作「居江陵」。

〔三〕冶葛 《初學記》、《御覽》卷八五九訛作「治葛」（《四庫全書》本作「冶葛」）。《廣古今五行記》作「野葛」，舊本同。案：冶葛，又作野葛，一名鉤吻。王充《論衡·言毒》：「草木之中有巴豆、野葛，食之凑懣，頗多殺人。」又云：「毒螫渥者……在草則爲巴豆、冶葛。」《南方草木狀》卷上：「冶葛，毒草也。蔓生，葉如羅勒，光而厚。一名胡蔓草。」

〔四〕訖 原作「吃」，據明鈔本、孫潛校本改。舊本亦改作「訖」。

89 遠學諸生

有諸生遠學〔一〕，其父母然火夜作。兒忽至前，歎息曰：「今我但魂魄耳，非復生人。」父母問之，兒曰：「此月初病，以今日某時亡。今在瑯琊任子成家，明日當殮，來迎父母。」父母曰：「去此千里，雖復顛倒，那得及汝？」兒曰：「外有車乘，但乘之去，自得至耳。」父母從之。上車忽若睡，頃比雞鳴，已至其所。視其駕乘，但魂車木馬。遂與主人相見，臨兒悲哀。問其疾，消息如言。

本條《太平廣記》卷三二二引作《續搜神記》，《法苑珠林》卷九七作《搜神記》（《四庫全書》本卷一一六作《續搜神記》）。案：《珠林》首云「宋時」，蓋據書出之時而加，當爲陶書，今本作《搜神記》者誤。今據《珠林》，參酌《廣記》校輯。

〔一〕有諸生遠學　《珠林》前有「宋時」二字，《廣記》無，據删。

90 竺法度

沙門竺法度者〔一〕，會稽人。先與北中郎將王坦之友善〔二〕，每共論死生罪福報應之事，茫昧難明〔三〕，未審有無。因便共爲要，若先無常〔四〕，其神有知，及罪福決定者，當相報語。既别後，王坦後在都〔五〕，於廟中忽見師來，王便驚云：「上人何處來〔六〕？」答曰：「貧道以某月日命過〔七〕，罪福皆不虚，事若影響〔八〕。檀越但當勤修道德，以昇濟神明耳〔九〕。先與君要，先死者相報，故來相語。」言訖，而不見耳〔一〇〕。

本條《辯正論》卷七注、《法苑珠林》卷二一、《太平廣記》卷三二二引，出《續搜神記》。《佛法金湯編》卷二引作「本傳并《搜神記》」，作《搜神記》誤。事又載《晉書》卷七五《王坦之傳》、《建康實録》卷九，蓋據本書。今據《辯正論》注，參酌他書輯校。

〔一〕沙門竺法度者　《珠林》、《廣記》、《晉書》、《建康實録》「度」作「師」，舊本同。《高僧傳》卷四《支道林傳》作「仰」。

〔二〕先與北中郎將王坦之友善　「北中郎將」，《辯正論》注原作「比中中郎將」，《大正藏》本校刊記云元本、明本作「北中郎將」，《珠林》、《廣記》俱作「北中郎」，舊本同。案：當作「北中郎將」，《建康實録》卷九：「（孝武帝寧康三年）夏五月丙午，中書令、徐兗二州刺史、北中郎將、藍田侯王坦之卒。」漢晉有東西南北四中郎將，見《通志·職官略·武官》。據改。「王坦之」，《珠林》及《廣記》談愷刻本「坦」訛作「恒」，《廣記》《四庫全書》本作「坦」。「友善」二字《珠林》、《廣記》作「周旋甚厚」。

〔三〕茫昧難明　《辯正論》注、《珠林》「茫」作「情」，此從《廣記》，舊本同。

〔四〕若先無常　《珠林》、《廣記》作「若有先死」，舊本同，末多「者」字。案：佛教以無常指稱人死。南朝宋釋法顯《佛國記》：「念昔世尊住此二十五年，自傷生在邊地，共諸同志遊歷諸國，而或有還者，或有無常者。」

〔五〕王坦後在都　《珠林》作「王恒在都」，亦訛「坦」爲「恒」。案：東晉及南北朝，凡以「之」爲雙名之末字者，皆可省略。《南史》卷六二《朱异傳》：「謙之兄巽之，即异父也。」而《梁書》卷三六《朱异傳》：「朱异……父巽，以義烈知名。」是則朱巽之省作朱巽。《魏書》卷四二《寇讚傳》：「讚弟謙之，有道術，世祖敬重之。」《北史》卷二七《寇讚傳》作：「讚弟謙，有道術，太武敬重之。」是則寇謙之省作寇謙。《南齊書》卷五二《賈淵傳》：「賈淵字希鏡，平陽襄陵人也。祖弼之，晉員外郎。父匪之，驃騎參軍。世傳譜學。」而《南史》卷五九《王僧孺傳》載：「始晉太元中，員外散騎侍郎、平陽賈弼篤好簿狀。」是則賈弼之省作賈弼。此類事例不勝枚舉，此處「王坦」即是「王坦之」省稱。

〔六〕上人何處來　《珠林》「上人」作「和尚」。

〔七〕命過　舊本「過」改作「故」。案：命過指死。

〔八〕事若影響　《珠林》、《廣記》「事」作「應」，舊本同。

〔九〕以昇濟神明耳　《廣記》「濟」作「躋」，舊本同。

〔一〇〕而不見耳　《大正藏》本校勘記云宋本、元本、明本作「忽然不見矣」，《珠林》、《廣記》作「不復見」。舊本作「忽然不見，坦之尋亦卒」，末五字乃據《晉書》本傳補。

91 朱弼

會稽朱弼，爲王國郎中令〔一〕，營立第舍，未成而卒。同郡謝子木代其事，以弼死亡，乃定簿書，多張功費，長百餘萬，以其贓誣弼，而實入子木。子木夜寢，忽聞有人道弼姓字者。俄頃而到子木堂前立，謂之曰：「卿以枯骨腐肉專可得誣〔二〕，當以某日夜更相書〔三〕。」言終，忽然不見。

本條《太平御覽》卷二四八引，出《續搜神記》，據輯。

〔一〕爲王國郎中令　舊本脱「王」字，與《四庫全書》本同。案：《晉書·職官志》載，王國「有郎中令、中尉、大農，爲三卿」。

〔二〕卿以枯骨腐肉專可得誣　舊本脱「肉」字，與《四庫全書》本同。

〔三〕當以某日夜更相書　舊本「相書」作「典對證」。案：相書，似謂録取口供。

92 承儉

承儉者，東莞音管。人。病亡，葬本縣界。葬後十年，忽夜與其縣令夢云：「没故民承儉，今見劫，明府急見救。」令便勑外内裝束，作百人仗，便令馳馬往冢上。日已向出，天忽大霧，對面不相見，但聞冢中訩訩破棺聲。有二人墳上望，但霧冥，不見人往。令既至，百人同聲大叫，收得冢内三人，墳上二人遂得逸走。棺木壞，令即使人脩復之。即其夜，又夢儉云：「二人雖得走，民悉誌之。一人面上有青誌，如藿葉；一人㧻其前兩齒折〔一〕。明府但案此尋覓，自得也。」令從其言追捕，皆擒獲。

本條《太平御覽》卷三九九、卷五五九引，出《續搜神記》。今據卷三九九，參酌卷五五九校輯。

〔一〕一人㧻其前兩齒折　《御覽》卷五五九「㧻」作「斲」，《四庫全書》本作「斷」，舊本同。案：㧻，擊也。

93 殷仲堪

荆州刺史殷仲堪，布衣時在丹徒。忽夢見一人，自説：「己是會稽上虞人，死亡，浮喪飄江中，明日當至。君有濟物之仁，豈能見移着高燥處，則恩及枯骨。」殷明日與諸人共江上看，果見一棺逐水流下，飄飄至殷坐處。令人牽取，題如夢所〔一〕。即移着崗上，酹以酒飯。其夕，又夢此人來謝恩。

本條《太平御覽》卷三九九引，出《續搜神記》，據輯。事又載今本《異苑》卷七、《太平廣記》卷二七六引《夢雋》，據校。

〔一〕題如夢所　《四庫全書》本作「題如所夢」，舊本同。案：夢所，夢境，夢中情景。

搜神後記輯校卷一〇

94 懊惱歌

廬江杜謙爲諸暨令。縣西山下有一鬼，長三丈，着赭布袴褶〔一〕，在草中拍張〔二〕。又脱褶擲草上，唱《懊惱歌》。百姓皆看之。

本條《太平御覽》卷五七三引，出《續搜神記》，據輯。

〔一〕赭布袴褶　「褶」前原衍「布」字。案：《晉書·輿服志》：「袴褶之制，未詳所起。近世凡車駕親戎、中外戒嚴服之。」據删。《四庫全書》本訛作「赭衣袴布褶」，舊本訛作「赭衣袴在褶」。

〔二〕拍張　「拍」原訛作「相」，《四庫全書》本作「拍」。案：《南史》卷二二《王儉傳》：「帝……後幸華林宴集，使各效伎藝。褚彦回彈琵琶，王僧虔、柳世隆彈琴，沈文季歌《子夜來》，張敬兒舞。……於是王敬則脱朝服袒，以絳糾髻，奮臂拍張，叫動左右。上不悦，曰：『豈聞三公如此。』答曰：『臣以拍張，故得三公，不可忘拍張。』時以爲名答。」卷四五《王敬則傳》：「善拍張，補刀戟左右。宋前廢帝使敬則跳刀，高出白虎幢五六尺，接無不中。仍撫髀拍張，甚爲儇捷。」又卷三三《何遜傳》：「遜從叔僩，字彦夷，亦以才著聞。宦遊不達，作《拍張賦》以喻意。」

據改。

95 陳阿登

會稽句章人至東野〔一〕，還，暮不及門〔二〕。見路旁小屋然火〔三〕，因投宿止。有一少女，不欲與丈夫共宿，呼隣人家女自伴，夜共彈箜篌〔四〕。至曉，此人謝去，問其姓字，女不荅〔五〕，彈絃而歌戲曰〔六〕：「連緜葛上藤，一綏復一絙〔七〕。汝欲知我姓〔八〕，姓陳名阿登。」明至東郭外，有賣食母在肆中。此人寄坐，因説昨夜所見。母聞阿登，驚曰：「此是我女，近亡，葬於郭外。」

本條《法苑珠林》卷四六、《太平御覽》卷八八四引，出《續搜神記》。《太平廣記》卷三一六引，誤作《靈怪集》（唐張薦撰），前條《周氏》注出《法苑珠林》，知此條亦當出《法苑珠林》。事又載《幽明録》（《北堂書鈔》卷一〇六、《御覽》卷五七三、《永樂琴書集成》卷一七引），當本本書。今據《珠林》，參酌諸書校輯。

〔一〕會稽句章人至東野　《珠林》前有「漢時」二字，舊本同。《御覽》及《幽明録》均無，乃道世妄加，今删。

〔二〕暮不及門　《御覽》《四庫全書》本作「暮不及至家」，舊本同。

〔三〕見路旁小屋然火　《御覽》及《琴書集成》引《幽明録》作「見路傍有小屋燈火」。

〔四〕夜共彈箜篌　《御覽》及《琴書集成》引《幽明録》「箜篌」作「琴箜篌」。

〔五〕至曉此人謝去問其姓字女不荅　據《御覽》及《琴書集成》引《幽明録》補。

〔六〕彈絃而歌戲曰　「彈絃而」三字據《御覽》及《琴書集成》引《幽明録》補。

〔七〕一綏復一絚　「綏」，《珠林》、《御覽》原作「緩」，《御覽》及《琴書集成》引《幽明録》同。《四庫全書》本《御覽》卷八八四作「綏」，據改。案：綏、絚，皆爲繩索，以喻藤葛。《説文》糸部：「緪，大索也。」「絚」同「緪」。《論語·鄉黨》：「升車必正立執綏。」邢昺疏：「綏者，挽以上車之索也。」《四庫全書》本《御覽》卷五七三、《書鈔》引《幽明録》訛作「援」，《古小説鉤沈·幽明録》同。《御覽》卷八八四「絚」訛作「組」（《四庫全書》本作「絚」）。

〔八〕汝欲知我姓　《御覽》及《琴書集成》引《幽明録》作「欲知我姓名」，舊本同；《書鈔》作「欲問我姓名」。

96 張姑子

諸暨縣吏吳詳者〔一〕，憚役委頓，將投竄深山。行至一溪，日欲暮，見年少女子，采衣〔二〕，甚端正〔三〕。女云：「我一身獨居，又無鄉里〔四〕，唯有一孤嫗，相去十餘步耳。」詳聞甚悦，即便隨去。行一里餘，即至女家。家甚貧陋，爲詳設食。至一更竟，聞一嫗喚云：「張姑子。」女應曰：「諾。」詳問是誰，荅云：「向所道孤獨嫗也。」二人共寢息。至曉雞鳴，詳去，二情相戀，女以紫巾贈詳，詳以布手巾報〔五〕。行至昨所遇處〔六〕，過溪，其夜水大瀑溢，深不可涉。乃迴向女家，都不見昨處，但有一塚耳。

本條《法苑珠林》卷四六引，出《續搜神記》，《太平廣記》卷三一七引《法苑珠林》。事又載《太平御覽》卷七一六引《志怪》，《北堂書鈔》卷一三六引《神怪録》。今據《珠林》，參酌《廣記》、《志怪》、《神怪録》校輯。

〔一〕諸暨縣吏吴詳者　《珠林》前有「漢時」二字，舊本同。《志怪》、《神怪録》並無，乃道世妄加，今删。《廣記》引《珠林》「詳」作「祥」。

〔二〕采衣　舊本「采」訛作「來」，連上讀。《法苑珠林校注》據《搜神後記》改作「來」，誤。

〔三〕案：《志怪》云：「會稽人吴詳，見一女子溪邊洗脚。」有溪邊洗脚之事。

〔四〕鄉里　舊本作「鄰里」。

〔五〕女以紫巾贈詳詳以布手巾報　《志怪》「布」上有「白」字。《神怪録》作「紫手巾」、「白手巾」。

〔六〕行至昨所遇處　《珠林》「遇」作「應」，舊本同。此據《廣記》。

97 盧充

盧充者〔一〕，范陽人。家西三十里，有崔少府墓〔二〕。充年二十時，先冬至一日，出宅西獵戲。見有一麞，舉弓便射之〔三〕。射已，麞倒而復走起，充步步趁之，不覺遠去。忽見道北一里許，高門〔四〕，瓦屋四周，有如府舍，不復見麞。到門中，有一鈴下唱：「客前。」充問鈴下：「此何府也〔五〕？」鈴下對曰：「崔少府府也。」充曰：「我衣弊惡，那得見貴人〔六〕？」須臾〔七〕，復有一人捉一襆新衣〔八〕，曰：「府君以此衣將迎郎君〔九〕。」充便取著，盡皆可體。進見少府，具展姓名。少府賜坐，爲設酒。酒炙數行〔一〇〕，少府語充曰：「尊府君不以僕門鄙陋，近得書，爲君索小女爲婚，故相迎耳。」充起謙讓，少府便出書示之〔一一〕。父亡時充雖小，然已識父手跡，便即歔欷，無復辭託。少府便敕内：「盧郎已來，便可使女郎莊嚴，既就東廊。」至黄昏，内白女郎嚴飾竟。少府語充：「君可至東廊。」既至廊，婦已下車，立席頭，即共拜。時爲三日，供給飲食。三日畢，還見少府，少府謂充曰〔一二〕：「君可歸去。若女有娠相〔一三〕，生男，當以相還，無相疑；生女，當自留養。」勑外嚴車送客，充便辭出。少府送至中門，執手涕零，離別之感，無異生人〔一四〕。出門見一犢車〔一五〕，駕青牛〔一六〕。又見本所著衣及弓箭，故在門外。尋遣傳教，將一人捉襆衣與充，相問曰：「姻援始爾〔一七〕，別甚悵恨。今故致衣一襲，被褥自副〔一八〕。」充便上車去，馳如電逝。須臾至家，母見悲喜，推問其故〔一九〕，充悉以狀對。知少府是亡人，所見屋宅，並皆墳墓，追以懊惋〔二〇〕。別後四年，至三月三日，充臨水戲。忽見傍水有二犢車〔二一〕，乍沈乍浮。既而上岸，四坐皆見。而充往開其車後户，見崔氏女，與其三歲男兒共載。充見之忻然，欲捉其手。女舉手指後車曰：「府君，見之〔二二〕。」即迴視，便見少府，充便趨往問訊〔二三〕。女抱兒以還充，又與金鋺別，并贈詩一首曰：「煌煌靈芝質，光麗何猗猗！華豔當時顯，嘉異表神奇〔二四〕。含英未及秀，中夏罹霜萎。榮耀長幽滅，世路永無施。不悟陰陽運，哲人忽來儀。會淺離別速，皆由靈與祇。何以贈余親，金鋺可頤兒。愛恩從此別，斷腸傷肝脾〔二五〕。今時一別後，何得重會時？」充取兒、鋺及詩畢，忽不見二車處〔二六〕。充將兒還，四坐謂是鬼魅，僉遥唾之，而兒形貌如故。問兒：「誰是汝父？」兒逕就充懷。衆初怪惡，傳省其詩，慨然歎死生之玄通，人鬼之合禮也〔二七〕。充後乘車詣市賣鋺，高舉其價，不欲速售〔二八〕，冀有識者。欻有一老婢識此鋺，問充得鋺之由〔二九〕。還白大家曰：「市中見一人乘車，賣崔氏女郎棺中金鋺。」大家即是崔氏親姨母也。遣兒視之，果如婢言。乃上車敍其姓名，語充曰：「昔我姨姊，少府女，未出而亡〔三〇〕，家親痛之，贈一金鋺著棺中。今視卿鋺甚似〔三一〕，可説得鋺本末不？」充以事對，此兒亦爲悲咽。便齎還白母，母即令詣充家迎兒還。五親悉集。兒有崔氏之狀，又復似充之貌。兒鋺俱驗。姨母曰：「此我外甥也〔三二〕。我甥三月末間産〔三三〕，父曰：『春煖温也，願休强也〔三四〕。』即字温休。温休者是幽婚也，其兆先彰矣〔三五〕。」兒大，遂成令器，歷數郡二千石，皆著績〔三六〕。子孫冠蓋，相承至今。其後植，字子幹，爲漢尚書，子毓，爲魏司空〔三七〕，有名天下。

本條《藝文類聚》卷七五、《太平御覽》卷三〇、《事類賦注》卷四、《天中記》卷四、《山堂肆考》卷一〇引作《續搜神記》，《六帖》卷四、《歲華紀麗》卷一、《御覽》卷八八四、《太平廣記》卷三一六、《歲時廣記》卷一九作《搜神記》。《稗史彙編》卷一三五亦引，無出處。案：事又見《孔氏志怪》（《世説新語·方正篇》注引，文詳，《分門類林雜説》卷一三、《杜工部草堂詩箋》卷二七《諸將五首》其一注、《古本蒙求》注卷上所引文略，《古本蒙求》注訛作《孫氏志怪》，《蒙求集註》卷上引舊注不誤，又《琱玉集》卷一二引《世説》，文亦詳）。《才鬼記》卷一亦引《搜神記》及《孔氏志怪》，乃轉引《廣記》及《世説》注。《天中記》卷一九引《志怪》，亦轉引《世説》注。孔氏名約（《廣記》卷二七六《晉明帝》引作孔約《志怪》），觀其書佚文，當出晉末，則本條殆取《孔氏志怪》，似屬陶書。舊本《搜神記》、《搜神後記》皆輯入，惟一繁一簡而已。周叔迦等《法苑珠林校注》於此條校云：「出《搜神記》卷一六，作《續搜神記》誤。」不知今本《搜神記》本非原書而誤斷如此，良爲可歎。今據《珠林》，參酌諸引校輯，並以《世説》注、《琱玉集》校補。

〔一〕盧充者　《珠林》前原有「晉時有」三字，乃道世妄加，今删。《蒙求》注前有「漢」字，《琱玉集》稱「盧充，後漢范陽人也」。

〔二〕家西三十里有崔少府墓　《蒙求》注、《分門類林雜説》作「家西四十里有崔少府女墓」。

〔三〕舉弓便射之　「舉弓」二字據《世説》注、《琱玉集》補。

〔四〕忽見道北一里許高門　《珠林》作「忽見道北一里門」。《類聚》、《世説》注引《孔氏志怪》作「忽見一里門」，舊本《後記》同。《御覽》卷三〇、《事類賦注》、《天中記》卷四作「忽見一黑門」。此據《御覽》卷八八四及《廣記》。

〔五〕充問鈴下此何府也　《類聚》、《御覽》卷三〇、《事類賦注》、《天中記》卷四作「問鈴下」，據《世説》注補。

〔六〕充曰我衣弊惡那得見貴人　據《世説》注補。

〔七〕須臾　據《琱玉集》補。

〔八〕復有一人捉一襆新衣　《御覽》卷八八四、《廣記》「捉」作「投」；《世説》注引《孔氏志怪》作「提」，舊本同。下文「將一人捉襆衣與充」，舊本亦作「提」。

〔九〕府君以此衣將迎郎君　《御覽》卷八八四作「府君以此繫郎」，《四庫全書》本「繫」作「遺」；《廣記》作「府君以遺郎」。舊本同《四庫全書》本。

〔一〇〕「充便取著」至「酒炙數行」　《珠林》原作「充便取著以進見」，據《世説》注、《琱玉集》補。

〔一一〕充起謙讓少府便出書示之　《珠林》原作「便以書示充」，此據《琱玉集》。

〔一二〕還見少府少府謂充曰　《珠林》原作「謂充曰」，據《琱玉集》補。《世説》注「少府」作「崔」。

〔一三〕娠相　「娠」字據《世説》注補。

〔一四〕離别之感無異生人　據《世説》注、《琱玉集》補。

〔一五〕犢車　《珠林》「犢」作「獨」，《廣記》作「犢」。案：「犢」又作「犢」，蓋以「獨」、「犢」形似而致訛。據《廣記》改。

〔一六〕駕青牛　《廣記》談愷刊本「牛」訛作「衣」，舊本同。明鈔本作「牛」。

〔一七〕姻援始爾　《珠林》各本及《廣記》談刻本「援」原作「授」。《廣記》孫潛校本作「緣」。案：姻援，即姻緣。《宋書》卷九五《索虜傳》：「至此非唯欲功名，實是貪結姻援。」《魏書》卷五八《楊椿傳》：「吾自惟文武才藝、門望姻援，不勝他人。」又卷一〇三《蠕蠕傳》：「予成知悔前非，遣使請和，求結姻援。」「授」字當爲「援」字形訛，今改。《珠林》《大正新脩大藏經》本作「媛」。姻媛，亦姻緣之意。宋代李燾《六朝通鑑博議》卷七：「吾遠來至此，非欲爲功名，實欲繼好息民，示結姻媛。」《太平廣記》卷三四四引《河東記·成叔弁》：「有田家郎君願結姻媛。」舊本《搜神記》改作「姻緣」。《廣記》中華書局點校本據《搜神記》改。《四庫全書》本、《筆記小説大觀》本亦皆作「姻緣」，疑皆亦據《搜神記》今本所改。《法苑珠林校注》謂《高麗藏》本作「媛」，然乃據《搜神記》改，未妥。

〔一八〕被褥自副　《世説》注、《琱玉集》「自」作「一」。

〔一九〕母見悲喜推問其故　《珠林》原作「母問其故」，《御覽》卷八八四、《廣記》作「母見問其故」，《世説》注作「家人相見，悲喜推問」，據《世説》注補。

〔二〇〕知少府是亡人所見屋宅並皆墳墓追以懊惋　據《世説》注、《琱玉集》補。《世説》注原作「知崔是亡人，而入其墓，追以懊惋」，《琱玉集》原作「少府乃是亡人，所見屋宅，並皆墳墓」。

〔二一〕忽見傍水有二犢車　《珠林》原作「忽見傍水有獨車」，《世説》注作「忽見一犢車」，《古小説鉤沈·孔氏志怪》「一」字校改爲「二」，舊本《搜神記》同。徐震堮《世説新語校箋》云：「案：作

『一』似不誤。初時但見一車，乍沉乍没，初不注意其後尚有一車，及女舉手指示方知。鬼神之事，倏忽隱現，情事逼真。若先已見二車，則充往開車後户，爲前車耶，後車耶，不能無所説明，似無如此鶻突文字。不得據後之『二』字以疑前之『一』字也。」案：徐説非，古人叙事樸拙，初不明視點轉移之法，既來二車必言所見二也。《琱玉集》、《蒙求》注、《分門類林雜説》正引作「二」，據改。

〔二二〕充見之忻然欲捉其手女舉手指後車曰府君見之　據《世説》注補。「府君見之」，《世説》注「之」原作「人」，舊本同。徐震堮校：「沈校本（案：即沈寶硯據傳是樓藏宋槧本所作校語）作『之』，是。」據改。

〔二三〕即迴視便見少府充便趨往問訊　據《世説》注、《琱玉集》補。《世説》注原作「即見少府，充往問訊」，《琱玉集》原作「即迴視，便見少府，趨往問訊」。

〔二四〕嘉異表神奇　《珠林》「異」作「會」，此據《廣記》、《世説》注。

〔二五〕「會淺離别速」至「斷腸傷肝脾」　《珠林》、《廣記》原無此六句，而以「今時一别後，何得重會時」作結，而《世説》注有此二句。今據《世説》注姑插補於此。舊本同《世説》注。

〔二六〕忽不見二車處　《珠林》原作「婦車忽然不見」，此據《世説》注。

〔二七〕「充將兒還」至「人鬼之合禮也」　據《世説》注，並參酌《琱玉集》補。

〔二八〕高舉其價不欲速售　據《世説》注補。

〔二九〕 欻有一老婢識此鋺問充得鋺之由　《珠林》原作「有一婢識此鋺」，據《世説》注補。

〔三〇〕 昔我姨姊少府女未出而亡　《珠林》脱「未」字。《廣記》作「昔我姨嫁少府，女未出而亡」。舊本同，「女」上加「生」字。《四庫全書》本《御覽》卷八八四與之同，疑實據《搜神記》改。

〔三一〕 今視卿鋺甚似　據《世説》注補。

〔三二〕 此我外甥也　《珠林》宣統本等「甥」作「生」，《大正新脩大藏經》本等作「甥」，《廣記》同。《校注》據《高麗藏》本、《磧砂藏》本改「生」爲「甥」。案：「生」通「甥」。《世説·方正篇》：「郗公……常携兄子邁及外生周翼二小兒往食。」

〔三三〕 我甥三月末閒産　據《世説》注補。《世説》注「甥」上原有「舅」，余嘉錫《世説新語箋疏》引李慈銘云：「舅字亦衍文。」徐震堮校：「『甥』，影宋本及沈校本作『生』。按『舅甥』、『舅生』皆不可通。此文疑原作『我甥』，傳鈔時誤離『甥』字爲『男生』二字，『男』又誤爲『舅』，後人又改『生』爲『甥』，輾轉沿訛，愈不可解。」《琱玉集》作「我甥三月末産」，據删。

〔三四〕 父曰春煖温也願休强也　據《世説》注、《琱玉集》補。

〔三五〕 其兆先彰矣　據《世説》注、《琱玉集》補。

〔三六〕 歷數郡二千石皆著績　《珠林》原作「爲郡守」，《御覽》卷八八四及《廣記》作「歷郡守」，據《世説》注補。

〔三七〕 其後植字子幹爲漢尚書子毓爲魏司空　《珠林》、《廣記》原作「其後植，字子幹（《廣記》脱「子」

字)」,舊本同。《御覽》卷八八四作「其後植,子毓」。據《世説》注補。

98 匹夫匹婦

有匹夫匹婦,忘其姓名〔一〕。與婦同寢,天曉,婦先起出,後夫尋亦出外。婦還,謂夫尚寢,既還内,見其夫猶在被中眠。須臾,奴子自外來云:「郎令我取鏡〔二〕。」婦以奴詐,乃指牀上以示奴。奴云:「適從郎處來也。」於是馳白其夫。其夫大愕,便入,夫婦共視,被中人高枕安寢,正是其形,了無一異。慮是其魂神,不敢驚動,乃共以手徐徐撫床,遂冉冉入席,漸漸消滅。夫婦惋怖不已。如此少時,夫忽得病,性理乖錯,於是終卒〔三〕。

本條《法苑珠林》卷九七引作《續搜神記》,《太平廣記》卷三五八作《搜神記》,孫潛校本作《續搜神記》。案:《珠林》所引前有「宋時」二字,此雖爲道世所加,然亦知必不出干書,蓋以《續記》書出宋時也,《廣記》談本誤。又載《録異傳》(《文房四譜》卷四引),有異。今據《珠林》,參酌《廣記》校輯。

〔一〕有匹夫匹婦忘其姓名 《珠林》原作「宋時有一人,忘其姓名」,舊本同,唯「名」作「氏」。此據《廣記》,「名」亦作「氏」。《録異傳》以爲王肇事,其妻韓氏。

〔二〕郎令我取鏡 《録異傳》作「郎索紙百幅」。

〔三〕於是終卒 《廣記》作「終身不愈」,舊本同。

99 顧愷之

顧愷之字長康〔一〕，常悦一隣女，乃畫女于壁，當心釘之。女患心痛，告於長康，拔去釘，乃愈。

本條《歷代名畫記》卷五引，末注：「此一節事亦見劉義慶與（案：與字疑衍）《幽明録》，而小不同，云思江陵美女，畫像簪之于壁玩之。亦出《搜神記》也。」《天中記》卷四一亦引此事，末注：「《搜神》，思江陵美女，畫像簪之於壁，玩之。」當轉據《歷代名畫記》而誤讀原文。《太平御覽》卷七四一引《幽明録》曰：「顧長康在江陵，愛一女子。還家，長康思之不已，乃畫作女形，簪着壁上，簪處正刺心。女行十里，忽心痛如刺，不能進。」考顧愷之義熙初爲散騎常侍，年六十二卒於官（見《晉書》卷九二《文苑傳》），干寶咸康二年卒時顧尚未出生，是故必不出《搜神記》，當爲《續記》。今據《歷代名畫記》輯。舊本未輯。

〔一〕顧愷之字長康　此六字據《歷代名畫記》補。

附録

一、舊本《搜神記》僞目疑目辨證

例言

一、據《津逮祕書》本，參考《鹽邑志林》、《學津討原》本。標目自擬。

二、凡已輯入《搜神後記》新輯本者不録。

目録

1 師門

師門者，嘯父弟子也。能使火，食桃葩，爲孔甲龍師。孔甲不能修其心意，殺而埋之外野。一旦，風雨迎之，山木皆燔。孔甲祠而禱之，未還而死。（卷一）

案：本條未見諸書引作《搜神記》（案：凡言諸書，不包括引用舊本者，下同）。原出《列仙傳》卷上，見引於《文選》卷六左思《魏都賦》注，《初學記》卷二三，《太平御覽》卷八二、卷九六七、卷九六八，《事類賦注》卷二六。本條當參酌《御覽》、《事類賦注》諸引輯録。

2 陶安公

陶安公者，六安鑄冶師也。數行火，火一朝散上，紫色衝天。公伏冶下求哀，須臾，朱雀止冶上，曰：「安公安公，冶與天通。七月七日，迎汝以赤龍。」至時，安公騎之，從東南去。城邑數萬人，豫祖安送之，皆辭訣。（卷一）

案：本條未見諸書引作《搜神記》，原出《列仙傳》卷下，見引於《藝文類聚》卷七八，《初學記》卷四，《太平御覽》卷三一、卷八三三、卷八六八、卷九二九，《事類賦注》卷八，《天中記》卷五。本條乃據《天中記》、《類聚》綴合而成。

3 焦山老君

有人入焦山七年，老君與之木鑽，使穿一盤石，石厚五尺。曰：「此石穿，當得道。」積四十年，石穿，遂得神仙丹訣。（卷一）

案：本條未見諸書引作《搜神記》。事見《真誥》卷五《甄命授》、《酉陽雜俎》前集卷二《玉格》，本條與《酉陽雜俎》文句大同，《雜俎》作「有傳先生入焦山七年」。疑據《雜俎》改竄而成。

4 劉根

劉根，字君安，京兆長安人也。漢成帝時，入嵩山學道。遇異人，授以秘訣，遂得仙。能召鬼，潁川太守史祈以爲妖，遣人召根，欲戮之。至府，語曰：「君能使人見鬼，可使形見，不者加戮。」根曰：「甚易。借府君前筆硯書符。」因以叩几。須臾，忽見五六鬼，縛二囚於祈前。祈熟視，乃父母也。向根叩頭曰：「小兒無狀，分當萬死。」叱祈曰：「汝子孫不能光榮先祖，何得罪神仙，乃累親如此！」祈哀驚悲泣，頓首請罪。根默然忽去，不知所之。（卷一）

案：本條未見諸書引作《搜神記》。《神仙傳》（《廣漢魏叢書》本卷三、《四庫全書》本卷八）有《劉根傳》，《太平廣記》卷一〇有引。原文極繁，此事在其中，但潁川太守爲張府君。《後漢書·方術列傳下·劉根傳》所記則只此事，潁川太守爲史祈，然稱根潁川人，且不言其字，而《神仙傳》乃稱「字君安，京兆長安人也」，與此合。疑據《後漢書》，又摻合《神仙傳》而成。

5 葛玄

葛玄，字孝先，從左元放受《九丹液仙經》。與客對食，言及變化之事，客曰：「事畢，先生作一事特戲者。」玄曰：「君得無即欲有所見乎？」乃嗽口中飯，盡變大蜂數百，皆集客身，亦不螫人。久之，玄乃張口，蜂皆飛入。玄嚼食之，是故飯也。又指蝦蟆及諸行蟲燕雀之屬使舞，應節如人。冬爲客設生瓜棗，夏致冰雪。又以數十錢，使人散投井中，玄以一器于井上呼之，錢一一飛從井出。爲客設酒，無人傳杯，杯自至前，如或不盡，杯不去也。嘗與吴主坐樓上，見作請雨土人。帝曰：「百姓思雨，寧可得乎？」玄曰：「雨易得耳。」乃書符著社中，頃刻間天地晦冥，大雨流淹。帝曰：「水中有魚乎？」玄復書符擲水中，須臾有大魚數百頭，使人治之。（卷一）

案：本條未見諸書引作《搜神記》。《神仙傳》有《葛玄傳》（《廣漢魏叢書》本卷七，《四庫全書》本卷八），《廣漢魏叢書》本文字極繁，係從《太平廣記》卷七一輯出。本條所記皆見於《廣記》，然非删略《廣記》而成。《藝文類聚》卷七八引《神仙傳》兩節，文字與此大同，惟末無「帝曰水中有魚乎」云云一節，而此節文字見於《廣記》卷四六六、《太平御覽》卷九三五引《神仙傳》及《藝文類聚》卷九六引《汝南先賢傳》。疑本條據《類聚》等綴合而成。

6 園客

園客者，濟陰人也。貌美，邑人多欲妻之，客終不娶。嘗種五色香草，積數十年，服食其實。忽有五色神蛾，止香草之上。客收而薦之以布，生桑蠶焉。至蠶時，有神女夜至，助客養蠶。亦以香草食蠶，得繭百二十頭，大如甕。每一繭，繅六七日乃盡。繅訖，女與客俱仙去，莫知所如。（卷一）

案：本條未見諸書引作《搜神記》。事出《列仙傳》卷下，見引於《文選》卷一八嵇康《琴賦》李善注，《初學記》卷二三，《太平御覽》卷八一四（訛作《神仙傳》）、卷八二五、卷九五一，《太平廣記》卷四七三，《事類賦注》卷一〇（訛作《神仙傳》）。事又載《述異記》卷上、《廣記》卷五九引《女仙傳》。本條文句與《述異記》及《御覽》卷八一四、《事類賦注》頗近。

7 杜蘭香

漢時有杜蘭香者，自稱南康人氏。以建業四年春，數詣張傳。傳年十七，望見其車在門外，婢通言：「阿母所生，遣授配君，可不敬從。」傳先名，改碩。碩呼女前視，可十六七，說事邈然久遠。有婢子二人，大者萱支，小者松支。鈿車青牛，上飲食皆備。作詩曰：「阿母處靈嶽，時遊雲霄際。衆女侍羽儀，不出墉宮外。飄輪送我來，豈復恥塵穢。從我與福俱，嫌我與禍會。」至其年八月旦復來，作詩曰：「逍遥雲漢間，呼吸發九嶷。流汝不稽路，弱水何不之。」出薯蕷子三枚，大如雞子，云：「食此令君不畏風波，辟寒温。」碩食二枚，欲留一，不肯，令碩食盡。言：「本爲君作妻，情無曠遠。以年命未合，其小乖。大歲東方卯，當還求君。」蘭香降時，碩問禱祀何如，香曰：「消魔自可愈疾，淫祀無益。」香以藥爲消魔。（卷一）

案：本條未見諸書引作《搜神記》。事出曹毗《杜蘭香傳》。曹毗，《晉書·文苑傳》有傳。字輔佐，譙國人。高祖乃魏大司馬曹休。歷仕郎中、佐著作郎、句章令、太學博士、尚書郎、鎮軍大將軍從事中郎、下邳太守，官至光禄勳卒。生卒年不詳，《晉書·樂志下》載，太元中曹毗曾增造宗廟歌詩十一首，起高祖迄哀帝，然則約卒於東晉孝武帝太元中。干寶在其前，必不能取曹毗《杜蘭香傳》入己書，此爲濫冒無疑。《杜蘭香傳》見引於《齊民要術》卷一〇，《北堂書鈔》卷一四三、卷一四八，《藝文類聚》卷七一、卷七九、卷八一、卷八二（或作《杜蘭香别傳》），《太平御覽》卷三九六、卷五〇〇、卷七五九、卷七六一、卷七六九、卷八一六、卷八四九、卷九六四、卷九七六、卷九八四、卷九八九（或作《神女杜蘭香傳》、《杜蘭香别傳》），《太平廣記》卷二七二（作《杜蘭香别傳》）。另外《説郛》卷七《諸傳摘玄》摘《杜蘭香别傳》兩節，文字與《類聚》卷七九、卷八一所引基本相同，當取自《類聚》。本條蓋據《類聚》卷七九、卷八一或《説郛》輯録，而妄以杜蘭香爲漢時人，又誤南陽爲南康，建興爲建業。

8 樊英

樊英隱於壺山，嘗有暴風從西南起，英謂學者曰：「成都市火甚盛。」因含水噀之，乃命記其時日。後有從蜀來者，云是日大火，有雲從東起，須臾大雨，火遂滅。（卷二）

案：本條未見諸書引作《搜神記》。事見《藝文類聚》卷八〇、《太平御覽》卷八六八引《樊英別傳》，《編珠》卷一、《類聚》卷二、《初學記》卷二引《楚國先賢傳》，《後漢書·方術列傳上·樊英傳》。本條文字與《楚國先賢傳》幾同，疑據《初學記》輯録，而以《類聚》校補。

9 韓友

宣城邊洪爲廣陽領校，母喪歸家，韓友往投之。時日已暮，出告從者：「速裝束，吾當夜去。」從者曰：「今日已暝，數十里草行，何急復去？」友曰：「此間血覆地，寧可復住？」苦留之，不得。其夜，洪欻發狂，絞殺兩子，并殺婦，又斫父婢二人，皆被創。因走亡。數日，乃於宅前林中得之，已自經死。（卷二）

案：本條未見諸書引作《搜神記》。事見《晉書》卷九五《藝術傳·韓友傳》，文句大同，本條蓋删削而成。

10 東海黄公

鞠道龍善爲幻術，嘗云：東海人黄公，善爲幻，制蛇御虎，常佩赤金刀。及衰老，飲酒過度。秦末，有白虎見於東海，詔遣黄公以赤刀往厭之。術既不行，遂爲虎所殺。（卷二）

案：本條未見諸書引作《搜神記》。原出《西京雜記》卷三，《文選》卷二《西京賦》李善注、《太平御覽》卷八九一、《太平廣記》卷二八四、《事類賦注》卷二〇、《古今事文類聚》前集卷四三、後集卷三六、《天中記》卷四〇又卷六〇有引。本條文句頗近《文選》注、《事類賦注》及《天中記》，疑據之綴合而成。

11 吴覡

吴孫休有疾，求覡視者，得一人，欲試之。乃殺鵝而埋于苑中，架小屋，施床几，以婦人屐履服物著其上。使覡視之，告曰：「若能説此冢中鬼婦人形狀者，當加厚賞，而即信矣。」竟日無言。帝推問之急，乃曰：「實不見有鬼，但見一白頭鵝立墓上。所以不即白之，疑是鬼神變化作此相，當候其真形而定。不復移易，不知何故，敢以實上。」（卷二）

案：本條未見諸書引作《搜神記》。事見《三國志·吴書·吴範劉惇趙達傳》注引《抱朴子》，《太平御覽》卷七四三引《吴志》。又《天中記》卷五八引《抱朴》、《吴志》注。本條取《三國志》注引《抱朴子》，微有删改。

12 夏侯弘

夏侯弘自云見鬼，與其言語。鎮西將軍謝尚所乘馬忽死，憂惱甚至。謝曰：「卿若能令此馬生者，卿真爲見鬼也。」弘去，良久還，曰：「廟神樂君馬，故取之。今當活。」尚對死馬坐，須臾，馬忽自門外走還，至馬尸間便滅，應時能動，起行。謝曰：「我無嗣，是我一生之罰。」弘經時無所告。曰：「頃所見，小鬼耳，必不能辨此源由。」後忽逢一鬼，乘新車，從十許人，著青絲布袍。弘前提牛鼻，車中人謂弘曰：「何以見阻？」弘曰：「欲有所問。鎮西將軍謝尚無兒，此君風流令望，不可使之絶祀。」車中人動容曰：「君所道正是僕兒。年少時與家中婢通，誓約不再婚而違約。今此婢死，在天訴之，是故無兒。」弘具以告，謝曰：「吾少時誠有此事。」弘於江陵見一大鬼，提矛戟，有隨從小鬼數人。弘畏懼，下路避之。大鬼過後，捉得一小鬼，問：「此何物？」曰：「殺人以此矛戟。若中心腹者，無不輒死。」弘曰：「治此病有方否？」鬼曰：「以烏雞薄之，即差。」弘曰：「今欲何行？」鬼曰：「當至荆、揚二州。」爾時比日行心腹病，無有不死者。弘乃教人殺烏雞以薄之，十不失八九。今治中惡，輒用烏雞薄之者，弘之由也。（卷二）

案：本條未見諸書引作《搜神記》。事見《藝文類聚》卷九三引《怪志》、《太平御覽》卷八九七引《志怪集》、《太平廣記》卷三二二引《志怪録》。本條輯自《廣記》，文句全同。胡震亨《搜神記引》云：「又有謝鎮西之稱，按謝尚于穆帝永和間始加鎮西將軍。寶書成，嘗示劉惔，惔卒于明帝太寧間，則鎮西之號，去書成時尚後二十餘年，安得預稱此，殊不可曉。」案《晉書》卷七九《謝尚傳》：「永和中，拜尚書僕射，出爲都督江西淮南諸軍事、前將軍、豫州刺史，給事中、僕射如故，鎮歷陽，加都督豫州揚州之五郡軍事，在任有政績。上表求入朝，因留京師，署僕射事。尋進號鎮西將軍，鎮壽陽。」又《穆帝紀》：「（永和十一年）冬十月，進豫州刺史謝尚督并冀幽三州諸軍事，鎮西將軍，鎮馬頭。」而據《建康實録》，干寶卒於咸康二年（三三六），去此年（三五五）二十年，知寶書絶不當載此。《類聚》卷九三引《搜神記》趙固事，繼引《怪志》心腹病事，復以「又曰」接引謝尚事，故汪紹楹謂後人輯録者未細審而誤收。然本條非輯自《類聚》而爲《廣記》，《廣記》注出《志怪録》甚明，實輯録者濫取假冒。

13 鍾離意

漢永平中，會稽鍾離意字子阿，爲魯相。到官，出私錢萬三千文，付户曹孔訢，修夫子車。身入廟，拭几席劍履。男子張伯，除堂下草，土中得玉璧七枚。伯懷其一，以六枚白意。意令主簿安置几前。孔子教授堂下牀首有懸甕，意召孔訢問：「此何甕也？」對曰：「夫子甕也。背有丹書，人莫敢發也。」意曰：「夫子，聖人。所以遺甕，欲以懸示後賢。」因發之。中得素書，文曰：「後世修吾書，董仲舒。護吾車，拭吾履，發吾笥，會稽鍾離意。璧有七，張伯藏其一。」意即召問：「璧有七，何藏一耶？」伯叩頭出之。（卷二）

案：本條未見諸書引作《搜神記》。事見《後漢書·郡國志二》注，《後漢書》卷四一《鍾離意傳》注，《藝文類聚》卷三八、卷八四，《太平御覽》卷五三五、卷七五八、卷八〇六引《鍾離意別傳》，《後漢書·郡國志二》注引《漢晉春秋》，《水經注》卷二五《泗水》。本條主要依據《後漢書·鍾離意傳》注輯録，又參考《水經注》、《御覽》卷八〇六，並據《後漢書》本傳補其字里。

14 段醫

段醫，字元章，廣漢新都人也。習《易經》，明風角。有一生來學積年，自謂略究要術，辭歸鄉里。醫爲合膏藥，并以簡書封於筒中，告生曰：「有急，發視之。」生到葭萌，與吏争度，津吏撾破從者頭。生開筒得書，言：「到葭萌，與吏鬬，頭破者，以此膏裹之。」生用其言，創者即愈。（卷三）

案：本條未見諸書引作《搜神記》。事見《後漢書·方術列傳·段翳傳》、《水經注》卷二〇《漾水》。此删取《後漢書》而成，「翳」訛作「醫」。

15 管輅筮疾病

信都令家，婦女驚恐，更互疾病。使輅筮之，輅曰：「君北堂西頭，有兩死男子。一男持矛，一男持弓箭，頭在壁内，脚在壁外。持矛者主刺頭，故頭重痛，不得舉也；持弓箭者主射胸腹，故心中懸痛，不得飲食也。晝則浮游，夜來病人，故使驚恐也。」於是掘其室中，入地八尺，果得二棺。一棺中有矛，一棺中有角弓及箭。箭久遠，木皆消爛，但有鐵及角完耳。乃徙骸骨，去城二十里埋之，無復疾病。（卷三）

案：本條未見諸書引作《搜神記》。事見《三國志·魏書·方技傳·管輅傳》及注引《管輅别傳》。本條「故使驚恐也」以上據《魏書》本傳輯録，以下據《管輅别傳》輯録，綴合而成。

16 管輅筮躄疾

利漕民郭恩，字義博。兄弟三人，皆得躄疾。使輅筮其所由，輅曰：「卦中有君本墓，墓中有女鬼，非君伯母，當叔母也。昔饑荒之世，當有利其數升米者，排著井中，嘖嘖有聲，推一大石下，破其頭。孤魂冤痛，自訴於天耳。」（卷三）

案：本條未見諸書引作《搜神記》。事見《三國志·魏書·方技傳·管輅傳》及注引《管輅别傳》。本條輯自《魏書》本傳，而據《管輅别傳》補叙郭恩之字。

17 淳于智

護軍張劭，母病篤。智筮之，使西出市沐猴，繫母臂，令傍人搥拍，恒使作聲，三日放

去。劭從之。其猴出門，即爲犬所咋死，母病遂差。（卷三）

案：本條未見諸書引作《搜神記》。事見《太平御覽》卷七二七、卷九一〇引王隱《晉書》，《晉書》卷九五《藝術傳·淳于智傳》。本條取《晉書·淳于智傳》，文字全同。

18 郭璞買婢

郭璞字景純，行至廬江，勸太守胡孟康急回南渡，康不從。璞將促裝去之，愛其婢，無由得。乃取小豆三斗，繞主人宅散之。主人晨起，見赤衣人數千圍其家，就視則滅，甚惡之。請璞爲卦，璞曰：「君家不宜畜此婢，可于東南二十里賣之，慎勿争價，則此妖可除也。」璞陰令人賤買此婢，復爲投符於井中，數千赤衣人一一自投於井。主人大悦。璞攜婢去，後數旬而廬江陷。（卷三）

案：本條未見諸書引作《搜神記》。此取《晉書》卷七二《郭璞傳》，文有删略。

19 郭璞占傷寒

義興方叔保得傷寒，垂死，令璞占之，不吉。令求白牛厭之，求之不得，唯羊子玄有一白牛，不肯借。璞爲致之，即日有大白牛從西來，徑往臨。叔保驚惶，病即愈。（卷三）

案：本條未見諸書引作《搜神記》。事見《初學記》卷二九、《太平御覽》卷八九九引郭璞《洞林》（《御覽》作《洞林記》），此取《初學記》，文同。

20 費孝先

西川費孝先，善軌革，世皆知名。有大若人王旻，因貨殖至成都，求爲卦。孝先曰：「教住莫住，教洗莫洗。一石穀擣得三斗米。遇明即活，遇暗即死。」再三戒之，令誦此言足矣。旻志之。及行，途中遇大雨，憩一屋下，路人盈塞。乃思曰：「『教住莫住』，得非此耶？」遂冒雨行。未几，屋遂顛覆，獨得免焉。旻之妻已私鄰比，欲媾終身之好，俟旋歸，將致毒謀。旻既至，妻約其私人曰：「今夕新沐者，乃夫也。」將晡，呼旻洗沐，重易巾櫛。旻悟曰：「『教洗莫洗』，得非此也？」堅不從。妻怒，不省，自沐，夜半反被害。既覺，驚呼隣里共視，皆莫測其由。遂被囚繫拷訊。獄就，不能自辨。郡守録狀，旻泣言：「死即死矣，但孝先所言，終無驗耳。」左右以是語上達，郡守命未得行法，呼旻問曰：「汝鄰比何人也？」曰：「康七。」遂遣人捕之。「殺汝妻者，必此人也。」已而果然。因謂僚佐曰：「『一石穀擣得三斗米』，非康七乎？」由是辨雪，誠「遇明即活」之效。（卷三）

案：本條未見諸書引作《搜神記》。實取《天中記》卷四〇引《教住》條，原注《搜神祕覽》，文字全同。輯録者不明《搜神祕覽》自有其書，以爲即《搜神記》，故輯入。《搜神祕覽》北宋章炳文撰，此事載於卷上，題《王旻》。《天中記》所引與原書文字小有出入，且有訛誤，如「大若人」原作「客人」，乃以「客」字誤析爲「大若」二字，不知古地名並無大若。舊本亦從而訛之，此其輯自《天中記》之證。

21 隗炤

隗炤，汝陰鴻壽亭民也，善《易》。臨終書板，授其妻曰：「吾亡後，當大荒。雖爾，而慎莫賣宅也。到後五年春，當有詔使來頓此亭，姓龔。此人負吾金，即以此板往責之。勿負言也。」亡後果大困，欲賣宅者數矣，憶夫言輒止。至期，有龔使者果止亭中，妻遂賫板責之。使者執板，不知所言，曰：「我平生不負錢，此何緣爾邪？」妻曰：「夫臨亡，手書板，見命如此，不敢妄也。」使者沉吟，良久而悟，乃命取蓍筮之。卦成，抵掌歎曰：「妙哉隗生！含明隱迹而莫之聞，可謂鏡窮達而洞吉凶者也。」於是告其妻曰：「吾不負金，賢夫自有金。乃知亡後當暫窮，故藏金以待太平。所以不告兒婦者，恐金盡而困無已也。知吾善《易》，故書板以寄意耳。金五百斤，盛以青罌，覆以銅柈，埋在堂屋東頭，去地一丈，入地九尺。」妻還掘之，果得金，皆如所卜。（卷三）

案：本條未見諸書引作《搜神記》。事見《藝文類聚》卷八三及《太平御覽》卷七二八、卷八一一引《録異傳》，

《晉書·藝術傳·隗炤傳》，《太平廣記》卷二一六引《國史補遺》（明鈔本作《系蒙》）。本條主要依據《類聚》輯録，而有所删削。

22 韓友治狐魅

韓友，字景先，廬江舒人也。善占卜，亦行京房厭勝之術。劉世則女病魅積年，巫爲攻禱，伐空冢故城間，得狸鼉數十，病猶不差。友筮之，命作布囊，俟女發時，張囊著窗牖間。友閉户作氣，若有所驅。須臾間，見囊大脹如吹，因決敗之。女仍大發，友乃更作皮囊二枚，沓張之，施張如前。囊復脹滿，因急縛囊口，懸著樹。二十許日漸消，開視，有二斤狐毛。女病遂差。（卷三）

案：本條未見諸書引作《搜神記》。事見《太平御覽》卷七二七引王隱《晉書》、《晉書》卷九五《藝術傳·韓友傳》。本條取自《晉書》本傳，文同。

23 嚴卿

會稽嚴卿，善卜筮。鄉人魏序欲東行，荒年多抄盜，令卿筮之。卿曰：「君慎不可東行，必遭暴害，而非劫也。」序不信，卿曰：「既必不停，宜有以禳之。可索西郭外獨母家白雄狗，繫著船前。」求索止得駁狗，無白者。卿曰：「駁者亦足，然猶恨其色不純，當餘小毒，止及六畜輩耳，無所復憂。」序行半路，狗忽然作聲甚急，有如人打之者。比視已死，吐黑血斗餘。其夕，序墅上白鵝數頭無故自死，序家無恙。（卷三）

案：本條未見諸書引作《搜神記》。事見《晉書》卷九五《藝術傳·嚴卿傳》，此即取自《晉書》，删省數字。

24 華佗治瘡

沛國華佗，字元化，一名旉。瑯邪劉勳爲河内太守，有女年幾二十，苦腳左膝裏有瘡，癢而不痛。瘡愈，數十日復發。如此七八年。迎佗使視，佗曰：「是易治之。當得稻糠黄色犬一頭，好馬二匹。」以繩繫犬頸，使走馬牽犬，馬極輒易。計馬走三十餘里，犬不能行，復令步人拖曳。計向五十里，乃以藥飲女，女即安卧，不知人。因取大刀，斷犬腹近後腳之前，以所斷之處向瘡口，令二三寸停之。須臾，有若蛇者從瘡中出，便以鐵椎横貫蛇頭。蛇在皮中動摇良久，須臾不動，乃牽出。長三尺許，純是蛇，但有眼處，而無童子，又逆鱗耳。以膏散著瘡中，七日愈。（卷三）

案：本條未見諸書引作《搜神記》。事見《三國志·魏書·方技傳·華佗傳》注、《後漢書·方術列傳·華佗傳》注引《華佗别傳》。此取自《魏書》注引《華佗别傳》，文同而偶有訛誤，佗之字里别名補自《魏書》本傳。

25 華佗治病咽

佗嘗行道，見一人病咽，嗜食不得下。家人車載，欲往就醫。佗聞其呻吟聲，駐車往視，語之曰：「向來道邊有賣餅家，蒜虀大酢，從取三升飲之，病自當去。」即如佗言，立吐蛇一枚。（卷三）

案：本條未見諸書引作《搜神記》。事見《三國志·魏書·方技傳·華佗傳》、《後漢書·方術列傳·華佗傳》。此取自《魏書》本傳，刪去後半。

26 張寬

蜀郡張寬，字叔文，漢武帝時爲侍中。從祀甘泉，至渭橋。有女子浴于渭水，乳長七尺。上恠其異，遣問之，女曰：「帝後第七車者，知我所來。」時寬在第七車，對曰：「天星主祭祀者。齋戒不潔則女人見。」（卷四）

案：本條未見諸書引作《搜神記》。事見《太平廣記》卷一六一引《漢武故事》，《初學記》卷六、卷一二及《太平御覽》卷三七一、卷五二六引《益部耆舊傳》。此當據《初學記》卷一二輯録。惟「潔」字諸書作「嚴」。

27 灌壇令

文王以太公望爲灌壇令，期年，風不鳴條。文王夢一婦人，甚麗，當道而哭。問其故，曰：「吾泰山之女，嫁爲東海婦。欲歸，今爲灌壇令當道有德，廢我行。我行必有大風疾雨，大風疾雨，是毀其德也。」文王覺，召太公問之。是日，果有疾雨暴風從太公邑外而過。文王乃拜太公爲大司馬。（卷四）

案：本條未見諸書引作《搜神記》。原出《博物志》卷七《異聞》，《北堂書鈔》卷三五，《藝文類聚》卷四七，《初學記》卷二，《獨異志》卷上，《太平御覽》卷一〇、卷一九五、卷二〇九、卷三九七，《太平廣記》卷二九一，《天中記》卷三並引。本條主要依據《廣記》，復又參酌今本《博物志》及他引輯録。

28 河伯婿

吴餘杭縣南有上湖，湖中央作塘。有一人乘馬看戲，將三四人至岑村飲酒，小醉暮還。時炎熱，因下馬入水中，枕石眠。馬斷走歸，從人悉追馬，至暮不返。眠覺，日已向晡，不見人馬。見一婦來，年可十六七，云：「女郎再拜。日既向暮，此間大可畏，君作何計？」因問：「女郎何姓？那得忽相聞？」復有一少年，年十三四，甚了了。乘新車，車後二十人，至，呼上車，云：「大人暫欲相見。」因廻車而去。道中繹絡把火，見城郭邑居。既入城，進廳事上，有信幡，題云「河伯信」。俄見一人，年三十許，顔色如畫，侍衛煩多。相對欣然，勑行酒，笑云：「僕有小女，頗聰明，欲以給君箕箒。」此人知神，不敢拒逆。便勑備辦，會就郎中婚。承白已辦，遂以絲布單衣及紗袷、絹裙、紗衫褌、履屐，皆精好。又給十小吏，青衣數十人。婦年可十八九，姿容婉媚，便成。三日，經大會客拜閣。四日，云：「禮既有限，發遣去。」婦以金甌、麝香囊與婿别，涕泣而分。又與錢十萬，藥方三卷，云：「可以施功布德。」復云：「十年當相迎。」此人歸家，遂不肯别婚，辭親，出家作道人。所得三卷方，一卷脉經，一卷湯方，一卷丸方。周行救療，皆致神驗。後母老兄喪，因還婚宦。（卷四）

案：本條未見諸書引作《搜神記》。原出《幽明録》，見《法苑珠林》卷七五、《太平廣記》卷二九五引。《珠林》所引錯簡，首云「宋時」，乃《幽明録》此事之紀時，而下叙河伯得仙，乃引《搜神記》事，下文又接引《幽明録》此事，而末注「右此一驗出《搜神記》」，淆亂如此，而《廣記》則引作《幽明録》。本書輯録者不察，遂誤斷爲本書，而改「宋時」爲「吴」。至其文字，則又參校《廣記》。

29 華山使

秦始皇三十六年，使者鄭容從關東來，將入函關。西至華陰，望見素車白馬，從華山上下。疑其非人，道住，止而待之。遂至，問鄭容曰：「安之？」答曰：「之咸陽。」車上人曰：「吾華山使也。願託一牘書，致鎬池君所。子之咸陽，道過鎬池，見一大梓，有文石，取欵梓，當有應者，即以書與之。」容如其言，以石欵梓樹，果有人來取書。明年，祖龍死。（卷四）

案：本條未見諸書引作《搜神記》。事見《史記·秦始皇本紀》，《漢書·五行志中之上》，《論衡·紀妖》，《水經注》卷一九《渭水》，《北堂書鈔》卷一六〇，《初學記》卷五，《太平御覽》卷五一、卷九五八，《事類賦注》卷七引樂資《春秋後傳》。本條文字與諸書皆有異有同，疑參酌諸書輯録而成。

30 曹著

建康小吏曹著，爲廬山使所迎，配以女婉。著形意不安，屢屢求請退。婉潸然垂涕，賦詩序別，并贈織成褌衫。（卷四）

案：本條未見諸書引作《搜神記》。原出《曹著傳》，《水經注》卷三九《廬江水》引其一節，然無配女事，而《北堂書鈔》卷七七、卷一二九、卷一四二引祖台之《志怪》，《初學記》卷二六引祖台之《志怪》，《太平御覽》卷五七三引祖台《志怪》，卷六九三引祖台之《志怪》，卷七五八引《志怪》，卷八四九引祖台之《志怪》，《六帖》卷一三引《幽怪志》，皆載之，則爲祖台之《志怪》所取。《水經注》引《曹著傳》言及吴猛，則傳出東晉，疑在干寶後，而台之晉末人也。本條文字與《書鈔》卷七七、卷一二九、《御覽》卷六九三同，當據以採録。原文作「廬山使君」，此脱「君」字。

31 宫亭廟神

南州人有遣吏獻犀簪於孫權者，舟過宫亭廟而乞靈焉。神忽下教曰：「須汝犀簪。」吏惶遽，不敢應，俄而犀簪已前列矣。神復下教曰：「俟汝至石頭城，返汝簪。」吏不得已，遂行，自分失簪且得死罪。比達石頭，忽有大鯉魚，長三尺，躍入舟，剖之得簪。（卷四）

案：本條未見諸書引作《搜神記》。事見《太平御覽》卷六八八、卷九三六引《幽明録》，然與此事同文異。《江西通志》卷一五九《雜記》引《幽明録》，文與此同。《江西通志》雍正中尹繼善等修，當轉引他書。

32 驢鼠

郭璞過江，宣城太守殷祐引爲參軍。時有一物，大如水牛，灰色，卑腳，腳類象，胷前尾上皆白，大力而遲鈍，來到城下。衆咸恠焉。祐使人伏而取之，令璞作卦，遇《遯》之《蠱》，名曰驢鼠。卜適了，伏者以戟刺，深尺餘。郡紀綱上祠，請殺之，巫云：「廟神不悦。此是䢵亭驢山君使，至荆山，暫來過我，不須觸之。」遂去，不復見。（卷四）

案：本條未見諸書引作《搜神記》。事見《晉書》卷七二《郭璞傳》，此删節而成，原無末五字，蓋輯録者所增。《初學記》卷二九引郭璞《洞林》亦載，文略，「驢鼠」作「隱鼠」。

33　蠶神

吴縣張成夜起，忽見一婦人立於宅南角，舉手招成曰：「此是君家之蠶室，我即此地之神。明年正月十五，宜作白粥，泛膏於上。」以後年年大得蠶。今之作膏糜像此。（卷四）

案：本條未見諸書引作《搜神記》。事出劉宋東陽無疑《齊諧記》，見《太平御覽》卷三〇、卷八二五，《天中記》卷四引，梁吴均《續齊諧記》亦載。此與《齊諧記》事有不同，而同《續齊諧記》，然文字不全相合。諸書引用《續齊諧記》此事者有《玉燭寶典》卷一，《初學記》卷四、卷二六，《六帖》卷一，《歲華紀麗》卷一，《太平御覽》卷三一、卷八五九，《太平廣記》卷二九三，《歲時廣記》卷一一，《古今事文類聚》前集卷三六，《古今合璧事類備要》前集卷五二等，本條乃據《初學記》卷二六輯録，文字全同。

34　劉玘

漢陽羨長劉玘，嘗言：「我死當爲神。」一夕飲醉，無病而卒。風雨失其柩。夜聞荆山有數千人噉聲，鄉民往視之，則棺已成冢。遂改爲君山，因立祠祀之。（卷四）

案：本條未見諸書引作《搜神記》。事見《太平御覽》卷五五一、《太平寰宇記》卷九二《常州・宜興縣》、《輿地紀勝》卷六《常州・景物上》引《風土記》（晉周處撰），《三洞羣仙録》卷一二引《袁府君祠堂記》引《修文殿御覽》。與此文字皆有所不同，「劉玘」作「袁玘」（《御覽》「玘」訛作「起」）。所據待考。

35　劉赤父

劉赤父者，夢蔣侯召爲主簿。期日促，乃往廟陳請：「母老子弱，情事過切，乞蒙放恕。會稽魏過，多材藝，善事神，請舉過自代。」因叩頭流血。廟祝曰：「特願相屈。魏過何人，而有斯舉！」赤父固請，終不許，尋而赤父死焉。（卷五）

案：本條未見諸書引作《搜神記》。文句與《太平廣記》卷二九三《蔣子文》中劉赤父一節全同，知取自《廣記》。《廣記》注「出《搜神記》、《幽明録》、《志怪》等書」，乃綴合衆書記蔣子文事者而成。首節記蔣死後封神，出《搜神記》，吴望子一節出《續搜神記》。本節《法苑珠林》卷六七引作《志怪傳》（作劉赤斧），亦即《廣記》所注之《志怪》（《古小說鉤沈》輯入《雜鬼神志怪》），非出本書甚明。

36　韓王劉三子

咸寧中，太常卿韓伯子某、會稽内史王藴子某、光禄大夫劉耽子某，同遊蔣山廟。廟有數婦人像，甚端正。某等醉，各指像以戲，自相配匹。即以其夕，三人同夢蔣侯遣傳教相聞，曰：「家子女並醜陋，而猥垂榮顧。輙刻某日，悉相奉迎。」某等以其夢指適異常，試往相問，而果各得此夢，符協如一。於是大懼，備三牲詣廟謝罪乞哀。又俱夢蔣侯親來降

己，曰：「君等既已顧之，實貪會對。剋期垂及，豈容方更中悔！」經少時並亡。（卷五）

案：本條未見諸書引作《搜神記》。事見《太平廣記》卷二九三《蔣子文》中，文句全同，知取自《廣記》。《廣記》注「出《搜神記》、《幽明録》、《志怪》等書」，乃綴合衆書記蔣子文事者而成。首節記蔣死後封神，出《搜神記》，吴望子一節出《續搜神記》。本節《法苑珠林》卷七五引作《志怪傳》，亦即《廣記》所注之《志怪》（《古小説鉤沈》輯入《雜鬼神志怪》），非出本書甚明。且其事亦在干寶後。汪紹楹校云：「咸寧爲晉武帝司馬炎年號，疑當作興寧（晉廢帝司馬奕年號）……韓伯字康伯，殷浩甥。簡文帝司馬昱居藩時，引爲談客。自司徒左西屬累遷至丹陽尹、吏部尚書、領軍將軍，改授太常，未拜卒。見《晉書·韓伯傳》。按：司馬昱爲司徒在永和八年，是時伯始入仕爲司徒左西屬。其授領軍，進丹陽尹，據《北堂書鈔》六四引《晉起居注》在孝武帝司馬昌明太元（《北堂書鈔》誤泰始）四年。改授太常，又未拜卒，據《建康實録》在太元五年。遠在寶成書後，非寶所得見。……王蘊字叔仁，王濛子。見《晉書·王蘊傳》。爲會稽内史在太元四年。此稱蘊爲會稽内史，亦非寶所得見。……劉耽字叔道，劉喬孫，桓玄妻父。玄輔政，以耽爲尚書令，加侍中，不拜。改授特進金紫光禄大夫。尋卒。附見《晉書·劉喬傳》。按：桓玄輔政，在元興（安帝司馬德宗年號）元年，距寶時愈遠，更不得見。」汪考甚確，惟興寧乃哀帝司馬丕年號，興寧三年二月哀帝崩司馬奕即位，明年改元太和。太和六年十一月被廢爲東海王，簡文帝即位，改元咸安。則咸寧者或亦咸安之誤。咸安二年七月簡文崩，孝武即位，明年改元寧康，然則咸寧者或謂咸安、寧康，亦未可知也。

37 虎暴

陳郡謝玉爲瑯邪内史，在京城。所在虎暴，殺人甚衆。有一人以小船載年少婦，以大刀插著船，挾暮來至邏所。將出語云：「此間頃來甚多草穢，君載細小，作此輕行，大爲不易，可止邏宿也。」相問訊既畢，邏將適還去。其婦上岸，便爲虎將去。其夫拔刀大喚，欲逐之。先奉事蔣侯，乃喚求助。如此當行十里，忽如有一黑衣爲之導。其人隨之，當復二十里，見大樹。既至一穴，虎子聞行聲，謂其母至，皆走出。其人即其所殺之，便拔刀隱樹側住。良久，虎方至，便下婦著地，倒牽入穴，其人以刀當腰斫斷之。虎既死，其婦故活，向曉能語。問之，云：「虎初取，便負著背上。臨至而後下之，四體無他，止爲草木傷耳。」扶歸還船。明夜，夢一人語之曰：「蔣侯使助，汝知否？」至家，殺猪祠焉。（卷五）

案：本條未見諸書引作《搜神記》。事見《太平廣記》卷二九三《蔣子文》中，文同微異，知取自《廣記》。《廣記》注「出《搜神記》、《幽明録》、《志怪》等書」，乃綴合衆書記蔣子文事者而成。首節記蔣死後封神，出《搜神記》，吴望子一節出《續搜神記》。本節當出《幽明録》或《志怪》。汪紹楹校云：「按晉無謝玉，疑即謝琰。琰，謝安子，附見《晉書·謝安傳》。按《晉書·謝玄傳》，玄卒於太元十三年，年四十六。是生於晉康帝司馬岳建元元年。琰爲玄從弟，年歲自小於玄。則琰生不能早於建元元年。永和初止二三歲。其爲瑯邪内史，實必不得見。本條蓋非《搜神記》文。」案據《晉書》本傳，琰未嘗爲瑯邪内史，而曾爲會稽内史，以玉爲琰之誤，尚可斟酌，然以本條非《搜神記》文，甚是。

38 李君神

南頓張助，於田中種禾，見李核，欲持去。顧見空桑中有土，因植種，以餘漿灌溉。後人見桑中反復生李，轉相告語。有病目痛者息陰下，言：「李君令我目愈，謝以一豚。」目痛小疾，亦行自愈。衆犬吠聲，盲者得視，遠近翕赫。其下車騎常數千百，酒肉滂沱。間一歲餘，張助遠出來還，見之驚云：「此有何神？乃我所種耳。」因就斫之。（卷五）

案：本條未見諸書引作《搜神記》。事出應劭《風俗通義·怪神篇》，《太平廣記》卷三一五引《風俗通》（明鈔本注出《抱朴子》），又載葛洪《抱朴子·内篇·道意篇》，《太平御覽》卷九六八亦引。本條文句與《風俗通義》今本幾同，當取自《風俗通義》。

39 新井

王莽居攝，劉京上言：「齊郡臨淄縣亭長辛當，數夢人謂曰：『吾天使也，攝皇帝當爲真。即不信我，此亭中當有新井出。』亭長起視，亭中果有新井，入地百尺。」（卷五）

案：本條未見諸書引作《搜神記》。事見《漢書》卷九九上《王莽傳上》，此删節而成。

40 鼅生毛兔生角

商紂之時，大鼅生毛，兔生角，兵甲將興之象也。（卷六）

案：本條未見諸書引作《搜神記》。原出任昉《述異記》卷上，《太平御覽》卷九〇七亦引。文同，原文「商」作「殷」，「象」作「兆」。當取《述異記》。

41 彭生

魯嚴公八年，齊襄公田於貝丘，見豕，從者曰：「公子彭生也。」公怒，射之，豕人立而嘑。公懼，墜車，傷足喪屨。劉向以爲近豕禍也。（卷六）

案：本條未見諸書引作《搜神記》。實取自《漢書·五行志中之下》，原文「公怒」下有「曰」字，此脱去。

42 鄭門蛇鬭

魯嚴公時，有内蛇與外蛇鬭鄭南門中，内蛇死。劉向以爲近蛇孽也。京房《易傳》曰：「立嗣子疑，厥妖蛇居國門鬭。」（卷六）

案：本條未見諸書引作《搜神記》。實取自《漢書·五行志下之上》，文字全同。

43 臨洮大人

秦始皇二十六年，有大人，長五丈，足履六尺，皆夷狄服。凡十二人，見於臨洮。乃作金人十二，以象之。（卷六）

案：本條未見諸書引作《搜神記》。實取自《漢書·五行志下之上》，文同而有删節。

44 鼠舞

漢昭帝元鳳元年九月，燕有黄鼠銜其尾舞王宫端門中。王往視之，鼠舞如故。王使吏以酒脯祠，鼠舞不休，一日一夜死。時燕王旦謀反，將死之象也。京房《易傳》曰：「誅不原情，厥妖鼠舞門。」（卷六）

案：本條未見諸書引作《搜神記》。實取自《漢書·五行志下之上》，文字有訛誤，亦有增文，「吏」原作「夫人」，「一日一夜死」原無「一日一」三字。

45 萊蕪石立

昭帝元鳳三年正月，泰山萊蕪山南，洶洶有數千人聲。民往視之，有大石自立，高丈

五尺，大四十八圍，入地深八尺，三石爲足。石立後，有白烏數千集其旁。宣帝中興之瑞也。（卷六）

案：本條未見諸書引作《搜神記》。實取自《漢書·五行志中之上》，復據《太平御覽》卷八七三引《漢書》補「宣帝中興之瑞也」一句。原文作「石立處」，《御覽》「處」作「後」，此亦改作「後」，誤。

46 柳葉蟲字

昭帝時，上林苑中大柳樹斷，仆地。一朝起立，生枝葉。有蟲食其葉，成文字，曰：「公孫病已立。」（卷六）

案：本條未見諸書引作《搜神記》。實取自《漢書·五行志中之下》，文字全同。

47 狗冠

昭帝時，昌邑王賀見大白狗冠方山冠而無尾。至熹平中，省内冠狗帶綬，以爲笑樂。有一狗突出，走入司空府門，或見之者，莫不驚恠。京房《易傳》曰：「君不正，臣欲篡，厥妖狗冠出朝門。」（卷六）

案：本條未見諸書引作《搜神記》。昭帝時事見《漢書·五行志中之上》，熹平中事見《後漢書·五行志一》，此删取《漢志》，而又摻入《後漢志》，綴合而成。原作「司徒」，此誤作「司空」。

48 天雨草

漢元帝永光二年八月，天雨草，而葉相樛結，大如彈丸。至平帝元始三年正月，天雨草，狀如永光時。京房《易傳》曰：「君吝於禄，信衰賢去，厥妖天雨草。」（卷六）

案：本條未見諸書引作《搜神記》。實取自《漢書·五行志中之下》，文同。

49 䳄焚巢

成帝河平元年二月庚子，泰山山桑谷有䳄焚其巢。男子孫通等聞山中羣鳥䳄鵲聲，往視之，見巢爇，盡墮池中，有三䳄鷇燒死。樹大四圍，巢去地五丈五尺。《易》曰：「鳥焚其巢，旅人先笑後號咷。」後卒成易世之禍云。（卷六）

案：本條未見諸書引作《搜神記》。實删取《漢書·五行志中之下》而成。原作「盡墮地中」，此訛作「池」。

50 海出大魚

成帝鴻嘉四年秋，雨魚於信都，長五寸以下。至永始元年春，北海出大魚，長六丈，高一丈，四枚。哀帝建平三年，東萊平度出大魚，長八丈，高一丈一尺，七枚，皆死。靈帝熹平二年，東萊海出大魚二枚，長八九丈，高二丈餘。京房《易傳》曰：「海數見巨魚，邪人進，賢人疎。」（卷六）

案：本條未見諸書引作《搜神記》。實取自《漢書·五行志中之下》，又據《後漢書·五行志三》綴入靈帝時海出大魚事，文皆同。

51 西王母傳書

哀帝建平四年夏，京師郡國民聚會里巷阡陌，設張博具，歌舞祠西王母。又傳書曰：「母告百姓，佩此書者不死。不信我言，視門樞下，當有白髮。」（卷六）

案：本條未見諸書引作《搜神記》。實取《漢書·五行志中之下》，文字全同。

52 烏生子三足

漢章帝元和元年，代郡高柳烏生子，三足，大如雞，色赤，頭有角，長寸餘。（卷六）

案：本條未見諸書引作《搜神記》。事見《東觀漢記》卷上（《太平御覽》卷九二〇亦引），此當取自《東觀漢記》，文同，原作「三年」，此誤。

53 雨肉

漢桓帝建和三年秋七月，北地廉雨肉，似羊肋，或大如手。是時梁太后攝政，梁冀專權，擅殺誅太尉李固、杜喬，天下冤之。其後梁氏誅滅。（卷六）

案：本條未見諸書引作《搜神記》。實取《後漢書·五行志二》，文同。

54 京都婦女粧

漢桓帝元嘉中，京都婦女作愁眉、啼粧、墮馬髻、折腰步、齲齒笑。愁眉者，細而曲折。啼粧者，薄拭目下，若啼處。墮馬髻者，作一邊。折腰步者，足不在下體。齲齒笑者，若齒痛，樂不欣欣。始自大將軍梁冀妻孫壽所爲，京都翕然，諸夏效之。天戒若曰：兵馬將往收捕，婦女憂愁，踧眉啼哭，吏卒掣頓，折其腰脊，令髻邪傾，雖强語笑，無復氣味也。到延熹二年，冀舉宗合誅。（卷六）

案：本條未見諸書引作《搜神記》。實取自《後漢書·五行志一》，文字小有增益，如原作「梁冀家」，此改爲「梁冀妻孫壽」。且有訛誤，如原作「體下」。又載《風俗通義》佚文（《後漢書·梁冀傳》注、《太平御覽》卷三六五引，《意林》卷四），皆簡，非本條所據。

55 長服長裾

靈帝建寧中，男子之衣，好爲長服而下甚短，女子好爲長裾而上甚短。是陽無下而陰無上，天下未欲平也。後遂大亂。（卷六）

案：本條未見諸書引作《搜神記》。實取自《後漢書·五行志一》，然多訛誤，原作「獻帝建安中」，「長躬」，「長裙」。

56 黄人

靈帝熹平二年六月，雒陽民訛言，虎賁寺東壁中有黄人，形容鬚眉良是。觀者數萬，省内悉出，道路斷絶。到中平元年二月，張角兄弟起兵冀州，自號「黄天」，三十六方，四面出和，將帥星布，吏士外屬。因其疲餧，牽而勝之。（卷六）

案：本條未見諸書引作《搜神記》。實取自《後漢書·五行志五》，文全同。《學津討原》本改「三十六方」之「方」爲「萬」，蓋據《後漢書·孝靈帝紀》，殊不知作「萬」本誤也。

57 雌雞化雄

靈帝光和元年，南宫侍中寺雌雞欲化爲雄，一身毛皆似雄，但頭冠尚未變。（卷六）

案：本條未見諸書引作《搜神記》。實取自《後漢書·五行志一》，文全同。

58 白衣男子

光和四年，南宫中黄門寺有一男子，長九尺，服白衣。中黄門解步呵問：「汝何等人？白衣妄入宫掖！」曰：「我梁伯夏後，天使我爲天子。」步欲前收之，因忽不見。（卷六）

案：本條未見諸書引作《搜神記》。事見《後漢書·五行志五》及注引《風俗通》，此取《風俗通》，文同，原作「光和四年四月」。

59 兩頭共身

靈帝中平元年六月壬申，雒陽男子劉倉居上西門外，妻生男，兩頭共身。至建安中，女子生男，亦兩頭共身。（卷六）

案：本條未見諸書引作《搜神記》。實取自《後漢書·五行志五》，文同。原爲兩條，此合之。

60 京師謡言

靈帝之末，京師謡言曰：「侯非侯，王非王，千乘萬騎上北邙。」到中平六年，史侯登

躡至尊，獻帝未有爵號，爲中常侍段珪等所執，公卿百僚，皆隨其後。到河上，乃得還。（卷六）

案：本條未見諸書引作《搜神記》。實取自《後漢書·五行志一》，文字小有删改。

61 樹出血

建安二十五年正月，魏武在洛陽起建始殿，伐濯龍樹而血出。又掘徙梨，根傷而血出。魏武惡之，遂寢疾，是月崩。是歲爲魏武黄初元年。（卷六）

案：本條未見諸書引作《搜神記》。實取自《晉書·五行志中》，《宋書·五行志三》亦載，作「濯龍祠樹」。《晉志》、《宋志》原作「是歲魏文帝黄初元年也」，此誤作「魏武」。

62 妖馬

魏齊王嘉平初，白馬河出妖馬，夜過官牧邊鳴呼，衆馬皆應。明日，見其跡大如斛，行數里，還入河。（卷六）

案：本條未見諸書引作《搜神記》。實删取《宋書·五行志二》或《晉書·五行志中》，文字全同。

63 燕生巨鷇

魏景初元年，有燕生巨鷇于衛國李盖家，形若鷹，吻似燕。高堂隆曰：「此魏室之大異，宜防鷹揚之臣於蕭墻之内。」其後宣帝起，誅曹爽，遂有魏室。（卷六）

案：本條未見諸書引作《搜神記》。實取自《晉書·五行志中》，文字全同。《宋書·五行志三》亦載，文字有異。

64 譙周書柱

蜀景耀五年，宫中大樹無故自折。譙周深憂之，無所與言，乃書柱曰：「衆而大，期之會；具而授，若何復。」言曹者大也。衆而大，天下其當會也；具而授，如何復有立者乎？蜀既亡，咸以周言爲驗。（卷六）

案：本條未見諸書引作《搜神記》。實取自《晉書·五行志中》或《宋書·五行志三》，文字大同，小有改動。原作「言曹者衆也，魏者大也」，此脱四字。

65 大風

吴孫權太元元年八月朔，大風，江海涌溢，平地水深八尺。拔高陵樹二千株，石碑差

動，吴城兩門飛落。明年權死。（卷六）

案：本條未見諸書引作《搜神記》。實取自《晉書·五行志下》、《宋書·五行志五》，文同。

66 二龍見武庫井

太康五年正月，二龍見武庫井中。武庫者，帝王威御之器所寶藏也，屋宇邃密，非龍所處。是後七年，藩王相害。二十八年，果有二胡僭竊神器，皆字曰龍。（卷七）

案：本條未見諸書引作《搜神記》。實據《晉書·五行志下》删節而成，《宋書·五行志五》亦載，文字微異。

67 死牛頭語

太康九年，幽州塞北有死牛頭語。時帝多疾病，深以後事爲念，而付託不以至公，思瞀亂之應也。（卷七）

案：本條未見諸書引作《搜神記》。實據《晉書·五行志下》删節而成，《宋書·五行志五》亦載，文字幾同。又見《太平御覽》卷八九八引《晉朝雜事》，云在泰（太）康九年三月。

68 馬生角

晉武帝太熙元年，遼東有馬生角，在兩耳下，長三寸。及帝晏駕，王室毒於兵禍。（卷七）

案：本條未見諸書引作《搜神記》。實據《宋書·五行志五》或《晉書·五行志下》删節而成，文同。

69 六鍾出涕

晉元康三年閏二月，殿前六鍾皆出涕，五刻乃止。前年賈后殺楊太后於金墉城，而賈后爲惡不悛，故鍾出涕，猶傷之也。（卷七）

案：本條未見諸書引作《搜神記》。實取自《晉書·五行志上》，文字小有改易。

70 臨淄大蛇

元康五年三月，臨淄有大蛇，長十許丈，負二小蛇，入城北門，逕從市入漢陽城景王祠中不見。（卷七）

案：本條未見諸書引作《搜神記》。實取《晉書·五行志下》或《宋書·五行志五》，原作「漢城陽景王」，此誤。陽城景王劉章，漢高祖劉邦孫，齊悼惠王劉肥子，孝文帝二年立，二年薨。見《漢書·諸侯王表》。又《風俗通義·

怪神篇·城陽景王祠》：「城陽，今莒縣是也。自琅琊、青州六郡及渤海都邑、鄉亭、聚落皆爲立祠。」

71 高禖石

元康七年，霹靂破城南高禖石。高禖，宫中求子祠也。賈后妬忌，將殺懷愍，故天怒賈后，將誅之應也。（卷七）

案：本條未見諸書引作《搜神記》。原出《北堂書鈔》卷一五二及《太平御覽》卷一三、卷八七六引《晉朝雜事》（《書鈔》「朝」作「都」）。《書鈔》引曰：「元康七年，霹靂破高禖石。占爲賈后將誅之象。」《御覽》卷一三引曰：「元康七年，霹靂破城南高禖石。高禖，中宫求子象也。賈后將誅之應。」又卷八七六引曰：「元康七年，霹靂破高禖石。占曰：『賈后將殺愍懷。』」疑據《御覽》輯録而有所增補。「懷愍」應作「愍懷」，即愍懷太子司馬遹，惠帝長子，被賈后謀害而死。見《晉書》卷五三《愍懷太子傳》。

72 烏杖

元康中，天下始相傚爲烏杖，以柱掖。其後稍施其鐓，住則植之。及懷、愍之世，王室多故，而中都喪敗。元帝以藩臣樹德東方，維持天下，柱掖之應也。（卷七）

案：本條未見諸書引作《搜神記》。實取自《晉書·五行志上》，文有删節。《宋書·五行志一》亦載，非其所據。

73 散髮倮身

元康中，貴游子弟相與爲散髮倮身之飲，對弄婢妾。逆之者傷好，非之者負譏，希世之士，耻不與焉。胡狄侵中國之萌也，其後遂有二胡之亂。（卷七）

案：本條未見諸書引作《搜神記》。實取自《晉書·五行志上》，文有删節。《宋書·五行志一》亦載，非其所據。

74 萬詳婢

晉懷帝永嘉元年，吴郡吴縣萬詳婢生一子，鳥頭，兩足馬蹄，一手，無毛，尾黄色，大如椀。（卷七）

案：本條未見諸書引作《搜神記》。實取自《晉書·五行志下》，「椀」字原作「枕」，《吴郡志》卷四七引《晉書·五行志》、《歷代神異感應録》（北宋令狐皞如撰）作「碗」。《宋書·五行志五》亦載，「詳」作「祥」。

75 嚴根婢

永嘉五年，抱罕令嚴根婢産一龍、一女、一鵝。京房《易傳》曰：「人生他物，非人所見

者，皆爲天下大兵。」時帝承惠帝之後，四海沸騰，尋而陷於平陽，爲逆胡所害。（卷七）

案：本條未見諸書引作《搜神記》。實取自《晉書·五行志下》，「抱」原作「枹」，「婢」原作「妓」，「惠帝」原作「惠皇」。

76 張林家狗

永嘉五年，吴郡嘉興張林家，有狗忽作人言云：「天下人俱餓死。」於是果有二胡之亂，天下饑荒焉。（卷七）

案：本條未見諸書引作《搜神記》。實取自《晉書·五行志中》，文字小有增益。《宋書·五行志二》亦載，非其所據。

77 茱萸樹

永嘉六年正月，無錫縣欻有四枝茱萸樹，相樛而生，狀若連理。先是，郭璞筮延陵蝘鼠，遇《臨》之《益》，曰：「後當復有妖樹生，若瑞而非，辛螫之木也。儻有此，東西數百里必有作逆者。」及此生木，其後吴興徐馥作亂，殺太守袁琇。（卷七）

案：本條未見諸書引作《搜神記》。實取自《晉書·五行志中》，文有訛誤，「正月」原作「五月」，「枝」原作

「株」，又增「吴興」、「殺太守袁琇」等字句。案《晉書·孝愍帝紀》：「（建興）三年春正月……吴興人徐馥害太守袁琇。」疑輯録者據此而補，且妄改「五月」爲「正月」，而不知無錫生茱萸，徐馥殺袁琇本非同年之事。《宋書·五行志三》亦載，非本條之所據。

78 豕生人

永嘉中，壽春城内有豕生人，兩頭，而不活。周馥取而觀之。識者云：「豕，北方畜，胡狄象；兩頭者，無上也；生而死，不遂也。天戒若曰：易生專利之謀，將自致傾覆也。」俄爲元帝所敗。（卷七）

案：本條未見諸書引作《搜神記》。實取自《晉書·五行志下》，文有訛誤，「豕生人」原無「人」字，「易」原作「勿」。《宋書·五行志四》亦載，非其所據。

79 馬生兩頭駒

太興二年，丹陽郡吏濮陽演馬生駒，兩頭，自項前别，生而死。此政在私門，二頭之象也。其後王敦陵上。（卷七）

案：本條未見諸書引作《搜神記》。實取自《晉書·五行志下》，「此政在私門」上删「司馬彪説曰」五字。《宋書・五行志五》亦載，文字有所不同，非其所據。

80 羽扇

舊爲羽扇，柄者刻木象其骨形，列羽用十，取全數也。初，王敦南征，始改爲長柄，下出可捉，而減其羽，用八。識者尤之曰：「夫羽扇，翼之名也。創爲長柄，將執其柄，以制其羽翼也。改十爲八，將未備奪已備也。此殆敦之擅權，以制朝廷之柄，又將以無德之材，欲竊非據也。」（卷七）

案：本條未見諸書引作《搜神記》。實取自《晉書・五行志上》，文字微有增損。《開元占經》卷一一四、《太平御覽》卷七〇二、《事類賦注》卷一四引何法盛《晉中興書・徵祥説》，《宋書・五行志一》亦載，非其所據。

81 武昌大蛇

晉明帝太寧初，武昌有大蛇，常居故神祠空樹中。每出頭，從人受食。京房《易傳》曰：「蛇見于邑，不出三年有大兵，國有大憂。」尋有王敦之逆。（卷七）

案：本條未見諸書引作《搜神記》。實取自《晉書・五行志下》，文同，惟「易傳」原作「易妖」。《宋書・五行志五》亦載，末句文字不同，非此所據。

82 呂望

呂望釣於渭陽，文王出游獵，占曰：「今日獵得一獸（《津逮》本作狩，據《學津》本改），非龍非螭，非熊非羆，合得帝王師。」果得太公於渭之陽。與語，大悦，同車載而還。（卷八）

案：本條未見諸書引作《搜神記》。事見《六韜》卷一《文師》（《太平御覽》卷七二六、卷八三四亦引），《史記・齊太公世家》，《宋書・符瑞志上》，文皆有所不同，所據待考。

83 戴洋夢

都水馬武舉戴洋爲都水令史。洋請急還鄉。將赴洛，夢神人謂之曰：「洛中當敗，人盡南渡。後五年，揚州必有天子。」洋信之，遂不去。既而皆如其夢。（卷八）

案：本條未見諸書引作《搜神記》。實取自《晉書》卷九五《藝術傳・戴洋傳》，文全同。

84 馮緄

車騎將軍巴郡馮緄，字鴻卿。初爲議郎，發綬笥，有二赤蛇，可長二尺，分南北走，大用憂怖。許季山孫憲，字寧方，得其先人秘要。緄請使卜，云：「此吉祥也。君後三歲當

爲邊將，東北四五里，官以東爲名。」後五年，從大將軍南征。居無何，拜尚書郎、遼東太守、南征將軍。（卷九）

案：本條未見諸書引作《搜神記》。事見《風俗通義·怪神篇》，《藝文類聚》卷九六，《太平御覽》卷六八二、卷九三四，《太平廣記》卷四五六亦引，又載《後漢書》卷八二下《方術列傳·許曼傳》。疑據《類聚》、《御覽》所引《風俗通》綴合而成。

85 何比干

漢征和三年三月，天大雨。何比干在家，日中夢貴客車騎滿門。覺以語妻，語未已而門有老嫗，可八十餘，頭白，求寄避雨，雨甚而衣不沾漬。雨止，送至門。乃謂比干曰：「公有陰德，今天錫君策，以廣公之子孫。」因出懷中符策，狀如簡，長九寸，凡九百九十枚，以授比干，曰：「子孫佩印綬者，當如此算。」（卷九）

案：本條未見諸書引作《搜神記》。事見《後漢書》卷四三《何敞傳》注引《何氏家傳》，《太平御覽》卷六〇六引作《後漢書》，《天中記》卷三三、卷三九亦引《何氏家傳》，當轉引自《後漢書》注。又見《太平廣記》卷二九一引《三輔決録》，《御覽》卷四七〇引《晉中興書》，《廣記》卷一三七引《幽明録》。此節取《天中記》或《後漢書》注引《何氏家傳》，文句相合。

86 魏舒

魏舒字陽元，任城樊人也。少孤。嘗詣野王，主人妻夜産，俄而聞車馬之聲，相問曰：「男也？女也？」曰：「男。書之，十五以兵死。」復問：「寢者爲誰？」曰：「魏公。」舒後十五載，詣主人，問所生兒何在，曰：「因條桑爲斧傷而死。」舒自知當爲公矣。（卷九）

案：本條未見諸書引作《搜神記》。事見《太平御覽》卷三六一引孫盛《晉陽秋》、《晉書》卷四一《魏舒傳》，此取《晉書》，文字全同。

87 鄧喜

吴戍將鄧喜，殺豬祠神，治畢懸之。忽見一人頭往食肉，喜引弓射，中之，咋咋作聲，繞屋三日。後人白喜謀叛，合門被誅。（卷九）

案：本條未見諸書引作《搜神記》。實取自《晉書·五行志中》，文同。《宋書·五行志三》文亦同，然「鄧喜」作「鄧嘉」。

88 賈充

賈充伐吴時，常屯項城。軍中忽失充所在。充帳下都督周勤，時晝寢，夢見百餘人録充，引入一徑。勤驚覺，聞失充，乃出尋索。忽覩所夢之道，遂往求之。果見充行至一府舍，侍衛甚盛。府公南面坐，聲色甚厲，謂充曰：「將亂吾家事者，必爾與荀勗。既惑吾子，又亂吾孫。間使任愷黜汝而不去，又使庾純詈汝而不改。今吴寇當平，汝方表斬張華，汝之暗戇，皆此類也。若不悛慎，當旦夕加誅。」充因叩頭流血。府公曰：「汝所以延日月而名器若此者，是衛府之勳耳。終當使係嗣死於鍾虡之間，大子斃於金酒之中，小子困於枯木之下。荀勗亦宜同，然其先德小濃，故在汝後，數世之外，國嗣亦替。」言畢命去。充忽然得還營，顔色憔悴，性理昏錯，經日乃復。至後謐死於鍾下，賈后服金酒而死，賈午考竟，用大杖終，皆如所言。（卷九）

案：本條未見諸書引作《搜神記》。事見《晉書》卷四〇《賈充傳》，《太平廣記》卷二九四亦引《晉書》。此據《晉書》輯録，文同。

89 蔡茂

漢蔡茂字子禮，河内懷人也。初在廣漢，夢坐大殿，極上有禾三穗，茂取之，得其中穗，輒復失之。以問主簿郭賀，賀曰：「大殿者，官府之形象也；極而有禾，人臣之上禄也；取中穗，是中台之象也。於字，禾失爲秩，雖曰失之，乃所以禄也。袞職有闕，君其補

之。」旬月而茂徵焉。（卷一〇）

案：本條未見諸書引作《搜神記》。事見《華陽國志》卷一〇中、《後漢書》卷二六《蔡茂傳》。此取自《後漢書》，文有脱訛。

90 審雨堂

夏陽盧汾，字士濟。夢入蟻穴，見堂宇三間，勢甚危豁，題其額曰「審雨堂」。（卷一〇）

案：本條見《紺珠集》卷七、《類説》卷七、《説郛》卷四所摘《搜神記》，又《海録碎事》卷九上、《錦繡萬花谷》前集卷一、《古今合璧事類備要》前集卷二引作《搜神記》。《紺珠集》曰：「盧汾夢入蟻穴，見堂宇豁開，題榜曰『審雨堂』。」《類説》作：「盧汾夢入蟻穴，見堂（案：明嘉靖伯玉翁舊鈔本下有宇字）危豁，題曰『審雨堂』。」《説郛》與《類説》大同，惟少「入」字而多「宇」字。《海録碎事》作「盧綸」，「堂」下有「宇」字，餘亦同《類説》。《錦繡萬花谷》則作「見堂宇，題其名曰『審雨堂』」，《古今合璧事類備要》同，惟無「曰」字。四書大抵轉據《紺珠集》或《類説》。此事實出《妖異記》，《太平廣記》卷四七四引《窮神秘苑》引有全文（《天中記》卷三亦有節引）。事在後魏莊帝永安二年，非出《搜神記》甚明。《紺珠集》、《類説》所摘《搜神記》，必是闌入《窮神秘苑》。《窮神秘苑》唐末焦璐（一作潞）撰，雜編古小説記傳而成。此書宋時又題《搜神録》（見《宋史·藝文志》小説類），書名與干寶書相似，《紺珠集》、《類説》竄入此事者，殆此故也。輯録者暗昧不明，乃據而誤輯，文字有所添改，又據《廣記》補盧汾之字里。

91 白越單衫

吴選曹令史劉卓病篤，夢見一人，以白越單衫與之，言曰：「汝著衫汙，火燒便潔也。」卓覺，果有衫在側，汙輒火浣之。（卷一〇）

案：本條未見諸書引作《搜神記》。《初學記》卷二六引作魏文帝《列傳》，《太平御覽》卷三九九引作《列異傳》。本條據《初學記》輯録，文句全同，惟原文作「病荒」，此改「篤」耳。

92 漢靈帝夢

漢靈帝夢見桓帝怒曰：「宋皇后有何罪過，而聽用邪孽，使絶其命？渤海王悝既已自貶，又受誅斃。今宋氏及悝自訴于天，上帝震怒，罪在難救。」夢殊明察。帝既覺而恐，尋亦崩。（卷一〇）

案：本條未見諸書引作《搜神記》。實删取《後漢書・靈帝宋皇后紀》而成，文句全同。《法苑珠林》卷七六引《冤魂志》亦載，文句大同。

93 賈雍

漢武時，蒼梧賈雍爲豫章太守，有神術。出界討賊，爲賊所殺，失頭。上馬回營中，咸走來視雍。雍胷中語曰：「戰不利，爲賊所傷。諸君視有頭佳乎，無頭佳乎？」吏涕泣曰：「有頭佳。」雍曰：「不然，無頭亦佳。」言畢遂死。（卷一一）

案：本條未見諸書引作《搜神記》。《太平御覽》卷三六四、卷三七一引作《録異傳》，《太平廣記》卷三二一亦引，脱出處（魯迅輯入《幽明録》）。此當據《御覽》卷三六四，並參考《廣記》輯録。

94 王祥

王祥字休徵，瑯邪人，性至孝。早喪親，繼母朱氏不慈，數譖之，由是失愛於父，每使掃除牛下。父母有疾，衣不解帶。母常欲生魚，時天寒冰凍，祥解衣，將剖冰求之。冰忽自解，雙鯉躍出，持之而歸。母又思黄雀炙，復有黄雀數十入其幙，復以供母。鄉里驚歎，以爲孝感所致。（卷一一）

案：本條未見諸書引作《搜神記》。實取自《晉書》卷三三《王祥傳》，文有删節。王祥此事又載《藝文類聚》卷九引孫盛《雜語》，《初學記》卷三、《太平御覽》卷二六引師覺《孝子傳》，《初學記》卷七、《御覽》卷六八引臧榮緒《晉書》，卷八六三引《孝子傳》，卷九二一引蕭廣濟《孝子傳》，皆與此文句不同。

95 王延

王延性至孝，繼母卜氏嘗盛冬思生魚，勑延求而不獲，杖之流血。延尋汾，叩凌而哭。

忽有一魚，長五尺，躍出冰上。延取以進母，卜氏食之，積日不盡。於是心悟，撫延如己子。（卷一一）

案：本條未見諸書引作《搜神記》。事見《太平御覽》卷四一二引臧榮緒《晉書》、《御覽》卷四一一引崔鴻《十六國春秋·前趙録》、卷五一一引《三十國春秋》、《晉書》卷八八《孝友傳·王延傳》，此據《晉書》，增「性至孝」三字。

96 楚僚

楚僚早失母，事後母至孝。母患癰腫，形容日悴。僚自徐徐吮之，血出，迨夜即得安寢。乃夢一小兒語母曰：「若得鯉魚食之，其病即差，可以延壽。不然，不久死矣。」母覺而告僚。時十二月冰凍，僚乃仰天歎泣，脱衣上冰臥之。有一童子決僚臥處，冰忽自開，一雙鯉魚躍出。僚將歸奉其母，病即愈。壽至一百三十三歲。蓋至孝感天神，昭應如此。此與王祥、王延事同。（卷一一）

案：本條未見六朝唐宋書引作《搜神記》，惟《天中記》卷五六引作《搜神記》，實指八卷本，今見八卷本卷五，視原文多有删削，本條即據《天中記》輯録。《天中記》在引文之後又云：「晉王祥、王延事同。」乃編者（陳耀文）説明之辭，其書於卷一七曾引王祥、王延事（分别引自《晉書》、《三十國春秋》），而本條亦輯爲本文。句道興本

《搜神記》亦載，文句不同，作「樊寮」。《東觀漢記》卷一一作「樊儵」，止載吮癰事。

97 盛彦

盛彦字翁子，廣陵人。母王氏，因疾失明，彦躬自侍養，母食必自哺之。母疾既久，至於婢使數見捶撻。婢忿恨，聞彦蹔行，取蠐螬炙餄之。母食，以爲美，然疑是異物，密藏以示彦。彦見之，抱母慟哭，絶而復蘇。母目豁然即開，於此遂愈。（卷一一）

案：本條未見諸書引作《搜神記》。實删取《晉書》卷八八《孝友傳·盛彦傳》而成。《法苑珠林》卷四九，《太平御覽》卷四一一、卷九四八引祖台（祖台之）《志怪》亦載，文句不同。

98 顔含

顔含字弘都，次嫂樊氏，因疾失明。醫人疏方，須蚺蛇膽，而尋求備至，無由得之，含憂歎累時。嘗晝獨坐，忽有一青衣童子，年可十三四，持一青囊授含。含開視，乃蛇膽也。童子逡巡出户，化成青鳥飛去。得膽藥成，嫂病即愈。（卷一一）

案：本條未見諸書引作《搜神記》。實删取《晉書》卷八八《孝友傳·顔含傳》而成，文字全同。又載《太平御覽》卷五一七引《晉書》，卷四一六、卷九二七引《晉中興書》，非此所據。

99 劉殷

新興劉殷，字長盛。七歲喪父，哀毀過禮，服喪三年，未嘗見齒。事曾祖母王氏。嘗夜夢人謂之曰：「西籬下有粟。」寤而掘之，得粟十五鍾。銘曰：「七年粟百石，以賜孝子劉殷。」自是食之，七歲方盡。及王氏卒，夫婦毀瘠，幾至滅性。時柩在殯而西鄰失火，風勢甚猛，殷夫婦叩殯號哭，火遂滅。後有二白鳩來，巢其樹庭。（卷一一）

案：本條未見諸書引作《搜神記》。實删取《晉書》卷八八《孝友傳·劉殷傳》而成。《太平御覽》卷四一一引崔鴻《十六國春秋·前趙録》亦載，非此所據。

100 王裒

王裒字偉元，城陽營陵人也。父儀，爲文帝所殺。裒廬於墓側，旦夕常至墓所拜跪，攀栢悲號，涕泣著樹，樹爲之枯。母性畏雷，母没，每雷輒到墓曰：「裒在此。」（卷一一）

案：本條未見諸書引作《搜神記》。實删取《晉書》卷八八《孝友傳·王裒傳》而成。《太平御覽》卷九五四引王隱《晉書》、敦煌本《孝子傳》亦載，非此所據。

101 白鳩郎

鄭弘遷臨淮太守，郡民徐憲在喪致哀，有白鳩巢户側。弘舉爲孝廉，朝廷稱爲「白鳩郎」。（卷一一）

案：本條未見諸書引作《搜神記》。《藝文類聚》卷九二、《太平御覽》卷九二一引作《會稽典録》（晉虞預撰），二書文字幾同，此據《類聚》輯録。

102 樂羊子妻

河南樂羊子之妻者，不知何氏之女也。躬勤養姑。嘗有他舍雞謬入園中，姑盜殺而食之。妻對雞不食而泣，姑恠問其故，妻曰：「自傷居貧，使食有他肉。」姑竟弃之。後盜有欲犯之者，乃先刼其姑，妻聞，操刀而出。盜曰：「釋汝刀。從我者可全；不從我者，則殺汝姑。」妻仰天而歎，刎頸而死，盜亦不殺姑。太守聞之，捕殺盜賊，賜妻縑帛，以禮葬之。（卷一一）

案：本條未見諸書引作《搜神記》。事見《藝文類聚》卷一八引《列女傳》、《後漢書》卷八四《列女傳·河南樂羊子妻傳》，此删節《後漢書》而成。

103 庾衮

庾衮字叔褒，咸寧中大疫，二兄俱亡，次兄毗復殆。癘氣方盛，父母諸弟皆出次於外，衮獨留不去。諸父兄强之，乃曰：「衮性不畏病。」遂親自扶持，晝夜不眠，間復撫柩，哀臨不輟。如此十餘旬，疫勢既退，家人乃返。毗病得差，衮亦無恙。（卷一一）

案：本條未見諸書引作《搜神記》。事見《太平御覽》卷四〇三引王隱《晉書》、《晉書》卷八八《孝友傳・庾衮傳》，此删節《晉書・孝友傳》而成。

104 望夫岡

鄱陽西有望夫岡。昔縣人陳明與梅氏爲婚，未成而妖魅詐迎婦去。明詣卜者，决云：「行西北五十里求之。」明如言，見一大穴，深邃無底。以繩懸入，遂得其婦。乃令婦先出，而明所將鄰人秦文遂不取明。其婦乃自誓執志，登此岡首而望其夫，因以名焉。（卷一一）

案：本條未見諸書引作《搜神記》。實出《初學記》卷八引《鄱陽記》，文同。

105 鄧元義妻

後漢南康鄧元義，父伯考，爲尚書僕射。元義還鄉里，妻留事姑甚謹。姑憎之，幽閉空室，節其飲食。羸露日困，終無怨言。時伯考恠而問之，元義子朗時方數歲，言：「母不病，但苦饑耳。」伯考流涕曰：「何意親姑，反爲此禍！」遣歸家。更嫁爲華仲妻。仲爲將作大匠，妻乘朝車出。元義於路旁觀之，謂人曰：「此我故婦，非有他過，家夫人遇之實酷，本自相貴。」其子朗時爲郎，母與書，皆不答，與衣裳，輒以燒之，母不以介意。母欲見之，乃至親家李氏堂上，令人以他詞請朗。朗至見母，再拜涕泣，因起出。母追謂之曰：「我幾死。自爲汝家所弃，我何罪過，乃如此耶？」因此遂絶。（卷一一）

案：本條未見諸書引作《搜神記》。實取《後漢書》卷四八《應奉傳》注引《汝南記》，文有訛誤，「南康」乃「汝南」之誤。

106 嚴遵

嚴遵爲揚州刺史，行部，聞道傍女子哭聲不哀。問所哭者誰，對云：「夫遭燒死。」遵勑吏舁尸到，與語訖，語吏云：「死人自道不燒死。」乃攝女，令人守尸，云：「當有枉。」吏

白：「有蠅聚頭所。」遵令披視，得鐵錐貫頂。考問，以淫殺夫。（卷一一）

案：本條未見諸書引作《搜神記》。事見《藝文類聚》卷九七、《太平御覽》卷二五八、《太平廣記》卷一七一引《益部耆舊傳》（或作《益都耆舊傳》，晉陳壽撰），此當參考諸書所引而輯録。文字有所改動，原作「當有物往」（《類聚》「往」上有「自」字），此妄改「往」爲「枉」。

107 范式

漢范式，字巨卿，山陽金鄉人也。一名氾。與汝南張劭爲友，劭字元伯，二人並遊太學。後告歸鄉里，式謂元伯曰：「後二年當還，將過拜尊親，見孺子焉。」乃共剋期日。後期方至，元伯具以白母，請設饌以候之。母曰：「二年之别，千里結言，爾何相信之審耶？」曰：「巨卿信士，必不乖違。」母曰：「若然，當爲爾醖酒。」至期果到。升堂拜飲，盡歡而别。後元伯寢疾甚篤，同郡到君章、殷子徵，晨夜省視之。元伯臨終，歎曰：「恨不見我死友。」子徵曰：「吾與君章盡心於子，是非死友，復欲誰求？」元伯曰：「若二子者，吾生友耳；山陽范巨卿，所謂死友也。」尋而卒。式忽夢見元伯，玄冕垂纓屣履而呼曰：「巨卿，吾以某日死，當以爾時葬，永歸黄泉。子未忘我，豈能相及？」式恍然覺悟，悲歎泣下。便服朋友之服，投其葬日，馳往赴之。未及到而喪已發引，既至壙將窆，而柩不肯進。其母撫之曰：「元伯，豈有望耶？」遂停柩。移時，乃見素車白馬號哭而來，其母望之曰：「是必范巨卿也。」既至，叩喪言曰：「行矣！元伯。死生異路，永從此辭。」會葬者千人，咸爲揮涕。式因執紼而引，柩於是乃前。式遂留止冢次，爲修墳樹，然後乃去。（卷一一）

案：本條未見諸書引作《搜神記》。實删取《後漢書》卷八一《獨行列傳·范式傳》而成。文字微有改動，「到君章」原作「郅君章」，此誤也。《藝文類聚》卷二一、卷七九，《太平御覽》卷四〇七引謝承《後漢書》，卷九一八引《後漢書》亦載，引文皆簡。

108 山都

廬江大山之間有山都，似人，裸身，見人便走。有男女，可長四五丈，能囐相喚。常在幽昧之中，似魑魅鬼物。（卷一二）

案：本條未見諸書引作《搜神記》。《初學記》卷八引作《異物志》，此即輯自《初學記》，而文多訛誤。「廬江」原作「廬陵」，「丈」原作「尺」，「有男女」上原有「自」字。

109 蛇蠱

滎陽郡有一家，姓廖，累世爲蠱，以此致富。後取新婦，不以此語之。遇家人咸出，唯此婦守舍。忽見屋中有大缸，婦試發之，見有大蛇，婦乃作湯，灌殺之。及家人歸，婦具白其事，舉家驚惋。未幾其家疾疫，死亡略盡。（卷一二）

案：本條輯自《太平廣記》卷三五九，文字全同。《廣記》此下以「又有沙門曇遊」接叙另事，而末注「出《靈鬼志》及《搜神記》」（明鈔本、陳鱣校本《搜神記》作《續搜神記》），乃組合二書而成。《太平御覽》卷七四二引前事作《靈鬼志》，卷七四二、卷九四六引後事作《續搜神記》，是知本條出《靈鬼志》，輯録者誤輯。

110 龜化城

秦惠王二十七年，使張儀築成都城，屢頹。忽有大龜浮于江，至東子城東南隅而斃。儀以問巫，巫曰：「依龜築之。」便就。故名龜化城。（卷一三）

案：本條未見諸書引作《搜神記》。事見《太平御覽》卷九三一、《事類賦注》卷二八引《華陽國志》（今本無），《御覽》卷一九三引《成都記》，《太平寰宇記》卷七二《益州·成都縣》引《周地圖經》，文皆不同。所據待考。

111 昆明池

漢武帝鑿昆明池，極深，悉是灰墨，無復土。舉朝不解，以問東方朔，朔曰：「臣愚，不足以知之。」曰：「試問西域人。」帝以朔不知，難以移問。至後漢明帝時，西域道人入來洛陽，時有憶方朔言者，乃試以武帝時灰墨問之。道人云：「經云：『天地大劫將盡，則劫燒。』此劫燒之餘也。」乃知朔言有旨。（卷一三）

案：本條未見諸書引作《搜神記》。事見《三輔黄圖》卷四引《關輔古語》，《太平寰宇記》卷二五《雍州·長安縣》引《三輔故事》，《初學記》卷七、《文房四譜》卷五、《杜工部草堂詩箋》卷二六《寄劉峽州伯華使君四十韻》又卷三八《千秋節有感二首》其一注引曹毗《志怪》（《文房四譜》又云出《幽明録》），《玉燭寶典》卷四引《雜鬼怪志》，《高僧傳》卷一《竺法蘭傳》，此據《初學記》輯，文字微有改動。

112 廖氏宅

臨汜縣有廖氏，世老壽。後移居，子孫輒殘折。他人居其故宅，復累世壽，乃知是宅所爲，不知何故。疑井水赤，乃掘井左右，得古人埋丹砂數十斛。丹汁入井，是以飲水而得壽。（卷一三）

案：本條未見諸書引作《搜神記》。事見《抱朴子·内篇·仙藥》，《藝文類聚》卷六四及《太平御覽》卷一八九、卷三八三、卷六七〇、卷七二〇、卷九八五亦引。此據《類聚》輯録，文全同。「臨汜」，《抱朴子》及《御覽》卷一八九、卷三八三、卷九八五引作「臨沅」。臨沅縣，西漢置，屬武陵郡。《類聚》訛，輯録者從而未改。

113 蛸

蛸多刺，故不使超踰楊柳。（卷一三）

案：本條未見諸書引作《搜神記》。實據《太平御覽》卷九一二引《孝經援神契》輯録。「楊柳」作「抑揚」，是也。《御覽》版本或有訛作「楊柳」者，如《四庫全書》本即是，此從而訛之。《古微書》卷二九亦然，殆據舊本。

114 柯亭竹

蔡邕嘗至柯亭，以竹爲椽。邕仰眄（《學津》本作眄）之，曰：「良竹也。」取以爲笛，發聲遼亮。一云，邕告吴人曰：「吾昔嘗經會稽高遷亭，見屋東間第十六竹椽可爲笛，取用，果有異聲。」（卷一三）

案：本條未見諸書引作《搜神記》。柯亭竹事見《世説新語·輕詆》注、《北堂書鈔》卷一一一、《藝文類聚》卷四四、《初學記》卷一六引伏滔《蔡邕長笛賦序》，《太平御覽》卷一九四引《郡國志》；高遷亭事見《書鈔》卷一一一引《蔡邕别傳》，《御覽》卷一九四引《續漢書》，《書鈔》卷一一一，《後漢書》卷六〇下《蔡邕列傳》注，《類聚》卷八九，《御覽》卷五八〇、卷九六二，《事類賦注》卷一一引張騭《文士傳》。本條前事疑取《世説》注，文字略有改動，「發聲遼亮」原作「音聲獨絶」，其餘文字大同。後事取《事類賦注》，文字全同。

115 東明

槀離國王侍婢有娠，王欲殺之，婢曰：「有氣如雞子，從天來下，故我有娠。」後生子，捐之猪圈中，猪以喙嘘之；徙至馬櫪中，馬復以氣嘘之，故得不死。王疑以爲天子也，乃令其母收畜之，名曰東明，常令牧馬。東明善射，王恐其奪己國也，欲殺之。東明走，南至施掩水，以弓擊水，魚鼈浮爲橋，東明得渡。魚鼈解散，追兵不得渡。因都王夫餘。（卷一四）

案：本條未見諸書引作《搜神記》。事見《論衡·吉驗篇》（《初學記》卷七、《太平御覽》卷七三亦引），《三國志·魏書·東夷傳》注，《藝文類聚》卷九六，《太平御覽》卷三四七、卷三六〇、卷九三二，《事類賦注》卷一三引《魏略》，《後漢書》卷八五《東夷列傳》，《梁書》卷五四《諸夷傳》，《獨異志》卷中。諸書所記事同，然多異文。本條疑據今本《論衡》輯録，文字幾同，然《論衡》作「掩淲水」（《初學記》引作「淹水」），而《魏書》注作「施掩水」，與此同（《御覽》卷三四七及《事類賦注》引作「奄水」，《御覽》卷三六〇、卷九三二作「淹水」，《後漢書》作「掩淲水」，《梁書》作「淹滯水」）。然則又嘗參考《魏書》注，綜合二書而成。《魏書》注作「高離」，《論衡》作「槖離」，此訛作「槀離」。

116 鵠蒼

古徐國宫人，娠而生卵，以爲不祥，棄之水濱。有犬名鵠蒼，銜卵以歸，遂生兒，

爲徐嗣君。後鵠蒼臨死，生角而九尾，實黄龍也。葬之徐里中，見有狗壟在焉。（卷一四）

案：本條未見諸書引作《搜神記》。事見《博物志》卷七引《徐偃王志》，又《水經注》卷八《濟水》引劉成國《徐州地理志》引《徐偃王之異》（疑應作《徐偃王志異》）。亦見《史記·秦本紀》及《趙世家》之《正義》引《括地志》。《後漢書》卷八五《東夷列傳》注，《初學記》卷八，《太平御覽》卷三四七、卷三六〇，《事類賦注》卷一三、卷二三亦引《博物志》，《御覽》卷九〇四引作《徐偃王志》。又見《藝文類聚》卷九四、《初學記》卷二九、《御覽》卷五五六引郭緣生《述征記》，《後漢書》卷八五《東夷傳》，《述異記》卷下。本條乃據《初學記》卷八引《博物志》、卷二九引《述征記》綴合而成。

117 穀烏菟

鬬伯比父早亡，隨母歸，在舅姑之家。後長大，乃奸妘子之女，生子文。其妘子妻耻女不嫁而生子，乃弃於山中。妘子遊獵，見虎乳一小兒。歸與妻言，妻曰：「此是我女與伯比私通，生此小兒。我耻之，送於山中。」妘子乃迎歸養之，配其女與伯比。楚人因呼子文爲穀烏菟。仕至楚相也。（卷一四）

案：本條未見諸書引作《搜神記》。事出《左傳》宣公四年。文句不同，所據待考。

118 撅兒

晉懷帝永嘉中，有韓媪者，於野中見巨卵，持歸育之，得嬰兒，字曰撅兒。方四歲，劉淵築平陽城不就，募能城者。撅兒應募，因變爲蛇，令媪遺灰誌其後，謂媪曰：「憑灰築城，城可立就。」竟如所言。淵怪之，遂投入山穴間，露尾數寸。使者斬之，忽有泉出穴中，滙爲池，因名金龍池。（卷一四）

案：本條未見諸書引作《搜神記》。《太平寰宇記》卷四三《河東道四·晉州·臨汾縣·劉元海城》載此事，無出處，文句雖有相合者，然異文頗多，末云：「使者斬之，仍掘其穴，忽有泉湧出，激溜奔注，與晉水合流，東入于汾。至今近泉出蛇皆無尾，以爲靈異，因立祠焉。」與此亦不同。《天中記》卷五六引《山川紀異》云：「平陽府平山麓，有金龍池。晉永嘉中，有韓媪者，出野見巨卵，持歸育之，得一兒，名橛兒。生四歲，劉淵築城不就，募能城者。橛兒應募，因變爲蛇，令媪遺灰識其後，其後憑灰築城，立就。淵怪之，遂潛入山穴，露尾數寸。使者斬之，忽湧泉出穴，滙爲此也。」本條與此文同，疑取《山川紀異》。《千頃堂書目》地理類下著録《山川紀異録》，明無名氏撰。

119 羽衣人

元帝永昌中，暨陽人任谷，因耕息於樹下。忽有一人，著羽衣，就淫之，既而不知所

在。谷遂有娠。積月將産，羽衣人復來，以刀穿其陰下，出一蛇子，便去。谷遂成宦者，詣闕自陳，留於宮中。（卷一四）

案：本條未見諸書引作《搜神記》。實删取《晉書》卷七二《郭璞傳》而成。

120 嫦娥

羿請無死之藥於西王母，嫦娥竊之以奔月。將往，枚筮之於有黄。有黄占之曰：「吉。翩翩歸妹，獨將西行。逢天晦芒，毋恐毋驚，後且大昌。」嫦娥遂託身於月，是爲蟾蠩。（卷一四）

案：本條未見諸書引作《搜神記》。事見《文選》卷一三謝莊《月賦》注、卷五七謝莊《宋孝武宣貴妃誄》注、卷六〇王僧達《祭顔光禄文》注、《太平御覽》卷九八四引《歸藏》，《淮南子·覽冥訓》及注，《後漢書·天文志上》注、《藝文類聚》卷一、《開元占經》卷一、《太平御覽》卷四又卷九四九、《文獻通考》卷二八〇引張衡《靈憲》。《後漢書》注及《開元占經》、《文獻通考》所引最備，此即據以輯録。惟原文作「姮娥」，此改爲「嫦娥」；原文作「毋驚毋恐」，此誤倒；《後漢書》作「後其大昌」，《開元占經》、《文獻通考》「其」作「且」。

121 蘭巖雙鶴

滎陽縣南百餘里有蘭巖山，峭拔千丈。常有雙鶴，素羽皦然，日夕偶影翔集。相傳云，昔有夫婦，隱此山數百年，化爲雙鶴，不絶往來。忽一旦，一鶴爲人所害，其一鶴歲常哀鳴。至今響動巖谷，莫知其年歲也。（卷一四）

案：本條未見諸書引作《搜神記》。事見《藝文類聚》卷八八、《初學記》卷三〇、《太平御覽》卷四二、《太平寰宇記》卷一一六《永州·零陵縣》、《事類賦注》卷一八、《天中記》卷五八引王韶之《神境記》，此據《初學記》、《御覽》綴合而成。

122 王道平

秦始皇時，有王道平，長安人也。少時，與同村人唐叔偕女，小名父喻，容色俱美，誓爲夫婦。尋王道平被差征伐，落墮南國，九年不歸。父母見女長成，即聘與劉祥爲妻。女與道平言誓甚重，不肯改事。父母逼迫不免，出嫁劉祥。經三年，忽忽不樂，常思道平，忿怨之深，悒悒而死。死經三年，平還家，乃詰鄰人：「此女安在？」鄰人云：「此女意在于君，被父母凌逼，嫁與劉祥，今已死矣。」平問：「墓在何處？」鄰人引往墓所。平悲號哽咽，三呼女名，繞墓悲苦，不能自止。平乃祝曰：「我與汝立誓天地，保其終身。豈料官有牽纏，致令乖隔，使汝父母與劉祥，既不契於初心，生死永訣。然汝有靈聖，使我見汝生平之面；若無神靈，從茲而別。」言訖，又復哀泣。逡巡，其女魂自墓出，問平：「何處而來？

良久契闊。與君誓爲夫婦，以結終身。父母强逼，乃出聘劉祥。已經三年，日夕憶君，結恨致死，乖隔幽途。然念君宿念不忘，再求相慰，妾身未損，可以再生，還爲夫婦。且速開冢，破棺出我，即活。」平審言，乃啓墓門，捫看其女，果活。乃結束，隨平還家。其夫劉祥聞之驚怪，申訴于州縣。檢律斷之，無條，乃録狀奏王，王斷歸道平爲妻。壽一百三十歲。實謂精誠貫于天地，而獲感應如此。（卷一五）

案：本條未見宋元前諸書引作《搜神記》。明陳耀文《天中記》卷一九引此事，注《搜神記》，乃見八卷本卷二，除個别訛字異文，文字全同。本條文句同，惟異文較多。此事乃本句道興本《搜神記》，情事全同，句本作「王道憑」、「唐文榆」、「劉元祥」，傳寫之異也。

123

酒藏吏戴洋

戴洋字國流，吴興長城人。年十二病死，五日而蘇，説死時天使其酒藏吏，授符籙，給吏從幡麾，將上蓬萊、崑崙、積石、太室、廬、衡等山，既而遣歸。妙解占候，知吴將亡，託病不仕，還鄉里。行至瀨鄉，經老子祠，皆是洋昔死時所見使處，但不復見昔物耳。因問守藏應鳳曰：「去二十餘年，嘗有人乘馬東行，經老君祠而不下馬，未達橋，墜馬死者否？」鳳言有之。所問之事，多與洋同。（卷一五）

案：本條未見諸書引作《搜神記》。實删取《晉書》卷九五《藝術傳·戴洋傳》而成。又見《北堂書鈔》卷一二〇、《太平御覽》卷三四一引王隱《晉書》，非此所據。

124 羊祜金鐶

羊祜年五歲時，令乳母取所弄金鐶。乳母曰：「汝先無此物。」祜即詣鄰人李氏東垣桑樹中探得之。主人驚曰：「此吾亡兒所失物也，云何持去？」乳母具言之，李氏悲惋。時人異之。（卷一五）

案：本條未見諸書引作《搜神記》。事見《法苑珠林》卷二六引《冥祥記》（南齊王琰撰）、《晉書》卷三四《羊祜傳》、《太平廣記》卷三八七引《獨異記》（明鈔本作《獨異志》，唐李伉撰）。此取自《晉書》，文字全同，末删「謂李氏子則祜之前身也」一句。

125 前漢宮人

漢末，關中大亂，有發前漢宮人冢者，宮人猶活，既出，平復如舊。魏郭后愛念之，録置宮内，常在左右。問漢時宮中事，説之了了，皆有次緒。郭后崩，哭泣過哀，遂死。（卷一五）

案：本條未見諸書引作《搜神記》。事見《博物志》卷七、《後漢書·五行志五》注及《太平御覽》卷五五八、卷八八七亦引。此據《後漢書》注輯録，文字全同。事亦載《藝文類聚》卷四〇引《吴志》、《山海經·海内西經》郭璞注、《三國志·魏書·明帝紀》注引顧愷之《啓蒙注》、《宋書·五行志五》，與此或文句有異，或情事不同。

126 棺中婦人

魏時，太原發冢破棺，棺中有一生婦人。將出與語，生人也。送之京師。問其本事，不知也。視其冢上樹木，可三十歲。不知此婦人三十歲常生於地中耶，將一朝欻生，偶與發冢者會也。（卷一五）

案：本條未見諸書引作《搜神記》。事見《三國志·魏書·明帝紀》注、《太平御覽》卷五五八引《傅子》，此據《魏書》注輯録，文句全同。《宋書·五行志五》亦載，視此爲簡。

127 廣陵大冢

吴孫休時，戍將於廣陵掘諸冢，取版以治城，所壞甚多。復發一大冢，内有重閣，户扇皆樞轉，可開閉。四周爲徼道，通車，其高可以乘馬。又鑄銅人數十，長五尺，皆大冠朱衣，執劍，侍列靈坐。皆刻銅人背後石壁，言殿中將軍，或言侍郎、常侍。似公侯之冢。破其棺，棺中有人，髮已班白，衣冠鮮明，面體如生人。棺中雲母厚尺許，以白玉璧三十枚藉尸。兵人輩共舉出死人，以倚冢壁。有一玉長尺許，形似冬瓜，從死人懷中透出墮地。兩耳及孔鼻中皆有黃金，如棗許大。（卷一五）

案：本條未見諸書引作《搜神記》。事見《三國志・吴書・孫休傳》注及《太平御覽》卷五五八、卷八〇五、卷八〇六、卷八〇八、卷八一〇、卷八一三引葛洪《抱朴子》（今本無）。此據《吴書》注輯録，文字有訛誤或妄改處，「公侯」原作「公主」（《御覽》卷八八五作「公王」），「孔鼻」原作「鼻孔」。原末句云：「此則骸骨（《御覽》卷五五八作骨骸）有假物而不朽之效也。」此删。

128 欒書冢

漢廣川王好發冢，發欒書冢，其棺柩盟器，悉毁爛無餘。唯有一白狐，見人驚走。左右逐之不得，戟傷其左足。是夕，王夢一丈夫，鬚眉盡白，來謂王曰：「何故傷吾左足？」乃以杖叩王左足。王覺腫痛，即生瘡，至死不差。（卷一五）

案：本條未見諸書引作《搜神記》。事見《西京雜記》卷六、《太平御覽》卷五五九、卷九〇九及《太平廣記》卷三八九亦引。又《廣記》卷四四七亦引，談本脱出處，孫潛校本作《西京雜記》。本條即據此輯録，文句相合。

129 疫鬼

昔顓頊氏有三子，死而爲疫鬼。一居江水，爲瘧鬼；一居若水，爲魍魎鬼；一居人宫室，善驚人小兒，爲小鬼。於是正歲命方相氏，帥肆儺以驅疫鬼。（卷一六）

案：本條未見諸書引作《搜神記》。事見《太平御覽》卷五三〇、《歲時廣記》卷四〇引《禮緯》（《重編説郛》弖五、《黄氏佚書考》輯入《禮稽命徵》），《論衡·訂鬼篇》及《解除篇》，《後漢書·禮儀志中》注、《文選》卷三《東京賦》李善注、《古今事文類聚》前集卷四七、《天中記》卷五引《漢舊儀》，蔡邕《獨斷》卷上，《荆楚歲時記》注、《玉燭寶典》卷一二引《玄中記》。《古今合璧事類備要》前集卷一四引無出處。本條文句與《東京賦》注、《古今事文類聚》、《天中記》引《漢舊儀》相合者甚多，疑據此並參考他書輯成。

130 阮瞻

阮瞻字千里，素執「無鬼論」，物莫能難，每自謂此理足以辨正幽明。忽有客通名詣瞻，寒温畢，聊談名理。客甚有才辨，瞻與之言良久，及鬼神之事，反復甚苦。客遂屈，乃作色曰：「鬼神，古今聖賢所共傳，君何得獨言無？即僕便是鬼。」於是變爲異形，須臾消滅。瞻默然，意色太惡。歲餘病卒。（卷一六）

案：本條未見諸書引作《搜神記》。事見《太平御覽》卷五九五、卷六一七及《太平廣記》卷三一九引《幽明録》（《廣記》作《幽冥録》），《續談助》卷四殷芸《小説》引《列傳》，《晉書》卷四九《阮瞻傳》。此取《晉書》，文同，微有删節。

131 蔣濟亡兒

蔣濟字子通，楚國平阿人也，仕魏爲領軍將軍。其婦夢見亡兒涕泣曰：「死生異路。我生時爲卿相子孫，今在地下爲泰山伍伯，憔悴困苦，不可復言。今太廟西謳士孫阿，見召爲泰山令，願母爲白侯，屬阿令轉我得樂處。」言訖，母忽然驚寤。明日以白濟，濟曰：「夢爲虚耳，不足怪也。」日暮，復夢曰：「我來迎新君，止在廟下。未發之頃，暫得來歸。新君明日日中當發，臨發多事，不復得歸，永辭於此。侯氣彊，難感悟，故自訴於母，願重啓侯，何惜不一試驗之？」遂道阿之形狀，言甚備悉。天明母重啓濟：「雖云夢不足怪，此何太適適，亦何惜不一驗之？」濟乃遣人詣太廟下，推問孫阿，果得之，形狀證驗，悉如兒言。濟涕泣曰：「幾負吾兒。」於是乃見孫阿，具語其事。阿不懼當死，而喜得爲泰山令，惟恐濟言不信也，曰：「若如節下言，阿之願也。不知賢子欲得何職？」濟曰：「隨地下樂者與之。」阿曰：「輒當奉教。」乃厚賞之，言訖遣還。濟欲速知其驗，從領軍門至廟下，十步安一人，以傳消息。辰時傳阿心痛，巳時傳阿劇，日中傳阿亡。濟曰：「雖哀吾兒之不幸，且喜亡者有知。」後月餘兒復來，語母曰：「已得轉爲録事矣。」（卷一六）

案：本條未見諸書引作《搜神記》。事見《三國志》卷一四《魏書·蔣濟傳》注、《太平廣記》卷二七六、《類林雜説》卷六引《列異傳》，此據《魏書》注輯録，又據《魏書》本傳補叙蔣濟字里官職。

132 鼓琵琶鬼

吴赤烏三年，句章民楊度至餘姚。夜行，有一年少持琵琶，求寄載，度受之。鼓琵琶數十曲，曲畢，乃吐舌擘目，以怖度而去。復行二十里許，又見一老父，自云姓王名戒，因復載之，謂曰：「鬼工鼓琵琶，甚哀。」戒曰：「我亦能鼓。」即是向鬼，復擘眼吐舌，度怖幾死。（卷一六）

案：本條未見諸書引作《搜神記》。《太平御覽》卷五八三引作《録異傳》，《天中記》卷四三亦轉引，本條即據《御覽》或《天中記》輯録。「老父」下删「寄載」二字。

133 三醉鬼

漢武建元年，東萊人姓池，家常作酒。一日見三奇客，共持麵飯至，索其酒飲，飲竟而

去。頃之有人來，云見三鬼酣醉於林中。（卷一六）

案：本條未見諸書引作《搜神記》。事見《北堂書鈔》卷一四八引《幽明録》，文字有異，而清高士奇《編珠》卷三《補遺》引《幽明録》與此文同，高氏當轉引自他書，疑本書輯録者所據與之同也。《書鈔》、《編珠》皆作「建武」，此誤作「武建」，建武乃東漢光武帝年號。又「池」原作「乜」，「麵」原作「麪」，疑此皆訛。

134 辛道度

隴西辛道度者，遊學至雍州城四五里，比見一大宅，有青衣女子在門。度詣門下求飧，女子入告秦女，女命召入。度趨入閣中，秦女于西榻而坐。度稱姓名，叙起居。既畢，命東榻而坐，即治飲饌。食訖，女謂度曰：「我秦閔王女，出聘曹國，不幸無夫而亡。亡來已二十三年，獨居此宅。今日君來，願爲夫婦。」經三宿三日後，女即自言曰：「君是生人，我鬼也。共君宿契，此會可三宵，不可久居，當有禍矣。然兹信宿，未悉綢繆，既已分飛，將何表信于郎？」即命取床後盒子開之，取金枕一枚，與度爲信。乃分袂泣别，即遣青衣送出門外。未逾數步，不見舍宇，惟有一冢。度當時荒忙出走，視其金枕在懷，乃無異變。尋至秦國，以枕于市貨之。恰遇秦妃東遊，親見度賣金枕，疑而索看。詰度何處得來，度具以告。妃聞，悲泣不能自勝。然向（《學津》本作尚）疑耳，乃遣人發冢，啓柩視之，原葬悉在，唯不見枕。解體看之，交情宛若。秦妃始信之，歎曰：「我女大聖，死經二十三年，猶能與生人交往，此是我真女壻也。」遂封度爲駙馬都尉，賜金帛車馬，令還本國。因此以來，後人名女壻爲駙馬。今之國壻，亦爲駙馬矣。（卷一六）

案：本條未見宋元前諸書引作《搜神記》。《天中記》卷一九引作《搜神記》，文同八卷本卷一，則實取八卷本，而文句有所删削。本條亦經删削，而删後文句與《天中記》全同，然則似取《天中記》而成，但文字與《天中記》時有不合，疑抄録有誤或有改動。八卷本又本句道興《搜神記》。胡震亨《搜神記引》云：「第所載秦閔王女一段，則嬴秦無謚閔者，惟晉武帝子秦獻王無嗣，愍帝嘗以吴王晏子出嗣秦王，豈即愍帝邪？然愍帝時秦爲虜境，秦妃安得在秦而有二十三年之久？至謂『今之國壻亦爲駙馬都尉』，此政晉事耳。」案句本作「秦文王」，疑「閔」乃「文」字之訛，其事與晉無涉。至國壻爲駙馬都尉，汪紹楹辨云：「胡震亨於本書引首，謂『此政晉事耳』。以爲此真干寶語。按《晉書·元帝紀》：『建武元年三月，即晉王位。諸參軍事拜奉車都尉，掾屬駙馬都尉。辟掾屬百餘人，時人謂之百六掾。』是司馬睿時，掾屬且得爲駙馬都尉，非必尚主。蓋自漢置駙馬都尉，本掌御馬。自魏何晏、晉杜預、王濟，以主壻拜駙馬都尉，後代因魏晉以爲恒，始每尚公主則拜駙馬都尉（見《初學記》十）。晉時並無此制。胡氏所以曲爲説者，不過欲證本條之真爲干氏原書。清劉寶楠《愈愚録》即取本條以論駙馬沿革，當因胡説致誤。」案汪説極是，然尚有可補。《宋書·百官志下》載：「奉朝請，無員，亦不爲官。……奉朝請者，奉朝會請召而已。晉武帝亦以宗室外戚爲奉車、駙馬、騎都尉，而奉朝請焉。元帝爲晉王，以參軍爲奉車都尉，掾、屬爲駙馬都尉，行參軍、舍人爲騎都尉，皆奉朝請。後省奉車、騎都尉，唯留駙馬都尉、奉朝請。永初已來，以奉朝請選雜，其尚主者唯拜駙馬都尉。三都尉並漢武帝置。」以上所言甚明，尚主者獨拜駙馬都尉乃劉宋永初以後事。句道興唐初人，主壻拜駙馬都尉已成定制，故得云「因此已來，後人學之，國王女夫名爲駙馬」。句書此條注「事出史記」，「史記」者泛言史傳，則此事取自先唐某記傳之書，非出干書也。

135 汝陽西門亭

後漢時，汝南汝陽西門亭有鬼魅，賓客止宿輒有死亡，其厲厭者皆亡髮失精。尋問其故，云先時頗已有怪物，其後郡侍奉掾宜禄鄭奇來，去亭六七里，有一端正婦人乞寄載。奇初難之，然後上車。入亭，趨至樓下，亭卒白樓不可上，奇云：「吾不恐也。」時亦昏冥，遂上樓，與婦人棲宿。未明發去，亭卒上樓掃除，見一死婦，大驚，走白亭長。亭長擊鼓，會諸廬吏，共集診之。乃亭西北八里吴氏婦，新亡，夜臨殯火滅，及火至失之。其家即持去。奇發行數里，腹痛，到南頓利陽亭加劇物故。樓遂無敢復上。（卷一六）

案：本條未見諸書引作《搜神記》。事見《風俗通義·怪神篇》，《太平廣記》卷三一七亦引《風俗通》。此蓋據《風俗通義》今本，參酌《廣記》輯録。

136 鍾繇

潁川鍾繇，字元常。嘗數月不朝會，意性異常。或問其故，云：「常有好婦來，美麗非凡。」問者曰：「必是鬼物，可殺之。」婦人後往，不即前，止户外。繇問何以，曰：「公有相殺意。」繇曰：「無此。」勤勤呼之，乃入。繇意恨，有不忍之，然猶斫之，傷髀。婦人即出，以新綿拭血竟路。明日，使人尋跡之，至一大冢。木中有好婦人，形體如生人，著白練衫、丹繡裲襠。傷左髀，以裲襠中綿拭血。（卷一六）

案：本條未見諸書引作《搜神記》。事見《三國志》卷一三《魏書·鍾繇傳》注及《太平御覽》卷八一九、卷八八七引《陸氏異林》，又見《太平廣記》卷三一七引《幽明録》。此據《魏書》注輯録，文字全同，惟據本傳補鍾繇字里。

137 服留鳥

晉惠帝永康元年，京師得異鳥，莫能名。趙王倫使人持出，周旋城邑市以問人。即日，宫西有一小兒見之，遂自言曰：「服留鳥。」持者還白倫，倫使更求，又見之，乃將入宫，密籠鳥，并閉小兒於户中。明日往視，悉不復見。（卷一七）

案：本條未見諸書引作《搜神記》。事見《太平御覽》卷八八五引《晉書》（臧榮緒《晉書》輯本輯入）、《晉書》卷五九《趙王倫傳》及《五行志中》、《宋書·五行志三》。此近《晉志》，「市」原作「市」，「即日」原作「積日」，「服留鳥」下原有「翳」字。

138 東望山甘子

南康郡南東望山，有三人入山，見山頂有果樹，衆果畢植，行列整齊，如人行。甘子正熟，三人共食致飽。乃懷二枚，欲出示人。聞空中語云：「催放雙甘，乃聽汝去。」（卷一七）

案：本條未見諸書引作《搜神記》。事見《藝文類聚》卷八六，《初學記》卷二八，《太平御覽》卷四九〇、卷九六六，《事類賦注》卷二七引祖沖之《述異記》，此據《初學記》輯録，「人行」原作「人工」。

139 梓潭

吴時，有梓樹巨圍，葉廣丈餘，垂柯數畝。吴王伐樹作船，使童男女三十人牽挽之。船自飛下水，男女皆溺死，至今潭中時有唱喚督進之音也。（卷一八）

案：本條未見諸書引作《搜神記》。事見《初學記》卷八，《太平御覽》卷四八、卷六六，《太平寰宇記》卷一〇八《虔州・雩都縣》，《錦繡萬花谷》後集卷六引鄧德明《南康記》（《御覽》卷六六兩引），此與《初學記》文同，惟原作「使童男女挽之」，「至今潭中時有歌唱之音」，若非別有所據，則自爲增改。

140 到伯夷

北部督郵西平到伯夷，年三十許，大有才決，長沙太守到若章孫也。日晡時到亭，敕前導人且止。録事掾白：「今尚早，可至前亭。」曰：「欲作文書，便留。」吏卒惶怖，言當解去。傳云：「督郵欲于樓上觀望，亟掃除。」須臾便上。未暝，樓鐙階下復有火，敕云：「我思道，不可見火，滅去。」吏知必有變，當用赴照，但藏置壺中。日既暝，整服坐，誦《六甲》、《孝經》、《易本》訖，臥。有頃，更轉東首，以絮巾結兩足幘冠之，密拔劍解帶。夜時，有正黑者四五尺，稍高，走至柱屋，因覆伯夷。伯夷持被掩之，足跣脱，幾失再三。以劍帶擊魅脚，呼下火上，照視之，老狐正赤，略無衣毛，持下燒殺。明旦，發樓屋，得所髡人髻百餘。自此遂絶。（卷一八）

案：本條未見諸書引作《搜神記》。事見《風俗通義·怪神篇》，《藝文類聚》卷八〇、《太平御覽》卷九一二亦引，又見《御覽》卷二五三引《列異傳》。此取今本《風俗通義》，文句全同。原文前承汝南汝陽西門亭（案：《御覽》卷九一二引作習武亭）鄭奇事，故叙此事不言何亭，亦不言亭有鬼魅，此照鈔原文未加補叙，致使叙事不明。到伯夷姓應作「郅」，「若章」應作「君章」（見《後漢書·郅惲傳》），「敕前導人」之「人」字，當爲「入」字之訛（參見孫詒讓《札迻》卷一〇），皆承誤未改。惟原作「狸」，《類聚》、《御覽》亦同，此改作「狐」耳。

141 豫章空亭

陳郡謝鯤謝病去職，避地於豫章。嘗行經空亭中夜宿，此亭舊每殺人。夜四更，有一黄衣人呼鯤字云：「幼輿，可開户。」鯤澹然無懼色，令申臂於窻中。於是授腕，鯤即極力而牽之，其臂遂脱，乃還去。明日看，乃鹿臂也。尋血取獲，爾後此亭無復妖怪。（卷一八）

案：本條未見諸書引作《搜神記》。事見《初學記》卷二九、《六帖》卷九七引《幽明録》，《晉書》卷四九《謝鯤傳》（《太平御覽》卷九〇六、《事類賦注》卷二三亦引）。此據《初學記》，參酌《晉書》本傳輯録。

142 李叔堅家犬

桂陽太守李叔堅爲從事，家有犬人行。家人言：「當殺之。」叔堅曰：「犬馬喻君子，犬見人行效之，何傷？」頃之，狗戴叔堅冠走，家大驚，叔堅云：「誤觸冠纓，挂之耳。」狗又於竈前畜火，家益怔營，叔堅復云：「兒婢皆在田中，狗助畜火，幸可不煩鄰里，此有何惡？」數日狗自暴死，卒無纖芥之異。（卷一八）

案：本條未見諸書引作《搜神記》。事見《風俗通義・怪神篇》，《藝文類聚》卷九四、《太平御覽》卷九〇五、

《事類賦注》卷二三、《太平廣記》卷四三八亦引。此據《事類賦注》輯録，文字全同，惟《事類賦注》「犬」字皆作「狗」。

143 千日酒

狄希，中山人也，能造千日酒，飲之千日醉。時有州人姓劉名玄石，好飲酒，往求之。希曰：「我酒發來未定，不敢飲君。」石曰：「縱未熟，且與一杯得否？」希聞此語，不免飲之。復索曰：「美哉！可更與之。」希曰：「且歸，别日當來。只此一杯，可眠千日也。」石别，似有怍色。至家醉死，家人不之疑，哭而葬之。經三年，希曰：「玄石必應酒醒，宜往問之。」既往石家，語曰：「石在家否？」家人皆恠之，曰：「玄石亡來，服以闋矣。」希驚曰：「酒之美矣，而致醉眠千日，今合醒矣。」乃命其家人鑿塚破棺看之。塚上汗氣徹天，遂命發塚。方見開目張口，引聲而言曰：「快哉！醉我也。」因問希曰：「爾作何物也，令我一杯大醉，今日方醒？日高幾許？」墓上人皆笑之，被石酒氣衝入鼻中，亦各醉臥三月。（卷一九）

案：本條未見諸書引作《搜神記》。此事原載《博物志》卷一〇，頗簡，中山酒家無姓名，醉酒者亦爲劉玄石。句道興《搜神記》演繹此事，始名中山酒家爲劉義狄。八卷本《搜神記》亦載此事，蓋襲句本，然「劉義狄」爲

「狄希」，「劉玄石」爲「玄石」，疑所據版本與敦煌寫本不同所致。本條即取八卷本，文字全同，微有删節，「玄石」改作「劉玄石」，蓋據《博物志》。

144 病龍雨

晉魏郡亢陽，農夫禱於龍洞。得雨，將祭謝之，孫登見曰：「此病龍雨，安能蘇禾稼乎？如弗信，請嗅之。」水果腥穢。龍時背生大疽，聞登言，變爲一翁求治，曰：「疾痊當有報。」不數日果大雨，見大石中裂開一井，其水湛然，龍蓋穿此井以報也。（卷二〇）

案：本條未見諸書引作《搜神記》。汪紹楹云：「清《淵鑑類函·龍門》引作《山川紀異》。除首數句外，餘幾全同。按：孫登，《晉書》列於《隱逸傳》，各書亦無云登善醫術者。疑此從孫思邈救龍故事（參考《太平廣記》四二〇《釋玄昭》條）發展而來，非本書原文。」今案《天中記》卷五六引《山川紀異》曰：「湯陰西有真人社，舊傳孫登寓此，值旱，衆禱於龍，得雨，將祭謝之。登曰：『此病龍雨，安能蘇禾稼？弗信，請嗅之。』水果腥穢。龍時背生疽，聞登言，化老翁求治，曰：『病痊當有報。』不數日果大雨，大石上忽一井，其水湛然，蓋龍穿此以報也。」又見《廣博物志》卷四九引《山川紀異》。《淵鑑類函》卷四七三所引乃與此全同，當據舊本。《天中記》乃舊本輯録重要依據之一，但本條文句不盡同，疑輯自他書。

145 龜印

孔愉字敬康，會稽山陰人。元帝時，以討華軼功封侯。愉少時，嘗經行餘不亭，見籠龜于路者，愉買之，放於餘不溪中，龜中流左顧者數過。及後以功封餘不亭侯，鑄印而龜鈕左顧，三鑄如初。印工以聞，愉乃悟其爲龜之報，遂取佩焉。累遷尚書左僕射，贈車騎將軍。（卷二〇）

案：本條未見諸書引作《搜神記》。事見《世説新語·方正篇》注引《孔愉別傳》，《藝文類聚》卷九六，《六帖》卷一三、卷九八，《太平御覽》卷九三一，《太平廣記》卷一一八，《事類賦注》卷二八引《會稽後賢傳》（《六帖》作《會稽傳》，《廣記》作《會稽先賢傳》），《初學記》卷三〇引臧榮緒《晉書》，《初學記》卷二六、《御覽》卷二〇〇引何法盛《晉中興書》，《晉書》卷七八《孔愉傳》。此當據《晉書》本傳，參酌《初學記》卷三〇、《御覽》卷二〇〇輯録。

146 古巢

古巢，一日江水暴漲，尋復故道。港有巨魚，重萬斤，三日乃死。合郡皆食之，一老姥獨不食。忽有老叟曰：「此吾子也，不幸罹此禍。汝獨不食，吾厚報汝。若東門石龜目赤，城當陷。」姥日往視，有稚子訝之，姥以實告。稚子欺之，以朱傅龜目。姥見，急出城，有青衣童子曰：「吾龍之子。」乃引姥登山，而城陷爲湖。（卷二〇）

案：本條未見諸書引作《搜神記》。事見北宋劉斧《青瑣高議》後集卷一《大姆記》，文詳。《方輿勝覽》卷四八《無爲軍》及《續道藏》所載《搜神記》卷三《巢湖太姥》節引《青瑣高議》，文字互有詳略，而以二書與本條相校，句句皆合，疑本條參酌此二書輯録。《續道藏》本《搜神記》明人編，前有《引搜神記首》，乃羅懋登作於萬曆癸巳（二十一年），則此書成於此前，胡應麟輯干寶《搜神記》可及見也。《太平寰宇記》卷一二六《無爲軍·合肥縣》引《吴志》、《輿地紀勝》卷四五《廬州·景物上》引《九域志》、《方輿勝覽》卷四八引郡志亦載此事，事有不同。

147 蟻王

吴富陽縣董昭之，嘗乘船過錢塘江。中央見有一蟻，著一短蘆，走一頭廻，復向一頭，甚惶遽。昭之曰：「此畏死也。」欲取著船，船中人罵：「此是毒螫物，不可長，我當蹹殺之。」昭意甚憐此蟻，因以繩繫蘆著船。船至岸，蟻得出。其夜夢一人烏衣，從百許人，來謝云：「僕是蟻中之王，不慎墮江，慙君濟活。若有急難，當見告語。」歷十餘年，時所在劫盜，昭之被横録爲劫主，繫獄餘杭。昭之忽思：「蟻王夢，緩急當告，今何處告之？」結念之際，同被禁者問之，昭之具以實告。其人曰：「但取兩三蟻著掌中，語之。」昭之如其言。

夜果夢烏衣人云：「可急投餘杭山中，天下既亂，赦令不久也。」於是便覺。蟻嚙械已盡，因得出獄。過江，投餘杭山，旋遇赦得免。（卷二〇）

案：本條未見諸書引作《搜神記》。事見《藝文類聚》卷九七、《初學記》卷二〇、《太平御覽》卷四七九及卷六四三、《太平廣記》卷四七三、《天中記》卷五七引《齊諧記》（劉宋東陽無疑撰）。本條蓋綜合諸引而成。

148 黑龍

孫權時，李信純，襄陽紀南人也。家養一狗，字曰「黑龍」，愛之尤甚，行坐相隨，飲饌之間，皆分與食。忽一日，於城外飲酒大醉，歸家不及，卧於草中。遇太守鄭瑕出獵，見田草深，遣人縱火爇之。信純卧處恰當順風，犬見火來，乃以口拽純衣，純亦不動。卧處比有一溪，相去三五十步，犬即奔往，入水濕身，走來卧處，周廻以身灑之，獲免主人大難。犬運水困乏，致斃于側。俄爾信純醒來，見犬已死，遍身毛濕，甚訝其事。覩火蹤跡，因爾慟哭。聞于太守，太守憫之曰：「犬之報恩甚于人，人不知恩，豈如犬乎？」即命具棺槨衣衾葬之。今紀南有「義犬葬（《學津》本作「冢」）」，高十餘丈。（卷二〇）

案：本條未見明以前諸書引作《搜神記》，而《天中記》卷五四、王圻《稗史彙編》卷一五七引作《搜神記》。原出句道興《搜神記》，其人作「李純」，犬曰「烏龍」，襄陽太守作「劉遐」，八卷本《搜神記》卷五取此事，則作「李信純」、「黑龍」、「鄧瑕」。《天中記》所引即八卷本也。本條即輯自《天中記》，文同。八卷本之「鄧瑕」，《天中記》作「鄭瑕」，形似致異，而此亦作「鄭遐」。《稗史彙編》所引文有删削，亦作「鄭遐」。《稗史彙編》有王圻引，作於萬曆丁未，即萬曆三十五年（一六〇七），當轉引自《天中記》或《祕册彙函》所刊二十卷本《搜神記》。

149 的尾

太興中，吴民華隆養一快犬，號「的尾」，常將自隨。隆後至江邊伐荻，爲大蛇盤繞。犬奮咋蛇，蛇死。隆僵仆無知，犬彷徨涕泣，走還舟，復反草中。徒伴恠之，隨往，見隆悶絶，將歸家。犬爲不食，比隆復蘇始食。隆愈愛惜，同于親戚。（卷二〇）

案：本條未見諸書引作《搜神記》。事見《太平御覽》卷九〇五、《太平廣記》卷四三七引《幽明録》，文繁於此，蓋據《御覽》删節而成。

150 陷湖

邛都縣下有一老姥，家貧孤獨。每食輒有小蛇頭上戴角，在牀間，姥憐而飴之食。後稍長大，遂長丈餘。令有駿馬，蛇遂吸殺之。令因大忿恨，責姥出蛇。姥云：「在牀下。」令即掘地，愈深愈大，而無所見。令又遷怒殺姥，蛇乃感人以靈，言瞋令：「何殺我母？

當爲母報讐。」此後每夜輒聞若雷若風，四十許日。百姓相見，咸驚語：「汝頭那忽戴魚？」是夜，方四十里，與城一時俱陷爲湖，土人謂之爲「陷湖」。唯姥宅無恙，訖今猶存。漁人採捕，必依止宿，每有風浪輒居宅側，恬靜無他。風靜水清，猶見城郭樓櫓畟然。今水淺時，彼土人没水，取得舊木，堅貞光黑如漆。今好事人以爲枕相贈。（卷二〇）

案：本條未見諸書引作《搜神記》。事見《太平御覽》卷七九一、《太平寰宇記》卷七五《邛州·臨邛縣》、《天中記》卷五六引李膺《益州記》，《太平廣記》卷四五六引《窮神祕苑》（唐焦璐撰）。此當據《天中記》輯録，文同。

151 建業婦人

建業有婦人，背生一瘤，大如數斗囊。中有物如繭栗，甚衆，行即有聲，恒乞于市。自言村婦也，常與姊姒輩分養蠶，己獨頻年損耗，因竊其姒一囊繭焚之。頃之背患此瘡，漸成此瘤。以衣覆之，即氣閉悶，常露之乃可，而重如負囊。（卷二〇）

案：本條《太平廣記》卷一三三引作《搜神記》。汪紹楹校云：「亦見宋徐鉉《稽神録》四。案：《太平廣記》引書，多依時代爲次。此一三三卷，皆收唐末五代人著作。本條既在卷中，且次條爲《廣陵男子》，即出自《稽神録》。是本條亦當採自徐書。疑今本《太平廣記》訛《稽神録》爲《搜神記》，後人據之録入，似非本書。應删正。」案汪説是。本條與《廣記》全同，其輯自《廣記》無疑。今本《稽神録》六卷，乃宋人自《廣記》輯出，非原書也。與《廣記》今本對照多有異文，蓋所據爲古本。古本《廣記》此條必注出《稽神録》，故得輯入。徐鉉入宋前仕南唐，書中多載江南事，其稱南唐都城金陵，多作建業、建康，好古之習也。吴時稱建業，西晉改建鄴，又避愍帝(司馬鄴)諱改建康。干寶作《搜神記》在東晉，必不能有建業之稱。本條出《稽神録》決然無疑，舊本輯入，不考之過也。《稗史彙編》卷一七〇亦引此條，注出《搜神記》，當轉引《廣記》。

二、舊本《搜神後記》僞目疑目辨證

例言

一、據《津逮祕書》本，參考《學津討原》本。標目自擬。

二、凡已輯入《搜神記》新輯本者不録。

目録

1 嵩高山大穴

嵩高山北有大穴，莫測其深，百姓歲時遊觀。晉初，嘗有一人誤墮穴中，同輩冀其儻不死，投食于穴中。墜者得之，爲尋穴而行。計可十餘日，忽然見明。又有草屋，中有二人對坐圍棊，局下有一杯白飲。墜者告以飢渴，棊者曰：「可飲此。」遂飲之，氣力十倍。棊者曰：「汝欲停此否？」墜者不願停。棊者曰：「從此西行有天井，其中多蛟龍。但投身入井，自當出。若餓，取井中物食。」墜者如言，半年許乃出蜀中。歸洛下，問張華，華曰：「此仙館大夫，所飲者玉漿也，所食者龍穴石髓也。」（卷一）

案：本條未見諸書引作《搜神後記》或《續搜神記》。事見《北堂書鈔》卷一五八、《初學記》卷五、五代杜光庭《仙傳拾遺·嵩山叟》（《太平廣記》卷一四引）、《太平御覽》卷三九引劉義慶《世説》（案：魯迅《古小説鉤沈·幽明録》案云：「今本《世説》無此文，唐宋類書引《幽明録》時亦題《世説》也。」），《太平廣記》卷一九七、《天中記》卷二五引《小説》（梁殷芸撰）。此蓋據《書鈔》、《初學記》、《廣記》綜合而成。「仙館大夫」四字據《書鈔》，原在「仙館」下衍一「矣」字，《廣記》卷一四作「仙館丈夫」，《初學記》、《御覽》、《廣記》卷一九七均作「仙館」。

2 桃花源

晋太元中，武陵人捕魚爲業。緣溪行，忘路遠近。忽逢桃花，夾岸數百步，中無雜樹，芳花鮮美，落英繽紛。漁人甚異之。漁人姓黄名道真。復前行，欲窮其林。林盡水源，便得一山。山有小口，彷彿若有光，便捨舟，從口入。初極狹，纔通人。復行數十步，豁然開朗。土地曠空，屋舍儼然，有良田、美池、桑竹之屬。阡陌交通，雞犬相聞。男女衣著，悉如外人。黄髮垂髫，並怡然自樂。見漁人大驚，問所從來，具答之。便要還家，爲設酒殺雞作食。村中人聞有此人，咸來問訊。自云先世避秦難，率妻子邑人至此絶境，不復出焉，遂與外隔。問今是何世，乃不知有漢，無論魏晋。此人一一具言所聞，皆爲歎惋。餘人各復延至其家，皆出酒食。停數日辭去，此中人語云：「不足爲外人道也。」既出，得其船，便扶向路，處處誌之。及郡，乃詣太守，説如此。太守劉歆即遣人隨之往，尋向所誌，不復得焉。（卷一）

案：本條未見諸書引作《搜神後記》或《續搜神記》。實爲陶淵明《桃花源記》，載《陶淵明集》卷六。又《藝文類聚》卷八六，《蒙求注》卷下，《杜工部草堂詩箋》卷一一《北征》、卷一四《赤谷西崦人家》、卷三五《寄從孫崇簡》注，《古今事文類聚》後集卷三一引陶潛《桃花源記》，《初學記》卷二八，《太平御覽》卷六六三、卷九六七，

《事類賦注》卷二六，《古今合璧事類備要》别集卷二六引陶潛《桃源記》。本條鈔自陶集，文字小異，大多蓋緣版本不同，或轉録筆誤所致。原文「雞犬相聞」下有「其中往來種作」一句，此漏鈔；末句原作「遂迷不復得路」，此改作「不復得焉」，省文耳。「漁人甚異之」下夾注「漁人姓黄名道真」非原文所有，乃據李公焕《箋註陶淵明集》，李本夾注有此七字，遂以知本條據李本所輯也。漁人名黄道真，見《太平寰宇記》卷一一八《朗州·武陵縣》、《御覽》卷四九引黄閔《武陵記》。《御覽》引云：「昔有臨沅黄道真，在黄聞山側釣魚，因入桃花源。陶潛有《桃花源記》。今山下有潭。立名黄聞，此蓋聞道真所説，遂爲其名也。」此注蓋即後人據《武陵記》而加。原文但言「太守即遣人隨其往」，未有太守姓名，此言「太守劉歆」，亦據李本，李本「詣太守説如此」下注稱「太守劉歆」。原文於「遂迷不復得路」下有「南陽劉子驥高尚士也」一節，輯録者删去。蓋因舊本此條之後復叙劉驎之（字子驥）好遊山水事，事屬同類，故删之。

3 劉驎之

南陽劉驎之，字子驥，好遊山水。嘗採藥至衡山，深入忘反。見有一澗水，水南有二石囷，一閉一開。水深廣，不得渡。欲還失道，遇伐弓人問徑，僅得還家。或説囷中皆仙方靈藥及諸雜物。驎之欲更尋索，不復知處矣。（卷一）

案：本條未見諸書引作《搜神後記》或《續搜神記》。事見《初學記》卷五引臧榮緒《晉書》，《太平御覽》卷五〇四引《晉中興書》，《晉書》卷九四《隱逸傳·劉驎之傳》（《御覽》卷三九亦引）。此取《晉書》本傳，文字小異。

4 目巖

平樂縣有山臨水，巖間有兩目，如人眼，極大，瞳子白黑分明，名爲目巖。（卷一）

案：本條未見諸書引作《搜神後記》或《續搜神記》。實據《藝文類聚》卷六、《太平御覽》卷五四引盛弘之《荆州記》輯録，文字全同。《太平廣記》卷三九八亦引，文字小異。

5 機山兩巖

始興機山東有兩巖，相向如鴟尾，石室數十所，經過皆聞有金石絲竹之響。（卷一）

案：本條未見諸書引作《搜神後記》或《續搜神記》。《藝文類聚》卷六、《太平御覽》卷五四引作盛弘之《荆州記》，此據《類聚》輯録，文字全同，惟《類聚》「響」作「聲」。

6 貞女峽

中宿縣有貞女峽，峽西岸水際有石，如人形，狀似女子，是曰貞女。父老相傳，秦世有女數人取螺于此，遇風雨晝昏，而一女化爲此石。（卷一）

案：本條未見諸書引作《搜神後記》或《續搜神記》。事見《藝文類聚》卷六、卷九七，《太平御覽》卷五三，《太平廣記》卷三九八引王韶之《始興記》，《水經注》卷三九《洭水》（《御覽》卷九四一亦引）。此據《類聚》卷六輯録，文字全同。

7 姑舒泉

臨城縣南四十里有蓋山，百許步有姑舒泉。昔有舒女，與父析薪於此泉，女因坐，牽挽不動，乃還告家。比還，唯見清泉湛然。女母曰：「吾女好音樂。」乃作弦歌，泉涌洄流，有朱鯉一雙。今人作樂嬉戲，泉故涌出。（卷一）

案：本條未見諸書引作《搜神後記》或《續搜神記》。事見《藝文類聚》卷九，《文選》卷四三劉峻《重答劉秣陵詔書》注，《初學記》卷八、卷一五，《太平御覽》卷七〇、卷五七二、卷九三六，《事類賦注》卷七、卷二九，《太平寰宇記》卷一〇三《宣州・涇縣》，《天中記》卷一〇引紀義《宣城記》，任昉《述異記》卷上。此據《類聚》輯録，文字全同。諸書俱作「舒姑泉」，《類聚》二字互乙，此承其誤。

8 杜子恭

錢塘杜子恭有秘術。嘗就人借瓜刀，其主求之，子恭曰：「當即相還耳。」既而刀主行至嘉興，有魚躍入船中，破魚腹，得瓜刀。（卷二）

案：本條未見諸書引作《搜神後記》或《續搜神記》。事見《北堂書鈔》卷一二三、《太平御覽》卷三四五引《晉中興書》，《晉書》卷一〇〇《孫恩傳》（《御覽》卷九三五亦引），《太平寰宇記》卷九一《蘇州·吴縣》引《吴地記》佚文，《三洞羣仙録》卷一引《賢己集》。此據《晉書·孫恩傳》輯録，文字全同，惟原無「腹」字。

9 鼠市

太興中，衡陽區純作鼠市，四方丈餘，開四門，門有一木人。縱四五鼠于中，欲出門，木人輙以手推之。（卷二）

案：本條未見諸書引作《搜神後記》或《續搜神記》。事見《藝文類聚》卷九五，《太平御覽》卷七五二、卷九一一，《太平廣記》卷二二五引《晉陽秋》。此據《類聚》輯録，文字全同，惟原文末句作「木人輒以推推之」，此改前二「推」字爲「手」，蓋以其字訛也。《御覽》卷九一一與《廣記》均作「木人輙以椎椎之」，《御覽》卷七五二作「木人輙推木掩之，門門如此，鼠不得出」。

10 比丘尼

晉大司馬桓温，字元子。末年，忽有一比丘尼，失其名，來自遠方，投温爲檀越。尼才行不恒，温甚敬待，居之門内。尼每浴，必至移時。温疑而窺之，見尼裸身揮刀，破腹出臟，斷截身首，支分臠切。温怪駭而還。及至尼出浴室，身形如常。温以實問，尼答曰：

「若逐凌君上，形當如之。」時温方謀問鼎，聞之悵然。故以戒懼，終守臣節。尼後辭去，不知所在。（卷二）

案：本條未見諸書引作《搜神後記》或《續搜神記》。事見《太平御覽》卷三九五引《幽明録》，《法苑珠林》卷三三引《冥祥記》，《集神州三寶感通録》卷下《神僧感通録》，《晉書》卷九八《桓温傳》，《建康實録》卷九。《三寶感通録》所集神僧三十人，事迹採自《宣驗記》、《幽明録》、《冥祥傳》（即《冥祥記》）、陶元亮《搜神録》（即《續搜神記》）等十五書，就中「桓温尼」事文同《冥祥記》，則取《冥祥記》也。《三寶感通録》所取本書爲何事，失考。本條據《珠林》輯録，文全同，惟於「晉大司馬桓温」下據《晉書》本傳補桓温字，「末年」下删「頗奉佛法，飯饌僧尼」八字而增一「忽」字。原作「刑當如之」，此「刑」訛作「形」。

11 佛圖澄

天竺人佛圖澄，永嘉四年來洛陽，善誦神呪，役使鬼神。腹傍有一孔，常以絮塞之。每夜讀書則拔絮，孔中出光，照于一室。平旦至流水側，從孔中引出五臟六腑洗之，訖，還内腹中。（卷二）

案：本條未見諸書引作《搜神後記》或《續搜神記》。事見《高僧傳》卷九《佛圖澄傳》（《太平廣記》卷八八亦引），《晉書》卷九五《藝術傳·佛圖澄傳》。此删節《晉書》本傳而成。

12 幸靈

高悝家有鬼怪，言語呵斥，投擲內外，不見人形，或器物自行，再三發火。巫祝厭劾而不能絶。適值幸靈，乃要之。至門，見符索甚多，並取焚之，惟據軒小坐而去。其夕鬼怪即絶。（卷二）

案：本條未見諸書引作《搜神後記》或《續搜神記》。事見《太平廣記》卷八一引《豫章記》，《晉書》卷九五《藝術傳·幸靈傳》。此删節《晉書》而成。

13 建安山賊

元嘉元年，建安郡山賊百餘人破郡治，抄掠百姓資産子女，遂入佛圖，搜掠財寶。先是諸供養具別封置一室，賊破户，忽有蜜蜂數萬頭，從衣籠出，同時噬螫。羣賊身首（原訛作百，據《學津》本改）腫痛，眼皆盲合，先諸所掠，皆棄而走。（卷二）

案：本條未見諸書引作《搜神後記》或《續搜神記》。事見《太平御覽》卷九五〇、《事類賦注》卷三〇引《宣驗記》（劉義慶撰），此據《事類賦注》輯録，文字全同。

14 蔡裔

蔡裔有勇氣，聲若雷震。嘗有二偷兒入室，裔拊牀一呼，二盜俱隕。（卷三）

案：本條未見諸書引作《搜神後記》或《續搜神記》。事見《太平御覽》卷四三五、卷四九九引《晉書》，《晉書》卷七七《殷浩傳》附《蔡裔傳》。此蓋據《晉書》本傳，並參考《御覽》卷四九九輯録。

15 蔣侯

王導子悦爲中書郎，導夢人以百萬錢買悦，導潛爲祈禱者備矣。尋掘地，得錢百萬，意甚惡之，一一皆藏閉。及悦疾篤，導憂念特至，積日不食。忽見一人，形狀甚偉，被甲持刀。問是何人，曰：「僕蔣侯也。公兒不佳，欲爲請命，故來爾，公勿復憂。」導因與之食，遂至數升。食畢，勃然謂導曰：「中書命盡，非可救也。」言訖不見，悦亦殞絶。（卷五）

案：本條未見諸書引作《搜神後記》或《續搜神記》。事見《六帖》卷二三、《太平御覽》卷四〇〇、《太平廣記》卷二九三引《幽明録》（《廣記》注出《搜神記》、《幽明録》、《志怪》等書，此事當屬《幽明録》），《晉書》卷六五《王悦傳》（《御覽》卷八三五亦引）。此删取《晉書》本傳，並參考《廣記》，文字略有改動。

16 蔣侯廟

孫恩作逆時，吴興分亂。一男子忽急突入蔣侯廟，始入門，木像彎弓射之，即卒。行人及守廟者，無不皆見。（卷五）

案：本條未見諸書引作《搜神後記》或《續搜神記》。事見《法苑珠林》卷六、《太平廣記》卷二九三引《幽明録》（《廣記》注出《搜神記》、《幽明録》、《志怪》等書，此事當屬《幽明録》）。此據《廣記》輯録，文字全同。

17 盛道兒

宋元嘉十四年，廣陵盛道兒亡，託孤女於婦弟申翼之。服闋，翼之以其女嫁北鄉嚴齊息，寒門也，豐其禮賂。始成婚，道兒忽空中怒曰：「吾喘唾乏氣，舉門户以相託。如何昧利忘義，結婚微族？」翼之乃大惶愧。（卷六）

案：本條《太平廣記》卷三二五引作《搜神記》，舊本《搜神後記》輯之，蓋以其事在劉宋。然《搜神後記》陶潛撰，自梁至唐言之鑿鑿，固無疑也。而陶卒於元嘉四年（見陶淵明《自祭文》、顔延之《陶徵士誄》、蕭統《陶淵明傳》、《南史·隱逸傳·陶潛傳》），本條必非陶書，《廣記》出處有誤。本書輯録者於原文略有改易，「空中」原作「室中」。

18 傖小兒

有一傖小兒放牛野中，伴輩数人。見一鬼依諸叢草間，處處設網，欲以捕人。設網後未竟，傖小兒竊取前網，仍以罨捕，即縛得鬼。（卷六）

案：本條未見諸書引作《搜神後記》或《續搜神記》。實取《太平御覽》卷八三二引《幽明録》，文字全同，惟改「罨之」爲「罨捕」，蓋以「罨」字義僻，連「捕」以明其義。

19 劉聰

劉聰僞建元元年正月，平陽地震，其崇明觀陷爲池，水赤如血，赤氣至天，有赤龍奮迅而去。流星起於牽牛，入紫微，龍形委蛇，其光照地，落於平陽北十里。視之則肉，臭聞于平陽，長三十步，廣二十七步。肉旁嘗有哭聲，晝夜不止。數日，聰后劉氏産一蛇一獸，各害人而走，尋之不得。頃之，見於隕肉之旁。俄而劉氏死，哭聲自絶。（卷七）

案：本條未見諸書引作《搜神後記》或《續搜神記》。實取自《晉書·五行志中》，有删節，原作「肉旁常有哭聲」。此事原載北魏崔鴻《十六國春秋》卷三《前趙録·劉聰中》，事在嘉平四年正月，又載《魏書》卷九五《匈奴劉聰傳》，原文「獸」作「虎」，因唐初避高祖李淵祖父李虎諱，故改「虎」爲「獸」。《晉書》卷一〇二《劉聰載記》亦載此事，作「猛獸」。

20 盛逸

會稽盛逸，常晨興，路未有行人，見門外柳樹上有一人，長二尺，衣朱衣冠冕，俯以舌舐樹葉上露。良久，忽見逸，神意驚遽，即隱不見。（卷七）

案：本條未見諸書引作《搜神後記》或《續搜神記》。《藝文類聚》卷八九、《太平御覽》卷九五七引作《孔氏志怪記》及《孔氏志怪》，本條輯自《類聚》，原作「門内」、「神疑如驚遽」，此改。

21 王機

王機爲廣州刺史，入厠，忽見二人著烏衣，與機相捍。良久擒之，得二物，如烏鴨。以問鮑靚，靚曰：「此物不祥。」機焚之，徑飛上天。尋誅死。（卷八）

案：本條未見諸書引作《搜神後記》或《續搜神記》。實取自《晉書》卷九五《藝術傳·鮑靚傳》，文字微有增删。

22 諸葛長民

諸葛長民富貴後，常一月中輒十數夜眠中驚起跳踉，如與人相打。毛修之嘗與同宿，見之驚愕，問其故，答曰：「正見一物，甚黑而有毛，腳不分明，奇健，非我無以制之也。」後來轉數。屋中柱及椽桷間悉見有蛇頭，令人以刃懸斫，應刃隱藏，去輒復出。又擣衣杵相與語，如人聲，不可解。於壁見有巨手，長七八尺，臂大數圍，令斫之，忽然不見。未幾伏誅。（卷八）

案：本條未見諸書引作《搜神後記》或《續搜神記》。事見《太平御覽》卷八八五引《幽明録》、《晉書》卷八五《諸葛長民傳》，此取《晉書》，文字小有改動。

23 王綏

王綏字彦猷，其家夜中梁上無故有人頭墮于床，而流血滂沱。俄拜荆州刺史，坐父愉之謀，與弟納並被誅。（卷八）

案：本條未見諸書引作《搜神後記》或《續搜神記》。實删取《晉書》卷七五《王湛傳》附《王綏傳》而成，文字全同。

24 尹兒

安城平都縣尹氏，居在郡東十里日黄村，尹佃舍在焉。元嘉二十三年六月中，尹兒年十三，守舍。見一人年可二十許，騎白馬，張繖，及從者四人，衣並黄色，從東方而來。至門呼尹兒：「來暫寄息。」因入舍中庭下，坐床，一人捉繖覆之。尹兒看其衣，悉無縫，馬五色斑，似鱗甲而無毛。有頃雨氣至，此人上馬去，廻顧尹兒曰：「明日當更來。」尹兒觀其去，西行，躡虚而漸升，須臾雲氣四合，白晝爲之晦暝。明日，大水暴出，山谷沸涌，丘壑淼漫。將淹尹舍，忽見大蛟長三丈餘，盤屈庇其舍焉。（卷一〇）

案：本條《太平御覽》卷九三〇引作《續搜神記》，事在元嘉二十三年，而陶潛卒於元嘉四年，疑《御覽》有誤，若非紀時之誤，則必誤在書名。或本書嘗經後人增益亦未可知。《太平廣記》卷四六八引此事作《廣古今五行記》（唐竇維鋈撰），作「元嘉中」。《廣古今五行記》多取前人書，此事亦非自撰。本條據《御覽》輯録，文字有譌誤，「日黄村」原作「曰黄屯」。

三、《搜神記》《搜神後記》佚文辨正

1 高祖宣皇帝少有奇節，聰明多大略。

2 宣帝遷太子中庶子，每大謀，畫策多善，由是爲太子所信重。

案：以上二條《初學記》卷九引作「干寶《搜神》曰」、「又曰」，嚴可均、陸心源校本作《晉紀》。事非記異，當爲《晉紀》文。湯球《晉紀》輯本未輯此二條。汪紹楹輯入《搜神記佚文》，條後分别按云：「文句不類本書，疑《晉紀》文。」「疑亦《晉紀》文。」

3 孝王靈母死，廿年不食鹽醋，感庭橘冬生其實也。

案：本條唐寫本《略出籯金》卷二《仁孝篇》引作《搜神記》，汪紹楹輯入《搜神記佚文》。「孝」作「李」，《鳴沙石室古籍叢殘》影印本字作「孝」甚爲清晰，汪氏誤。考《藝文類聚》卷八六引宋躬《孝子傳》曰：「王虚之，十三喪母，三十三喪父。二十年鹽醋不入口。病著牀，忽有一人來問疾，謂之曰：『君尋差。』俄而不見。庭中橘樹，隆冬而實。病果尋愈。咸以至孝所感。」《太平御覽》卷四一一引宋躬《孝子傳》作「王靈之」，云：「王靈之，年十三喪父，二十年鹽醋不入口。被病著牀，忽有一人來問疾，謂之曰：『湌橘當差。』俄而不見之。庭中橘樹，隆冬乃有三實。食之，病尋愈。咸以至孝所感。」又卷九六六引云：「王靈之，廬陵西昌人。喪父母，二十年鹽酢不入其口。所住屋夜有光，廷中橘樹，隆冬三實。」（案：《重編説郛》弖五八徐廣《孝子傳》輯入此條，文字全同。《説郛》原本卷七《孝子傳》無此條，亦未著撰人，《重編説郛》據《御覽》輯録而冒爲徐廣書，頗謬。

徐廣劉宋人,《舊唐書·經籍志》、《新唐書·藝文志》著録徐廣《孝子傳》三卷。)《南史》卷七三《孝義傳上》亦載此事,作「王虚之」。云:「王虚之字文靜,廬江石陽人也。十三喪母,三十三喪父,二十五年鹽酢不入口。疾病著牀,忽有一人來問疾,謂之曰:『君病尋差。』俄而不見,病果尋差。庭中楊梅樹隆冬三實,又每夜所居有光如燭,墓上橘樹一冬再實,時人咸以爲孝感所致。齊永明中,詔榜門,蠲其三世。」據此,王虚(靈)之乃南齊人。宋躬亦南齊人,《隋書·經籍志》雜傳類著録宋躬《孝子傳》二十卷,《新唐書·藝文志》作宗躬,《舊唐書·經籍志》亦作宗躬,十卷。《舊唐志》刑法類又有宋躬《齊永明律》八卷,《新唐志》作宗躬。《隋志》别集類著録齊平西諮議《宗躬集》十三卷(兩《唐志》均作十二卷)。《南齊書》卷四八《孔稚珪傳》所載孔稚珪永明九年表中言及「兼監臣宋躬」,《南史》卷二六《袁彖傳》云「江陵令宗躬」,亦在南齊時。古書傳鈔版刻「宋」、「宗」常相混,二者當爲一人。《南史》所載,殆即採自宋躬書,然情事不盡相同,疑亦參酌他書。至於「靈」、「虚」之異,傳鈔所致,原應爲何,不可究詰。《略出籯金》所引「孝王靈」,「孝」乃孝子之意,非姓(案:古有孝姓。《元和姓纂》卷九:「孝,齊孝公支孫,以謚爲姓。」)。而王靈即王靈之。晉代南北朝士人取名,第二字常爲「之」,然史傳類書每予省略。如東晉祖台之(《晉書》卷七五有傳)著有《志怪》,《太平御覽》卷三四五、卷五七三、卷九四八均引作祖台《志怪》。劉宋王韶之(《宋書》卷六〇、《南史》卷二四有傳),《藝文類聚》卷二及卷九二引王韶《孝子傳》,卷九七引王韶《始興記》,《御覽》卷四一五及卷六四六引王韶《孝子傳》,卷七七一及卷七七四引王韶《晉書》,又《文心雕龍·史傳篇》云「王韶續末而不終」,均省「之」字。《魏書》卷四二《寇讚傳》:「讚弟謙之,有道術。」而《北史》卷二七作「謙」。《南史》卷六二《朱异傳》:「謙之兄巽之,即异父也。」《梁書》卷三八乃作「父巽」。中華書局點校本校云:「此少一『之』字,六朝人雙名後所帶『之』字,往往可省去,非脱文。」《幽明録》有「賈弼」條,《太平御覽》卷三六四及《太平廣記》卷二七六引作「賈弼」,《藝文類聚》卷一七及

《廣記》卷三六〇乃作「賈弼之」。而正史所載亦有兩歧，《南齊書》卷五二、《南史》卷七二《賈淵（希鏡）傳》稱「祖弼之」，《南史》卷五九《王僧孺傳》乃無「之」字。「賈弼」之於「賈弼之」當亦省略耳。《略出籯金》所引雖簡，僅概述大意，然與宋躬《孝子傳》情事全合。王靈既爲南齊人，其必不出干寶書，若非誤書引書，則頗疑所引乃句道興《搜神記》也。汪氏未爲詳察，輯爲干寶書佚文，誤矣。

4　劉晨、阮肇入天台採藥，遠不得返。經十三日，饑。遥望山上有桃樹，子熟，遂躋險援葛至其下，噉數枚，饑止體充。欲下山，以杯取水，見蕪菁葉流下，甚鮮妍。復有一杯流下，有胡麻飯焉。乃相謂曰：「此近人矣。」遂渡山，出一大溪，溪邊有二女子，色甚美。見二人持杯，便笑曰：「劉、阮二郎捉向杯來。」劉、阮驚。二女遂忻然，如舊相識，曰：「來何晚耶？」因邀還家。東南二壁各有絳羅帳，帳角懸鈴，上有金銀交錯。各有數侍婢使令。其饌有胡麻飯、山羊脯、牛肉，甚美。食畢行酒。俄有群女持桃子，笑曰：「賀汝婿來。」酒酣作樂。夜後各就一帳宿，婉態殊絶。至十日求還，苦留半年。氣候草木常是春時，百鳥啼鳴，更懷鄉，歸思甚苦。女遂相送，指示還路。鄉邑零落，已十世矣。

案：本條《太平廣記》卷六一引，談愷刻本、《四庫全書》本等注出《神仙記》，惟明鈔本作《搜神記》。又《全芳備祖》前集卷一一、《古今合璧事類備要》別集卷四二引作《搜神記》（《古今合璧事類備要》「搜」訛作「摻」），文字與《廣記》大同而多删略，首有「漢永平中」一句。《古今事文類聚》後集卷二五亦引，無出處。劉宋劉義慶《幽明録》載有此事，見《藝文類聚》卷七、《法苑珠林》卷三一、《六帖》卷五、《太平御覽》卷四一又卷九六七、

《事類賦注》卷二六引。又《蒙求注》卷中、《重修政和證類本草》卷二四、《輿地紀勝》卷一二《台州·景物下》、《類林雜説》卷一五引作《續齊諧記》，《緑牕新話》卷上引作《齊諧記》，脱「續」字，文句皆多合。《珠林》所引末云：「至晉太元八年，忽復去，不知何所。」時在干寶之後，然《蒙求注》及《歷世真仙體道通鑑》卷七《劉晨》皆作「太康」，則在干寶前也。觀諸書多引作《幽明録》或《續齊諧記》，作《搜神記》者惟《廣記》明鈔本等三種，且相承襲，頗疑書名有誤。汪紹楹據《廣記》輯入《搜神記佚文》。

5　《北史》：禁門篇曰鵠籥。

案：本條見《紺珠集》卷七干寶《搜神記》。又《海録碎事》卷四下、《六帖補》卷九引《北史》，文同。北宋任廣《書叙指南》卷一四亦有「禁門籥曰鵠籥」一條，然出處注作「後主二」，未詳所指。《北史》唐初李延壽撰，書中未叙此事（卷八《齊本紀》有《後主高緯》）。此條絶非出《搜神記》及《後記》。汪紹楹輯入《搜神記佚文》，誤。

6　北齊董壽之被誅，其家尚未之知。其妻夜坐，忽見壽之居其側，歎息不已。妻問夜間何得而歸，壽都不應答。有頃出門，遶雞籠而行，籠中雞驚叫。其妻疑有異，持火出户視之，見其血數斗，而壽失所在。遂以告姑，因與大小號哭，知有變。及晨，果得死聞。

案：本條《太平廣記》卷三二七引作《續搜神記》。事在北齊（《北齊書》、《北史》無董壽之），時當梁陳間，非出《續搜神記》甚明。

7　有巴邛人，不知姓。家有橘，因霜後諸橘盡收，餘二大橘，如三四斗盎，巴人即令攀摘，輕重亦如常橘。割開，每橘有二老叟，鬚眉皤然，肌體紅明，皆相對象戲，身尺餘，談笑自若。但與決賭訖，一叟曰：「君輸我海龍神第七女髮十兩，智瓊額黄十二枝，紫絹帔一幅，絳臺山霞實散二劑。」二叟曰：「君輸我瀛洲玉塵九斛，阿母療髓凝酒四鍾，阿母女態盈娘子躋虚龍縞襪八緉，後日於先生青城草堂還我耳。」又有一叟曰：「王先生許來，竟待不得。橘中之樂，不減商山，但不得深根固蒂於橘中耳。」一叟曰：「僕饑虚矣，須龍根脯食之。」即於袖中抽出一草根，方圓徑寸，形狀宛轉如龍，毫釐罔不同。悉因削食之，隨削復滿。食訖，以水噀之，化爲一龍。四叟共乘之，足下泄泄雲起。須臾，風雨晦冥，不知所在。

案：本條見《古今合璧事類備要》前集卷五〇引，出《搜神記》。又《山堂肆考》卷一五〇引，文同；卷一九〇節引「龍縞襪」一節。《韻府羣玉》卷一八：「橘中一叟曰：『君輸我海龍神第七女髮雨。』《搜神記》。」「橘中二叟曰：『君輸我瀛洲玉塵九斛，龍縞襪八緉，後日於清城草堂還我爾。』《搜神記》。」蓋皆本《事類備要》。而《事類備要》乃全鈔《古今事文類聚》前集卷三四《橘中二老》（無出處），妄加《搜神記》。實出唐牛僧孺《玄怪録》卷八《巴邛人》。《太平廣記》卷四〇亦引。

8 蜂蠆垂芒。

案：本條見引於《天中記》卷五七。《太平御覽》卷九五〇引作《孝經援神契》，有注云：「蜂蠆毒在後，故言垂芒。」《天中記》出處當誤。

9　神靈滋液，百珍寶用，則赤熊見；赤熊見則奸宄自遠。

案：本條光緒戊寅聽雨山房重刻本《天中記》卷六〇引作《搜神記》，《四庫全書》本作《援神契》。唐劉賡《稽瑞》引《孝經援神契》：「赤羆，神獸也。神靈滋液，百珍寶用，有赤羆。」宋均注：「姦宄息，佞人逐，則赤羆出。」又見《太平御覽》卷九〇八引《援神契》。作《搜神記》誤。

10　碧海中有樹，長數千丈，而幹同根，更相依倚，故曰扶桑也。

案：本條《唐音》卷四王維《送祕書晁監歸日本》張震註引，出《搜神記》。《唐音》元楊士弘編，張震輯註。張震字文亮，新淦人，何時人不詳，《四庫全書總目提要》卷一八八稱「注極弇陋」，「殆必明人也」。《唐詩鼓吹》卷一柳宗元《送張源中丞充新羅册立使》郝天挺註亦引此，出《十洲記》，文句大同。註云：「《十洲記》：扶桑在碧海中，有樹，長數千丈，三十餘圍。兩樹同根，更相依倚，故稱爲扶桑也。」《海内十洲記》原文云：「扶桑在碧海之中，地方萬里。上有太帝宫，太真東王父所治處。地多林木，葉皆如桑。又有椹樹，長者數千丈，大二千餘圍。樹兩兩同根偶生，更相依倚，是以名爲扶桑。」郝註引述大意，而張註乃删縮郝註而成。其稱《搜神記》，必是誤書。

11　東方朔知赤物爲「怪哉」，飲酒十石。

12　孫權得諸葛恪，而以老葉熟龜精。

案：以上兩條明末顧起元《説略》卷九引，云見《搜神記》。前事實出《東方朔别傳》，《太平御覽》卷六四三、卷八一八、卷八四五有引（卷六四三作《東方朔》）。《太平廣記》卷四七三、《海録碎事》卷二二下引作《小説》。《説郛》卷二五摘殷芸《小説》有此條，末注《朔傳》，則《小説》固採之也。惟《説略》所引「飲酒十石」不見諸書所引《東方朔别傳》與《小説》，疑另有所本。後事實出劉宋劉敬叔《異苑》，《太平御覽》卷九三一、《太平廣記》卷四六八有引，今本卷三輯入。《搜神記》固可取《東方朔别傳》，而《異苑》亦可採《搜神記》之事，然明季干書久佚不傳，頗疑書名有誤。

四、《搜神記》新舊本對照表

標記說明：▲表示舊本未輯。△表示新本未輯。＊表示舊本《後記》輯入。

序號	標目	新本卷次	舊本卷次	備注
1	赤松子	卷一	卷一	
2	甯封子	卷一	卷一	
3	赤將子轝	卷一	卷一	
4	偓佺	卷一	卷一	
5	彭祖	卷一	卷一	
6	葛由	卷一	卷一	
7	王子喬▲	卷一		唐寫本二五二四號類書殘卷《神仙篇》
8	崔文子	卷一	卷一	
9	尹喜▲	卷一		《水經注》卷一七《渭水》，汪紹楹輯爲佚文

10	冠先	卷一	卷一	
11	琴高	卷一	卷一	
12	祝雞翁▲	卷一		《水經注》卷一六《穀水》，汪紹楹輯爲佚文
13	陵陽子明▲	卷一		《元和姓纂》卷五《十六蒸》、《通志略·氏族略三·陵陽氏》、《萬姓統譜》卷一三一《十蒸》
14	河伯	卷一	卷四	
15	魯少千	卷一	卷一	
16	淮南操	卷一	卷一	
17	鈎弋夫人	卷一	卷一	
18	陰生	卷一	卷一	
19	鄉卒常生	卷一	卷一	
20	丁令威*	卷一		舊本《後記》卷一
21	葉令王喬	卷一	卷一	

22	蒯子訓	卷一	卷一	
23	白玉碁局▲	卷一		《杜工部草堂詩箋》卷二七、《補註杜詩》卷二九《存殁口號二首》其二王洙注
24	少翁	卷二	卷二	
25	徐登趙炳	卷二	卷二	舊本輯爲三條
26	壽光侯	卷二	卷二	
27	左慈	卷二	卷一	
28	干吉	卷二	卷一	
29	介琰	卷二	卷一	
30	焦湖廟巫▲	卷二		《太平寰宇記》卷一二六，汪紹楹輯爲佚文
31	徐光	卷二	卷一	
32	錢小小	卷二	卷一六	

33	許懋▲	卷二		《三洞羣仙録》卷一七，汪紹楹輯爲佚文，然稱「疑非本書」
34	營陵道人	卷二	卷二	
35	天竺胡人	卷二	卷二	
36	許季山	卷三	卷三	
37	童彦興	卷三	卷三	
38	管輅筮怪	卷三	卷三	
39	北斗南斗	卷三	卷三	
40	淳于智筮鼠	卷三	卷三	
41	淳于智卜狐	卷三	卷三	
42	淳于智卜喪病	卷三	卷三	
43	郭璞筮偃鼠	卷三	卷七	
44	郭璞筮病	卷三	卷三	

45	郭璞活馬＊	卷三	卷三	又收入舊本《搜神後記》卷二
46	附寶▲	卷四		《太平御覽》卷一三五、《本草綱目》卷五二，汪紹楹輯爲佚文
47	女樞▲	卷四		《太平御覽》卷一三五、《路史·後紀》卷八《高陽》注，汪紹楹輯爲佚文
48	慶都▲	卷四		《太平御覽》卷一三五，汪紹楹輯爲佚文
49	玉曆	卷四	卷八	
30	麟書	卷四	卷八	
51	黄玉刻文	卷四	卷八	
52	陳寶	卷四	卷八	
53	邢史子臣	卷四	卷八	
54	土德▲	卷四		《文選》卷二〇、卷二四陸機《皇太子宴玄圃玄猷堂有令賦詩》、《答賈長淵》注，汪紹楹輯爲佚文

55	張掖開石	卷四	卷七	其中一節汪紹楹輯爲佚文
56	馬後牛▲	卷四		《宋書・符瑞志上》
57	應嫗	卷五	卷九	
58	竇氏蛇祥	卷五	卷一四	
59	三鱓魚▲	卷五		《顔氏家訓・書證篇》，汪紹楹輯爲佚文
60	忠孝侯印	卷五	卷九	
61	張氏鉤	卷五	卷九	
62	管弼▲	卷五		《太平御覽》卷四七二，汪紹楹輯爲佚文
63	祀星	卷六	卷四	
64	蒼水使者▲	卷六		《分門集註杜工部詩》卷一六、《杜工部草堂詩箋》卷三五《荆南兵馬使太常卿趙公大食刀歌》王洙注
65	戴文諶	卷六	卷四	
66	胡母班	卷六	卷四	

67	趙公明參佐	卷六	卷五	
68	陳節方	卷六	卷二	
69	張璞	卷六	卷四	
70	如願	卷六	卷四	
71	蔣子文	卷六	卷五	
72	戴侯祠	卷六	卷四	
73	黄石公	卷六	卷四	
74	范丹	卷六	卷一七	
75	靈女廟	卷七	卷二	
76	白水素女＊	卷七		舊本《後記》卷五
77	麋竺	卷七	卷四	
78	孤石廟	卷七	卷四	
79	黄祖	卷七	卷一八	

80	丁姑	卷七	卷五	
81	成公智瓊	卷七	卷一	
82	成夫人	卷七	卷四	
83	曾子	卷八	卷一一	
84	陰子方	卷八	卷四	
85	丁蘭▲	卷八		《太平御覽》卷四八二，汪紹楹輯爲佚文
86	董永	卷八	卷一	
87	郭巨	卷八	卷一一	
88	衡農	卷八	卷一一	
89	周暢	卷八	卷一一	
90	陽雍伯	卷八	卷一一	
91	羅威	卷八	卷一一	
92	徐泰	卷八	卷一〇	

93	孟宗▲	卷八		《略出籯金》卷二《仁孝篇》，汪紹楹輯爲佚文
94	張嵩▲	卷八		敦煌寫本殘卷伯二六五六號
95	東海孝婦	卷八	卷一一	
96	先雄	卷八	卷一一	
97	和熹鄧后	卷九	卷一〇	
98	孫堅夫人	卷九	卷一〇	
99	張車子	卷九	卷一〇	
100	張奐妻	卷九	卷一〇	
101	吴先主▲	卷九		《太平御覽》卷八一七、《天中記》卷四九，汪紹楹輯爲佚文
102	道士呂石	卷九	卷一〇	
103	劉雅	卷九	卷一〇	
104	費季	卷九	卷一七	

105	諸仲務女	卷九	卷一六	
106	温序	卷九	卷一六	
107	虞蕩	卷九	卷二〇	
108	士人陳甲	卷九	卷二〇	
109	妖怪	卷一〇	卷六	
110	山徙	卷一〇	卷六	
111	馬化狐	卷一〇	卷六	
112	鄭女生四十子	卷一〇	卷六	
113	御人産龍	卷一〇	卷六	
114	齊地暴長	卷一〇	卷六	
115	洧淵龍鬬	卷一〇	卷六	
116	九蛇繞柱	卷一〇	卷六	
117	馬生人	卷一〇	卷六	

118	魏女子化丈夫	卷一〇	卷六	
119	五足牛	卷一〇	卷六	
120	龍見温陵井	卷一一	卷六	
121	馬狗生角	卷一一	卷六	舊本輯爲二條
122	下密人生角	卷一一	卷六	
123	犬豕交	卷一一	卷六	
124	烏鬭	卷一一	卷六	
125	牛禍	卷一一	卷六	舊本輯爲二條
126	趙邑蛇鬭	卷一一	卷六	
127	輅軨廄雞變	卷一一	卷六	
128	范延壽	卷一一	卷六	
129	茅鄉社大槐樹	卷一一	卷六	
130	鼠巢	卷一一	卷六	

131	長安男子	卷一一	卷六	
132	鸗生雀	卷一一	卷六	
133	大廄馬生角	卷一一	卷六	舊本輯爲二條
134	零陵樹變	卷一一	卷六	舊本輯爲二條
135	豫章男子	卷一一	卷六	
136	趙春	卷一一	卷六	
137	長安女子	卷一一	卷六	
138	蛇見德陽殿	卷一二	卷六	
139	赤厄三七	卷一二	卷六	
140	夫婦相食	卷一二	卷六	
141	校别作樹變	卷一二	卷六	
142	雒陽女子	卷一二	卷六	
143	人狀草	卷一二	卷六	舊本輯爲二條

144	懷陵雀鬭	卷一二	卷六	
145	越嶲男子	卷一二	卷六	
146	荆州童謡	卷一二	卷六	
147	山鳴▲	卷一二		《後漢書·五行志三》注，汪紹楹輯爲佚文
148	鵲巢陵霄闕	卷一三	卷六	
149	廷尉府雞變▲	卷一三		《宋書·五行志一》、《晉書·五行志上》
150	青龍黄龍▲	卷一三		《宋書·五行志五》、《晉書·五行志下》、《文獻通考》卷三一三《物異考》
151	魚集武庫屋上▲	卷一三		《宋書·五行志四》、《晉書·五行志下》、《文獻通考》卷三一三《物異考》
152	大石自立	卷一三	卷六	
153	熒惑星	卷一三	卷八	
154	陳焦	卷一三	卷六	

155	吳服製	卷一三	卷六	
156	鬼目菜▲	卷一三		《宋書·五行志三》、《晉書·五行志中》、《建康實録》卷四
157	衣服車乘	卷一四	卷七	
158	胡器胡服	卷一四	卷七	舊本輯爲二條
159	方頭履	卷一四	卷七	
160	彭蜞化鼠	卷一四	卷七	
161	鯉魚現武庫	卷一四	卷七	
162	晉世寧舞	卷一四	卷七	
163	折楊柳	卷一四	卷七	
164	江南童謡▲	卷一四		《宋書·五行志二》、《晉書·五行志中》
165	婦人移東方▲	卷一四		《宋書·五行志一》
166	炊飯化螺▲	卷一四		《宋書·五行志一》

167	呂縣流血	卷一四	卷七	
168	高原陵火▲	卷一四		《宋書·五行志三》、《晉書·五行志上》
169	周世寧	卷一四	卷七	
170	纈子髻	卷一四	卷七	
171	五兵佩	卷一四	卷七	
172	江淮敗屩	卷一四	卷七	
173	石來	卷一四	卷七	
174	雲龍門	卷一四	卷七	
175	張騁牛言	卷一四	卷七	
176	戟鋒皆火	卷一四	卷七	
177	生箋單衣	卷一四	卷七	
178	無顏帢	卷一四	卷七	
179	男女二體	卷一四	卷七	舊本輯爲二條

180	任僑妻	卷一四	卷七	
181	淳于伯冤氣	卷一四	卷七	
182	王諒牛	卷一四	卷七	
183	太興地震	卷一四	卷七	
184	陳門牛生子兩頭	卷一四	卷七	
185	武昌災	卷一四	卷七	
186	中興服制	卷一四	卷七	
187	儀仗生華	卷一四	卷七	
188	吴郡晉陵訛言▲	卷一四		《宋書·五行志二》
189	京邑訛言▲	卷一四		《宋書·五行志二》
190	鵩鳥賦	卷一五	卷九	
191	翟宣	卷一五	卷九	
192	公孫淵	卷一五	卷九	

193	諸葛恪	卷一五	卷九	
194	王周南	卷一五	卷一八	
195	留寵	卷一五	卷九	
196	東萊陳氏	卷一五	卷一七	
197	聶友板＊	卷一五		舊本《後記》卷八
198	豫章人▲	卷一五		《太平廣記》卷四一七、《永樂大典》卷八五二七
199	變化	卷一六	卷一二	
200	龍易骨▲	卷一六		《説郛》卷九《感應經》
201	木蠹	卷一六	卷一三	
202	賁羊	卷一六	卷一二	
203	犀犬	卷一六	卷一二	
204	彭侯	卷一六	卷一八	
205	怒特祠	卷一六	卷一八	

206	白頭老公	卷一六	卷一八	
207	池陽小人	卷一六	卷一二	
208	傒囊	卷一六	卷一二	
209	治鳥	卷一六	卷一二	
210	落頭民	卷一七	卷一二	
211	刀勞鬼	卷一七	卷一二	
212	蜮	卷一七	卷一二	
213	鬼彈	卷一七	卷一二	
214	犬蠱	卷一七	卷一二	
215	張小	卷一七	卷一二	
216	霹靂	卷一七	卷一二	
217	大青小青	卷一七	卷一二	
218	猳國	卷一七	卷一二	

219	秦瞻	卷一七	卷一七	
220	李寄	卷一七	卷一九	
221	司徒府二蛇	卷一七	卷一九	
222	五酉	卷一八	卷一九	
223	竹中長人	卷一八	卷一七	
224	張漢直	卷一八	卷一七	
225	虞國	卷一八	卷一七	
226	度朔君	卷一八	卷一七	
227	頓丘魅	卷一八	卷一七	
228	東郡老翁	卷一八	卷一四	
229	倪彥思家魅	卷一八	卷一七	
230	狸神	卷一八	卷一八	
231	吳興老狸	卷一八	卷一八	

232	句容狸婦	卷一八	卷一八	
233	狸客	卷一八	卷一八	
234	廬陵亭	卷一八	卷一八	
235	阿紫	卷一八	卷一八	
236	胡博士	卷一八	卷一八	
237	宋大賢	卷一八	卷一八	
238	斑狐書生	卷一八	卷一八	
239	黑頭白軀狗	卷一九	卷一八	
240	沽酒家狗	卷一九	卷一八	
241	白狗魅	卷一九	卷一八	
242	吴郡士人	卷一九	卷一八	
243	安陽亭	卷一九	卷一八	
244	高山君	卷一九	卷一八	

245	獺婦	卷一九	卷一八	
246	蛇訟	卷一九	卷一九	
247	阿銅	卷一九	卷一九	
248	鼉婦	卷一九	卷一九	
249	鼠婦	卷一九	卷一九	
250	蟬兒	卷一九	卷一七	
251	細腰	卷一九	卷一八	
252	文約	卷一九	卷一八	
253	秦巨伯	卷一九	卷一六	
254	瑶草	卷二〇	卷一四	
255	蒙雙氏	卷二〇	卷一四	
256	蠶馬	卷二〇	卷一四	汪紹楹將「蠶曰龍精」四字輯爲佚文
257	江夏黄母	卷二〇	卷一四	

258	宣騫母	卷二〇	卷一四	
259	玉化蜮	卷二〇	卷六	
260	貙人	卷二〇	卷一二	
261	新喻男子	卷二〇	卷一四	
262	零陵太守女	卷二〇	卷一一	
263	田無嗇兒	卷二一	卷六	
264	馮貴人	卷二一	卷一五	
265	史姁	卷二一	卷一五	
266	長沙桓氏	卷二一	卷六	
267	李娥	卷二一	卷一五	
268	賈偶	卷二一	卷一五	
269	柳榮	卷二一	卷一五	
270	河間男女	卷二一	卷一五	

271	顔畿	卷二一	卷一五	
272	杜錫婢	卷二一	卷一五	
273	賀瑀	卷二一	卷一五	
274	馮稜妻▲	卷二一		《獨異志》卷中，汪紹楹輯爲佚文
275	李通▲	卷二一		《集古今佛道論衡》卷丁
276	周式	卷二二	卷五	
277	陳仲舉	卷二二	卷一九	
278	蘇韶▲	卷二二		《道宣律師感通録》，汪紹楹輯爲佚文
279	孤竹君	卷二二	卷一六	
280	鵠奔亭	卷二二	卷一六	
281	文穎	卷二二	卷一六	
282	宗定伯	卷二二	卷一六	
283	無鬼論	卷二三	卷一六	

284	王昭平	卷二三	卷一六	
285	石子岡	卷二三	卷二	
286	夏侯愷	卷二三	卷一六	
287	史良	卷二三	卷一一	
288	紫珪	卷二三	卷一六	
289	談生	卷二三	卷一六	
290	挽歌	卷二三	卷一六	舊本輯爲二條，又載卷六
291	神農	卷二四	卷一	
292	荼與鬱壘▲	卷二四		唐慧琳《一切經音義》卷一一，汪紹楹輯爲佚文
293	帝嚳▲	卷二四		《北堂書鈔》卷四九，汪紹楹輯爲佚文
294	盤瓠	卷二四	卷一四	
295	湯禱桑林	卷二四	卷八	
296	武王伐紂	卷二四	卷八	

297	萇弘	卷二四	卷一一	
298	蕭桐子	卷二四	卷一四	
299	古冶子	卷二四	卷一一	
300	熊渠	卷二五	卷一一	
301	三王墓	卷二五	卷一一	
302	養由基	卷二五	卷一一	
303	澹臺子羽▲	卷二五		《文選》卷五左思《吴都賦》劉逵注、《古微書》卷二五《論語微》按語，汪紹楹輯爲佚文
304	韓馮夫婦	卷二五	卷一一	
305	爰劍	卷二五	卷一四	
306	扶南王	卷二五	卷二	
307	患	卷二五	卷一一	
308	燋尾琴	卷二五	卷一三	

309	諒輔	卷二六	卷一一	
310	何敞	卷二六	卷一一	
311	徐栩	卷二六	卷一一	
312	王業	卷二六	卷一一	
313	葛祚	卷二六	卷一一	
314	二華之山	卷二七	卷一三	
315	霍山	卷二七	卷一三	
316	樊山	卷二七	卷一三	
317	孔竇	卷二七	卷一三	
318	澧泉	卷二七	卷一三	
319	湘東龍穴	卷二七	卷一三	
320	虬塘＊	卷二七		舊本《後記》卷一〇
321	澤水神龍▲	卷二七		《後漢書·郡國志五》注，汪紹楹輯爲佚文

322	馬邑城	卷二七	卷一三	
323	代城▲	卷二七		《後漢書·郡國志五》注，汪紹楹輯爲佚文
324	延壽城▲	卷二七		《後漢書·郡國志一》注，汪紹楹輯爲佚文
325	由拳縣	卷二七	卷一三	
326	鮫人	卷二八	卷一二	
327	飛涎鳥▲	卷二八		《永樂大典》卷二三四五引《稽神異苑》
328	驪龍珠▲	卷二八		《唐詩鼓吹》卷九譚用之《贈索處士》注
329	餘腹	卷二八	卷一三	
330	土蜂	卷二八	卷一三	
331	青蚨	卷二八	卷一三	
332	長卿	卷二八	卷一三	
333	火浣布	卷二八	卷一三	
334	陽燧陰燧	卷二八	卷一三	

335	隨侯珠	卷二九	卷二〇	
336	噲參	卷二九	卷二〇	
337	蘇易	卷二九	卷二〇	
338	龐企遠祖	卷二九	卷二〇	
339	楊寶	卷二九	卷二〇	
340	鬚長七尺▲	卷三〇		《北堂書鈔》卷一，汪紹楹輯爲佚文
341	笑電▲	卷三〇		《紺珠集》卷七干寶《搜神記》、《書叙指南》卷一三，汪紹楹輯爲佚文
342	仲子▲	卷三〇		《山海經廣注》卷一《南山經》，汪紹楹輯爲佚文
343	袴褶▲	卷三〇		《事物紀原》卷三《旗旐采章部·袴褶》
344	師門△		卷一	據《太平御覽》、《事類賦注》等引《列仙傳》
345	陶安公△		卷一	據《天中記》、《藝文類聚》等引《列仙傳》
346	焦山老君△		卷一	據《酉陽雜俎》前集卷二《玉格》

347	劉根△		卷一	據《後漢書・方術列傳下・劉根傳》及《神仙傳》
348	葛玄△		卷一	據《藝文類聚》引《神仙傳》與《汝南先賢傳》
349	吴猛△＊	後記卷一	卷一	舊本《搜神後記》卷二《吴猛》事不同
350	園客△		卷一	據《太平御覽》、《事類賦注》引《列仙傳》及《述異記》
351	杜蘭香△		卷一	據《藝文類聚》引《杜蘭香別傳》
352	樊英△		卷二	據《初學記》及《藝文類聚》引《楚國先賢傳》
353	韓友△		卷二	據《晉書》卷九五《藝術傳・韓友傳》
354	東海黄公△		卷二	據《文選》注、《事類賦注》、《天中記》引《西京雜記》
355	謝紏(允)△＊	後記卷一	卷二	又入舊本《搜神後記》卷二
356	吴覡△		卷二	據《三國志・吴書・吴范劉惇趙達傳》注引《抱朴子》

357	夏侯弘△		卷二	據《太平廣記》引《志怪録》
358	鍾離意△		卷三	據《後漢書·鍾離意傳》及注、《太平御覽》引《鍾離意别傳》，《水經注·泗水》
359	段醫△		卷三	據《後漢書·方術列傳·段翳傳》，「翳」訛作「醫」
360	管輅筮疾病△		卷三	據《三國志·魏書·方技傳·管輅傳》及注引《管輅别傳》
361	管輅筮躄疾△		卷三	據《三國志·魏書·方技傳·管輅傳》及注引《管輅别傳》
362	淳于智△		卷三	據《晉書·藝術傳·淳于智傳》
363	郭璞買婢△		卷三	據《晉書·郭璞傳》
364	郭璞占傷寒△		卷三	據《初學記》引郭璞《洞林》
365	費孝先△		卷三	據《天中記》引《搜神祕覽》

366	隗炤△		卷三	據《藝文類聚》引《録異傳》
367	韓友治狐魅△		卷三	據《晉書·藝術傳·韓友傳》
368	嚴卿△		卷三	據《晉書·藝術傳·嚴卿傳》
369	華佗治瘡△		卷三	據《三國志·魏書·方技傳·華佗傳》及注
370	華佗治病咽△		卷三	據《三國志·魏書·方技傳·華佗傳》
371	張寬△		卷四	據《初學記》引《益部耆舊傳》
372	灌壇令△		卷四	據《太平廣記》引《博物志》
373	河伯婿△		卷四	據《法苑珠林》、《太平廣記》引《幽明録》
374	華山使△		卷四	據《史記·秦始皇本紀》，《水經注·渭水》、《北堂書鈔》、《初學記》、《太平御覽》引樂資《春秋後傳》
375	曹著△		卷四	據《北堂書鈔》、《太平御覽》引祖台之《志怪》
376	宮亭廟神△		卷四	事見《太平御覽》引《幽明録》
377	驢鼠△		卷四	據《晉書·郭璞傳》

378	鼉神△		卷四	據《初學記》引《續齊諧記》
379	劉玘△		卷四	事見《太平御覽》、《太平寰宇記》、《輿地紀勝》引《風土記》,《三洞羣仙録》引《袁府君祠堂記》
380	劉赤父△		卷五	據《太平廣記》卷二九三《蔣子文》,注「出《搜神記》、《幽明録》、《志怪》等書」
381	韓王劉三子△		卷五	據《太平廣記》卷二九三《蔣子文》,注「出《搜神記》、《幽明録》、《志怪》等書」
382	吴望子△*	後記卷三	卷五	又入舊本《搜神後記》卷五
383	虎暴△		卷五	據《太平廣記》卷二九三《蔣子文》,注「出《搜神記》、《幽明録》、《志怪》等書」
384	李君神△		卷五	據應劭《風俗通義·怪神篇》
385	新井△		卷五	據《漢書·王莽傳上》
386	龜生毛兔生角△		卷六	據任昉《述異記》卷上

387	彭生△		卷六	據《漢書·五行志中之下》
388	鄭門蛇鬬△		卷六	據《漢書·五行志下之上》
389	臨洮大人△		卷六	據》《漢書·五行志下之上》
390	鼠舞△		卷六	據《漢書·五行志下之上》
391	萊蕪石立△		卷六	據《漢書·五行志中之上》、《太平御覽》卷八七三引《漢書》
392	柳葉蟲字△		卷六	據《漢書·五行志中之下》
393	狗冠△		卷六	據《漢書·五行志中之上》、《後漢書·五行志一》
394	天雨草△		卷六	據《漢書·五行志中之下》
395	鳶焚巢△		卷六	據《漢書·五行志中之下》
396	海出大魚△		卷六	據《漢書·五行志中之下》、《後漢書·五行志三》
397	西王母傳書△		卷六	據《漢書·五行志中之下》
398	烏生子三足△		卷六	據《東觀漢記》卷上

399	雨肉△		卷六	據《後漢書·五行志二》
400	京都婦女粧△		卷六	據《後漢書·五行志一》
401	長服長裾△		卷六	據《後漢書·五行志一》
402	黄人△		卷六	據《後漢書·五行志五》
403	雌雞化雄△		卷六	據《後漢書·五行志一》
404	白衣男子△		卷六	據《後漢書·五行志五》注引《風俗通》
405	兩頭共身△		卷六	據《後漢書·五行志五》，原爲兩條
406	京師謡言△		卷六	據《後漢書·五行志一》
407	樹出血△		卷六	據《晉書·五行志中》、《宋書·五行志三》
408	妖馬△		卷六	據《宋書·五行志二》、《晉書·五行志中》
409	燕生巨鷇△		卷六	據《晉書·五行志中》
410	譙周書柱△		卷六	據《晉書·五行志中》、《宋書·五行志三》
411	大風△		卷六	據《晉書·五行志下》、《宋書·五行志五》

412	二龍見武庫井△		卷七	據《晉書·五行志上》
413	死牛頭語△		卷七	據《晉書·五行志下》
414	馬生角△		卷七	據《宋書·五行志五》、《晉書·五行志下》
415	六鍾出涕△		卷七	據《晉書·五行志上》
416	臨淄大蛇△		卷七	據《晉書·五行志下》、《宋書·五行志五》
417	高禖石△		卷七	據《太平御覽》引《晉朝雜事》
418	烏杖△		卷七	據《晉書·五行志上》
419	散髮倮身△		卷七	據《晉書·五行志上》
420	萬詳婢△		卷七	據《晉書·五行志下》
421	嚴根婢△		卷七	據《晉書·五行志下》
422	張林家狗△		卷七	據《晉書·五行志中》
423	茱萸樹△		卷七	據《晉書·五行志中》
424	豕生人△		卷七	據《晉書·五行志下》

425	馬生兩頭駒△		卷七	據《晉書・五行志下》
426	羽扇△		卷七	據《晉書・五行志上》
427	武昌大蛇△		卷七	據《晉書・五行志下》
428	呂望△		卷八	事見《六韜・文師》、《史記・齊太公世家》、《宋書・符瑞志上》
429	戴洋夢△		卷八	據《晉書・藝術傳・戴洋傳》
430	馮緄△		卷九	據《藝文類聚》、《太平御覽》引《風俗通》
431	何比干△		卷九	據《後漢書・何敞傳》注引《何氏家傳》
432	魏舒△		卷九	據《晉書・魏舒傳》
433	鄧喜△		卷九	據《晉書・五行志中》
434	賈充△		卷九	據《晉書・賈充傳》
435	術士戴洋△	後記卷二	卷九	
436	蔡茂△		卷一〇	據《後漢書・蔡茂傳》

437	審雨堂△		卷一〇	據《紺珠集》、《類説》及《太平廣記》卷四七四引《窮神祕苑》
438	白越單衫△		卷一〇	據《初學記》卷二六引魏文帝《列傳》
439	漢靈帝夢△		卷一〇	據《後漢書·靈帝宋皇后紀》
440	謝奉△	後記卷四	卷一〇	
441	賈雍△		卷一一	據《太平御覽》、《太平廣記》引《録異傳》
442	王祥△		卷一一	據《晉書·王祥傳》
443	王延△		卷一一	據《晉書·孝友傳·王延傳》
444	楚僚△		卷一一	據《天中記》卷五六引《搜神記》（八卷本）
445	盛彦△		卷一一	據《晉書·孝友傳·盛彦傳》
446	顔含△		卷一一	據《晉書·孝友傳·顔含傳》
447	劉殷△		卷一一	據《晉書·孝友傳·劉殷傳》
448	王裒△		卷一一	據《晉書·孝友傳·王裒傳》

449	白鳩郎△		卷一一	據《藝文類聚》卷九二引《會稽典録》
450	樂羊子妻△		卷一一	據《後漢書・列女傳・河南樂羊子妻傳》
451	庾衮△		卷一一	據《晉書・孝友傳・庾衮傳》
452	望夫岡△		卷一一	據《初學記》卷八引《鄱陽記》
453	鄧元義妻△		卷一一	據《後漢書・應奉傳》注引《汝南記》
454	嚴遵△		卷一一	據《藝文類聚》、《太平御覽》、《太平廣記》引《益部耆舊傳》
455	范式△		卷一一	據《後漢書・獨行列傳・范式傳》
456	山都△		卷一二	據《初學記》卷八引《異物志》
457	蛇蠱△		卷一二	據《太平廣記》卷三五九，出《靈鬼志》
458	龜化城△		卷一三	事見《太平御覽》、《事類賦注》引《華陽國志》，《御覽》引《成都記》，《太平寰宇記》引《周地圖經》
459	昆明池△		卷一三	據《初學記》卷七引曹毗《志怪》

460	廖氏宅△		卷一三	據《藝文類聚》卷六四引《抱朴子》
461	蝟△		卷一三	據《太平御覽》卷九一二引《孝經援神契》
462	柯亭竹△		卷一三	據《世説新語·輕詆》注引《蔡邕長笛賦序》，《事類賦注》卷一一引張騭《文士傳》
463	東明△		卷一四	據《論衡·吉驗篇》，《三國志·魏書·東夷傳》注引《魏略》
464	鵠蒼△		卷一四	據《初學記》卷八引《博物志》、卷二九引《述征記》
465	穀烏菟△		卷一四	事出《左傳》宣公四年
466	撅兒△		卷一四	據《天中記》卷五六引《山川紀異》
467	羽衣人△		卷一四	據《晉書·郭璞傳》
468	嫦娥△		卷一四	據《後漢書·天文志上》注、《開元占經》、《文獻通考》引張衡《靈憲》
469	蘭巖雙鶴△		卷一四	據《初學記》、《太平御覽》引王韶之《神境記》

470	宋士宗母△*	後記卷七	卷一四	《學津討原》本《搜神後記》卷四補入此條
471	王道平△		卷一五	據《天中記》卷一九引《搜神記》（八卷本）
472	酒藏吏戴洋△		卷一五	據《晉書・藝術傳・戴洋傳》
473	馬勢婦△	後記卷八	卷一五	
474	羊祜金鐶△		卷一五	據《晉書・羊祜傳》
475	前漢宫人△		卷一五	據《後漢書・五行志五》注引《博物志》
476	棺中婦人△		卷一五	據《三國志・魏書・明帝紀》注引《傅子》
477	廣陵大冢△		卷一五	據《三國志・吴書・孫休傳》注引葛洪《抱朴子》
478	欒書冢△		卷一五	據《太平廣記》卷四四七
479	疫鬼△		卷一六	據《文選・東京賦》注、《天中記》引《漢舊儀》
480	阮瞻△		卷一六	據《晉書・阮瞻傳》
481	蔣濟亡兒△		卷一六	據《三國志・魏書・蔣濟傳》及注引《列異傳》
482	曹公載妓船△*	後記卷九	卷一六	又入舊本《搜神後記》卷六

483	鼓琵琶鬼△		卷一六	據《太平御覽》卷五八三、《天中記》卷四三引《録異傳》
484	三醉鬼△		卷一六	事見《北堂書鈔》卷一四八引《幽明録》
485	辛道度△		卷一六	據《天中記》卷一九引《搜神記》（八卷本）
486	盧充△＊	後記卷一〇	卷一六	又入舊本《搜神後記》卷六
487	汝陽西門亭△		卷一六	據《風俗通義·怪神篇》，《太平廣記》卷三一七引《風俗通》
488	鍾繇△		卷一六	據《三國志·魏書·鍾繇傳》注引《陸氏異林》
489	服留鳥△		卷一七	據《晉書·五行志中》
490	東望山甘子△		卷一七	據《初學記》卷二八引祖沖之《述異記》
491	梓潭△		卷一八	據《初學記》卷八引鄧德明《南康記》
492	到伯夷△		卷一八	據《風俗通義·怪神篇》
493	豫章空亭△		卷一八	據《初學記》卷二九引《幽明録》、《晉書·謝鯤傳》

494	李叔堅家犬△		卷一八	據《事類賦注》卷二三引《風俗通義》
495	千日酒△		卷一九	據八卷本《搜神記》
496	病龍雨△		卷二〇	事見《天中記》卷五六引《山川紀異》
497	龜印△		卷二〇	據《晉書·孔愉傳》及《初學記》、《太平御覽》引何法盛《晉中興書》
498	古巢△		卷二〇	據《方輿勝覽》卷四八及《續道藏》本《搜神記》卷三《巢湖太姥》引《青瑣高議》
499	蟻王△		卷二〇	據《初學記》、《太平御覽》、《太平廣記》、《天中記》引《齊諧記》
500	黑龍△		卷二〇	據《天中記》卷五四引《搜神記》（八卷本）
501	的尾△		卷二〇	據《太平御覽》卷五〇五引《幽明録》
502	猿母△	後記卷四	卷二〇	
503	陷湖△		卷二〇	據《天中記》卷五六引李膺《益州記》
504	建業婦人△		卷二〇	據《太平廣記》卷一三三引《搜神記》（《稽神録》）

五、《搜神後記》新舊本對照表

標記説明：▲表示舊本未輯。△表示新本未輯。*表示舊本《搜神記》輯入。

序號	標目	新本卷次	舊本卷次	備注
1	袁栢根碩	卷一	卷一	
2	韶舞	卷一	卷一	
3	梅花泉	卷一	卷一	
4	武昌山毛人	卷一	卷七	
5	吴猛*	卷一	卷二	舊本《搜神記》卷一《吴猛》事不同，汪紹楹將吴猛小兒事輯爲《搜神記》佚文
6	謝允*	卷一	卷二	又入舊本《搜神記》卷二，汪紹楹將鈎鴿一節輯爲佚文
7	麻衣道士▲	卷一		《高僧傳》卷一〇《史宗傳》，汪紹楹輯爲佚文，然未録正文

8	鏡耗	卷二	卷二	
9	郭璞自占	卷二	卷二	
10	杜不愆	卷二	卷二	
11	術士戴洋*	卷二		舊本《搜神記》卷九
12	夏侯綜	卷二	卷六	
13	范啓母墓	卷二	卷六	
14	李子豫	卷二	卷六	
15	斛茗瘕	卷二	卷三	
16	腹瘕病	卷二	卷三	
17	蕨蛇	卷二	卷三	
18	周眕奴	卷二	卷四	
19	胡道人	卷二	卷二	
20	沙門曇猷	卷二	卷二	

21	歷陽神祠	卷二	卷六	
22	高荀▲	卷二		《辯正論》卷七注
23	雷公	卷三	卷一〇	
24	阿香	卷三	卷五	
25	虹丈夫	卷三	卷七	
26	何參軍女	卷三	卷五	
27	竺曇遂	卷三	卷五	
28	吴望子*	卷三	卷五	又入《搜神記》卷五
29	掘頭舡漁父	卷三	卷三	
30	阿馬	卷四	卷三	
31	文晃	卷四	卷三	
32	華子魚	卷四	卷三	
33	魏金	卷四	卷三	

34	趙真	卷四	卷八	
35	程咸	卷四	卷三	
36	桓哲	卷四	卷三	
37	謝奉＊	卷四		舊本《搜神記》卷一〇
38	宗淵▲	卷四		《太平御覽》、《天中記》、《駢志》引《續搜神記》，《太平廣記》引《搜神記》，汪紹楹輯爲佚文
39	王蒙▲	卷四		《古今同姓名録》、《太平御覽》、《天中記》，汪紹楹輯爲佚文
40	朱恭▲	卷四		《辯正論》卷七注
41	沛國士人	卷四	卷二	
42	猿母＊	卷四		舊本《搜神記》卷二〇
43	黄赭▲	卷四		《初學記》、《太平御覽》等，汪紹楹輯爲佚文
44	流俗道人	卷四	卷九	

45	石窠三卵	卷四	卷一〇	
46	阿鼠	卷五	卷七	
47	飛燕	卷五	卷九	
48	死人頭	卷五	卷八	
49	白頭公	卷五	卷五	
30	桓大司馬	卷五	卷五	
51	葛輝夫	卷五	卷八	
52	兩頭人	卷五	卷七	
53	虎卜	卷六	卷九	
54	鹿女	卷六	卷九	
55	丁零王獮猴	卷六	卷九	
56	伯裘	卷六	卷九	
57	絳綾香囊	卷六	卷九	

58	古冢老狐	卷六	卷九	
59	林慮山亭	卷六	卷九	
60	蔡詠家狗	卷六	卷九	
61	白狗變形	卷六	卷七	
62	會稽老黃狗	卷六	卷九	
63	素衣女子	卷六	卷九	
64	臨海射人	卷六	卷一〇	
65	士人嫁女	卷六	卷一〇	
66	李頤宅	卷六	卷七	
67	蛟子	卷七	卷一〇	
68	宋士宗母*	卷七	卷四	《學津討原》本補，舊本《搜神記》卷一四
69	子路▲	卷七		《太平御覽》、《六家詩名物疏》、《本草綱目》，汪紹楹輯爲佚文

70	熊母	卷七	卷九	
71	楊生狗	卷七	卷九	
72	烏龍	卷七	卷九	
73	毛寶軍人	卷七	卷一〇	
74	山㺐	卷七	卷七	
75	干寶父妾	卷八	卷四	
76	李除	卷八	卷四	
77	郭茂	卷八	卷四	
78	陳良	卷八	卷四	
79	李仲文女	卷八	卷四	
80	徐玄方女	卷八	卷四	
81	馬勢婦＊	卷八		舊本《搜神記》卷一五
82	曹公載妓船＊	卷九	卷六	又入舊本《搜神記》卷一六

83	魯肅墓	卷九	卷六	
84	山中髑髏	卷九	卷七	
85	王戎	卷九	卷六	
86	索遜	卷九	卷六	
87	馮述	卷九	卷六	
88	劉他苟家鬼	卷九	卷六	
89	遠學諸生	卷九	卷三	
90	竺法度	卷九	卷六	
91	朱弼	卷九	卷六	
92	承儉	卷九	卷六	
93	殷仲堪	卷九	卷六	
94	懊惱歌	卷一〇	卷六	
95	陳阿登	卷一〇	卷六	

96	張姑子	卷一〇	卷六	
97	盧充＊	卷一〇	卷六	又入舊本《搜神記》卷一六
98	匹夫匹婦	卷一〇	卷三	
99	顧愷之▲	卷一〇		《歷代名畫記》、《天中記》，汪紹楹輯爲《搜神記》佚文
100	丁令威△	前記卷一	卷一	
101	嵩高山大穴△		卷一	據《北堂書鈔》、《初學記》、《太平廣記》引《世説》（《幽明録》）
102	桃花源△		卷一	據李公焕《箋註陶淵明集》卷六《桃花源記》
103	劉驎之△		卷一	據《晉書·隱逸傳·劉驎之傳》
104	目巖△		卷一	據《藝文類聚》卷六、《太平御覽》卷五四引盛弘之《荊州記》
105	機山兩巖△		卷一	據《藝文類聚》卷六引盛弘之《荊州記》

106	貞女峽△		卷一	據《藝文類聚》卷六引王韶之《始興記》
107	姑舒泉△		卷一	據《藝文類聚》卷九引紀義《宣城記》
108	杜子恭△		卷二	據《晉書·孫恩傳》
109	鼠市△		卷二	據《藝文類聚》卷九五引《晉陽秋》
110	比丘尼△		卷二	據《法苑珠林》卷三三引《冥祥記》
111	佛圖澄△		卷二	據《晉書·藝術傳·佛圖澄傳》
112	幸靈△		卷二	據《晉書·藝術傳·幸靈傳》
113	郭璞活馬△＊	前記卷三	卷二	又入舊本《搜神記》卷三
114	建安山賊△		卷三	據《事類賦注》卷三〇引《宣驗記》
115	蔡裔△		卷三	據《晉書·殷浩傳》附《蔡裔傳》、《太平御覽》卷四九引《晉書》
116	白水素女△	前記卷七	卷五	
117	蔣侯△		卷五	據《晉書·王悅傳》、《太平廣記》卷二九三引《幽明録》

118	蔣侯廟△		卷五	據《太平廣記》卷二九三引《搜神記》、《幽明録》、《志怪》等書
199	盛道兒△		卷六	據《太平廣記》卷三二五引《搜神記》，出處誤
120	傖小兒△		卷六	據《太平御覽》卷八三二引《幽明録》
121	劉聰△		卷七	據《晉書·五行志中》
122	盛逸△		卷七	據《藝文類聚》卷八九引《孔氏志怪記》
123	王機△		卷八	據《晉書·藝術傳·鮑靚傳》
124	諸葛長民△		卷八	據《晉書·諸葛長民傳》
125	王綏△		卷八	據《晉書·王湛傳》附《王綏傳》
126	聶友板△	前記卷一五	卷八	
127	尹兒△		卷一〇	據《太平御覽》卷九三〇引《續搜神記》，出處誤
128	虬塘△	前記卷一五	前一〇	

六、《搜神記》《搜神後記》綜考

東晉干寶《搜神記》三十卷，是六朝最著名的志怪小説，堪稱中國志怪小説之經典。研究干寶《搜神記》，有兩個最基本的問題，一個是干寶的生平事迹，一個是今存《搜神記》的版本問題。這些問題學者已做過一些研究，但還不能説已經解決得很好。兹就此兩大問題做一考證和討論。最後亦就陶潛《搜神後記》的有關問題作出考證。

一、干寶籍貫仕歷考

干寶《晉書》有傳，事迹較略。對干寶事迹進行過研究的，很久前有葛兆光《干寶事迹材料稽録》（下簡稱葛文）〔一〕，主要從《晉書》鈎稽出一些材料，作了初步考辨。筆者一九八四年出版的《唐前志怪小説史》，對干寶生平事迹的介紹，主要依據《晉書》本傳，並參考了葛文的稽考〔二〕。日本小南一郎教授一九九七年發表的《干寶〈搜神記〉の編纂》（下簡

〔一〕載《文史》第七輯，第一四八頁，中華書局一九七九年版。

〔二〕南開大學出版社一九八四年版，第二七九—二八〇頁。按：在修訂版中於干寶事迹重作考述。天津教育出版社，二〇〇五年版，人民文學出版社，二〇一一年版。

稱小南文)〔一〕，其中第二章《干寶——時代と生涯》對干寶生平事迹做了詳細研究，運用資料相當豐富，但論文更注重對干寶社會背景和社會關係的推測和描述，對干寶經歷中的若干緊要問題則疏於考證，或者考證有誤，這樣所描述的社會關係也就多爲想當然之辭，而且一些重要資料也未掌握。

干寶傳記最早載於劉宋何法盛《晉中興書》〔二〕，書已亡，《干寶傳》僅存片斷。《晉書》卷八二《干寶傳》，則當據蕭齊臧榮緒《晉書》所載〔三〕，是現存最詳細的傳記。又唐許嵩《建康實録》卷七也有關於干寶的傳記資料。現將三書所載先引録如下：

干寶，字令升，新蔡人也。祖統，吴奮武將軍、都亭侯。父瑩，丹楊丞。寶少勤學，博覽書記，以才器召爲著作郎。平杜弢有功，賜爵關内侯。中興草創，未置史官，中書監王導上疏曰：「……宜備史官，敕佐著作郎干寶等漸就撰集。」元帝納焉。寶

〔一〕《干寶〈搜神記〉の編纂》(上)，刊《東方學報》第六十九册，一九九七年三月。

〔二〕《隋書·經籍志》正史類著録宋湘東太守何法盛《晉中興書》七十八卷。

〔三〕中華書局版《晉書·出版説明》：「但此書(《晉書》)的編撰者只用臧榮緒《晉書》作藍本，并兼採筆記小説的記載，稍加增飾。」按《隋書·經籍志》正史類著録齊徐州主簿臧榮緒《晉書》一百一十卷，已佚。以上兩種《晉書》，今有輯本多種，最佳者乃清湯球輯本，載《廣雅書局叢書·晉書輯本》，《叢書集成初編》收入。

於是始領國史。以家貧，求補山陰令，遷始安太守。王導請爲司徒右長史，遷散騎常侍。著《晉紀》，自宣帝迄于愍帝五十三年，凡二十卷，奏之。其書簡略，直而能婉，咸稱良史。性好陰陽術數，留思京房、夏侯勝等傳。寶父先有所寵侍婢，母甚妬忌，及父亡，母乃生推婢于墓中。寶兄弟年小，不之審也。後十餘年，母喪，開墓而婢伏棺如生。載還，經日乃蘇。言其父常取飲食與之，恩情如生。在家中吉凶輒語之，考校悉驗。地中亦不覺爲惡。既而嫁之，生子。又寶兄嘗病氣絶，積日不冷。後遂悟，云見天地間鬼神事，如夢覺，不自知死。寶以此遂撰集古今神祇靈異人物變化，名《搜神記》，凡三十卷。以示劉惔，惔曰：「卿可謂鬼之董狐。」寶既博採異同，遂混虚實，因作序以陳其志……寶又爲《春秋左氏義外傳》，注《周易》、《周官》，凡數十篇，及雜文集，皆行於世。（《晉書・干寶傳》）

干寶，字令升，新蔡人。祖正，吴奮武將軍。父瑩，丹陽丞。寶少以博學才器著稱，歷散騎常侍。（《世説新語・排調篇》注引《中興書》，即《晉中興書》）

干寶，字令升，新蔡人。始以尚書郎領國史，遷散騎常侍，卒。撰《晉紀》，起宣帝迄愍，五十三年。評論切中，咸稱善之。（《文選》卷四九干令升《晉紀論晉武帝革命》李善注引何法盛《晉書》，即《晉中興書》）

（顯宗成皇帝咸康二年）三月，散騎常侍干寶卒。寶字令升，新蔡人，少勤學。中宗即位，以領國史，累遷散騎常侍。修《晉紀》，上自宣帝迄于建興，凡五十三年，成二十卷。辭簡理要，直而能婉，世稱良史。初，父亡，有所幸婢，母忌之，乃殉葬。後十餘年，母喪，開冢合葬，殉婢乃活，取嫁之。因問幽冥，考校吉凶悉驗。遂著《搜神記》三十卷。將示劉惔，惔曰：「卿可謂鬼之董狐也。」（《建康實録》卷七）

干寶姓氏，古書或作于，如《大正新脩大藏經》本唐釋道宣《道宣律師感通録》、《道藏》本元趙道一《歷世真仙體道通鑑》卷二七《吴猛》、《續道藏》本明羅懋登《引搜神記首》都作于寶。小南文引録南宋羅大經《鶴林玉露》的一條記載，説南宋楊萬里談及于寶，一吏以韻書糾正説應爲干寶〔一〕。這些例子説明古書中以干寶爲于寶是很普遍的。但干寶姓干鑿無疑義，唐林寶《元和姓纂》卷四干姓載：「《左傳》，宋大夫干犨之後。陳干徵師，漢蜀郡尉干獻，吴軍師干吉，晉將軍干瓚。」「新蔡」下云：「干犨之後。晉丹陽丞干瑩，生

〔一〕《鶴林玉露》甲編卷三《于寶》：「楊誠齋在館中，與同舍談及晉于寶，一吏進曰：『乃干寶，非于也。』問何以知之，吏取韻書以呈，『干』字下注云：『晉有干寶。』誠齋大喜曰：『汝乃吾一字之師。』」中華書局一九八三年版，王瑞來點校，第五三頁。

寶，著《晉紀》及《搜神記》。」〔一〕干犨見《左傳》昭公二十一年：「干犨御吕封人。」干徵師見《左傳》昭公七年：「楚人執陳行人干徵師殺之。」干氏既出干犨，其不作于甚明。小南文中也引證過《元和姓纂》，但他試圖把干寶和吴國將軍于詮乃至方士于吉聯繫起來，猜測是同族，所以對干寶究竟姓干姓于仍存疑問〔二〕。明董穀《碧里雜存》卷下《干寶》云：「干寶者，即于寶也。本姓干，後人訛爲于字。」這個説法是完全正確的〔三〕。在古籍中，干

〔一〕《元和姓纂》，岑仲勉校記，中華書局一九九四年版，第五〇三頁。

〔二〕見小南文抽印本第三一一—三一二頁。按：于詮見《三國志》卷二八《魏書·諸葛誕傳》注引干寶《晉紀》，小南文訛作于銓，蓋承湯球《晉紀》輯本之訛。又按：于吉，《三國志》卷四六《孫策傳》注引《江表傳》、《志林》、《搜神記》作于吉，《後漢書》卷三〇下《襄楷傳》、《元和姓纂》作干吉，當以干爲是。

〔三〕南宋張淏《雲谷雜紀》卷二：「干、于皆姓也。干，古寒切。《千姓編》云：『望出滎陽、潁川。宋有干犨；晉干寶，著《搜神記》。』于，本姓邘，周武王邘叔之後，子孫去邑爲于，漢有于定國，魏將軍于禁。望出東海、南陽。』是干與于爲二姓甚明。今《晉書·干寶傳》書干作于，《文選·晉武革命論》則云于令升，諸書引《搜神記》則云于寶《搜神記》，《周禮註》則云于寶云。字畫之差，相承之久，遂至無辨，良可歎也。」干寶注經書頗衆，後世著述常引其説，而多誤作于寶。清沈廷芳《十三經注疏正字》卷二三《周禮》注辨云：「干誤于。案干寶字令升，新蔡人，東晉散騎常侍，領著作。撰《周禮》注一十三卷。」明人凌迪知在其《氏族博考》卷六引楊萬里事及胡承之語，稱：「然余家所藏宋板書《晉書》、《文選》俱作于寶、于令升，及《搜神記》、《周禮注》亦俱作于。」因此認爲「恐未可據」，持懷疑態度。然其《萬姓統譜》卷二五於干姓下又列入干寶。凌迪知所言實際上表明，古書中誤干寶爲于寶的情況是相當嚴重的。

寶之姓還有訛作「千」的，宋人毛居正曾辨云：「干者，晉人干寶也。姓干戈之干，作千百之千，誤。」〔一〕

干寶里籍，諸書均謂新蔡，《元和姓纂》也將干寶繫於「新蔡」之下，表明是新蔡人。新蔡縣兩漢屬汝南郡，魏晉屬汝陰郡，晉惠帝分汝陰郡置新蔡郡，治新蔡〔二〕，今屬河南。然干寶父祖均仕孫吴，則新蔡乃其祖籍。小南文也認爲新蔡是原籍，説干寶實際可能生活在長江流域，下文又根據干寶和周訪、翟湯、陶侃的關係，推測離開新蔡老家的干氏一族可能也在尋陽一帶安家，意思是説干寶和周、陶、翟一樣實際都是尋陽人〔三〕。按此説甚非。考後世地志載海鹽有干寶墓、干瑩墓，海寧有干寶故宅。南宋王象之《輿地紀勝》卷三《嘉興府・古迹》載：

干瑩墓，干寶之父也。墓在海鹽。

〔一〕《六經正誤》卷一《釋文》。
〔二〕見《漢書・地理志上》、《續漢書・郡國志二》、《晉書・地理志上》、《宋書・州郡志二》。
〔三〕見小南文第三三頁，第三七—三八頁。按：周訪、翟湯詳下。陶侃本鄱陽人，吴平，徙家尋陽，見《晉書》卷六六本傳。

元徐碩《至元嘉禾志》卷一三《冢墓·海鹽縣》載：

干瑩墓，在縣西南四十里，高一丈二尺，周回四十步。

《考證》云：

舊圖經：「吴干瑩，字明叔，仕吴爲立節都尉。」《五行記》云：「晉干寶，字令昇，海鹽人。……」

明李賢等修《大明一統志》卷三九《嘉興府·陵墓》載：

干瑩墓，在海鹽縣西南四十里。（注：瑩，吴散騎常侍寶之父也。寶嘗著《無鬼論》，瑩卒，以幸婢殉。後十年妻死合葬，婢猶存。寶始悟幽冥之理，撰《搜神記》三十卷。）〔一〕

明樊維城、胡震亨等修《海鹽縣圖經》卷三《方域篇》載：

干瑩墓，縣西南四十里。（注：瑩字明叔，寶之父，仕吴爲立節都尉。）

〔一〕萬曆二十八年（一六〇〇）刊劉應鈳等修《嘉興府志》卷三《丘墓》「海鹽縣」下亦載：「干瑩墓，在治西南四十里。」以下所記亦全同《大明一統志》。

明董穀《碧里雜存》卷下《干寶》載：

干寶者，即于寶也。本姓干，後人訛爲于字。海鹽人也。按《武原古志》云其墓在縣西南四十里。今海寧靈泉鄉真如寺乃其宅基，載在縣誌，蓋古地屬海鹽也。舊圖經云寶父名瑩，仕吴爲立節都尉。

清戰魯村《海寧州志》卷六《古跡》載：

干寶故居，《咸淳志》：真如禪院在縣東南七十里黄灣，本晉干寶宅。《府志》：菩提山麓真如寺即其故址，周顯德二年改寺。

清方溶《澉水新志》卷七《名勝下·古跡》載：

干瑩墓，在金牛山南。瑩字明叔，寶之父，仕吴爲立節都尉。

乾隆中嵇曾筠等修《浙江通志》卷二三六《陵墓二·嘉興府·海鹽縣》：

吴海鹽令干瑩墓，《嘉靖浙江通志》：在縣西南四十里。

嘉慶重修《大清一統志·杭州府二·古蹟》：

張九成讀書臺，在海寧州東菩提山上，相近有晉干寶故居。

又《杭州府二·寺觀》：

真如寺，在海寧州東黄灣菩提山，晉干寶捨宅爲寺，宋治平初賜今額。

又《嘉興府·陵墓》：

晉干瑩墓，在海鹽縣西南四十里。

以上記載清楚載明，干瑩、干寶父子墓在海鹽縣西南四十里金牛山南〔一〕，而干寶故宅遺址在海寧縣東南七十里靈泉鄉黄灣真如寺〔二〕。干氏墓宅明清雖未必猶存〔三〕，然方志代代遞修，所記有本，記載應當説是可靠的。干寶故宅和墓塋所在，必是其籍貫所在。但明代干寶墓、宅分屬海鹽和海寧，而海寧古稱鹽官，吴時已從海鹽析出置縣，然則

〔一〕董穀《續澉水志》卷一《地理紀·山川》：「金牛山，在湖西北。」湖指永安湖，據圖，在海鹽城西南。後淤塞。

〔二〕《海寧州志》卷二《都莊》有靈泉鄉。

〔三〕明清諸志所載干瑩干寶墓當據古志，似時已不存，故董穀《碧里雜存》但引《武原古志》以證，而其《續澉水志》（撰於嘉靖三十六年，一五五七）卷八《雜紀·古跡》不載。南宋紹定三年（一二三〇）常棠撰《澉水志》，卷五《古跡門》亦無記載。

干寶究竟是海鹽人呢，還是鹽官人呢？明清人説法不同，大抵修海鹽志者以爲海鹽人，修海寧志者以爲鹽官人，蓋修志者皆地方官和本地人士，意在爲地方增光，所以各有偏向。董穀是海鹽人〔一〕，所以引《武原古志》和舊圖經以證干寶爲海鹽人。胡震亨也是海鹽人，他和海鹽縣知事樊維城修《海鹽縣圖經》，卷一二《人物篇》據《晉書》載入干寶傳，胡氏在傳末加有按語，按語云：

徐泰《志》云：「《晉史》：寶新蔡人。《一統志》：寶自新蔡徙嘉興，父瑩葬海鹽。《五行記》載寶爲海鹽人。則南渡徙居實自瑩始，寶固海鹽人無疑也。」泰所援引如此。今再考釋道宣《續高僧・慧因傳》，内附載寶後裔名秩甚詳，並繫籍海鹽。此書唐人所撰，去古不遠，尤寶爲鹽人之確證，可補徐《志》所未備云。

本卷梁代人物載：「干朴，散騎常侍。干元顯，中書舍人。二人並寶之後。」所據乃《續高僧傳》（詳下）。卷一四《人物篇・流寓》又載干瑩傳云：

晉干瑩，新蔡人。初仕吴爲立節都尉，典午南渡，徙家海鹽。有殉葬妾復生事。

〔一〕明天啓三年（一六二三）海鹽知事樊維城編刊《鹽邑志林》，所收皆海鹽人著作，中有董穀《碧里雜存》。《海鹽縣圖經》卷一三《人物篇》有董穀傳。

子寶，遂爲鹽人。後至蕭梁時尚多顯者，詳見前篇。

徐泰明海鹽人，作有《海鹽縣志》，《海鹽縣圖經》卷一三有其傳。徐《志》所引《一統志》即《大明一統志》，卷三一《汝寧府·人物》載：「干寶，新蔡人，徙嘉興。」

清乾隆四十年（一七七五）海寧州知州戰魯村修《海寧州志》，則對干寶爲海鹽人的説法持保留態度，卷六《古跡》據《咸淳志》和《府志》列入干寶故居，後附金《志》（即金柱峰乾隆二十二年所撰《海寧志》〔一〕）的考辨，云：

按徐泰《海鹽志》稱寶自新蔡徙嘉興，父瑩葬海鹽，又引《五行記》載寶爲海鹽人，則南渡徙居實自瑩始。是時鹽官析縣已久，似難統而同之。第考《府志》及蔡氏、趙氏、談氏諸《志》，但稱寶爲鹽官人，又以菩提山麓爲寶故居。雖與《晉書》本傳、《海鹽志》不合，而説本《咸淳志》，相沿或非無據，存以備考。

《咸淳志》修於南宋咸淳年間（一二六五—一二七四），其記干寶故居又必據前古圖經，自然可靠，因此成爲主鹽官説者的證據。

〔一〕見《海寧州志》朱緒曾序，道光二十八年（一八四八）重刊本，《中國方志叢書》影印，臺北成文出版社有限公司一九八三年版。

海鹽、海寧二縣的歷史沿革比較複雜，有必要作一説明。海鹽、海寧今均在浙江北部，二縣相鄰，海鹽在海寧東，均臨杭州灣。海鹽本武原鄉，秦置海鹽縣，屬會稽郡，漢因之。漢在縣内設鹽官，即專賣鹽的官署〔一〕。東漢順帝時分會稽置吴郡，海鹽屬吴郡。縣治陷爲湖，移治他處〔二〕。吴於海鹽鹽官治立海昌都尉，後改縣〔三〕，此鹽官立縣之始，以後歷朝大抵因之，二縣並立，唯所屬州府不同〔四〕。元代海鹽升爲海鹽州，鹽官升爲鹽官州，後改海寧州〔五〕。明代復降爲縣，海鹽屬嘉興府，海寧屬杭州府〔六〕。二縣治地所在，據譚其驤主編《中國歷史地圖集》〔七〕，秦漢海鹽縣治故地在今平湖略靠東北處，東漢地陷移治，在今平湖東南、海鹽東北處。吴立鹽官縣，在今海寧（硤石）東南。海鹽縣治，東晉後

〔一〕見《漢書·地理志上》。
〔二〕《續漢書·郡國志四》注：「縣之故治，順帝時陷而爲湖，今謂之當湖。」
〔三〕見《宋書·州郡志一·吴郡·鹽官》、《舊唐書·地理志三·杭州·鹽官》。
〔四〕海鹽唐屬蘇州，南宋屬嘉興府，鹽官唐屬杭州，南宋屬臨安府，見《舊唐書·地理志三》、《新唐書·地理志五》、《宋史·地理志四》。
〔五〕見《元史·地理志五》。
〔六〕見《明史·地理志五》。
〔七〕中國地圖出版社一九九〇年版。

已徙今治，而海寧縣治一直在鹽官舊治，今以硤石鎮爲縣府所在。黄灣今仍屬海寧，東南距故海寧縣城（今名鹽官）確有七十里左右。干瑩干寶墓在海鹽西南四十里，其地約當黄灣東北二三十里處。這塊地方處於鹽官和海鹽漢晉故治之間，距離約略相當，確難判定究竟原屬何縣。但考慮到鹽官縣本因漢鹽官置縣，立縣之初未必轄境很大，能及東南七十里之遥。這只是推測，而據胡震亭所引《續高僧傳》，則問題就更清楚了。唐釋道宣《續高僧傳》卷一三《唐京師大莊嚴寺釋慧因傳》載：

> 釋慧因，俗姓于氏，吴郡海鹽人也。晉太常寶之後胤，祖朴，梁散騎常侍，父元顯，梁中書舍人，並碩學英才，世濟其美。

這裏明謂干寶後裔慧因乃吴郡海鹽人，且詳叙父祖名秩，必有依據，是則干寶爲吴郡海鹽人確鑿無疑〔一〕，小南猜測是尋陽人並没有確據〔二〕。

〔一〕拙著《唐前志怪小説史》初版在注中曾引《碧里雜存》，按云：「干寶籍貫及其父之官職，與本傳有異，不知何據。」（第二七九頁）當時没有注意從方志中搜集有關材料。

〔二〕實際上小南文也引用過《輿地紀勝》（當據《晉書斠注》）和《續高僧傳·慧因傳》，但並未就此展開研究。見第三一一頁。

徐泰謂「南渡徙居實自瑩始」，《海鹽縣圖經》云干瑩「典午（代指司馬氏）南渡，徙家海鹽」是錯的，干寶祖父已仕吴爲奮武將軍，封都亭侯，可見至晚在干寶祖輩已由新蔡徙吴。漢末中原喪亂，靈帝中平元年（一八四）鉅鹿張角起事，汝南爲爭戰之地。《後漢書・孝靈帝紀》載：中平元年四月，「汝南黄巾敗太守趙謙于邵陵」。六月，「皇甫嵩、朱儁大破汝南黄巾于西華」。在這種情況下，汝南人紛紛南逃是可想而知的。《晉書》卷五八《周訪傳》載：「周訪，字士達，本汝南安城人也。漢末避地江南，至訪四世。吴平，因家廬江尋陽焉。」周訪曾祖即自汝南奔吴，干寶祖上當亦於漢末避黄巾而南渡。從中平元年到吴亡（二八〇）已近百年，周訪生於二六〇年，太興三年（三二〇）卒，年六十一〔一〕，年紀應當比干寶大得多，尚已四世，而對干氏來説，到干寶也至少是四世了。

干寶祖父，《晉書》本傳名統，而《世説》注引《中興書》作正。吴士鑑、劉承幹《晉書斠注》云：「疑梁人避諱改統爲正。」所説避統字，指梁昭明太子蕭統。按今本《世説新語》乃梁劉峻注本，劉峻天監初（五〇二）召入西省典校祕書，卒於普通二年（五二一），而蕭統

〔一〕見《晉書》卷五八《周訪傳》。

天監元年立爲皇太子，中大通三年（五三一）卒〔一〕，劉峻撰《世説》注當避皇太子諱，《斠注》所疑極是。避統爲正者，蓋正統相連，義相關也。本傳云干寶父干瑩爲丹楊丞，《元和姓纂》作干營，《斠注》謂《元和姓纂》誤作營，説是。《至元嘉禾志》引舊圖經云瑩字明叔，仕吴爲立節都尉，這是很難得的資料，可補本傳之闕。瑩字明叔，瑩、明義近相關，可證作營誤也。《乾隆浙江通志》又稱干瑩爲吴海鹽令，大概是本《嘉靖浙江通志》爲説，可能也有古文獻的依據。

本傳載干寶有兄，未具名，後世記載言爲干慶。《海鹽縣圖經》卷一二《人物篇》載：「干慶，寶之兄，長寧縣令。」而卷一六《雜識篇》載干寶兄干慶復生事，注出《太平廣記》，又附引《十二真君傳》。按所引《太平廣記》見卷三七八，原引《幽明録》，原文未言干慶乃干寶兄，也不及其官。而《十二真君傳》亦出《廣記》，卷一四引其文，載寶兄爲武寧縣令干慶，不作長寧，疑《海鹽縣圖經》誤。元趙道一《歷世真仙體道通鑑》卷二七《吴猛》云西安令于（干）慶。西安即武寧，漢末置，吴曰西安，晉武帝太康元年（二八〇）改豫寧，唐置爲武寧〔二〕。《太

〔一〕見《晉書》卷五〇《劉峻傳》、卷八《昭明太子傳》。
〔二〕見《宋書·州郡志二》、《新唐書·地理志五》。

平寰宇記》卷一〇六《武寧縣》云：「古西安縣也。後漢建安中分海昏縣立西安縣，至晉太康元年改爲豫寧。《宋書》王僧綽封豫寧侯即此縣。陳武帝初，割建昌、豫寧、艾、永脩、新吴等五縣立爲豫寧郡，屬江州。隋平陳，廢郡，置洪州，因廢豫寧郡，割艾、永脩、新吴、豫寧等入建昌，并隸洪州，爲總管府。至長安四年，分建昌置武寧。」唐無名氏《文選集注》卷六二江文通《擬郭弘農遊仙詩》注引《文選鈔》則云：「猛（吴猛），豫章建寧人。干慶爲豫章建寧令……」據《晉書·地理志下》、《宋書·州郡志二》，豫章郡無建寧。《晉書》卷九五《藝術·吴猛傳》：「吴猛，豫章人也。」未具縣名。而《歷世真仙體道通鑑》云：「吴君名猛，字世雲。濮陽人，仕吴爲西安令，因家焉。」可見吴猛爲豫章西安人，干慶仕晉，則爲豫寧令無疑。《十二真君傳》乃唐高宗時豫章西山道士胡慧超（？—七〇三）撰〔一〕，其稱干寶兄爲干慶，必有依據。

干寶入仕前經歷不詳，僅有些零星記載。《搜神記》「江淮敗屩」條云：

元康之末，以至於太安之間，江淮之域有敗屩自聚於道，多者或至四五十量。余

〔一〕參見拙著《唐五代志怪傳奇叙録》上册第四四頁，中華書局二〇一七年版。

嘗視之，使人散而去之，或投林草，或投淵谷。〔一〕

惠帝元康末至太安間（二九九—三〇三）干寶在江淮，時已成人，故有使人散敗屬之事。又《晉書》卷九五《藝術·韓友傳》：

> 韓友，字景先，廬江舒人也。爲書生，受《易》於會稽伍振。善占卜，能圖宅相冢，亦行京房厭勝之術。……友卜占神效甚多，而消殃轉禍，無不皆驗。干寶問其故……永嘉末卒。

《晉書》本傳云干寶「性好陰陽術數，留思京房、夏侯勝等傳」，他向韓友問占卜之術，這是一個例證。韓友卒於永嘉末（三一三）〔二〕，干寶和他的來往當在永嘉以前。

干寶起家佐著作郎，《晉書》本傳云「以才器召爲著作郎」〔三〕，中華書局點校本校云：「周校：『著作』上脱『佐』字。按：下文王導疏可證。」〔四〕説是。晉制，著作郎隸祕書省，

〔一〕此條見今本《搜神記》卷七。此處引文據本書卷一四。

〔二〕永嘉七年四月愍帝即位，改元建興。見《晉書·孝愍帝紀》。

〔三〕《册府元龜》卷七九八《總録部·勤學》亦云：「干寶字令升，少勤學，博覽書記，以才學召爲著作郎。」

〔四〕周校即周家禄《晉書校勘記》，見《晉書斠注》及中華書局版《晉書·出版説明》。

著作郎一人，謂之大著作郎，佐著作郎八人〔一一〕。干寶起家佐著作郎的時間，可以從《晉書》卷六一《華軼傳》所記一條材料來推斷。傳載：

永嘉中，歷振威將軍、江州刺史。……時天子孤危，四方瓦解，軼有匡天下之志，每遣貢獻入洛，不失臣節。……時洛京尚存，不能祗承元帝教命，郡縣多諫之，軼不納，曰：「吾欲見詔書耳。」時帝遣揚烈將軍周訪率衆屯彭澤以備軼，訪過姑孰，著作郎干寶見而問之……尋洛都不守，司空荀樊移檄，而以帝爲盟主。既而帝承制改易長吏，軼又不從命，於是遣左將軍王敦都督甘卓、周訪、宋典、趙誘等討之。

據《晉書・孝懷帝紀》，永嘉五年（三一一）五月，尚書令荀樊爲司空，琅邪王、安東將軍司馬睿（即元帝）爲鎮東大將軍。六月，前趙劉曜攻破京師洛陽，懷帝被擄至平陽，荀樊移檄州鎮，以琅邪王爲盟主。而據《晉書》卷五八《周訪傳》：「及元帝渡江，命參鎮東軍事，尋以爲揚烈將軍，領兵一千二百，屯尋陽鄂陵，與甘卓、趙誘討華軼。……訪執軼，斬

〔一一〕《晉書・職官志》：「魏明帝太和中（二二七—二三二），詔置著作郎，於此始有其官，隸中書省。……元康二年（二九二）……改隸祕書省。後別自置省而猶隸祕書。著作郎一人，謂之大著作郎，專掌史任，又置佐著作郎八人。」

之，遂平江州。」周訪參鎮東軍事是在司馬睿爲鎮東將軍之時，不久即以揚烈將軍領兵屯尋陽，以防江州刺史華軼，途經姑孰和干寶見面，可見干寶永嘉五年已爲佐著作郎（按：傳文作著作郎誤）〔一〕。

然檢《晉書》卷五二《華譚傳》復載：

建興初，元帝命爲鎮東軍諮祭酒。譚博學多通，在府無事，乃著書三十卷，名曰《辨道》。上箋進之，帝親自覽焉。轉丞相軍諮祭酒，領郡大中正。譚薦干寶、范珧於朝，乃上箋求退……不聽。

建興元年（三一三）四月愍帝即位，五月，加鎮東大將軍、琅邪王爲左丞相，三年二月進丞相、大都督、督中外諸軍事〔二〕。華譚爲鎮東軍諮祭酒，在建興元年五月前，司馬睿進位左丞相後則轉丞相軍諮祭酒。他薦干寶等人後上箋求退，箋中稱「自登清顯，出入二載」，末稱「謹奉還所假左丞相軍諮祭酒版」，可見時在建興元年五月後、三年二月前。這就産生了疑問，華譚之薦干寶，究竟是薦任何官呢？葛文以爲是薦其爲佐著作郎，但如

〔一〕小南認爲干寶見周訪時還没有加入司馬睿陣營，似乎忽略了「著作郎」之稱。見小南文第三六頁。

〔二〕見《晉書·孝懷帝紀》、《孝愍帝紀》。

前所述，永嘉五年干寶已任此職，然則此次之薦，斷非爲佐著作郎。除非是這種情況，就是永嘉五年干寶尚未入仕，傳文所稱是用他後來的官稱。但這種可能性不大，以史書之正不會作此行文。再説姑孰乃晉築之城，扼守長江渡口（故址在今安徽當塗），爲駐軍之地，干寶若非有公務在身，何以從海鹽老家跑到姑孰去呢〔一〕？合理的解釋是，干寶此時確已官居佐著作郎，來姑孰當有公幹。周訪南赴尋陽途經姑孰，一則與干寶有同郡之誼，二則與干寶同在官中，所以才與干寶會面，談論對華軼的策略。這樣看來，華譚之薦干寶，絶對和佐著作郎無涉，很可能是代己之職，即丞相府軍諮祭酒，但後來王導建議置史官時干寶猶爲佐著作郎（詳下），可見華譚之薦未果。蓋因華譚辭職未獲批准，故而薦事亦作罷〔二〕。

永嘉五年（三一一）正月杜弢據長沙反，江州平定後司馬睿即命振武將軍、尋陽太守周

〔一〕小南推測干寶此時是秉承華軼之意，向司馬睿一派打探意圖。小南的意思是干寶當時尚未入仕，住在尋陽，無論從地域上政治傾向上都和江州刺史華軼有密切聯繫，並想受其辟用，所以當司馬睿派周訪率兵到尋陽防備華軼時，干寶便在姑孰向一直來往密切的周訪打聽消息。按干寶和華軼的關係，沒有任何記載，純係想像之辭。見小南文第三六頁。

〔二〕按：晉時，所薦之人未必定爲未仕者，有官位者亦多由人薦以調。如《晉書》卷七二《葛洪傳》載，葛洪歷仕州主簿、諮議參軍等，干寶薦其才堪國史，選爲散騎常侍，領大著作。又按：華譚同時薦范珧，也找不到當時受薦任職的記載，范珧《晉書》無傳，唯卷六六《陶侃傳》載侃領江州刺史時命范逵子珧爲湘東太守，時在成帝咸和中。

訪隨荊州刺史陶侃討杜，建興三年（三一五）八月陶侃擊敗杜弢，杜死於道，湘州平〔一〕。此間干寶參加了平定杜弢的戰事，這可能與周訪的關係有關。湘州平定後因功賜爵關内侯。

本傳云中書監王導上疏置史官，並薦佐著作郎干寶等修國史，據《晉書・元帝紀》及《晉書》卷六五《王導傳》，王導領中書監在建武元年（三一七）三月司馬睿即晉王位後，當時他還上書修學校。考《建康實録》卷五載：建興五年冬十一月，「初置史官，立太學，以干寶、王隱領國史」。建興五年即建武元年〔二〕，則建武元年十一月置史官，干寶領國史即在此時〔三〕。《建康實録》云「中宗即位，以領國史」，中宗乃元帝廟號，所謂即位指即晉王位〔四〕。本傳未明言以何官領修國史，考《册府元龜》卷五五五《國史部・採撰一》云：「干

〔一〕見《晉書・孝懷帝紀》、《孝愍帝紀》及《周訪傳》、《陶侃傳》。

〔二〕建興四年劉曜攻長安，十一月愍帝出降，被擄至平陽，明年三月司馬睿於建康稱晉王，改元建武。見《晉書・孝愍帝紀》。

〔三〕葛文據《晉書・王導傳》導薦舉羊鑒討徐龕，尋代賀循領太子太傅，啓置史官的記載，推斷干寶領國史在大（太）興二年，誤，蓋未見《建康實録》所載。其實《王導傳》在「尋代賀循領太子太傅」下接叙「時中興草創，未置史官，導始啓立，於是典籍頗具」，「時」乃泛指此時前後，並不定指啓置史官在代賀之後。

〔四〕由於愍帝尚囚平陽，所以司馬睿只以晉王即位。建武二年（三一八）三月愍帝崩問至，晉王始即皇帝位，改元太興。見《晉書・元帝紀》。

寶爲著作郎，始領國史。」又卷五五四《國史部·選任》：「干寶爲著作郎。時中興草創，未置史官，中書監王導上疏曰：『……敕佐著作郎干寶等漸就撰集。』元帝納焉。寶於是始領國史。」皆謂著作郎。又《晉書》卷二〇《禮志中》載：「太興初，著作郎干寶論之曰」。卷七二《郭璞傳》：「太興初……以爲著作佐郎。……頃之，遷尚書郎……著作郎干寶常誡之」。然則干寶乃以著作郎領國史。但《文選》注引何法盛《晉中興書》云干寶「始以尚書郎領國史」〔一〕，即領國史時由佐著作郎擢爲尚書郎。小南謂可能干寶在建武元年擔任佐著作郎兼修國史，不久遷尚書郎，繼續兼修國史〔二〕。可是著作郎「專掌史任」，尚書郎無此職事〔三〕，檢《晉書》亦未見有以尚書郎領修國史的事例。若説是以尚書郎領著作郎，似亦無可能，《晉書》亦無此等事例〔四〕。可能《晉中興書》記載有誤，或者引文有脱訛之處。晉制，著作郎只一員，王隱乃佐著作郎，當時先後任佐著作郎的還有郭璞、虞預、朱

〔一〕唐劉知幾《史通》卷一二《古今正史》云：「時尚書郎領國史干寶亦撰《晉紀》。」蓋本《晉中興書》。

〔二〕見小南文第四二頁。

〔三〕《晉書·職官志》載，東晉初尚書分殿中、祠部、儀曹、吏部等二十五曹，尚書郎分掌其事。

〔四〕按：晉時以他官領著作郎者，本官皆高於著作郎，尚書郎和著作郎皆爲六品。參見《宋書·百官志下》。

鳳、吴震等〔一〕。

本傳云「以家貧，求補山陰令」，山陰屬會稽郡〔二〕，即今紹興。晉時，縣令千石者與著作郎均爲第六品〔三〕，但當時因家貧求任縣令的很多〔四〕，此中緣故乃是因爲地方官俸禄高於同級在都官員〔五〕。干寶何時由著作郎調補山陰令，史無明文。考《晉書》卷七二《葛洪

〔一〕《晉書》卷八二《王隱傳》：「太興初，典章稍備，乃召隱及郭璞俱爲著作郎，令撰晉史。……時著作郎虞預私撰《晉書》，而生長東南，不知中朝事，數訪於隱，並借隱所著書竊寫之，所聞漸廣。」《册府元龜》卷五五四《國史部・選任》：「太興初，元帝召隱及郭璞俱爲著作郎，令撰晉史。」這裏的著作郎實際都是佐著作郎，《晉書》卷七二《郭璞傳》：「太興初……以爲著作佐郎。」《北堂書鈔》卷五七引《晉中興書》：「郭璞奏《南郊賦》，中宗嘉其才，以爲著作佐郎。」《文選》卷一二郭璞《江賦》注引臧榮緒《晉書》：「郭璞……爲佐著作。」《晉書》卷八二《虞預傳》：「除佐著作郎。太興二年，大旱，詔求讜言直諫之士，預上書諫……轉琅邪國常侍，遷祕書丞、著作郎。」可證。又《晉書》卷五二《華譚傳》：「太興初，拜前軍，以疾復轉祕書監。……時晉陵朱鳳、吴郡吴震並學行清修，老而未調，譚皆薦爲著作佐郎。」

〔二〕見《晉書・地理志下》。

〔三〕見《宋書・百官志下》，所載官品是東晉所定。

〔四〕《晉書》卷八二《孫盛傳》載：「孫盛……起家佐著作郎，以家貧親老，求爲小邑，出補瀏陽令。」卷九二《李充傳》：「征北將軍褚裒又引爲參軍，充以家貧，苦求外出。裒將許之爲縣……乃除剡縣令。」均和干寶情況相似。

〔五〕黄惠賢、陳鋒主編《中國俸禄制度史》，第三章第二節論述東晉南朝地方官俸禄形式，稱京城官吏俸禄寡少，而地方官有豐厚的收入。詳見該書第九八—一一六頁，武漢大學出版社二〇〇五年版。

傳》載：

咸和初，司徒導召補州主簿，轉司徒掾，遷諮議參軍。干寶深相親友，薦洪才堪國史，選爲散騎常侍，領大著作，洪固辭不就。

寶薦洪爲著作郎領國史，必是代己，可見成帝咸和初（三二六）干寶猶在大著作任。葛洪並未受命，考《虞預傳》，虞預太興二年後「轉琅邪國常侍，遷祕書丞、著作郎」，下接載咸和初預議致雨，當即在著作任所議，可見代干寶者是虞預。干寶領大著作，始建武元年訖咸和元年，達十年之久。

干寶由山陰令遷始安太守，始安郡晉屬廣州，治始安（今廣西桂林）〔一〕。干寶在始安的情況，《晉書》卷九四《隱逸·翟湯傳》有這樣的記載：

翟湯，字道深，尋陽人。……司徒王導辟，不就，隱於縣界南山。始安太守干寶與湯通家，遣船餉之，敕吏云：「翟公廉讓，卿致書訖，便委船還。」湯無人反致，乃貨易絹物，因寄還寶。寶本以爲惠，而更煩之，益愧歎焉。

〔一〕見《晉書·地理志下》。

翟湯隱居尋陽，與干寶有通家之好〔一〕，尋陽始安相隔數千里，而干寶竟能够遣船資助，可見當太守時經濟條件大爲好轉。

本傳云「王導請爲司徒右長史，遷散騎常侍」。據《晉書》卷六五《王導傳》及《明帝紀》，明帝即位，王導受遺詔輔政，太寧元年（三二三）四月遷司徒，二年平王敦，封始興郡公。《王導傳》載：「石季龍掠騎至歷陽，導請出討之。加大司馬、假黄鉞、中外諸軍事，置左右長史、司馬，給布萬匹。俄而賊退，解大司馬。復轉中外大都督，進位太傅，又拜丞相，依漢制罷司徒官以并之。」據《成帝紀》載：「（咸康元年）夏四月癸卯，石季龍寇歷陽，加司徒王導大司馬、假黄鉞、都督征討諸軍事，以御之。」是知王導於司徒府置左右長史是在咸康元年（三三五）四月，他請朝廷任命干寶爲司徒右長史當在此時〔二〕。如此看來，干寶罷守始安是在咸康元年（三三五），時去咸和元年調補山陰令也是首尾十年。

〔一〕小南謂翟湯與干寶有親戚關係，但「通家」未必肯定就是親戚，《後漢書》卷七〇《孔融傳》載孔融云與李膺「累世通家」，就不是親戚，而是就孔子和李老君（老子）「同德比義，而相師友」而言。至於又據此推斷寶是尋陽人，更難成立。見小南文第三七頁。

〔二〕小南文以爲王導司徒府置於太寧元年，當時干寶在司徒府作官，但太寧元年並未置左右長史，干寶入司徒府並不在此年。見第四六頁。

干寶在司徒府曾撰立司徒府屬僚官儀，《南齊書》卷一六《百官志》載：「司徒府領天下州郡名數户口簿籍。……常置左右長史、左西曹掾屬、主簿、祭酒、令史以下。晉世王導爲司徒，右長史干寶撰立官府職儀已具。」《隋書・經籍志》職官類著録干寶《司徒儀》一卷〔一〕，即此書。

王導司徒府到咸康四年六月拜相時才罷〔二〕，干寶遷官散騎常侍約在咸康一、二年。《晉書・職官志》：「魏文帝黄初初，置散騎，合之於中常侍，同掌規諫，不典事，貂璫插右，騎而散從，至晉不改。……常爲顯職。」散騎常侍「不典事」，無日常職守，所以常用作加官和兼官，或領其他職事。《北堂書鈔》卷五七引《晉中興書・太康孫録》云：「干寶以散騎常侍領著作。」《册府元龜》卷六〇五《學校部・注釋一》亦云：「干寶爲散騎常侍，領著作。」可見干寶當時是以散騎常侍而兼領著作郎〔三〕，這是第二次出任大著作。

〔一〕《舊唐書・經籍志》、《新唐書・藝文志》作《司徒儀注》五卷。

〔二〕見《晉書・成帝紀》。

〔三〕《晉書・葛洪傳》載：「遷爲散騎常侍，領大著作。」卷五六《孫綽傳》：「遷散騎常侍，領著作郎。」也都是以散騎常侍兼領著作郎。又《虞預傳》：「遷祕書丞、著作郎。」卷八二《徐廣傳》：「轉員外散騎常侍，領著作。……轉正員常侍、大司農，仍領著作如故。」卷九二《庾闡傳》：「尋召爲散騎侍郎，領大著作。……後以疾，徵拜給事中，復領著作。」《伏滔傳》：「遷游擊將軍，著作如故。」也都是以他官領大著作的事例。散騎常侍、散騎侍郎、給事中、祕書丞等品級均高於著作郎，故曰領。參見《宋書・百官志下》。

干寶卒年，《建康實録》有明文記載，卒於咸康二年（三三六）三月。由於《晉書》本傳不載，而《文選·晉紀論武帝革命》注引《晉中興書》也只是含混地説「遷散騎常侍，卒」，過去研究者只是推測卒年及生年，均不可靠，長期以來没有發現《建康實録》這條珍貴資料〔一〕。

干寶生年不詳，只能作些推測。前稱元康末至太安間（二九九—三〇三）干寶在江淮，時已成人，如以元康末二十歲來計算，則至晚生於吴末帝孫皓天紀四年（晉太康元年，二八〇）。再考本傳載：「寶父先有所寵侍婢，母甚妬忌，及父亡，母乃生推婢于墓中。寶

〔一〕明胡震亨《搜神記引》始以劉惔卒年考《搜神記》成書之年，然謂惔卒於明帝太寧間，大誤。范寧《論魏晉志怪小説的傳播和知識份子思想分化的關係》（刊《北京大學學報（人文科學）》一九五七年第二期）亦據劉惔卒於永和五年前推斷成書應在穆帝永和初。拙著《唐前志怪小説史》初版即採納了范寧的意見（第二八一頁）。確定干寶卒年，似始於張忱石點校《建康實録》（中華書局一九八六版），《點校説明》特别提到《建康實録》對干寶卒年的記載（第一二頁）。中國大百科全書出版社一九九三年版《中國古代小説百科全書》「干寶」條（許逸民撰，第一〇一頁）及小南文（第六六頁）均據《建康實録》確定干寶卒年。關於干寶卒年的考證，葛文曾引用了《晉書·五行志上》一條材料：「司馬道子於園内列肆，使姬人酤鬻，身自貿易。干寶以爲貴者失位，降在皂隸之象也。」認爲司馬道子事在晉孝武帝太元十年（三八五）之後，時干寶已九十餘歲，「恐其中有誤」。拙著《唐前志怪小説史》初版也在注文中採納了這個意見（第二八〇頁）。今按：干寶確實不可能活到司馬道子的年代，但這條記載其實並未有誤。《晉志》之説本《宋書·五行志一》載司馬道子於府北園列肆酤酒爲戲事，云：「漢靈帝嘗若此，干寶以爲君將失位，降在皂隸之象也。」此據《搜神記》，見《法苑珠林》卷四四引。干寶所論乃漢靈帝事，《宋志》引之比附司馬道子事，以其相類。《晉志》删去「漢靈帝嘗若此」六字，遂生疑義。

兄弟年小，不之審也。」干瑩仕吴爲丹楊丞、立節都尉，當卒於吴，卒時干寶兄弟年幼，若以干瑩卒於吴亡之年，干寶時五歲來計算，則干寶生在天璽元年（二七六），卒時享年六十一歲。但這個估計恐怕還是比較保守的，生年還可以往前提一些時間〔一〕。

干寶官終散騎常侍、著作郎，這是絶無疑義的。然唐初道宣《續高僧傳・慧因傳》稱「晉太常寶」，道宣《道宣律師感通録》亦云：「余昔曾見太常晉于（干）寶撰《搜神録》」。而釋法琳《破邪論》卷下云：「晉中書侍郎干寶撰《搜神録》」。這裏冒出太常和中書侍郎兩個官職。汪紹楹校注《搜神記》，所輯佚文中有「蘇韶」一條，輯自《道宣律師感通録》，按云：「法琳《破邪論》亦謂『晉中書侍郎干寶撰《搜神録》』。……稱寶爲『太常』或『中書侍郎』，則僧徒宣揚佛教之作，於此等處每肆意書之。甚或改標官位，以圖聳聆，不足據。」〔二〕小南則以爲《搜神記》原書可能就有「太常干寶撰」的字樣，《搜神記》完成於擔任太常期間〔三〕。按

〔一〕張忱石《建康實録・點校説明》據干寶參加平定杜弢，而杜弢反於永嘉五年（三一一）來推測干寶生年，説：「干寶參加平定杜弢時年齡至少在二十五以上，往上推溯二十五年，干寶生於晉武帝太康七年（二八六）左右，他大概活了五十多歲。」《中國古代小説百科全書》「干寶」條即用此説，定干寶生卒年爲二八六？—三三六年。小南文以爲干寶出生可以確定是西晉初年的事情，見第三三三頁。

〔二〕《搜神記》，中華書局一九七九年版，第二四七頁。

〔三〕見小南文第六六頁。

年輩早於道宣的法琳却稱晉中書侍郎干寶〔一〕，若照小南的推斷，《搜神記》又該是居官中書侍郎時成書的了，這一歧説很難作出合理的解釋。倒是小南的另一個猜測有一定道理，就是太常可能是干寶死後的贈官〔二〕。據《宋書·百官志下》，散騎常侍和諸卿均爲第三品，而太常爲諸卿之一〔三〕，依晉代贈官制度，散騎常侍卒贈太常並不違例〔四〕。從《續高僧傳·慧因傳》來看，道宣了解干寶世系，因此他稱作「太常干寶」應當予以充分注意，以之爲干寶的卒後贈官是目前可以做出的最合理的解釋，自然「太常干寶」絶對不是《搜神記》的題署，只是道宣自己的稱謂而已。至於法琳説的「中書侍郎」，絶對不能成爲干寶的贈官，因爲中書侍郎是第五品。如果法琳記載可靠，那麽中書侍郎只能是生前某時所任官。干寶仕歷長達二十五年，本傳記其官政可能有遺。不過太常、中書侍郎以及尚書郎目前還難以比較確定

〔一〕法琳（五七一—六三九），道宣《續高僧傳》卷二五有《法琳傳》，生於陳，唐太宗貞觀十三年冬以「謗訕皇宗」罪徙益州佛寺，途中病卒，年六十九。道宣（五九六—六六七），宋僧贊寧《宋高僧傳》卷一四有傳，唐高宗乾封二年卒，年七十二。

〔二〕見小南文第六六六頁。

〔三〕《晉書·職官志》：「太常、光禄勳、衛尉、太僕、廷尉、大鴻臚、宗正、大司農、少府、將作大匠、太后三卿、大長秋，皆爲列卿。」

〔四〕《晉書》卷六五載，尚書王悦贈太常，中書令王珉贈太常，尚書、中書令亦爲第三品。

地排入干寶的仕宦經歷中，都是疑點，這個問題尚待發現佐證資料，也只能存疑而已。〔一〕

〔一〕《文學遺産》二〇〇九年第五期刊張慶民《干寶生平事迹新考》，提出一些新的看法，可參考。王盡忠《干寶研究全書》（中州古籍出版社二〇〇九年版）引有《干氏宗譜》中四件文獻，即晉元帝大興改元（三一八）二月《賜爵關内侯制誥》、穆帝永和七年（三五一）《御制神道碑》（昭德殿制文）、鹽官六世孫朴天監三十五年《靈泉鄉真如寺碑亭記》，以及胡震亨據《干氏宗譜》所作《鹽官肇宗紀略》。王盡忠即根據這些文獻考證干寶生平。按：《賜爵關内侯制誥》稱「原任始安太守干寶，總督淮揚軍旅，運籌帷幄之中」，「特賜爾爵關内侯，仍領秘書監事，纂修國史」，時間錯亂，史實不確，而改元大（太）興實在三月。《御制神道碑》「前爾原任尚書省散騎侍郎，宜特加尚書令，從祀學宫」云云以及昭德殿，亦不見於史料。干朴《碑亭記》云「永嘉元年，滎陽高皇祖令升公，初仕晉爲鹽官州别駕。……家於鹽之靈泉鄉」，又云干寶塋在鹽之青山。鹽官晉、梁爲縣，屬揚州吴郡，何得稱州别駕？天監終於十八年（五一九），何來三十五年？要之《干氏宗譜》三件資料的真實性頗可懷疑。又，《浙江日報》二〇〇一年十月三十日發表《〈搜神記〉作者干寶家譜續修本在海鹽問世》的消息，稱：「欣聞中國小説家鼻祖干寶的宗譜續修本，經干氏四十八世裔孫干乃軍十年收集整理，日前在海鹽問世。以創作小説《搜神記》而成爲中國小説家鼻祖的干寶，據干氏宗譜記載爲浙江海鹽人。干寶自幼勤學，博覽群書，文武皆通，官至禮部尚書，永和七年秋亡，葬於海鹽六里茶院村，享年六十八歲。海鹽作爲干氏家族世代繁衍的居住地，至今後裔已有五十二代。干氏宗譜從東晉時期立干寶爲始祖，距今已有一千七百多年。從干氏四十世清康熙三十五年干欽昊最後一次續修宗譜算起，至今也有三百零五年了。干氏四十八世裔孫干乃軍從二十世紀九十年代開始續修干氏宗譜，歷經十年，終於完成干氏宗譜續修本。」按：此譜稱干寶官終禮部尚書，永和七年（三五一）亡，享年六十八歲，則生於西晉太康五年（二八四），皆爲無稽不根之詞，不足取信。而報導所謂「中國小説家鼻祖」，也是媒體不學誇大之言，良爲可哂。

二、干寶著述考

干寶著作主要是《晉紀》二十卷〔一〕和《搜神記》三十卷。本傳還提到幾種：

寶又爲《春秋左氏義外傳》，注《周易》、《周官》，凡數十篇，及雜文集，皆行於世。

此外《册府元龜》卷六〇五《學校部·注釋一》載：

干寶爲散騎常侍，領著作。爲《春秋左氏義外傳》，注《周易》、《周官》，凡數十篇。又撰《周易問難》二卷、《周易玄品》二卷、《周易爻義》一卷、《春秋左氏承傳義》十五卷、《春秋序論》三卷，又爲《詩音》。

又卷八五四《總録部·立言》載：

干寶爲散騎常侍，撰《干子》十八篇。

〔一〕中華書局點校本《晉書·干寶傳》作二十卷，《册府元龜》卷五五五《國史部·採撰》同，《晉書斠注》作三十卷。《隋書·經籍志》古史類作二十一卷，《舊唐書·經籍志》、《新唐書·藝文志》編年類作二十二卷，《新唐志》正史類又重出干寶《晉書》二十二卷。

《隋書·經籍志》、《舊唐書·經籍志》、《新唐書·藝文志》著録頗備，然與《册府元龜》相較，亦有遺漏。今據《隋志》録下，參以兩《唐志》：

周易十卷，晉散騎常侍干寶注。（易類。兩《唐志》同）

周易宗塗四卷，干寶撰。（易類）

周易爻義一卷，干寶撰。（易類。兩《唐志》同）

周官禮十二卷，干寶注。（禮類。《舊唐志》同，《新志》作《周官》）〔一〕

周官駁難三卷，孫琦問，干寶駁，晉散騎常侍虞喜撰。（禮類。《舊唐志》作孫略，不云虞喜撰；《新唐志》作干寶《答周官駁難》五卷，孫略問）

七廟議一卷，干寶撰。（禮類）

後養議五卷，干寶撰。（禮類）

春秋左氏函傳義十五卷，干寶撰。（春秋類。兩《唐志》作《春秋義函傳》十六卷）

春秋序論二卷，干寶撰。（春秋類。兩《唐志》作一卷）

干寶司徒儀一卷。（職官類。兩《唐志》作《司徒儀注》五卷，《舊志》儀注類，《新志》職官類）

〔一〕唐陸德明《經典釋文》卷一著録干寶注《周禮》十三卷。

干子十八卷，干寶撰。（儒家類）

晉散騎常侍干寶集四卷。（别集類。梁《四部目録》作五卷）

百志詩九卷，干寶撰。（總集類。梁《四部目録》作五卷。兩《唐志》作《百志詩集》五卷）

毛詩音隱一卷，干氏撰。（詩類）〔一〕

此外兩《唐志》所著猶有爲《隋志》所不載者，凡三種：

雜議五卷，干寶撰。（儀注類）

正言十卷，干寶撰。（儒家類）

立言十卷，干寶撰。（儒家類）

現將干寶著作目録整理如下：

（一）周易注十卷。

（二）周易宗塗四卷。

（三）周易爻義一卷。

〔一〕唐陸德明《經典釋文》卷一云：「爲《詩音》者九人……」中有干寶。蓋即《毛詩音隱》。

（四）周易玄品二卷〔一〕。

（五）周易問難二卷。

（六）周官禮注十二卷。

（七）周官駁難三卷。（一作五卷）

（八）七廟議一卷。

（九）後養議五卷。

（十）春秋左氏義外傳。（卷數不詳）

（十一）春秋左氏函傳義十五卷。（一作十六卷，《册府元龜》函作承）

（十二）春秋序論二卷。（一作三卷，一作一卷）

（十三）毛詩音隱一卷。

（十四）晉紀二十卷。（一作二十一卷，一作二十二卷）

（十五）干寶司徒儀一卷。（一作五卷）

〔一〕清文廷式《補晉書藝文志》卷一易類，據《册府元龜》著録干寶《周易元品》二卷，避清諱改玄爲元。

（十六）雜議五卷。

（十七）正言十卷。

（十八）立言十卷。

（十九）干子十八卷。

（二十）搜神記三十卷。

（二十一）晉散騎常侍干寶集四卷。（一作五卷）

（二十二）百志詩九卷。（一作五卷）

以上凡二十二種，可見干寶生前著述極豐，而且經史子集都涉及到了，非常廣泛。可惜全部散佚，今存者全係輯本〔一〕。

〔一〕干寶佚著輯本，《鹽邑志林》有《易解》三卷；《漢魏二十一家易注》有《周易注》一卷；《玉函山房輯佚書》有《周易干氏注》三卷，《周官禮干氏注》一卷，《晉紀》一卷，《後養議》一卷，《干子》一卷；《黄氏佚書考》有《易注》一卷，《周官注》一卷，《晉紀》一卷；《易學六種》有《干氏易傳》三卷；《漢魏遺書鈔》有《周官禮注》一卷；《廣雅書局叢書》有《晉紀》一卷；《輯佚叢刊》有《晉紀》二卷；《玉函山房輯佚書續編》有《干子》一卷。今存二十卷本《搜神記》乃明人胡應麟所輯，詳下。

三、《搜神記》著作過程考

干寶《晉紀》當時被譽爲「良史」，這是後代史學家也承認的〔一〕，後人還曾爲其書作注〔二〕。但《晉書》本傳於《晉紀》置詞遠不及《搜神記》爲多，這似乎反映出干寶《搜神記》在人們心目中的分量更重。而實際情況也是這樣，由於《晉紀》久亡，干寶的名字更多和《搜神記》聯繫在一起，人們更多是從《搜神記》得知干寶的。何法盛曾羨慕干寶撰《晉紀》，説干寶「頼有著述，流聲於後」〔三〕，其實「流聲於後」的主要是《搜神記》。

《搜神記》作於何時，史無明文，但可推斷出來。前引《晉書》本傳和《建康實録》等書均載有作書緣由。又《世説·排調篇》注引《孔氏志怪》：

寶父有嬖人，寶母至妬，葬寶父時，因推著藏中。經十年而母喪，開墓，其婢伏棺

〔一〕《文選·晉紀論武帝革命》注引何法盛《晉中興書》云：「撰《晉紀》，起宣帝，迄愍，五十三年。評論中切，咸稱之善。」劉勰《文心雕龍·史傳篇》：「干寶述《紀》，以審正得序。」劉知幾《史通》卷一二《古今正史》：「其書簡略，直而能婉，甚爲當時所稱。」《史通》書中盛讚之語甚多。

〔二〕《梁書》卷四九《文學上·劉昭》：「初，昭伯父彤集衆家《晉書》，注干寶《晉紀》爲四十卷。」

〔三〕見《南史》卷三三《徐廣傳》附《何法盛傳》。

上。就視，猶煖，漸有氣息。輿還家，終日而蘇，説竇父常致飲食，與之接寢，恩情如生。家中吉凶輒語之，校之悉驗。平復數年後方卒。寶因作《搜神記》，中云「有所感起」是也。

《文選集注》卷六二江文通《擬郭弘農遊仙詩》注引《文選鈔》：

猛（吴猛），豫章建寧人。于（干）慶爲豫章建寧令，死已三日。猛曰：「明府筭曆未應盡，似是誤耳。今爲參之。」乃沐浴衣裳，復死於慶側。經一宿，果相與俱生。慶云見猛天曹中論訴之。慶即于（干）寶之兄。寶因之作《搜神記》。故其序云：「建武中，所有感起，是用發憤焉。」

《太平廣記》卷一四引《十二真君傳》：

時武寧縣令干慶死，三日未殯，猛（吴猛）往哭之，因云：「令長固未合死，今吾當爲上天訟之。」猛遂臥慶屍旁，數日俱還。時方盛暑，屍柩壞爛，其魂惡，不欲復入，猛强排之，乃復重蘇。慶弟晉著作郎寶，感其兄及靚亡父殉妾復生，因撰《搜神記》，備行于世。

元趙道一《歷世真仙體道通鑑》卷二七《吴猛》：

西安令于（干）慶死已三日，世雲（吴猛字）曰：「令長數未盡，當爲訟之于天。」

遂卧於屍傍，數日與慶俱起。慶弟晉著作郎寶，感其異，遂作《搜神記》，行於世。〔一〕

本傳把《搜神記》的創作和干寶父婢及其兄復生兩件事聯繫起來，説寶「以此遂撰集《搜神記》」，其他記載均亦作此説，可見這兩件事極可能是干寶《搜神記序》中所記，只不過序中叙父婢事不會言爲其母妒而推著墓中，《晉書》本傳可能是參照《孔氏志怪》記録的。本傳所録序文，開頭即云「雖考先志於載籍」，無此文法，分明是前有删削，因爲本傳前已叙婢和兄復生事，所以這裏就略去了〔二〕。

據《孔氏志怪》，原序中有「有所感起」之語，而《文選鈔》引作：「建武中，所有感起，是用發憤焉。」更爲完整。依《孔氏志怪》所言，干寶「有所感起」的是父婢復生，而依《文選鈔》所感者干慶復生，與本傳之二事俱著不同，蓋引文删削所致，晉末孔約所著《志怪》和《文選鈔》所引某書原文，也應當二事皆記，均本干寶序爲説（自然也含有後世流傳的内容，如干寶母妒推婢入墓）。干寶父婢殉葬是幼年之事，當時干寶兄弟還懵懂無知，所謂

〔一〕《太平御覽》卷五五六引《續搜神記》、《太平廣記》卷三七五引《五行記》、唐李伉《獨異志》卷上均載干寶父婢事，唯未言干寶撰《搜神記》。

〔二〕參見余嘉錫《四庫提要辨證》卷一八，中華書局一九八〇年版，第三册，第一一四三頁。

十餘年後開墓復生當然也不過是曲鄉傳聞之辭。建武中有所感起應當主要是針對干慶的所謂復生之事（真實情況應當是病危失去知覺而又蘇醒過來，屬於假死現象，並未真死）而言[一]，而聯想到了關於父婢復生的早年傳説。干慶的復生當在建武中，所以序稱「建武中，有所感起，是用發憤焉」。建武元年干寶以著作郎領修國史，其撰《搜神記》必始於此年。《十二真君傳》謂「慶弟晉著作郎寶」，舉其撰《搜神記》時之官，是正確的。

關於干寶撰作《搜神記》的思想動機，前引《大明一統志》卷三九《嘉興府·陵墓·干瑩墓》注語云：「瑩，吴散騎常侍寶之父也。寶嘗著《無鬼論》，瑩卒，以幸婢殉。後十年妻死合葬，婢猶存。寶始悟幽冥之理，撰《搜神記》三十卷。」稱「吴散騎常侍寶」，蓋緣干瑩仕吴而涉誤，干寶撰《搜神記》的直接動因也不是因父婢而起，這些不去管他，重要的是下文，説干寶嘗著《無鬼論》。這條資料很重要，想必有本。小南一郎在其論文第一章《無鬼

〔一〕按：《續高僧傳·慧因傳》載：「陳太建八年（五七六），安居之始，忽感幽使，云：『王請法師。』部從相誼，絲竹交響，當即氣同捨壽，體如平日。時經七夕，若起深定。學徒請問，乃云：『試看箱內，見有何物。』尋檢，有絹兩束。因曰：『此爲嚫遺耳。』重問其故，曰：『妄想顛倒，知何不爲。吾被閻羅王召，夏坐講《大品般若》。於冥道中謂經三月，又見地獄衆相，五苦次第。』」慧因入冥，干慶見鬼，都是干氏一族的神祕經驗，慧因之於先人干慶，或許因《搜神記》之傳有著心理上的某種聯繫。

論》以專章論述魏晉時期的「無鬼論」思潮，認爲《搜神記》正是産生在無鬼論和有鬼論論爭的思想背景下〔一〕，見解精闢。然據此，干寶早年也是無鬼論者，寫過《無鬼論》，後來經歷了由無鬼論到有鬼論的轉變。這個轉變，過程可能較長，但建武中干慶復生，「云見天地間鬼神事」，儘管不過是昏迷狀態中由於鬼神信仰和心理暗示産生的幻覺而已，但却成了干寶轉變的關捩，「感起」而「發憤」，遂撰《搜神記》「明神道之不誣」（序中語），也就是證實有鬼論有神論的正確和無鬼論無神論的荒謬〔二〕。

干寶在著作省撰《搜神記》還有這樣一件證據。西晉張敏曾撰《神女傳》，干寶採入《搜神記》〔三〕。《太平御覽》卷七二八引有《智瓊傳》這樣一節文字：

弦超爲神女所降，論者以爲神仙，或以爲鬼魅，不可得正也。著作郎干寶以《周

〔一〕見小南文第四—二二頁。關於無鬼論思想，晉裴啓《語林》「宗岱」條（又見梁殷芸《小説》引《雜記》，作宋岱），殷芸《小説》引《列傳》之「阮瞻」條（又見《幽明録》），《世説新語·方正》「阮宣子（阮修）」條，干寶《搜神記》卷一六「施續（當作績）門生」條，都有反映。（按：今本《搜神記》卷一六載有「阮瞻」，係誤輯他書。）

〔二〕梁武帝曾敕臣下答「神滅論」，通直郎庾黔婁答詞中稱：「神鬼之證，既布中國之書」，「至如百家恢怪，所述良多，《搜神》、《靈鬼》，顯驗非一」。舉《搜神記》以爲「神鬼之證」，以駁斥「神滅論」，也正是看到它「明神道之不誣」的性質。見梁釋僧祐編《弘明集》卷一〇。

〔三〕參見拙文《〈神女傳〉〈杜蘭香傳〉〈曹著傳〉考論》，《明清小説研究》一九九八年第四期。

易》筮之，遇《頤》之《益》，以示同寮郎，郭璞曰：「《頤》貞吉，正以養身，雷動山下，氣性唯新。變而之《益》，延壽永年，乘龍銜風，乃升於天：此仙人之卦也。」

這篇《智瓊傳》作者不詳，但應當是鈔自《搜神記》，而這節文字應當是干寶在篇末所繫論讚，大約原文爲「著作郎干寶曰」云云。魏時弦超自稱遇神女成公智瓊，沸沸揚揚，騰在人口，尚書郎、領祕書監張敏作《神女賦》、《神女傳》，其事更傳。當時人們或不信智瓊爲仙，干寶於是筮之，而郭璞作解，干寶將此事繫於篇末，明其爲仙人。這裏干寶的署銜是著作郎，可見干寶在《搜神記》中記此事是在著作任，所云同寮郎，即著作省諸佐郎，而郭璞時爲佐著作郎〔一〕，據《晉書·郭璞傳》這是太興元年的事情，不久郭璞便遷調尚書郎了。

干寶任著作郎歷時十年，這期間除撰《晉紀》，同時也搜集記録《搜神記》的資料。《搜神記》不會很快成書，依據古小説集的一般寫作規律，大都是隨時而記，積久成編

〔一〕《晉書》卷七二《郭璞傳》作「著作佐郎」。按：《通典》卷二六《職官八·祕書監·著作郎》：「魏明帝太和中，始置著作郎，官隸中書省，專掌國史。晉元康二年……改隸祕書，後别自置省（謂之著作省），而猶隸祕書。著作郎一人，謂之大著作，專掌史任。……魏氏又置佐著作郎，亦屬中書。晉佐著作郎八人……宋、齊以來遂遷『佐』於下，謂之著作佐郎，亦掌國史集注起居。」

的。干寶寫《搜神記》曾遇到缺乏紙筆的困難，北宋蘇易簡《文房四譜》卷四引有這樣一條材料：

干寶表曰：「臣前聊欲撰記古今怪異非常之事，會聚散逸，使自一貫，博訪知古者。片紙殘行，事事各異。又乏紙筆，或書故紙。」詔答云：「今賜紙二百枚。」

此表非《搜神記》成書後的進書表，而是上於皇帝的請紙表〔一〕。六朝時期紙筆昂貴，而寫書又頗費紙筆。唐段公路《北户録》卷二引《梁令》云：「寫書，筆一枚一萬字。」這是對抄書用筆的限量，每枝筆不得少於一萬字，可見筆是貴重之物。既貴則貧家無力購置，梁陳時鄭灼精於《三禮》，「家貧，抄義疏以日繼夜，筆毫盡，每削用之」〔二〕。寫書用紙尤費，所以當時常有皇帝賜紙之事。晉王嘉《拾遺記》卷九載，張華造《博物志》，武帝賜麟角筆、側理紙萬番（張）。而裴啓《語林》載，王羲之爲會稽令，謝安向他乞紙，王羲之將庫存箋紙九萬枚悉數盡與之〔三〕，則是向公家討便宜了。干寶雖爲著作郎，但俸禄不足養家，所

〔一〕汪紹楹校注《搜神記》據《初學記》卷二一録入此表，題曰《進搜神記表》，不當。
〔二〕《陳書》卷三三《儒林·鄭灼傳》。
〔三〕《北堂書鈔》卷一〇四、《藝文類聚》卷五八、《初學記》卷二一、《太平御覽》卷六〇五引。

以有後來求補山陰令之事，無力購買寫書用紙是可以想象得到的。他撰《晉紀》，是奉詔修國史，可以用著作省官用紙張。但《搜神記》乃私人著述，就不好用公家紙張了。葛洪《抱朴子·外篇·自敍》曾說：「洪父……歷位……肥鄉令……紙筆之用，皆出私財。」大概連公務所用紙筆也是自費購置，這是很廉潔的事，所以葛洪特意表出。實際上當時朝廷對官用紙張有嚴格控制，虞預爲著作郎曾上表請祕府紙，表云：「祕府中有布紙三萬餘枚，不任寫御書，而無所給。愚欲請四百枚，付著作吏，書寫起居注。」〔一〕便是證明。而《晉書》卷八二《王隱傳》載，王隱撰《晉書》，受虞預排擠，「黜歸於家，貧無資用，書遂不就，乃依征西將軍庾亮於武昌。亮供其紙筆，書乃得成，詣闕上之」。王隱去官後，立即出現了無紙寫書的困難，也足見公用紙張之不能私用。干寶上表專爲寫《搜神記》而請紙，表明他對《搜神記》的重視，皇帝批準給紙二百枚（張），數量不少，也説明皇帝的支持態度。干寶上表之時，估計《搜神記》已積累了相當多的材料，所以才有紙張之乏，其時大約在明帝朝（三二二—三二五）。

從表中看，干寶撰作《搜神記》「會聚散逸，使自一貫」，一方面是把散見於古書和前人

〔一〕《初學記》卷二一引。

書中的有關資料——所謂「片紙殘行」——搜集集中起來，這也就是自序中説的「綴片言於殘闕」，「承於前載」。但同時也從當代人口中搜集材料，所謂「博訪知古者」，也就是序中所説「訪行事於故老」，「采訪近世之事」。序稱：「羣言百家，不可勝覽；耳目所受，不可勝載。」説的就是這兩個方面。干寶身在著作，有方便條件閲讀前人書和古書，這也就是他任著作郎時開始寫《搜神記》的原因。但據《隋書·經籍志序》云，本來魏晉祕書省藏書多達二萬九千九百四十五卷，而經惠、懷之亂，國家藏書「靡有孑遺」，到東晉永和中著作郎李充校書時也才只有三千一十四卷，那已是干寶死後十幾年的事情了〔一〕。因此干寶只利用祕府書是遠遠不够的，還須自己採訪書籍，「博訪知古者」，「訪行事於故老」，「采訪近世之事」，這些話不光是指口頭採訪，也包含著訪書。

此後干寶在外任縣令郡守十年，估計還在繼續撰作《搜神記》。本傳載干寶曾將《搜神記》拿給劉惔看，劉惔説：「卿可謂鬼之董狐。」〔二〕這應當是《搜神記》成書後的事情。

〔一〕《晉書》卷九二《李充傳》載，李充辟丞相王導掾，轉記室參軍。征北將軍褚裒引爲參軍，求爲剡縣令。遭母喪，服闋爲大著作郎。據《晉書·穆帝紀》，永和二年（三四六）七月以兗州刺史褚裒爲征北大將軍，推知李充爲大著作至早在永和五、六年。

〔二〕當採自《世説新語》，《世説·排調》：「干寶向劉真長敍其《搜神記》，劉曰：『卿可謂鬼之董狐。』」

考《建康實録》卷八載劉惔於穆帝永和三年（三四七）十二月自侍中遷丹楊尹，而《晉書》卷七五《劉惔傳》載劉惔卒於丹楊尹，年三十六。本傳載亡後孫綽作誄，詣褚裒言及惔而流涕，而褚裒卒於永和五年十二月〔一〕。《世説·傷逝》載王長史濛卒時劉尹（丹楊尹）臨殯，而王濛卒於永和三年〔二〕。由此來看劉惔約卒於永和四年（三四八），生年則在建興元年（三一三）〔三〕。到咸康二年干寶卒，劉惔才二十四歲。劉惔是東晉名士，本傳載：「惔少清遠，有標奇。……人未之識，惟王導深器之。後稍知名，論者比之袁羊。……尚明帝女廬陵公主。」干寶咸康元年由始安調任王導司徒府右長史，劉惔既受王導器重，很可能當時也任職於司徒府，干寶給劉惔看《搜神記》，大約是供職司徒府時的事情，若此，必在咸康元年二年間，書成大約也在此間。從建武元年開始「發憤」著書，到咸康二年，歷時二十年。

干寶對劉惔出示其書，當然因爲他是名流，品藻爲世所重。劉惔對干寶書的評價是

〔一〕見《晉書·穆帝紀》。

〔二〕《法書要録》卷九張懷瓘《書斷》。參見余嘉錫《世説新語箋疏·傷逝》引程炎培，中華書局一九八三年版，第六四二頁。

〔三〕《中國歷史大辭典·魏晉南北朝史》「劉惔」條，生卒年爲約三一四—約三四九，乃以永和五年爲卒年。胡守爲、楊廷福主编，中國辭書出版社，二〇〇〇年版，第二九二頁。

以春秋晉國秉筆直書的良史董狐爲喻，似乎是稱讚，其實是譏諷干寶以史家實録態度對待鬼神荒渺之事，所以《世説新語》以此事入於《排調門》[一]。《世説·品藻》載劉惔自視極高，自許「第一流」人物，未必對年長於他三四十歲的干寶佩服。而且《世説·言語》載，劉惔曾説「吉凶由人」。又載：「劉尹在郡，臨終綿惙，聞閣下祠神鼓舞，正色曰：『莫得淫祀。』外請殺車中牛祭神，真長（劉惔字）答曰：『丘之禱久矣，勿復爲煩。』」看來他頗不信鬼神之事，屬無鬼論一派，所以拿干寶來調侃，意思是做董狐可做鬼董狐則不可，《晉紀》固爲良史，《搜神記》則爲妖妄。「鬼董狐」之評明揚暗抑，這是劉惔的品藻之妙，《晉書》從《世説》採入，則未解其意，以爲稱賞，從此後世也就以「鬼董狐」爲語怪美稱了[二]。

四、《搜神記》著録流傳考

《晉書》卷八二《干寶傳》、唐許嵩《建康實録》卷七、《册府元龜》卷五五五《國史部·採

〔一〕小南也認爲「鬼董狐」不是對干寶《搜神記》的正面的肯定評價，而是微含惡意的揶揄。見第四頁。

〔二〕宋黄庭堅《山谷外集》卷一〇《廖袁州次韻見答并寄黄靖國再生傳次韻寄之》：「史筆縱横窺寶鉉。」自注：「干寶作《搜神記》，徐鉉作《稽神録》，當時謂寶鬼之董狐。」南宋沈氏有小説集名《鬼董狐》（一名《鬼董》）。元末楊維楨《説郛序》：「其搜神怪，可爲鬼董狐。」

撰一》均載干寶撰《搜神記》三十卷。《隋書・經籍志》雜傳類始見著録，又載《日本國見在書目録》雜傳家、《舊唐書・經籍志》雜傳類鬼神家、《新唐書・藝文志》小説家類，均作《搜神記》三十卷。此後，宋人公私書目明確著録《搜神記》三十卷的惟有南宋鄭樵《通志・藝文略》（傳記類冥異屬），但鄭氏《藝文略》乃綜合前代書目史志而成，並非其藏書目録，所著干寶撰《搜神記》三十卷必是據隋唐史志。尤袤《遂初堂書目》小説類亦有《搜神記》，則係尤氏藏書。今本《遂初堂書目》出自陶宗儀《説郛》（卷二八），撰人卷數皆爲陶氏削去，無法知道這本《搜神記》究竟是不是干寶所撰三十卷本。《崇文總目》小説類著録有《搜神總記》十卷，釋云：「不著撰人名氏，或題干寶撰，非也。」《中興館閣書目》小説家類著録此本，全引《崇文目》之説。而《宋史・藝文志》小説類著録作干寶《搜神總記》十卷，注「不知作者」。蓋據《崇文目》之「或題干寶」妄加撰名，又據「不著撰人名氏」注曰「不知作者」，以致於自相抵牾。《遂初堂書目》小説類又有《搜神摭記》，疑即《搜神總記》[一]。《搜神總記》書名卷數均與《搜神記》不合，肯定不是干寶書，《崇文總目》的釋文是崇文院館臣寓目原書所作，

〔一〕余嘉錫《四庫提要辨證》卷一八《搜神記二十卷》云「不知是否一書」。中華書局一九八〇年版第三册，第一一三八頁。按：「總」字又作「摠」，與「摭」字形近，故疑「摭」乃「總」之訛。

自然可信。有的學者認爲《搜神總記》十卷本就是干寶《搜神記》〔一〕，説非。

南宋著録極富的晁公武《郡齋讀書志》和陳振孫《直齋書録解題》均無《搜神記》，説明《搜神記》在南宋罕見流傳。南宋初朱勝非所編《紺珠集》卷七摘録干寶《搜神記》十一條，曾慥《類説》卷七摘録《搜神記》十二條，其中「阿香推車」實出《續搜神記》〔二〕，「審雨堂」實出《妖異記》〔三〕，可見《紺珠集》、《類説》即便非轉引他書，其所據《搜神記》也已不是原書，與《續記》相混，並羼入他書内容。元末陶宗儀編《説郛》，收書極多，但他没看到《搜神記》，只是在書中卷四從《類説》轉録了三條。這些情況表明《搜神記》在宋元間已經散佚，前人疑其南宋已佚〔四〕，是大體可以成立的。

〔一〕張錫厚《敦煌寫本〈搜神記〉考辨——兼論二十卷本、八卷本〈搜神記〉》：「宋代以後已見不到三十卷本《搜神記》，《宋史·藝文志》卷二〇六只著録『干寶《搜神總記》十卷』。可惜的是，就連這個十卷本也没有流傳下來。」《文學評論叢刊》第十六輯，文化藝術出版社，一九八二年。

〔二〕「阿香」條諸書或引作《搜神記》，或引作《續搜神記》，今本《搜神後記》卷五輯入。事在永和中，必出《續記》。

〔三〕此事見《太平廣記》卷四七四引《窮神祕苑》，而《窮神祕苑》乃引《妖異記》，爲後魏莊帝永安二年（五二九）事，遠在干寶之後。

〔四〕清周中孚《鄭堂讀書記》卷六六小説家類異聞之屬云：「然《讀書志》、《書録解題》俱不載，疑其書宋時已佚。」余嘉錫《四庫提要辨證》云：「晁、陳書目皆不著録，則實書在南宋似已不傳。」第一一三八頁。

明人書目，或亦可見關於《搜神記》的著録。明英宗正統六年（一四四一）楊士奇登記永樂十九年（一四二一）遷都北京後從南京移貯北京文淵閣的國家藏書爲《文淵閣書目》，卷一六道書類有《搜神記》一部一册，葉盛《菉竹堂書目》卷六道書類也曾著録《搜神記》一册〔一〕。嘉靖中高儒《百川書志》卷一一子部神仙類著録《搜神記》二卷，干寶編。嘉靖中周弘祖《古今書刻・書坊》雜書類著録《搜神記》，表明嘉靖前坊間曾刊行《搜神記》。隆慶萬曆中《趙定宇書目》著録《稗統續編》，中有《搜神記》一本。這幾本《搜神記》，作者卷數大都未加説明，惟有《百川書志》著録爲二卷，並稱干寶編。但須注意的是《百川書志》與《文淵閣書目》、《菉竹堂書目》都隸於道書類或神仙類，而干寶《搜神記》並非神仙道書，可以推斷所著録的不是干寶書而是同名的其他書，而在元明時期確有道書類的《搜神記》。《古今書刻》著録書坊所刻者和《稗統續編》所收者大約也都是這類書，要不便是干寶書的輯本，或者即八卷本《搜神記》亦未可知〔二〕。

〔一〕清陸心源以爲今本《菉竹堂書目》非葉盛原書，而是僞本，鈔撮《文淵閣書目》而成。《儀顧堂題跋》卷五《粤疋堂刻僞菉竹堂書目跋》云：「蓋書賈鈔撮《文淵閣書目》，改頭换面，以售其欺。」參見張雷《〈菉竹堂書目〉的真本和僞本》，《江蘇圖書館學報》，一九九八年第三期。

〔二〕先前筆者曾認爲干寶《搜神記》明代有殘本存世，如今從新檢討感到可能性不大。見《唐前志怪小説史》初版第二八二頁。

從《搜神記》問世後襲用干寶書名的很多，北魏曇永《搜神論》、唐代句道興《搜神記》、宋代流傳的《搜神總記》都是這樣的書，宋明間冒名《搜神記》的道書也有幾種，而明代還出現了一本八卷《搜神記》，凡此都不是干寶《搜神記》，大都是有意託名《搜神記》，下邊討論這一問題。

五、《搜神記》異本考

《續道藏》有《搜神記》一本，六卷。前有《引搜神記首》，未署名，但文中作引者自稱「登」。此書即明萬曆富春堂刊《新刻出像增補搜神記》〔一〕，引首末署「登之甫羅懋登書」，乃羅懋登所作。引云：

> 昔新蔡于（干）常侍著《搜神記》三十卷，劉惔見，謂曰「鬼之董狐」。夫于（干）晉

〔一〕載於《續修四庫全書》子部小說家類一二六四冊。范寧《關於〈搜神記〉》（《文學評論》一九六四年第一期）引羅懋登刻《出像增補搜神記》序，亦即此本。羅懋登，作《三寶太監西洋記通俗演義》者也。《出像增補搜神記》有繪圖，《續道藏》本刪去，故但稱《搜神記》。

人也，迄今日千百年，于斯善本已就圯，雖閩〔一〕刻間有之，而存什一于千伯，不免貽漏萬之譏。登不肖走衣食，嘗遡燕關，探鄒魯，遊齊梁，下吴楚甌越之區。……萬曆紀元之癸巳，來止陪京。爲批閲書記，得《搜神記》於三山富春堂。讀之，見其列吕卷，别以類，且繪吕像，質之不肖前日所周覽者而一墨。盖不襲于（干）舊，能得于（干）意，發于（干）未明，增于（干）所未備。

羅引説干寶書「于斯善本已就圯，雖閩刻間有之，而存什一于千伯」，證之以《古今書刻》，萬曆前確有刻本。如果坊間所刻確是干寶書的話，大約很可能是後人的輯本，而且很不完備；不過羅懋登所説坊間所刻也未必定是干寶書，恐怕是有其名而無其實的别路貨色。六卷本《搜神記》乃羅懋登萬曆癸巳（二十一年，一五九三）得於南京，與干寶書了不相干，羅懋登自己已説得很清楚〔二〕。它實是在元刊《新編連相搜神廣記》基礎上增補

〔一〕「閩」《續道藏》本訛作「間」。日本淺草文庫舊藏《金陵唐氏富春堂梓刻出像增補搜神記大全》本作「閩」。胡從經《胡從經書話》第六輯《稗海銜微·異本〈搜神記〉》對此本有介紹。引録《引》的全文。北京出版社一九九八年版，第二八八頁。《續修四庫全書》影印本亦此本。

〔二〕上海古籍出版社一九九〇年影印《繪圖三教源流搜神大全（外二種）》，收入《搜神記》，《出版説明》稱「據干寶本重新編撰」，誤。

而成。考書中有云「本朝洪武初」,「本朝洪武永樂中」,則係明永樂後人所編,而在萬曆二十一年癸巳歲之前久已刊行流傳於世,羅懋登得其本,復又刊之〔一〕。

元刊《新編連相搜神廣記》分前後集,有插圖。題淮海秦晉〔二〕,中稱元爲「聖朝」,出於元人無疑。毛扆《汲古閣珍藏祕本書目》子部著録有此書,著録作《元板畫相搜神廣記》前後二集二本,注:「凡三教聖賢及世奉衆神皆有畫像,各考其姓名字型大小爵里及封贈謚號甚詳,亦奇書也。」

明世又有一本《繪圖三教源流搜神大全》,七卷。葉德輝得明刻本,於宣統元年(一九〇九)影寫重刊。葉氏謂「此書明人以元板《畫像搜神廣記》增益繙刻」〔三〕,少許内容取自明刊《搜神記》六卷本,但大部分係自增。

元代尚流傳有另一種《搜神記》。明刊《國色天香》卷一《龍會蘭池録》〔四〕中蔣世隆云:

〔一〕先前筆者認爲此本可能是羅懋登所撰集,重新檢討覺得可能性不大。見《唐前志怪小説史》初版第二八二頁注①。

〔二〕上海古籍出版社《出版説明》稱元秦子晉撰,與目録所題淮海秦晉不合。

〔三〕見葉德輝《重刊繪圖三教源流搜神大全後序》。

〔四〕明刊《繡谷春容》卷二亦載,題《龍會蘭池全録》。

予嘗稽董狐《搜神鬼(按:《繡谷春容》無此字)記》,釋迦乃維摩王子。觀音,妙莊王女。達摩至盧能,托蘆傳鉢六葉,卒于漢溪。佛祖則宜春(按:《繡谷春容》作興)縣人,曰印(按:原作即,據《繡谷春容》改)肅。老君則楚縣人,曰李耳。張真人道陵,乃漢張良後。許真人遜,晉零陵令。吳真人猛,時真人奇,皆晉時人。天王封于唐太宗征高麗間。福神蔣子(按:疑下脱「文」字)死於鍾山下。唐、葛、周三將軍,周宣王時人。趙玄壇名公明,秦始皇時高士。關公羽封義勇武安王,始于宋道君。茅君匡裕,廬山法祖。鍾馗受享,自玄宗一夢。萬迴國公,又張家子。竈神張單,廁神何麗卿,户神彭質、彭君、彭矯,虐神顓頊三太子。厲神曰伯張,隋朝乃見。火回禄,水玄冥,備存《左氏》。

所謂董狐《搜神鬼記》,指的是干寶《搜神記》,但也並不是干寶書,假其書名而已。其中提到的觀音,張道陵,吳真人猛,時真人奇,天王,匡裕,户神彭質、彭君、彭矯,虐神顓頊三太子,厲神伯張,火神回禄,水神玄冥等,均不見元刊《搜神廣記》,其餘相合者亦多有出入〔一一〕。

〔一一〕如元刊《搜神廣記》及明增補二種云許真君蜀旌陽縣令,宋真宗封關羽義勇武安王,宋徽宗封崇寧至道真君,皆與此有異。

這些不見於元刊《搜神廣記》的内容，只有一小部分在兩種明刊《搜神記》所增補的條目中可以看到，但所敘事實亦有所不同〔一〕。可見這是别一本《搜神記》。《龍會蘭池録》係元無名氏作品〔二〕，因此這本《搜神記》亦可能出自元人手。

上述四種《搜神記》都是記載歷代諸神，佛道雜糅，兼及民間淫祀，與干寶書風馬牛不相及。可以確定，《文淵閣書目》、《菉竹堂書目》著録的道書《搜神記》就是元代所刊這類書。而《百川書志》著録的神仙書《搜神記》二卷，很可能也是元人秦晉《新編連相搜神廣記》的明代刻本，此書原分前後集，而改爲二卷，並妄加干寶編。

明代還流傳有八卷本《搜神記》。此本原收在嘉靖中何鏜所編《漢魏叢書》百種中，未刊，萬曆中程榮刊三十八種，今存，中未有《搜神記》。萬曆二十年（一五九二）屠隆亦據何鏜稿本刊六十卷《漢魏叢書》，見《千頃堂書目》與《明史·藝文志》類書類著録，已佚。何允中曾見屠刊本，所刊《廣漢魏叢書》七十六種可能就是根據屠刊本重刻的，書前有屠隆萬曆二十年序。至清乾隆五十六年（一七九一）王謨又據何刊本增補爲《增訂漢魏叢書》

〔一〕如明刊二種云天王降神於唐太宗從高祖起義兵時，封於高祖即位後，廬山匡續號匡阜先生，與此不同。

〔二〕參見李劍國、何長江《〈龍會蘭池録〉産生時代考》，《南開學報》一九九六年第五期。

八十六種〔一〕。何本王本均有八卷本《搜神記》。另外，萬曆壬寅（三十年）商濬編刊《稗海》〔二〕，中亦收八卷本《搜神記》，此本與《廣漢魏叢書》本文字相同，大約即據《漢魏叢書》本刊刻。民國間王文濡輯《説庫》，也收入八卷本。

與元明刊四種託名《搜神記》的道書不同，八卷本《搜神記》徑題晉干寶撰，而内容亦接近干寶書，所以王謨認爲它是干寶書的殘本〔三〕，其實純係冒名干寶的贋書。關於八卷本，范寧解放前曾撰《八卷本搜神記考辨》〔四〕，考證頗詳，一九六四年發表在《文學評論》第一期的《關於〈搜神記〉》一文，第一部分《甲　八卷本》又重申前之考辨。他提出六個方面的證據力駁王謨之説，歸納起來最重要的是這樣幾點：一是八卷本有後代官制，如都護府、尚書員外爲隋唐官制；二是有後代地名，如定州置於北魏，越州置於南朝宋，易州置於唐；三是有後世之人和事，如卷一爲後魏事，京兆韋英宅見魏楊衒之《洛陽伽藍

〔一〕參見王謨《增訂漢魏叢書·凡例》、中華書局一九八三年版《叢書集成初編目録·叢書百部提要》。

〔二〕《稗海》康熙重刊本無商濬序。程毅中《古代叢書瑣談》云：「鄭振鐸先生舊藏的《稗海大觀》，作爲《稗海》的初印本，保存着萬曆壬寅（三十年，一六〇二）商濬的序和陳汝元的凡例。」見《學林漫録》十四集，中華書局一九九九年版。

〔三〕王謨《增訂漢魏叢書·搜神記跋》：「今《叢書》本只存八卷，固爲殘缺，毛氏《津逮祕書》乃有二十卷，當爲足本。」

〔四〕載於《天津民國日報》一九四七年七月十八日、二十五日。

記》卷四，卷四崔皓即後魏崔浩；四是書中多改竄唐人書，如卷六德化張令出《太平廣記》卷三五〇引《纂異記》，卷七李楚賓、李汾事出《太平廣記》卷三六九、卷四三九引《集異記》，僧志玄事改竄宋釋贊寧《宋高僧傳》卷二四《唐沙門志玄傳》。范寧的結論是：「此書不是干寶所撰，實唐宋以後人所撰集，且多處係竄改他書成文。」

這個結論是完全正確的，實際上還可舉出其他一些證據，如卷八李德用事實取《太平廣記》卷一二八《王安國》，出《集異記》，只不過改變了人名，並將「唐寶曆三年冬夜」改爲「元嘉中年元夜」，以没其迹，而其餘文字基本相同。八卷本從《集異記》採事凡三，這三事都應出自晚唐陸勳的《集異記》〔一〕。前文《纂異記》，亦晚唐小説，李玫撰。又如卷五趙明甫、李進勍二事，即《廣記》卷一一七、卷一一八引《報應録》之《范明府》、《熊慎》，改易人名，又加以敷演。《報應録》，五代王轂撰〔二〕。還有一項很重要的證據，八卷本共四十條，與歷代古書所引《搜神記》來對照，只有卷一北斗南斗，卷三隋侯珠、盤瓠、雍州神樹，卷四燕惠王墓狐狸、陳司空、太祖亡兒七事相合，六分之一稍强，而且這七事的故事情節也有很大差異，更不用説文字的差别了。因

〔一〕參見拙著《唐五代志怪傳奇叙録》（增訂本）中册，第一一一二—一一一四頁，中華書局二〇一七年版。

〔二〕參見拙著《唐五代志怪傳奇叙録》（增訂本）下册，第一四八三頁，中華書局二〇一七年版。

此八卷本肯定是宋以後人雜採包括《搜神記》在内的諸書編纂而成的〔一〕。有的學者反對范寧的意見，認爲八卷本與通行的二十卷本有密切關係，「並不一定要否定八卷本爲《搜神記》殘本的説法」，意思是它確實是干寶書的殘本，只不過其中「雜入非干寶原書的條目」〔二〕，這種説法絶難成立，它和干寶書的關係其實就是竊用了干寶書的名字和少許内容而已。而且用八卷本和二十卷本對照也極不科學，因爲二十卷本是個很不可靠的輯録本，要對照只能和經過鑒别的《搜神記》佚文來對照。下文我們將要討論到二十卷本是如何從八卷本誤輯許多條目的，若不明乎此，而用二十卷本反轉來證明八卷本之不僞，那真是以僞證真，豈不亂套！

唐釋道宣《續高僧傳》卷六《魏洛陽釋道辯傳》曾云道辯弟子曇永撰《搜神論》，范寧據而認爲八卷本「或即據曇永所撰的《搜神論》殘卷而增補的」。因出於佛徒之手，所以很多冥報的故事」。這自然只是推測，没有任何證據可以證實這一點。不過從書中卷五「李進勍」末所云「余

〔一〕有些學者從語言角度考證八卷本的時代，如江藍生《八卷本〈搜神記〉語言的時代》一文（載《中國語文》一九八七年第四期），從語言史的角度，依據一些語法和詞匯現象，對八卷本《搜神記》語言的時代作了考證，認爲：「八卷本《搜神記》在語言上有很多反映唐五代以後特點的現象，肯定不是晉干寶所作，有可能出自晚唐五代或北宋人之手；在内容上，它跟敦煌本《搜神記》共同之處甚多，應是出自同一系統。」汪維輝《從詞匯史看八卷本〈搜神記〉語言的時代》（載《漢語史研究集刊》第三、四輯）進一步補充例證，認爲：「八卷本的最後寫定很可能是在北宋，要晚于勾道興本」。

〔二〕張錫厚《敦煌寫本〈搜神記〉考辨》。

嘗覽佛書，見論十千天子報恩，何異於是乎」來看，作者即非僧人，亦必爲奉佛的佛教信徒，而且對干寶身世並不了解，所以書中採入大量東晉以後事而又託名干寶。佛徒之所以託干寶《搜神記》以纂此書，因爲自晉以來佛徒極重《搜神記》。本來《搜神記》没有太多的佛教内容，但佛徒認爲其中的許多故事都可以成爲佛教教義的例證，劉宋宗炳《明佛論》〔一〕曾説：「干寶、孫盛之史，無語稱佛而妙化實彰。」所説干寶之史，恐怕不單指《晉紀》，實際也兼指《搜神記》。

唐初名僧道宣、法琳、道世等在自己著作中都多次提到干寶《搜神録》〔二〕，而道世編

〔一〕梁釋僧祐編《弘明集》卷二。

〔二〕道宣《道宣律師感通録》：「余昔曾見太常晉于（干）寶撰《搜神録》」，引其所述蘇韶事。道宣《中天竺舍衛國祇洹寺圖經序》云：「然夫冥隱微顯，備聞前絶。于（干）寶《搜神》之録，劉慶《幽明》之篇，祖台《志怪》之書，王琰《冥祥》之記，廣張往往未若指掌。……又有《旌異》、《述異》之作，《冥報》、《顯報》之書，頗叙煩攝，光問古今。」法琳《破邪論》卷下：「晉中書侍郎干寶撰《搜神録》」。法琳《辯正論》卷六：「干寶《搜神》，未聞其説；齊諧《異記》，不載斯靈。」又：「如干寶《搜神》、臨川《宣驗》及《徵應》、《冥祥》、《幽明録》、《感應傳》等，自漢明已下，訖于齊梁，王公守牧、清信士女及比丘、比丘尼等，冥感至聖，目覩神光者，凡二百餘人。」唐釋彦琮《護法沙門法琳别傳》卷下載法琳語曰：「廣如《宣驗》、《冥祥》、《搜神》、《感應》等説，且善惡之分，理數皦然。傳之典謨，懸諸日月。足使見不賢而内自省，弱喪知歸；矚賢者而思齊，迷途自曉。」道世《法苑珠林》卷八：「古今善惡禍福徵祥，廣如《宣驗》、《冥祥》、《報應》、《感通》、《冤魂》、《幽明》、《搜神》、《旌異》、《法苑》、《弘明》、《經律》、《異相》、《三寶》、《徵應》、《聖跡》、《歸心》、《西國行傳》、《名僧》、《高僧》、《冥報》、《拾遺》等，卷盈數百，不可備列，傳之典謨，懸諸日月，足使目覩，當猜來惑。」

纂佛教類書《法苑珠林》更是大量徵引《搜神記》，原因都是因爲《搜神記》可以發揮「無語稱佛而妙化實彰」的弘佛功能。佛徒看重干寶書或許還和干寶後裔慧因是名僧有關，慧因自梁入唐，年高望重，這恐怕也可以影響到唐初僧人對乃祖干寶的重視了。可以説在佛徒的文獻傳承體系中干寶《搜神記》是件有分量的東西，所以才有趙宋以後人託名干寶纂集别本《搜神記》，所以也才有句道興《搜神記》的編纂並有衆多寫本被藏於敦煌石窟。

范寧在考證八卷本《搜神記》出於曇永《搜神論》時，又疑八卷本即《遂初堂書目》中的《搜神總記》（按：應爲《搜神摭記》）及《崇文總目》中的《搜神總論》（按：應爲《搜神總記》），這自然也只是猜測。他研究八卷本没有提到句道興《搜神記》，這是個重大失誤。《敦煌變文集》所輯校的句本存三十五事，有十五事見於八卷本，集中在八卷本前三卷，卷五也有二事，因此可以判定八卷本和句本有密切聯繫。張錫厚《敦煌寫本〈搜神記〉考辨》引用日人内田道夫《搜神記的世界》説：「八卷本中多數故事同敦煌本有着一致之處，因而，一直認爲來歷不明的八卷本，却是從敦煌本系統中引出來的，但又不是直接出自敦煌本。至少可以這樣假定，確有和敦煌本同一系統的《搜神記》存在，故而推測八卷本是追隨它們之後而産生也是可能的。」〔一〕這個看法是有道理的。據筆者研究，句道興是唐初下層文人〔二〕。其《搜神記》每條故事，皆以「昔」、「昔有」開頭，這同魏晉南北朝所翻譯的佛教故事集如《雜譬喻經》、《舊雜譬喻經》、《衆經撰雜譬喻》、《雜寶藏經》、《百喻經》〔三〕等完全一樣，因此恐怕還和佛門有密切關繫。他可能也和唐初許多僧徒一樣對干寶《搜神記》心存仰慕，故而也纂集一本《搜神記》。此書以鈔本流傳於民間和寺院，而且流傳很廣，所以在敦煌文書中有多個寫本〔四〕。它雖發現於敦煌，但實際並未消失，大約在宋代有佛徒對此書的某一種已經殘缺的寫本進行增訂補綴，這便是八卷本了。

〔一〕《文化》一九五一年第一七卷第三期。

〔二〕見《唐五代志怪傳奇叙録》（增訂本）上册，第一二三—一二四頁。

〔三〕《雜譬喻經》，東漢支婁迦讖譯。《舊雜譬喻經》，吴康僧會譯。《衆經撰雜譬喻》，後秦鳩摩羅什譯。《雜寶藏經》，北魏吉迦夜、曇曜譯。《百喻經》，古印度僧迦斯那著，南齊求那毘地譯。見《大正新脩大藏經》。

〔四〕《敦煌變文集》卷八王慶菽校輯句道興《搜神記》，凡用日本中村不折藏本、斯〇五二五、斯六〇二二、伯二六五六，共四本，《敦煌遺書總目索引》著録六本，又有斯二〇七二，伯五五四五，據日本金岡照光《敦煌出土文書文獻分類目録》還有斯三八七七本，凡七本。然據張錫厚研究，斯二〇七二係某類書殘卷，伯二六五六是《孝子傳》之類作品，均非句道興《搜神記》寫本。臺灣黄永武主編《敦煌寶藏》第十五册亦將斯二〇七二著録爲佚類書。新文豐出版公司一九八四年版。

句本只有少許條目見於《搜神記》，而且文字不同〔一〕，正如八卷本非干寶書一樣，它也和干寶書没有關係。項楚《敦煌本句道興〈搜神記〉本事考》説：「不過仔細探究起來，若干蛛絲馬跡表明，它和《稗海》本《搜神記》存在着某種聯繫，而和干寶《搜神記》則並不相干。」〔二〕張錫厚則認爲「它的淵源所自，極可能是從干寶《搜神記》原書，擇其所需，選編成册」，意思是句本是干寶原書的選本。内田道夫也説：「可以假定八卷本的祖本和二十卷本同出於古本是可信的，那麽敦煌本也是由之派生出來的民衆的寫本。」他們都把句本、八卷本、二十卷本看作是干寶《搜神記》的不同版本，這是絶對錯誤的。致誤的重要原因，如前所述，就是太相信二十卷本的可靠性了。

六、胡應麟輯録二十卷本考

《搜神記》二十卷本首載於《祕册彙函》，《祕册彙函》由海鹽人胡震亨和姚士粦編刊於萬曆

〔一〕除去二十卷本《搜神記》誤輯自八卷本者，確實爲干寶書所載者有郭巨、丁蘭、董永、隨侯珠、張嵩五事。郭巨、董永、隨侯珠皆見二十卷本，丁蘭見中華書局一九七九版汪紹楹校注《搜神記》所輯佚文，張嵩事伯二六五六號類書殘卷有引，注「事出《搜神記》也」。

〔二〕項楚《敦煌文學叢考》，上海古籍出版社一九九一年版，第三九頁。

中，收書二十四種，由於是隨刻隨續，非一時刊成〔一〕，所以《千頃堂書目》類書類著録胡震亨、姚士粦《祕册彙函》只作二十卷，當是最初刊成的數種。書未刊竟而燬於火，殘版歸常熟毛晉，胡震亨等人復爲之纂輯，毛晉刊爲《津逮祕書》〔二〕，其中《搜神記》二十卷，即用《祕册彙函》版〔三〕。

這本《搜神記》，在書前繡水沈士龍和海鹽胡震亨所作《搜神記引》中均未交待來歷，也没有懷疑它的真實性，只是對書中個别内容表示質疑〔四〕。《四庫全書總目》卷一四二

〔一〕《津逮祕書》卷首載胡震亨《小引》，乃《祕册彙函》之《小引》，云：「抄書舊有百函，今刻其論序已定者，導夫先路，續而廣之。」

〔二〕胡震亨《津逮祕書題辭》：「而余嚮所與亡友沈汝納氏刻諸雜書，未竟而殘于火者，近亦歸之君（毛晉），因并合之，名《津逮祕書》以行。」毛晉崇禎庚午（三年，一六三〇）《津逮祕書序》亦言此事。

〔三〕《四庫全書總目提要》卷一三四子部雜家類存目十一《津逮祕書》提要：「震亨初刻所藏古笈爲《祕册彙函》，未成而燬於火，因以殘版歸晉，晉增爲此編。凡版心書名在魚尾下，用宋本舊式者，皆震亨之舊；書名在魚尾上，而下刻汲古閣字者，皆晉所增也。」《搜神記》及《搜神後記》皆書名在魚尾下，而無汲古閣字樣，知用《祕册彙函》版。

〔四〕沈氏云：「若令升所載，皆出前史及諸雜記，故晉、宋《五行志》往往採之。惟《晉書》本傳稱兄氣絶復蘇，而不名。道書《吴猛傳》謂寶兄西安令干慶，而本記第稱西安令干慶，而絶不謂兄，亦可疑也。」胡氏云：「第所載秦閔王女一段，則嬴秦無謚閔者。惟晉武帝子秦獻王無嗣，愍帝嘗以吴王晏子出嗣秦王，豈即愍帝邪？然愍帝時，秦爲虜境，秦妃安得在秦而有二十三年之久？至謂『今之國壻，亦爲駙馬都尉』，此正晉事耳。又有謝鎮西之稱，按謝尚于穆帝永和間始加鎮西將軍。寶書成，嘗示劉惔，惔卒於明帝太寧間。則鎮西之號，去書成時，尚後二十餘年，安得預稱此？殊不可曉。」

《搜神記》提要引證許多古書，認爲此本輯自古書，提要云：「然其書敘事多古雅，而書中諸論亦非六朝人不能作，與他僞書不同。疑其即諸書所引，綴合殘文，傅以他說。……觀書中謝尚無子一條，《太平廣記》三百二十二卷引之，註曰出《誌怪録》，是則捃拾之明證。胡震亨跋但稱謝尚爲鎮西將軍在穆帝永和中，寶此書嘗示劉惔，惔卒於明帝大寧中，則書在尚加鎮西將軍之前二十餘年，疑爲後人所附益，猶未考此條之非本書也。」在卷九一《傅子》提要中也說：「晉代子家，今傳於世者，惟張華《博物志》、干寶《搜神記》……尚存，然《博物志》、《搜神記》皆經後人竄改，已非原書。」王謨《增訂漢魏叢書·搜神記跋》認爲《津逮祕書》二十卷本「當爲足本，然亦非原書」，他說：「蓋原書雖統論鬼神事，仍各有篇目。如《水經注》引張公直事云出干寶《感應篇》，《荆楚歲時記》又引干寶《變化篇》，必皆原書篇名。而毛本皆不見此體例，故其書前後亦無倫次，特較《叢書》（《漢魏叢書》）本爲完善耳。」周中孚《鄭堂讀書記》說：「此本所載，證以古書所引，或有或無，當屬宋以後聯綴舊文而以他説增益成帙，非當時之原書也。故於第六卷乃全鈔兩漢書《五行志》，而續以《晉書·五行志》中三國事，一字不改，其依託之顯然者也。」余嘉錫《四庫提要辨證》卷一八也認爲是「自諸書録出」，他說：「諸家所引，又或不見於今書，可見其非干寶原書，《提要》疑之，是也。……余謂此書似出後人綴緝，但十之八九出於干寶原書。」魯迅在《中國小説史略》第五篇《六朝之鬼神志怪書(上)》中亦謂《搜神記》二十卷「亦非原書」，而在《中國小説的歷史的變遷》第二講《六朝時之志怪與志人》中更是非常明確地説：「但《搜神記》多已佚失，現在所存的，乃是明人輯各書引用的話，再加别的志怪書而成，是一部半真半假的書籍。」他不僅指出二十卷本是明人輯録的，而且還指出書中不盡是干寶書的内容，還加進去别的志怪書中的内容，因此是一部「半真半假」的書。

魯迅的看法非常正確，可以説已成定論，中華書局版《搜神記》的《出版説明》就採納了魯迅這個説法。周中孚《鄭堂讀書記》在討論二十卷本時説：「然核其體例，儼然古籍，不與他僞書等，蓋由其人本有學識，善於作僞，若非細心搜討，無從知其僞也。」確實，由於二十卷本的刊行者胡震亨以「祕册」相標榜，所以矇騙了許多人，但經歷代學者研究終於明了了其爲輯録本而非原書。魯迅早年曾輯録《小説備校》七種，其中有《搜神記》五十九條，《搜神後記》十五條〔一〕，看來就是準備重新校正明清傳世本《搜神記》和《後記》的。尤其是汪紹楹校注《搜神記》、《搜神後記》，稱得上是「細心搜討」，更證實了二十卷本的「半真半假」的性質。

〔一〕《魯迅輯録古籍叢編》第一卷，人民文學出版社一九九九年版。

但是魯迅和上述諸人都未指出二十卷本究竟是哪個明人輯録的，范寧一九五七年在《論魏晉中國小説的傳播和知識分子思想分化的關係》〔一〕一文中指出：「原書佚散，今通行本乃明人胡元瑞（胡應麟字元瑞）輯録。」後又在一九六四年所發表《關於〈搜神記〉》中重新考證了胡應麟輯録二十卷本的問題〔二〕。這個看法也非常正確，也可以説已成定論，中華書局版《搜神記》的《出版説明》也採納了這個説法〔三〕。筆者在《唐前志怪小説史》初版中也是依據范寧的考證加以發揮的。但是，胡應麟輯録二十卷本的時間及輯録過程中的許多細節問題，胡輯本被收入《祕册彙函》的原委，這些問題無論范寧還是拙著《唐前志怪小説史》初版都還未予深究。下邊我們就來仔細探討胡應麟輯録二十卷本《搜神記》及胡輯本刊入《祕册彙函》這個問題的許多細節。

姚士粦《見只編》卷中云：

〔一〕載《北京大學學報（人文科學）》一九五七年第二期。

〔二〕范寧説：「這樣看來，胡元瑞（胡應麟字元瑞）已經自供曾從類書中輯録過《搜神記》。」「胡元瑞既然説他輯過這部書，那末這個本子是他編輯過的可能性最大。」

〔三〕《出版説明》説：「今天我們所看到的二十卷本，據考證，可能是明代胡元瑞從《法苑珠林》及諸類書中輯録而成的。」

江南藏書，胡元瑞號爲最富，余嘗見其書目，較之館閣藏本，目有加益，然經學訓註，稍有不及。有《搜神記》，余欣然索看，胡云不敢以詒知者，率從《法苑珠林》及諸類書抄出者。

胡應麟《甲乙剩言·知己傳》云：

余嘗於潞河道中，與嘉禾姚叔祥（按：叔祥姚士粦字）評論古今四部書。姚見余家藏書目中，有干寶《搜神記》，大駭曰：「果有是書乎？」余應之曰：「此不過從《法苑》、《御覽》、《藝文》、《初學》、《書抄》諸書中録出耳，豈從金函石篋幽岩土窟掘得邪？大都後出異書，皆此類也。惟今浙中所刻《夷堅志》，乃吾篋中五分之一耳。」別後乃從都下得隋盧思道《知己傳》二卷，上自伊周，下至六代，由君相父兄妻子友朋以及鬼神禽畜涉于知己者皆録。第諸葛孔明與先主最相知，以爲有「君自取之」一語爲大不知己，不録，蓋有激乎其言之也。因尋校此書，惟《隋志》有之，自唐已下，不復有也。能不愧金岩石篋，遽以語叔祥者乎？

把這兩條記載對照起來讀，可知胡應麟確實輯録過《搜神記》，並把輯録好的本子著録在自己藏書的書目中〔一〕。在潞河與姚士粦談論古書，姚見其藏書目録中有《搜神記》這部久佚不傳的古書，不免大吃一驚，胡應麟不敢欺瞞姚士粦這位諳熟古書的專家，便坦然相告乃輯自類書，凡舉五種，都是唐宋類書。他雖然没有明言是他本人輯録，但實際已經表明了這一點，所以姚士粦並不追問是何人輯録〔二〕。

實際上胡應麟對前代文言小説一直有着特殊愛好，並一向就有輯録古小説的興趣，這在《少室山房筆叢》中有突出反映。他少年時即曾輯録書名帶「異」字的志怪小説爲《百家異苑》，並作《百家異苑序》〔三〕，又曾「偏蒐諸小説」，輯録鬼詩一集數百篇〔四〕。並「嘗欲取宋太平興國後及遼金元氏以迄於明，凡小説中涉怪者，分門析類，續成《廣記》之

〔一〕胡應麟藏書所名二酉藏書山房，書目名《二酉山房書目》，《少室山房筆叢》卷四《經籍會通四》云「近輯《山房書目》」。中華書局上海編輯所一九五八年排印本，第五五頁。據《經籍會通引》，萬曆己丑十七年（一五八九）七月成《經籍會通》，則《二酉山房書目》約編成於是年。

〔二〕《四庫提要》引用了《甲乙剩言》，《四庫提要辨證》又引證了《見只編》，可惜都没有深究胡應麟本人即其輯録者。

〔三〕胡應麟《少室山房筆叢》卷三六《二酉綴遺中》。下册第四七六—四七七頁。《百家異苑序》又載於《少室山房類稿》卷八三。據吴晗《胡應麟年譜》（原載《清華學報》第九卷第一期，一九三四年一月），《百家異苑》編成於嘉靖四十四年（一五六五），時十五歲。《吴晗史學論著選集》第一卷，人民出版社一九八四年版，第三七六頁。

〔四〕《少室山房筆叢》卷三七《二酉綴遺下》，第四八九頁。

書，殆亦五百餘卷」，但因卷帙繁重，這部《續太平廣記》終未成書[一]。另外他還有憾於「古今小説之祖」《汲冢瑣語》的不傳，打算從戰國秦漢古書中雜摭語怪、近實、遠誣者，「凡瓌異之事，彙爲一編，以補汲冢之舊」[二]，大約也没有成書。胡應麟既對輯録古小説有如此濃厚的興趣，而他又頗爲賞識干寶《搜神記》，説「令升（干寶字）、元亮（陶潛字）博於神」[三]，因此他輯録《搜神記》自在情理之中。而且，胡應麟藏書極爲豐富，王世貞萬曆八年作《二酉山房記》，稱胡元瑞藏書「合之爲四萬二千三百八十四卷」[四]，確如姚士粦所説，「江南藏書，胡元瑞號爲最富」，這也就使得他輯録古書有了很充分的圖書保證。

〔一〕《少室山房筆叢》卷三六《二酉綴遺中》，第四七六頁。

〔二〕《少室山房筆叢》卷三六《二酉綴遺中》，第四七四頁。

〔三〕《少室山房筆叢》卷三八《華陽博議上》，第五〇二頁。按：這裏順便糾正吴晗《胡應麟年譜》中一處錯誤，《華陽博議引》末題「己丑仲冬麟識」，知成於萬曆十七年（一五八九），而《年譜》繫於嘉靖四十四年乙丑（一五六五），時十五歲，乃誤己爲乙。《少室山房筆叢》諸篇俱有引，《三墳補逸》成於萬曆甲申十二年（一五八四），《四部正譌》成於萬曆丙戌十四年（一五八六），《經籍會通》、《史書佔畢》、《九流緒論》、《莊嶽委談》成於萬曆己丑十七年，《丹鉛新録》、《藝林學山》成於萬曆庚寅十八年，《玉壺遐覽》、《雙樹幻鈔》成於萬曆壬辰二十年，唯《二酉綴遺》未紀干支。諸編皆作於萬曆中，不應《華陽博議》獨出嘉靖少年之時。

〔四〕見《胡應麟年譜》，《吴晗史學論著選集》第一卷，第三九一頁。

那麽胡應麟是什麽時候輯録的《搜神記》呢？據吴晗《胡應麟年譜》，萬曆二十二年（一五九四）胡應麟挈家從故鄉蘭溪入京應試，寄寓潞河胡谷元家，準備參加明年春會試，時與諸友好晨夕過從〔一〕，他和姚士粦談論《搜神記》即在此時。《搜神記》既然已經編入《二酉山房書目》，説明《搜神記》輯成於萬曆二十二年以前。

胡應麟輯録《搜神記》，除主要利用他提到的唐宋古書外也有明人書，其中十分重要的是陳耀文所編的類書《天中記》六十卷。陳耀文字晦伯，汝寧府確山人。民國《確山縣志》卷一八《人物下》載：「登嘉靖庚戌（二十九年，一五五〇）進士，授中書舍人。官有餘閒，得博極羣書，自經史外若墳典丘索、奇文奥字以及星曆術數，無不畢覽。」《天中記》是他在故鄉家居時所編，以所居近汝南天中山，故取爲書名。《天中記》今存光緒四年戊寅（一八七八）聽雨山房重鐫本，前有萬曆乙未（二十三年，一五九五）屠隆序、萬曆己丑（十七年，一五八九）陳文燭叙、洪亮吉叙、隆慶己巳（三年，一五六九）李蓘叙。洪叙後題「古閩林則徐校刊」，則聽雨山房乃據林則徐校刊本重刻。李叙云：「蓋自登第迄今歷弍十年而乃成此書。」陳耀文嘉靖二十九年登進士第，去隆慶己巳恰二十年。

〔一〕《吴晗史學論著選集》第一卷，第四一八—四一九頁。

李敘稱「凡分類□分卷□」，類數卷數皆空缺，似其時所成爲初稿，尚未編目分卷。而陳敘云：「汝南有天中山，陳晦伯先生記類書而輯之，蓋著作藏名山之意云。余訪先生精舍，委序於余。稿凡四易……」殆至萬曆十七年前又曾修訂方定其稿。是書每卷卷首皆題朗陵陳耀文晦伯甫纂，四明屠隆緯真甫校，則似由屠隆初刻於萬曆二十三年乙未歲〔一〕。

有證據表明，二十卷本《搜神記》有不少條目輯自《天中記》，茲舉例如下：

（一）《天中記》卷四〇引《教住》條，注《搜神祕覽》。《搜神祕覽》北宋章炳文撰，此事載於卷上，題《王旻》。《天中記》所引文字有訛誤，如「大若人」原作「客人」，乃以「客」字誤析爲「大若」二字，不知古地名並無大若。二十卷本卷三有此條，文字與《天中記》全同，「客」亦訛作「大若」。

（二）二十卷本卷一三：「蟛蚏，蠏也。嘗通夢於人，自稱長卿，今臨海人多以長卿呼之。」又：「木蠹生蟲，羽化爲蝶。」此二條未見他書引作《搜神記》，僅見《天中記》卷五七，注出《搜神記》，必是據《天中記》所輯。

〔一〕《四庫全書》亦收《天中記》，諸序皆削去，每卷卷首題明陳耀文編。

（三）《天中記》凡引八卷本《搜神記》七條，見於二十卷本者四條〔一〕。《天中記》卷五四引李信純義犬事，見八卷本卷五，唯太守鄧瑕，《天中記》作鄭瑕。二十卷本卷二〇輯入此事，文同《天中記》，亦作鄭遐。《天中記》卷五六引楚僚事，見八卷本卷五，視原文多有删削，二十卷本全同《天中記》。《天中記》在引文之後又云：「晉王祥、王延事同。」乃編者陳耀文説明之辭，因爲《天中記》於卷一七曾引王祥、王延事（分别引自《晉書》、《三十國春秋》）所以在這裏又加以特别説明，而二十卷本卷一一輯此條末亦云：「此與王祥、王延事同。」誤爲正文，這是輯自《天中記》的明證。

二十卷本中所見於八卷本的條目還有唐父喻、辛道度、千日酒三條，而前兩條《天中記》也有引録，但和二十卷本的關係却有些疑問。《天中記》卷一九《更生》，即唐父喻再生事，見於八卷本卷二、二十卷本卷一五。《天中記》全同八卷本，唯個别文字有異，如「必活」訛作「不活」，「壽年一百二十歲」作「壽年一百一十歲」〔二〕。二十卷本則異文較多，上

〔一〕七條即卷一九「辛道度」、「唐父喻」、「趙明甫」，卷五四「李信純義犬」、「李汾」，卷五六「楚僚」，卷五八「王子珍」。其中「辛道度」、「唐父喻」、「李信純義犬」、「楚僚」皆見二十卷本。又卷二趙顔事亦見八卷本及二十卷本，然《天中記》非直接引自八卷本，此條不計。

〔二〕此據光緒戊寅聽雨山房重刻本，《四庫全書》本「一十」作「二十」。

述例證「必活」作「即活」，「二十」作「三十」，其餘如「少小之時」作「少時」，「落陷」作「落墮」，「鄉人」作「鄰人」，「何在」作「安在」，「死生」作「生死」，「平生」作「生平」，「以保終身」作「以結終身」，「爲父强逼」作「父母强逼」等，均不同八卷本和《天中記》。《天中記》卷一九《附（駙）馬》，即八卷本卷一及二十卷本卷一六的「辛道度」。《天中記》有所删削，二十卷本亦經删削，而删後文句與《天中記》全同，似取《天中記》而成，但文字與《天中記》時有不合，如二十卷本「經三宿三日後」，《天中記》「後」作「俄」，連下讀，「盒子」作「盉子」，「此會可三宵」作「此會只可三宵」，「東遊」作「車遊」，「詰」作「語」，「原葬悉在」作「原葬諸物悉在」，等等，而凡此《天中記》皆與八卷本同。然個别處亦有與八卷本不合者，如八卷本「視其金枕，懷乃無異」，《天中記》作「視其金枕在懷，乃無異變」，而二十卷本與之同。千日酒一事《天中記》未引八卷本，卷四四所引爲《博物志》。比較八卷本卷三與二十卷本卷一九所載，二十卷本文字微有删節，並有校改處，如「乃命家人」改作「乃命其家人」，文義更明，又將「時有州人姓玄名石」，改作「時有州人姓劉名玄石」，則是改用《博物志》（卷一〇）之説。

《天中記》卷五四引《搜神記》李汾事，删節自八卷本卷七。此條二十卷本未輯，因爲事在永和末，爲干寶死後之事。而《搜神後記》也未輯入，想必輯録者也知道它實際出《太平廣記》卷四三九引《集異記》，本是唐天寶末之事。

另外，《天中記》卷二《南斗注生》亦引自《搜神記》，亦見於八卷本卷一。不過此條未必取自八卷本，有可能轉引自他書，《分類補註李太白詩》卷一〇《草創大還贈柳官迪》蕭士贇註即引干寶《搜神記》此事，《天中記》與之基本相同。而二十卷本卷三所載此事，文句與《天中記》相差無幾，只是將「趙顔」誤作「顔超」，個別字句也有校改。

上述現象表明，胡應麟輯録二十卷本《搜神記》時，開始並未見到八卷本。且不説《稗海》始刊於萬曆三十年（一六〇二），而此年夏胡應麟卒[一一]，他不可能見到，何鏜嘉靖中編的《漢魏叢書》未刊稿本，他也未見，否則他會直接從八卷本中輯録。屠隆萬曆二十年始刊《漢魏叢書》，其時胡應麟輯録《搜神記》恐怕已經完成了。因此二十卷本中涉及八卷本的條目主要是據《天中記》輯録。實際上參考《天中記》的材料輯録《搜神記》除前邊的舉證外還有不少。《天中記》初稿完成於隆慶三年，萬曆十七年前修訂定稿，雖然它可能在萬曆二十三年才由屠隆刊行，但我們有理由推斷胡應麟可以得到《天中記》的鈔本。萬曆十七年陳文燭爲《天中記》作叙，而陳文燭也是胡應麟的朋友，胡曾請他爲《少室山房筆

〔一一〕參見《胡應麟年譜》引明吴之器《婺書》卷四《胡應麟傳》，第四二二頁。

叢》作序。陳文燭序末未紀年月，考序中提到《筆叢》的《經籍會同》至《藝林學山》十部分，唯獨没有萬曆二十年撰成的《玉壺遐覽》、《雙樹幻鈔》這最後兩部分，而《藝林學山》成於萬曆十九年七月，則陳序當作於十九年。由此推測《天中記》的鈔本可能是通過陳文燭得到的，時間可能在萬曆十七年至十九年間。這一點有助於推斷胡應麟輯録《搜神記》的時間，至少可以知道在萬曆十七年還未成書，尚在輯録過程中，但也可能還未動手。倘若大體估計一下，《搜神記》大約輯録於萬曆十七年前後至二十二年以前這段時間内。而胡應麟萬曆十七年編《二酉山房書目》時有可能《搜神記》已經開始輯録，雖未必已經成書，但仍予著録，但也可能是後來補入書目的。

至於上述疑點，可能是胡應麟在見到《漢魏叢書》八卷本後又將有關條目作了修訂，也可能是在刊入《祕册彙函》前由他人修補改動過。如「千日酒」一條，《漢魏叢書》本之「方見張目開口」，《稗海》本作「方見開目張口」，而二十卷本與《稗海》本同，然則此條似爲他人據《稗海》本所增。再考慮到八卷本及《天中記》的版本因素和抄寫的錯誤等因素，上述疑點也可以得到解釋。

《搜神記》輯本是何以被刻入《祕册彙函》的，范寧説「蓋其所刻當即胡元瑞之輯本而經由姚叔祥爲之介紹者也」。這個判斷很正確，因爲姚叔祥知道胡應麟輯有《搜神記》，而《祕册彙函》又恰是他和胡震亨一起編纂的。錢謙益《列朝詩集小傳》丁集《姚叟士粦》載：

> 士粦，字叔祥，海鹽人。與里人胡震亨孝轅同學，以奥博相尚，蒐討秦漢以來遺文祕簡，撰《祕册彙函》若干卷，跋尾各爲考據，具有原委。〔一〕

在這種情況下，姚士粦將胡應麟所輯《搜神記》編入《祕册彙函》是順理成章的事情。這裏還有一層緣故，就是姚、胡都是海鹽人，而干寶祖上自新蔡南徙後也居海鹽，胡震亨和海鹽知縣樊維城編纂《海鹽縣圖經》就載入干寶傳記，因此《彙函》收干寶《搜神記》不僅企圖以輯本冒充祕册，也是張揚本土人物之意。出自同樣的目的，胡震亨和樊維城在天啓三年（一六二三年）編印鹽籍人著作爲叢書《鹽邑志林》時也將《搜神記》收入（合爲上下兩卷）。

《祕册彙函》是隨編隨刊的，周本淳考證，胡震亨與姚士粦刻《祕册彙函》應始於萬曆二十六年戊戌，證據當是姚士粦《見只編》卷中所載：「余與吕錫侯有好書癖，嘗從武林書肆得書三種，曰《異苑》，爲六朝劉敬叔撰……因相與校訂，更從類書諸注少有補綴。……《異苑》爲胡孝轅與余録得，刻之《祕册彙函》。」及胡震亨《異苑題辭》：「戊子歲，余就試臨安，同友人姚叔祥、吕錫侯詣徐賈檢書……得劉敬叔《異苑》，是宋紙所抄。……易歸，

〔一〕上海古籍出版社一九八三年排印本，下册，第六五六—六五七頁。

各録一通，隨各證定訛漏，互録簡端。……又十年爲戊戌，下第南歸，與友人沈汝納同舟，出示之，復共證定百許字，遂稱善本。」按此年校定《異苑》，但刻《祕册彙函》未必就在此年。周本淳考證萬曆三十一年癸卯胡震亨與毛晉共同校定十九種罕見之書，刻成《祕册彙函》，證據是《漢雜事祕辛》、《李氏易解附鄭康成注》識語均有「癸卯」字樣〔一〕。但這也只能證明此年在刻《祕册彙函》，未必十九種書都已刻完。那麽《搜神記》究竟刻於什麽時候呢？考梅鼎祚萬曆三十二年甲辰編成的《才鬼記》，書中卷一凡引《搜神記》三篇，《段孝直》實見於八卷本卷二，《崔少府君女》轉引自《太平廣記》卷三六一，《劉伯文》轉引自《後漢書·五行志》注。如果不是梅鼎祚未見到胡刊《搜神記》的話，那麽就是當時《祕册彙函》尚未刊出《搜神記》。另外，陳禹謨所編《駢志》，有萬曆丙午（萬曆三十四年，一六〇六年）自序。書中引《搜神記》十一條，皆不同於胡刻本。又引《續搜神記》三條，都不作《搜神後記》，而且「宗淵」條胡刻本漏輯。凡此表明萬曆三十四年成書的《駢志》也未據胡刻本引用《搜神記》與《後記》，而是轉引前人書。這自然不能證明《搜神記》到萬曆三十四年後才刊行，不過推斷起來，應當説胡輯《搜神記》刊於胡應麟萬曆三十年死後是

〔一〕周本淳《胡震亨的家世生平及其著述考略》，《杭州大學學報》一九七九年第四期。

没有多大問題的，因爲二十卷本的問題太多，輯有大量未見諸書引作《搜神記》而見於他書的内容。筆者先前出於對文壇巨子胡應麟的信賴，曾推測胡應麟輯録《搜神記》可能有《搜神記》殘本做依據，在此基礎上依據類書進行補輯，就是爲了解釋這一疑問〔一〕。臺灣學者王國良則懷疑明代有《搜神記》殘本的説法，他認爲：「胡震亨等人輯刻《祕册彙函》，開始於萬曆三十一年，而胡應麟卒於三十年夏天，他所輯成的《搜神記》，會不會被出版界的朋友動了手脚，實在不敢説。」〔二〕現在看來王國良的看法很有道理，胡應麟定稿的輯本未必就是現在看到的二十卷本的樣子，很可能是在他死後由胡、姚等人重新作了增補，大量取入他書文字以充篇帙。一個可資參考的類似例證是《祕册彙函》中的《異苑》也未必是原書，可能是後人輯本，胡、姚等人在校訂時也加進去大量《異苑》之外的他書文字〔三〕。胡震亨《祕册彙函小引》云：「抄書舊有百函，今刻其論序已定者，導夫先路，續而

〔一〕見《唐前志怪小説史》初版第二八八頁。

〔二〕王國良《〈唐前志怪小説史〉評介》，《小説戲曲研究》第一集，第三六九—三七〇頁。

〔三〕王國良《魏晋南北朝志怪小説研究》下篇《羣書敍録・異苑》認爲：「今本乃明末好事者，自古注、類書中輯録出遺文，重加編排刊刻而成，既非相傳舊本，内容則係真者十之七八，贋者十之二三也。」臺灣文史哲出版社一九八四年版，第三二二頁。按：胡震亨、姚士粦所説在臨安得宋紙所抄《異苑》當不誣，確有舊本，蓋宋人所輯，胡、姚等人在此本基礎上加以增補，非如彼言僅校訂文字。

廣之。」所謂「論序已定」，其中就包含着對《搜神記》、《異苑》這類輯佚書的修訂工作。實際上胡震亨、姚士粦儘管輯録刊印了許多古書，號稱博洽，但據説也是作僞老手。《四庫全書總目》著録舊題齊陳仲子撰的《於陵子》，《提要》引用王士禛《居易録》云：「今類書中所刻唐韓鄂《歲華紀麗》，乃海鹽胡震亨所造，《於陵子》，其友姚士粦叔祥所作也。」〔一〕舊題宋鄭思肖《心史》，《提要》云：「徐乾學《通鑑後編考異》以爲姚士粦所僞託，其言必有所據也。」〔二〕另外，萬曆中屠喬孫、項琳、姚士粦校刊北魏崔鴻《十六國春秋》一百卷，實際是輯佚本。清王鳴盛《十七史商榷》卷五二稱：「屠喬孫還之刻，賀燦然爲序者，亦爲一百卷，乃喬孫與友人姚士粦輩，取《晉書·載記》、《北史》、《册府元龜》等書僞爲之，非原本。」輯録頗不規範，清湯球批評説，此本「自是僞譔」，「務爲誇多，凡關十六國者一概收入」，所以湯球「别爲輯本」，務求「信而有徵」〔三〕。儘管這些書未必都是向壁虚造的純僞之書，或輯録佚文而成，或整理舊本，但胡、姚等塞進去假貨，所以實際上也是半真半假的東西。這種情況和《搜神記》、《搜神後記》、《異苑》是非常相像的。

〔一〕《四庫全書總目》卷一二四子部雜家類存目。

〔二〕《四庫全書總目》卷一七四集部别集類存目。

〔三〕湯球《十六國春秋輯補敍例》，《叢書集成初編》排印《史學叢書》本。

另外還有一點，胡應麟在萬曆十七年己丑（一五八九）寫成的《莊嶽委談》，下篇有一段文字引述《搜神記》的董永故事，經對照是根據《太平廣記》卷五九所引《搜神記》引録的，只是爲節省文字略有删削。與二十卷本《搜神記》卷一的同一故事比勘，文字明顯有所不同，二十卷本諸如「千乘人，少偏枯」云云，「女出門」云云，實際都是根據《法苑珠林》、《太平御覽》所引《孝子傳》增補的。這似乎可以證明胡應麟的《搜神記》輯本在刊刻前確實被胡、姚等人動了手脚。不過，從胡震亨《搜神記引》中所提到的秦閔王女和謝鎮西兩段皆不當出干寶之手來看，此二條可能是胡應麟自己誤輯的。胡應麟原輯本大概質量也不高，經胡、姚等人校訂後就更糟糕了。

胡輯本原稿分没分卷分多少卷不得而知，但未必就已分爲二十卷，因爲既然增補了大量内容，必然在卷帙分析上有變，故疑二十卷是胡、姚等人增補修訂後所分。胡震亨等編刊《鹽邑志林》，《搜神記》則合爲二卷，這也説明《搜神記》輯本分卷本來就不是早已確定好了的。

干寶《搜神記》原書三十卷，輯本則爲二十卷。按《晉書·干寶傳》所載《搜神記》卷數，不同版本有二十卷和三十卷之異，中華書局點校本以金陵書局本爲工作本，作三十卷，《册府元龜》卷五五五《國史部·採撰一》及《晉書斠注》等俱同。然王謨《搜神記跋》

引《晉書》本傳作二十卷，且以證《隋唐志》三十卷之誤，魯迅《中國小説史略》、余嘉錫《四庫提要辨證》亦均稱《晉書》干寶本傳作二十卷，今本卷數與本傳合。而《晉書》武英殿聚珍版本、《四庫全書》本等恰均作二十卷。胡震亨、姚士粦等所見《晉書》版本必是作二十卷，所以也編定爲二十卷，以充全帙。

七、胡應麟輯録《搜神後記》考

《搜神後記》是《搜神記》的續書，唐宋類書多稱作《續搜神記》。《隋書·經籍志》雜傳類著録《搜神後記》十卷，陶潛撰，《日本國見在書目録》雜傳家同。兩《唐志》及宋元書目，除《通志·藝文略》傳記類冥異屬據《隋志》著録外，皆無載。《太平廣記》、《太平御覽》多引之，然《紺珠集》、《類説》未有摘録，看來該書亡於宋。元末陶宗儀《説郛》卷四摘録晉陶潛《續搜神記》三條，陶氏於所取之書皆於書題下標明原書卷數，此書未標，當是轉據類書而摘，非見原書。

《祕册彙函》中也刊入《搜神後記》，十卷，題晉陶潛撰，撰名同《隋志》。後版歸毛晉，刊入《津逮祕書》。《祕册彙函》也没有交待《搜神後記》版本來歷，沈士龍《搜神記小引》云：「至於《後記》，多後人附益，絶非元亮本書。如元亮卒于宋元嘉四年，而有十四、十六年等事。《陶集》多不稱宋代年號，以干支代之，何得書永初、元嘉？又諸葛長民與宋武，比肩晉臣也，陶必不謂伏誅。凡此數事，皆不可不與海内淹贍曉辯之也。」胡震亨《搜神記小引》云：「若淵明《後記》，梁皎法師稱其傍出高僧，叙其風素，王曼穎報書亦云高僧行跡糅在元亮之説。今記中僅佛圖澄、曇遊二人，應散佚不少。」只指出《後記》内容多後人附益及散佚不少，但都没有説此十卷本是後人輯本。《四庫全書總目》卷一四二小説家類三《搜神後記》提要稱「今所傳刻者猶古本」，「題陶潛撰者固妄，要不可謂六代遺書」。周中孚《鄭堂讀書記》卷六六小説家類據《津逮祕書》著録，本《四庫提要》爲説，認爲「所記詞致雅飭，體例嚴整，實非鈔撮補綴而成，當由隋以前人所依託，與世所傳干氏《搜神記》固迥然不侔矣」。余嘉錫《四庫提要辨證》卷一八也舉《法苑珠林》所引《續搜神記》或《搜神續記》「多大同小異」爲證，以爲「益可證古本無大異同」。

范寧在《論魏晉中國小説的傳播和知識分子思想分化的關係》中則明確指出今本「實非原帙」，他舉卷七「劉聰」條「聰后劉氏産一蛇一獸」，《魏書》卷九五《劉聰傳》「獸」作「虎」，以爲唐人撰修《晉書》避諱改「虎」爲「獸」，此處顯係抄襲《晉書》原文〔一〕，又舉《玉

〔一〕按：此條實抄自《晉書·五行志中》。唐高祖李淵祖名虎，故唐初避虎字。

燭寶典》卷十引「鈎鴿」條不見今本，他認爲今本是趙宋後人輯録的。王國良也以爲今本乃輯本，説是「明季始有好事者收集古注類書所引遺文，重加編排刊行」〔一〕。汪紹楹校注《搜神後記》，依其校注《搜神記》例，逐條一一考證所出，認爲「本書亦出後人纂輯，中有竄亂」〔二〕，與二十卷本《搜神記》屬同樣性質。

今本《後記》確實是後人所輯，輯録質量也很差，因而留下許多疑點，使人懷疑《後記》究竟是不是陶潛所作。《四庫全書總目提要》引沈士龍跋，即認爲「其爲僞託，固不待辨」，周中孚《鄭堂讀書記》亦以爲「依託」之書，都是認爲它是後人託名陶潛。魯迅在《中國小説史略》中也十分明確地説：「續干寶書者，有《搜神後記》十卷。題陶潛撰。其書今具存，亦記靈異變化之事如前記，陶潛曠達，未必拳拳於鬼神，蓋僞託也。」《中國小説的歷史的變遷》中也説：「至於《搜神後記》，亦記靈異變化之事，但陶曠達，未必作此，大約也是別人的託名。」《四庫提要》和魯迅的説法影響很大，《搜神後記·出版説明》即引述上述觀點，稱本書爲「贋撰嫁名」之作。書中卷八「盛道兒」條爲宋元嘉十四年事，而此條

〔一〕《魏晉南北朝志怪小説研究》，第三二一頁。
〔二〕中華書局一九八一年版，第一四八頁。

《太平廣記》卷三二五引作《搜神記》，汪紹楹校云「當是《續搜神記》」，陶潛卒於元嘉四年〔一〕，汪紹楹之所以未説明此條非屬本書，自然也是認爲本書並非陶潛所作。其實，誠如范寧所説：「這部書舊題陶淵明作，有人懷疑這個説法靠不住，但無確證。」上述種種證據實際都難成立。書中固然有元嘉四年後事〔二〕，但類書引録多誤書名，或者爲後人增益，這都是常見現象。説《陶集》多不稱宋代年號，以干支代之，這是沿襲了《宋書》本傳的不合事實的説法，前人早已有辨〔三〕。至於説陶潛曠達，殊不知陶潛也喜讀古怪之書，「泛覽《周王傳》，流觀《山海圖》」〔四〕者便是，此亦正顔延之《陶徵士誄》之所謂「心好異書」，因此陶潛未必没有拳拳於鬼神的時候。相反，説陶潛撰《搜神後記》倒有許多旁證。梁釋慧皎在《高僧傳序》中已經説過：「臨川康王義慶《宣驗記》及《幽明録》、太原王琰《冥祥

〔一〕陶潛卒年見《晉書》卷九四、《宋書》卷九三、《南史》卷七五本傳及顔延之《陶徵士誄》、蕭統《陶淵明傳》、佚名《蓮社高賢傳》。

〔二〕除元嘉十四年，卷一〇又有元嘉二十三年事，但無十六年，沈士龍有誤。

〔三〕參見清王士禛《池北偶談》卷一二《談藝二·陶詩甲子辨》，中華書局點校本，一九八二年版，上册，第二九三—二九四頁。

〔四〕《陶淵明集》卷四《讀山海經十三首》其一，中華書局一九七九年版，第一三三頁。按：《周王傳》即《穆天子傳》，《山海圖》即《山海經》，皆戰國古小説。

記》、彭城劉悛《益部寺記》、沙門曇宗《京師寺記》、太原王延秀《感應傳》、朱君台《徵應傳》、陶淵明《搜神録》，並傍出諸僧，叙其風素，而皆是附見，亟多疎闕。」《高僧傳》附王曼穎與慧皎書亦稱：「兼且攙出君台之記，糅在元亮之説，感應或所商榷，幽明不無梗槩，汎顯傍文，未足光闡。」「元亮之説」指的就是陶潛（字元亮）《搜神録》。此後，隋蕭吉《五行記》「車甲」條也引自陶潛《搜神記》（《太平廣記》卷四四三引）。唐初釋道宣《集神州三寶感通録》卷下《神僧感通録》著録有《搜神録》，下注陶元亮，釋法琳《破邪論》卷下亦載：「晉中書侍郎干寶撰《搜神録》，彭澤令陶元亮撰《搜神録》。」自梁至唐初都衆口一詞地提到陶潛《搜神録》〔一〕，應當是真實可信的，只不過佛徒把《搜神記》、《搜神後記》都稱作《搜神録》，書名相混。實在不應剥奪陶潛對《搜神後記》的著作權，清人王謨早已感歎前人編次陶集於此書「棄而不省」，不過那主要不是出於「漫以爲稗官小説」的輕視，而是根本就不認爲是陶潛的作品〔二〕。

〔一〕元釋覺岸《釋氏稽古略》卷二亦載：「靖節先生陶元亮，在晉名淵明，在宋名潛，世號靖節先生。侃之曾孫也。宅邊樹五柳，著《五柳先生傳》以自況。爲彭澤縣令，是年卒，壽六十三歲。居江州路德化縣柴桑山近栗里。嘗著《搜神録》，載佛靈跡。」

〔二〕《增訂漢魏叢書·搜神後記跋》。按：《增訂漢魏叢書》所收《搜神後記》是《唐宋叢書》的二卷節録本。

《搜神後記》與《搜神記》同時刊於《祕册彙函》，這就使人不能不懷疑它也是原由胡應麟輯録的，並且也經過了胡震亨等人的修訂。實際上輯録《搜神記》絶對要涉及到《後記》，因爲二書密切相關，一個顯著現象是類書古注等在引用時常常是同一條目此作《搜神記》彼作《續搜神記》，或者是本屬干書而誤作陶書，本屬陶書而誤作干書，這樣在輯録時就不能不加以甄别辨析。既然如此，既然輯録干書的過程實際也包含着對陶書佚文的搜集整理，也就是説雖爲二書但却是一個統一的操作過程，那麽在輯録干書的同時也輯録陶書，實在是順理成章的事情，再説陶書佚文並不很多。

這裏可以舉出一些具體事例證明二書的輯録出自一手。今本卷五「白水素女」，《藝文類聚》、《北户録》、《太平御覽》、《太平廣記》、《太平寰宇記》、《三洞羣仙録》、《類説》都引作《搜神記》，無一書作《續搜神記》，但是偏偏二十卷本《搜神記》未輯而輯入《後記》。原來諸書所引原作「晉安侯官人謝端」，晉安指晉安郡，侯官是其屬縣，可是輯録者誤將晉安理解成晉安帝，遂在「安」字下妄加「帝時」二字，而干寶在晉安帝時已亡，所以輯録者便輯爲陶書。顯然，只有同一人輯録二書才會出現這種情況。又如，吴猛的幾件事迹，諸書所引或作《搜神記》或作《續搜神記》，輯録者分别輯入《搜神記》卷一和《後記》卷二，絶不重復，比如吴猛至孝一節輯入《後記》，儘管《太平御覽》、《事類賦注》多處引作《搜神記》，

《搜神記》也不再輯録。再如,「趙固」、「吴望子」、「盧充」三條,諸書所引也不一致,而文字詳略不同,輯録者二書俱輯,但都是一簡一繁,文字絶不兩相重復。

從二書的體例編排上看,都是同類題材集中在一起,而題材的編排次序,《後記》大體是卷一神仙,卷二道術,卷三徵應,卷四復生及化物,卷五神靈,卷六鬼,卷七卷八妖怪,卷九卷十動物及精怪。《搜神記》的題材比《後記》豐富,就與《後記》相類似的題材看,排列次序是:神仙、道術、神靈、妖怪、徵應、復生、鬼、精怪、動物,雖有調整但大體是差不多的。

凡此都表明胡應麟在輯録《搜神記》時同時也輯録了《後記》。胡氏書目中之所以没有著録《搜神後記》,筆者猜想有兩個可能:一個是《後記》成書晚,還没有來得及著録;一個是《後記》附在《搜神記》後面,因此只著録了干寶書。《後記》輯本中也大量輯録進他書文字,自然也是胡震亨、姚士粦等人動了手脚的結果[一]。

八、今本《搜神記》及《後記》所存在的問題

今本《搜神記》及《搜神後記》的輯録修訂質量很差,確如魯迅所説,都是「半真半假」

〔一〕王國良謂明季好事者收集古注類書所引遺文重加編排刊行,所指當即胡震亨、姚士粦之輩。

的書。其問題主要有如下若干方面。

（一）大量輯入他書内容。今本《搜神記》凡輯四百四十六條，而竟有一百四五十條未曾見古書引作《搜神記》或《續搜神記》。當然明人所見書比今人要多，但明代以前古書未必比我們能多看到多少，而《搜神記》及《後記》的佚文却基本上是保存在宋代及宋代以前古書中的，因爲《搜神記》及《後記》在宋代已經散佚了，因此可以肯定這批條目基本上都是出自他書。加上其他情況的誤輯，出自他書的條目（不包括應爲《後記》者）共一百五十一條，占了輯本全部的三分之一還多，這是很令人吃驚的。《後記》凡輯一百一十六條[一]，出於他書者（《搜神記》除外）二十四條，占了近五分之一，比例也不小。輯入他書條目，具體情況約略有五種：

第一，沿襲據輯書出處之誤，失於考辨。如《搜神記》卷四「河伯婿」條實出《幽明録》，《法苑珠林》引文錯亂，誤作《搜神記》。卷一〇「審雨堂」條見於《紺珠集》、《類説》、《説郛》所摘《搜神記》，但實出唐末焦璐《窮神祕苑》引北朝無名氏《妖異記》，而爲《紺珠集》等所誤取。卷二〇「建業婦人」條《太平廣記》誤作《搜神記》，實出北宋徐鉉《稽神

[一]《學津討原》本卷四增輯宋士宗母化黿一條，爲一百一十七條。

録》，今存《稽神録》輯本卷四有此條。《後記》卷六「盛道兒」條《廣記》引作《搜神記》，卷一〇「尹兒」條《太平御覽》引作《續搜神記》，然此二事在元嘉十四年及二十三年，均爲干寶、陶潛身後事，若非出處有誤，則定屬後人增益。凡此輯録者都未加甄别而輯入。

第二，因書名相似而將他書誤作本書。如前文提到的「費孝先」條便是將《搜神祕覽》誤作《搜神記》而輯入。

第三，據輯書引文係綴合幾種書而成，輯録者未加辨析而誤輯。如卷五「劉赤父」、「韓王劉三子」、「虎暴」三條輯自《太平廣記》卷二九三《蔣子文》，《廣記》注「出《搜神記》、《幽明録》、《志怪》等書」，乃綴合衆書所記蔣子文事而成。而「劉赤父」條和「韓王劉三子」條《法苑珠林》均引作《志怪傳》，「虎暴」條年代在干寶後，亦應出《志怪傳》或《幽明録》。屬於《搜神記》的只有首節記蔣死後封神一事。卷一二「蛇蠱」條輯自《廣記》卷三五九，末注「出《靈鬼志》及《搜神記》」，乃組合二書而成。而據《太平御覽》卷七四二，本條出《靈鬼志》。凡此輯録者亦未作深辨而誤輯。

第四，誤輯八卷本《搜神記》，如「楚僚」、「李信純義犬」、「唐父喻」、「辛道度」、「千日酒」等事，前文已有討論。

第五，濫取他書假冒，絶大部分條目都屬這種情況。如果説前四種情況是屬於不考之過，尚可理解的話，那麽這種情況就不能不説是一種作意造假的鄙妄行徑了。具體條目詳見本書的附録《舊本〈搜神記〉僞目疑目辨證》及《舊本〈搜神後記〉僞目疑目辨證》。

有些條目雖《搜神記》原書確有其事，但輯録者實際上並没有發現佚文，而是濫取他書所記的同一故事，這實際上也是做假。例如，卷四「如願」條，《歲華紀麗》卷一注引有《搜神記》佚文，但今本乃據《初學記》卷一八引《録異傳》輯録，而《録異傳》與《歲華紀麗》所引並不相同。卷七「晉陵東門牛」條，今本全據《晉書·五行志下》輯録，不知《開元占經》卷一一七引有詳細佚文。卷一八「董仲舒」條，《太平廣記》卷四四二、《太平御覽》卷九一二、《記纂淵海》（萬曆重編百卷本）卷九八、《天中記》卷三又卷六〇引作《幽明録》，《琱玉集》卷一二引作《前漢書》，《歲華紀麗》卷二無出處。《分門集註杜工部詩》卷一一《五盤》「野人半巢居」泰伯（李覯）注曰：「《搜神記》云『巢居知風』。」是則《搜神記》亦有此事，《幽明録》蓋採自《搜神記》。今本文字與《記纂淵海》引《幽冥録》全同，蓋據《記纂淵海》輯録。

（二）正續書誤輯，本屬干書的輯爲陶書，本屬陶書的輯爲干書。以干書誤爲陶書的，前文所舉「白水素女」條便是一個典型例證；以陶書誤爲干書的，如卷九「庾亮」、卷一〇「謝奉」、卷一五「馬勢婦」、卷二〇「東興人」，前三條時代皆在干寶後，「東興人」則《太平廣記》卷一三一已經注明出《搜神後記》。

（三）同一條目正續書皆輯。前文已經提到，「趙固」、「吴望子」、「盧充」三事，二書皆輯，只是文字詳略不同。另外「曹公載妓船」也是二書並輯，只不過二者所依據的是不同的引文。「曹公載妓船」《北堂書鈔》卷一三七，《藝文類聚》卷四四，《法苑珠林》卷三六，《太平御覽》卷七五、卷七六九，《太平寰宇記》卷一二六皆引作《續搜神記》，又見《説郛》卷四晉陶潛《續搜神記》；《太平御覽》卷九八一引作《搜神記》，當誤。又載於《太平廣記》卷三二二引唐《廣古今五行記》。今本《後記》據《御覽》卷七五等輯入本條，而又輯入《搜神記》，主要據《廣古今五行記》），一事而兩見，甚誤。

（四）漏輯。輯録者主要依據歷代類書，搜羅範圍並不很廣泛，因而漏輯現象嚴重。汪紹楹補輯《搜神記》佚文三十四條，《後記》佚文六條，其中《搜神記》佚文雖有不當者，但也可看出遺漏是不少的。本書所輯《搜神記》，較舊本新增四十七條，《後記》新增八條。具體條目參看附録《〈搜神記〉新舊本對照表》及《〈搜神後記〉新舊本對照表》。

（五）校輯資料不全，因此輯文不完備或有誤。此中原因也是因爲輯録者閲書不廣或檢書粗疏，並未掌握佚文的全部資料。例如，《搜神記》卷六「孫休服制」條，今本據《宋書·五行志一》或《晉書·五行志上》輯録，而《開元占經》卷一一四所引末多「故歸命放情於上，百姓惻於下之象也」十五字，比今本所輯完備。卷一三「湘穴」條，輯録者只據《太平廣記》卷三七四輯録，而未據《太平御覽》卷一一所引佚文校補，因此輯文不完善。同卷「孔寶（竇）」條，今本主要據《北堂書鈔》卷一五八輯録，而遺漏《史記》卷四七《孔子世家正義》引干寶《三日紀》（《晉紀》之誤），因此末漏「今俗名女陵山」一句。卷一六「文潁」，僅據《廣記》卷三一七輯録，没有搜集到《法苑珠林》卷三二和《文選》卷二三王粲《贈文叔良》注所引佚文，因此文潁的字本是「文良」，《廣記》誤作「文長」，「注送民之神」《廣記》誤作「汪芒氏之神」，今本均從而誤之。同卷「鵠奔亭」條，今本輯自《太平御覽》卷八八四，而《太平寰宇記》卷一五九亦有引用，今本輯録者未用此書，因此遺漏了結末「初掘時，有雙鵠奔其亭，故曰鵠奔亭」這幾句話〔一〕。又如，今本《後記》卷六「李子豫」條，當據《太平御覽》卷七四一、《太平廣記》卷二一八、《天中記》卷四〇輯録，《歷代名醫蒙求》卷下亦引此條，今本輯録者未掌握此條材料。其中「許永爲豫州刺史」一句，《歷代名醫蒙求》「許」作「路」。根據《晉書》記載，路永東晉咸康元年爲龍驤將軍，戍牛渚（《成帝紀》），永

〔一〕拙著《唐前志怪小説輯釋》以爲此數句「似非本文，當係樂史語」，説非。上海古籍出版社一九八六年版，第二七八頁。修訂本已補入正文。二〇一一年版第三三七頁。

和元年爲豫州刺史，叛歸石虎（《穆帝紀》）。可見作「許永」是錯的。卷九「鹿女脯」條，今本當據《初學記》卷二九、《太平御覽》卷九〇六、《天中記》卷五四輯録，而《太平廣記》卷四四三引《五行記》引陶潛《搜神記》此條，文字詳備，今本未據輯録。

（六）輯校佚文時綴合他書，也就是依據他書妄作補綴，造成條目文字的半真半僞。這種情況也非常嚴重。例如，今本《搜神記》卷一「薊子訓」條，結末「見者呼之曰」云云是依據《後漢書·方術列傳·薊子訓傳》補輯。「介琰」條，惟見《初學記》卷一八有引，今本實是據《洞仙傳》之《介琰》、《杜契》二傳（《雲笈七籤》卷一一〇、卷一一一），《真誥》卷一三及《初學記》綴合而成，而且文字訛誤頗多。「鉤弋夫人」條，綴合《太平御覽》卷五四九引《搜神記》及《御覽》卷一三六引《漢武故事》而成。卷二「壽光侯」條，綴合《法苑珠林》卷三一引《搜神記》及《太平廣記》卷一一引《神仙傳·劉憑》而成。「李少翁」條，據《漢書·外戚傳上》濫爲補輯，而有訛誤。卷四「陰子方」條，據《風俗通義·祀典》補綴，卷一七「張漢直」條據《太平廣記》卷三一六輯録，亦綴入《風俗通義·怪神》若干文句。卷四「糜竺」下有「字子仲」等十六字，乃據《蜀書·糜竺傳》妄補。卷六「下密人生角」條，「至晉武帝泰始五年」云云，乃據《晉書·五行志下》濫補。卷一一「郭巨」條，比《藝文類聚》卷八三所引多「隆慮人，一云河内温人」九字，蓋據《萬姓統譜》卷一一九及《法苑珠林》卷四九引劉向《孝子傳》，《太平御覽》卷四一一引劉向《孝子圖》及卷八一一引宋躬《孝子傳》增補。「徐栩」條，除據《太平御覽》卷二六八所引輯録外，又從《藝文類聚》卷一〇〇引謝承《後漢書》補入一段。「白虎墓」條，《北堂書鈔》卷三五、《太平御覽》卷五三〇所引本無白虎事，而見於《書鈔》卷一〇二、《御覽》卷八九二、《天中記》卷六〇引《陳留耆舊傳》，今本據此補綴。「周暢」條，輯自《太平御覽》卷三五、卷三七〇所引，又綴合了《後漢書》卷八一《獨行列傳·周嘉傳》中文字。卷一三「土蜂」條，據《博物志》卷四《物性》妄補十多字。卷一六「温序」條，所叙温序自刎一節，是依據《藝文類聚》卷二〇引《續漢記》增補。卷九「庾亮」條，乃綴合《世説新語·傷逝篇》注引《搜神記》及《太平廣記》卷三二一引《甄異録》而成，又據《晉書》卷三二《明穆庾皇后傳》補入籍貫。而且，誤將庾亮謚號文康當作字，妄補「字文康」三字，其實是字元規。此條本不屬干書，應出陶書，輯録者不察，誤從《世説》注。一條就出現不少錯誤，典型地反映出輯録的僞濫。又如，今本《後記》卷一「丁令威」條，依據《藝文類聚》卷九〇等輯録，但開頭「丁令威，本遼東人，學道於靈虚山。後化鶴歸遼，集城門華表柱」二十四字，乃據《輿地紀勝》卷一八補綴。卷五「桓大司馬」條，輯自《太平御覽》卷三八二，但中間又從《晉書》卷九八《桓温傳》補入一段。輯録者據他書濫補，其意在求叙事的完整和詳盡，但這樣做的結果是嚴重失真。

（七）據他書不據佚文。諸書所引佚文文字簡略，或僅爲片斷，輯録者遂往往依據他書所載同一事而易之。例如，今本《搜神記》卷一一「葛祚」條，未據《法苑珠林》卷六三所引佚文輯録，而是依據《太平廣記》卷二九三引《幽明録》。《幽明録》所記本於《搜神記》，因此用此以乙易甲之法雖難稱善，倒也不至於失真過多，但許多情況是輯録者所取以代替的文字並不完全吻合本文，常常是事同文異。例如，卷六「狗彘交」條，佚文本見於《法苑珠林》卷三一引，今本乃易以《漢書·五行志中之上》所載。干書固然本於《漢志》，然非照録，檃栝大意而已。今本照鈔《漢志》，非常不妥。卷一三「餘腹」條，今本未據《北堂書鈔》卷一四五、《太平御覽》卷九三八輯録，而轉據《初學記》卷三〇引《南越記》及《博物志》卷三輯録。「焦尾琴」條，《藝文類聚》卷四四、《太平御覽》卷五七七、《事類賦注》卷一一等有引，今本未據輯録，而是依據《後漢書》卷六〇下《蔡邕傳》改寫而成。卷一六「紫玉」條，是據《太平廣記》卷三一六引《録異傳》輯録，與《藝文類聚》、《太平御覽》、《吴郡志》等所引《搜神記》佚文並不完全相吻。卷二〇「隋侯珠」條，原見《藝文類聚》、《太平御覽》、《太平廣記》、《太平寰宇記》、《事類賦注》等徵引，《天中記》卷五六引作《説苑》、《搜神記》、《水經注》，乃綜合諸書而成。今本乃據《天中記》輯録，只是據《類聚》、《廣記》稍有補綴。以上提到的《法苑珠林》等等唐宋類書，都是輯録者利用的文獻，所引《搜神記》

佚文不可能没有看到，輯録者捨棄易以他文，完全是有意爲之。

另一種情況是，今本還有一些條目之所以與佚文文字不同，不是以乙易甲的結果，而是由於輯録者涉獵未廣，這些佚文實際没有發現，今本所載實是妄取他書，和造假無異。前文已經談到這一情況，並舉出一些例證。又如卷二〇「楊寶」條，佚文本見於唐寫本類書殘卷伯二五二四號、斯七十八號及斯二五八八號《報恩篇》引。輯録者不可能見到敦煌書，其所輯實取自《續齊諧記》，純係作僞。

（八）據他書妄改佚文原文。例如，今本《搜神記》「河間郡男女」條，《法苑珠林》卷七五等所引作「廷尉奏以精誠之至」，今本據《宋書·五行志五》、《晉書·五行志下》改「廷尉」爲「祕書郎王導」。其實《宋志》、《晉志》所記乃别一傳聞，時代不同，非本《搜神記》。妄改的結果是造成史實的乖錯。此條其他文字也有依據《宋志》、《晉志》濫改的情況。

（九）誤輯他文。輯録者將佚文與引用者語相混，造成誤輯。例如，今本《搜神記》卷六「山徙」條，輯自《法苑珠林》卷六三。《珠林》「此二事未詳其世。《尚書·金縢》曰」云云一大段議論實乃《珠林》編纂者道世語，今本將此節連帶輯入，又從《廣記》卷二一一《孫思邈》補入一段，頗誤。《珠林》卷六三引《搜神記》「司中司命風伯雨師」，下有案語「案《抱朴子》曰河伯者」云云，當是《珠林》卷七五所引《搜神記》「河伯」條所加案語，而錯簡於此。今本卷四「河伯」條所輯，誤入案語中文字。卷一一「韓憑」條，從《嶺表録異》輯入「南人謂此禽即韓憑夫婦之精魂」一句，其實是《嶺表録異》作者劉恂語，非干寶原文。

（十）隨意增益文字。如今本《搜神記》卷一六「蘇娥」條，「然壽爲惡首」句中的「首」字，諸書所引皆無。龔壽一人殺人，不得謂「惡首」，乃妄增。「秦巨伯」條，「鬼動作不得」的「鬼」字亦妄增，《太平廣記》卷三一七引無。

（十一）隨意妄改和誤改文字。如今本《搜神記》卷一「彭祖」條，從《列仙傳》補入「姓錢名鏗，帝顓頊之孫，陸終氏之中子」一節，而妄改「籛」姓爲「錢」。「平常生」條，《法苑珠林》卷三一引「穀城鄉卒常生」，輯録者據今本《列仙傳》卷上改「卒」爲「平」，則以平爲姓。殊不知《北堂書鈔》卷七七《卒篇》引《列仙傳》作「卒」，是應作「卒」。常生初爲鄉卒，其後復爲市門卒，故稱作卒常生，常爲其姓。卷一四「袁劍」條，輯自《北堂書鈔》卷一五八，「袁」應作「爰」。其中「諸羌神之，推以爲豪」的「豪」字，今本改作「君」，蓋不知豪乃首領，《後漢書·西羌傳》即云「其後世世爲豪」。卷一九「謝非」條，《太平廣記》卷四六八所引「往石城治買釜」一句，今本改作「往石城買冶釜」。石城冶乃吴建業石城鑄冶之所，輯録者不知石城冶之義遂妄改。同卷「李寄」條，中云：「祭以牛羊，故不得禍。」「禍」字《法苑珠林》卷三一及《太平御覽》卷四四一皆引作「福」，意思是以牛羊祭祀，蛇怪不肯賜福，欲得童女而食。今本改作「禍」，是不明文意。今本《後記》卷六「王戎」條，輯自《太平廣記》卷三一九，《廣記》原文「君神明清照，物無隱情，亦有身」，身者言身份地位，輯録者不明此意，遂妄改爲「事」。「可乘青牛，令髯奴御之，及乘白馬，則可禳之」，今本「青牛」妄改「赤車」，乃不知古以青牛、髯奴制鬼。見前文所言鬼乘赤馬車，遂妄改爲「赤車」。

（十二）疏於考辨校勘，造成錯誤。例如，今本《搜神記》卷五「丁姑」條，「九月九日乃自經死」一句，據《太平廣記》卷二九二及《太平寰宇記》卷一二八所引，應作「九月七日」。「安處不著船中」一句，「不」字衍，《廣記》明鈔本及清孫潛校本無此字，今本承談愷刻本之誤。卷九「應樞」條，據《北堂書鈔》卷八七、《藝文類聚》卷三九、《初學記》卷一三、《太平御覽》卷五三二等所引及《後漢書》卷四八《應劭傳》，「應樞」應作「應嫗」。而《太平廣記》卷一三七引《孝子傳》訛作「應樞」。今本主要據《廣記》輯録，承誤未改。「生四子而盡」，「盡」字應作「寡」，《類聚》訛作「盡」，今本亦沿其誤。同卷「劉寵」條，《法苑珠林》卷三一，《太平廣記》卷三五九，《太平御覽》卷八八五、卷九四四有引，又《廣記》卷一四二亦引《法苑珠林》。《御覽》及《廣記》卷三五九作「劉寵」，今本從之。其實據《晉書》卷八一《蔡豹傳》，應作「留寵」。同卷「張顥」條，「爲梁州牧」應爲「爲梁國相」，後漢無梁州而有梁國。今本依據《太平御覽》卷五一所引未作校正。卷一七「虞定國」條，輯自《太平廣記》卷三六〇，據晉虞預《會稽典録》，應作「虞國」。今本未事考辨而沿誤不改。卷一〇「張奂妻」，輯自《太平廣記》卷二七六，「其妻夢帶奂印綬」一句，《廣記》「帶奂」訛作「帝與」，今本亦同。據《東觀漢記》卷二一《張奂傳》、《三國志·魏書·龐淯傳》注引《典略》、《後漢書》卷六五《張奂傳》，作「帶奂」爲是，輯録者未作校改。卷一一「白虎墓」條，承《北堂書鈔》卷一〇二引《陳留耆舊傳》之誤，以「枝江」爲「湘江」，未能依據《水經注》卷三四《江水》等校改。卷一六「盧充」條，中云「見一犢車，駕青衣」，以女僕駕犢車非常荒唐。「衣」字乃沿談愷刊本《太平廣記》卷三一六之訛，明鈔本作「牛」，《法苑珠林》卷七五亦引作「牛」。卷五及今本《後記》卷五「吴望子」條，其中的「蔣侯」，《北堂書鈔》卷一四五、《太平御覽》卷九三六均引作「蘇侯」，而《法苑珠林》卷六二、《初學記》卷二八引作「蔣侯」。蔣侯即蔣子文，吴封，祠在建康。而吴望子所遇之神在會稽，當爲蘇侯神。《宋書·禮志四》：「蔣侯，宋代稍加爵，位至相國、大都督、中外諸軍事，加殊禮，鍾山王。蘇侯，驃騎大將軍。」輯録者未事考辨，誤從《珠林》等。

（十三）文字脱衍訛誤。例如，卷二「介琰」條，「杜」下脱「契」字，杜契爲人名。卷四「胡母班」條，「字季友」之「友」字爲「皮」字之訛。卷五「蔣子文」條，「壥蝨」乃「鹿蝨」之訛。卷七「牛生子二首」條，「東門」乃「陳門」之訛。卷一二「史滿女」條，「零陽」乃「零陵」之訛。卷一三「孔竇」條，「孔竇」乃「孔竇」之訛，「空乘」乃「空桑」之訛。卷一五「賈偊」條，「偊」字乃「偶」字之訛。「火浣布」條，「火性酷裂」之「裂」字乃「烈」字之訛。如此等等，不勝枚舉。

（十四）條目分合不當。例如，今本《搜神記》卷二一徐登趙炳之事輯爲三條，其實本爲一條。《北堂書鈔》卷一四五、《藝文類聚》卷一九等所引爲片段，今本將《後漢書·徐登傳》所載割裂爲三段輯入。《法苑珠林》卷七〇所引漢文帝時馬狗生角之事，原爲一條，《漢書·五行志下之上》亦爲一條，今本卷六據《漢志》輯録，而分作二條。「挽歌」一條，《北堂書鈔》卷九二及《初學記》卷一四各引一段，今本分别輯入卷六、卷一六，不妥。

可以看出，今本《搜神記》及《後記》的問題非常嚴重，確實是半真半假的書。遺憾的是自從胡震亨等將二書刊行以來，許多人未能識破廬山真面，當作真本、善本來使用。筆者在查閲《四庫全書》本《法苑珠林》、《太平御覽》等書時就不時發現四庫館臣用通行的今本《搜神記》亂改原書的現象，如前文提到的「河間郡男女」條，《太平御覽》卷八八七有引，《四庫全書》本「廷尉」作「祕書郎王導」，可能就是四庫館臣依據今本《搜神記》妄改。而在今天，儘管魯迅早就揭破《搜神記》「半真半假」的性質，儘管汪紹楹校注也指出書中存在的大量問題，但還有不少人不加辨析地使用它，甚至作爲校勘古籍的可靠資料。中華書局出版的《法苑珠林校注》〔一〕，據責編講，共補充校記兩千餘條。責編説：「《法苑珠林》所援引之書大多存世，用這些典籍作他校，可改正之處亦甚多。」〔二〕其中據通行本《搜神記》校改處極衆，但是由於不知通行本之僞劣，所以造成不少校勘錯誤。如：卷三一引《搜神異記》「轂城鄉卒常生」條，誤將「卒」改作「平」。《珠林》各本皆作「卒」，本無錯誤。卷三二引「變化」條「木精則仁，火精則禮，金精則義，水精則智，土精則恩」，《校注》據通行本改「精」爲「清」，又改「恩」爲「思」，亦是誤改。其實《搜神記》此段話本《禮記·中庸》鄭玄注：「木神則仁，金神則義，火神則禮，水神則信，土神則知。」「神」、「精」一義。通行本屬妄改，校注者反據以改之。同卷引「文潁」條，云：「棺木溺，漬水處半燥。」半燥即半乾半濕，通行本脱「燥」字，《校注》據通行本删「燥」字，致使文意不通。又云：「屈明日暫住須臾，幸之，相遷高燥處。」《校注》據通行本改「幸之」作「幸爲」。其實「幸之」就是到我這兒來的意思，下文也有「幸之」一語。又云：「今屬注送民之神。」通行本據《太平廣記》作「汪芒氏之神」。《校注》亦依據通行本校改。此皆不明「注送民之神」爲何義而

〔一〕周叔迦、蘇晉仁校注。中華書局，二〇〇三年版。

〔二〕毛雙民《個中甘苦心自知——〈法苑珠林〉編輯瑣談（上）》，《書品》，二〇〇四年第二輯。

致誤，「注送民」即注死送生者，冥神也。而「汪芒氏」出《國語·魯語下》，乃「守封、嵎之山者」，韋昭注：「封，封山，嵎，嵎山。今在吴郡永安縣也。」卷七〇「周哀公八年鄭女（原訛作『人』）生四十子」條，據《開元占經》卷一一三引《紀年》，「周哀公」應作「魯哀公」，通行本《搜神記》改作「周哀王」，《校注》亦據而改之。其實據《史記·周本紀》載，周哀王在位才三月，安得云八年？《四庫全書》本亦作「周哀王」，當亦據通行本妄改。凡此都是《法苑珠林校注》依據《搜神記》惡本改壞原書的例證。由於校注者或責編以爲通行本是真本，所以還出現了其他一些判斷錯誤。《珠林》卷七五「盧充」條末注「右此一驗出《續搜神記》」，本無錯誤，但因通行本《搜神記》輯入此條，遂校云：「出《搜神記》卷一六，作《續搜神記》誤。」不知道誤在僞本《搜神記》而不是《法苑珠林》。

引用參考書目

周易集傳　〔宋〕朱震撰，《四部叢刊續編》景印宋刊本
尚書正義　舊題〔漢〕孔安國傳，〔唐〕孔穎達疏，《十三經注疏》本，中華書局影印，一九八三年
毛詩正義　〔漢〕毛亨傳，〔漢〕鄭玄箋，〔唐〕孔穎達疏，《十三經注疏》本，中華書局影印，一九八三年
韓詩外傳集釋　〔漢〕韓嬰撰，許維遹校釋，中華書局，一九八〇年
儀禮注疏　〔漢〕鄭玄注，〔唐〕賈公彦疏，《十三經注疏》本，中華書局影印，一九八三年
周禮注疏　〔漢〕鄭玄注，〔唐〕賈公彦疏，《十三經注疏》本，中華書局影印，一九八三年
禮記正義　〔漢〕鄭玄注，〔唐〕孔穎達疏，《十三經注疏》本，中華書局影印，一九八三年
穀梁傳　〔晉〕范甯集解，〔唐〕楊士勛疏，《十三經注疏》本，中華書局影印，一九八三年
論語注疏　〔魏〕何晏集解，〔宋〕邢昺疏，《十三經注疏》本，中華書局影印，一九八三年
論語類考　〔明〕陳士元撰，《景印文淵閣四庫全書》本
孟子注疏　〔漢〕趙岐注，〔宋〕孫奭疏，《十三經注疏》本，中華書局影印，一九八三年

古微書　〔明〕孫瑴編，《叢書集成初編》影印《墨海金壺》本

爾雅義疏　〔晉〕郭璞注，〔清〕郝懿行義疏，同治四年郝氏家刻本，上海古籍出版社影印，一九八三年

方言　〔漢〕揚雄撰，〔晉〕郭璞注，《四部叢刊初編》景印宋刊本

説文解字注　〔漢〕許慎撰，〔清〕段玉裁注，嘉慶二十年刻本，上海古籍出版社影印，一九八一年

釋名疏證補　〔漢〕劉熙撰，〔清〕王先謙疏證補，光緒二十二年刻本，上海古籍出版社影印，一九八四年

廣雅疏證　〔魏〕張揖撰，〔清〕王先謙疏證，上海古籍出版社影印嘉慶本，一九八三年

陸氏詩疏廣要　〔吴〕陸璣撰，〔明〕毛晉廣要，《景印文淵閣四庫全書》本

玉篇　〔梁〕顧野王撰，〔唐〕孫强增補，〔宋〕陳彭年等重訂，《四部叢刊初編》景印元刊本

經典釋文　〔唐〕陸德明撰，《景印文淵閣四庫全書》本

佩觿　〔五代後周〕郭忠恕撰，《叢書集成初編》影印《鐵華館叢書》本

集韻　〔宋〕丁度等撰，《四部備要》排印《楝亭五種》本

鉅宋重修廣韻　〔宋〕陳彭年等撰，宋乾道五年刻本，上海古籍出版社影印，一九八三年

六經正誤　〔宋〕毛居正撰，《景印文淵閣四庫全書》本

埤雅　〔宋〕陸佃撰，《叢書集成初編》影印《五雅全書》本

爾雅翼　〔宋〕羅願撰，《景印文淵閣四庫全書》本

五音集韻　〔金〕韓道昭撰，《景印文淵閣四庫全書》本

古今韻會舉要　〔明〕熊忠撰，《景印文淵閣四庫全書》本

洪武正韻　〔明〕樂韶鳳等撰，《景印文淵閣四庫全書》本

六家詩名物疏　〔明〕馮復京撰，《景印文淵閣四庫全書》本

古音駢字　〔明〕楊慎撰，《景印文淵閣四庫全書》本

正字通　〔明〕張自烈、〔清〕廖文英編，中國工人出版社，一九九六年

别雅　〔清〕吴玉搢撰，《景印文淵閣四庫全書》本

國語　〔吴〕韋昭注，上海師範大學古籍整理研究所點校，上海古籍出版社，一九九〇年；《景印文淵閣四庫全書》本

古本竹書紀年輯校　〔清〕朱右曾輯録，王國維校補，《海寧王忠慤公遺書》本，一九二七年

海寧王氏石印本

戰國策箋注　〔漢〕劉向編，張清常、王延棟箋注，南開大學出版社，一九九三年

史記　〔漢〕司馬遷撰，〔南朝宋〕裴駰集解，〔唐〕司馬貞索隱，〔唐〕張守節正義，中華書局點校本，一九七五年

漢書　〔漢〕班固撰，〔唐〕顔師古注，中華書局點校本，一九八七年

東觀漢記　〔漢〕班固、劉珍等撰，〔清〕姚之駰等輯，《四部備要》排印武英殿聚珍版本

後漢紀　〔晉〕袁宏撰，張烈點校，《兩漢紀》，中華書局，二〇〇二年

後漢書　〔南朝宋〕范曄撰，〔唐〕李賢等注，中華書局點校本，一九八七年

後漢書志（續漢書志）　〔晉〕司馬彪撰，〔梁〕劉昭注補，中華書局點校本，一九八七年

三國志　〔晉〕陳壽撰，〔南朝宋〕裴松之注，中華書局點校本，一九八五年

王隱晉書　〔晉〕王隱撰，〔清〕湯球輯，《叢書集成初編》排印《史學叢書》本

干寶晉紀　〔晉〕干寶撰，〔清〕湯球輯，《叢書集成初編》排印《史學叢書》本

晉中興書　〔南朝宋〕何法盛撰，〔清〕湯球輯，《叢書集成初編》排印《史學叢書》本

續晉陽秋　〔南朝宋〕檀道鸞撰，〔清〕湯球輯，《叢書集成初編》排印《史學叢書》本

臧榮緒晉書　〔南朝齊〕臧榮緒撰，〔清〕湯球輯，《叢書集成初編》排印《史學叢書》本

晉書　〔唐〕房玄齡等撰，中華書局點校本，一九八七年
晉書斠注　吴士鑑、劉承幹注，《廣雅書局叢書》本
宋書　〔梁〕沈約撰，中華書局點校本，一九八七年
南齊書　〔梁〕蕭子顯撰，中華書局點校本，一九八七年
梁書　〔唐〕姚思廉撰，中華書局點校本，一九八七年
陳書　〔唐〕姚思廉撰，中華書局點校本，一九八七年
十六國春秋　〔北魏〕崔鴻撰，乾隆四十一年欣託山房重刊本
十六國春秋輯補　〔清〕湯球輯補，《叢書集成初編》排印《史學叢書》本
魏書　〔北齊〕魏收撰，中華書局點校本，一九八七年
南史　〔唐〕李延壽撰，中華書局點校本，一九八七年
北史　〔唐〕李延壽撰，中華書局點校本，一九八七年
隋書　〔唐〕魏徵等撰，中華書局點校本，一九八七年
通典　〔唐〕杜佑撰，《景印文淵閣四庫全書》本
建康實録　〔唐〕許嵩撰，張忱石點校，中華書局，一九八六年
舊唐書　〔五代後晉〕劉昫等撰，中華書局點校本，一九八六年

新唐書　〔宋〕歐陽修、宋祁撰，中華書局點校本，一九八六年
資治通鑑　〔宋〕司馬光撰，〔元〕胡三省音注，清嘉慶胡克家刊本，上海古籍出版社影印，一九八七年
資治通鑑考異　〔宋〕司馬光撰，《四部叢刊初編》景印宋刊本
六朝通鑑博議　〔宋〕李燾撰，《景印文淵閣四庫全書》本
九國志　〔宋〕路振撰，張唐英補，《筆記小説大觀》本
通志　〔宋〕鄭樵撰，世界書局排印本，中華書局影印，一九八七年
通志略　〔宋〕鄭樵撰，上海古籍出版社影印，一九九〇年
文獻通考　〔元〕馬端臨撰，《景印文淵閣四庫全書》本
宋史　〔元〕脱脱等撰，中華書局點校本，一九七七年
遼史　〔元〕脱脱等撰，中華書局點校本，一九八三年
元史　〔明〕宋濂等撰，中華書局點校本，一九八六年
明史　〔清〕張廷玉等撰，中華書局點校本，一九八四年
十七史商榷　〔清〕王鳴盛撰，《叢書集成初編》排印《史學叢書》本

吴越春秋輯校匯考　〔漢〕趙曄撰，周生春輯校匯考，上海古籍出版社，一九九七年
會稽典録　〔晉〕虞預撰，魯迅輯録，《會稽郡故事雜集》，《魯迅輯録古籍叢編》第三卷，人民文學出版社，一九九九年
華陽國志　〔晉〕常璩撰，《叢書集成初編》排印《函海》本
孝子傳　《敦煌變文集》本，王重民等編，人民文學出版社，一九八四年
路史　〔宋〕羅泌撰，〔宋〕羅苹注，《四部備要》排印本
列朝詩集小傳　〔清〕錢謙益撰，上海古籍出版社，一九八三年
繹史　〔清〕馬驌撰，王利器整理，中華書局，二〇〇二年

三輔黄圖校釋　〔漢〕佚名撰，何清谷校釋，中華書局，二〇〇五年
南方草木狀　〔晉〕嵇含撰，《百川學海》本
水經注　〔北魏〕酈道元撰，陳橋驛點校，上海古籍出版社，一九九〇年
括地志輯校　〔唐〕李泰等撰，賀次君輯校，中華書局，一九八〇年
元和郡縣圖志　〔唐〕李吉甫撰，〔清〕孫星衍校，張駒賢考證，《叢書集成初編》排印《畿輔叢書》本

嶺表録異　〔唐〕劉恂撰，魯迅校勘，廣東人民出版社，一九八三年
北户録　〔唐〕段公路撰，〔唐〕崔龜圖注，《叢書集成初編》排印《十萬卷樓叢書》本
太平寰宇記　〔宋〕樂史撰，光緒八年金陵書局刊本；嘉慶八年刊本影印本，咸豐十年刊本影印本，台灣文海出版社有限公司，一九七一年；王文楚等點校本，中華書局，二〇〇七年
宋本太平寰宇記　〔宋〕樂史撰，中華書局影印，二〇〇〇年
元豐九域志　〔宋〕王存等撰，《景印文淵閣四庫全書》本
廬山記　〔宋〕陳舜俞撰，《叢書集成初編》排印《守山閣叢書》本
赤城志　〔宋〕陳耆卿撰，《景印文淵閣四庫全書》本
玉峯志　〔宋〕凌萬頃等撰，宣統元年刊本，《中國方志叢書》影印，臺北成文出版社有限公司，一九八三年
吴郡志　〔宋〕范成大撰，《叢書集成初編》排印《守山閣叢書》本
淳熙三山志　〔宋〕梁克家撰，《景印文淵閣四庫全書》本
景定建康志　〔宋〕周應合撰，清嘉慶六年刊本，《中國方志叢書》影印，臺北成文出版社有限公司，一九八三年

咸淳毗陵志　〔宋〕史能之撰，清嘉慶二十五年刊本，《中國方志叢書》影印，臺北成文出版社有限公司，一九八三年
咸淳臨安志　〔宋〕潛説友撰，〔清〕汪遠孫校補，道光十年重刊本，《中國方志叢書》影印，臺北成文出版社有限公司，一九七〇年
澉水誌　〔宋〕常棠撰，《澉水新誌》附刊，民國二十四年排印本
輿地廣記　〔宋〕歐陽忞撰，《士禮居黄氏叢書》本
六朝事迹編類　〔宋〕張敦頤撰，張忱石點校，上海古籍出版社，一九九五年
輿地紀勝　〔宋〕王象之撰，道光二十九年刊本；咸豐十年刊本影印本，臺灣文海出版社有限公司，一九七一年
輿地紀勝校勘記　〔清〕劉文淇、劉毓崧撰，道光二十九年刊本
方輿勝覽　〔宋〕祝穆撰，〔宋〕祝洙增訂，宋咸淳刻本影印本，上海古籍出版社，一九八六年
至元嘉禾志　〔元〕單慶修，徐碩纂，道光十九年刻本影印本，《宋元方志叢刊》，中華書局，一九九〇年
至正金陵新志　〔元〕張鉉撰，《宋元方志叢刊》，中華書局，一九九〇年

至正崑山郡志　〔元〕楊譓撰，宣統元年刻本，《宋元方志叢刊》，中華書局，一九九〇年
大明一統志　〔明〕李賢等撰，明天順五年刻本，三秦出版社影印，一九九〇年
海語　〔明〕黄衷撰，《景印文淵閣四庫全書》本
姑蘇志　〔明〕王鏊撰，《景印文淵閣四庫全書》本
續澉水誌　〔明〕董穀撰，《澉水新誌》附刊，民國二十四年排印本
嘉興府志　〔明〕劉應鈳等撰，萬曆二十八年刊本，《中國方志叢書》影印，臺北成文出版社有限公司，一九八三年
赤雅　〔明〕鄺露撰，《景印文淵閣四庫全書》本
海鹽縣圖經　〔明〕樊維城、胡震亨等撰，天啓四年刊本，《中國方志叢書》影印，臺北成文出版社有限公司，一九八三年
嘉慶重修大清一統志　〔清〕和珅等撰，《四部叢刊續編》景印清史館寫本
浙江通志　〔清〕嵇曾筠等撰，《景印文淵閣四庫全書》本
江西通志　〔清〕尹繼善等撰，《景印文淵閣四庫全書》本
海寧州志　〔清〕戰魯村撰，道光二十八年重刊本，《中國方志叢書》影印，臺北成文出版社有限公司，一九八三年

嘉興府志　〔清〕許瑶光等修，光緒五年刊本，《中國方志叢書》影印，臺北成文出版社有限公司，一九七〇年
餘杭縣志　〔清〕張吉安等修，民國八年重刊本，《中國方志叢書》影印，臺北成文出版社有限公司，一九七〇年
澂水新誌　〔清〕方溶撰，民國二十四年排印本
確山縣志　民國二十年排印本，《中國方志叢書》影印，臺北成文出版社有限公司，一九七六年
中國歷史地圖集　譚其驤主編，中國地圖出版社，一九九〇年
荆楚歲時記　〔梁〕宗懔撰，〔隋〕杜公瞻注，《叢書集成初編》排印《寶顔堂祕笈》本
玉燭寶典　〔隋〕杜臺卿撰，《叢書集成初編》影印《古逸叢書》本
歲華紀麗　〔唐〕韓鄂撰，《叢書集成初編》影印《祕册彙函》本
歲時廣記　〔宋〕陳元靚編，《叢書集成初編》排印《十萬卷樓叢書》本
古今同姓名録　〔梁〕蕭繹編，〔唐〕陸善經續，〔元〕葉森補，《景印文淵閣四庫全書》本

元和姓纂　〔唐〕林寶撰，岑仲勉校記，中華書局，一九九四年
補侍兒小名録　〔宋〕王銍編，《叢書集成初編》排印《稗海》本
續補侍兒小名録　〔宋〕温豫編，《叢書集成初編》排印《稗海》本
姓解　〔宋〕邵思撰，《古佚叢書》影印北宋本，江蘇廣陵古籍刻印社影印，一九九七年
姓氏急就篇　〔宋〕王應麟撰，《玉海》附，嘉慶丙寅刻本
萬姓統譜　〔明〕凌迪知撰，《景印文淵閣四庫全書》本
氏族博考　〔明〕凌迪知撰，《景印文淵閣四庫全書》本

日本國見在書目録　〔日〕藤原佐世撰，《古逸叢書》本
崇文總目　〔宋〕王堯臣等撰，〔清〕錢東垣等輯釋，《中國歷代書目叢刊》影印本，現代出版社，一九八七年
郡齋讀書志校證　〔宋〕晁公武撰，孫猛校證，上海古籍出版社，一九九〇年
遂初堂書目　〔宋〕尤袤撰，《中國歷代書目叢刊》影印本，現代出版社，一九八七年
中興館閣書目　〔宋〕陳騤撰，趙士煒輯考，《中國歷代書目叢刊》影印本，現代出版社，一九八七年

直齋書録解題　〔宋〕陳振孫撰，徐小蠻等點校，上海古籍出版社，一九八七年
文淵閣書目　〔明〕楊士奇等撰，《叢書集成初編》排印《讀畫齋叢書》本
菉竹堂書目　〔明〕葉盛撰，《粤雅堂叢書》本
百川書志　〔明〕高儒撰，古典文學出版社，一九五七年
古今書刻　〔明〕周弘祖撰，古典文學出版社，一九五七年
趙定宇書目　〔明〕趙用賢撰，古典文學出版社，一九五七年
汲古閣珍藏祕本書目　〔明〕毛扆撰，《士禮居叢書》本
千頃堂書目　〔清〕黄虞稷撰，上海古籍出版社，一九九〇年
四庫全書總目　〔清〕永瑢等撰，浙江杭州刻本，中華書局影印，一九六五年
鄭堂讀書記　〔清〕周中孚撰，吴興劉氏嘉業堂刻本
補晉書藝文志　〔清〕文廷式撰，《二十五史補編》本
儀顧堂題跋　〔清〕陸心源撰，光緒刻本
四庫提要辨證　余嘉錫撰，中華書局，一九八〇年
叢書集成初編目録　中華書局，一九八三年

六韜　《四部叢刊初編》影印影宋鈔本
老子　〔晉〕王弼注，《諸子集成》本，中華書局重印，一九八六年
管子校正　〔唐〕尹知章注，〔清〕戴望校正，《諸子集成》本，中華書局重印，一九八六年
晏子春秋校注　張純一校注，《諸子集成》本，中華書局重印，一九八六年
墨子閒詁　〔清〕孫詒讓閒詁，《諸子集成》本，中華書局重印，一九八六年
文子校釋　〔戰國〕文子撰，李定生、徐慧君校釋，上海古籍出版社，二〇〇四年
韓非子集解　〔戰國〕韓非撰，〔清〕王先慎集解，《諸子集成》本，中華書局重印，一九八六年
呂氏春秋　〔戰國〕呂不韋撰，〔漢〕高誘注，〔清〕畢沅校正，《諸子集成》本，中華書局重印，一九八六年
淮南子　〔漢〕劉安撰，〔漢〕高誘注，〔清〕莊逵吉疏證，《諸子集成》本，中華書局重印，一九八六年
説苑疏證　〔漢〕劉向撰，趙善詒疏證，華東師範大學出版社，一九八五年
新序詳注　〔漢〕劉向撰，趙仲邑注，中華書局，一九九七年
新序校釋　〔漢〕劉向撰，石光瑛校釋，中華書局，二〇〇一年

論衡　〔漢〕王充撰，上海人民出版社，一九七四年
風俗通義校釋　〔漢〕應劭撰，吴樹平校釋，天津人民出版社，一九八〇年
獨斷　〔漢〕蔡邕撰，《四部叢刊三編》影印明弘治癸亥刊本
孔子家語　〔魏〕王肅注，明覆宋刊本，上海古籍出版社影印，一九九〇年
古今注　〔晉〕崔豹撰，《四部備要》排印《漢魏叢書》本
文心雕龍注　〔梁〕劉勰撰，范文瀾注，人民文學出版社，一九六二年
齊民要術　〔北齊〕賈思勰撰，《叢書集成初編》排印《漸西村舍叢刊》本
顔氏家訓　〔隋〕顔之推撰，《諸子集成》本，中華書局重印，一九八六年
史通　〔唐〕劉知幾撰，《四部叢刊初編》影印明萬曆刊本
中華古今注　舊題〔五代後唐〕馬縞撰，《四部備要》排印《漢魏叢書》本

封氏聞見記校注　〔唐〕封演撰，趙貞信校注，中華書局，一九五八年
蘇氏演義　〔唐〕蘇鶚撰，張秉戍校點，遼寧教育出版社，一九九八年
雲仙雜記　舊題〔唐〕馮贄撰，《四部叢刊續編》景印明刊本
唐詩紀事　〔宋〕計有功撰，上海古籍出版社，一九八七年

五色線集〔宋〕佚名編，《四庫全書存目叢書》影印明弘治刻本
春渚紀聞〔宋〕何薳撰，張明華點校，中華書局，一九八三年
學林〔宋〕王觀國撰，《景印文淵閣四庫全書》本
雲谷雜紀〔宋〕張淏撰，《景印文淵閣四庫全書》本
猗覺寮雜記〔宋〕朱翌撰，《景印文淵閣四庫全書》本
玉照新志〔宋〕王明清撰，汪新森、朱菊如校點，上海古籍出版社，一九九一年
容齋隨筆〔宋〕洪邁撰，上海古籍出版社，一九九六年
緯略〔宋〕高似孫撰，《叢書集成初編》排印《守山閣叢書》本
野客叢書〔宋〕王楙撰，王文錦點校，中華書局，一九八七年
孔子集語〔宋〕薛據撰，《景印文淵閣四庫全書》本
鶴林玉露〔宋〕羅大經撰，王瑞來點校，中華書局，一九八三年
考古質疑〔宋〕葉大慶撰，李偉國校點，上海古籍出版社，一九八五年
鼠璞〔宋〕戴埴撰，《景印文淵閣四庫全書》本
賓退録〔宋〕趙與時撰，齊治平校點，上海古籍出版社，一九八三年
困學紀聞〔宋〕王應麟撰，《四部叢刊三編》景印元刊本

隨隱漫録　〔宋〕陳世崇撰，《景印文淵閣四庫全書》本
瑯嬛記　舊題〔元〕伊世珍輯，《津逮祕書》本
南村輟耕録　〔元〕陶宗儀撰，中華書局點校本，一九八〇年
正楊　〔明〕陳耀文撰，《景印文淵閣四庫全書》本
甲乙剩言　〔明〕胡應麟撰，上海文明書局石印《説庫》本，浙江古籍出版社影印，一九八六年
少室山房筆叢　〔明〕胡應麟撰，中華書局上海編輯所點校本，一九六四年
琅邪代醉編　〔明〕張鼎思撰，明萬曆二十五年陳性學刊本，《四庫全書存目叢書》影印，齊魯書社，一九九五年
説略　〔明〕顧起元撰，《景印文淵閣四庫全書》本
才鬼記　〔明〕梅鼎祚編，明萬曆三十三年刻本，《四庫全書存目叢書》影印，齊魯書社，一九九五年
通雅　〔明〕方以智撰，《景印文淵閣四庫全書》本
物理小識　〔明〕方以智撰，《景印文淵閣四庫全書》本
碧里雜存　〔明〕董穀撰，上海涵芬樓影印明刻《鹽邑志林》本

見只編　〔明〕姚士粦撰，上海涵芬樓影印明刻《鹽邑志林》本

湧幢小品　〔明〕朱國禎撰，《筆記小説大觀》本，江蘇廣陵古籍刻印社校訂重刊，一九八三年

露書　〔明〕姚旅撰，明天啓二年序刻本

池北偶談　〔清〕王士禛撰，中華書局點校本，一九八二年

四庫全書考證　〔清〕王太岳等纂輯，《景印文淵閣四庫全書》本

札迻　〔清〕孫詒讓撰，雪克、陳野校點，齊魯書社，一九八九年

山海經校注　袁珂校注，上海古籍出版社，一九八〇年

山海經廣注　〔清〕吴任臣注，《景印文淵閣四庫全書》本

神異經　〔漢〕佚名撰，〔晉〕張華注，《景印文淵閣四庫全書》本

西京雜記校註　〔漢〕劉歆撰，〔晉〕葛洪集，向新陽、劉克任校註，上海古籍出版社，一九九一年

海内十洲記　〔漢〕佚名撰，《景印文淵閣四庫全書》本

博物志校證　〔晉〕張華撰，范寧校證，中華書局，一九八〇年

搜神記　〔晉〕干寶撰，《津逮祕書》本；《鹽邑志林》本；《學津討原》本；汪紹楹校注本，中華書局，一九七九年

搜神記（八卷本）　《廣漢魏叢書》本；《稗海》本，《搜神後記》附録，中華書局，一九八一年

拾遺記　〔晉〕王嘉撰，〔梁〕蕭綺録，齊治平校注，中華書局，一九八一年

搜神後記　〔南朝宋〕陶潛撰，《津逮祕書》本；《學津討原》本；汪紹楹校注本，中華書局，一九八一年

世説新語箋疏　〔南朝宋〕劉義慶撰，〔南朝梁〕劉孝標注，余嘉錫箋疏，中華書局，一九八三年

世説新語校箋　〔南朝宋〕劉義慶撰，〔南朝梁〕劉孝標注，徐震堮校箋，中華書局，一九八四年

異苑　〔南朝宋〕劉敬叔撰，范寧校點，中華書局，一九九六年

《觀世音應驗記三種》譯注　董志翹著，江蘇古籍出版社，二〇〇二年

述異記　〔梁〕任昉撰，《隨盦徐氏叢書》影刻宋刊本

續齊諧記　〔梁〕吴均撰，《虞初志》本，掃葉山房排印，中國書店影印，一九八六年

冤魂志校注　〔隋〕顔之推撰，羅國威校注，巴蜀書社，二〇〇一年
搜神記　〔唐〕句道興撰，《敦煌變文集》本，王重民等編，人民文學出版社，一九八四年
遊仙窟　〔唐〕張鷟撰，佚名注，日本慶安五年刊本
玄怪録　〔唐〕牛僧孺撰，程毅中點校，中華書局，二〇〇六年
酉陽雜俎　〔唐〕段成式撰，方南生點校，中華書局，一九八一年
獨異志　〔唐〕李伉撰，張永欽、侯志明點校，中華書局，一九八三年
稽神録　〔五代南唐〕徐鉉撰，白化文點校，中華書局，一九九六年
青瑣高議　〔宋〕劉斧撰輯，上海古籍出版社點校本，一九八三年
搜神祕覽　〔宋〕章炳文撰，《續古逸叢書》影印日本福井氏崇蘭館藏本
緑牕新話　〔宋〕皇都風月主人編，上海《藝文雜誌》一九三六年二至六期
編珠　〔隋〕杜公瞻撰，〔清〕高士奇補，《景印文淵閣四庫全書》本
琱玉集　佚名撰，《叢書集成初編》影印《古逸叢書》本
唐寫本類書殘卷　《鳴沙石室古籍叢殘》景印本
北堂書鈔　〔隋〕虞世南編，光緒十四年孔廣陶校刊本，天津古籍出版社影印，一九八八

年；《景印文淵閣四庫全書》本
略出籯金　〔唐〕李若立撰，《鳴沙石室古籍叢殘》景印本
藝文類聚　〔唐〕歐陽詢編，汪紹楹點校，上海古籍出版社，一九八二年；《景印文淵閣四庫全書》本
龍筋鳳髓判　〔唐〕張鷟撰，〔明〕劉允鵬注，《景印文淵閣四庫全書》本
初學記　〔唐〕徐堅等編，中華書局點校本，一九八〇年
事始　〔唐〕留存撰，《説郛》（卷一〇）本，中國書店影印，一九八六年
古本蒙求　〔唐〕李翰撰注，《佚存叢書》本
蒙求集註　〔唐〕李翰撰，〔宋〕徐子光重注，《景印文淵閣四庫全書》本，上海古籍出版社影印，一九九二年
白孔六帖　〔唐〕白居易編，佚名注，〔宋〕孔傳續編，《景印文淵閣四庫全書》本，上海古籍出版社影印，一九九二年
續事始　〔五代後蜀〕馮鑑撰，《説郛》（卷一〇）本，中國書店影印，一九八六年
太平御覽　〔宋〕李昉等編，商務印書館影宋本，中華書局影印，一九八五年；《景印文淵閣四庫全書》本；嘉慶中鮑崇城校宋刊本

太平廣記　〔宋〕李昉等編，汪紹楹點校，中華書局，一九八一年；乾隆黄晟校刊本；《景印文淵閣四庫全書》本，上海古籍出版社影印，一九九〇年；《筆記小説大觀》本，江蘇廣陵古籍刻印社校訂重刊，一九八三年

太平廣記鈔　〔宋〕李昉等編，〔明〕馮夢龍評纂，陳朝暉、鍾錫南點校，團結出版社，一九九六年

太平廣記校勘記　嚴一萍校勘，臺北藝文印書館，一九七〇年

太平廣記會校　〔宋〕李昉等編，張國風會校，北京燕山出版社，二〇一一年

事類賦注　〔宋〕吴淑撰注，冀勤等校點，中華書局，一九八九年

册府元龜　〔宋〕王欽若等編，中華書局影印明本，一九八二年

事物紀原　〔宋〕高承撰，《叢書集成初編》排印《惜陰軒叢書》本

書叙指南　〔宋〕任廣編，《景印文淵閣四庫全書》本

海録碎事　〔宋〕葉廷珪編，《景印文淵閣四庫全書》本，上海古籍出版社影印，一九九一年；李之亮校點本，中華書局，二〇〇二年

事林廣記　〔宋〕陳元靚編，中華書局影印元刊本，一九六三年

新編分門古今類事　〔宋〕委心子編，金心點校，中華書局，一九八七年

六帖補　〔宋〕楊伯嵒編，《景印文淵閣四庫全書》本

錦繡萬花谷　〔宋〕佚名編，《北京圖書館古籍珍本叢刊》影印宋刻本，配明刻本，一九八七年；《景印文淵閣四庫全書》本

錦繡萬花谷别集　〔宋〕闕名編，《續修四庫全書》影印宋刊本

記纂淵海　〔宋〕潘自牧編，影印宋刻本，中華書局，一九八八年；《景印文淵閣四庫全書》本（明萬曆重編百卷本）

古今事文類聚　〔宋〕祝穆、〔元〕富大用、〔元〕祝淵編，乾隆二十八年重刻本

古今合璧事類備要　〔宋〕謝維新編，《景印文淵閣四庫全書》本

全芳備祖　〔宋〕陳詠（景沂）編，農業出版社影印日藏宋刻本（配徐乃昌舊藏鈔本之過録本），一九八二年；《景印文淵閣四庫全書》本

玉海　〔宋〕王應麟撰，嘉慶丙寅刻本

增廣分門類林雜説　〔金〕王朋壽編，《嘉業堂叢書》本

韻府羣玉　〔元〕陰勁弦（時遇）編，陰復春注，《景印文淵閣四庫全書》本

永樂大典　〔明〕解縉、姚廣孝等編，中華書局影印本，一九八六年

海外新發現永樂大典十七卷　上海辭書出版社影印，二〇〇三年

羣書類編故事　〔明〕王罃編，《宛委别藏》本，江蘇廣陵古籍刻印社影印，一九九〇年

天中記　〔明〕陳耀文編，光緒戊寅聽雨山房重刻本，江蘇廣陵古籍刻印社影印，一九八八年；《景印文淵閣四庫全書》本

新編古今奇聞類紀　〔明〕施顯卿編，明萬曆四年刊本，《四庫全書存目叢書》影印，齊魯書社，一九九五年

稗史彙編　〔明〕王圻編，明刊本，北京出版社影印，一九九三年

三才圖會　〔明〕王圻纂集，王思義續集，萬曆三十五年刊本，臺北成文出版社影印，一九七〇年

榕陰新檢　〔明〕徐𤊹編，明萬曆三十四年刊本，《四庫全書存目叢書》影印，齊魯書社，一九九五年

駢志　〔明〕陳禹謨編，《景印文淵閣四庫全書》本

山堂肆考　〔明〕彭大翼編，《景印文淵閣四庫全書》本

廣博物志　〔明〕董斯張編，《景印文淵閣四庫全書》本

淵鑑類函　〔清〕張英等編，《景印文淵閣四庫全書》本

茶經　〔唐〕陸羽撰，《叢書集成初編》排印《百川學海》本
歷代名畫記　〔唐〕張彦遠撰，《王氏書畫苑》本
蟹譜　〔宋〕傅肱撰，《景印文淵閣四庫全書》本
文房四譜　〔宋〕蘇易簡撰，《十萬卷樓叢書》本
蟹略　〔宋〕高似孫撰，《景印文淵閣四庫全書》本
永樂琴書集成（前集）　〔明〕明成祖敕撰，臺北新文豐出版公司影印明内府寫本，一九八三年
書法離鈎　〔明〕潘之淙撰，《景印文淵閣四庫全書》本
香乘　〔明〕周嘉胄撰，《景印文淵閣四庫全書》本
列仙傳　〔漢〕劉向撰，明正統《道藏》本，上海古籍出版社影印，一九九五年
列仙傳校正　〔漢〕劉向撰，〔清〕王照圓校正，《龍溪精舍叢書》本
神仙傳　〔晉〕葛洪撰，《廣漢魏叢書》本；影印《四庫全書》本，上海古籍出版社，一九九五年
抱朴子　〔晉〕葛洪撰，〔清〕孫星衍校正，《諸子集成》本，中華書局重印，一九八六年

真誥　〔梁〕陶弘景撰，《學津討原》本；明正統《道藏》本，《道藏要籍選刊》影印，上海古籍出版社，一九八九年

墉城集仙録　〔五代前蜀〕杜光庭撰，明正統《道藏》本，商務印書館影印，一九二四年

雲笈七籤　〔宋〕張君房編，明正統《道藏》本，《道藏要籍選刊》影印，上海古籍出版社，一九八九年；李永晟點校本，中華書局，二〇〇三年

三洞羣仙録　〔宋〕陳葆光撰，明正統《道藏》本，《道藏要籍選刊》影印，上海古籍出版社，一九八九年

南華真經義海纂微　〔宋〕褚伯秀撰，《景印文淵閣四庫全書》本

歷世真仙體道通鑑　〔元〕趙道一撰，明正統《道藏》本，《道藏要籍選刊》影印，上海古籍出版社，一九八九年

新編連相搜神廣記　〔元〕秦晉編，《繪圖三教源流搜神大全（外二種）》影印元刻本，上海古籍出版社，一九九〇年

搜神記（六卷本）　〔明〕佚名編，《續道藏》本

新刻出像增補搜神記（六卷本）　〔明〕佚名編，萬曆富春堂刊本，《續修四庫全書》影印，上海古籍出版社，一九九〇年

重刊繪圖三教源流搜神大全　〔明〕佚名編，清宣統元年郎園校刊本影印本，上海古籍出版社，一九九〇年
莊子翼　〔明〕焦竑撰，《景印文淵閣四庫全書》本

雜譬喻經　〔東漢〕支婁迦讖譯，《大正新脩大藏經》第四卷排印本
舊雜譬喻經　〔吴〕康僧會譯，《大正新脩大藏經》第四卷排印本
衆經撰雜譬喻　〔後秦〕鳩摩羅什譯，《大正新脩大藏經》第四卷排印本
雜寶藏經　〔北魏〕吉迦夜、曇曜譯，《大正新脩大藏經》第四卷排印本
百喻經　〔古印度〕僧迦斯那撰，〔南齊〕求那毘地譯，《大正新脩大藏經》第四卷排印本
高僧傳　〔梁〕釋慧皎撰，影印磧沙《藏》本，《高僧傳合集》，上海古籍出版社，一九九一年；湯用彤校注本，中華書局，一九九二年
弘明集　〔梁〕釋僧祐編，《四部叢刊初編》影印明本
出三藏記集　〔梁〕釋僧祐撰，《大正新脩大藏經》第五十五卷排印本
破邪論　〔唐〕釋法琳撰，《大正新脩大藏經》第五十二卷排印本
辯正論　〔唐〕釋法琳撰，《大正新脩大藏經》第五十二卷排印本

廣弘明集　〔唐〕釋道宣編，《四部叢刊初編》影印明本

集神州三寶感通録　〔唐〕釋道宣撰，《大正新脩大藏經》第五十二卷排印本

集古今佛道論衡　〔唐〕釋道宣編，《大正新脩大藏經》第五十二卷排印本

道宣律師感通録　〔唐〕釋道宣撰，《大正新脩大藏經》第五十二卷排印本

律相感通傳　〔唐〕釋道宣撰，《大正新脩大藏經》第四十五卷排印本

續高僧傳　〔唐〕釋道宣撰，《高僧傳合集》，上海古籍出版社，一九九一年

中天竺舍衛國祇洹寺圖經　〔唐〕釋道宣撰，《大正新脩大藏經》第四十五卷排印本

俱舍論記　〔唐〕釋普光述，《大正新脩大藏經》第四十一卷排印本

護法沙門法琳别傳　〔唐〕釋彦琮撰，《大正新脩大藏經》第五十卷排印本

法苑珠林　〔唐〕釋道世編，清宣統二年刻本（百卷本），《海王邨古籍叢刊》影印，中國書店，一九九一年；日本《大正新脩大藏經》第五十三卷排印本（百卷本）；《四部叢刊初編》景印徑山寺本（百二十卷本）；《四庫全書》本（百二十卷本）

法苑珠林校注　周叔迦、蘇晉仁校注，中華書局，二〇〇三年

一切經音義　〔唐〕釋玄應撰，《叢書集成初編》影印《海山仙館叢書》本

一切經音義　〔唐〕釋慧琳撰，《大正新脩大藏經》第五十四卷排印本

開元釋教録　〔唐〕釋智昇撰，《大正新脩大藏經》第五十五卷排印本

宋高僧傳　〔宋〕贊寧撰，范祥雍點校，中華書局，一九八七年

維摩經略疏垂裕記　〔宋〕釋智圓撰，《大正新脩大藏經》第三十八卷排印本

釋氏稽古略　〔元〕釋覺岸撰，《大正新脩大藏經》第四十九卷排印本

佛法金湯編　〔明〕沙門心泰編，《大藏新纂卍續藏經》第八十七卷，臺北白馬精舍印經會印

焦氏易林注　舊題〔漢〕焦贛撰，無名氏注，《四部叢刊初編》影印元刊本

宅經　《景印文淵閣四庫全書》本

千金翼方校注　〔唐〕孫思邈撰，朱邦賢、陳文國等校注，上海古籍出版社，一九九九年

大唐開元占經　〔唐〕瞿曇悉達撰，南開大學圖書館藏鈔本；《景印文淵閣四庫全書》本；李克和校點本，岳麓書社，一九九四年

稽瑞　〔唐〕劉賡撰，《後知不足齋叢書》本

醫心方　〔日〕丹波康賴撰，高文鑄等校注，華夏出版社，一九九六年

重修政和經史證類備用本草　〔宋〕唐慎微撰，〔宋〕寇宗奭衍義，〔金〕魏存惠重修，《四部

叢刊初編》景印金泰和甲子晦明軒刊本

歷代名醫蒙求　〔宋〕周守忠撰注，《天禄琳琅叢書》影印宋刊本

醫説　〔宋〕張杲撰，《景印文淵閣四庫全書》本

普濟方　〔明〕朱橚撰，《景印文淵閣四庫全書》本

名醫類案　〔明〕江瓘編，《景印文淵閣四庫全書》本

本草綱目　〔明〕李時珍撰，《景印文淵閣四庫全書》本

意林　〔唐〕馬總編，《四部叢刊初編》景印武英殿聚珍版本

續談助　〔宋〕晁載之編，清光緒十三年序刻本

紺珠集　〔宋〕朱勝非編，明天順刻本，《景印文淵閣四庫全書》本

類説　〔宋〕曾慥編，明天啓六年刻本，文學古籍刊行社影印，一九五五年；嚴一萍校訂本（以天啓六年刊本爲底本，以明嘉靖伯玉翁舊鈔本校訂），臺灣藝文印書館，一九七〇年

説郛　〔元〕陶宗儀編，涵芬樓張宗祥校明抄本，中國書店影印，一九八六年

重編説郛　〔明〕陶珽編，清順治四年刊本影印本，上海古籍出版社，一九八八年

國色天香　〔明〕吴敬所編，《古本小説集成》影印明萬曆十五年刊本，上海古籍出版社，一

九九〇年
繡谷春容 〔明〕羊洛敕里起北赤心子彙輯，《古本小説集成》影印世德堂刻本，上海古籍出版社，一九九四年
古小説鉤沈 魯迅輯録，《魯迅輯録古籍叢編》第一卷，人民文學出版社，一九九九年
小説備校 魯迅輯，《魯迅輯録古籍叢編》第一卷，人民文學出版社，一九九九年
楚辭補注 〔漢〕劉向編，〔漢〕王逸章句，〔宋〕洪興祖補注，白化文等點校，中華書局，一九八三年
離騷草木疏 〔宋〕吴仁傑撰，《景印文淵閣四庫全書》本
文選 〔梁〕蕭統編，〔唐〕李善注，清嘉慶十四年胡克家校刊本，中華書局影印，一九七七年
六臣注文選 〔梁〕蕭統編，〔唐〕李善、吕延濟、劉良、張銑、吕向、李周翰注，《四部叢刊初編》影印宋刊本
唐鈔文選集注彙存 〔梁〕蕭統編，〔唐〕佚名集注 上海古籍出版社影印本，二〇〇〇年
玉臺新咏 〔陳〕徐陵編，中國書店影印世界書局一九三五年排印本，一九八六年

古文苑　〔唐〕無名氏編，〔宋〕章樵注，《四部叢刊初編》景印宋刊本
鳴沙石室古籍叢殘　羅振玉編，民國六年羅氏景印本；《敦煌叢刊初集》影印，黄永武主編，臺北新文豐出版公司，一九八五年
敦煌變文集　王重民等編，人民文學出版社，一九八四年
敦煌寶藏　黄永武主編，臺北新文豐出版公司，一九八一—一九八六年
文苑英華　〔宋〕李昉等編，中華書局影印本，一九八二年
文苑英華辨證　〔宋〕彭叔夏撰，中華書局影印本，一九八二年
樂府詩集　〔宋〕郭茂倩編，中華書局點校本，一九九一年
增修箋註妙選羣英草堂詩餘　〔宋〕何士信編，無名氏注，《四部叢刊初編》景印明刊本
三體唐詩　〔宋〕周弼編，《景印文淵閣四庫全書》本
吴都文粹　〔宋〕鄭虎臣編，《景印文淵閣四庫全書》本
唐詩鼓吹　〔金〕元好問編，〔元〕郝天挺註，《景印文淵閣四庫全書》本
唐音　〔元〕楊士弘編，張震輯註，《景印文淵閣四庫全書》本
古詩紀　〔明〕馮惟訥編，《景印文淵閣四庫全書》本
古樂苑　〔明〕梅鼎祚編，《景印文淵閣四庫全書》本

人名索引

説明:凡《搜神記》、《搜神後記》中之人名,包括姓名、字號、帝號、爵號、官稱等及神仙鬼怪專名一概列入。名稱多出者擇其通用顯豁者列爲詞頭,其他名稱列入括號中。名稱未用本姓名或省略不詳者在括號中標出本名或全稱。相同名稱者或擇其一或皆在括號中注其身份,以相區别。詞頭後所標數字爲條目序號,出於《搜神後記》者前標"後"字。人名依現代漢語音序排列。

D

E

F

G

H

J

K

L

M

N

O

P

Q

R

S

T

W

X

Y

Z

洵如是哉！

昔年爲本書作跋末附一絶，今亦倣之，仍用前韻，詩曰：

神道宣明本不誣，搜今稽古兔毫枯。
一編寫盡荒茫事，千載傳名鬼董狐。

李劍國

二〇一八年八月廿九日識於釣雪齋

新版修訂後記

余昔年輯校《新輯搜神記》、《新輯搜神後記》二編，二〇〇七年三月由中華書局出版，列於《古體小説叢刊》。至去年四月已印五次，印數過萬。其中二印、三印本有修改，以三印爲多。三印本有《修改後記》。前年秋中華書局朱兆虎主任告知，此書擬列入《中國古典文學基本叢書》，爲求與該叢書若校注箋注之類相似，故建議改動書名。經相互酌商，決定改爲《搜神記輯校》、《搜神後記輯校》。原題「新輯」者，乃以見與明輯本有别，而今以「輯校」爲名，實亦與「新輯」者不悖，明其非循明本也。《搜神》二書輯校，原多有不足，引爲憾事。此次修訂，逐字校讀，廣有補正。其大較有三：一爲改正訛字及徵引失誤；二爲採入新資料；三爲依據《輯校凡例》所定存舊之例，凡異體字等大抵保留。又者，原書《前言》長約七萬字，分爲九部分。今析爲二篇，將第九部分《本書的輯校原則與方法》割出置於書前，而將前八部分改題《〈搜神記〉〈搜神後記〉綜考》，列爲附録六。書末增《人名索引》，以備查檢。夫輯校古書，求備求善，須博覽羣籍，殫竭思慮，方臻勝境。余常年俯白首於燈下，握青編於案前，無他，惟求入乎此境。然書山千道，覽而無盡，學海萬里，思而有限，不免終留缺憾。予之惴惴，固在此焉。時語云「理想很豐滿，現實很骨感」，

胡震亨的家世生平及著述考略　周本淳著，《杭州大學學報》一九七九年第四期
八卷本《搜神記》語言的時代　江藍生著，《中國語文》一九八七年第四期
從詞匯史看八卷本《搜神記》語言的時代　汪維輝著，《漢語史研究集刊》第三、四輯
干寶《搜神記》の編纂　〔日〕小南一郎著，《東方學報》第六十九册，一九九七年；第七十册，一九九八年
《神女傳》《杜蘭香傳》《曹著傳》考論　李劍國著，《明清小説研究》一九九八年第四期
干寶生平事迹新考　張慶民著，《文學遺産》二〇〇九年第五期
古代叢書瑣談　程毅中著，《學林漫録》十四集，中華書局，一九九九年

中國古代小説百科全書　劉世德主編，中國大百科全書出版社，一九九三年
干寶研究全書　王盡忠著，中州古籍出版社，二〇〇九年
胡從經書話　胡從經著，北京出版社，一九九八年
胡應麟年譜　吴晗著，《吴晗史學論著選集》第一卷，北京市歷史學會主編，人民出版社，一九八四年
中國歷史大辭典·魏晉南北朝史　胡守爲、楊廷福主編，中國辭書出版社，二〇〇〇年
讀書札記三集　陳寅恪著，《陳寅恪集》，生活·讀書·新知三聯書店，二〇〇一年
八卷本搜神記考辨　范寧著，《天津民國日報》一九四七年七月十八日、二十五日
論魏晉中國小説的傳播和知識分子思想分化的關係　范寧著，《北京大學學報（人文科學）》一九五七年第二期
關於《搜神記》　范寧著，《文學評論》一九六四年第一期
敦煌寫本《搜神記》考辨—兼論二十卷本、八卷本《搜神記》　張錫厚著，《文學評論叢刊》第十六輯，文化藝術出版社，一九八二年
干寶事迹材料稽録　葛兆光著，《文史》第七輯，中華書局，一九九七年

少室山房類稿　〔明〕胡應麟撰，《續金華叢書》本
中國小説史略　魯迅著，人民文學出版社，一九六三年
中國小説的歷史的變遷　魯迅著，《魯迅全集》第八卷，人民文學出版社，一九五七年
搜神後記研究　王國良著，臺北文史哲出版社，一九七八年
魏晉南北朝志怪小説研究　王國良著，臺北文史哲出版社，一九八四年
顔之推冤魂志研究　王國良著，臺北文史哲出版社，一九九五年
冥祥記研究　王國良著，臺北文史哲出版社，一九九九年
唐前志怪小説史　李劍國著，南開大學出版社，一九八四年；重修訂本，人民文學出版社，二〇一一年
唐前志怪小説輯釋　李劍國著，上海古籍出版社，一九八六年；修訂本，上海古籍出版社，二〇一一年
敦煌文學叢考　項楚著，上海古籍出版社，一九九一年
唐五代志怪傳奇叙録　李劍國著，南開大學出版社，一九九三年，一九九八年；增訂本，中華書局，二〇一七年

九家集註杜詩　〔唐〕杜甫撰，〔宋〕郭知達編，《景印文淵閣四庫全書》本
集千家杜工部詩集　〔唐〕杜甫撰，佚名編，《景印文淵閣四庫全書》本
增廣注釋音辯唐柳先生集　〔唐〕柳宗元撰，〔宋〕童宗説註，《四部叢刊初編》景印元刊本
朱文公校昌黎先生文集　〔唐〕韓愈撰，〔宋〕王伯大音釋，《四部叢刊初編》景印元刊本
李義山詩集　〔唐〕李商隱撰，《四部叢刊初編》景印明嘉靖刊本
禪月集　〔唐〕釋貫休撰，《景印文淵閣四庫全書》本
王荆公詩箋注　〔宋〕王安石撰，〔宋〕李壁注，乾隆六年張宗松刻本
東坡先生詩集註　〔宋〕蘇軾撰，〔宋〕王十朋集註，明刻本
后山詩註　〔宋〕陳師道撰，〔宋〕任淵註，《四部叢刊初編》景印高麗活字本
山谷詩集註　〔宋〕黄庭堅撰，〔宋〕任淵註，《四部備要》排印本
山谷外集詩註　〔宋〕黄庭堅撰，〔宋〕史容註，《四部備要》排印本
山谷别集詩註　〔宋〕黄庭堅撰，〔宋〕史季温註，《四部備要》排印本
增廣箋註簡齋詩集　〔宋〕陳與義撰，〔宋〕胡穉箋，《四部叢刊初編》影印宋刊本
嘉禾百咏　〔宋〕張堯同撰，《景印文淵閣四庫全書》本
弇州四部稿　〔明〕王世貞撰，《景印文淵閣四庫全書》本

皇霸文紀　〔明〕梅鼎祚編，《景印文淵閣四庫全書》本

東漢文紀　〔明〕梅鼎祚編，《景印文淵閣四庫全書》本

西晉文紀　〔明〕梅鼎祚編，《景印文淵閣四庫全書》本

全唐文　〔清〕董誥等編，上海古籍出版社影印本，一九九〇年

粤西文載　〔清〕汪森編，《景印文淵閣四庫全書》本

漢學堂叢書（黄氏佚書考）　〔清〕黄奭輯，光緒刊本

魯迅輯録古籍叢編　人民文學出版社，一九九九年

箋註陶淵明集　〔南朝宋〕陶潛撰，〔宋〕李公焕箋註，《四部叢刊初編》景印宋刊本

駱丞集　〔唐〕駱賓王撰，〔明〕顏文選注，《景印文淵閣四庫全書》本

分類補註李太白詩　〔唐〕李白撰，〔宋〕楊齊賢集註，〔元〕蕭士贇補註，《四部叢刊初編》景印明刊本

分門集註杜工部詩　〔唐〕杜甫撰，〔宋〕佚名集註，《四部叢刊初編》影印宋刊本

杜工部草堂詩箋　〔唐〕杜甫撰，〔宋〕魯訔編次，〔宋〕蔡夢弼會箋，《古逸叢書》本

補註杜詩　〔唐〕杜甫撰，〔宋〕黄希原、黄鶴補註，《景印文淵閣四庫全書》本